U0465769

塘马1941

刘志庆 著

江苏凤凰文艺出版社
JIANGSU PHOENIX LITERATURE AND
ART PUBLISHING, LTD

图书在版编目（CIP）数据

塘马1941 / 刘志庆著. — 南京：江苏凤凰文艺出版社，2016
ISBN 978-7-5399-9510-6

Ⅰ. ①塘… Ⅱ. ①刘… Ⅲ. ①纪实文学－中国－当代 Ⅳ. ①I25

中国版本图书馆 CIP 数据核字(2016)第 171180 号

书　　　名	塘马1941
著　　　者	刘志庆
责 任 编 辑	邹晓燕　黄孝阳
出 版 发 行	凤凰出版传媒股份有限公司 江苏凤凰文艺出版社
出版社地址	南京市中央路 165 号，邮编：210009
出版社网址	http://www.jswenyi.com
经　　　销	凤凰出版传媒股份有限公司
印　　　刷	扬中市印刷有限公司
开　　　本	718×1000 毫米 1/16
印　　　张	26
字　　　数	410 千字
版　　　次	2016 年 10 月第 1 版　2016 年 10 月第 1 次印刷
标 准 书 号	ISBN 978–7–5399–9510–6
定　　　价	48.00 元

（江苏文艺版图书凡印刷、装订错误可随时向承印厂调换）

序

董保存

看到《塘马1941》这个书名,我脑海里马上浮现出上世纪九十年代初参加撰写《谭震林传》时的情景。在采访期间,多次听新四军的老同志说起"塘马战斗"。特别是听谭震林谈党史的录音,其中他讲到1941年11月28日罗忠毅、廖海涛在塘马战斗中壮烈牺牲时,语调悲伤而凝重。谭震林说:旅长、政委都牺牲了,很惨烈呀!我和廖海涛是多少年的战友哇,他们牺牲了,部队怎么办?所以我给军部打电话,要求直接到十六旅去整理部队……

那时,我对塘马战斗这段历史只知道一个大概。后来,阅读了刘志庆的《风云塘马》《血战塘马》《罗忠毅传》《廖海涛传》等著作以后,才真正对塘马战斗有一个较为全面深入的了解。刘志庆的这几本书,从不同侧面描述了新四军六师十六旅在江苏溧阳塘马地区浴血奋战的历史,讴歌了他们气壮山河的战斗精神和英勇气概,给我留下了深刻的印象。

读这些作品时,我还以为作者是一位党史军史研究者,后来见到他,才知道他的本职工作是教师,每周都要给学生上课。创作纪实类、传记类作品完全是使命使然,这让我很是感动。

把远去的历史,尤其是抗日战争的历史再现给年轻的一代——90后甚至00后,是历史研究者的责任,也是文学写作者的责任,从某种意义上讲也是教育工作者义不容辞的职责。刘志庆融三者于一身,把发生在上世纪四十年代的塘马战斗(于他而言,也是一段遥远的历史),用文学的形式呈现给读者,实属不易。他不辞辛苦、查阅文献、实地考察、寻访历史的亲历者,在厘清历史事实的基础上,作了形而上的研究探讨,又用文学的手段再现那一段可歌可泣的历史……我深知,好的非虚构文本的写作是非常艰辛的,他付出了艰辛的劳动,成绩是卓有成效的,我对他的付出深感钦佩。

现在他的又一力作《塘马1941》出版了,该书与前面提到的几部作品又有许多的不同。他没有从单一的视角叙写这一复杂的战斗,而是从日伪、顽、我三方不同的视角全面表现这一战斗。对一九四一年抗战处在极端艰难时期的苏南新四军的战斗历程、生活情境,有了更全面更深刻的反映,把塘马战斗与其他战斗迥然不同的历史背景、战斗过程和悲壮结果进行了深入地解读和阐释。对军事文学的拓展延伸有着一定的意义。

　　需要特别指出的是,革命斗争历史作品,写辉煌、写胜利较多,(这当然很有必要),写失败、写挫折、写教训的作品,相对较少。其实,失败是成功之母,只有认识了失误、总结了经验教训我们才能进步。塘马战斗虽然不能说是一次失败的战例,但它留给后人的精神财富和经验教训是永远值得我们回味和深思的。

　　因此,我愿意向广大读者推荐这本书。同时也祝愿作者以后写出更多更好的作品!

　　(序言作者为解放军出版社副总编辑、编审、中国作家协会报告文学委员会委员、作家)

罗忠毅

廖海涛

塘马战斗前廖海涛、罗忠毅合影

塘马战斗前罗忠毅、廖海涛、王直合影

1941年10月十六旅部分领导在溧阳塘马合影。前排左一为王胜,左二是刘蔚楚,左三为黄玉庭;后排左一为许彧青,左二为王直,左三为钟国楚

1941年10月12日十六旅一部在塘马召开建军四周年纪念大会合影

1941年10月12日十六旅一部在塘马召开建军四周年纪念大会军民联欢合影

1941年十六旅四十八团一部在塘马整训

1941年10月10日巫恒通追悼会于溧阳塘马举行,罗忠毅敬献花圈,乐时鸣主持会议(左为罗忠毅、右为乐时鸣)

廖海涛在纪念巫恒通牺牲大会上讲话

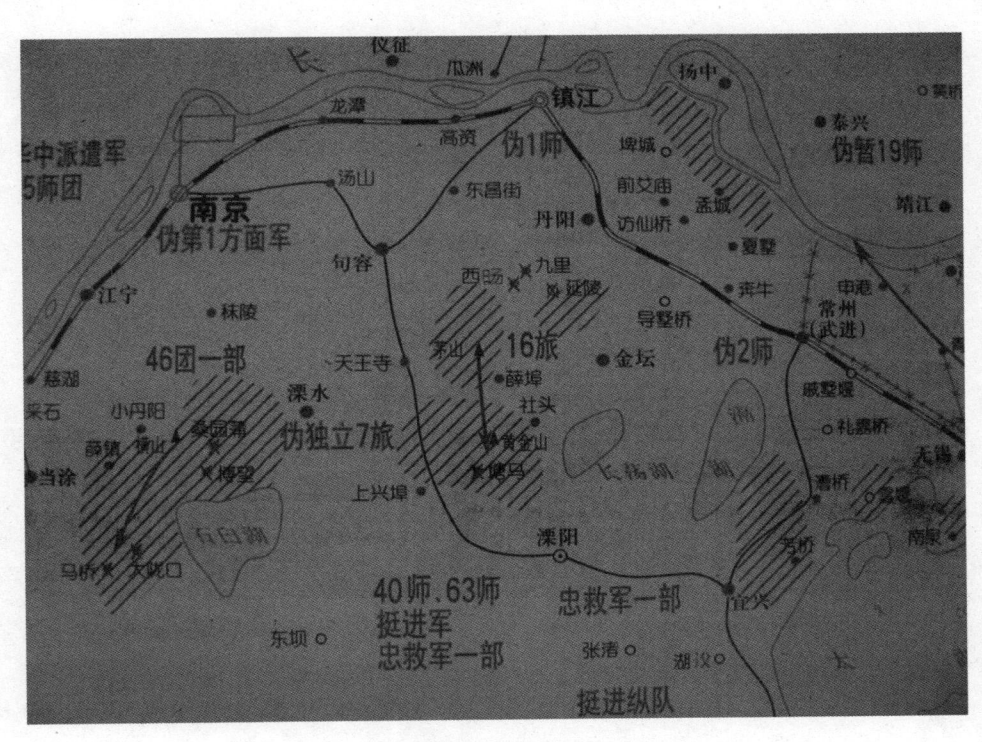

塘马战斗前形势要图

1

  1941年1月6日,国民党悍然发动了"皖南事变",并取消了新四军的番号,以毛泽东为首的党中央毅然决定重建军部,并宣布组建七个师的部队,苏南的新四军合编为第六师,谭震林任师长,罗忠毅任参谋长,原新四军二支队改编为十六旅,旅长由罗忠毅兼任,廖海涛任政委。十六旅成立后由太滆地区转战茅山地区。

  1941年5月19日,夕阳西下,六师师长谭震林、参谋长罗忠毅并肩站立在溧阳北部戴巷村南。

  戴巷地处溧阳黄金山东南一华里许,为丘陵高地上的小山村,其四周的土地色泽殷红,远望如红云一般,村中遍植松竹,近看修篁万杆,远看翠绿一片,因四周红色土壤环绕,人眼所见的画面真可谓绚丽多姿,犹如油画一般。但战争的硝烟四起,给这美丽的画面涂抹上了一层血红的色彩,附载着一首激扬的乐章。

  罗忠毅手拿望眼镜向四周瞭望,高大的身躯在夕阳下显得明暗不一,有一种坚硬的雕塑感。

  谭震林神色冷峻,缓缓地向罗忠毅说道:"老罗呀,你们在宜兴一日三战,艰苦异常呀,现在到了溧阳北部,我看形势依然严峻呀!"

  罗忠毅又转身用望远镜对着西北的黄金山瞭望着,稍倾放下镜筒,悬垂于胸。他眉毛紧皱:"是呀,师长!西返茅山是迫不得已,也是势所必然呀。皖南事变后,我们在茅山的根据地几乎丢尽了,无奈转到太滆地区。在宜兴的十六旅屡遭日伪袭击,无法立足,除了西返,别无他路。"

  "对,西返茅山,势所必然!可现在远不是江南指挥部的时候了,那时候,你们背靠国民党,面对日本人,而现在我们却要两线作战啰。两线作战,历来是兵家之大忌呀。"谭震林折下了身边的一棵松树枝。

  "是呀!没办法,也只能两线作战啦,这就是苏南抗战的艰苦所在呀。不过,你看,师长!"罗忠毅用手朝四周比划了一下,"溧武路以北,日军据点林立,溧阳中南部,国民党虎视眈眈,他们的结合部,也就是我们脚下的这片土地,却是一个真空地带,是一个双方军事力量都很薄弱的地方。你看,这儿北连茅山,南连郎、广,东接太滆,西靠溧水,是一个枢纽地带。如果我们占领这一地区,发动群众,扩大武装,恢复茅山抗日根据地就指日可待。"

"嗯,对,有道理。"谭震林点点头,"这儿确实是个重要的区域,是一个缓冲地带,黄金山是一个战略制高点,怪不得日军和国民党军队多次争夺这一地区,占领了黄金山,等于掌握了溧阳北部地区。如果我们拥有了黄金山,可以南抗国民党,北拒日本兵,对于重新打开茅山抗日的新局面,意义非凡。机不可失,既然我们来到了黄金山,我看不妨把旅部放在戴巷。"

"好!我们就把旅部设在戴巷吧。"罗忠毅手臂一挥。

深夜,溧阳县城,国民党军四十师部。

室内灯光明亮,桌椅林立,十分整齐,身穿军装的国民党军官一一入座。

顽四十师副师长陈士章脱下白手套,往桌上一放,招呼站立着的下属军官,"各位就座。"

他摆晃着脑袋,"诸位,我四十师划归第二游击区冷长官指挥后,至今寸功未立,今天敬请各位,相商军务,有劳大家了!"

众军官齐齐起立:"愿听师座召呼!"

众军官伸着脑袋,全神贯注地倾听着。

"诸位,皖南大捷后,新四军大部被歼,但他们的余部在苏南并不甘心,成立了什么第六师,还想与国军对抗。嗨嗨,真是胆大妄为呀。现在共匪十六旅罗忠毅、廖海涛部竟然窜至我溧阳北部地区,还梦想盘踞于此。最可恨的是,昨日,他们四十六团一部竟公然袭击我一一八团一部,抢占地盘,胆大包天,我四十师寸功未立,又遭此辱,本座实在难以咽下这口气,所以我请诸位到此商议军务,看看如何处置这些叛军。"

一十八团团长袁福桥气冲冲地站立起来:"师座,皖南大捷后,新四军已成惊弓之鸟,强弩之末,现在又成立什么军部、师部,那不过是垂死挣扎,现在他们窜到溧阳地区,进攻我部,真是不自量力,师座,我们何不趁此一举歼灭他们,以绝后患呀。我们正愁没有机会,现在不是一个很好的机会吗?"

"是可忍,孰不可忍!他们主动袭进国军,真是吃了豹子胆。师座,还等什么,一鼓作气消灭他们,即使不歼灭他们,也要赶走他们。溧阳北部是个战略要地呀!我们不能养痈遗患,坐视其大呀!"顽军四十师参谋长朱宇平叫嚷道。

"不过……"陈士章面露犹豫之色,"皖南大捷后,共产党大造声势,说我们不顾民族大义,是同室操戈,以苏俄为首的国际力量也在责怪我们,英、美等国也持反对态度。如果现在又动干戈,舆论上可不好交代。"

"怕什么,师座!"袁福桥叫嚷道,"我们顾不了那么多,那儿是我们的地盘,这是蒋委员长早就划定的。他们若在溧武路以北,我们还师出无名,现在他们窜到溧武路以南,又强行进攻我们的部队,我们以牙还牙,是严守防区,这又有何不可呢。"

"师座,政治上不必担忧,冷欣总指挥不是下过命令,要肃清苏南中共的军事力量吗?不过,在军事上,我们倒不能掉以轻心。罗忠毅、廖海涛在战场上威风八面,日寇是闻风丧胆呀,加之谭震林又在军中,这……可不好办呀!"

袁福桥不以为然地说:"参谋长,你过虑了,新四军那点力量你还不知道,皖南一战,早把他们打趴啦。在苏南,他们的主力早随陈毅、粟裕北上了,剩下的都是一些乌合之众。罗忠毅、廖海涛就是有三头六臂也难挡我四十师的冲击。"

他向陈士章请战:"师座,他们没多少人,就那么几支破枪,这个事就交给我吧。"

"嗯。"陈士章一边呻吟着,一边摇晃着,"袁团长勇气可嘉,不过,打仗不能逞血气之勇,还得好好谋划。好吧,既然奋勇请缨,我就把此事交给你吧。"他用拳击着桌子,"诸位,我们一定要把新四军消灭在黄金山地区。"

"是!"众敌齐齐站立。

5月20日,十六旅四十六团一营二连战士在溧阳后周小石桥村进行军事操练。

一卖货的小贩一手摆着拨浪鼓一边叫着:"卖糖喽,卖糖喽,卖糕点喽……"双眼却不时瞟着谷场上操练的新四军。

小贩迎面碰上一小孩。

"小孩,买不买糖?"

"我没钱。"

"没钱不要紧,我给你先吃一粒,来,伯伯给你吃糖。"

小孩接过糖,放进嘴里。

"好吃吗?"

"好吃,可我没钱。"

"没钱不要紧,只要你喜欢吃,伯伯可以送给你吃。"小贩一边说着,一边用眼扫视着谷场上操练的新四军。

新四军战士步伐整齐,认真操练,不时传来声声呐喊。

003

操练间隙,一营二连连长何永棉听到有货郎叫卖声,便奔了出来。

"老乡,买包烟。"何连长一看,见对方细皮嫩肉,不像走门串户跑江湖的人,再看他的眼光时不时地瞄向谷场中的新四军,便起了疑心。

"老乡,你是哪里人啊?"何连长盘问起来。

"我……溧阳人,溧阳人。"小贩说话吞吞吐吐,眼中露出彷徨之色。

"溧阳什么地方的?"

"嗯……南面的,南面的。"

"什么村,什么庄?"

"就……是…是溧阳城里的。"小贩头上冒出了汗。

"好吧,请姜指导员来一下。"何永棉朝一小战士叫道。

姜指导员即姜恩义,溧阳大溪藤村人,1938年日军占领溧阳以后,他和孪生兄弟率领本村及邻村抗日自卫团民众多次抗击凶恶的日军,一日,日军从南渡小金山下乡骚扰,姜恩义兄弟率众抗击,日军见民众甚多,边打边撤,民众奋然追击,追击时,其孪生哥哥为敌所害。其发志报仇,1939年初,经周城地下交通员"丁长腿"介绍,到溧水白马桥参加了新四军,成为二支队四团的战士,因作战勇敢,很快由普通战士上升为一营二连指导员,他随罗、廖东征西讨,屡立战功。1941年5月,随罗、廖从太滆地区返回家乡,现听小战士说连长急请,便匆匆赶来。

姜恩义一到,何永棉迎了上来,"指导员,这儿来了一个挑货郎担的,形迹可疑,他说他是溧阳人,听口音有点像,只等你来鉴别了。"他在姜恩义的耳朵旁轻轻地讲道。

姜恩义点了点头,"好,如果是狐狸,这儿可有好猎手。"

挑货郎担的被战士们推到了姜恩义面前,一见姜恩义神色紧张起来。

"你从哪里来的?"姜恩义用极其威严的眼光盯视着他,他头上长着一头黄发,威猛犹如雄狮一般,他先用半生不熟的江北话问他。

小贩一惊,回答时口音突变,有些慌乱,旋即镇定下来,继续用溧阳话回答道:"是溧阳城的。"

"是溧阳本地人吗?"何永棉用冷峻的语调问道。

"对……对对,祖祖辈辈生活在溧阳,全家做点小生意养家糊口,现在兵荒马乱,城里生意不好做,到乡下来玩玩,长官,我可以走了吗?"小贩点头哈腰,语调十分急促,但并不顺畅。

姜恩义哈哈一阵大笑,小贩几句话一出口就露出了马脚,溧阳话并不纯正,虽然一般人听不出来,但怎瞒得了姜恩义,尤其溧阳人从不叫"玩玩",只讲遭遭。他用地道的溧阳方言对小贩喝道:"你到底是哪里人?这些糖各卖多少钱?"

小贩一听,眼神散乱起来,因为他听到了地道的溧阳话,一惊慌,他的语言本色便显露了,原先的也有几分相像的溧阳话,犹如风化的石片纷纷剥落下来,霎那间一句话也说不上来了,他用本色的河南话结结巴巴地应付着,至于那些麦芽糖的价格,没有一样说得清楚。

姜恩义一把揪住小贩的衣领,喝问道:"既为挑货郎担的,怎么连价都报不清,现为溧阳人,溧阳话怎么说成四不像。"他大喊一声,"你是什么人?到底干什么的?"

何永棉一步上前:"你是奸细,走!到团部去。"

"不不不,我不是。"小贩满脸恐慌之色,头上直冒冷汗。

到了四十六团团部,小贩一见团部锄奸股股长赖峰,便瘫倒在地,赖峰锄奸名震四方。

……

何永棉、姜恩义向钟国楚汇报工作。

"啊,是奸细!"钟国楚听完何、姜两人的汇报大吃一惊。

"对。我们刚刚进行了审问,他是陈士章派来的四十师搜索连的班长,刺探情报的。"

"好,我得赶快向谭师长、罗司令汇报。"钟国楚急忙起身大步向旅部戴巷进发。

戴巷村一古老的祠堂现辟为小学,其中厅灯火明亮,谭震林、罗忠毅、邓仲铭众将士汇集一起开着连以上的干部会议。

谭震林一脸的严肃之色,"同志们,今天我们接连抓到几个扮成货郎担的小贩,行脚中医的国民党探子,种种迹象表明,国民党短期内企图进攻我们,他们猖狂得很。"

"对,敌人总以为地盘是他们的。"邓仲铭愤愤地说。

罗忠毅沉吟道,"看来这仗非打不可了。皖南事变后,他们总以为我们的军事实力远不如他们,在苏南任意逮捕枪杀我地方工作人员,现在又不断派来密探,看来他们已做好准备了。我们必须迅速作出对策!"

"对,我看这一仗免不了,这个地方我们不能丢,如果丢掉这个地方,我们就很难再次打开茅山地区的抗日局面。"钟国楚说道。

"他们想打,我们奉陪。我们还要打到山里去,活捉顾祝同。"谭震林怒吼道,"我们要打,而且一定要打赢,至于具体设想,我们先听听罗参谋长的意见。"

"同志们,敌人在皖南事变后,变得异常凶猛,但这并不可怕,我在国民党部队待过,敌人不过是纸老虎,并不可怕,西塔山,我们就和他们交过手,廖司令就把他们打垮了。敌人虽然有一个师,兵力远远超过我们,武器也比我们好,但他们不可能用足兵力!"罗忠毅来到地图前用手比划着,"敌四十师师部在溧阳戴埠,一一九师在宜兴张渚,第二二〇团驻坝头山一带,挺进纵队两个团驻溧阳、郎溪一带。这些地方都有鬼子,敌人有后顾之忧。只有一一八团驻别桥、后周、南渡一带,看来他们暂时只会动用一一八团,敌人可用的兵力有限……"他离开地图,"我们这儿地方不大,敌人的兵再多也摆不开,加之我们北面是横山岗和丫髻山,南低北高,地形对我们有利。"

"对,这儿还有很好的群众基础,老百姓支持我们,我们一定能打赢这一仗。"组织科长王直补充道。

"各位干部,回去后,做好动员,保持高度警惕,痛击来犯的敌人。"罗忠毅的声音在室大厅中回荡着。

5月21日上午,溧阳后周地区,四十师一一八团团长袁福桥骑着高头大马,志高气扬,十分骄横。敌团参谋长并辔而行,顽军跑步前行,个个荷枪实弹,杀气腾腾。

袁福桥在后周石桥上勒住缰绳,用马鞭轻轻敲打着马头,他用望远镜向后周北面看了看,仰头大笑:"哈哈哈,老孙,北面一点儿人影都没有,也许新四军早就被吓跑了。谭震林呀,罗忠毅,我看你们往哪儿跑……"他不解地冷笑着:"老孙,我们国军是良莠不齐啊!抗战前,我们在江西剿、在闽西剿,剿来剿去剿不完,我还真以为谭震林、罗忠毅他们这些共产党有什么能耐,其实那些国军都是饭桶。你看皖南一战,共产党军队被打出了原形,这一次,黄金山一战可不能再让他们漏网,乘皖南之捷的士气,乘他们立足未稳,一鼓作气把他们拿下。"

"对,团座,天赐良机,该是你加官进爵的时候了。从几天来的情报看,谭震林、罗忠毅部还在黄金山一带活动,他们的武器十分落后,还比不上他们皖南军部的那些部队,我看不到太阳下山,就可到溧阳城去泡泡澡堂了。"

"好呀,到时候你要想法弄几个水灵灵的溧阳小女子喽……"

"那当然,团座的胃口我还不知道吗?"

"哈哈……"两人一阵大笑。随即袁福桥命令部队全速前进。"一营从阴山向北挺进,二营、三营从靠村往北攻……"

下午,阳光灿烂,戴巷周围,茶叶树、油菜花黄绿相间,南面河水环绕,山岗起伏,丛林片片。

罗忠毅站在戴巷高地上,拿着望远镜朝南面瞭望。

通迅兵报:"罗司令,敌人的先头部队分二路攻来,一路已到达阴山,一路已到达靠村!"

罗忠毅放下手中的望远镜,传令通信兵:"通知教导大队长刘一鸿、四十七团一营尹营长利用小石桥、玉华山的有利地形就地阻击。"

他又扫视了一下众人,目光落在了钟国楚的脸上,"钟政委,你率四十六团二营从唐家村、北舍,利用山沟阴蔽,插到范家庄、东庄,切断敌人退路!"

"是!"钟国楚朗声回答。

"黄玉庭,你率四十六团一营从小坝、大塘头再到姜庄,从侧翼打击,配合二营切断敌人的退路。"

"是!"黄玉庭高声答道。

"旅部特务连做预备队,给我狠狠地打。"

……

枪击声声,硝烟弥漫,呐喊声声,新四军战士利用丘陵、河流阻击敌人,敌军纷纷倒下。袁福桥气急败坏,敌传令兵报道:"报告团座,进攻玉华山的部队死伤一百多人,进攻小石桥的搜索连八十人剩下不到三十人……"

"他妈的,饭桶,一营给老子上,一定要拿下小石桥。"袁福桥朝天放着枪。

……敌军猛攻小石桥,刘一鸿指挥若定,他指挥教导队仅有的一挺日式重机枪待敌人过桥时突然开火,把顽军四十师搜索连一下子打死打伤八十多人。敌人纷纷滚落至桥下,还没等敌人缓过神来,刘一鸿率队猛烈出击,将顽军搜索连全歼于小石桥附近。

……钟国楚率部穿行于山岗中,他气喘吁吁,鼓动着战士们:"同志们,加快步伐。"

……袁福桥见顽军纷纷溃散,如雪崩一般,情况不妙,慌忙命令全线撤退。他刚转身,便听到一阵军号声,钟国楚率部而来,吓得他忙骑上马向南急奔。

钟国楚率众追击,突遭流弹袭击,腿部中伤,跌倒在地,仍顽强爬起,命令追击,行几步又跌倒在地……

一片呼唤,战士们庆祝胜利。

钟国楚躺在担架上,从昏迷中惊醒,他一把抓住王直的手,"王科长,战士们如何?"

谭震林,罗忠毅笑着走来,"国楚呀!好好养病吧!敌人被我们赶走了。"

晚上的总结会开得很热烈,烟雾阵阵,罗忠毅抽了好几支烟,麦茶飘香,罗忠毅喝了几大碗。两个半小时,打死打伤敌人二百余人,俘虏敌连长以下官兵三十多人,缴获机枪二挺,步枪四十多支,可谓收获不小。

廖营长、林营长、尹营长、刘大队长、黄团长、傅参谋长等纷纷汇报今天作战的战况和经验教训。

谭师长很冷静,他说今天的战斗把顽固派打垮了,但顽固派还没有败透,没有被消灭,没有被打痛,他们不会甘心失败,估计顽固派还要较量。

罗忠毅点了点头,从战斗的整个过程看,敌人的兵力并没有用足,进攻带有试探性,他们仗着武器精良,是不会就此罢休的,如果不把他们的有生力量消灭掉,战斗迟早还是要发生,所以不能松懈,要立足于打,甚至要立足于大打,罗忠毅捏紧了拳头叫道:"对,要打,狠狠打,不把顽固派打痛,他们不会甘心失败的……"

谭师长下定了决心,准备再战,于是谭震林与罗忠毅又在煤油灯下对照着地图研究起来,并作了周密的部署,又对部队作了反复的动员,部队的士气十分高涨!

夜晚,溧阳县城,顽四十师师部。

"他妈的,老子毙了你。"陈士章掏出手枪往桌子上一甩。

袁福桥耷拉着脑袋一声不吭,吓得两腿发抖,身子打颤,顽师参谋长朱宇平忙打圆场。

"师座,袁团长进攻不力,理应受罚,不过我们这次进攻的兵力不足,加之地形不利,也难坏了弟兄们,你想想,谭震林、罗忠毅久经沙场,我们怎能轻易取胜。"

"嗯,"陈士章轻轻吁了一口气,对着袁福桥吼道,"饭桶,给我滚。"

"参谋长,明日我亲自上阵,倒要会会这谭震林和罗忠毅,我就不信我黄埔科班出身的人斗不过他们这些草莽英雄。"

"师座,莫急,我看一一八团的兵力不够,必须把挺纵的两个团调来,方可无虞。"

"不用了吧!这一一八团的兵力足矣,我陈士章可不是那位饭桶,况且兵贵神速,如果失去战机,事情就不好办了。"

"这……师座。"

"你过虑了,我准备明天攻打黄金山。"陈士章挥了挥手,顽师参谋长只得作罢,快快而去,陈士章则穿着白衬衣离开了师部。

溧阳黑市桥一角,灯光通明,街铺林立,酒徒的喝酒猜令划拳声、小贩的叫卖声、妓女的淫浪声汇成一片。陈士章碰到一个绝色女子。

"呀,雪艳,是你呀。"陈士章瞪大了眼。

"啊,你……你……你是陈士章吗?"那个被陈士章称作雪艳的女子惊叫道。

"对不起,这是我们的李师长。"警卫上前解释道。

"去,去,去,这是我的老相识、老同学,名门闺秀王大小姐。"陈士章眼一翻,"你们先去酒楼张罗一下,我和王大小姐马上就到。"

溧阳太白酒楼,陈士章和王雪艳相对而饮。

"雪艳,我去黄埔军校前曾找过你,想吐露一下自己的爱慕之情,不料你们全家迁走,下落不明。"

"家父急着要赴武汉,便匆匆地带我们离开南昌,那时候,我也想见你,可……"雪艳脸羞红起来。

"现在夫君何在呢?"陈士章眯缝着眼,试探性地问道。

"七七事变前,我们全家迁至上海,就在那时我们结婚了,不料抗战一爆发,国军溃不成军,我们流落到苏南溧阳县城。唉,前月他去武汉采购东西,不知何时回来。"雪艳连连叹气。

陈士章笑意顿生:"好,好,好,你别伤心,我看……雪艳呀,你不能把我当外人了。"

王雪艳泪花顿现:"我什么时候把你当外人了,我的心你不知道,我只恨老天无眼,没给我机会,现在你做了师长,还能……"

陈士章眼一亮:"你放心,我陈士章是有情有义之人。"

他忙叫警卫员先回师部,且密令部队暂缓行动,由他明日再行决定。

入夜,陈士章拥王雪艳进入卧室,并脱去王雪艳的上衣,王半推半就……

5月24日下午,当顽固派在陈士章带领下,调集七个营的兵力再次向黄金山、戴巷进攻时,罗忠毅胸有成竹,指挥若定,谭震林和罗忠毅决定把溧阳警卫连和四十六团侦察班放在张村一带,伺机在顽固派的后方打游击,袭击顽敌的后方……

顽军从别桥经陈巷到白土棚。它一出头,十六旅小分队就与之打起来了。这边后周到靠村也遭到十六旅第四十六团一营一个小分队的打击。溧阳警卫连和第四十六团侦察班,在敌人后方袭击顽军的包扎所。顽军虽感到我军已有准备,但敌陈副师长下令:不要被共军小分队阻挠、麻痹我向其主力进攻。不久,罗忠毅在戴巷后边高地上从望远镜里看到,顽敌打了一阵就向后跑。这次战斗我军毙伤顽军

009

八十余人,俘虏十余人,缴获了一批枪支弹药。

经过这两仗,顽军内部的士气越来越低落,新四军则越战越强,政治影响也越来越大。溧阳群众说:新四军是战无不胜的铁军,顽固派是屡战屡败的"豆腐兵"。

夜晚,十六旅旅部居地戴巷是一片欢庆声,战士干部几乎都认为顽固派不堪一击,会迅速离开溧阳北部。

戴巷祠堂里,罗忠毅与谭震林眉毛紧锁,两人不时地细看着巨大的军事地图。

"老罗呀,敌人两次进攻失败,是不会善罢甘休的。"谭震林忧心忡忡。

"嗯,陈士章匆促上阵,大败而归,绝不会服输,更大的战斗还在后面呢!"罗忠毅点着头。

"我们要把顽固派打痛,打垮,否则他不会服输的。"

"嗯,第二次陈士章仍然用一一八团进攻,下一次来绝不会轻敌,据我估计,他会调用挺纵的两个团再加上一一八团残兵败将,再来进攻,若那样,架势倒不小呀。"

"有道理,顽军兵强马壮,我们不得避其锋芒,不过二战失利,且士兵厌战并不可怕。"

罗忠毅用手在平铺在桌面上的地图上比划着,谭震林的视线随其不断平移着。

"谭师长,敌人下次再来一定会动用炮兵,原先阵地不能守了,我们应该把主力放置在黄金山山后,利用有利的地形再行出击。"

"好,我们让出黄金山,让他们爬,然后在行动中寻找战机,进行反击。"

"那我们要演一出现代版的空城计了。"两人哈哈大笑。

黄金山山上,四十六团一营战士挖战壕的挖战壕,扎稻草人的扎稻草人,忙得热火朝天,谭震林、罗忠毅亲自到黄金山察看地形,战士们一见,纷纷行礼。

谭震林摆摆手,示意战士们加紧布置,罗忠毅则从二连指导员姜恩义手中拿了一顶"篓箍头"戴在一稻草人头上,顺势推了一下稻草人,稻草人在热风中摆晃着,"稻草人呀稻草人,陈士章要你们吃他们的炮弹啰!"

"罗司令,它的肚量大,来多少顽军它就吃多少顽军。"姜恩义拍了一下稻草人的肚子,"罗司令,顽军什么时候来?"

"怎么,你急啦?姜指导员,到时候他们会来的,"他忽地神色凝重起来,用手中望远镜朝四周瞭望起来,"他们一定会来的。"

黄金山山后阵地,一群乡民赶来修筑工事,罗忠毅上前抓住一个中年男子的手,"老乡,你们是哪儿来的,谢谢你们啦!"

憨厚的苏南百姓围了上来,那个中年男子答道:"我们是西南塘马村的。新四军乃仁义之师,抗击倭寇,听说你们要打顽固派,我们特来相助。"

"谢谢你啦!你叫什么名字?"

"我叫刘秀金,这些都是本族之人,挖好战壕,痛击那些专搞摩擦的顽固派。"

"好,塘马的百姓觉悟高,谢谢你们啦!我们要打垮顽固派,要更好地消灭鬼子。来,我和你们一道挖。"罗忠毅抢过刘秀金手中的钉耙,凿起泥土来。

"噢,罗司令,你还能干活?"

"能,我们新四军都是穷出身,什么活都能干……"

27日中午,阵雨过后,天色阴沉,陈士章领一一八团,挺纵两个团及一个炮兵连分三路扑向戴巷,结果空无一人,他们又扑向了黄金山山下的小涧西。

陈士章用望远镜朝黄金山瞭望起来,由于天色阴沉,所见之物不甚分明,但见山上沟壕纵横,人影晃动。"好呀!躲在山上,居高临下,谭震林、罗忠毅又用闽西那一套对付我们,可我李某人不是那些草包,上次人少,我又碰了女人,这次女人已除,又有了重武器,嗨嗨,老子的重武器可不是吃素的。"

提到女人,陈士章心头一凛,这王雪艳原为同乡,从小亲梅竹马,情投意合,不料世事多变,自己参军,雪艳全家迁往他乡,谁晓得21日晚竟在苏南的县城溧阳相遇了。天降奇缘,激情一夜,本为美谈,谁料情场得意,战场惨败。本不在意,无奈参谋长朱玉平说女人晦气,倘若不除,恐于三军不利。本于心不忍,可朱玉平嫉妒成性,临阵玩女人,倘为上司所知,恐不好办。现在战事不利,除掉女人,一可堵朱玉平的嘴,二仿古人用人祭旗,可谓一箭双雕。大丈夫欲成大业,何必在意区区一个女人,古人云:量小非君子,无毒不丈夫,顾不了那么多了。

陈士章乃阴险之人,他不想让此举出于自己名下,26日清晨,他故意为难道:"虽然这么说,不过参谋长,这女子并没有明确的罪行呀。"

"有呀。"朱玉平奸笑了一下,"陈师长乃能征惯战之将领,刚一出师,便遭伏击,肯定有人通风报信,这不算罪名吗?"

陈士章猛然醒悟道:"对,对对!老子是常胜将军。"他装着自言自语道,"一定有人通敌人了……一定有人……对……是她……否则我怎么可能失败呢?……对……雪艳,这可怪不得我了。"他拔出手枪叫喊道,"勤务员,去黑市桥把王雪艳的人头提来!"

"是!"勤务兵应声而去。须臾,一女人的头颅扔到了陈士章脚下……

现在一提到此女人,他还是有些害怕,雪艳不可名状的笑容在眼前晃动……他拔出手枪在空中乱挥,像驱赶苍蝇一样做着驱赶动作。

陈士章心有余悸,上次大败而归,这次他便格外小心,重新启用了袁福桥。

他把刚刚解了禁的袁福桥叫来,"袁团长,本师座给你最后一次机会,你带一一八团从正面进攻,务必拿下黄金山,否则军法从事。"

"是,师座,不拿下黄金山,让士兵拿脑袋见你。"袁福桥眼露凶光,往手心里吐了一唾液,转身想走,"慢,本师座上次由于沾了女人……"他顿觉失口,右手打了一下左手掌,"本师座上次由于轻敌,吃了一次亏,这次我调来一个炮兵连协助你,这次你可要把黄金山炸平。"

"谢谢师座!"袁福桥感激零涕,领命而去。

"挺进一团。"

"有。"

"从西面巷上进攻。"

"是。"

"挺进二团,从东面侧翼颜家村进攻。"

"是。"

"参谋长,我们居中,老子今天要踏平黄金山,活捉谭震林、罗忠毅。"

黄金山山下,小涧西边,袁福桥手一挥,声嘶力竭地叫道:"放。"

"轰轰轰",排炮齐放,硝烟弥漫,黄金山山顶泥土四溅,稻草人在空中散裂飞扬,烟雾弥漫,我两战士负伤。

敌一一八团千余人在一阵猛烈炮火下开始进攻黄金山,我少数部队在山底且战且退,敌进攻缓慢。

下午三点,敌一一八团率先登上黄金山山顶,发现了许多稻草人,暗暗吃惊,随后挺纵的两个团也陆续来到,见到稻草人顿感蹊跷!

黄金山山后沈庄,罗忠毅用望远镜瞭望黄金山,他从镜筒中看到顽军在山头上转来转去,到处搜索,十分混乱。

罗忠毅露出了笑脸,他迅速下达了命令:"黄玉庭,你率四十六团一营和旅部特务连从沈庄西窑头、塘家村出发,侧击敌人,尹营长,你率四十七团一营在正面牵制敌人,傅参谋长,你率四十六团二营和旅部教导大队从掩蔽阵地全线出击。"

陈士章登上山顶,只见山顶上只有被炸碎的稻草人,见不到新四军一点踪迹,大惊失色。"啊,空城计!"他话音刚落,只听到军号嘹亮,喊杀声阵阵,从北山下的平地上突然冒出许多新四军,放着枪向山上冲来。他还来不及下令还击,就听到黄金山南面也传来阵阵喊杀声、枪击声,东面一支部队已冲向黄金山,山南后续的挺纵大部队人马纷纷溃退,已向南面的后周方向狂奔。眼看自己刚刚占领的山头将被包围,他一时惊慌起来,还强打精神,放着枪叫:"别乱,别乱。"

顽军参谋长忙上前来,"师座,新四军诡计多端,早有准备,此山不可守,别忘了马谡的街亭之败。"

陈士章头上冷汗直冒,想起马谡守土山,弃街亭,陷于绝地之事,忙挥手,"撤,快撤。"敌军一窝蜂从山上撤下,连滚带爬向南撤退。

黄玉庭率部至小石桥,拦截顽军。

二连指导员姜恩义带领战士们设伏于小石桥村边,见顽军在黄金山如雪团般翻滚而下,又仓皇逃至小石桥边,便大喊一声"打",众战士排枪齐放。顽军遭受伏击,纷纷倒毙,余者晕头转向,四处奔突。

姜恩义枪一挥:"同志们,冲啊!"他一跃而出,艳阳照在他特有的灰黄色的头发上。众战士齐齐跃出,扑向敌群,高喊"缴枪不杀",众顽军见状,纷纷缴枪投降。

小石桥一役,顽军一百人弃枪投降,毙伤二十余人,缴轻机枪,步枪一百二十多支,子弹一万多发,右路出击部队在傅参谋长的带领下追敌至靠村,西管里一带,毙伤敌一百余人,俘二百多人,缴获机步枪二十余支。

晚上,欢庆声一片,罗忠毅与谭震林坐于桌前,他们两人神色冷峻,没有一点喜色。

"谭师长呀!我们取得了三次胜利,敌人被打垮了,但险情并没有消除呀!"罗忠毅平昔少言,神色一直很凝重。

"是呀!黄金山离敌人据点只有几公里,而顽军一个师只动用了三个团,谁说他们不会加大兵力再来进攻,如果他们再和日寇勾结,那就危险了,我们不得不防。"谭震林深深地叹了一口气!

"我看今夜做好转移的准备,计划要调整,廖海涛今夜东来,我看不要会合了,一道转移。"

"好。"

"乐时鸣!"罗忠毅高声叫道。

"你率区党委短枪班战士从两军对峙的阵地间穿插前行,在二三小时内找到从太滆赶来的廖司令,告诉他旅部可能转移,不要再来会合,免遭意外。"

"是。"

……

乐时鸣走后不久,通信兵急报:"谭师长、罗司令,顽军全线退后,准备全线后撤。"

"啊?是吗?"谭震林瞪大了眼。

"好呀!敌人心虚了,谭师长,机不可失,猛击穷寇,扩大战果,扎根溧阳,旅部不必转移了。"罗忠毅凝重的脸色转化为欣喜之色。

"对,旅部不必转移,全线出击。"谭震林发出了命令。

新四军追敌至余家桥前马一线,顽军退却,十六旅扎根溧阳北部,旅部移至塘马,初步打开了茅山抗战的局面。

2

六月初,在溧阳塘马村刘家祠堂大堂内,罗、廖端坐于长台前,后面是一幅巨大的军事地图。

"报告!"——新四军一干部进入大厅,向罗、廖行礼。

"进来!"罗点点头。

"有什么新情况,张参谋。"廖凝视而问。

"报告罗首长、廖首长,国民党四十师龟缩在溧阳前马、南渡一线,伺机反扑,日军在溧武路以北,没有什么特别的动静,天王寺、指前标、罗村据点的日军,也没有大规模扫荡的迹象。"十六旅侦察参谋张业向罗、廖汇报刚刚侦察到的情况。

"嗯。"罗点了点头。

张参谋站立一旁。

罗、廖起身来到挂在墙上的地图前。

罗忠毅忧心忡忡:"廖司令,现在的形势很不明朗啊,看似平静,其实是危机四伏。"

"是呀。"廖海涛点点头,指着墙上的地图:"皖南事变后,形势对我极为不利,我们不仅要面对日寇,还要面对国民党。两线作战,艰难异常,这是其他抗日根据地不曾遇到过的局面呀。"

罗忠毅说:"我们已经没有了战略空间,溧武路以南也成了日寇的据点。太滆立不住脚,长滆立不住脚,茅山根据地已丢失殆尽,若不是黄金山三战三捷,我们不知要到何处去立足啊。"

张参谋道:"首长,看来塘马、黄金山地区是我们十六旅唯一的立脚点了。"

廖海涛说道:"是呀,眼下只有这样的立脚点。不过这儿倒是一个真空地带,北依茅山,南联郎广,西接溧水,东联太滆,若我们在这扎下根,对打开茅山抗战的新局面也是极为有利的。"

"嗯,眼下塘马虽小,地位可不一般呀!"罗忠毅点点头。

"走,我们到外面看看。"廖海涛提议。
"好!"罗忠毅应声道。

塘马村西,砖木楼前,大榉树下,石桌一张,圆石凳三把,青年夫妇刘良超与袁秀英正坐着喝大麦茶,石桌上放着一茶桶。
两人见罗、廖与张参谋前来,忙起身相迎。
"罗司令、廖司令,吃点茶吧。"
"好呀,坐,你们坐。"罗招着手。
廖问道:"良超,农事忙吗?"
刘良超有些拘谨,忙答道:"还好,还好,只是兵荒马乱,稻子熟了,常常被日军抢走。"
张参谋答道:"不用怕,有新四军在,日寇抢不了啦。"
袁秀英叹口气:"就算日军不来,国民党还是要来的,光赋税就应付不了。"
罗答道:"放心吧,新四军在,国民党也不敢来,我们新四军是穷人的军队,不会在这儿收税,还要帮助你们开展生产。"
夫妇俩眉毛顿时舒展开:"对,我们相信新四军,你们的部队来了几天,秋毫无犯,帮我们打扫卫生,车水灌溉,真是仁义之师呀。"刘良超朝袁秀英使了个眼色,中年妇女转身朝门前菜园走去,菜园里种着一片黄瓜。
罗、廖与刘良超交谈着,一会儿袁秀英捧着好几根黄瓜走上前来。
"请罗司令、廖司令吃黄瓜,今年的黄瓜长得好,又粗又长。"
张参谋连忙掏钱,夫妇俩不肯收,推来推去。
罗、廖笑了笑:"先吃吧。"又朝张参谋使了个眼色,张参谋点点头,一边吃黄瓜,一边朝屋内走去,到了灶前,他掏出钱放进了主人家的盐罐子里。
罗、廖起身告辞,刘良超夫妇返身进屋,看到盐罐子里的钱,连声赞扬:"新四军真是我们老百姓的军队呀!"

大祠堂里,《新四军军歌》歌声嘹亮,女战士们在引吭高歌。
有两个女战士从祠堂里走出来,见到罗、廖及张参谋走来,连忙行礼。
"罗司令、廖司令好!"两个女战士忙行礼。
罗、廖还礼。
罗忠毅关切地对女战士说:"田小谷,习惯了部队的生活没有?"

"习惯了。"那个被称呼为田小谷的女子答道。

廖海涛一脸关爱之情："好啊,部队是个大家庭,部队就是你的家,你会感受到关爱和温暖的。"

"嗯。"田小谷点点头。

罗忠毅说："等我们赶走了日本鬼子,你的祖国一定会光复,你就能回到你可爱的家乡了。"

田小谷"嗯"了两声,点头鞠躬。

"不用了,部队战士应该用军礼。"张业上前说道。

"好吧,你们忙吧。"罗、廖向两个女战士挥挥手,两个女战士拉着手哼着歌向村南走去。

张业问道："罗司令,这田小谷是朝鲜哪里人?"

"汉城的,被日军征来做了慰安妇,4月份,李钊率小分队夜袭金坛城,解救了几个慰安妇,她是其中之一。"罗忠毅边走边说。

"她的复仇心理特别强,要求参加新四军,光复自己的祖国,我们当然欢迎,只是语言不通,在部队里和战士们交流有困难。"廖海涛补充道。

张业忙答道："我听陆容讲,她学习刻苦,进步很快,好在她在东北待过,有一定的汉语基础,现在基本上能听懂中国话了。"

"一二一,一二一,向前走。"操场上传来战士们的操练声。

傍晚,罗、廖信步来到村东塘马河边,驻足远望着丫髻山。

"廖司令,这山真像你们上杭的双髻山呀!"

"像,像像像,双峰并峙,真像!嗨,我又想起家乡的山水了。"

"是呀,一别四年,难忘三年的游击岁月呀,大罗坪、金丰大山、天子嵊、闽西的地形真好啊,塘马的地形也不错,东、西、北都是丘陵,南面是平原,是屯兵的好地方。"罗忠毅发出感慨之声。

"更重要的是这儿的群众基础好,抗战热情高,在敌、伪、顽三面夹击之下,这个条件对新四军太重要了。"

罗忠毅点点头,神色依然严峻："唉,可惜这地方太小。离日军的据点不到十公里,不像在闽西,虽处境险恶,但有崇山峻岭,可以施展手脚。"

"是呀,苏南多为平原水乡,地形没有依托,而日军武器精良,机动性又强,战斗不对等呀,如果我们不想办法,那只能坐以待毙了。"

"我们必须马上召开军事会议,想出对策,一定要打开茅山抗战的新局面!"罗忠毅握紧了拳头。

溧阳山丫桥国民党第三十二集团军第二游击区总部内,冷欣端坐,铁青着脸:"诸位,今天召集大家开会,不是让你们来吃溧阳的白芹、扎肝,喝溧阳的糯米酒的。自四十师归入我部,战事不利,苏南的格局并没有改变,5月份,陈副师长三战黄金山未果,一个月过去了,十六旅又移师塘马,雄心勃勃,颇有大展宏图之志。皖南我们取得了大捷,在苏南我们同样要取得大捷,现在要看看诸位能拿出什么手段来解决这些叛军。"

"总指挥,我……"四十师副师长陈士章站了起来,"总指挥,上次在黄金山未能消灭谭震林、罗忠毅,有负总指挥的栽培,也辱没了国军的威名,望总指挥给我一个机会,若不把罗忠毅、廖海涛擒来,甘依军法从事。"

"陈副师长胜不骄败不馁,精神可嘉,但眼下英美各国都竭力反对国军动武,苏俄又多次照会国府,表示抗议,现在再大规模的动武,蒋委员长在外交上怎么交代呀。"冷欣神色凝重、满脸不满之色。

"若小规模的动武,难以铲除这些叛军,上次……"陈士章辩解道。

"好啦好啦,陈副师长,当初蒋委员长给叛军划定了作战区域,本想一箭双雕,可是他们越界活动,阳奉阴违,我强迫陈毅去路北,他却去了苏北,现在十六旅又来到路南,想想还有什么高招吧。"冷欣挥了挥手。

六十三师师参谋长伍开云叫道:"总指挥,孙子云:上兵伐谋。想当年,刘备潜称汉中王,曹操欲大举进攻,司马懿力劝曹操不宜用兵,彼时与此时十分相似。我有一策,不用国军一兵一卒,可让十六旅自行灭亡。"

"嗯?"冷欣眼睛一亮,"还请参谋长详细道来。"

伍开云走到地图前,用小棒指点着:"苏南的新四军是困兽犹斗,并不足虑,十八旅留在虞、澄、锡乃自踏死地。日军岂能让他们横行。十六旅窜出茅山,已没有尺寸之地,占领溧阳北部乃苟延残喘,我们不用兵,他们在巴掌大的地方也闹不出名堂,如果他们闹得凶,日军不会袖手旁观,诸位想想,用得着我们动手吗?他们要抗日,让他们去抗,由日军打包,用不着我们操心,这就是不用兵的好处。如果我们一味用兵,除政治上不好交代,军事上也未必有什么好处,他们没有地盘,必拼死相抗,这于国军不利,另外他们可能西移江、当、芜地区,那样就更不好办了。我们让他们安心地在塘马发展,那么大的地方,他们闹不出名堂,不用兵、不用兵……不用兵为上。"

"如果他们南下,再和国军抢地盘呢?"忠义救国军总指挥周伟龙问道。

"不用怕,叛军是以进为退,没什么大不了,他们不敢南下,他们有多少军队?只要我们守住前马、南渡一线,谅他们没这个胆,如果他们真的要来……哼,求之不得,我们全力击之,消灭他们,政治上也有了交代。"

"对,伍参谋长说得有理,对于这些叛军,我们可以采取欲擒故纵的办法,我们守住南渡、前马一线,让他们闹,我们隔岸观火,相机行事,即使养痈遗患,患不在我。就这样,传令各部,不必用兵,采取守势,严密监视。"

"是。"

日本南京大本营十五师团部,师团长酒井直次急召特高课课长小山前来密谈。

"小山君,你知道我召你来干什么?"

"师团长召见定是有紧急公务。"

"哈哈,那倒未必,我只是备了一壶好茶请小山君饮用。碧螺春,正宗苏州东山的。"

"嗨!谢师团长恩赐。"

日本艺妓上,沏茶泡茶。酒井直次与小山君对饮。"小山君,怎么样,味道好吗?"

"好,碧螺飞翠太湖美,新雨吟香云水闲,难怪中国人说喝一杯碧螺春,仿如品赏传说中的江南美女。"

"哈哈哈,小山君,雅兴真高呀,可惜我这个师团长军务在身,没法培养这个雅兴,好、好、好,言归正传,我这次召你来,是想听听你对当下苏南军事、政治情况的分析。"

"嗨,如果我的汇报能激起师团长的灵感,将不胜荣幸。"

"小山君,你说吧,随便说说,不必介意。"

"嗨,师团长总部制订的《昭和十六年以后长期战现地政治策略指导大纲》非常英明,国民政府与我们制定的《治安肃清纲要》也非常及时,清乡是个好办法,政治、军事一举两得。从政治上讲由汪精卫先生担任委员长,我们东亚共荣的和平政策由中国人自己去宣传执行,效果是不言而喻的。从军事上讲,我们的兵力在苏南不足,我们的底线是保住宁沪的大都市和交通线,但敌匪四处横行,兵至则四散,兵去又潜聚,难办,但一清乡,大大的限制了他们的行动,这就叫撒网捕鱼,划地为牢,我个人认为这是对支那战争后苏南从没出现过的好形势。"

"嗯……"酒井直次点着头,"好,你说,你大大的说。"

"我的分析就是如此,不知道师团长还要我再说些什么?"

"哼哼,具体些,这些都是表面的,我很想听听你对中国军队尤其是共产党军队的看法。"

"嗨！上次我已向师团长做过汇报,苏南国民党军队主要由冷欣负责,他们龟缩在郎、广一线,不足为虑,至于共产党的新四军却危害不小,皇军一时没有办法,好在国共相争,皖南一役新四军消灭殆尽,大大缓解了我们的压力。苏南的新四军成立什么第六师,不月怕,他们乃乌合之众,兵力不足五千,前不久,新四军和第四十师又兵戎相见,闹得不可开交,他们自相残杀都来不及呀,师团长用不着担心这些支那军队。"

"照你这么说,在苏南皇军可高枕无忧了。"

"师团长,属下不是这个意思,我的看法是不足为虑,但不是高枕无忧,中国有句古语叫'鹬蚌相争,渔翁得利',现在国共水火不容,我们坐山观虎斗,先对东路实行清乡,暂时放弃对茅山地区的讨伐,如果此时用兵茅山,反而会促进国共和解。三国时,曹操采用郭嘉之计,对辽东没有紧急用兵,结果袁氏与公孙策相互拼杀。我们不用兵,新四军没地盘,必与国民党相争,待我们东路清乡完毕,再腾出手来用兵茅山,不管是中共还是蒋介石,我们都可一鼓作气,聚而歼之。"

"哈哈哈。"酒井直次仰天大笑,"高见高见,那我做一次渔翁啰。"

塘马村西刘家祠堂内,罗、廖召集军事人员召开军事会议,罗忠毅首先发言:"同志们,来塘马好几天了,现在部队有了根据地,暂时立住了脚,是一件大好事,不过形势依然严峻,我们困难重重呀！下面由廖司令为大家谈一谈当前的形势。"

廖海涛朗声地介绍道:"同志们,罗司令说得一点没错,现在的形势十分严峻,我们六师比任何一个师的处境都要艰难。新四军要贯彻毛主席、党中央的'向东进攻、向北发展、向南巩固'的策略,就必须守住苏南,否则我们华中根据地的发展就会变得十分艰难,六师是重任在肩呀！无论如何,我们都要克服重重困难,在苏南扎下根。在东路,敌人已开始清乡,东路的十八旅险象环生,我们茅山地区的日子也不好过,虽然塘马地区比较平静,但塘马有多大呢?"

众人一片议论。

廖海涛继续说道:"如果我们困守塘马,后果不堪设想,因为我们现在是两线作战。先说国民党,黄金山三战把他们打垮了,但只打垮了四十师,他们在苏南有好几万兵力,随时可能扑来。"

廖海涛喝了一口水:"而日寇在皖南事变后,在茅山一带连筑二十多个据点,在江、当、芜一带也筑起了据点,我们在江南指挥部时期的根据地已丢失殆尽。日寇会随时扑向我们,同志们想一想,我们该如何面对这一局势?"

"先打国民党,再回过头来收拾日军。"一干部朗声说道。

罗忠毅笑了笑:"好啊,我当然想打,我也想得到郎、广山区呀,可国民党有那么多兵力,我们打得了吗?中央也有指示,对国民党的斗争要有理有节,所以我们也停止了'打到山里去,活捉顾祝同'的口号。"

"更何况日军在北面,随时可能扑来,我们应付得了吗?"廖海涛反问了一句。

"廖司令,这倒像《三国演义》中关羽守荆州时的形势,我们也来一个'东和孙权,北拒曹操'的策略。对日用兵,对国民党以和为上。"一干部献计道。

廖海涛说道:"这话有些道理,但问题是我们不具备关羽的地盘、实力,日寇和国民党也不是曹操、孙权。我们的局面要困难得多,要和未必能和,要攻未必能攻。但刚才这位同志借用的三国策略倒有些道理。"

罗忠毅接过口来:"同志们,两线作战,实乃兵家之大忌,对国民党,我们要根据党中央的指示,要有理有节地斗争,不能用和来对待,你越软,他们就越会欺负你。对日寇,我们也不是简单地拒,那敌人是求之不得,现在德国已公然进攻苏联,日军的动向不明,但他们不是北上就是南下,他们清乡只是虚张声势,以进为退,因为他们兵力不足,如果我们只是简单地拒,那么正中日军的诡计。"

廖海涛补充道:"对!我们的策略是要生存、要发展,不一味地和一方交战,落入对方的陷阱中,也不是一味地和,一味地观战。我和罗司令商量过了,我们要拓宽生存空间,才可能形成以塘马为中心的根据地,我们的第一步是北上茅山,利用十八旅同志在东路的活动,拿下敌据点,恢复昔日的根据地,这样才有生存发展回旋的余地。"

罗忠毅点了点头:"真是,我们要主动进攻,恢复根据地,然后再确立生存发展的具体方针,至于如何进攻,希望大家议论议论,谈谈具体的方案。"

众将议论纷纷,各抒己见。

众人走后,罗、廖二人留下又研究起来。

十六旅虽然在塘马地区站稳了脚跟,但整个苏南的形势却十分严峻。

就兵力而言,十六旅只有第四十六团、第四十七团、独立第二团,第四十六团三营又去了苏北,人数仅两千左右,而独立第二团的程维新还摇摆不定。

就地盘而言,皖南事变后,茅山地区几乎全部丢失,真正实际掌控在十六旅手中的地盘只有太滆地区的闸口一带和溧阳北部的塘马地区,其他地区如四十七团等部转战在第二、三游击区,那儿根本不是根据地。

就军事态势而言,可以说严峻依旧。7月1日,敌伪在江南"清乡",而国民党军方面,反共顽固派连续不断派其杂色部队,如"忠义救国军"及保九旅张少华部,用投敌之阴谋,抢夺敌后,如在长荡湖、滆湖、太湖间构筑据点,配合日军进攻新四军。企图摧毁我抗日民主政权,屠杀抗日分子,收买地主武装、地方实力派、中间阶层及上层分子等等。此时敌后与顽军的斗争已变得更加残酷和尖锐。5月份黄金山三战如不能取胜,旅部还不知转移到何处。

为了打开茅山地区的新局面,罗忠毅与廖海涛反复考虑,决定罗忠毅亲自前往太滆地区,做好程维新的工作。然后兵分两路,拓宽十六旅的生存空间。一路由廖海涛率领,带第四十六团一营北进茅山,在茅山保安司令部配合下,拔掉日伪据点;另一路则由第四十七团团部率主力两个连,配合地方武装一个连,在长滆、丹金武行动,其任务主要是打击和消灭顽军张少华部,坚持长滆,向丹金武发展。

廖海涛北上茅山征战,自然是情理之中。1940年12月初,日军进入茅山中心地区,迅即在西旸、丁庄、蒲干、茅麓、东岗、石马桥等地增筑了二十八个据点和宝堰至珥陵、西旸、西旸至茅麓、延陵至丁庄等公路,残酷地烧杀抢掠。大批群众和部分党政人员被捕杀,经济损失也很大,仅公粮一项的损失即达十余万元法币,廖海涛去拔日军的据点顺理成章。

那为什么还要对张少华、程维新采取如此重大的措施呢?

张少华,又名张福生,江苏省武进县圩塘张家丹人。1920年参加帮会组织,因其生性凶悍,又擅网罗,很快成为帮会中的小头目。1927年4月,投入国民革命军第十四军,1935年夏,为国民党武进县侦缉队队长仇谷生赏识,充任武进县公安局侦缉队队员。1937年11月29日,常州沦陷,张少华趁国民党军队溃退之际,收罗人枪,在圩塘组织"保卫团",以"维持地方治安"为名,横行乡里。1938年3月,张少华为韩德勤所赏识,被委任为"武进县民众自卫总队"总队长,后于4月受顾祝同命,将部队扩编为"江苏省义勇军第一路第一纵队",任第一纵队司令。张少华即刻在夏秋期间,在丹阳、扬中地区进犯我抗日的管文蔚部"丹阳游击纵队",8月杀害联络其共同抗日的中共澄锡虞工委的王国香同志。1939年2月,韩德勤又令张部改编为"江苏省保安第六旅",张任副旅长。此时,张少华暗中投敌,通过汉奸陈森度与日军达成默契,让出魏村给日军建立据点。1939年10月,张部奉命扩编为"江苏省保安第九旅",张任旅长,重兵驻在泰兴县城,控制长江两岸的主要城乡。

此时张少华完全暴露出积极反共的面目,不断进犯我抗日武装。1940年1月,"江抗"二团在武进北部打击日寇,张少华指使部属在侧背袭击捕杀我零星武装人员,有的被投入江中。1940年2月27日,张少华在汪伪《中华日报》上公开通电表示"拥汪",并向汪乞派人员赴泰兴"主持一切",并先后杀害中共武进县委第一任书记周志贞、江无中心县委委员兼青年部部长程中、江无中心县委委员兼组织部部长钟克和区委书记徐作宪。5月间,张少华暗中向日寇告密,配合日伪向我武南地区的新四军进行半个月的"扫荡",抓捕民运工作干部陈直斋等人。8月,张少华扼制水陆交通,禁止粮盐运往新四军活动地区的黄桥。1941年2月,其被任命"江苏省保安第四路指挥部"指挥。他派部属张来顺、徐文郁、姚鹤皋、周德纯、朱力子、罗洪基等到常州公开投敌,受编为伪军。张部还专设电台保持与投伪各路驻军的暗中联络,与日军互相勾结、互相利用。

皖南事变后,江南的顾祝同、冷欣、江北的韩德勤与张少华加紧勾结。张少华为韩、顾沟通了南北交通运输。1941年夏,张少华部属盛计然配合顽军第十六军对我武南游击区进行"蚕食"进攻,在南夏墅、运村一带到处捕杀我抗日军政人员,我太滆地区女民运干部朱真被盛计然杀害。

第十六州旅四十七团在闸口取得胜利后,因不相信自己的力量,而与张少华谈判,更加助长了其气焰。

皖南事变后,溧武路以南地区多为国民党控制。而张少华在长滆地区、太滆地区的活动严重威胁着十六旅的生存,威胁着苏北的新四军第一师。如果任其发展,还会影响到程维新的态度,所以罗忠毅毫不犹豫,决定派第四十七团两个连进入长滆、金丹武地区,打击张少华部。

那么程维新又如何呢?

程维新是江苏宜兴人,出身于地主兼富商家庭,其父程西大,是个通字辈的青帮头目,在宜兴和桥地区有些名气。抗战开始,程维新在上海中华职业学校读书,后回和桥同王渭溪一道,拉了十余人,搞了几支长短枪。1939年9月7日,在和桥附近的七墩庵成立了"抗日义勇军",后来逐渐成为一支有影响的地方武装。后我党李复同志于1939年秋奉命到太滆地区做了程维新的工作,程便和王渭溪去溧阳水西村新四军江南指挥部请求派人去领导他们一起抗日。

1940年2月至4月,苏皖区党委和新四军江南指挥部先后派三批党政军干部积极开辟太滆游击区。1940年9月,杨洪才率一个主力连进入太滆,与程维新的部队合编为"锡宜武人民抗日义勇总队"。10月,陈毅下令把"锡宜武人民抗日义勇总队"改编为"新四军独立第二团",任命程维新为团长,李复为副团长、兼政委。在成立独立二团时,罗忠毅对程维新做了大量工作。

程维新是地方实力派、中间派人物,他的政治野心和社会关系决定了他不可能完全服从共产党的领导。1940年,新四军在太滆地区取得了很大的发展,程维新的部队——独立二团一营,依靠新四军逐步发展起来,他还收编了伪军王馥增的部队为第三营。程维新感到羽翼丰满,傲慢起来,皖南事变后,他开始动摇,认为近万名的新四军已被国民党消灭,太滆地区的新四军不中用了。时任第二支队司令员的罗忠毅对程维新进行了教育,跟他谈了皖南事变的经过,揭露蒋介石破坏团结、破坏抗日的阴谋,并讲了抗战形势和抗战必胜的道理。3月份,锡宜武三县行政委员会成立,由九名常务委员会组成行政委员会,为了团结程维新,仍让程维新当主任。

但程维新还是摇摆不定,1941年2、3月份,漕桥伪军王馥增率部反正后,被收编为独立二团第三营。但国民党忠救军策划了一个阴谋,通过王馥增,派李人俊一个加强连也向程维新"反正",程不听我党工作人员劝告,收编李人俊部为特务营。太滆工委感到问题严重,通过张新华弄清忠救军之阴谋,准备予以解决。不料走漏消息,王馥增三营、李人俊的特务营和程维新原有的特务营都匆忙逃走,独立二团损失甚大。

1941年5月,程维新又收编了丁山伪军刘孟根的一个中队为三营。

罗忠毅十分焦虑,独立二团只有黄香雄部是新四军的部队,万一独立二团有变,那么太滆地区的形势岌岌可危,如果太滆地区尽失,那么锡南的部队也将受到影响,后果将不堪设想。

稳住,无论如何要稳住程维新,把独立二团抓在十六旅手中。为此,罗忠毅亲率特务连前去太滆,在他看来,此次东行,其战略意义丝毫不亚于廖海涛北征茅山。

3

7月盛夏的晚上,雷雨过后,天气格外凉爽。

长荡湖边,北湖头村西的滩涂上,渔棚一座,火光点点,蛙声四起,蚊虫乱飞。密密的芦苇经风一吹,哗哗作响。寂静中,响声扰乱着人的心弦。

突然,雷鸣电闪,暴雨飞下。少顷,地面上雨水四溢,水声哗哗作响,渔棚里那一点火光也悄然熄灭。

渔棚中的老人刚睡下,突然听到渔棚的小门啪啪作响,有人有节律地敲打着,他爬起身,又听到有节律地响了三下。

他是一个老交通员,叫于松庚。这样的响声他很清楚,是新四军来了,是要横渡长荡湖去湖西。

一开门,果然是地下党员王飞一,王飞一交代了一个重大任务:"务必把罗忠毅司令员护送到湖西。"

"是。"于松庚点了点头,他是老水手、老渔民。对长荡湖的一切十分熟悉,护送新四军来往不止一次了,这一次要护送大名鼎鼎的罗忠毅司令员,艰巨、光荣,责任重大。

长荡湖畔,芦苇丛生,水波荡漾,一小船漂浮岸边。

罗忠毅、廖海涛、钟国楚、特务连连长张连升和船工来到岸边。

"老廖、国楚呀,你们回去吧,送君千里总有一别呀。"罗忠毅与廖海涛、钟国楚握手告别。

"罗司令,程维新反复无常,摇摆不定,你千万小心呀。"廖海涛紧紧握着罗忠毅的手。

"我那儿不算什么,程维新虽圆滑,但有抗战之心,只要稳其心、坚其志,问题就不大,倒是北征茅山困难重重呀。"

"放心吧,茅山那儿我很熟悉,二支队时,经常在那儿打仗,西塔山之战、高庄之战都是恶仗。有众将在,有茅山百姓在,我们定能凯旋而回。"

"放心吧,罗司令,我只是担心你路途的安全,张连长,你一定要保护好罗司令。"钟国楚低声说道。

"是,请首长放心。"张连长朗声答道。

"嗯,我的安全没问题,国楚,我和廖司令都要离开旅部,塘马一带的工作全由你负责,你要注意国民党的动向,并做好部队的训练工作。"

"是!"

"好,我上船了。同志们,再见!"罗忠毅跨上了船。

小船在湖面上划行,突然远处传来汽笛声、马达声,一束灯光在湖面上扫射着。

"罗司令,敌汽艇来了,怎么办?"船工有些慌张。

"不用怕。"罗镇定自若。

"做好战斗准备。"张连升掏出枪,三个警卫也掏出了手榴弹。

敌汽艇越来越近,湖面宽阔,小船离芦苇荡甚远。

"怎么办?芦苇荡还远着呢,恐怕来不及了。"船工已十分惊慌了。

"别怕。"罗见敌船越来越近,眉毛紧锁,扫视了水面,果断下令:"你们趴在船中,我和船工下水推行。"

"这行吗?罗司令,你会推?"张连升着急地问道。

"我在汉水边长大,什么没见过,这点本领还是有的,不知这位大伯行不行?"

"行、行行。"船工神色稍定,露出钦佩之色。

"下船。"罗忠毅和船工下水,一边游泳一边拉着小船向芦苇荡划去。

敌汽艇上的探照灯扫视着,几个日寇站在船头探头探脑地张望着。

敌汽艇离小船越来越近,小船离芦苇荡也越来越近。

小船终于贴近了芦苇荡,罗忠毅与船工翻身上船,船工奋力划船,船漂进了芦苇荡。

日寇有所警觉,探照灯扫射着。随着叽里哇啦的叫声后,传来一阵枪声。枪声骤起,子弹扫射过来,苇秆断裂,丝丝作响,小船已进入芦苇荡深处。

日寇的汽船停留着,许久才离去。

"罗司令,今天湖面不平静,小鬼子是否察觉到了我们的行动,是不是先返回,择日再去闸口。"张连升面有难色。

"不,张连长,独立二团很不稳定,锡南的工作还没开展,如果太滆有失,十六旅就没有任何回旋的余地了。"他咬了下芦叶,"去,一定要去。"

"敌艇在湖面上游荡,难保不再遇上。"

"我看敌人是一般的巡逻,大约以为我们是偷捕的渔民,你看,胡乱地开了一阵枪。不过,为保险起见,我们贴近芦苇荡,多绕些水路。"他转过头,"老大伯,你看呢?"

"行,罗司令不怕,我们也不怕。看,小汽艇走远了。"

宜兴和桥镇一酒楼上,程维新摆了一桌丰盛的酒菜,弓着腰迎接着罗忠毅。

"罗司令,一路辛苦!我们独立二团全体将士为你接风洗尘。"

罗忠毅看着丰盛的酒菜笑了笑:"程团长,这酒菜真丰盛呀。唉,我也是人,很想品尝、品尝呀。"

"那就请吧。"程维新手一伸。

"慢,程团长,把这酒菜留着,等抗战胜利后,再来享用。"罗忠毅脸一沉。

"这……罗司令,你别介意。江南是鱼米之乡,宜兴是富裕地区,我们的金条还上交延安呢!这一点不算什么!"程维新还想解释。

罗忠毅双眼一瞪:"撤下去。"

程维新一脸尴尬,忙吩咐手下人摆上粗茶淡饭。

罗忠毅嚼着田螺:"程团长,这田螺味道不错,这桌菜看似简单,可比我们在闽西的时候强多了。"

"是、是、是,罗司令。我听你讲过游击战争的事,闽西三年,条件真的那么苦吗?"程维新说道。

罗忠毅吃了一口饭:"真的,那还能假。钻山沟、睡山洞、住竹寮,经常挨饿,最要命的是吃不上盐。"

程维新心悦诚服,手按胸口说道:"罗司令,我听廖司令也这样说,太有传奇色彩了,大浪淘沙,你们这些人是真正的英雄呀!我就崇拜英雄。"

罗忠毅正色道:"红军是真正的英雄,今天的抗战,最终还是要靠我们共产党的军队。"

程维新沉吟道:"罗司令,我对你和廖司令绝对信服,不过我又感到困惑,你们新四军怎么就打不过国军,皖南一役,如此之惨,这似乎也不好解释。"

罗忠毅微微一笑:"程团长呀,你有所不知,皖南一役,原因很多,国民党蓄谋已久,项副军长领导不力,加上兵力悬殊,我方遂招致重大损失。但新四军没有被消灭,我们现在不是还有七个师吗,我们的实力比以前更强,大江南北,任我纵横,还不能说明一切?"

程维新赔着笑:"这倒也是,这倒也是。"

罗忠毅款款而谈:"程团长,你已经是新四军的一员了。我告诉你,抗战必将胜利!胜利属于中国人民,胜利属于共产党,胜利属于新四军!"

程维新点着头:"对、对、对。"

罗忠毅夹了一个田螺:"程团长,太滆地区非同小可,这儿不容有失。另外你要小心国民党,现在张少华活动猖獗。若你心不坚,后果难测。"

"不会,不会。"程维新吃了一口菜,"罗司令,我本想招兵买马,后来杨洪才、张之宜、陈立平他们一再劝说,我一想,也对,不能乱招人,防止有人乘机而入。"

"对,要吸取上次的教训,不能让王馥增、李人俊等人混进来。"罗忠毅又嚼了一口田螺。

"罗司令,我保证,我坚决跟着你走。"程维新起立向罗忠毅行了一个军礼。

"不是跟我走,要跟共产党走。我以前在国民党军队,后来也是跟着党走的。"

"一定!"程维新神色庄重。

"好,困难虽多,但不要怕,这儿有党、有党组织。我什么样的恶仗都见过,中原大战、苏区反围剿战、闽西游击战,苏南这点困难算不了什么!树立信心,迎接挑战。"罗忠毅正色道。

"是。"

晚上宜兴闸口一房内灯火昏黄,罗忠毅正看着军事书,独立二团政治处主任方克强拿着稿件进来,"罗司令,请你看一下。"

灯光下,罗忠毅详细看着:"克强,'英国对德抗战',在6月22日前不可以讲,现在可以讲了。另外嘛,'伪化顽军'不如改成'投敌顽军',这样能突出他们的本质。"

"对,罗司令!"方克强关切地说,"罗司令,你该休息了。"

"没关系,我再看一会儿。"罗忠毅拿着军事书又看了起来。

处理完这边的工作,罗忠毅长长地嘘了一口气,回转塘马。风儿又起,水浪击打着船头,水流声哗哗一片。于松庚轻松地摇着橹,船在水面上跳跃着。

苏南茅山石马桥一农屋内,灯光昏暗,廖海涛召集茅山保安司令部的十五人组成的短枪队训话,短枪队已有十四人穿上了日军服装:"同志们,延陵、九里、西旸、石马桥都是鬼子的据点。我们先要拿下石马桥,给他们一个下马威。石马桥的据点,炮楼坚固,外围是高墙大院,据有伪军,我们不能强攻,只能智取。"

队长邓平悄声说道:"廖司令放心吧,就把伪军交给我们吧。"

"好,你这个翻译可要装得像些呀。"廖海涛拍了拍邓平的肩膀。

指导员周峰笑了笑:"我这个小队长可没问题,反正伪军听不懂日语,随我怎么叫喊都行。"

"这倒也是,你那两下子是够用了,我还得小心点。哈哈哈……"邓平笑道。

假扮的日军也一阵笑。

廖海涛微微一笑:"像,你这个翻译像,像像,你们都像。要胆大心细,防止意外。你们那儿一得手,我这儿小媳妇就要进炮楼了。"

第二天,茅山石马桥敌据点外面埋伏有四十六团一营战士。而邓平、周峰率领十几人的"日军"进入敌据点,几个守桥的伪军点头哈腰:"皇军,欢迎欢迎。"

周峰叽里哇啦地乱叫着。

邓平喊道:"赶快通知你们的队长,皇军要训话。"

"是是是。"守桥的一个伪军忙点头领路。周峰他们一进伪军居住的大院,领路的伪军冲着一瘦猴一样的伪军叫道:"报告队长,皇军来了。"

瘦猴忙上前:"皇军,大大的好,小的欢迎。"

周峰又叽里哇啦地乱叫着。邓平叫道:"皇军要扫荡,叫你们配合行动,赶快集合队伍。"

"翻译官,到哪里扫荡?"瘦猴连忙递烟。

"我怎么知道,这是军事秘密,赶快集合队伍,迟了,皇军要你的脑袋。"

"是。"

一阵哨响,伪军纷纷从屋中出来列队等候。

此时据点外,出现了一群人,这群人推着独轮车,吹吹打打,朝石马桥据点而来,独轮车上坐着一小媳妇。

原来四十六团一营部分战士假扮着送亲队伍前往敌炮楼。

一壮汉对小媳妇说:"你得装像点,一开始害羞些,扭扭捏捏,以后则要嗲声嗲气。"

小媳妇尖声尖气地扭了两下:"队长像不像。"

"像,只是亏了你这个大男人。"

另一汉子说:"小明天生像女人,声尖、腰细、眉毛长,只是胸脯太瘪了些。"

小媳妇妇说道:"一万个放心。"他从篮子里取出两个圆馒头,往胸脯里一塞,

"快到城时,我把这一贴,敢惹得日军来摸。"

"哈、哈、哈……"大家一阵笑。

壮汉说:"最后要疯狂些,把日军从炮楼里引出来,记住,一定。"

"放心吧,我这一身骚味,定把日军引出炮楼。"小媳妇挤了一下眼。

"哈、哈、哈……"大家又一阵笑。

壮汉叫道:"快到了,别笑了,认真些,吹吹打打吧。"

众人吹吹打打起来。

伪军大院内,周峰还在叽里哇啦地乱叫着,邓平则在一旁翻译道:"皇军有令,要消灭茅山的新四军,现在命令你们站好队。"

周峰又在一旁叽里哇啦地叫道,邓平又在一旁翻译:"皇军对你们准备不足非常生气,现在要查查你们的枪支是否擦好了油。叫你们把枪放一旁,站好队,让皇军检查。"

"是是是。"瘦猴行了礼,"兄弟们,快把枪放到廊下,让皇军检查。"他走上来,"皇军,兄弟们天天的擦油。"

周峰笑了笑,怪声地叫道:"吆嘻吆嘻。"

据点门口小桥旁,一伪军叫道:"停下停下,你们是干什么的?"

"我们是送亲的。"一壮汉答道。

"送亲的,娘家是哪儿的? 夫家呢?"

"娘家是方麓的,夫家在高庄。"

"嗨,小娘子长得不错啊,下来下来,不会是新四军假扮的吧?"

"老总你说笑话了,你给新四军一千个胆,他大白天也不会到你这儿来。"壮汉忙凑了上来,递上一根烟。

炮楼上一日军朝下张望着。

小媳妇一见,连忙下了独轮车,缠着伪军嗲声嗲气地乱叫着。

炮楼上的日军一见,丢下机枪奔了下来。"花姑娘的留下,花姑娘的留下,喜糖的有。"

伪军大院内,周峰高叫一声:"举起手来,我们是新四军。"

伪军一愣,想去夺枪,十四个假扮"日军"的新四军掏出枪对准他们,"谁敢动,动一动,就打死你。"

瘦猴想溜,被邓平一枪托砸昏了过去,其他伪军纷纷举手投降。

石马桥据点门口小桥旁,日军乱摸着小媳妇,小媳妇假装害羞,扭着身子躲避,

030

炮楼里的日军见状纷纷下来,也想来讨些便宜。

此时邓平从伪军大院急速来到小媳妇前,使了一下眼色。

小媳妇嗲声嗲气地乱跑着,邓平见日军全下了炮楼,便大叫一声"动手",他掏出手枪对准日军的脑袋便是一枪,附近的几个日军也被壮汉们纷纷击毙,还有几个日军撤回炮楼,伺机顽抗。

炮楼前廖海涛手一挥:"给我上。"四十六团二营战士蜂拥而上,小媳妇则飞步上前,趁敌炮楼门未及关上之际,连向楼内扔了两颗手榴弹。爆炸声响起,其他战士奋勇上前,刚跑进炮楼的日军全被他们送上了西天。

战士们一片欢呼。

廖海涛手一挥:"给我烧。"战士们往炮楼里塞上柴草,浇上煤油,一把火,炮楼顷刻间笼罩在火光之中。

……

数日后,丹阳九里镇边,老百姓奔走相告:"新四军来了,新四军来了。"

一老头紧紧握住了廖海涛的手:"廖司令,你们回来了。"

"对,老伯,我们回来了,新四军回来了。"廖海涛关切地对乡亲们说。

"鬼子说新四军被消灭了,一派谎言。"老头挥着手说,"我们有救了,走,去打小鬼子去。"

众人拿起锄头、钉耙、铁锹,跟随队伍奔向九里镇。

"太君,太君,不好啦,新四军来了。"伪军大队长奔到丹阳九里季子庙里向日军小队长报告。

"你的,胡说!"鬼子小队长揪住了伪军大队长的衣领。

"真的,千真万确,已到了镇外边了。"

"多少人?"

"黑压压一大片,是廖海涛带来的。"

"噢,廖海涛?旅政委的有,手下该有不少人马,你的说说,该如何对付?"

"太君,我们人少,九里又无依托,不如撤到延陵镇,再和珥陵的太君联系,方可无虞。"

"嗯……有道理,我们的人少,开路!开路的有!"

日伪军仓皇出逃,弃守九里,直奔延陵。

丹阳九里季子庙前欢呼声一片,"鬼子吓跑了,鬼子吓跑了。"

廖海涛站在庙门口的台阶上:"乡亲们,鬼子是纸老虎,欺软怕硬,只要我们齐

031

心合力,就一定能把他们赶出中国!"

延陵日军据点里,鬼子中队长叫喊道:"廖海涛连拔我大皇军的据点,小视不得,我们得加紧防范。"

"太君。"翻译官凑了上来,"延陵镇布防严密,房屋坚固,加上有珥陵的皇军相助,料他廖海涛也没这个胆量来犯皇军。"

"嗯,大意不得,小心为妙。"

九里镇季子庙内,传来了四十六团二营营长林少克带有闽东口音的声音。"同志们,九里的鬼子吓跑了。现在和延陵的鬼子龟缩在据点里,这样反而增加了我们的攻击难度。"

"延陵,我们非拿下不可! 大家动动脑筋,问题有两面性,现在敌人龟缩在延陵,兵力是加强了,给我们的进攻带来了难度,但敌人也会因为如此而疏忽大意。"廖海涛手指轻轻地敲了敲桌子。

一连连长说道:"延陵的鬼子多,碉堡厚,又跟珥陵近,一动延陵,如果珥陵的鬼子增援,就比较麻烦。"

"嗯,有道理,这更需要我们开动脑筋。"廖海涛把地图摊在八仙桌上,"同志们,我有个设想,我们新四军习惯采用'围点打援'的战术,但我们现在要反过来用,我的设想是晚上让茅山保安司令部的战士去攻打珥陵镇,声势大一点,珥陵鬼子肯定固守待援,而延陵的鬼子未必会去支援,他们也想不到我们会偷袭他们。"

"对,有道理,我们不能照搬军书,不能经常采用一种战术。"林少克高兴地叫了起来。

廖海涛发出命令:"明天晚上,四十六团二营主力偷袭延陵,偷袭不成便强攻。茅山保安司令部的战士则全力出击珥陵。"

第二日深夜,延陵近郊的荒地里,廖海涛向战士们作着最后的动员:"同志们,敌人想不到我们会虎口拔牙,具体部署是一连二连担任主攻,三连负责警戒珥陵方向,防止延陵打后响,珥陵敌人出动增援。一旦珥陵方向传来枪声,你们立即出战,偷袭不成,便强行进攻,同志们有没有信心?"

众战士齐答:"有。"

深夜,珥陵城下茅山保安司令部司令樊玉琳一声喊"打",众战士一起向珥陵镇开枪,战士们用土炮轰击,在铁箱上放起鞭炮,时不时地发出阵阵的呐喊声。

旋即,延陵镇日军据点内,鬼子中队长中村被电话铃声惊醒:"喂,什么的干活?"

"中村君,我们遭到了支那军队的偷袭,你们那边情况如何?"

"黑田君,我们这儿没有动静。"

"中村君,望你们赶来支援。"

"好的,我的考虑考虑,听我消息。"

中村翻身起床,召集日军。

"你们说说,我们该不该去珥陵?"

卫士:"队长阁下,现在是晚上,天黑黑的,贸然增援,很有可能中了埋伏,我估计夜袭的部队肯定是新四军廖海涛部,他惯用围点打援的办法。"

"吆嘻吆嘻,廖海涛大大的狡猾,珥陵城十分坚固,固守没有问题,我们不必出击,让新四军半路设伏吧。"

中村抓住电话筒:"黑田君,新四军攻击力有限,你坚守不出,他们奈何不了你,如我贸然出击,必遭埋伏,所以,我们无法增援。"

"喂喂喂……"话筒里传来黑田的叫声,中村挂下电话。

延陵镇郊外的荒野中,廖海涛和战士们听到珥陵方向传来枪声,还看到一片红火光。

"同志们,珥陵那边打起来了,我们上。"廖海涛手一挥,战士们扑向延陵镇,另几个战士把架在郊外的电话线剪断。

在廖海涛的指挥下,一、二连战士从东西两面突击,扑向敌人的住所贡家祠堂。

一连连长向贡家祠堂竹篱笆门摸去,敌哨兵发现,朝天开枪,"新四军来了,新四军来了。"

一连一排二排抢占附近民房,向祠堂的枪眼猛射,掩护突击组向祠堂冲锋。

敌人火力太猛,战士们无法上前。

廖海涛来了,他手一挥,"坦克上。"战士们用棉被绑在八仙桌上,浇上了水,八仙桌便变成了"土坦克",一会儿四辆"土坦克"同时向前推进。

廖海涛手一挥:"土炮给我轰。"

"轰轰"两声巨响,土炮向祠堂猛烈轰击。

日军退到祠堂内,战士们将楼房团团围住,用机枪封锁了前后门,日军在楼内疯狂顽抗,新四军一时难以突入。

连长一挥手,几个战士搭起人梯,他爬上紧靠祠堂的一间平房屋顶,上屋顶后,他拿出手榴弹,再爬上祠堂屋顶,掀开瓦,往下连丢了几颗手榴弹,敌人的机枪顿时成了哑巴。

战士们破门而入,敌人剥光衣服,嚎叫着向大门扑来,双方在屋内搏斗,残忍的日军同时向格斗的双方射击,战士与日军纷纷倒下。

廖海涛怒叫道:"不要上,不要上,用火攻。"

副连长命突击组将成捆的麦柴从三个方向,用毛竹顶向贡家祠堂,再用水龙灌满煤油后点燃了麦柴,火乘油龙,从四面八方烧向祠堂。

顷刻间,火光一片。

鬼子中队长中村嚎叫着拿着指挥刀,负隅顽抗,一会儿被烈火吞没,少量日军侥幸突围而逃。

日军接连失利,恼羞成怒,集合三千人以上的兵力向第二、第三游击区"扫荡"。

7月19日,新四军四十六团驻扎到位于金坛、丹阳、丹徒三县交界处的登冠王甲村。

翌日清晨,王甲一买菜的村民在去丹阳延陵的路上遇到一老乡,那人说延陵到处是日本兵,正集合队伍准备出发,劝其不要去延陵。那村民忙返回王甲,向新四军报告。消息迅速传到了廖海涛那里。廖海涛即刻命令侦察兵严密监视延陵方向,又名二营迅速占据有利地形做好战斗准备。

不久,一支由四十八名日寇、四名伪军组成的队伍从丹阳延陵镇向南出发。紧接着,王甲的新四军得到了侦察员的情报,说是敌军过了望仙桥就沿着延陵直通直溪的大河河埂向南去了。同时,我军又得到了西阳、直溪和丹徒宝埝的日寇都在整队出发的消息。我军断定,日寇蓄谋已久的合围扫荡开始了。事实上,敌人这一次的扫荡目标是西阳的洋湖王甲村,但日军对这一带的地形不熟,他们沿着河埂跑了一小段路之后,就径直向登冠的王甲村进发了。

这时候,天已大亮,驻扎在王甲村的新四军战士在岗哨上突然发现了日寇的影子。但他们发现,敌人并不太多,而且已经出了离王甲村不远的前帝庙。我军当机立断,集合所属部队,下达了作战命令,准备给敌人以迎头痛击。

王甲村东有一条水沟,水沟上有一座小木桥,敌人想进王甲村,这座小桥是必经之地。因此,新四军在小木桥的西边设下了埋伏,将兵力隐蔽在了稻田的高埂下和村边上。上午8时,敌人上桥了,廖海涛手一劈"打",步枪、机枪暴风骤雨般向敌人扫射,几个日军刚上了桥就被击毙,其余的人纷纷跳下水沟。不一会儿,他们以沟岸作掩护，避开新四军的火力，分别向西、向北以形成包围之势，悄悄爬过来，很快摸到了村边上，与埋伏在村边的新四军相遇了。这时候，短兵相接，一场听不到枪声的肉搏战开始了。

二营教导员奚洪喜率领掷弹能手董树庆等人奋不顾身，冲入了敌人阵营。一个战士的耳朵被敌人砍掉了，鲜血染红了脖子，但他强忍剧疼，挥舞着大刀与敌人搏斗，一名日寇很快就倒在了他的砍刀之下。董树庆，人高马大，气力过人，他左砍右劈，接连砍死了三个敌人，但不幸被敌人的子弹击中了。

白热化的肉搏战从村边延伸到村中，敌人虽然身强力壮，但毕竟人少，又对村中的建筑不熟悉，且无法利用火力，渐渐处于下风。战士们一鼓作气，越战越勇，敌人见势不妙，见新四军愈来愈多，知道遇到了劲敌，便且战且退，退出村后，便向东南方向逃窜。

廖海涛下令全线出击，战士们穷追猛打，敌人疯狂地拼命反抗，旷野中死伤殆尽。

有十几名日军突击到村东南，见到几堆坟冢，一丛树林，大喜，像捞到了救命稻草，利用坟冢外的土围栏和密密麻麻的树丛做掩护，又开始了疯狂的反击。

枪声在晴空中响彻，盛夏的烈日像火一样炙烤着战士们，他们虽然口干舌燥、筋疲力尽，但斗志丝毫没有松懈。龟缩在坟冢里的敌人眼看守不住了，就用无线电发报机向直溪、金坛、西阳、宝埝等地的日寇呼救。

敌军虽少，但地形有利，且配有九二式重机枪、歪把子轻机枪、掷弹筒，火力十分凶猛。而坟堆周围全是平坦的农田，战士们近前不得。

两军相持不下，廖海涛分析，久战不下，敌援兵会迅速赶来，那样就不好办了，随即下令撤退。下午2时左右，新四军安全撤离王甲村，到达建昌东子汉村安营扎寨。

下午4时左右，日寇的增援部队到了，他们从南、北、西三路向王甲村合拢围攻，步兵、马队数百人气势汹汹，蜂拥而入，结果却扑了个空，新四军早已消失得无影无踪了。

王甲之战，四十六团取得了歼敌三十二人的战果。在这次战斗中，四十六团也牺牲了五位同志，他们分别是四十六团二营的教导员奚洪喜同志（江西人）、二营排长郭勇全（浙江人）、副排长裘村同志、二营一位姓王的班长和掷弹能手董树庆（安徽人）。

廖海涛率新四军四十六团一个营及茅山保安司令部的武装攻下了延陵、九里、西旸、石马桥、大浦干、高庙、柳如、上会、马陵、东荆塘、东昌街、郭庄庙、龙都，索墅、官塘、麦溪、南镇街等十七个据点，同时相继收复了丈山、丁庄铺、全州、十里牌等地，茅山地区的根据地基本恢复。罗忠毅东去宜兴，坚定了程维新抗战的决心。十六旅终于打开了茅山抗战的新局面。

4

9月中旬某天上午,南京日军侵华总部,中国派遣军总司令官西尾寿造大将拿着电报,拍着桌子嚎叫道:"国民党、共产党在皖南自相残杀,都说长江以南的新四军已被消灭,怎么在茅山又冒出这么多的新四军?这对我们大日本帝国的南下计划大大的不利。"

十五师团长酒井直次肩膀一耸,"司令官,皖南军部的新四军被消灭,可留在苏南的新四军没有受到丝毫损伤,他们还成立了什么六师,在皇军的打击下,十八旅逃窜苏北,只有十六旅还在坚持,向皇军挑战的正是那十六旅。"

西尾寿造眉头一皱:"师团长,这十六旅的情况如何,为何如此猖狂?"

酒井直次阴沉着脸:"这十六旅原是在苏南作战的二支队,他们的首领便是罗忠毅、廖海涛。罗忠毅原是新四军二支队参谋长、江南指挥部参谋长,江南指挥部指挥,后任二支队司令,此人饱读兵书、智慧超常。曾和粟裕一道指挥了官陡门、水阳、小丹阳战斗,厉害大大的。那廖海涛原是二支队四团政治处主任,后任二支队副司令,此人作战勇敢、胆大异常,赤山一战,吃掉我一中队,高庄一战,皇军阵亡多多,近来在茅山连拔我二十余据点,此二人都是老红军,能征善战。"

"嗯。"西尾寿造点着头,"师团长,今年把你们调到苏南,就是要肃清苏南中国的军事力量,配合大日本帝国南进的计划,你看你该如何对待眼下的局势。"

酒井直次挺直了身子:"司令官,国民党的军队并不可怕,他们待在朗、广山区,采取观望态度,皇军可以抽调部队大胆南下,将士们在苏南的安全没问题,但新四军可不一样,他们神出鬼没、主动出击,如果任其发展,恐怕……"

西尾寿造瞪大了眼睛:"看来先要解除十六旅这个心腹之患,你的制定计划,明天把计划呈报上来。"

"是。"

晚上,南京日军十五师团部。

酒井直次怒气冲冲在办公室叫来特高课长小山。

"小山君,这次我可没有雅兴请你喝茶了,你说我该用什么请你呢?"

"嗨,属下知罪,望师团长明示。"

"明示?我大日本在茅山的二十几个据点全给罗忠毅、廖海涛卷走了,课长,你不是说'鹬蚌相争,渔翁得利'吗?可我这渔翁的手快给鹬、蚌给咬断了。"酒井直次怒声道。

"嗨,属下知罪,师团长,这次茅山不利,主要是我大日本在苏南的兵力有限,且重兵用于东路,所以给茅山的新四军钻了空子,另外没想到国共双方的关系又暧昧起来。"

"我不需要没想到,我需要的是想到,请你谈谈你现在想到了什么?"

"嗨,师团长,据我们情报站的消息,国民党也是采用渔翁得利的策略,没想到新四军先用鸡蛋碰我大日本皇军的石头。我想只要我们在茅山施用重兵,定能把新四军赶走,甚至可以把苏南的中国军队全部赶走。"

"全部赶走,需要多少兵。课长,现在大日本帝国有新的战略部署,在苏南就只有这么多兵,你懂吗?好啦,现在你给我赶快弄清楚共产党、国民党军队的动向,不要让我这个渔翁再被咬了手,甚至被咬了头。"

"嗨。"

"你的可以下去了。"酒井直次挥挥手,小山退下。他叫道:"请尾本君商议军务。"

"哈哈哈,尾本君,你的肚子大大的,想必觉睡得太多了吧,要不然新四军在你眼皮底下胡作非为、你竟束手无策。"

"师团长,我有难处,兵力不足啊,如果回兵茅山、东路清乡可要受损,那样要两头落空,现在金坛东面的竹篱笆还没有筑好呢?"

"嗯,这个我知道,难道我们在兵力不足的情况下就无所作为了。"

"师团长,只要有可靠的情报能确定新四军的方位,我们就有办法,我们的铁拳可不是吃素的。"

"哼哼,铁拳铁拳、我们的铁拳,我们的铁拳该砸向何处,我们的铁拳又何在呢?"他跺着脚。

尾本不语。

"好啦,我给你铁拳,我组建一支别动队,一千人左右,骑兵为主,给你使用,队伍机动性很强,我就把铁拳交给你,就看你怎样使用了。"

"好,师团长,只要发现目标,这支光荣的部队随时可以采用'长途奔疾,分进合击'的战术去消灭新四军!"

"对,首先要发现目标,我这儿的情报,随时可以提供给你,你那儿的情报也务必要利用好。23号呢?西施塘一战,他是立了功的,可惜未能生擒罗忠毅、廖海涛,现在也该让他发挥发挥作用了。"

"嗨依。"

溧阳山丫桥三十二集团军第二游击区司令部,冷欣对徐笙说道:"徐参谋长,你说隔岸观火,现在火势一边倒,我们却不能得利,真有点难受呀,火再烧大,可要烧到我们身上了。"

徐笙低声说道:"冷长官,新四军与日军茅山交火,我们虽没得利,可也毫发无损。另外,好戏还在后头呢。难保我们颗粒无收。"

"哼哼,参谋长,坐观其大,恐为不美。当初,皖南一役,我以为新四军将不复存在,没料到他们成立了新军部,一下子冒出了七个师,早知如此,我们不如不取消他们的番号,现在呢?总不能坐视其大,你看该不该用兵。"

"冷长官,坐视其大,确实不行,共产党太顽强了。但用兵要慎重,如果廖海涛北征茅山,我们闪击塘马,倒是机会,叫罗、廖做第二个关羽,让塘马成为第二个荆州,但这机会已经丧失,如果现在贸然用兵,一时难分高下,政治上可不好交代呀。"

"那我们就看着他们招兵买马,扩大地盘。"

"哼,冷长官,这不必担心,担心的应该是日本人。你想,心腹之处,能有巨患吗?我还有一计,叫见机行事,可起双雕之用。"

"如何?"

"十六旅壮大,于我无害,在如此形势下,十六旅不可能越过前马、南渡一线来攻我们,若来攻我们,求之不得。罗忠毅、廖海涛不会如此愚蠢,相反他们在北面是一道屏障,日军南下,必先解决他们,这有什么不好,这是一。第二,倘日军与新四军交战,我们有两种选择,或背后击之,或为日军提供方便,借刀杀之。我们只要不让新四军进入我们的防区,溧阳一带,我们可高枕无忧,退一万步,有郎、广山区在,就有我们国军在,我们下面务必要见机行事了。"

"好,有道理,有道理呀,哈哈哈。"冷欣摸着胡子,"我们再派人到塘马散布谣言,扰乱他们的后方,让他们疲于奔命去吧。"

夜晚,塘马村东司令部,刘家祠堂大厅里八仙桌上,火油灯灯光跳动着。

罗忠毅坐在长凳上,廖海涛、王胜、钟国楚、黄玉庭等人围坐一起。

"同志们,形势有了很大的好转,茅山又回到了我们的手里。"罗忠毅脸露喜色,但旋即又凝重起来,"不过离建立一支坚强的正规军、巩固发展苏南根据地的目标还有很大的距离。"

"对,我们绝不能掉以轻心,更大的战斗还在后面。"廖海涛点着头。

"是呀,敌人不会善罢甘休,现在日军调动频繁,国民党又虎视眈眈。从战略态势上讲,我们两线作战的窘境依然没有摆脱呀。"钟国楚叹了口气。

"嗯。我与廖司令有了新的战略构想和战斗部署,还请各位议议。"罗忠毅朝廖海涛看了看。

"罗司令,你把构想说说吧。"

"好,我们十六旅进入茅山地区。第一步是在塘马站稳脚跟。第二步是恢复茅山丢失的根据地,这一点我们已基本做到。

"为了更好地执行我新四军向南巩固的战略决策。我们必须扩大巩固现有的根据地,我与廖司令的设想是以塘马为中心,四十七团北上茅山,巩固茅山一带的根据地,同时遏制日军南下。四十六团拟西进溧水,开辟江、当、芜地区,威胁日伪的心脏南京。四十八团迅速组建,在锡南坚持斗争,和太滆的独立二团相互配合牵制敌人。四十六、四十七、四十八三团互成犄角,相互配合。我们再开辟经济来源,扩充部队,进行整训。如果十八旅在东路取得成功,我六师的前景将一片光明。"

"对,有新意。"钟国楚捶了一下拳头。

"四十六团仍要尔钟政委挂帅。我与罗司令离开塘马后,你留守塘马,整训有方,成绩斐然也。"廖海涛赞许道。

"是呀,四十六团由你和黄团长挂帅,有了江、当、芜地区,可直接威胁日军的大本营,十六旅、甚至六师才有更大的回旋空间。好在那儿几乎没有国民党军队。"

"首长放心,我们一定会完成这个任务。"钟国楚、黄玉庭朗声答道。

"王参谋长,我与廖司令研究了半天,觉得锡南之行,非同小可。"罗忠毅语调格外凝重。

"锡南地区非常复杂,伪化程度高,多股力量存在,有日军、伪军,还有忠义救国军,任务特别重,非一般的人能胜任。你是老红军了,担任过红八团的参谋长,有经验,除你之外,我们实在想不出合适的人选了。"廖海涛的语调也格外凝重。

王胜面有难色,一言不发。

廖海涛继续道:"依靠党、依靠群众,四十八团有十八旅五十二团和太湖支队及苏西蔡三乐部组成。那儿有党组织,有太湖县委的领导,且五十二团的领导大都是从闽东过来的,有经验。"

罗忠毅说:"你要有信心,有什么困难,可向师部、旅部提出。对了,为了加强四十八团的领导工作,我和廖司令决定派独立二团的政治处主任罗福佑担任团政委,配合你展开锡南地区的工作。"

"好吧。"王胜轻轻地应了一声。

罗忠毅说:"同志们,我们暂时摆脱了困难。现在没有战事,但敌人不会给我们太多的时间,也不会给我们更大的空间,我们要趁热打铁,迅速展开战略部署,并抓紧部队建设,提高战斗力,迎接更大的战斗。"

5

1941年10月5日晚上,中秋节之夜,无锡锡南太湖之滨杨树园,十六旅参谋长兼四十八团团长王胜与妻子牟桂芳吃过饭,坐在八仙桌旁喝茶。

那天在塘马的会议一结束,王胜便留了下来,和罗、廖简单交谈几句后,便匆匆告辞。他必须去四十八团了,任命早已下了,他不能不去锡南组建四十八团。

他满怀愁思地去村北找妻子牟桂芳,组织决定让他和牟桂芳及两个警卫一道赴锡南参加四十八团的工作。

他和妻子新婚不久,4月份在宜兴和桥成婚的,由于战争环境的残酷,夫妻在一起的机会并不多,在塘马他们也很少住在一起。

妻子是个军医,认识她还有些偶然。那是4月1日在宜兴闸口成立十六旅时,在会场上所见,他一下子被她的美丽所吸引。她头发秀长乌黑,眉清目秀,身材适中,目光是那样清纯,笑起来神情是那样迷人,全身充满着蓬勃的朝气,且语言谈吐不凡,有一种清雅脱俗之美。

王胜是一个初中毕业生,自然会联系到古诗中那些描绘美貌女子的诗句,在闽西三年游击战争中,在抗战四年中,美貌女子见过很多,但富有学识富有才华的却不多见。

他托人一打听,方知此女子叫牟桂芳,为旅部卫生所的军医,刚从长滆地区过来,是浙江黄岩茅畲乡人,曾在皖南女生队即八队学习过,也是一个初中生,他还打听到她是一个战地女英雄,曾在长荡湖边护理过十几个伤病员。这一来,他觉得牟桂芳除漂亮外,头上还有一层英雄的光环。

在再三的追求下,他如愿地娶上了牟桂芳,在宜兴拍结婚照时,他理了一个短发,穿上白衬衫和军裤,皮带束得紧紧的,而牟桂芳则用平时积攒下来的一点儿津贴做了一件短袖绸衣,两人高高兴兴地拍了一张战地结婚照。

他爱她爱得很深,一有间隙,总要拉着她拍一些照,但难得有这种机会,这次去锡南,他一再要求妻子一道同行,罗、廖同意了。

他来到村北的小祠堂,朝东边的一个小门走去,那儿门框边上的墙上画着一个红色的"十"字,他径直走进门去,妻子在精心地护理病人,她正在用盐水给病人清洗伤口。

"桂芳,你准备一下吧,我们下午就要出发啦。"他轻轻地说道。

牟桂芳用药棉蘸着盐水轻轻地给一位高大的伤病员擦着大腿上的伤口,她轻轻地应答了一声"知道了",但并没停手中活,她的神情那样地专注,好像给病人动大手术一般,极细致地清洗着伤口。耐着性子等了许久,才等到她把伤员的伤口处理完毕,牟桂芳用桌旁的毛巾擦了擦手,"我都准备好了,让我再交代一下吧。"她把工作要领向其他的几个医务人员交代一番,便随王胜走出小祠堂的南门……

王胜的心情有些沉重,对于组建四十八团,尤其担任团长一职,他有一种深深的忧虑。太湖支队成分复杂,他早有耳闻,顾复兴素有威名,也早有耳闻,太湖支队的队员英勇杀敌,也清楚明白,队伍中一些混杂的队员他也略知一二。他知道副司令苏征西的大致情况,他原为忠救军的一个连长,后入太湖为盗,收罗了中央军游杂部队三四十人。1940年3、4月间,苏率湖匪罗春亮等人在马山耿湾欲登陆抢劫,被顾复兴游击队击溃,一个月后双方又在马山遭遇,苏征西率勤务兵胡四喜等会见顾复兴,表示愿意归顺。顾复兴觉得苏征西懂一些军事知识,又可以利用他招募人枪,所以与他结为金兰,命他在太湖边活动。太湖支队开始组建时,苏征西召集罗春亮等数十人组成一个连,该连实权掌握在苏、罗手中,太湖县委、太湖支队党总支和锡南办事处领导考虑实情,整顿军纪,取得一定成效,但终究力度不够。

王胜知道太湖支队扩大后,不免鱼龙混杂,除了少数由新四军从第六师师部、十八旅旅部派来的连排干部,经过旅部教导队和东路特委或无锡县委党训班、民训班训练的党员和进步青年骨干外,还有原顾复兴游击队改编入"江抗"四支队后奉命调回来的骨干,其旧部属和刚刚投奔抗日阵营而来的失业工人和农民,政治素质不高,军事知识贫乏,集体观念不强,特别是苏征西和罗春亮部是旧军队行伍出身的人马,土匪恶习浓厚,甚至还有偷吸鸦片、聚众赌博等行为。

王胜也知道跟随苏征西从马山一起收编过来的班长孟某顽习难改,纪律松弛,还常下乡敲诈群众,最后企图叛逃,于1941年4月底在许舍庵西村被镇压。5月份一个叫许明甫的顾复兴旧部收税员竟在石塘镇杀人越货,将商民四人坠河致死,也被镇压,但其与苏征西臭味相投,所以苏征西原班人马的那个第一连常离开队伍行动,针插不下,水也泼不进。司令部派顾肇基、詹厚安、顾永乐、张伯根等去第一连充任连排干部后,情况略有好转。

王胜觉得这些问题确实值得忧虑,8月份已经公布他为团长,他忐忑不安,觉得势力单薄。政委罗福佑原是独立二团政治处主任,副团长顾复兴为无锡本地人,参谋长胡品三与政治处主任张鏖都是东路的,在那样一个陌生的环境里实在有点儿危险。从革命起自己和闽地的人战斗在一起,一切都很熟悉,一切得心应手。进入苏南抗战后,环境变了,身边及周围的人几乎没变,让自己带两个警卫独自去一个复杂的环境,这总不是一个好办法,人生地不熟,现在语言又不通,那儿的队伍又复杂。

在罗、廖再三开导下,自己成行了。漂过太湖,进入锡南后,更强化了自己的判断。

锡南虽有些山,但不高,要以此作为根据地,万万不能,与敌作战没有回旋余地,河汊纵横、溪湖密布,运动总不如闽西山地自由,也不及两溧地区从容……

下午一到杨树园,罗福佑与顾复兴便赶来汇报工作。

在王胜原先的想象中,顾复兴在锡南威名远扬,是有名的抗日"司令",该是一个腰圆膀粗的满脸杀气的汉子,不料想是一个瘦弱的甚至有点儿秀气的男子,一双眼睛放射着一丝忧郁的光芒,一口吴侬软语,更显出一丝水乡特有的柔性来。王胜笑了,无锡山水秀,连男人也秀。

这顾复兴滔滔不绝地介绍了一下太湖支队的情况,说得前景一片光明。这罗福佑更是个乐观派,有条有理地介绍了太湖地区党组织、军队情况,描绘了一幅太湖军民抗日的壮美画图,这王胜的心情一下子开朗起来,原先的忧虑一扫而光。对于坚持锡南斗争、迎接反清乡的战斗骤然间充满了信心。

他与牟桂芳来到了村前的两棵粗大的桑树下,恰逢雨过天晴,他的心境明朗极了,光亮一片。

牟桂芳从没有见过如此粗大的桑树,那桑树的树干竟一人合抱,树皮都出奇地光滑,并没有出现空洞衰朽的症状来。树干高约三米,枝丫呈伞状分开,那撑开的树冠遮住了半个天空。树叶硕大,虽近中秋,却还是那样翠绿。叶脉清清,叶尖上的水珠在雨后斜阳的朗照下发出晶莹的光亮来。她突然看到树叶间还有几个黑黑的桑葚,便尖叫起来:"看!桑葚!"

王胜笑了,他觉得女人永远是那么天真,那么单纯。

牟桂芳哼了一声,其实她倒不是单纯与天真,她早已是一位坚强的新四军女兵了,不是那个跑出家门的女学生,也不是初次听到枪声双腿发软的女护士。她此时的惊喜源于在长荡湖的艰苦作战中,在久乏粮食的情况下,任何可供充饥的东西都会引起人极度的冲动,如今这红红的果子、小时候常常引以为美品的桑葚怎能不引起她的欣喜。

王胜的心如鸽子放飞一般放飞起来,他觉得雨后的天比什么都蓝,比什么都纯净。

詹厚安与顾肇基来了,他们作了汇报,王胜的心又一下子收缩起来。

上级派詹厚安任一连副连长,顾肇基为一连指导员,但一连的改造甚为艰难。

詹厚安说:"今年春天,苏征西在落霞战斗时擅自杀死全部战俘,夏季攻打善人桥时,竟有人朝安天白放黑枪。8月份,顾指导员刚上任时,苏旧部有人摔饭碗以泄不满,有一位战士向我与顾指导员汇报工作,竟遭苏手下一名排长追打。最可惜的是一位从太滆地区过来的青年人被暗杀在太湖边,其状真惨呀!"他拿起茶缸猛地喝了一口水,抹了一下嘴,"顾指导员上课,苏一心腹排长,突然把子弹推上膛,胡说什么:'咱们苏司令流血流汗弄来的人枪,现在新四军要把它拉出去。'气焰很嚣张,当夜就有人打顾指导员通信员的黑枪。"

"真的?"王胜的心收缩得更紧了。

顾肇基忙说:"真的,王团长,情况很严重,我们终于盼到你来了,部队得赶快整编,否则要出乱子。我们向黄烽提出了两条建议,一将太湖支队拉到苏西与五十二团二营四连、五连一起行动,以防不测;第二,立即将苏旧部表现嚣张的少数骨干分子一网打尽。黄烽同志决定采取第二条,前两天我们看到忠救军焦部来人和苏密谈,张鏖主任请示师部,建议将该部缴械重编,可惜师部回电说地方党看法不同,未予批准,现在部队上升为主力,矛盾就……"

"好!"王胜挥了一下手,"这样吧,明天正式传达和实施组建四十八团的命令,顺便把一、二连拉到苏西,马上重编,顾复兴的态度怎么样?"

"顾复兴问题不大,主要是苏征西、罗春亮。"詹厚安放下茶缸。

"行,今晚大家要小心。"王胜双眉紧锁,"要小心,以防不测。"王胜谢绝了顾复兴的好意,没有住在司令部,到司令部旁边不远的地方,在一带有院子的青砖瓦房里住下了。

现在他心事重重地坐在八仙桌旁,半晌不语。

他们吃了一些月饼,喝了一点茶,便上床睡觉。

王胜睡在老式的木床上,翻来覆去睡不着,他拍着床边的栏杆,睁眼看着房顶,怎么也睡不着。

门口有两个警卫放哨,室内亮着昏黄的灯光。

"桂芳,我总觉得有点儿不对劲。"他爬了起来,竖着耳朵听了听。

牟桂芳也爬了起来,耳朵竖着也听了听,可除了风声外没有任何声音,外面出奇地寂静。

"桂芳,顾复兴这人看不出有什么异样,他的副手苏征西、罗春亮有点不对劲。"王胜皱着眉,"我有一种预感,可能要出事,四年前的7月14日,红三团和独立营刚改编为国民革命军抗日独立大队,在漳浦驻扎,何鸣却按照一五七师的吩咐通知各连队不准外出,我就觉得有点儿悬。"他从床上下来,踱着步,"今晚我突然心跳不已,也有这种感觉。"

经过闽西三年游击战争的王胜对环境异常地敏感,他来到床边北墙上的窗户前,用手轻轻推开窗户,一股强烈水汽扑面而来,空气格外地新鲜,昏黄的灯光照着窗外的桑树,朦朦胧胧的,叶子上泛着点点光亮。

牟桂芳翻身下床,从挂在墙上的枪套里取出手枪,这支心爱的手枪是战利品,是去年过铁路时,支队首长让她照顾伤病员时防身所用,今春在长荡湖,她就是带着这支手枪向游柏村请去岸上找粮食的。丈夫一分析,她也觉得有点儿不对劲,女人的眼光很敏锐,她总觉得苏征西的眼神不对劲,背后好像藏着什么秘密。

"唉……罗、廖首长硬让我当这个团长,当团长,我想带一些人来,他们不同意,万一出什么事,我身边也没人,怎么驾驭得了。"王胜叹了一口气。

"困难应该自己克服,这儿有五十二团二营三个连,应该不会有问题,万一不行,赶快实行整编,你这个团长,这点儿权利还是应该有的吧,得快一点,不能马虎。"牟桂芳把枪放在枕头边,又躺了下来。

"罗福佑却很乐观,明天再听听他的意见吧!"王胜嘀咕着,上了床,躺下来后,心绪还是那样地纷乱。

王胜翻来覆去睡不着,没话找话地与牟桂芳闲聊着。

"桂芳,你睡了?"一阵倦意袭来,王胜觉得眼皮沉重了,他挣扎了一下,脑海渐渐混沌起来。

四十八团一营战士张雪峰在夜色中站岗放哨,他回忆着白天的生活情景。

中秋节,部队发了月饼,司令部和一、二连在杨树园联欢会餐。忽报焦部骚扰,来到了陆店桥北边的坡墩。部队集合,迅速出击,尽管天空下着大雨,还是要奋勇杀敌。太湖之队和五十二团六连战士把敌人赶进溪桥南,欢乐的胜利声在雨中激荡。下午天气燥热,知了在湿漉漉的树枝上不合时节地啼叫了几声,据说今晚王胜团长正式公布组建四十八团的消息,这是我们早已盼望的大事,地方游击队上升为主力,可以更好地打击敌人。我不清楚自己到底能分在哪个连,部队又将接受怎样的新任务,到了主力部队我可以接受更好的军事训练,拿到更好的枪。不用说那时候打鬼子将有一显身手的机会,小鬼子,你们造的孽太深,该好好地清算了。

我领到的月饼还没吃,晚上打完焦部洗过澡,好好吃一吃。中秋节呀中秋节,亲人呀亲人,家乡的你们可好否?如今打日寇我无法和你们相聚在一起。鼻子一酸,我几乎泪下。

晚上,不知何故,月亮钻出云层时并不明朗,黑云时时遮蔽着月亮,偶尔露出它那洁白的脸容,大地朦朦胧胧、黑糊糊一片,偶尔见到大致的轮廓。空气中的湿度很大,洗完澡仍是感到身子湿湿的。知了不知为何在糖莲树上,声声地叫个不停,一连的战士不知为何出出进进,有的神秘兮兮地耳语着,联系前几天苏征西、罗春亮等人的行为,总觉得有些不对劲。唉,这些人原是国民党散兵游勇,在太湖支队中不守纪律,不服从上级领导指挥,真有损太湖支队的形象,不知这次组建新团会不会对他们采取一些措施。今天我值班,我得小心些,我总觉得今天有点儿不对劲,空气似乎有一种莫名其妙的旋转的态势,如漩涡一般。

好一阵嘈杂声,似乎是队伍集合的声音,但为何这般吵闹,好像有人在吵架,耳朵贴近听一听,不甚明白,声音又小了下去,一会儿风平浪静,什么也听不见,似乎什么也没发生。

……

夜深了,一切都处在寂静之中,大地似乎也处在凝固之中。张雪峰的思维出现了暂时的空白,是两声突然的枪响在他脑海中的空白处填上了丰富的内容,凝固的大地出奇地躁动起来,几声惨叫,几声叫喊,仿佛还有皮鞭声。

他揉了揉眼睛,只听到沙沙声一片,似乎有人从稻田中穿行,不甚分明。突然一切是那样鲜明,除了黑黑的影子在灰白的稻浪中晃动外,强烈的喘息声和叫喊声,使他明白无疑地感知有人向茅屋冲来。

他刚迎上去,一个人穿着短裤赤着脚从稻田中跃上门前的打谷场,黑暗中他急切地叫着:"苏征西叛变了,我到这儿躲一躲。"

他一听声音,方知原来是一连的詹厚安副连长。"快,詹连长,到屋里来!"他把詹厚安领进屋,搬来一梯架子,"快,你到上面的草垛里躲一躲!"詹厚安迅速爬上梯子,钻进草堆,他则把梯子抽掉,放到里墙边,门外传来了几声叫喊,"喂,你们看到詹厚安跑来没有啊?"

"没有。"有战士接口了,张雪峰不慌不忙地走出来,看到苏征西、罗春亮的几个亲信在盘问着其他战士,他们一见张雪峰便围了上来:"张大贵,看到詹厚安没有?"

"没有!"张雪峰的口气十分坚定,还摆出一副十分吃惊的神情,"怎么啦?发生什么事了?"

"没什么,他想造反,是顾司令派我们找他,会不会跑进屋内?"

"没有没有!"张雪峰连忙说着。

这几个家伙在屋内东看看西瞧瞧,屋内没什么东西,实在没地方躲藏,他们咕噜了几句,怏怏而去,一边还嘟嘟囔囔地骂着詹厚安。

"啪啪啪",一阵枪响,惊破锡南的夜空。王胜从睡梦中惊醒,一下子从床上反弹起来,牟桂芳也被惊醒,揉了一下眼睛,从床边摸出那把心爱的小手枪。

"砰砰砰!"又一阵枪响,一片嘈杂声、叫喊声一齐从东面传来。

王胜从墙上摸到手枪,冲到门前,警卫员小张、小王也拔出了枪,注视着门外。

"什么事?"王胜瞪大了眼。

"好像顾司令那边有人闹事,"小张应着,"我去看看。"

牟桂芳穿好衣服,提着枪刚到门口,小张气喘吁吁地回来了,一脸恐慌之色:"不好,首长,那边打死人了,他们把顾司令也抓了起来,还嚷着要抓你。"

"谁闹事?"

"苏征西和他手下的人,首长,你快走吧。"小张对王胜夫妇叫着。

来不及反应过来,一群人一边放着枪,一边叫嚷着要抓王胜,潮水般地向小屋涌来,小王一下子把王胜夫妇推进屋内,一边拔出枪和小张一道堵在门口。

"啪啪啪!"一阵枪响。

……

"冲啊,抓呀,去抓王胜。"外面传来一个恐怖的声音,随后是一片号叫声。

王胜拉着妻子回到房中,退到北墙的窗户前。随即传来了小张和小王与他人扭打的声音。

"你们要干什么?这是保卫首长的枪。"小张的声音叫得特别响,显然有提醒报警的意味。

"首长不在这儿,首长不在这儿。"小王的声音也特别响,接着又传来一阵扭打声。

"快,桂芳,从窗户跳出去。"王胜一把抱住牟桂芳,往窗口上递,牟桂芳踏上窗沿,身子十分敏捷,一下子跳到窗外,这位女战士昔日在黄岩县中学读书时,连板凳都跳不过,战争已使她变得十分勇敢敏捷了。

"快,王胜,快过来。"跳出窗外的牟桂芳招呼着丈夫,昏黄的灯光照在她的充满焦虑之色的脸上。

"别怕。"王胜一脚踏上窗沿,另一脚用力一蹬,也上了窗沿,迅速跃出窗外,窜进屋后的桑树地里。

"抓王胜呀抓王胜!""砰砰砰!"

喊声、枪声、脚步声在锡南的上空回荡。

张雪峰愣在那儿,须臾又听到了一阵阵嘈杂声,叫喊声,似乎有人打起了火把,因为遥远处,那杨树园村西朱曾葆家的房子的屋脊在火光的照耀下清晰无遗地显露出来了。

肯定是火把,因为那照在硬山山墙上的光在晃动着,且忽明忽暗,一会儿传来了脚步声,似乎还有咔嚓咔嚓的枪管撞击声。山墙上的光晃动着,渐渐黯淡下来,人声、脚步声、撞击声也渐渐减弱下来,一会儿一切归于沉静之中。

"苏征西叛变了?顾司令要抓詹厚安?这到底是怎么回事啊?"张雪峰有点模糊,待詹厚安下了楼梯后,方知顾复兴也被苏征西绑架走了……

战士俞源昌突然听到一阵枪声,他一惊,拉好裤子,陈必达副指导员出现了,"俞源昌,你快去司令部看看,出了什么事啊?"

"是!"他一路小跑,也顾不得肚子响,刚到坡墩头,遇到王胜、牟桂芳和警卫员冒雨而来。此时他才知道顾复兴被绑架,苏征西、罗春亮已经叛变,而且把一、二连大部分人马带走了。王胜要他带路到西棠甘五十二团六连驻地去找团政委罗福佑,他马上应命。没走多远看到一连指导员顾肇基和穿着短裤的詹厚安以及两个文化教员。王胜简单问了几句,急赴西棠甘村,罗福佑睡眼蒙眬,一听苏、罗叛变,忙召集周志远和黄烽商量对策,最后决定由陈必达与俞源昌带二营一个连与常备队两个班去追拦苏、罗。

俞源昌和战士们急速前行,到许舍时看见苏、罗等一行人点上火把已翻上龙王山,到路耿下时,听不愿跟随苏、罗叛变逃跑回来的战士讲,苏征西劫持顾复兴司令等已经离开太湖了。

049

陈必达和俞源昌愤怒异常,天亮后即到许舍镇街头宣传公布苏征西一伙的叛变罪行,他跳上许舍镇一个瓦砾堆上高声地喊叫着:"乡亲们,我们太湖支队是英雄的抗日队伍,现在苏征西一伙少数的败类叛逃了,但你们放心,新四军一定和锡南人民坚持抗战,胜利是属于我们无锡人民的……"

王胜苦笑了,刚到锡南,刚到四十八团上任便发生"苏、罗叛变",副团长顾复兴被绑架,一部分人被拉走,怎么办?他和政委罗福佑一商量,便决定先回旅部请示,顺便参加旅部举行的一些活动。

6

10月初的傍晚,夕阳西下,塘马村东小河河水涛涛,小河拐弯处名为洋龙坝的地方树木参天,晚风习习,廖海涛身着戎装,西望丫髻山,眼中沾满泪花。

一女兵步履缓缓地走向他,亲热地叫了声"海涛",廖海涛转过身一愣,"李英,你怎么来了呀?"

"你在看什么?"

"看丫髻山。"

"是不是想起了家乡的双髻山?"

"对!"

"是不是想起家乡的亲人、妻子、孩子?"

"嗯。"

李英泪水落下,廖海涛为其拭泪,"李英呀!我是想念双髻山,想念家乡的亲人,但你还不知道,我还在悼念我们原来的新三团团长巫恒通同志。"

"巫同志怎么啦?"

"牺牲了!"

"啊!"

"为日伪所擒,宁死不屈,绝食而死……现在我们每天有许许多多的同胞惨死在敌人的屠刀下,所以我流泪了。"

"老廖!"罗忠毅出现在村东塘马河的下木桥上。

"罗司令,找我?"

"对。"罗忠毅飞身下桥。

罗、廖站于小桥边,"老廖呀!巫恒通牺牲了,明天要举行纪念大会,你要好好做一个演讲。"

"行!"

"来塘马已三个多月了,自黄金山三战三捷后,顽军已没有什么动静了,所以我

051

们不再提"打进山里去，活捉顾祝同"，我们现在全力整训，目标是对付日寇。"

"对，我们的主要敌人是日寇，现在巫恒通同志壮烈殉国，我们要利用这个时机加强宣传，抓紧训练，进一步提高部队战斗力，迎接更艰苦的战斗。"

晚风起，板茅花飞散，晚霞照在两人身上，两人在丫髻山的衬托下显得格外威武。

河边的石阶上女战士在洗衣服，几个战士在墙上刷着标语，嘴里唱着闽西的客家山歌。

10月10日，天气显得出奇地阴冷，塘马的上空布满了阴云，阴云下，那灰色的墙瓦显得更为凝重，秋风一吹，黄莲叶、刺猬树、香椿树的树叶在空中旋扬。稻子收割完毕，四周的田野，衰草摇曳，一片灰黄，荷花塘秋水微澜，上木桥、下木桥吱吱作响，塘马河的河水潺潺地流淌着，发出阵阵的呜咽声。

塘马村东的河对岸，早已搭好了一个高台，台上挂满了许多白布条幅，那些条幅写着一个个凝重的方块字，几个战士在村东与高台间来回走动，下木桥上的木板不时发出吱嘎吱嘎的响声。

四十六团政委钟国楚拿出一幅刚画好的肖像画，神色凝重地从刘赦大家门里走出，步履沉重地向下木桥走去。

风一吹，那画翻动起来，空气中散发着那还未干的墨香味，但那味早已失却了平昔的那股味儿。

钟国楚的眼眶湿润了，他知道这幅画画得不标准，只有些约略的意味，不过感到欣慰的是，他终于把这位主人公的神情勾画出来了。

他看了看他画的这幅肖像，头戴筒帽，鼻梁上架一副宽大的眼镜，鼻梁坚挺，面容消瘦，衣领端正，头颅高昂，这些都是这位主人公的重要特征。

这幅画像的母本是巫恒通在1940年5月28日送给自己的那张照片，巫恒通是新三团团长，自己是新四团副团长。一次战斗后，依依惜别，巫把自己最满意的那张照片送给自己。巫站在树旁，一身戎装，腰束宽大的军用皮带，身背匣子枪，绷带打得整齐而又干练，脚穿布鞋，身体略倾斜，脸上显出一丝书卷气，最难忘的是那眼神，两眼放光，充满了一种必胜的信念，主人公身上散发着一股浩然之气，和背景中的树木构成了一个和谐的整体。

"这一分手不知何时见面，这照片后面还有一首小诗，望国楚多加指点。"

"哪里哪里，"钟国楚翻看照片后面，只见几行清秀的字映入眼帘，"南京郊/茅山麓/铁蹄下的群众/纷纷的觉悟了/卷到抗战的大漩涡/投笔从戎/献身革命/斗争了一年/昨死今生/形成划时代的我/继续坚持着/抗日、反汪、反封建/目的在求民族和社会彻底解放/准备流最后一滴血/高唱凯旋之歌！/1940年5月28日。"

多好的诗，钟国楚紧紧地握住了他的手，没想到这一分别竟是永别。现在旅部举行纪念巫恒通大会，没有大照片，只好画一幅像，好在钟国楚有他赠与的照片，总算有了一个参照的母本。

画像画得并不逼真，但主人公的特征总算勾勒出来了。

这些特征他和主人公接触时早已领会。主人公最大的特征就在于那眼中放射出坚定必胜的光芒，整个神情中显示出的那股浩然之气，这一点画像已好好地把握住了。罗、廖很满意，其他人也说画像形似神更似……

他提着画像，走过下木桥，来到村东河对岸谷场上架起的高台边。高台上黑色的帷幕上已挂满了挽联，只有中间是空着的，那是安放主人公画像所留下的空白，现在他要填补上去。

他站在长凳上，用针把画像别好，双眼凝视着画像，目光许久没有离开，他嘴唇微微嚅动着："巫恒通同志，我们定要向日寇讨还血债。"眼睛一花，主人公和他平昔交往的画面一幕幕地在眼前显现……

他于9月20日得知巫恒通遇难的消息，悲痛时时袭击着他的心头。今日旅部举行纪念大会，他要好好布置一下会场。

风一吹，挽联飞扬起来，他双眼一花，待风停止时，才看清挽联上写着的字句。

他还未读完，挽联又飞扬起来。那白布条发出哗哗之声。就在布幡飞扬之时，几个人影出现了，个个神色凝重，步履沉重。

罗忠毅出现了，廖海涛出现了，王胜出现了，欧阳惠林出现了，王直、黄玉庭、乐时鸣等出现了……战士们排着整齐的队伍出现了，他们也和前面的首长一样，个个心情沉重，脸上显现悲痛之色。

王香雄也出现了。

王香雄忙忙碌碌，这几天。他是从独立二团驻地闸口匆匆赶来参加巫恒通纪念会和庆祝建军四周年大会的。

到了旅部塘马后，他便向罗、廖首长汇报工作，罗、廖肯定了王的成绩，并鼓励他返回宜兴后，要进一步加强部队建设，要把独立二团真正打造成新四军自己的部队。

7月份罗忠毅从旅部到宜兴闸口独立二团检查工作时，曾听过担任二营政委的王香雄的汇报，时隔三月，又在塘马相会，显得格外亲热。他详细询问了程维新的情况,在得知程的立场较为坚定时,满意地点了点头,他关照王要注意团结像程维新这样地方实力派的人物,这样才能有效地打开太滆地区的抗战局面。

廖海涛自然是格外高兴,他和王香雄都是上杭人,闽西三年游击战争时曾在一起作战过,抗战刚开始王香雄为二支队副官处文书,后任二支队参谋处见习参谋,后又到横山地区搞情报工作,到了1940年3月他调任镇、丹、金自卫团参谋,4月调四团侦查参谋,又和廖海涛战斗在一起,当时廖已为新二支队副司令,他成为廖的重要助手后,参与了西塔山反顽、两次攻打延陵的战斗。

廖海涛一向对他很器重。每当有重大侦察任务时,廖海涛首先想到了王香雄,并对他充满信心,充分相信他一定能很好完成任务。有一次,廖海涛派他到南京汤山侦察敌情,他带了四个侦察员深入敌军据点,巧妙地抓到一个伪军副队长,把汤山一带的情况侦察得十分清楚准确,从而使我军顺利地打通了句北通往江北的交通线。1940年7月,第二支队派人到宝埝公路侦察敌军军车来往情况时,廖海涛又一次派了王香雄前去侦察。由于王香雄侦察准确详细,为顺利炸毁敌人军车立下了功劳。1941年4月,皖南事变后,为了开展苏南太滆敌占区的抗日游击战争,需要派一位干部到独立二团去当营长时,时任新四军第六师十六旅政委的廖海涛立刻想到了王香雄。

当时,王香雄思想上有顾虑,他对廖海涛说:"廖政委,我没有当营长的工作经验,没有把握,还是让我做侦察参谋工作吧。"

廖海涛亲切地鼓励王香雄说:"老战友,对你我还不清楚吗?有没有把握,要从实践中去摸索,熟悉了工作规律,就有把握了。我相信你一定能够胜任。"

在廖海涛的信任、鼓励下,王香雄大胆地担任了独立二团营长的工作,不久又担任了独立二团政委的职务,而且工作都做得很好。

皖南事变后,他和廖海涛先入闸口地区,十六旅成立后,他随罗、廖在宜兴多次作战,最后留在独立二团工作。

自5月份与老首长分手后,有好几个月没见面了,后来在宜兴他听说廖司令率四十六团战士连拔日军二十几个据点,几夜没睡着,恨不得马上回到廖海涛的身边,一道打击日军,但他想到廖曾一再关照他"程维新有一定的抗日要求,必须团结,对他要有所警惕,更要对他进行必要的教育和斗争",所以他稳定情绪,和杨洪才一道苦心经营着独立二团这支特殊的部队。

"廖司令,我很想听听你北上茅山拔据点的故事。"他诚恳地请求道。

"没什么,那是战士们的功劳,以后有机会再聊,你去见见王直同志吧。"

在塘马村房东刘正兴家,他见到了久违的组织科长王直,他俩都是上杭才溪人,一见面便用地道的上杭话交谈起来。

王香雄自有许多话要讲,在独立二团工作可不容易,王直自然知道,那次罗、廖首长把王香雄留在宜兴时,他确实有些顾虑,王直分析给他听,分配到独立二团是首长对你的信任,担任军事领导也可以充分施展自己的才能,现在想来确实有道理。

当听到巫恒通牺牲的消息时,他禁不住流下了眼泪,刚好这次到旅部参加庆祝四周年建军活动,顺便再参加纪念巫恒通的大会。

罗、廖、欧阳等人皆胸戴白花,依次到台前。

"乐时鸣,会场布置得怎么样?"罗忠毅的声音有些嘶哑,对着身后的乐时鸣问道。

"布置好了,时间一到,准备祭奠。"

"好,布置得很好。"廖海涛朝会场看了又看。

乐时鸣是这次大会的司仪,在钟国楚递送画像前,便组织人搭台挂挽联,忙了半个上午,现在准备就绪,时间一到,便行祭奠。

"国楚同志,你先来了。"罗忠毅握住了钟国楚的手。

"先来了,我要把画像挂上去。"他指了指那幅大型的画像。

"画得好,神情传达出了巫恒通不屈的精神。我们开这样的大会就是要号召全体指战员学习巫恒通同志的那种精神,早日把日本鬼子赶出中国。"

战士们陆陆续续来到操场上,身着戎装,戴着白花,神情凝重,怀着悲痛的心情站立在台前的场地上。

乐时鸣朝东面一看,战士们已排好了方阵,黑压压的一片,从台前向新店村方向的田野里延伸。谷场太小了,后排的战士们只好站到刚收割完稻子的稻田里。

乐时鸣一脸沉痛之色,透过镜片能看到他睫毛上挂满泪花。听到巫恒通就义的消息后,他悲愤异常,连夜为《火线报》赶写了一篇纪念文章。他与巫恒通都是知识分子出身,相同的情趣,共同的革命理想使他们有着非凡的情谊,如今……

他从一个战士手里接过花环,然后交给罗忠毅,罗忠毅接过花环,缓缓地走到画像前,把花环挂了上去,乐时鸣挎着手枪站立一旁。王香雄操起了照相机对着会场拍下了这难忘的一瞬间。

王香雄和王直一样,都有艺术爱好,王直喜欢画画,王香雄喜欢摄影,王香雄手中的照相机是去年随廖海涛在宝埝炸毁敌军车时缴获的,因他十分喜爱,这战利品

055

经廖的批准,为他所有。

王香雄个子不高,不到一米六,但骨骼粗壮,矫健有力,被太滆地区的百姓们称之为"矮脚虎"营长,王被人称之为"虎"十分贴切,他作战时十分勇猛,猛虎一般,走起路来又虎虎生风,但他平昔十分温和,他面目清秀,气息娴定,乍看似乎与赳赳武夫联系不上,尤其他挎上照相机拍照时,许多人以为他是宣教科的干部。他端着照相机,取景、调试,动作娴熟而又轻微,这倒使人想起绣女绣花时的风姿,勇猛与娴静神奇般地糅合到这位猛将身上。

他感受着这悲壮的气氛,面睹着这隆重的场面,小心地用照相机记录着这特殊的瞬间。

下午三时,乐时鸣用极其沉痛的语调宣布"纪念大会开始"。

站在台前的干部回转身朝向巫的画像,罗、廖居中央,左边为钟国楚、黄玉庭、诸葛慎、熊兆仁、黄香雄、刘一鸿等,右边为欧阳惠林、王直、乐时鸣、许彧青……

天空仍是那样阴沉,大片的厚厚的乌云布满其间,大地仍是那样灰暗,房屋、草垛、树木、田野、河流都呈现出灰暗的色调,骤然,风停了,翻动的挽联垂下来,纹丝不动。

寂静,一切是那样地寂静,偶尔传来一二声咳嗽声。

"向巫恒通同志三鞠躬。"随着乐时鸣的话语,前排的干部向着英雄弯腰鞠躬,后排的战士也齐齐地向着英雄弯腰鞠躬。

"下面由罗司令祭奠。"乐时鸣话音刚落,罗忠毅从战士手中接过一只大碗,另一个战士提着酒坛,侧转坛口,呼呼地将白酒泻入碗中。罗双手端着酒,对着画像做了一个敬酒的动作,然后洒向台前的空地上,如此者三次,最后他缓缓地用沉痛的语调说道:"巫恒通同志,你安息吧,我们一定要为你报仇雪恨。"祭奠完,罗转身朝向战士们,乐时鸣面对黑压压的人群宣布道:"下面由罗司令读祭文。"

罗忠毅嘴唇紧抿,睫毛低垂,满眼哀戚之色。他穿着灰色的服装,宽大的军用皮带紧紧地束在腰间,脸庞显得极其刚毅。亲密战友的逝去,使他变得更为坚强,对日寇的仇恨更为强烈,他从上衣口袋中掏出了一张稿纸,双手展开后,用深沉的带着湖北腔调的声音宣读着。

"悼巫恒通同志:民国三十年深秋,黄花飘零、落叶飞扬之际,十六旅将士汇聚塘马,祭奠我新三团团长、句容县县长、第五行政区督察专员巫恒通同志……"

罗的沉痛语音在塘马村的上空回旋,在屋梁间环绕,在河塘内震荡,许多自发来祭奠的塘马、新店、观阳、邵笪、后周、黄金山的老百姓都低下了头。

罗手中的纸发出轻微的响声，罗的声音更为低沉了，乌云越来越厚，全场显现出一片肃杀的气氛。塘马河边的板茅花在秋风中摇曳，高大的香椿树上有几片叶子经秋风一吹，在空中飘荡，那白布挽联又在风中呼啦呼啦地飞动起来了。

"巫恒通同志是句容县拓溪村人，曾就读于无锡省立第三师范，抗战前从事教育工作十余年，抗战爆发后，他关切时局，热心国事，投笔从戎，在陈毅同志的引导下与兄巫全仁联络亲友，筹集二十余人于家乡成立'句容县民众抗敌自卫团'，在句容县燃起了抗日的烽火……"罗读着，中间因哽咽停顿数次。聆听的战士中有人抽泣起来，前排的廖海涛及诸位干部在秋风中站立着，在悲哀的氛围中，心中倾诉着不尽的哀思。

"不幸9月6日，突遭敌人袭击，巫恒通率众突围，因敌我力量过于悬殊，被敌所伤，不幸被俘。"罗忠毅用右手擦了一下泪水，继续念道，话语中又夹杂着哽咽声，"巫恒通同志自被俘之日起，即不食敌寇水米，亲朋劝降，均遭严拒，其痛斥陈希国，严拒逆贼周佛海之心腹，大长我民族气节……"

廖海涛静静地默哀着，脑中不时浮现着巫恒通的音容笑貌，不时地想着自己率新三团作战时和巫恒通、彭冲、傅狂波等同志相处的情景，泪水在眼眶中直打转。

"巫恒通同志坚贞不屈，计绝食八日而气绝，死节之惨烈，抗战以来闻所未闻，古人说'慷慨赴死易，从容就义难'，巫恒通同志宁死不屈的民族尊严和坚不可摧的革命意志与日月同辉，与天地共存，民族英雄，万古流芳……"

钟国楚泪水夺眶而出，他又想起了那张照片以及巫恒通同志临别时的那一幕幕，那激昂的诗句又在眼前浮现，"抗日、反汪、反封建/目的在求民族和社会彻底解放/准备流最后一滴血/高唱凯旋之歌！"他握紧了拳头，眼中射出愤怒之火，烧尽一切的旧势力，建设灿烂的新世界。

"人生自古谁无死，留取丹心照汗青，伯仲三杰千古难，浩气同仇贯长虹……"

乐时鸣听到这几句诗，悲愤转化成庄严之色，默哀静听奠文时，他不时地回忆着与巫恒通的几次交往，他和巫恒通都为知识分子出身，在抗日的洪流中投笔从戎，艰苦的战斗生活磨炼了共同的斗志，拥有着深厚的战斗情怀和神圣的牺牲精神。现在巫恒通同志为革命而献身，自己为革命事业将义无反顾地勇往直前，随时奉献出自己的一腔热血。

"巫恒通同志永垂不朽。"罗忠毅念毕，双唇微抿，全场一片寂静。许久，乐时鸣宣布各部代表敬献鲜花。

各县代表、十六旅各部代表及群众代表纷纷上前献花，塘马村代表敬献了一个用野菊花扎成的大花环。

献花完毕,廖海涛站在一张四仙桌上,发表演讲。

在军中,大家知晓罗忠毅性格刚毅而内向,平昔少言,廖海涛机智活泼,擅长言说,加之廖年少时受过良好的教育,父亲为前清秀才,他上过小学、中学,还在上杭县石铭小学做过老师,在长期的革命生涯中,长期从事政治宣传工作,练就了一整套的演说技巧。这些演说对于传播革命道理,鼓舞革命的斗志起到有力的作用。

1930年,他调到东二区苏维埃政府工作,在扩大红军工作中,他带头深入各家各户,进行广泛的政治宣传鼓动,讲清革命的意义,指明当红军光荣,他甚至用山歌的形式来传播革命的真理。

"前方炮火响连天,扩大红军莫迟延;快快扩大我红军,巩固红色我政权……油菜开花粒粒金,剪掉髻子当红军;红军革命为百姓,献出生命也甘心。"他嗓音清脆而响亮,把宣传革命的歌词糅合在闽西的美丽民歌中,极富感染力,很快传遍四方,流传于山山水水之间。

1938年,二支队四团进入溧阳上沛埠、上兴、竹箦桥等处时,由于国民党顽固派及敌伪制造谣言,挑拨离间,使老百姓不敢接近新四军,加之大刀会,红枪会,黄枪会,青帮等不断扰乱,社会极其混乱。作为四团政治处主任的他,在坚持统一战线的原则下,利用各种场合各种机会进行宣传鼓动,在短短的二十几天时间中,大大地打破了隔膜,一些被恐吓而逃避的民众逐渐地回来做事,军民之间关系一天一天地密切起来……现在他站在塘马村东的打谷场的四仙桌上,慷慨激昂地发表演讲,悼念巫恒通,鼓舞抗敌意志。

"同志们,战士们,父老乡亲们,"廖海涛朝巫恒通的画像看了看,又迅即扫视了一下大会会场,"今天,我们在溧阳塘马召开纪念巫恒通同志大会,纪念我们这位新四军的英烈,以寄托我们的哀思,表达我们不尽的情意。"

战士们静静地听着廖海涛铿锵有力的声音,乡亲们看着他挥动着右臂慷慨陈词,一位《火线报》记者见状,端起照相机按下了快门。

"我们开这次大会的目的,不仅仅是寄托我们的哀思,而是要学习他那种不屈的精神。巫恒通同志为什么能从容赴难,就在于他有一颗对祖国对人民的热爱之心,就在于他对日寇有强烈的仇恨……我们新四军战士就应该像他那样对祖国对人民无比热爱,对敌人无比仇恨,这样我们才能肩负起民族的重任,才能最终把侵略者赶出家园。"廖海涛壮烈的话语感染着每一个人,许多战士望着他,热血在胸中沸腾。

"现在日寇肆意横行,在茅山大肆扫荡,企图北进进攻苏联或南进侵入东南亚,他们垂死挣扎,离灭亡的日子不远了,我们必将取得最后的胜利,曙光在前头。"廖海涛挥舞着拳头。

"新四军是党领导下的革命队伍,我们是铁的新四军,不管前面有多少艰难险阻,我们都会在毛泽东同志领导下迎难而上……巫恒通同志的精神就是我们新四军的铁血精神。"他虎眼圆睁,眼中放着红光,"我们一定要化悲痛为力量,狠狠打击日寇,"他又挥舞起右拳,"誓死杀敌!"战士们挥舞着拳头,齐声高呼:"誓死杀敌!"

"报仇雪恨!"他继续挥舞着拳头。

"报仇雪恨!"战士们跟着呐喊,挥舞拳头……无数只手臂定格在空中,形成了纵深悠长的臂林。

"打败侵略者!"

"打败侵略者!"

"抗战必胜!"他把嗓音提到了最高点。

随之战士们村民们呐喊声一齐响起:"抗战必胜!""抗战必胜!"

场面极为壮观,黑压压的人群刷刷地举起右臂,激愤的情感充溢在脸上,声音在四周回荡,响彻塘马,响彻茅山,响彻天宇。

两天后,10月12日,在原先纪念巫恒通大会的会场上,十六旅举行了新四军成立四周年大会。

天空出奇地红,早晨,阳光明媚,空气清冽,露珠刚刚消融,空气中飘着稻谷的香味、桂花的香味。几个村民刚从河边挖出几篓螃蟹爬上岸来,穿行在金黄色的稻穗相拥的、小小的田埂上,那篓中的螃蟹吐着气泡,拥挤着,轻轻蠕动着。洋龙坝的几棵大树上,鸟声唧唧。下木桥南面的谷场上几棵大树在秋风中摇曳,得意地摆弄着它们的腰肢。谷场前的一大片稻田已收割完,前几日举行纪念巫恒通大会时被战士们压得平平整整,沿河一线几块稻田还未收割,稻谷绽放着,压弯了稻秆,谷粒似欲撑破那壳儿,玩命地散放着清香,风一吹,稻浪滚滚,那浪有时呈螺旋形,恰似凡·高笔下的油画。

战士们早早地抬来几个脱粒稻谷的戽桶,倒放着,上面铺了一层木板,作为主席台,后面有几棵大槐树,便在树干上拉好绳,挂上幕布,在幕布上写上"保卫江南,军民建国"的横幅,横幅下挂上毛泽东与朱德的画像,在画像边挂上了许多旌旗,那是茅山地区各县代表所送。

罗、廖与众将士站在主席台上，放眼望去，一个宽阔的场面展现在眼前：声浪滚滚，战士们齐刷刷的脚步声，指挥员的"一、二、一"的口令声，群众的围观声，间歇响起的锣鼓声；色彩斑斓，洋龙坝树木的翠绿，河边稻谷的金黄，战士们衣服的灰蓝，旗帜的鲜红，天空的湛蓝，阳光的明艳，组合成一幅和谐的美丽图案。

罗忠毅与廖海涛对视一下，满意地点了点头。战士们完全进入预定区域，拿着钢枪站好队，形成了大块的方阵，脸上个个显现出昂扬的斗志，此时雄壮之意在罗、廖的心头升起：有这样的威武之师，何愁日寇不灭呢？

罗、廖朝西望去，四十六团、四十七团部分战士整齐划一地端坐于塘马至新店被称之为三十亩观的稻田里，四十八团一个班的战士，随王胜来到塘马，也端坐于一边，因其服色略呈灰黄，与一大片灰蓝形成一定的反差。

热闹的气氛中，不同的语言交汇在一起，成为一种特殊的情致。有一干部模样的四十八团战士操着一口闽东话和四十七团的几个战士代表说笑着，显得十分亲热。

此人三十左右，长得十分英俊洒脱，个子中等偏上，身材瘦削，但骨骼奇伟，富有一种刚性之美，眉宇间透出一股俊朗之气。

从四十七团战士的口中，你能听到他们叫他"周连长"，他有时改换闽东腔，用半生不熟的吴语说自己是四十七团战士，"今天是回娘家了。"

此人是谁？他是四十八团六连排长周德利，他原是四十七团的连长，是闽东人，和五十二团的干部有极深的渊源关系。后成立四十八团，急需干部，廖坤金喜出望外，忙向罗、廖推荐，罗、廖当然答应，王胜也乐不可支。王胜本来担心到锡南后，语言不通，工作开展有困难，现在有了帮手，岂不是天大的喜事。

廖海涛在其临行前说："德利呀，这次去四十八团，委屈你了。只能让你从基层干起，你先做个排长吧。因为部队的形成有各自的系统，突然让你们担任重要职务，原先的同志们会有想法。"

周德利胸脯一挺："廖司令，请放心，官大官小都一样，都是为了抗日。"

"好样的，不愧是闽东独立师的英雄。"廖海涛对周德利竖起了大拇指。

现在"苏、罗叛变"后，王胜回旅部汇报工作，顺道参加新四军建军四周年大会，便把周德利一起叫上，来到塘马，在开会时见到四十七团的老战友，还不热闹一番。

别看周德利年纪不大。如果打开他的履历，你会发现他是老资格的红军，功勋卓著的英雄。

他原名吴洪勋，1909年5月7日出生于福建省宁德县霍童区赤溪镇牛洞村。

1930年2月参加赤卫队，1933年5月参加中国工农红军，1934年2月参加共产党。周德利在军中以勇猛著称，在闽东三年游击战争，周德利在叶飞领导下，担任红军侦查班长、排长。先后参加了彭家山战斗、西竹岔伏击战、枫岔头伏击战、萧家岭伏击战、岗垅伏击战、亲母岭伏击战等战斗。尤其是西竹岔战斗，周德利的勇猛顽强得到了充分的展示。1935年1月15日，闽东红军在叶飞、赖金标、冯品泰指挥下诱敌深入，对敌发起猛烈攻击。周德利和战士们面对强敌，奋勇作战，从中午一直战到傍晚，敌伤亡竟达五百多，由于力量过于悬殊，又有强力增援，红军遂撤出战斗。这一战，打出了周德利等人的威名，从此敌军一听到闽东红军独立师气焰便消减了一半。

抗战时，周德利的红军独立师编为三支队六团，周德利任副连长。后六团与一团对调，他随叶飞来到茅山地区，与敌作战负伤，遂留在溧阳地区养伤。1939年夏天，调新四军茅山独立一团三连任连长，1940年在西塔山战斗中再次负伤，十六旅成立后遂到四十七团任职。由于他作战勇猛，经常负伤，全身有十几处伤痕。他在红军时期受过一次重伤，那是在仙宫岗伏击战，他时任班长，他在陈挺率领下，带一个班冲到山坡下同敌人拼刺刀，打死打伤敌人多名，缴获了大量武器，自己也受了伤。

站在眼前的是一位英雄，自然吸引众人投来钦佩的眼光，如今老战友一别数月，一诉衷肠，格外亲热。

三十亩观的稻已收割完，而洋龙坝沿塘马河一侧的稻田还未收割，呈一片灰黄。洋龙坝、姜家棚树木参天，绿中带黄，新店村房舍俨然，新店佛庙屋宇上翘，梵声早已被大会的喧闹声淹没。战士们席地而坐，由于稻田松软、潮湿，只得在地上铺些稻草，然后把薄薄的棉被置于地，再端坐其上。最前排的将士端坐于地，地面是打谷场，谷场平整干硬，上面铺了些干爽的稻草。战士的前排安置的武器全是机枪，三挺重机枪赫然而立，左右两边是马克沁重机枪，中间是九二式重机枪，横贴于地面的则是捷克式轻机枪，有三四十挺，这武器的展现给现场平添了一股杀气。

主席台聚集了苏皖区党委、茅山各县主要代表及十六旅主要干部，他们是罗忠毅、廖海涛、欧阳惠林、王胜、钟国楚、王直、乐时鸣、黄玉庭、诸葛慎、熊兆仁、许彧青、芮军、王香雄、张其昌、张花南、李坚真、樊玉琳、樊绪经、洪天寿、江如枝、陈绍海、陈练升、陆平东、张之宜、李广……

上午九时，许彧青宣布大会开始，全体起立，高唱《新四军军歌》，雄壮的旋律从手风琴琴箱中飘出,在会场的上空飘荡。

雄壮的歌声在手风琴的伴奏下,从罗、廖及将士们的胸膛中发出,"光荣北伐武昌城下,血染着我们的姓名,孤军奋斗罗霄山上,继承了先烈的殊勋",歌声在回旋在升腾,整齐的混杂不同音质的合唱形成的声浪向四周扩散。

"千百次抗争,风雪饥寒",罗忠毅挺直了胸膛,雄壮激扬的歌声从他厚厚的双唇中发出,他的心海随着旋律翻滚起来,眼前幻化出许许多多往昔的生活画面来。

"千万里转战,穷山野营……"廖海涛高唱着,脸上顿显悲壮之色。任重而道远,艰苦的战斗还在后面,努力,努力,再努力。

"获得丰富的战争经验,锻炼艰苦的牺牲精神",欧阳惠林高昂着头颅吟唱着,文弱的外表下,跳动的是一颗火热坚强的心,往事电光火石般地闪现。

"扬子江头,淮河之滨,任我们纵横的驰骋",钟国楚引吭高歌,N4A 的臂章在阳光下闪闪发光,眉宇间显示出一股战斗豪情。

"深入敌后,百战百胜,汹涌着杀敌的呼声",王直的心海也随着歌声节律时起时伏,目光坚定沉着,充满了必胜的信念。

"要英勇冲锋,歼灭敌寇,要大声呐喊,唤起人民",乐时鸣每当唱起这支《新四军军歌》都会紧紧地握紧拳头,今天面对如此雄壮的场面,那份壮怀激烈之情自不必说。

"发挥革命的优良传统,创造现代的革命新军",王香雄面对前方,决心把独立二团打造成真正的革命新军。

"为了社会幸福,为了民族的生存,一贯坚持我们的斗争",潘吟秋、徐若冰、史毅、陆容、田文、李英、骆静美、牟桂芳、夏希平高唱着,秋风挽起了她们的秀发,她们娇美的面容上显示出一种庄严之色,无所畏惧的英雄气概从她们的胸膛喷涌而出。

"八省健儿汇成一道抗日的铁流,八省健儿汇成一道抗日的铁流",陈辉和几个小战士高唱着,阳光照在他的前额上,青春的气息充溢于脸面,战火的洗礼使这股青春气息充满了成熟的韵味,美好的憧憬,神圣的信念,不屈不挠的斗志,刹那间汇于歌声中,充盈于会场上。

"东进,东进,我们是铁的新四军"。壮怀激扬的声浪从主席台向外扩散,"东进,东进,我们是铁的的新四军"。宽阔的声浪从战士们站立的操场上向四周漫溢,"东进,东进,我们是铁的新四军"。整个会场的声浪在升腾,情感、意志、信念伴随旋律,通过声浪充塞于天地间……

"同志们,今天我们聚集一起,纪念本军成立四周年。"在短短的三天中,廖海涛的声音第二次在会场的上空响起,"四年抗战,我新四军以大无畏的精神转战大江南北,恢复华中大片国土,开辟创立了数个抗日根据地,任凭敌伪疯狂进攻,亲日反共派妖氛重压,终不能屈服我们坚强的抗日意志,在中共中央毛泽东同志的英明领导下,我们新四军始终高举坚持抗战、团结进步的正义大旗,以坚定的步伐,迈向辉煌胜利,今天,我们新四军和八路军一样,已成为中国人民团结的模范和抗战的中流砥柱。"

廖海涛以其浓重的福建口音,读着手中的文稿,声音之洪亮,话语之坚定,深深地撞击着战士们的心扉。"本军四年来,取得了辉煌的战果,首先从战略战役上,我们配合了正规国军保卫大后方的任务,我们在敌据点交通网之间,穿插游击,积极行动,在新四军活动范围内共牵制了敌人六个师团,除敌伪军外,占全国敌兵力的六分之一;其二,游击区的扩大与抗日政权的建立,我军不断发展壮大,在我军胜利影响下的民众已达三千余万,我军游击队逐步在一百七十余县境,已经建立起抗日政权的地方将达九十余县,并且真正实行了民选,建立了县区的参议会,建立了抗日的地方武装……"

"我们的部队,比过去增长发展了十六倍,而且初步改换了武器装备,从战斗中得到锻炼,提高了我们的战斗力,由小游击队成长为大的正规兵团……"

"自皖南事变后,我们战果累累,一月至六月,我们对敌作战三百七十二次,毙伤敌伪二万六千九百二十八名,俘敌伪官兵九千八百四十三名,这些胜利是我新四军全体军人从半年苦斗中付出了相当大的伤亡代价取得的,让那些恬不知耻的造谣专家们胡说吧!我新四军是否如此辈所谓'游而不击',有良心的正义人士自有公论,让那些顽固派睁开眼看看我们新四军吧。"廖海涛虎眼圆睁,挥动着右臂,面对广大的官兵,慷慨陈词,掷地有声。

他拿起稿纸,扫视着全场,略作停顿后,又读起稿件来,"同志们,我们十六旅自今年成立后,转战太滆、长滆、茅山地区,本旅将士同心同德,粉碎了敌伪的进攻,也粉碎了顽固派的进攻,西旸、高庄、大蒲干等据点被拔,黄金山三战三捷,我们基本恢复了皖南事变前茅山根据地的局面,现在在塘马整训,迎接新的战斗的到来。"

战士们席地而坐,长枪置于身旁,头戴军帽,小腿扎上绑带,腰束皮带,肩背子弹袋,精神饱满,斗志十足,他们黝黑的脸上显示着乐观、镇定,双眼充满了战斗的渴望,目视着主席台,聆听着廖司令的讲话。

"我们根据苏南人民的意志,实行我们武装抗日的神圣权利,在政治上、文化上实行建设新民主主义的权利,并与千万以上抗日人民共同执行我们这种抗战建国的权利和义务……"他放下文稿,用拳头猛地敲击了一下桌子,声音提到了最高点,"我们相信,新四军会在抗战中继续不断地发展壮大,成为不可战胜的力——量!"那"量"字的余音在空中久久回荡,震撼着与会者的心灵,引得掌声一片。

"同志们,苏德战争已经爆发,世界政治进入新时期,战争呈现新面貌,中国抗战,是世界反法西斯阵线的一部分,我们坚信日本法西斯必将灭亡,中国抗战必将取得胜利,我们应当努力作战,迎接新时代的到来……"

完毕,掌声一片,战士们举起钢枪,高呼"抗战必胜,抗战必胜"的口号,呼喊声犹如山呼海啸般震荡环宇,茅山战栗,长荡湖摇晃,塘马河激荡。

接着部队进行拉歌比赛,四十六团一部与四十七团一部,四十八团一个班与四十六团、四十七团间,战地服务团的陆容、骆静美、吴坚及政治部组织科的徐若冰,机要科的潘吟秋,宣传部的史毅、夏希平等人则穿插其间,雄壮的男声和清脆的女声交替飞响,战士的呼喊,群众的叫好,混杂迸发。拍掌声、助兴声、鼓励声、叫好声,随情景迸发,笑语声伴随着飞扬的神情、欢乐的笑脸、勃发的喜悦、忘情的欢乐和战争条件下中规中矩的轻歌曼舞,相融——相合,激荡回旋……

罗、廖备感欣慰,两人脸上露出了从没有过的喜悦与欢乐……

大会结束时,许彧青宣布明日起召开全旅运动大会,罗忠毅任总指挥,廖海涛任副总指挥,随即摄影师对着会场拍起照片来,罗、廖与十六旅的主要干部及四县代表和塘马部分群众合影留念,王香雄又抓拍了几张照片。

7

罗忠毅完全同意廖海涛的建议,在战斗的间隙,在整训的尾声举行体育比赛。

对于体育比赛,他并不陌生,1927年在襄阳的中山军事政治学校他就受到严格的军事训练和体育训练,他深深懂得体育对健身强体的作用。在江西瑞金红军学校学习期间,他更是坚持不懈地加强体育锻炼,在闽西三年艰苦的游击战争中,他之所以能转战风雨中,强健的身体是有力的保障。他赞同周子昆在《军队中的体育》中的某些观点:"我们进行体育锻炼的基本任务是根据建军而来的,认为建军必先健人,健人需要健脑,同时需要健体,才能使军队中每个指挥员不欣然自足于坚定不移的意志和敌忾同仇的气概,而且准备着行使这意志气概的百般武艺,生龙活虎的雄壮体魄去吞吃敌人。"

他也认为项英的《开展全军的体育活动》一文很有道理:"因为没有强健的身体,就不能履行或贯彻斗争的意志,更不能冲锋杀敌,决胜疆场。"

是呀,陈毅、粟裕同志在江南指挥部时也倡导体育运动。当时的条件很简陋,但体育比赛搞得红红火火,这不是很好的例子吗?其实体育比赛除了一般意义上的强身健体、消除文弱、有利于军事技术的训练和实施外,对调节人的精神面貌也有很大的作用。我们的生活不再显得太单一太乏味。那些不良的卫生习惯,不正常的心理生理现象也会得到纠正,《五师政治部关于开展部队娱乐与体育工作问题》中也有阐述,"部队如没有很好的娱乐工作,精神上就不能保持经常的健旺和紧张,工作情绪就难以提高,而想家庭、女人及其他种种不正确的想头也便难于克制,甚至还有犯手淫、鸡奸、搞皮绊自戕身体与破坏纪律的行为,部队如没有适当的体育锻炼,战斗力也难以提高,不独疾病时发,而且不少人将由壮丁变为弱丁,这不能不是极端的严重问题。"

不错呀,他踱着步回味着,这眼下的十六旅自闸口成立后,战斗不断,扶风桥、芳桥、屺亭桥、雪堰桥连续作战,生活极端艰苦。部队里常出现"革命病"(疟疾病)、"革命虫"(生虱子)、"革命疮"(疥疮),若不乘眼下战争相对稀少的时间进行锻炼,这些病呀，虫呀，疮呀，虽冠以"革命"的雅号，总非好事呀！

更重要的是体育锻炼能激发人的斗志，增强人与人之间团结互爱、团结协作的精神。

他笑了，他想起在大祠堂东侧的广场上的篮球比赛，教导大队战士们的精诚合作、政治部机关人员的奋力拼搏、战士群众们的尽情呼叫，汇成了一股滚滚的热浪，这就是最好的佐证。事实也正如他与廖海涛同志判断的，战士们对体育比赛表现了冲天的热情，无论是赛场上还是平昔的生活里，他们的情绪都起了变化，精神高涨了，体格加强了，心灵也得到了某种净化。那些思家、想念女人或一些其他杂七杂八的情绪大大消退，人的精神面貌有了很大的改观，这完全可以从连队的汇报以及从《火线报》收集到的稿件中得到印证。

"这对同时进行的整训也大有帮助，"他高兴地冲着廖海涛说，"老廖呀，我们的决定是完全正确的。"

他与廖海涛、王直、李明等同志走出旅部，去塘马村下木桥观摩四十六团的整训比赛。

一出门，晨雾渐散，苏南的民居建筑渐渐显露，这与襄樊楚地民居与闽西客家民居迥然不同，古老的墙壁，古老的砖，古老的青石板。

见到了小桥，见到了雾中湿湿的树，见到了河边的衰草和草垛。噢，那长长的河边台阶，悠长悠长，是塘马村最长的台阶，青石板砌成，直伸向河中，这倒使人想起襄阳北门汉水边的台阶来。东边红光渐露，薄雾几乎消尽，未过木桥，齐齐的口号声，清脆的指挥声响成一片。

能感到那特有的人浪，走在桥上，那战士们的高喊声震动着小桥，激荡着塘马河清清的流水，他耳边忽地响起杨氏唱的那首苏南小调来，"清清的塘马河，巍巍的丫髻山，盘龙坝边草青青，洋龙坝上稻麦香，水流呼啸向塘马，塘马水流归大海，啊，山青青，水晶晶，渔歌、山歌绕村寨。"

这民歌有几分优雅与诗意，全无战火的氛围，站在桥上环视起来，初秋的景致有些灰暗，形似浅浅的水墨画。塘马村呈现在墨香的韵致中，全无金戈铁马的那种内在涌动，但桥对面的那股声浪，似乎要给这宁静小山庄注入那种蓬勃的战斗之力，嵌入那特有的强劲之音。

远山，近树，美景，水廓缭绕，枝头鸟鸣。但眼下是民族生死存亡的关键时刻，倘不努力，这样的宁静必不会长久。

他回视一下身后的廖海涛、王直与李明，他们个个斗志昂扬，意气风发，似乎并没有因塘马水墨画般的韵致和清幽的宁静而改变自己的情怀,而他们永远保持着一种蓄势待发的战斗意志。

好雄壮的部队,朝阳下,意气风发,在塘马村与新店村的广阔地带,在洋龙坝的竹树的衬托下,在稻田簇拥下,我们的战士手拿钢枪,穿着灰色的军装,臂带"N4A",雄起起气昂昂地列成方阵,站立在面前,这样的场面所显示出的战无不胜的气势,只有当年苏区红五军团出征才见过,看来,我们十六旅的正规化军队已初步形成。

他的耳边响起4月4日旅部成立的通电,"当兹本旅成立,尤更淬励自勉,与江南同胞,戮力同心,迈步前进。建立一支坚强之正规军,发展抗日民主政权,以争取反扫荡、反摩擦伟大之胜利,巩固斗争阵地,达成光荣伟大之任务。"

他热血沸腾,当钟国楚、黄玉庭行礼时,他庄重地还了一个军礼,当战友们向他与廖行礼时,他与廖极其庄重地还以军礼。

他的眼眶有些湿润,遥想1927年加入冯玉祥部队,成为一个不折不扣的军人,中原大战,进入第二十六陆军交通兵团,1931年进江西围剿红军,自己本想成为像卫青、霍去病一样的一代战神,去杀敌报国。永丰一败,方知自己不过是一个旧军人,只有共产党领导的军队才是真正的人民军队,只有在人民军队中才能真正杀敌报国。宁都起义,随董振堂、赵博生进入苏区,终于成为一个光荣的红军战士,才真正有机会实现杀敌报国的凤愿。自己1932年6月加入共产党,历任排长、士兵委员会主任、连长,参加了赣州、漳州、水口、宜黄和乐安、建宁等战役,后进入红军学校学习,毕业后调福建军区司令部工作,后领导了闽西三年游击战争,艰苦创立宁、岩、连根据地。抗日烽火燃起后任二支队参谋长、江南指挥部参谋长、二支队司令,六师参谋长兼十六旅旅长。可以说自己的足迹是一直沿着军人特有的人生轨迹走下去的,在轨迹的每一个点上都折射着自己对军魂的执著追求,当然这追求上就有亲自缔造一支训练有素的人民军队。在闽西,自己与方方同志一道塑造了第一分区的优秀军队,在二支队,自己协助张鼎丞、粟裕塑造了一支英雄的抗日支队。现在在艰苦异常的苏南,自己与廖海涛等同志亲自塑造着十六旅,尽力打造一支正规化的军队,有了这些坚强部队,坚持苏南斗争就有了保障。日后,四十六团居于溧水,四十七团布于茅山,四十八团坚持太湖,独立二团在宜兴呼应,旅部则在溧阳指挥调度,那么我们定能粉碎敌、伪、顽的猖狂进攻,胜利属于苏南人民,胜利属于中国人民。

他来到了射击场,观看战士们的射击比赛。他眉毛紧锁,脸色浓重,古铜色的脸膛上显示着冷峻之色,背后高大的香椿树衬托着他刚强的身躯,围观的人坐在草堆边,见他来,纷纷站起。

看到战士们拿着汉阳造及套筒枪,他的心发疼,"我们的装备太差了。"他叹了口气,他知道日军平时练习全是实弹练习,而我们的战士不要说练习,作战时,常常两人一枪,一人几发子弹,现在教导大队青年队只有两人一杆枪,一人几颗弹。他又想起二支队在白士点编时,许多人拿着梭镖,有的拿着空枪壳子,还有的子弹袋里全塞满了秸秆,这样的装备不要说在日本军国主义面前,就是在国民党杂牌军面前也难以露脸,每念此他就感到痛心,想当初自己刚进入高树勋所办的军校,里面的武器多少还有些分量。自己最喜欢玩各种各样的陆军武器,可以说自己是一个武器通。抗战后对缴获的日军武器反复拆看,昔日的汉阳造、ZB捷克式轻机枪、马克沁重机枪、一般的榴弹炮自然不在话下,今日的三八式6.5毫米步枪、南部式7毫米手枪、九二式7.7毫米重机枪、三八式7.9毫米重机枪、绍式M1915式8毫米轻机枪、九二式70毫米榴弹炮以及四一式75毫米山炮等等,这些武器的性能他都了如指掌。

看着战士们认真射击的姿势,看着那又粗又大的枪筒,他自然想起了太常见的三八大盖。

这三八大盖也许与欧美国家比可能不怎么样,但在我们中国战场上,它表现出一定的优点,枪的钢质好,经久耐用,如果保管擦拭得当,可以发射近一万发枪弹,这是汉阳造远远不及的,准基线较长,所以即使略有瞄准误差,弹头的偏差量也小,枪管长,射程远,对于远距离作战有一定的威力,这一点汉阳造远不及。我们的战士射击技术不够精良,往往暴露了自己,浪费了子弹却难以杀伤敌人,博望战斗,我们之所以打了那么长的时间,亦即源于此也,更要命的是汉阳造容易卡壳,这对激烈的战场来说是致命的。我们的战士往往要用毛巾蘸上冷水或小便去冷却,战场上没有这样的时间与空间。

但即使如此,我们的汉阳造也不是人人都有,我们的武器装备靠叶挺的努力,在抗战初期还能得到一些。现在皖南事变后,我们成为"叛军",还能指望国民党吗?至于战场缴获也不是容易的事,而我们的兵工厂,仿造技术有限呀!

看到眼前情景,他的心隐隐作疼,战士们训练如此刻苦,如果我们的装备有日军那么好,或者说有国民党那么好,战场的形势早起了变化。我军和日军比,单兵作战的军事素养、军事技术虽不及,但我们有同仇敌忾的勇气、浴血奋战的精神,我们有经过千锤百炼的优秀指挥员,我们有以毛泽东同志为代表的英明的中央领导,我们有伟大的人民群众,应该说这几方面我们有压倒性优势,但由于武器的制约,我们的优势还不能化为胜势,虽然胜利一定属于我们,但过程应该还是漫长的,这体现在战术上,我们难以打运动战,而只能打机动灵活的游击战。

　　装备是很重要的问题,这从旅部特务连的表现也可看得出来。旅部特务连是我精锐之师,除了三分之二是具有丰富作战经验的老红军这个因素外,其装备的优越,远远提升了他的战斗力,部队是清一色的日式装备,在战场上完全可以和日军正面较量,为显示我们是威武之师,我们开会总喜欢把他们摆在会场前面的。二支队在西旸开会,十六旅在塘马庆祝四周年时,我们的特务连都放在了前面,一排排机枪放在前面,一看,就觉得一股非凡的气势。我们有三八枪,我们有歪把子轻机枪,我们也有九二式重机枪,加之我们国内仿造的ZB捷克式轻机枪和马克沁重机枪,我们完全可以和敌人面对面较量。可惜我们这类武器太少,全旅就装备了一个连,全连只有一百二十八人。即使是引以自豪的特务连,我们也感到不足,我们缺乏火炮,如果我们有火炮,那么小日本七八个人守住一个据点的情况将不复存在。

　　他的脑海里又浮现出另一幅画面来,江南指挥部指战员兴奋地观看廖海涛率新二支队缴获的日军九二式步兵炮。那是去年的5月14日,驻湖熟镇的日军南甫旅团岗本联队吉田中队的一群日寇一百多人穿着黄色制服,从湖熟镇出来侵犯句容县的三岔,途经赤山时被新二支队副司令廖海涛迎头痛击,全部被歼,还缴获了一门九二式步兵炮,这是新四军历史上第一次缴获日军的火炮。

　　近距离观看九二式步兵炮,他就惊叹于它的精良。首先是"小"、"矮",所以在运输上的要求很低,对战区的道路状况要求几乎是降到了最低点,因此堪称"理想"的步兵营支援武器。这就可以部署在离敌人目标很近的距离上,充分发挥火力的准确性、突然性和猛烈性,在第一时间给予步兵需要的支援,所以敌军在阵战中占尽了优势。

　　他拨弄起那缴获的九二式步兵炮,发现这小小的九二式步兵炮射界非常开阔,横向射界90度,高低射角也将近90度,几乎可以射击一切类型的目标,平射可以当加农炮用,曲射可以当榴弹炮用,大仰角射击可以当迫击炮用,别看它炮身轻,发射的炮弹可一点也不轻,杀伤力极大。

　　看完后,他叹了一口气,如果我们的部队有更多的重机枪,有一些像九二式一样的步兵炮,这江南日军的小小据点将不复存在。当时把这门炮送给冷欣时,许多同志都感到惋惜,他自然也不例外,但惋惜也没用,即使留下也派不上用场。因为我们无法制造炮弹,八路军在战场也多次缴获该炮,大多炮弹打完,即行抛弃,没办法呀，我们的军工业很落后，只能对轻武器做一些简单的维修，怎能造出这样的炮弹呢？尽管如此，日军在战场上也倍加小心，他们一不丢尸体，二不丢的就是重武器，火炮自然不用说了。难怪廖海涛缴获日军九二式步兵炮后，江南指挥部当即向二支队发来电报表彰。

我们不能制造精良的武器，眼下兵工厂只能制造一些手榴弹，且威力不如日本，爆破一般只能化做两块碎片，杀伤力有限，所以我们的作战常常只能近距离作战，以伏击战、偷袭战为主，而难以实施运动战术，这不能不令人心疼。

他掏出一支烟，猛吸了一口，当他看到围观村民们递茶送水的热烈场面时，他的心中涌起一股热热的暖流。毛泽东同志说得对，决定战争胜负的是人，不是武器。敌人进行侵略战争，貌似强大，最终必败。尽管我们武器落后，会延长抗日的时间，但只要我们因地制宜，机动灵活，就会缩短因武器落后造成的差距。

汉阳造虽然落后，容易卡壳，但只要维修得当，可以和日军三八枪一较长短。至于老套筒，足够落后，但只要数量多，射击准，同样会有效果。虽然我们没有大炮，但我们利用捷克式轻机枪，有限的马克沁重机枪，同样可以组成强大的火力，绝不亚于日军歪把子机枪和九二式7.7毫米重机枪。

就说这捷克式轻机枪吧，虽然是使用弹匣，不使用弹链，提供持续火力的能力有限，换弹匣的空当会造成火力中断，也常常会卡膛，但它采用伸缩式枪托，且可以迅速更换枪管，射击精确，有优良的持续射击性能，这一点要大大优于敌军的歪把子机枪，如果我们兵工厂的制造技术上去了，有足够的子弹与轻机枪、手榴弹，合理地运用战略战术，那么抗日的前景将大大改观。他的脑海里迅速浮现出一系列计划，训练军队的身体素质、军事技术素质，提高武器供应能力……眼下必须提高战士们的军事技术能力，他扔下烟头，来到了几个射击队员面前。

射击比赛五人一组，面对五个稻草人进行立姿模拟射击比赛。

五个战士训练有素，站立端枪、枪杆纹丝不动，最后击发、屏心静气，扣动扳机，完成动作后齐齐归队。

罗忠毅满意地点点头，四十六团一营营长廖坚持忙过来汇报，罗忠毅摆摆手，示意继续比赛。

第二组五个战士上场了，问题出现了，有的战士动作较慢，有的端枪不稳，有的击发时枪上下微微抖动。

罗忠毅待第二组比赛结束时走了过来；他从一个战士手中拿过枪，扳了一下枪栓："同志们，你们别看一支简单的步枪，要掌握较高的射击技术，远不是一件简单的事。"

他拿起枪做一个正确的动作,"首先姿势要正确,射击时,你不能正确抵肩、贴腮会使子弹发生偏差;抵肩过低会打低;抵肩过高会打过;用力过大易打偏高。"

"那,有什么办法吗?"一个小战士大胆问了一下。

"有啊,前面的战士不就掌握了。"罗忠毅笑了笑,"廖营长,有铜板吗?"

"有。"廖坚持递来一枚大清铜板。

罗忠毅子弹上膛后,把铜板往准心上一放,然后端着枪对洋龙坝无人处的一棵细小的糖莲树树干瞄准。

铜板在准心上纹丝不动,他屏心静气,用右眼瞄准,然后用右手食指的第一关节扣动扳机。

"砰"一声响,糖莲树树干咔嚓一声,折成两段,铜板稳稳地栖息在准心上。

"好。"战士们呐喊声声。

"同志们,苦练才能掌握过硬的本领,在江南指挥部时,我与粟司令经常训练战士,有一个办法,在准心上放一个铜板,三分钟不准落下,久而久之,就是开了枪,铜板也不会落下,如果不好好练,作战时的命中率就会大打折扣。"

第二日大清早,廖海涛与王直信步走向四十六团刺杀训练场。当他踏上塘马村东的小桥时,他感到从没有过的清爽。河面上水汽升腾,树、草、花、庄稼都沾满了露珠。一切均似被露水洗涤过。那青青的树,黄澄澄的稻,还有那泥土散发的清香。啊!这深秋的苏南真不愧为鱼米之乡,亮晶晶的河,阵阵的稻谷飘香,你能体味到浓浓的水乡韵致来。粉墙黛瓦,树木掩映,如不是嘹亮的号声,他都快忘记了这是一个战争年代,这号声使他想到了闽西双髻山的日日夜夜……他回头向北望,希望能看到丫髻山,可惜今日不见丫髻山的踪迹。

一眼看去,便知队伍训练有素,步姿正确,步伐有力,无论是正步,齐步,还是跑步,给人一种坚实的感觉。他们二支队的战士大都来自闽西,长期的山地游击战使他们缺少正规部队的那种素养。老罗上过国民党的军校,他在苏区红军大学学习过,这方面他是行家,他们的部队要焕然一新,必须摆脱原来那种单纯的游击习气,要使部队向正规化方向发展,特别是要开展阵地战、行动战,还必须掌握正规的训练方法。

黄玉庭是老部下,赤山之战时是营长,现在担任主力四十六团团长,担子不轻,钟国楚是老红军了,是一个出色的政治工作者。在闽西他们就认识了,由他担任政委来抓团的政治工作，应该是十分合适。十六旅的部队主要是靠四十六团，四十七团太小，还需不断充实提高。至于四十八团，如今尚在苏西，刚刚组建，问题多多，而程维新的独立二团，难以改编，需多加小心。唉，他们首先要抓四十六团，四十六团的整训经验可以推广到四十七团、四十八团，甚至可以推广到独立二团去。

威武的四十六团，多么雄壮的队伍。横队、纵队、行进、停止、齐步、正步，手持钢枪，杀气腾腾，铁军风华尽显，威武之师突现。兵的海洋，刀枪的海洋，这滚滚的铁流定能把日寇埋葬。

他的眼眶不知不觉湿润了，艰苦的闽西三年游击战争，他们上杭游击队、红七支队的队伍集合时无法显示这样的威武场面，只能一股一股地行走于山间的小道上，而现在我们的队伍已发展壮大了。

这样的场面多年不见了，只有在白土镇成立二支队时才看到过这样的辉煌场面。

1938年2月27日，二支队在龙岩白土龙泉村双生祠堂的广场上举行了盛大的北上抗日誓师大会。

好威武的场面，五六千人聚集于广场上。广场尽头的东面为高山，山峰林立，绵延起伏，苍翠一片，绿意盎然，飞流天外，支队司令部"仕峰厝"掩映于山底树木下。从房屋的墙边，斗志昂扬的士兵排列得密密麻麻，一直延伸到主席台下。他们身姿挺拔，头戴军帽，腰束皮带，端立着聆听张鼎丞老首长的讲话。台前是一批批围观的群众，他们用热切的眼神注视着主席台。

我，四团政治处主任，站于台前，看着这场下威武的战友，目睹台上挂着的"新四军二支队北上抗日誓师大会"巨幅横标，耳听由《大刀进行曲》改谱成的《会师进行曲》，眼眶湿润了，热血沸腾了，恨不得肋生双翅，飞到抗日的前线，狠狠地打击入侵者。我高唱着"让他们向前迈进，让他们和全国的抗战力量结成一条挣不断的锁链。冲！向前冲！把日本鬼子赶出中国去"！

3月1日，杜鹃花盛开，满山红艳艳，千百杆红旗迎风招展，广场上鞭炮齐鸣，鼓乐声声。我又一次汇入队伍的洪流中，成为洪流中的一分子。在这洪流中，我能充分感受到洪流的豪迈与博大，我两千多名官兵站在一起高唱着"我们捍卫祖国，我们齐奔沙场，千年夙愿，如今得偿……"在群众的夹道欢迎下，终于踏上了北上抗日的征途。

我头戴新四军军帽，身穿崭新的蓝灰色军装，腰上扎着皮腰带，脚上打着黄色绑腿，迈步向前、向前……我的眼睛湿润了。我向欢送的人群频频挥手，告别曾与自己并肩战斗过,现留在闽西坚持斗争的红军游击队首长和战友们,告别了与红军游击队生死与共的闽西父老乡亲,告别了进行过艰苦卓绝的三年游击战争的闽西红色土地,告别了我亲爱的妻子张招巴及在她肚中的小生命。

一眨眼,四年过去了,如今在远离闽西的苏南塘马,又有一支威武之师展现在眼前。我们的十六旅四十六团战士,这是我们亲自创建缔造的新型的抗日军队,有这样的抗日子弟兵,我们自豪,我们骄傲,他们寄托着我们的希冀、苏南人民的希冀、中华民族的希冀、世界反法西斯民族的希冀。

四十六团战士刺杀技术大有提高,他们的训练方法改进了,现在用轮车代替稻草人训练,动感加强了,针对性加强了。这样他们的刺杀训练从技术上讲有了一定的提高,和日军相比,他们的刺杀技术还是要差一些。日军的刺刀长,训练有素,防刺的能力特强,身体素质好,加之他们长期受法西斯文化的熏陶,讲究武士道精神,确实不好对付。新四军初进苏南与日军拼刺刀,常处下风,所以他们不断总结经验,平昔加强训练,有技术作保证,他们战胜敌人的砝码就加重了,如果他们不加强这方面的训练,那么近身搏击就失去意义。因为他们与日作战由于受武器装备的制约,只能以近距离作战为主,那么拼刺刀是主要方式之一,可见这方面的训练是何等重要。他们要学日本的刺杀技术,更要学习我们中国人自己的刺杀技术,我们的武术有几千年的历史,其中有许多可借鉴的地方,八路军及国民党军有刀术训练课,他们自然要加强这方面的训练。苏南不乏练武之人,发现这方面的人才,也应请到军中来,让他们传授这些技术。

夫战,勇气也。练刺杀,它的精髓应该是练的杀气。在闽西,敌军最怕和红军拼刺刀,红七支队在杀人崠作战时,一跃而起,近身搏击,敌军便溃败下来,靠的就是那股血战的勇气。现在缺乏实战经验,还不熟悉战争的特殊氛围,有时会出现在战场上怯战的情绪,练习刺杀可以大大提高他们的勇气,有了这股勇气,我们的战士才能一往无前,奋勇杀敌。

此时五个战士同时不断朝变换方向的木偶进行突刺。

战士小张因漏刺,怒火中烧,突刺频率之快,力量之大,使推车的战士都紧张起来,"咔嚓"一声响,架在下面车轮上和上面横木间的木偶被小张刺成两截。

"好!"一阵叫好声。

廖海涛与王直走到中央,廖朗声说道:"同志们,我看到了刚才的精彩表演,对你们表示祝贺,刺杀除了练就近身作战技术外,重要的是练就一种精神,练的是一股杀气、一股霸气。"

他语气缓和下来:"夫战,勇气呀!战场上要蔑视敌人,舍我其谁。唐朝有位名将叫罗通,和敌人作战被刺伤,肠都流了出来,他凭着一股勇气,进行决斗,敌人被打败了。我们对日作战也要有一股刺刀见红的勇气,要浑身是胆,压倒一切敌人,才能打败敌人!"

8

村中乡贤堂对面有一瓦屋,南北走向,门户朝东而开,坐落在塘马村的中轴线上。塘马是一古老村庄,中有一南北走向官道,它南通后周,北接丫髻山,村中路面全由青色石板铺成,路的两边全砌有青砖瓦房,两两相对,门的朝向或为东或为西。

乡贤堂对面的瓦房处在南北线的中点上,共有四间,主人为刘兆才。因其房屋宽敞遂被苏皖区党委辟为"苏南文化界联合会"居地。

这"苏南文化界联合会"的发起人是廖海涛,但它由苏皖区党委秘书长欧阳惠林和十六旅宣教科长许彧青负责,会员中有张子安、蒋铁如等人。下设"火线剧社",廖为社长,乐时鸣为副社长,会员很多。文工团的成员大多是会员,田芜便是其中之一。

10月17日的清晨,雄鸡啼鸣,晨曦初露,青灰砖瓦房墙面湿漉漉一片,几片枯叶在瓦垅间微微抖动,几只麻雀在门前的马台上叽叽喳喳叫个不停,一切是那样寂静。

田芜,十六旅文工团战士来到门前,打开挂锁后,进入"火线剧社"的工作室。

他要完成一项任务,赶制一座鲁迅的泥塑头像,以纪念鲁迅逝世五周年。

田芜这次的任务是创作一首歌和完成一泥塑头像,这对于田芜来说并不是什么大难事,因为田芜在军中可是地地道道的艺术人才。

说起这一点田芜与高尔基有些相似,就他的艺术作品而言,人们总以为他是受过高等教育、高等训练的艺术学员,恰恰相反,他只不过是读完小学的小学毕业生,他的艺术成就完全是由其出色的天赋和后天勤奋努力融铸而成。

田芜是浙江宁海桥头湖人,生于1917年,随姑妈在上海读完三年小学,后到乡下又上了三年小学,这六年的教育为他从事文艺工作打下了坚实的文化基础。在家务农两年后,又回到上海工作。

他选择了上海霓虹灯厂工作,缘由是那儿可以搞美工、绘画。上海良好的文化氛围、文化土壤,为其天性的自由发展提供了充足的舞台,加之自身不懈的努力,他的绘画、音乐潜能得到充分的挖掘和释放。

抗战爆发后,他以地下党的身份进入国民党军队的政工组工作,宣传抗日,他的才华得以更多地和社会生活联系在一起。1940年年底他加入新四军,他的才华得以充分地释放。

十六旅成立时,刚到十六旅不久的田芜遂成为"十六旅成立歌"的曲谱创作者,他创作的歌曲在苏南广为传唱。

十六旅进入塘马后,他在廖海涛的领导下积极参与文化宣传工作,为迎接"苏南文化界联合会"纪念鲁迅逝世五周年大会,他遵嘱加紧完成任务。现在,晨曦初露,他便开始工作。

他是在村民的指点下找到了黏性极强的泥土,又用翠竹自制了一个水箭筒,好在泥塑上喷水。功夫不负有心人,几天下来,鲁迅的泥塑头像完成得差不多了。

10月19日晚上,马灯齐亮,照亮了塘马村村东打谷场,在为纪念建军四周年搭建的舞台上,汽灯高挂,整个舞台一片明艳,那红色绒布的帷幕上挂着几个黑色大字"纪念鲁迅逝世五周年大会"。

一阵锣响后,帷幕拉开,走出一位漂亮的女战士,女战士身高一米六五左右,身材匀称修长,蓝色的军裤干净又整洁,腰身紧束,那衣服的线条显得十分流畅。汽灯下,那张清秀的脸清晰地呈现在众人面前,她神情严肃中带有些矜持,矜持中蕴含丝丝娇气,但这娇气已经脱尽了城市女性、知识女性的那种印记,战火已经洗尽了旧时的特质,没有任何的化妆,所以没有那种粉白的娇嫩,但青春的气息、女性的柔美、些许妩媚、肉质的稚嫩仍从稍微带黑的面容中透现出来。

她步履轻盈、庄重、落落大方,舞台上的走步不失纯粹的四方步,而带有少许的表演性质,但这种表演恰到好处,不具有小资情调,没有超出军队军纪规定的范围,也没有脱离战争特有的环境,因为谁都知道,战争条件下任何不利于抗战的东西都不允许存在。不过从这些细微的动作中能看出这位女战士昔日受过良好的训练教育,有过舞台宣传演出的经历,爱美的天性使她不经意间流露出许多东西来。

她,十六旅文工团团员陆容。

她扫视了一下众人,略有些紧张,但她很快地镇静下来,甜美的嗓音顷刻传送在古老的祠堂中,"亲爱的战友们、父老乡亲们,下面请看节目表演,第一个节目是大合唱《十六旅成立歌》,词:许彧青,曲:田芜,演唱者:十六旅战士代表。"

帷幕闭合后,迅即又完全开启了,一片掌声,一片呼唤。罗、廖和战士们、村民们齐齐地把眼光投向舞台。

三排穿着整齐的战士站在台中央,他们头戴灰色军帽,上下两粒黑色纽扣清晰明了,左臂的"N4A"臂章清晰可辨,绑腿打得齐齐的,脚穿黑色圆口布鞋,脸色神俊,目光炯炯,个个显出庄严之色。

田芜站在前排的中央,左边立着屈平生,右边立着袁文德。

陈辉站在后排的中央,他的领口高竖,身姿挺拔,两眼前视,灯光照在他刚毅的脸庞上,他浓浓的眉毛舒展着,只等指挥员指挥棒一舞,便引吭高歌。

芮军戴了一副白手套,走向前台,他拿着指挥棒轻轻一挥,男战士们的歌声从胸腔中喷发而出,其音清越,飞振宇内,其声洪亮,豪情勃发,那歌声形成的旋律激扬着战士们脸上显示的蓬勃的生机,在灯光下,在众人的注视下,呈现出一幅特别的战斗画面。

音符在祠堂的上空纷纷而下,激昂的歌声飞扬而出。

"春风飘飘湖光闪耀,江南绿野劲旅新成立,军民齐欢唱,军民齐欢唱……"

罗、廖与欧阳惠林、钟国楚、王直、乐时鸣、许彧青等人坐在前排观看,他们也随着台上的歌声庄严地歌唱起来。

……

接着是展示鲁迅的泥塑头像,并由陆静美演唱田芜作词作曲的悼念鲁迅之歌,随即由田芜朗诵悼念鲁迅的诗。

"当当当!"一阵锣响后,陆容走出帷幕,"下面的节目是评弹《夸夸我们的罗、廖司令》,表演者塘马群众代表刘翠翠。"

罗、廖一怔,乐时鸣忙站起来说:"这是茶馆女老板自编的,演奏的是她的养女。"

帷幕拉开,只见一年轻女子手抱琵琶端坐于太师椅上。

头发绾于脑后,眉毛细长,薄嘴唇,瓜子脸型,一副耳坠轻坠于耳根下,上身穿一件花色对襟衣服,下着一双小巧的绣花鞋,只见她猛一挥手狂扫了一下弦,那激昂的音调倏地飞扬而出,忽地她停下纤手,轻拨弦儿,其指法灵活,轻拢慢捻,十分娴熟,行家一看便知是一个弹唱高手。

只见她启朱唇,边弹边唱起来……

刘翠翠唱腔柔软,委婉细腻,软糯流畅,一下子抓住了听众,罗忠毅一向严肃的脸上露出了少见的笑意。来到苏南后,他曾在宜兴和桥听过一次,当时觉得特别好听。音色清丽、旋律婉约,与家乡的清戏和花鼓戏迥然不同。家乡的清戏腔调高,充满了高亢与激扬,唱起来荡气回肠,而这评弹的弹词开篇曲调虽高却清丽柔软,充满了水性,怪不得人家说苏南鱼米之乡是水文化,轻灵有余、柔软有余。

他转过头望望坐在侧面的乐时鸣,"乐时鸣,这是不是我们上次在宜兴听的那个叫什么评弹的?"

"对呀,对呀,是评弹!"乐时鸣应着,一双眼却盯着舞台上。

王直紧挨着廖海涛,一边听一边评着。廖海涛想起了家乡客家人的山歌和山歌戏,他第一次听到这评弹是1938年随四团初进江南,在溧阳上兴镇茶馆里。他觉得这清丽的旋律和家乡的山歌旋律有些类似。只是更典雅些,它不如山歌质朴、富有乡土气息,另外表演形式上不如家乡的山歌戏有许多舞蹈,那载歌载舞、热闹非凡,像家乡的《三月三》《茶花娶新郎》真是热闹极了,而苏南评弹常为两人说唱,过于清幽。

"罗司令高大威武,指挥三军灭日寇……"翠翠弹着琵琶,音调提到高音处,歌声甜美而又清丽,且不断使用颤音、装饰音等花腔,吐字运气灵活自如,"廖司令,虎气雄风,赤山大捷震敌胆……"运腔圆,吐字清,气口藏,声音纯,翠翠一展其高超技艺,但她的神色不变,仍然是一副庄严之色,好像她并不是在卖弄弹词之艺,而是借此抒发自己内心对罗、廖的赞美之情,抒发众乡亲对新四军的赞美之情。

有些干部听不懂吴语,但略微知道其中的内容,加之乐时鸣不时地插入一些翻译之语,效果还是出奇地好,他们沉浸在吴侬软语、清越的琵琶声和甜美的嗓音汇成的氛围中。

翠翠的左手抱着琵琶,右手拨着弦,"新四军为国家,黄金山三战三捷威名扬,军民共庆中秋节,共创苏南根据地。"随着右手手指一划,歌声、琵琶声戛然而止,一阵短暂的寂静后,想起了猛烈的掌声。

……

帷幕久久未启,观众有些着急了,许久,陆容终于露脸了,她用甜美的嗓音宣布:"下一个节目独幕剧《前路》,编剧乐时鸣,表演者徐若冰,屈平生!"

"好!"一片欢呼声,众人早已等待这幕话剧的演出了。

小战士终于拉开了帷幕,众人眼前一亮,原来这独幕剧需要布置场景。好家伙,一个漂亮的苏南富商客厅,背景虽为绘画制品,但由于画作精良,十分逼真,避免了先前的单一。

一阵锣响后,徐若冰穿着旗袍亮相了,众人一片惊奇之声,徐下意识朝台下的乐时鸣看了一眼。

乐时鸣投去了鼓励的神色,徐慢慢走到八仙桌前坐下,托着腮,沉思稍顷,便独白起来:"天气好沉闷,我的心快要衰竭而死了,说什么花好月圆,爹妈把我嫁给了这样的家庭,成为一个地道的小媳妇。"

"小媳妇"站起来,款款移步,双手按于胸前:"我高中毕业,受过新式教育,正值妙龄,却封闭在这沉闷的家庭里……"

"小媳妇"走到台前,拿着一本书,手臂上扬:"风声、雨声、读书声,声声入耳,家事、国事、天下事,事事关心。抗日的烽火已燎原,我怎能端坐在家中……"她打开手中的书,看了几眼,又合上,"好书,《西行漫记》,共产党才是抗日的中坚,八路军、新四军才是人民的队伍。"……小媳妇下,台上空无一人。

短暂的宁静后,只听"当"一声锣响,一男子上。那男子瘦个儿,身穿青色的大褂长衫,外套一绣花的绸缎马褂,头戴一瓜皮帽,手中拎着一盒点心,边走边晃动着点心,当他的脸完全暴露在灯光下时,引起了一阵哄笑。因为他唇下贴着一假的山羊胡子,一翘一翘的,颇有些滑稽。

"我,莲莲的丈夫,桃源镇的绅士,家里有的是钱,新近娶了妻子莲莲,巧逢花好月圆时,特意买了点心,好好地慰劳一番。"

他说一下,晃一下礼品,点一下头,又引起了一阵哄笑。

"新近她不开心,嚷着要抗战,哎,这抗战是政府的事,与我们平民百姓何关,只要有吃有穿,管他什么日本人、中国人。"他胡乱地叫着,有一村民在台下骂起狗汉奸来,台下的战士也露出了愤恨之色。

"哎,女子无才便是德,恨只恨她读了点书,平昔想得太多了,要不……"他叹了口气叫道,"莲莲……"

"来了。""当"的一声锣响,小媳妇上,众人一片哗然,原来"小媳妇"脱下了旗袍,换上了学生装,手中仍然拿着那本书。

"莲莲,""丈夫"惊叫起来,"你怎么穿起了学生装。"他走上前,万般怜惜地说着:"你不是学生了,你已为人妻了。"他晃了一下礼盒,"我为你买了一盒上好的月饼,今天是八月半,花好月圆,我们好好聚聚吧。"

"那你自己用吧。"莲莲冷冷地说道。

"啊,你又看书了。""丈夫"放下礼品盒,上前去抓"小媳妇"手中的书,"什么书?"

"小媳妇"把书在"丈夫"面前扬了一下,"丈夫"随着那晃动的手,头似拨浪鼓般转动着,"西……记,啊,《西游记》,嗨,那有什么好看的,那些故事我都知道,不就是西天取经吗?"

"不,不是《西游记》,是《西行漫记》。"

"《西行漫记》。"

"对,那是讲共产党,讲延安的,讲抗战的。"

"又是抗战,莲莲,我们不是说得好好的吗？有房,有地,有钱,日本人也不碍我们的事,我们何必去管那等闲事。"

"不,告诉你,我不是以前的莲莲,我是一个知识女性,我要投入到抗日的洪流中去。""小媳妇"缓缓说道,"我想了很久,我为父母所逼嫁给你,可你是一个没有骨气的男人,现在我要像娜拉一样,离家出走,去找新四军。"

"啊,你疯了。""丈夫"蹦了起来,他狠命地拍了一下桌子。"啪"一声响……

"啪啪啪……""丈夫"用力敲打着桌子,"抗战的事是政府的事,与我们老百姓何干,我们不做汉奸就行,犯得着去当兵吗？好铁不打钉,好人不当兵。莲莲,为了娶你,我花了多少钱？你不想想,谁养活了你。"

莲莲杏眼圆睁,用书指着"丈夫"一步步逼来,一字一句地说道:"国家兴亡,匹夫有责,你枉为一个读书人,现在我们的民族处在危险关头,一个有良知的中国人能坐视不管吗？"

"你一个妇道人家管得了吗？况且你是一个家庭妇女,你要走,难道不要自己的家吗？""丈夫"的口气缓和了些。

"现在有许多同胞惨死在敌人的屠刀下,有多少同胞在敌人铁蹄蹂躏下呻吟挣扎,山河破碎,风雨飘摇。如果国家不存在了,我们的小家庭还会存在吗？"

"丈夫"迟疑了一下,双眼盯着"小媳妇","小媳妇"胸膛一挺,腰板更为硬朗了。

"丈夫"眼珠一转,走到"小媳妇"前,突然"啪嗒"一下跪了下来,并紧紧地抱着小媳妇的腿,哭泣起来……

"丈夫"干号起来:"莲莲,你不能走,我不能没有你,不能没有这个家。"

"小媳妇"冷笑了一声:"用得着这样嘛,你舍不得我,我们可以一道去参军嘛,我们可以拥有一个更大更好的家嘛。"

"什么,参军？你吃错药了,当兵可是生死攸关的事,好好的日子不过,却……""丈夫"抱着莲莲的腿,哀号道。

下面的观众露出鄙夷之色,莲莲抬起头,把书放在胸前:"你不去,我是去定了,我要找新四军,我要抗日救国。"

"真的?""丈夫"的脸色更加哀戚了。

"真的。"小媳妇的声音掷地有声。

刷一下,"丈夫"猛地站立起来。

哀戚之色顿消,脸上顿闪一股杀气,一个可怜虫马上转化成一个凶神恶煞的魔鬼,"好呀,给你说好的你不听,那别怪我不讲情面了。一个女的离家出走,对得起父母,对得起丈夫吗?俗话说得好'嫁鸡随鸡,嫁狗随狗',你不恪守妇道,要遭千人唾骂!"他用手指着莲莲,眼中射出一道凶光。

"遭千人唾骂的是你,而不是我。""小媳妇"把书放在胸前,"你把个人利益置于国家民族之上,何以配称中国人,看看今天的形势,只有跟共产党走,才能救中国。从现在起,我的生命不再属于我个人,属于中国,属于人民,我要无条件投入到抗日的洪流中,为祖国,不惜牺牲自己的生命。"她怒视着丈夫,"请让开。"

"你,""丈夫"的眼光忽哀戚,忽凶狠,忽凶狠,忽哀戚,"你真的要走。"他双手张开,做了一个拦截的姿势。

"走开!"莲莲大叫一声,用尽全力推开"丈夫",昂首走出家门。

"莲莲,莲莲!"后面传来"丈夫"哀戚的追赶声……

一片掌声,帷幕落下。

欢笑声、歌唱声、鼓掌声在塘马的上空回荡。

9

塘马村村南农舍,苏皖区党委女干部李坚真对女战士田小谷说道:"民主会到此结束,田小谷,你是不是讲讲你的苦难生活?"

"是呀!你说说吧。"女战士们深切地望着她。

田小谷满脸悲愤之色,"哇"地痛哭起来,忽地她抬起头"我想说……我要说!"

她哽咽道:"我出生在朝鲜的汉城,我的祖国已经消亡了,昭和十二年我被强征入伍,先到了满洲,后来到上海,前年来到金坛丹阳门大街安慰所,受尽折磨。"

惨痛一幕在眼前闪现,苏南民居,三排四进,小房间逐一隔开,内有榻榻米,墙上挂有女子的照片,照片下贴有编号,房间内女子个个裸体,有时端坐房中,有时出来到院中晒晒太阳,她们轻声地哼着《满洲的姑娘》的小曲子。

忽一日军军医入,"检查的检查,一号田小谷。"

一女子穿上朝鲜服,应声而出,随日本军医入一密室。

少顷出,日本军医用镊子夹着药棉:"田小谷,漂亮大大的,身体干净的,下面美丽的,没问题。"

"2号,小米子。"日军军医叫道,"检查的检查。"

一女子又穿上朝鲜服随日军军医入密室。

忽地一声惨叫,女子被日军军医揪着头发摔出:"你的,不干净,皇军的不要。"他一声喊,两个日军入内,牵出一条大狼狗,日军医手一挥:"不干净,若传染给了皇军,大大的影响战斗,喂狼狗。"

一日军吹一哨,狼狗猛扑过去,狠狠地扑向小米子,小米子一声惨叫,一块肉被狼狗咬下,鲜血四溅。

田小谷与其他几个裸体女子吓得拥抱在一起。

门外一声喊:"队伍来了。"旋即日本兵涌入,个个手上拿着酒瓶,一个人拥着一个女子进入小房间。

小房门被关上,笑声、哭声、叫声一片,杂乱的人影倒影在门玻璃上,里面传来粗野的男声和凄惨的女声,"满洲的姑娘真美丽,松花江边堆雪人,堆雪人。"

眼前景象消失,田小谷哭诉着:"我们这些朝鲜姑娘就是过着这样的生活,好几个被狼狗咬死了。"其他女战士眼中噙着泪花。田小谷:"因我的歌唱得好,所以经常为士兵唱歌,遭遇还好些,可有的惨不忍睹了。"

田小谷哽噎道:"一次,日军在句容抓到六个新四军女兵押进慰安所,女兵宁死不从,全被枪杀,日军把她们拖到草地上,还往她们身上倒硫酸,顷刻,白骨一堆。"

草堆,六具白骨,骷髅狰狞不时地在田小谷眼前显现。

女战士愤怒叫喊道:"这仇我们一定要报。"李坚真说道:"田小谷,你已加入了新四军,大家齐努力,赶走日本鬼子,妇女才能翻身解放。"

田小谷喃喃细语:"赶走鬼子,翻身解放。"

塘马村村北小树林战士们训练完毕,席地而坐,李坚真领着几位农村女子走来,她们手上提着篮子,篮子里装着许多布鞋。

"同志们,塘马的妇女们为你们做了军鞋,一人一双,快来试试。"李坚真朗声叫道。

战士们一拥而上。

大个子老王拿着一双鞋,摸了半天,没有试穿。

"怎么了,不合适?"李坚真走了过来。

"不,李主任,塘马的妇女真好,你看,这鞋做得那么好,我真舍不得穿,这种鞋只有做了新郎倌才穿得上呀。"老王用手指着鞋。

"穿吧,大哥。"村民袁秀英挤了上来,"你看,草鞋已经穿烂,穿上新鞋,护好脚,多打些鬼子,以后小妹给你介绍个漂亮丫头。"

"行呀,那我就穿了,说实话,李主任,长这么大,都没穿上过好鞋。"他把新布鞋穿上,蹦了两下,"太好了,舒服,小妹妹,谢谢你呀。"

"说哪儿话了,应该是我们谢谢你,你们打鬼子,保平安,是我们的大恩人。"袁秀英又把篮子里的鞋送到另一战士手中。

塘马女青年们提着篮子,返身回村,一起唱着歌曲《当兵要当新四军》:"吃菜要吃白菜,当兵要当新四军,打仗总是打胜仗,从来不欺老百姓,老百姓老百姓,人人都爱新四军。"

塘马村北小祠堂,罗忠毅对青年们作动员:"乡亲们,溧阳人民历来就有热爱国家、热爱民族、反抗暴力的革命传统。就拿你们塘马村来讲,你们秉承了先祖抵御外敌的传统,有钱出钱,有力出力,为我们十六旅西返茅山作了重要贡献。"

廖海涛挥着手:"你们塘马村的村民建立武装组织,年轻人要带好头,做好榜样。"

"放心吧,罗、廖司令,看我们的吧!"塘马村四青年刘志远、刘洪生、刘洪林、刘良超齐声回答。

在溧阳朱林镇一饭馆内,塘马村村民刘志远、刘洪生、刘洪林、刘良超背着麻袋进入饭馆。

"四位请!"老板迎了上来,"你们来了,东西带来了?"

"带来了,在麻袋里。"刘洪林说。

"注意,动手要快,敌人的巡逻兵很多。"

"没问题,刀磨得很锋利,割电话线没问题!"刘洪生拍着胸脯。

"那就好,你们先喝点茶,等天黑后再走。"

几人刚喝了一口茶,忽伙计慌忙进来:"不好,老板,鬼子来了!"

"啊!"众人吃了一惊。

"坏了,走漏消息了。"刘良超看了一下麻袋。

"别怕,伙计,敌人端着枪进镇的,还是扛着枪进镇的?"刘洪生镇定自若。

"扛着枪。"伙计上气不接下气。

"不用怕!"刘洪生招呼众人坐下,转身朝店老板叫道,"拿副麻将来!"

"好!"店老板哆哆嗦嗦地捧来麻将。

三人惊惶地和刘洪生搓起麻将来。

一会儿,伙计跑来:"鬼子进了炮楼了。"

店老板忙问:"洪生兄,你怎知没有危险?"

刘洪生微微一笑:"如果敌人端着枪进镇,我们只能以死相拼,敌人扛枪进镇,说明他们根本没有觉得危险。"众人一听,齐皆服之。

在金坛方麓小山上,四青年傻了眼,敌人很狡猾,电话线路能走高的不走低,能走坡的不走平。电线杆子宁竖山顶不竖山腰,即使竖在山腰,也是宁竖陡坡不竖平坡。

刘洪林跺着脚:"狗日的小日本,这怎么办,刀够不着呀。"

刘良超看了看,沉吟了一下,往手掌里吐了一唾沫:"没问题,看我的。"他把绑上麻绳的镰刀挂在电话线上,麻绳的另一头各捆扎上一块二十斤重的石头,然后把两块石头抛下陡坡,一下子电线被割断了,众人大喜,如法炮制,接连割断了几处电话线。

金坛县城日军五十一联队司令部,"喂、喂、喂喂喂……"尾本拿着电话筒叫喊着,电话没有丝毫回音,他把话筒摔在一旁。

一士兵进来:"报告,通往薛埠的电话也摇不通。"

"这又是新四军干的,八格,有种的,明着干,偷偷摸摸算什么!"

10

罗忠毅策马来到塘马西面二公里处的玉华山,给教导大队上军事课。

玉华山虽有山名,却不是什么山,它不过是一二十米高的大土墩,这些土墩在塘马一带分布极广,是瓦屋山、丫髻山的余脉,如马狼山、前袁山、芒冈山、黄金山等等。罗忠毅对这些地形很熟悉,但他总觉得有些奇怪,明明是土墩,为什么叫做山,别说这些土墩,即便像茅山、瓦屋山、丫髻山、磨盘山这些在民间已被确证为山的山,在地形地貌上确也具备了山的要素,但和闽西、襄樊那一带山比较起来,说它们为山也有点儿勉为其难。

不过,令人感到欣慰的是这些被称为山的小墩,对于苏南开阔的平原而言,在军事上极有价值。在中日战争、军力不对等的情况下,这些土墩,可以作为有利地形,对阻击敌人极为有用,所以十六旅的部队主要分布在塘马四周的高地上,把教导大队放在玉华山,也是基于此。这玉华山北有黄金山和戴巷高地做屏障,它本身就是一个高地,进退有余,自然是教导大队学习训练的好地方。

玉华山虽为一个大土墩,但风景极美,相传明朝别桥马家的马一龙曾在此授徒教书。后马一龙发迹后,在此大修房舍,广植花木。晚年马一龙在此大修园林,挖沟修渠,兴建玉华书院。这玉华之名名扬四海,每值桃花怒放之际,马一龙邀请苏南名士喝酒吟诗、舞文弄墨,仿王羲之"曲水流觞"之雅举,搞成一片姹紫嫣红、蜂蝶乱飞的盛景。

罗忠毅到了玉华山,下了马,步行上山。这玉华二字特别雅致,可沟渠虽在,书院不再,山丘虽在,花木不再,至于精舍、园林,早已被风打雨吹去,连痕迹都没有了。山上全是杂草,原种植些庄稼,抗战后战乱不断,许多田地都荒芜了,更何况是山坡之地呢?昔日一眼望去,似乎有些冷寞,秋天残破的景象、韵致飘逸在天地间。

而今,山仍是那山,渠仍是那渠,自十六旅进入塘马地区后,整个山洋溢着一股热情,山体似乎在伸展,在展示着它那蓬勃的生机。

歌声、读书声、操练声环绕其间,有序的人群活动其间,周边稻浪滚滚,谷香扑鼻,艳阳朗照,令人耳目一新。眼前展现的是一幅绚丽的金黄色风格的大幅油画,人行其中完全沉浸于画面固有的氛围中。

罗忠毅喜欢农村,尤其喜欢面临秋收的乡村。他回转身,眯起眼,用手遮着阳光,看着那翻滚的稻浪,耳听瑟瑟的稻穗相急声,身心似乎完全融入了这金黄色的秋景中。

教导大队大队长刘一鸿迎来了,"报告罗司令,学员们在祠堂里恭候你多时了。"

这刘一鸿可是大名鼎鼎,刘一鸿小学毕业后,考入上海天主教主办的徐汇公学就读,以优异的成绩毕业,是一个地道的"洋学生",且看其诗吧,"倭虏压境也沉沉,东北关山隔暮云。三省大军几十万,为何撤出沈阳城?独夫民贼皆豚犬,祸国殃民媚于人,举国忠良皆拭泪,救亡济弱赖人民。"诗作颇有力度,他也读过许多名著,功力不凡。其二是军事素质高,他学习了一手好枪法,有较强的军事组织能力和指挥能力。抗战爆发后,回到家乡马鞍山坝头村,变卖房产,组织抗日自卫队,抗击日寇,颇有胆识,在消灭朱永祥部、赶走余宗陈部、石塘阻击战、龙潭炸军车中都体现了其杰出的才干。至于政治素质那就更不用说,粟裕率先遣支队北上,他便接受我军抗日的主张,后与傅秋涛相会,便接受新四军的调遣,消灭朱永祥部时积极配合,武汉沦陷后,即率部到宣城狸头桥二支队司令部驻地,接受整训,成为党领导的革命队伍,并加入了中国共产党。在军部九队学习时,表现非常突出,"行!"罗忠毅点了点头,然后关切地问:"现在教导大队情况如何?"

"报告罗司令,情况很好,军事组、文化组、干部组,学习热情高涨,他们很想早早毕业,马上去打鬼子!"

"这很好,但你要告诉他们,不要急于上战场,重要的是要学好本领。这些同志毕业后,要充实到军队地方的干部队伍中去,他们这些人可是骨干与精华呀!你这个大队长可要多用点劲。"罗忠毅还是那样,脸容慈祥、面带微笑。

"是,这不,我就请你给军事组的同志来上课。学员们听说你来,兴奋得不得了,他们早就听说你军事知识渊博,有丰富的作战经验,所以呀,罗司令,你今天可要多讲些。"刘一鸿快人快语,还是那副直性子,也难怪乎人家要叫他"刘大炮"。

"渊博谈不上,经验嘛有一些,相互学习吧。"罗忠毅、刘一鸿边走边说,来到大祠堂前。罗忠毅受到学员们的热烈欢迎。

陆正康、陶家坤、杨波一边鼓着掌,一边看着久闻大名的罗忠毅,心境半天才安定下来。

还是那个大厅,还是那个祠堂,还是那块黑板,还是那张长桌子,几天前廖海涛、王直刚刚在这里讲过政治理论,那是对青年组学员讲授的,而此刻罗忠毅站在同样的地方,面对军事组学员来讲授军事理论课。

学员们一见罗司令到来,全部起立欢迎,待全体落座后,罗忠毅才缓缓地讲授起课程来。刘一鸿给罗忠毅倒了一大瓷缸的白开水,热气蒸腾,从明瓦穿过的那柱阳光下,水汽不断地向上滚涌着。

"同志门,刘大队长早就请我来给你们讲课,由于部队工作繁忙,直到今天我才抽出空来,还望同志们予以谅解。"罗忠毅身姿挺直,腰板硬朗,侃侃而谈。

陆正康一面听,一面认真地做着记录。

陶家坤一面听,一面想,一面做着记录。

杨波一面想,一面听,一面也做着记录。

罗忠毅首先谈了一下当前的军事形势,又简略地谈了古今中外的兵家著作对战略战术问题的一些看法。他知道这些军事队的学员都有一定的军事经验,但理论水平都不高,不宜过多地讲枯燥的概念和理论,而是结合实际多谈些具体的战争、战斗、战例和实用性较强的、针对性较强的兵学原则。

"同志们,我们要明确一下我们所从事的战争处于什么环境下。现在是民国三十年,抗战已经经历了四个年头,现在中国抗战正如毛泽东同志所说的那样处在战略相持阶段,中国的抗战进入了一个前所未有的艰难时期,我们茅山地区的抗战也和全国一样,经历着这一个特殊的艰难时期。如果我们回过头来,审视一下目前茅山地区的抗战情况,我个人认为,可以大致分为以下几个时期:第一时期是一、二支队挺进茅山地区,开创了茅山地区的新局面。我们新四军初入江南,英勇作战取得了一系列的胜利,如韦岗战斗、奇袭官陡门、夜袭麒麟门、攻打句容城、奔袭延陵镇、攻打新丰车站、东湾战斗,这一时期可以说严重地打击了敌人的嚣张气焰。第二时期是江南指挥部领导茅山地区的斗争,一、二支队合并成立江南指挥部,两个支队在陈、粟统一的领导下,打开了茅山的新局面。我们的根据地扩大了,尤其是太滆、虞、澄、锡及上海一带的东路地区有了极大的发展。这对日寇和汪伪政权是一个极大的威胁,也引起了国民党顽固派的忌恨,茅山战区的抗日局面可以说到了一个高潮,日军除有限的扫荡外,只能龟缩在据点内,他们主要占据城市,守住一点一线,广大的农村牢牢地掌握在我们手中⋯⋯"他拿起那只已脱掉许多瓷片的搪瓷茶杯"咕咚咕咚"地喝了几口水。

陶家坤认真做着记录。

陶家坤来到塘马有一段时间了,他是由四十六团西返江、当、溧时由一营留下的,一营让其到教导大队报到,参加军事组学习。他在军事组担任排长,学习侦查技术。

陶家坤是地道的本地人,他1921年生于溧水柘塘乡,他的家境十分贫困,他排行最小,上有三个哥哥、两个姐姐,母亲在他七岁时病故,更惨的是,父亲在1938年初死于非命,那时日军占领溧水,经常下乡扰民,一日,日军来到溧水柘塘乡,村民四散奔逃,陶家坤的父亲无奈躲到茅塘里,用水草遮住头,后来,他见没什么动静,以为日军已走,便挪开头上的水草想吸口气,日军见水中有人头冒出,便齐齐开枪,其父倒在水塘,鲜血染红了水面。陶家坤埋葬了父亲后,和大嫂一起生活,一日,他在外干活,空闲时到柘塘街游玩,碰到曾在一起干活的一青年男子,问他许久不见在干些什么,那青年便把他拉到僻静处,告诉他已加入了新四军,问他有无参军的意愿,陶家坤一听说新四军是打日本人的,强烈的复仇心驱使他满口答应,迅即随之来到溧水西面的西横山。

西横山当时由二支队四团的一些干部在招兵,四团一营的班长廖坚持接纳了他,从此陶家坤便随廖坚持在溧水坚持抗战。

几个月后,同去的七八个村民因新四军的战斗生活过于艰苦,便陆陆续续回了家,只有陶家坤一人在坚持。

廖坚持故意问道:"小陶呀,你为什么愿意留在新四军。"

陶家坤挺直了胸脯:"新四军是抗日的军队,我留下来要为父亲报仇,也要为死难的同胞报仇。"

廖坚持满意地点了点头,他拍着陶的肩膀:"好样的,好好干!"

陶家坤几年后,随四团东征西讨,皖南事变后,四团转为四十六团,他又随四十六团在宜兴、溧阳多次与日军、顽军作战,来到塘马地区,在四十六团整训期间,他表现突出,被钟国楚、黄玉庭派入旅教导大队进一步深造学习。

"现在我们处于第三个时期,这一时期的情形完全有别于前两个时期,这主要是由于以下几个因素造成,一方面,新四军要发展就必须遵照中央的指示'向北发展,向南巩固,向东进攻'的战略。那么苏北是新四军发展最大的舞台,我们扩大队伍,壮大了自己的力量,还可以和华北的八路军遥相呼应,使华北和华中的抗日根据地联结在一起,所以江南指挥部所属的战斗人员大都抽调到苏北,苏南新四军抗日的力量已严重被削弱。另一方面,日寇对苏南进行了前所未有的压迫进攻,加之汪伪政权的配合,他们不仅要占领点和线,而且还要控制面。'清乡'就是他们想的毒招,筑篱笆,挖壕沟,增设据点,一边利用'和平建国'的幌子麻痹人民,一边用兵力采取长途奔袭、分进合击的方式来寻求我新四军部队作战,这使我们整个茅山战区的斗争遭受了前所未有的损失。十八旅被迫渡江到了苏北,我们十六旅被迫移至两溧地区,就是在这样的情势下作出的无奈之举。再一方面,国民党顽固派又一次掀起了反共高潮,他们不仅收回我们借租的地区,还发动皖南事变残杀我同胞,黄金山战斗就是我们进行自卫还击的典型战例,所以我们现在是受敌、伪、顽三面袭击,形势空前严峻。我们现在正经历着比第一时期、第二时期更为艰难的斗争。"

说到此,他连连叹息,脸色更为凝重和冷峻。

"所以我们现在的军事斗争要采取和以往不同的战略战术原则。首先,我们要学会分析以往敌人采用什么战术,我们采取什么战术,敌人依仗的是什么,我们依仗的是什么?

"苏南是平原地带,河流纵横,湖沼满布,山地甚少,交通便利,苏南物质丰富,经济发达,基于这两个因素,敌人有许多优越的条件。首先,苏南的上海、南京、镇江是日军侵华的军事政治中心点,他们会倾其全力关注这一地区。第二,敌人可以利用便捷的交通对付我游击战斗,四面八方可能利用汽车、骑兵、游艇进行增援,合围我们。第三,我们和敌人作战,由于地域狭小,难以周旋,受到牵制。第四,苏南地区环境复杂,社会成员复杂,加之历来的尚文不尚武,增加了全民抗战的难度。

"当然我们也有可以依托的条件。一方面,我们有以毛泽东同志为首的正确的党的领导。另一方面,我们有人和的条件,广大群众是拥护我们的,这一点日寇永远是不具备的。第三,我们新四军是南方八省游击队组成的,广大指战员有在红军时期积累的游击战争的经验……

"正因为如此,我们在第一时期采取伏击夜袭、围点打援战术,而敌人由于准备不足,开始基本上处于挨打的局面。到了第二个时期,我们的战术没变,而敌人则采用以南京、芜湖、镇江为基点,用分击合击战术向我进攻,但收效不大。到了现在这第三个时期,他们则采取了增修公路,建筑堡垒,以堡垒政策,加紧封锁,扩张据点,步步进逼,实行其占领的办法,再结合'长途奔袭、分进合击'的方法对付我们。这使我新四军遇到了极大的困难,这就是我们六师十六旅面临困难必须采用与以往不同的战略战术原则的原因所在……"

他端起茶缸,举到嘴边,又放了下来。"战争是复杂的军事活动,我们必须综合各方面的条件,采取适合我们的战略战术,必须要有正确的预见和长远的打算。"

"那么我们军事上该如何应对现在面临的形势?"罗忠毅眉头微皱,话语停顿了下来,神色显现出一副若有所思的样子,瞬间又变成一股坚定之色,"我们的战术原则仍然采取游击战术,这是绝对不会变的。但是我们现在的游击战术的应用,面临很大的困难,一是我们战略空间被大大压缩,以前我们可以背靠国民党全力对付日军,现在我们面临两线作战的困境,而且敌人清乡后,构筑篱笆、堡垒,比以前的梅花桩还要厉害,比以前的棋盘方块还要严密。以前我们在梅花桩间可以游来游去,而现在,要困难得多,东路尤甚。我们四十八团在那里很难立住脚呀,我们在宜兴也很难立住脚啊,敌人利用便捷的交通很快形成合围之势。我们游来游去,十分疲乏。二是我们新四军的人数大为减少,武器弹药奇缺,这在化整为零后,会出现难以化零为整的局面。基于此两点,我们十六旅在成立伊始,便提出要建设一支正规化的党军,来解决这个困难。换句话说,我们要建设真正的游击兵团,来应付我们面临的困难,因为要打开眼下的局面,靠小股新四军部队游来游去是不行的,也不符合毛泽东同志'放手发动群众,壮大自己的力量'的精神。"

"这具体表现在军事建设,一是抓数量,二是抓质量。没有数量,比方说地方武装得不到发展,巫恒通、任迈、陈洪很轻易为敌所房,我们的军队就失去了根基。没有质量,我们难以打一些必打的攻坚战,敌人的据点越筑越多,我们几乎到了难以立足的地步,有时候敌人据点只有七八个人,我们就攻不下来。"

罗忠毅又轻微地叹了口气,他又端起茶杯"咕咚咕咚"地喝了起来,但他瞬间脸上出现了一些微笑,"但这吓不倒我们新四军,自黄金山三战以后,我们苏皖区党委和十六旅领导已着手解决这些问题,扩军、整训、加强地方税收等工作,开展得井然有序。苏南的局面大有好转,许多地方已恢复到皖南事变前的局势,所以我们采取的军事战术在具体实施时也应该有所不同……"

"现在我来谈谈苏南开展游击战争的几个问题。"杨波迅速地在笔记本上记录起来。

杨波,教导大队青年组学员,只有十七岁,他是无锡胡埭人,刚刚来到塘马不久,他原在无锡坚持地下工作,后因身份暴露,遂于十月份奉命去了宜兴和桥太滆中心县委,不久被选送到十六旅教导大队学习,他是新四军成立四周年那天上午到达旅部的,正值大会召开,他和学员们见到了罗、廖首长和四十六团、四十七团及极少的四十八团指战员。

那天的印象在他的脑海里留下来难以磨灭的印记,罗、廖首长铿锵有力富有号召力、感染力的讲话;雄壮激扬的新四军军歌、彩旗飞扬、声浪阵阵的强烈气氛;整齐划一、军容整齐的大会场面,战士们豪情满怀、斗志昂扬的精神面貌……这一切强烈地激荡着他的心,他的心潮逐浪而起,澎湃不已,由于在无锡地区,敌人封锁严密、清乡残酷,他从没有看到这样壮阔的场面、抗日的洪流,如今,于此,茅山脚下,塘马村头,他看到了波澜壮阔的抗日画面,伟大、无坚不摧的抗日力量,他的抗战信心更为坚定,斗志更为旺盛,他将以百倍热情、冲天的干劲,投入到抗日大潮中去……如今,有罗司令来讲述战争原理,他怎能不好好珍惜这一大好机会呢?

"既然我们仍然采取游击战争,那么我们必须合理地应用它,而且要知道敌人对付游击战的致命弱点。我主要谈以下几点:第一,当敌人以强大的兵力推进时,我们则'硬的不打,专挑软的打'、'敌打我偏不打',迅速而隐蔽地撤走,我把主力移到侧方,待机而侧击敌人,或深入敌人后方,实行与敌人'换防'……

"第二呢,坚持夜间作战,夜间作战隐蔽性强,而且敌人的飞机汽车失去了作用,我们可以从容不迫进行穿插,即使兵团作战,夜间也可以在敌人的间隙中穿插。在中央苏区时,毛泽东和朱德同志就经常利用夜间作战,部队常常在敌人的缝隙中跳出,觅得战机消灭敌人。当然这需要有所保证……"

陆正康一边记,一边连连点头,是呀,在苏南作战,白天实在危险。陆正康是宜兴和桥人,那一带是典型的水乡。他十四岁到常州学徒,在印刷厂做排字工,抗战爆发了,他回到老家,住在做竹匠的叔叔家里,在新四军侦察员鼓励下,于1940年年初加入了二支队。陆正康和程维新是同学,他拒绝了程维新要求其加入他的队伍的打算。除了新四军纪律严明、深受百姓爱戴外,就是新四军的战术有效灵活,在夜间,新四军打过许多漂亮仗,如果是白天,战火一起,敌人的汽车、汽艇甚至飞机很快到达,陆正康非常清楚这对于河网密布的江南水乡而言,无异于飞蛾扑火。

"第三嘛,经常要变换位置。因为变换位置首先可以避免敌人的袭击,其次可以迷惑敌人、分散敌人、疲劳敌人,而中心的目的则是寻找战机,创造有利的条件打击敌人。关于这一点,我觉得现在的苏南说起来容易,做到难。在宜兴,我们有时一日三战,一夜三转移,这样下去,我们自己要累垮。在中央苏区、在闽西我们也遇到这个问题,但我们不怕。因为我们有可靠的根据地,有了可靠的根据地,我们可以得到很好的休整。比方说在宁、岩、连根据地,我们就以大罗坪为中心,任凭敌人怎样围剿,尽管我们经常转移,但我们都有可靠的后方。在苏南,茅山山太小,加之地域很小,我们很难得到休整,如果我们一直转移,部队非累垮不可。说茅山是根据地其实是游击区,要说苏南有根据地,只有溧阳南部和安徽北部的郎、广山区才是,但为国民党所占,我们现在只有塘马这一块狭小的准根据地。我常常叹息,如果我们拥有了郎、广山区,我们进退有余,就能充分发动群众,日寇如何奈何得了我们;如果有了那一块根据地,我们运用游击战术可谓是如鱼得水了。可是……但是这一天会到来,眼下我们一定要克服困难为将来创造机会……"

罗忠毅的报告讲了一个多小时,陆正康、陶家坤和杨波等人记了满满一大本。他讲完后,由刘一鸿发言,然后是讨论。讨论后,学员们就游击战争的问题向罗忠毅请教,罗忠毅则就学员们提出的问题一一作答。

陆正康早就听说罗忠毅是闽西游击战争的领导人,他很想知道闽西是如何开展游击战争,那些战争的情景到底是怎样,所以他大胆站起来,提了一个问题,"罗司令,我们知道你在闽西时就是红军的司令了,我们很想听听闽西游击战争的故事,你能讲给我们听听吗?"

此言一出,大家一致要求他讲讲红军游击战争的故事。刘一鸿马上凑了上来,"罗司令,你就谈谈吧,我也很想听听。"

"好吧,"罗忠毅点了点头,然后缓缓地讲起了闽西游击战争的故事,"同志们,在闽西,我们的斗争比这艰苦多了。首先敌人控制着民众,不像我们现在中日战争,群众完全在我们这一边,公开支持我们。而那时群众由于受到国民党的威逼,只能暗中支持我们,所以我们只能隐蔽在山林中,天是房,地是床呀。"

"另外,我们生活资源奇缺,吃的穿的都没有。缺米缺盐,整日饿肚子。有时是前胸贴着脊梁骨呀。缺米还好,山中还有野菜野果,最怕缺盐,在中央苏区我们遇到过。那时候,我们连硝盐都吃,但是在许多情况下我们很难吃到盐,没有盐,人就发晕,手脚无力,根本谈不上战斗力,有时为一点儿盐巴,许多群众和战士付出了生命……"罗忠毅说到此,语调格外沉重。

"这住宿呀,就是山洞、石屋,但闽西山洞石屋少,就搭些竹寮子,但有时竹寮子也搭不上,把竹折弯,两头一绑,人就躺在上面当床睡,可夏日的蚊子奇多,哪里睡得着,冬日冷得不行,衣服太少,很多战士都冻坏了。那时候的条件真艰苦呀……"

他喝了一口水,抽取了一根烟,点燃后,长长地吸了一口,"最主要的是不能暴露目标,就拿生火来说,这有诀窍,白天生火不能有烟,晚上生火不能有光……"

"为什么?"陶家坤急切地问道。

"很简单,白天明亮,有点火光敌人看不到,而烟却很容易看到。晚上天黑,火光很容易发现,烟却不易看见……这可是经验。为了防止敌人看到火,我们在火的周围,围起了帷幕和布帘,以遮火光呀……有时为了迷惑敌人,我们在溪水中行步,不留脚印,或者倒穿着鞋,在泥地中前行,这样敌人不易发现。居住时一般不进村子,住进房屋,还要在半山腰设部队,防止敌人占领高地,有时和敌人换防,至敌人已搜索过的地区作休整,这是敌人万万想不到的……总之,那时,我们斗争很艰苦,但地形对我们很有利,有时敌人搜山,爬了半天,我们从山脊上转移掉了。有时我们只用很少兵力,就可以打退敌人的进攻,那么大的山,再多兵投下去,也变得无影无踪,所以敌人没办法,只好采用撤村并屯的办法,想困死我们。"

"敌人困得住你们吗?"杨波问道。

"敌人再厉害,也困不倒英雄的红军和不屈的人民。为了打破敌人的封锁,群众冒死支援我们,他们用各种办法把食品送上山,他们用两层的水桶或竹杠藏盐,绕道百里送东西上山,或者把盐、食品放在指定的树下、田里、被毁掉的屋子里,让我们的同志去取,让我们顽强地生存下来。"

杨波是有针对性地发问的,罗的解答给他很大的启发。

他经历了极其艰难的斗争考验,杨波家境一般,其父以贩鱼为生,为了生计,1939年初送杨波到无锡匡村中学读书,希望他以后走上仕途。

此时已是抗日烽火连天的岁月,莘莘学子求学早已不是改变个人命运的时候,而是存亡图强、救国救民的时候,无锡在苏南本是政治、经济、文化发达地区,就政治而言,大革命时期这里就有党的广泛的活动,群众基础十分深厚,日军侵占东北后,这里掀起了广泛的抗日救亡运动,这些活动波及乡村,尤其是无锡市民的抵制日货御外侮成立声援上海请愿团、组织社团搞救亡、援绥抗日掀热潮的一系列活动深深地感染着他,尤其是无锡学社和后来无锡抗日青年流亡服务团的壮举使他下定决心,走出书斋,义无反顾地投入到抗日的洪流中去。

"风声、雨声、读书声,声声入耳"已不现实了,"家事、国事、天下事,事事关心"已迫在眉睫,此时中共太滆中心县委派来徐永庆、张晓峰、胡云祥在胡埭活动,杨波很快地被发展为地下工作者。

从此,他边读书边从事抗日工作,他文化程度高,写作能力强,真是施展身手的大好机会,写文章、搞印制、散发抗日材料,传递党的信件做当地伪军的转化工作:做得有声有色,不久便由徐永庆、胡云祥介绍加入了中国共产党,并在他自己的家里成立了中共胡埭镇党支部。

不过,环境渐趋恶化,锡北、锡南、太滆,由于1941年5月敌人实行清乡政策,活动环境十分困难,许多同志遭到逮捕,惨遭迫害,杨波地下党身份已经暴露,随时有被敌伪逮捕的危险,他只好根据上级的指示转移到宜兴和桥地区,以便更好地从事工作,后来到了旅部教导队。现在有了机会进行更好的学习,这不,听听罗司令员讲讲是怎样在险恶环境下从事斗争,这对以后工作大有裨益。

临了,罗忠毅站起来,"同志们,我们的新四军要继承红军的传统,克服一切困难,战胜一切艰难险阻,去夺取抗战的胜利。我们有党的领导,有全国民众的支持,眼下的困难一定能克服,胜利是属于我们中国人民的。今天我就和同志们讲到这儿,希望同志们在刘大队长率领下,好好学习军事理论,今后回到各自的队伍中去,更好地发挥作用。"

随后罗忠毅现场指导学员们学习掌握各种步兵武器的要领,尤其重点讲解了五十二团在铜岐战斗中缴获的九二式重机枪的性能和要领。

罗忠毅上过国民党的中山军事学校,也上过共产党的红军大学,他对陆军各种武器都十分熟悉,尤其是各种轻重机枪,他拨弄着在铜岐战斗中缴获的九二式重机枪对学院们说:"九二式重机枪采用光学瞄准,命中率高;握把折叠,容易机动;使用枪口消焰器,这是它的优点,缺点是比改装前的三年型机关枪更重了;发射速度和当时的其他机枪相比慢,战时更换枪管困难,和马克沁比要差一些。"

"噢。"学员们明白了。

"不过,轻重机枪是部队的宝贝,说老实话,战利品什么都可以支援兄弟部队,轻重机枪就不行,这是由它们的作用决定的,在防御战中,守方重机枪对敌多采用侧方扇面的概略射击,要求的是对某一区域敌军的命中概率和火力压制程度。保持火力的持续性是重机枪的最大优势,我们争,我们要,而敌方呢? 也是,他们在战场上是不允许丢掉重武器。这件宝贝原是五十二团二营的,现二营归建四十八团,属十六旅,我把它调到教导大队,供你们学习。"罗忠毅郑重其事地关照着。

他见杨波听得十分认真,便关切地问:"小同志,你是哪里人? 哪个单位来的?"

"我是无锡人,太滆中心县委派来学习的。"

"无锡是个好地方呀,我们的四十八团正在那儿作战呢。"他拍着他的肩膀,"现在会使用它吗?"

"会,但不熟练。"

"好好学!"他转过身,"而且要保护好,对于重武器,我们规定人在枪在。"这掷地有声的话在空中久久回荡。

罗忠毅远去了,他高大的身影深深地印在学员们的脑海里。

11

王胜这几天一直忙忙碌碌,参加大会期间难得有机会和老战友聚聚聊聊,旅首长还派人到后周请来了摄影师为大家拍照。这样有余暇和战友们相聚了。

在村西大祠堂山墙边,他自己单独拍了一张全身照,又拉着组织科长王直拍了一张合影。刚好钟国楚、黄玉庭、许或青、乐时鸣也来到大祠堂,准备集体合影。

乐时鸣懂摄影,只能让其拍摄了。他们分成两排,前排坐在长凳上,后排则站立着,背景便是大祠堂的山墙。后排站立者自左至右为许或青、王直、钟国楚,前排坐立者自左至右为王胜、黄玉庭。

乐时鸣调整镜头,正想按下快门,只见王直叫道:"慢一点,乐科长,小黑皮来了,让他一道合影。"然后他叫道,"小黑皮,小黑皮,快来,快来,一道拍照。"

乐时鸣一扭头,见一小孩飞奔而来,脸上显着欣喜之色。这是一个十岁刚出头的小孩,又黑又小又瘦,称为"小黑皮",真是贴切不过的了。南方人皮肤为黑者并不少见,紫外线强,又多雨,一晒一淋,黑皮者并不少。但如此之黑,甚至黑得发亮者,实属罕见,这是典型的黑孩儿。若不是人种有别,你还真以为是来了一个非洲小孩。小孩皮肤黑,一照面,便知是个极机灵的小孩。那机灵的稚气,那充满睿智的眼神,那满脸带着顽皮的笑意,那四肢充满的活力,给你一种十分喜爱的感受。那军服,由于人小,显得有些肥大,但腿上的绑打得松紧适度,十分流畅,那迈开的步姿,具有军人特有的风范,再加上他脸上有时显现出某种老年持重的神色,你会立刻明白,他肯定不是一般的小孩,是具有一定来历的小孩,是一个在特殊环境中成长的小孩。

准备合影的人一见到他来了,都笑了起来,"小黑皮,小黑皮"地叫个不停,小孩则是叔叔长,叔叔短的应着。

此"小黑皮"为旅教导大队刘一鸿的儿子,名叫刘蔚楚,他原名为刘蔚祖,后在江南指挥部时,被粟裕改为刘蔚楚。因大家是古代的楚国人,蔚"楚"应更贴切些,他欣然答应了。

因其人长得奇黑,八岁就参了军,在新四军中他和陶勇是有名的黑皮,一小一大,陶勇为"大黑皮",他便被人称作"小黑皮",叫习惯后,真名反而没人知道了。

刘蔚楚因是刘一鸿的儿子,又是新四军中最小的兵,又出奇地顽皮,加之小小年纪,经历非凡,干部战士特别喜爱他。他自抗小毕业后便被分配到了江南指挥部,后被分配到廖海涛身边当勤务员。1940年下半年因护送药品未能到湖东,被留在了新三团,在新三团他为护理伤员作出了很大贡献,最令人感动的是他为了解决伤员的食物,春节那一天,他竟做起了"叫化子",伤员们吃着他乞讨来的食物,个个流下了眼泪。有一次为了不让一碗"红烧肉"落入敌手,冒着枪林弹雨,把它送到伤员手中。十六旅成立后,一次出操迟了,被父亲打了一记耳光,他便告到廖海涛那儿,廖海涛和王直又把他留在政治部当勤务员。因此十六旅的干部和机关人员,一提到"小黑皮",大家便不约而同地想起这位机智、勇敢又十分顽皮的小战士,一见到"小黑皮"都会抱住他亲两下。

这不,王胜一下子把刘蔚楚搂在怀里,这刘蔚楚和他们太熟悉了,在怀里乱动。

"小黑皮,不要动了,拍不好要浪费胶卷。"乐时鸣见刘蔚楚动个不停,有点着急了。

"不动了,不动了。"刘蔚楚真的不动了,一动不动,一下子表情显得有些僵硬。

乐时鸣按下快门,六人在塘马留下了美好的一瞬间。

王胜又要和罗、廖告别了,罗福佑来电,说四十八团军心不稳,急需团长稳定军心。

在村东司令部,罗忠毅、廖海涛神色凝重。

罗、廖两人知道建立太湖特委时,谭震林有个发展计划,以常熟为基地,打开澄、锡、虞的局面,再伺机向南。1940年10月,在无锡黄土塘附近召开大会时,谭震林提出过三大口号:"到太湖去、到淀山湖去、到浙东去。"如果真的部队打到太湖南岸,那么南有浙东部队,西有独立二团,东到青浦、松江,以太湖为中心根据地便可建立。现在敌人一"清乡",十八旅北撤,十六旅孤悬江南,已没有任何战略纵深,好在太湖边有五十二团一个营,锡南有顾复兴的太湖支队,苏西有蔡三乐、石渊如的部队。整合在一起,成立四十八团,目的就是要打开太湖地区的局面。这样太湖地区和茅山地区、江当芜地区互相呼应,十六旅才有回旋的余地,所以四十八团团长的担子不轻呀。调王胜为团长,因为王胜有资历,有经验,调罗福佑为政委,是因为罗福佑在独立二团工作过,熟悉太滆、长滆地区的情况,也有一定的资历。

设想虽好,但现实无情,谁也没料到"苏、罗"叛变,顾复兴被劫走,还被带走一些人马,如果再出现意外,后果不堪设想。

罗、廖二人在王胜10月7日返回时,听到"苏、罗"叛变,着实吃了一惊,整顿四十八团,加强四十八团的建设刻不容缓。

现在王胜将要重返锡南,罗忠毅反复叮嘱道:"王团长,西行锡南,事关重大,旅部决定,撤销一营,一营未被带走的部队,分别编入黄兰弟的二营,蔡三乐的三营不变,待发展成熟,重建一营。"

坐在八仙桌旁的廖海涛端起桌上的青边碗喝了一口水:"王团长呀,你告诉罗福佑,要他加强部队政治思想工作,四十八团成分复杂,部队刚刚组建就发生叛乱,教训深刻呀,你们以后要加强部队整顿,二营是五十二团过来的,要紧紧依靠他们。二营我们可以放心,但三营是反正过来的,必须改造,你们要依靠原来五十二团的干部,如张鏖、黄烽、胡品三等人,也要依靠刘烈人、孙章禄等地方领导,有情况随时向旅部汇报,不可怠慢。"

"是!"王胜庄重地点了点头……

渡过长荡湖,漂过涡湖,王胜一行来到锡南,政委罗福佑急问旅部有何指示。

"坚持、发展、打开新局面……"王胜把罗、廖的指示传达了一下。

罗福佑眨了眨眼睛,脸上显出一副无可奈何的神态:"团长呀,首长在塘马相安无事,他们哪里知道这边的情况,这儿要枪没枪、要钱没钱、要人没人,怎么发展,难道我们能搬来天兵天将不成?"他用极其神秘地口气说道,"团长,我们什么苦没吃过,三年游击战争我们都挺过来了,我们还怕苦?主要问题我们这儿不适合发展,你想想这儿的地形吧,江南水乡河网密布,一有动静,日军的游艇即至,我们顿成瓮中之鳖,不像茅山地区有山有丘陵,那儿有依托呀,而我们呢?你想想,三年游击战争,国民党奈何不了我们,我们不是仗着深山密林吗?"

罗福佑擅长言说,他又滔滔不绝地诉起苦来:"我们这儿一发生战事,是要连根拔起的,你看十八旅如果能挺得住,还用北撤吗?他十八旅挺不住,我十六旅四十八团就挺得住?"他又叹了口气,"退一万步讲,打仗要靠人,我们以前在苏区打仗,虽然有时损失很大,但一扩红,就解决了,现在呢?你看这一营一撤销,还不知道何年何月才能组建,你说怪不怪,这苏南,尤其是澄、锡、虞这一带的老百姓就是不肯当兵,说什么'好铁不打钉,好人不当兵',到哪儿找兵源?这一营嘛,虽说是太湖之队,但许多人是外地人,其中好多是国民党的溃散部队,媳妇难为无米之炊呀,你叫我们怎么发展……"

王胜资历很老,在三年游击战争中就担任过团参谋长、副团长,但始终没有独自主管过部队,搞军事,他内行,对于部队的建设,他确实有些生疏,一听这话,也跟着叹起气来,这锡南确实风险太大,二营原是五十二团的,那些干部并不熟悉,而地方干部又似乎与自己有隔阂,这工作该怎么开展呢?

两周一过,亦即11月初,罗福佑谎称日军在无锡、苏州增兵,马上要对锡南清乡,王胜吓了一跳,忙问该如何处置。

罗福佑说最好的办法是到茅山去,和旅部在一起,王胜也只好同意,旋即罗福佑瞒着原来五十二团的干部和太湖特委领导,向旅部谎称日军要清乡,请求部队向旅部靠拢。

塘马村东司令部,罗忠毅大惊:"什么,日军要在锡南清乡。"

"对,这是王胜团长、罗福佑政委发来的。"机要员拿着电文。

罗忠毅看完,双眉紧锁,又一机要员拿着电报进来。"报告罗司令,王胜、罗福佑又来电请示。"

"噢。"罗忠毅看着,脸色更为凝重,他叫来警卫员陈阿根:"小陈,快去请廖司令,有紧急军务相商。"

"是。"

……

廖海涛上。"有急事?"

"对,你快来看看,刚刚从锡南四十八团发来的电报。"罗忠毅叹口气。

廖海涛急速看着电报,连连摇头:"锡南的局面复杂了。麻烦……王胜、罗福佑现在又来电称日军要对锡南清乡。如不采取果断措施,会出现比十八旅更为严重的后果呀。"

"是呀,四十八团是一个团啊,可不能丢在锡南呀。如果不撤,倘若日军来攻,军心不稳,难保无虞,如果撤回,锡南战略要地全部丢失,这会影响太滆的独立二团,也影响塘马地区的安全,这可不好办。"

"我看还是请示一下谭师长。若不行,还是让四十八团西移塘马和旅部汇合。"

"也只能这么办了。"罗忠毅叫来机要员,"速发电报于师部,日军要清乡,请示四十八团的活动去向。"

"是。"机要员转身而去。

谭震林接到电报后同意四十八团西撤,保存部队。

王胜、罗福佑急忙召集干部开会准备西撤,团政治处主任张鏖大惑不解,忙问道:"为何西撤呀,而且三日就要赶到。"

罗福佑见瞒不住众人了,就说这是命令,是罗、廖首长下的命令,因为日军在锡南地区要"清乡了"。

"清乡?我们没有得到任何情报,这儿也没有一丝一毫清乡的征兆。"其他干部议论纷纷,"这电报不精确呀。"

"就这样,我们负责。"罗福佑几乎叫喊起来。

会开不下去了,大家只好执行命令,张鏖和太湖特委组织部长刘烈人强烈不满,这不是欺骗上级吗?就这样轻易地丢失锡南这块战略要地呀。

"我们到旅部向罗、廖首长揭发他们的错误行为。"张鏖愤愤不平。

"对,我们共产党员决不允许产生这样的行为。"刘烈人完全同意,他平昔就非常反感罗福佑看不起地方干部的行为。

罗福佑决定留下黄烽原地坚持,自己和王胜带着部队于11月3日匆匆向塘马进发。

溧阳山丫桥国民党第二游击区司令部,国民党要员纷纷举杯,个个面露喜色。

冷欣频频举杯:"诸位,忠救军成功策反苏征西部,可喜可贺,今天我来请大家吃吃芹菜、尝尝扎肝。"

参谋长徐笙说:"冷长官,苏征西部虽人马不多,但投奔国军,政治意义非同小可,况且抓住了匪首顾复兴,这对忠救军在锡南的活动十分有利,难怪冷长官如此兴高采烈了。"

"对,参谋长说的是,四十八团这些乌合之众,经此打击,必元气大伤,一方面,为我忠救军扫除了一大障碍,锡南可任我忠救军驰骋纵横。另一方面,日军闻之,必加紧扫荡。日军在东路扫荡了十八旅,其残部已窜至苏北,现在可腾出手来对付十六旅了。"忠救军总指挥周伟龙兴高采烈,猛吃了一口扎肝。

"还是参谋长有远见,这叫沉得住气。我们静观其变,新四军再厉害,也厉害不过日本人。下面好戏连连,诸位耐心地看吧。"冷欣高举酒杯,"诸位,为我们的胜利干杯。"

"干杯!"众人一片嚎叫。

11月5月,在塘马村下木桥。

罗忠毅握着罗福佑的手。"欢迎你们的到来,一路辛苦了。"

"没什么,抗日哪能不吃苦。"罗福佑满不在乎的样子。
"欢迎,欢迎。"罗忠毅握着张鏖的手,"好个东北大汉。"
"首长。"张鏖神色凝重,想说些什么。
"走吧,到大祠堂去,工作上的事到那边去说吧。"廖海涛分别和罗福佑及张鏖、胡品三、刘烈人等人握手。

在塘马刘家祠堂大厅内,罗福佑喋喋不休:"首长,这无锡地区太复杂了,日、伪军不说,忠救军也到处乱窜,形势太险恶。我们也想坚持,但那地方太小,没有回旋的余地呀。"
"知道了,王胜已经讲了,我理解你们的难处,所以和谭师长商量后,同意你们的要求,西来塘马汇合。"罗忠毅不紧不慢地说道。
"廖司令呀,这'苏、罗叛变',其实早有前兆,我们也提出过,先进行整编,但黄烽他们不同意,要考虑什么地方领导的意见。部队的事,地方领导懂吗?况且我们又不属于地方政府管。师部顾虑太多了,要不,也不至于酿成大祸,我们也用不着西来汇合。"罗福佑双手一摊,抱怨起来。
"行了,福佑,这些事就不提了。部队和地方的关系要协调好,军事斗争不能光靠军队呀。唉,丢掉锡南,给十六旅的前景蒙上了一层阴影。不过,既来之,则安之吧。"廖海涛摆了摆手。
张鏖想说些什么,但最终没有开口。罗忠毅手一挥:"算了,一切从头开始吧。部队先开到黄金山,进行整训。"

塘马的夜晚是宁静的,张鏖的心情可并不宁静,虽然新铺的稻草松软,散发着一股清香味,睡在上面感到从没有过的舒适,四肢百骸感到从没有过的通达,锡南残酷的斗争带来的紧张在这苏南宁静的乡村被夜色过滤得荡然无存,但这一切并没有使他那颗跳动的心平静下来,而是一浪一浪地起伏着。
他翻了一个身,爬出被窝,披了件单衣,端坐在床上,四十八团主要领导人的一系列错误行为时时撞击着他的心扉,尤其是政委罗福佑的行为使他心中的那股烈火越烧越烈。
锡南、苏西斗争的重要,尤其是十八旅北上后,十六旅孤悬江南,形势十分危险,如果四十八团坚持苏西、锡南斗争,多少可以牵制敌人,缓和十分危险的战略态势,而且该地的群众基础好,地形地势较为复杂,有利于展开武装斗争,且敌人兵力有限,根本无心也无力在该地清乡,如此草率撤出,实在不是明智之举,况且三番五次谎报军情,党性原则何在呀。

但罗福佑不顾他们的反对,一再欺骗领导,如此之下,部队终究被拉到塘马,而师首长、旅首长根本不知详情。在此情形下,如再保持沉默,这无异于赞同罗福佑的观点,无异于与其共谋欺骗领导,这是一个共产党员无论如何都要坚决杜绝的错误行为,所以他一见到罗、廖,就想把心中那份忧虑与激愤迸发出来,但罗、廖不知其意,让他见面没有掏心的机会。

"不,无论如何不能拖下去了,必须向首长汇报,必须向党负责,这是我的职责。"他迅速下床,穿上裤子,套上鞋。

他起身摸黑敲开另一农户家,参谋长胡品三、浙西北特委组织部长刘烈人相聚昏黄的油灯下。

刘烈人开门惊问:"张主任,半夜敲门,出了什么事,是不是部队又要转移?"

"嗨,比转移还重要。"

胡品三瞪大了眼:"什么事这么重要?"

张鏖一愣:"两位忘了罗福佑的事?"

刘烈人一摸头:"是呀,这件事一直搁在胸口,5 号到塘马,还未来得及考虑。"

张鏖忙说:"不能再等了,如果再不把四十八团主要领导的问题揭露出来,不利于部队的整训,不利于我们十六旅的战略部署。"

胡品三点头:"对,此事真的比转移还重要,罗福佑欺骗首长,首长还蒙在鼓里。"

刘烈人也点了点头:"事不宜迟,我们得赶快向罗司令反映。"

张鏖一挥手:"对!现在就去,夜长梦多呀!"

胡品三、刘烈人齐声应道:"好,现在就去。"

三人摸黑向东面的司令部走去。

村东司令部誓卫员陈阿根见三人匆匆而来,便用手竖在嘴唇前,轻轻地嘘了下,"三位首长,罗司令睡了,有什么紧急的事吗?"

"有。"张鏖的回答坚决干脆,陈阿根一听,又见三人行色匆匆,以为有紧急军情,便返身向二进屋中的楼上去汇报。

二楼的油灯亮了,昏黄的灯光照在院子里,三人静候着,秋风吹来,感到丝丝凉意,身子不由得哆嗦起来。灯光并不耀眼,但在漆黑的静谧的夜晚,还是感到有些刺眼。

小刘出来了,他忙招呼着:"三位首长,罗司令请你们上楼去。"三人走进二进楼房,随小陈上了二楼。

小刘走出屋子,在一进房与二进房间的院子里踱着步,前些日子有些空闲,四十六团整训完毕,远赴溧水,四十七团的整训工作也告一段落,大部队开拔到茅山脚下,但没清闲几天,四十八团来到了塘马,这平静的乡村又掀起了一股热浪。战士们风尘仆仆,尘埃未尽,又开始了新的训练。罗司令的屋内进进出出的干部比平时多了许多,自己忙前忙后要照顾好首长的饮食起居,眼见着首长彻夜难眠,一天比一天消瘦,他心中难受,稚气中夹杂着些许忧愁之气。但没有办法,新四军的首长哪一个不是舍生忘死的工作呢?这不,罗司令刚睡下,又有团部的首长来汇报工作了。

他来回走动着,在一棵梨树前停了下来,天空漆黑,但灰黄的光照在树枝上,犹能看清梨树的枝枝丫丫,这枝枝丫丫已是光秃秃的了,叶子早已随秋风凋零而尽。树上的果实也早已摘完,他清楚地记得刚进入塘马入住此屋时,房东刘赦大忙叫孙子刘荣林爬上八仙桌去摘梨子,那梨子很鲜嫩,咬上一口,汁水满嘴。罗司令和房东推来推去,只收下了十个梨子,还关照小刘把钱如数付上。洗好后,他分给了警卫员每人两个,自己由于工作繁忙,根本没有时间去享受,那六个梨子还是开干部会议时被大家分食了。

梨树上的梨子逐渐成熟了,但罗关照任何人不得随便去摘梨子,否则将严肃处理,所以树上的梨子长时间无人去摘,还是房东关照荣林摘下,洗好,送到了罗的房间里,罗照例付钱,又命小刘、小陈把梨子带到祠堂,开会时和大家共同享用。

小刘拍拍树干,树干晃动起来,只是树上并无一个梨子,小刘口渴了,眼睛也有些花,他多么希望树上还有剩余的没被发现的梨子,此时采下来,可以让首长们解解渴。

突然,他听到猛烈的拍桌子的声音,随即灯光晃动起来,投在梨树上的光,不规则地抖动起来,即刻传来一声吼叫:"啊?!竟有这样的事。"

那是罗司令的吼叫,小刘知道罗忠毅平素少言,脸上总是挂着微笑,不到万不得已,很少发怒的。三位首长去汇报工作怎么会惹罗司令发如此大的火气?他急忙返身上楼,只见罗忠毅满脸怒气,其他三位首长脸色冷峻,屏声静气,一言不发。陈阿根则站立一旁,表情十分严肃。

"小陈,你快去政治部请廖司令议事。"罗忠毅朝小陈叫道。

"是。"小陈匆匆下楼去了。

"小刘。"罗忠毅嗓子忽地提高,怒气从语气中喷射而来,"你到村北把罗福佑叫来,说有紧急公务。"

小刘一听,忙"啪"的一个立正,举手行礼"是"。然后转过身,一溜小跑,跑下楼梯。

"竟有这样的事。"罗忠毅长长地吐了一口粗气,"丢失苏西、锡南,我六师十六旅东翼失去了屏障呀。"痛苦之情充溢于脸面,凝聚于眉心。

事情终于有了下落,罗忠毅代表师部、旅部对王胜、罗福佑进行了严肃的批评,尤其是罗福佑,停职反省检查。四十八团归旅部直接指挥,团部则设在邵笪村北面的张家村,下属的四个连队则分别在西祺,邵笪一带整训,旅部设在塘马,偶尔移至戴巷,因为戴巷地形复杂,北倚黄金山,利于隐蔽。

张鏖的心情开朗了许多,四十八团主要问题终于得到了解决,下面的问题是抓紧部队整训,当然军训不仅仅单纯是军事训练,还有重要的政治学习和思想素质教育。张鏖深知,一支军队如果没有过硬的思想素质,是不可能有强大的战斗力的,更何况四十八团成分复杂,在苏西、锡南,团的主要领导有这样那样的缺点,已对部队造成了不良影响,太湖支队成分复杂,加之受"苏、罗叛变"的影响,还有待进一步加强思想工作。至于团部特务队,原是蔡三乐的部队,通过统一战线争取而来,更要进行必要的政治教育,为此他找来了潘浩和其他干部,以老红军、以新四军茅山、东路地区的优秀人物优秀事迹为例,结合东路斗争,再根据茅山、丘陵山区的一些特点,制定了详细宣传计划送交给罗、廖首长,得到了罗、廖首长的充分肯定。

12

日军五十一联队金坛司令部,日特高课情报官匆匆拿着电报进来。"大佐阁下,23号来电,有紧急情报。"

"好的,好的。"尾本拿着电报仔细地读着。

"机会大大的好,小山君,四十八团已窜到塘马和旅部汇合,而且11月7日,他们在戴巷搞活动,庆祝他们的十月革命。好的,好的。机会大大的,目标锁定,我们可以开弓搭箭了。"

"大佐阁下,此事还得保密。新四军的探子很多,难保不走漏消息。上一次我们准备闪击塘马,不料他们先行转移。我估计我们内部有奸细。"情报官眼珠乱转着。

"这个,查出来没有?"

"没有。"

"嗯,有内奸,哼哼,也许没有内奸。在别的战区,我们一出动,中国军队也会溜,也许是汪精卫先生的队伍有问题,他们也是中国人呀。因此,这次我们不用他们。另外,白天出动,老百姓一见,也会走漏风声,这次我们半夜出动。"他转身咆哮着,"罗忠毅呀,罗忠毅,我看你往哪儿跑。廖海涛呀廖海涛,我看你往哪儿飞。"

"是。"

11月6日,深夜,金坛一面食作坊店,店主老王在捏着面粉。

日军司务长匆匆进来。

"太君,有何吩咐。"老王弯着腰。

"你的,今、明两天馒头各准备三千个。"司务长眯缝着眼,"快快的,不得有误。"

老王一愣:"太君,平日只要三百,怎么要三千呀?"

"你的不用问,准备的准备,再问,死啦死啦的!"

"是是是,小的全力照办、全力照办。"老王连连点头。

日司务长转身而去。

老王迅速来到金坛县城的药店，找到了李老板。

"老李，有情况，日本司务长叫我准备三千个馒头。"

"这么多，什么时候？"

"就这两天！"

"要这么多馒头，说明日军要集结部队。"

"有可能。"

"你先回去，和平日一样，不必紧张。"老李手指敲着桌子。

老王返身离去。一会儿一男子入，高声叫道："李掌柜在吗？"

老李起身迎出："钱先生，老毛病又犯了，是不是要抓当归药。"

"是呀，又犯了。"来者接近老李。

"老李，我从敌人内部得知，敌人要南下，时间不明。"钱先生贴着老李的耳朵说道：

"估计就这两天，刚才老王来过，敌人只要两天的馒头，数量每天竟达三千。"

"那会针对谁呢？"

"情况不明。"

"先转告首长，望其提高警惕，防止偷袭我们的部队。"

"好。"

溧阳戴巷祠堂，11月7日，是苏联十月革命纪念日，十六旅宣教科与战地服务团组织文艺演出。

演出前，罗忠毅上台简单讲了一下十月革命和抗战的意义，廖海涛则讲述了苏联抗击法西斯德国和中国人民抗击日寇的前景。

七点整，演出苏联名剧《文件》，由洪涛担任女主角。

罗、廖首长坐在前排。洪涛一亮相，引来一阵掌声，洪涛歌唱得好，人也长得漂亮。

文工团团员吴坚在舞台后面站着，她透过帷幕看到罗、廖首长和战士们在认真看着节目，人头簇动，灯光下明暗不一，但个个头颅高昂，坚定有力。有几个战士看到兴奋处，站立起来，脱下帽子挥动着，他们黑色的脸腔上，不时洋溢着欢乐的激情，这激情是飞扬的又是刚毅的、是经过战火淬炼的，远不是家乡茂林分校那些学生脸上所露出的笑意。

战火锻炼人,吴坚在舞台后面的大镜子前照了一照,发现自己有了很大的变化,这倒不是化装所致,显然化了装,脸上涂了油彩、抹了粉,穿戴一新,会改变自己的形象,但现在主要的、本质上的变化还是自己有了一种成熟的只有战士才拥有的那份气质和豪情。

自己已不是一个大家闺秀,一个怀有梦幻理想的学子,只要一照镜子,自己就会想起在十六旅成立时在宜兴闸口拍的那张照片,照片上军帽的上下纽扣已摘,帽檐坚挺,帽檐下秀发不是纷披,而是剪得又短又齐,给人一种简洁、爽快、明朗的感觉,那干净素朴的军服穿在身上添了一股飒爽之气,但这一切都是陪衬,最耀眼的是自己明亮的双眼斜视前方,眼中放射着坚定、沉着、必胜的光芒,以及眉宇间那股只有在火热的战斗中才能形成的那股豪情,以及由这豪情汇成的特有气质……

一阵掌声,打断了吴坚的思绪,吴坚理了一下秀发,摸了一下脸蛋,从台上演员演出的台词中她知道《文件》这一节目正值高潮,此节目结束后,便是自己和其他几个女战士登台演出,内容是几个女学生在抗战烽火中寻找新四军、抗日杀敌、报效祖国……自己是学生,也是学生时投入抗日的洪流中的,可以说,演出就是现身说法,这该得心应手,但一排练才发现自己身上的学生气已荡然无存,复原后的那股书卷气多少有了新的色素。

一瞬间,家乡的新四军标语、陈毅在吴氏大宗祠的演讲、自己在姐姐的引领下加入青抗会、按兵站负责人吴鸿赐之命站岗放哨、传递情报、1940年12月陈茂辉发军装等情景在眼前不时地闪现。

乐时鸣和雷应清站在后面观看着舞台演出,演到高潮时,门外匆匆忙忙走进一个通信员,见到乐时鸣后急忙行礼,急问罗、廖司令何在。

乐时鸣忙领其去前排见罗、廖首长,通信员行礼后,急忙掏出了一封信交给罗忠毅,罗忠毅看了一下信封,神色冷峻,点点头和廖海涛耳语几句后,两人随即离开会场。

罗、廖两人来到戴巷十六旅司令部一农屋内,在油灯下,罗忠毅抽出信件,廖海涛上前,两人观看起来,罗忠毅轻声念道:"尊敬的罗、廖首长,据可靠消息,敌尾本联队大量增兵,准备南下,真正动向不明,务望首长做好戒备。金坛情报站,十一月七日。"

廖海涛皱了一下眉头:"罗司令,这太突然了,现在已经是晚上8点45分了。"

"是呀,这是第二次了,敌人很狡猾,倒学起我们新四军来了,夜战不可怕,若敌人有备而来奔袭我们就不好办了。"

廖海涛点了点头："得赶快转移。"

"对！廖司令，我看这样，你迅速返回塘马，率四十八团一部及被服厂的人员、医务人员穿越拖板桥、姜下店到达白马桥，伤员就地安置。我带四十八团一部、旅部特务连及旅部机关人员，从戴巷、小涧西出发，穿上庄、陶庄一线至白马桥。"

"好，这样也好，有备无患，我们西移白马桥。"

罗忠毅点点头："好！我们白马桥见！"

罗忠毅、廖海涛迅速来到演出会场。

《文件》的演出正进入高潮，战士们的情绪很高涨，虽值深秋，祠堂内却热气腾腾，温暖四溢，洪涛惟妙惟肖的表演获得了战士们的阵阵掌声。乐时鸣看着演出，整个身心和剧情融合在一起，完全忘了自己身处的世界，他正在细细品尝着剧情发展的意蕴、主人公的性格发展的历程时，猛觉肩膀被宽大的手掌轻拍了一下，未等他回头，耳边传来了罗忠毅那熟悉的声音："乐科长，有情况，立即停演，马上集合。"

一看罗忠毅那冷峻的神色，乐时鸣正想问为什么，可话到嘴边又咽了下去，他一看表，正值晚上九点整。

他马上来到舞台边和芮军耳语几句，芮军即刻上了舞台，通知演员停演，台下马上响起了一阵诧异声。芮军高声宣布："接罗司令紧急命令，立即停演，就地集合，马上出发。"

台下的战士们一听情况有变，个个静声屏气，立即起身走出祠堂，吴坚正准备上台演出，听到命令，也无暇多想，便和那些准备演出的文工团的演员和宣教科的工作人员，即刻从舞台的台前大门奔涌而出。

廖海涛急奔塘马，罗忠毅即返戴巷十六旅司令部。

"报告！"四十八团政治处主任张鏖进来行了一个军礼。

罗忠毅忙还礼："好，张主任，有紧急军情，现在敌人在金坛、薛埠增兵，随时南下。"

"是针对我们吗？"张鏖急切地问道。

"是。你回去，即刻召集部队，由向导带路西移，目标白马桥，旅部和特务连在前面开路。"

"是！"张鏖行完军礼，迅速消失在夜幕中。

张连升、雷应清迅速跑来,向罗忠毅行礼,"张连长,你带一排随我向前搜索前进。"

"是!"张连升回答响亮有力。

罗忠毅:"雷指导员,你带一、二排殿后。"

"是。"雷应清回答干脆有力。

罗忠毅:"乐科长带领短枪班居中,如有情况,做好接应!"

"是!"乐时鸣声若洪钟,回答干脆有力……

罗忠毅:"出发!"

夜色中,部队迅速集合,即刻从戴巷出发向西搜索前进。

队伍穿过黄金山脚下,越过巷上,下行至涧北里、大家庄、陆笪,向溧水白马桥方向转移。

月色溶溶,一片明辉,空气中透着阵阵寒意。黄色的山坡,抖动的树枝,沾着露水的衰草,稻秆桩林立的水田,薄雾笼罩的水塘,隐约一线的队形,抖动的身躯,频繁替换的步姿。

罗忠毅与张连升带着特务连下了戴巷,穿过小涧西,翻过巷上,来到大家庄,这一带的道路高高低低,坎坷不平,许多新入伍的战士及服务团的战士有些不适应,加之时间已晚,都有些倦意,不过在罗忠毅看来,这丘陵小道比起闽西的山道来不知要好走多少,在闽西山道行走,崎岖不平不说,一不小心便有跌下山崖,丢掉性命之虞,远不似在平原水乡摔一个跟头,损伤些皮毛而已。至于疲劳和闽西也无法相比,闽西的苦与累以及饥饿是常人难以想象的,而且活动主要在晚上,所以晚上瞌睡现象常有,但大多能克服。想当年在岩、宁、连根据地,自己和战友们经常出没于赖源、小陶、梅村、溪口、白沙、岩石、铜钵,至于转战于金丰大山,翻越天子山,那艰难的程度……看来以后在军中还是要多多进行这方面的宣传与训练。

过了陆笪后,罗忠毅双眼注视前方,不敢有丝毫的放松,罗忠毅知道在闽西条件虽苦,但国民党军队战斗力差,且有山地,遭遇战有很大的回旋余地,但在水乡平原,地形无可依托,且日军既凶残又狡猾,远非国民党可比,新四军挺进江南后,连战皆捷,敌人对游击战这种机动灵活的战术无可奈何,但敌人也想出许多毒招,除了设计对新四军作战的办法外,还学习新四军的战法,以前敌军很少用偷袭的办法,尤其怕夜晚作战,现在敌军也敢在夜晚作战,也采用偷袭战,比方说长途奔袭,分进合击就是其惯用的方法。像这样有月光的晚上就不能排除敌人半路埋伏的可能,因此,在战争中,决不能有丝毫的大意……

乐时鸣紧随罗忠毅前进,在没有任何征兆的情况下突然转移,而且在深秋晚上的10点钟,这于他而言是极为少见的。出了戴巷祠堂后,他才知道从敌据点传来情报,敌军出动,准备偷袭十六旅旅部和在塘马、黄金山一带整训的四十八团战士,旅部将士和苏皖区党委机关全体人员立即转移至溧水白马桥地区。

不是月黑风高的夜晚,也不是衔马疾进的战斗情景,月色溶溶,一片明辉,夜景甚美,似乎和硝烟没有因缘,不过这农历九月十九的时令,空气中透着阵阵寒意,从温热的祠堂一下子转换到清凉的世界里,心里面还是泛着阵阵寒意。

月光洒落在戴巷村边、黄金山下高低不平的丘陵上,清幽清幽,明辉明辉,戴着眼镜的乐时鸣庆幸这皎洁的月光使他在夜间行走没有什么大碍。他背着行李忽快忽慢地前进着,黄色的山坡,抖动的树枝,沾着露水的衰草,稻秆桩林立的水田,薄雾笼罩的水塘,隐约一线的队形,抖动的身躯,频繁替换的步姿,旋转着叠加着展现在眼前。

静,特别地静,部队不能盲目前进,必须搜索前进,速度很慢,偶尔快速前行,人们绷紧的心始终不能松弛下来,有时前面的一阵响动,不管是风声、人声,都会使绷紧的心猛地震动起来,好在什么异常的情况都没遇到,虽然有几次他们几乎掏出手榴弹,随时准备投入火热的战斗中去。

乐时鸣感到有些疲倦,虽然在军中转移是常有的事,但今天的脚步从没有感到如此沉重。

明月很好,夜景很美,乐时鸣抬头看了看明月,觉得有些诧异。昔日很喜欢走夜路,尤其是月明星稀的晚上,白天行走的路总觉得漫长,而在晚上,尤其是有月光的晚上,那漫长的路似乎缩短了许多,一会儿就可以到达目的地,况且月下的景色素淡朦胧,你可以吟出许多诗句来,并结合眼前景:那凉凉的风,闪动的光,跳跃晃动的树的婆娑影子,真的,你会感到心头会掠过丝丝的惬意,可不知为何今日全没有了这些韵味。

涧北、大家庄、上庄、陆笪里、刘庄、姜下店、陶村,这些树木掩映、沟壑纵横的村庄在眼下一展开,乐时鸣感到既亲切又陌生,一切是那样地寂静,除了风声、树梢相击声、行军的步伐声和偶尔传来的犬吠声外,什么也没有。

乐时鸣只觉得眼皮沉重,头脑一会儿清晰,一会儿模糊,直到翻下一道山冈后,他的脑袋才完全清醒过来,但眼前的一切比先前要昏暗得多了,隐约看到战士的后背,其他什么也看不见。

"谁?"一声喊,众人忙趴下,半日不见踪响。一个战士大胆上前,晃动的是一头水牛。

新四军众将士沿着崎岖小道前行,不时有人在路途中跌倒爬起。

乐时鸣是近视眼,看不清东西,他一般看别人的动作,然后作出自己的选择。以前夜晚行军时,四十六团三营副营长王桂馥故意骗他,常突然跳跃,形似跨跃小沟,乐时鸣以为前面有沟,也跟着起跳,常常引来一阵哄笑。不过,今晚无此事,因为今晚有战事。

深夜一点,金坛城大广场,日军已集结待命,尾本朝着黑压压的整装待发的日军,举起手,刚想下达出发的命令,忽然特高课情报官飞奔而至。

"慢着,大佐阁下,慢着,大佐阁下。"

"什么的干活?"尾本一愣。

"23号急电,23号急电。"

"什么消息?"

"新四军又溜了。"

"嗯?"尾本咬牙切齿,"消息又走漏了。好好查一下,谁是内奸。"他大叫着,"谁是内奸。"

他跺着脚:"部队统统的回去!"

吴坚行走在丘陵山区的小道上,从火热的礼堂一下子进入清凉的乡路中,时空来了一个大转换。

军情紧急、迅速转移,一切是那样的迅捷,容不得细细思索,这就是战争,她已经习惯。

对于行军,她确实有独到感受,家乡安徽泾县茂林,可谓是崇山峻岭,自己生活在乡间,爬山越岭也是常事,不过乡间行走是舒缓从容的,路途也不远,参军后第一次打上绑腿,走路觉得利索多了、快捷多了,不过这路程要远远多于平常在乡间所走的路程,最难忘的是,1940年年底,她被编入军部教导总队女兵八队中,12月10日,从云岭出发走了一天,晚上到达驻地,腿肿得老粗,脚上满是水泡,痛得她泪流满面,还是一位红军老班长教她烫脚,才慢慢恢复。自此她才逐渐适应了长途行军,后来她在宜兴地区参加了几次战斗,对于一般的行军,她完全不在话下了。

如今,她要在夜间完成一次急行军,向白马桥转移,她不会有任何忍受不了的心理负担。

夜色中，遥见村庄、树木，近见良田、水塘，在途经上庄一大水塘时，她看到了波光粼粼的水面，星星倒映其中，显示着一股特有的清幽，战士们的鞋底踩踏在黄黄的茅草上，发出沙沙的响声，池塘边翠竹丛生，小鸟惊起扑扑地飞向空中，水面起了一层浅浅的涟漪。

一看到这清清的水面，吴坚想起了夏日在宜兴和桥的特有的一幕。

1941年1月，她随部队来到二支队司令部竹簧镇，方知发生了皖南事变，事变后，她随宜兴县委书记陈延玉到宜兴工作，后转入独立二团，十六旅成立后，便西返两溧，她和夏希平一道仍留在独立二团工作，她在政治处任统计干事，夏日，太阳炙烤着大地，乡间犹如火炉，田野里几乎能闻到庄稼浓烈的烧烤的焦味，实在难以忍受的她和宣教科干事夏希平一道在池塘中洗冷水澡。

池塘似乎不深，塘埂上有几个小孩玩耍，她和夏希平不会游泳，便学着会游泳的人那样，趴在浅水处的水面上用脚敲打着冰凉的水面。

涟漪四起，凉凉的池塘清水浸润着肌肤，心里有一种透凉的感觉，就在她忘情的击打水浪时，脚一空，自己悬浮在清清的水波中。

一阵惊慌，一阵挣扎，一阵忙乱，觉得被什么推动了一下，那脚终于踩到坚实的泥土。

冒出水面，水珠从耳中抖落，终于听到了响声，池水不再遮住双眼，终于看清了一切，她的意识清醒了，她马上明白刚才发生的一切，猛见夏希平还在挣扎着，她马上用一块小木板递伸过去，夏希平紧紧抓住，被她拉出水面。

上岸后，她才清楚，自己不慎滑入池塘深处，夏用力推了她一下，她冒出水面后，旋即又把夏拉出水面……

现在又看到池塘中的水了，可惜是夜晚，可惜是冬日，若是夏日，若是白天，真想和这池水亲近一番。

黑暗，黎明前的黑暗，转瞬间，远山近村的轮廓愈来愈分明了，传令兵也传来了马上可以休息的命令，一个熟悉的地名从传令员的口中传递而出"白马桥到了"。

众人的心一下子松弛起来，东边，晨光初现，能听到雄鸡的啼鸣声，几乎同时人们开始相互注视起来，话语也悄悄从嘴边滑出，久憋于胸中的那股郁闷也随之宣泄而出。

不知谁叫了一声："你看，俄罗斯女郎。"所有的眼光射向一个目标时，那个目标也发出了清脆的嬉笑声："不要说我了，你呢？你们呢？你们不也是一群苏联战士吗？还有你们呢？"那个目标移动着，"你们还是你们自己吗？"

众人相互看着,又看了自己的衣饰,猛地发出了一阵笑声,那笑声在旷野中漫溢开来,向四周扩散扩散。

乐时鸣朝笑声走来,原来是一群服务团的战士在哄笑着,由于转移急促,众演员未及卸装,军情紧急,路途中众人早已忘了刚才那一幕,完全沉浸于临战的紧张的气氛中,加之天黑,谁也没有看清别人、看清自己的着装。但晨光驱散尽黑暗,在洪涛清脆的回应中,人们发现对方未及卸下的浓妆,猛地忆起昨晚的演出,当思维再回复到眼下的现实时,不由得哄笑起来。

吴坚也笑了,因为在战斗的环境里,她已忘掉了准备演出时所做的一切,和其他人也一样,但当到了目的点,敌情消失,一切恢复常态时,她的思维应和着眼前的景,才步调一致起来。

罗忠毅走上一土丘向西北遥望,神色依然是那样冷峻,脸上却笼罩上了一层淡淡疑虑之色。

第二天,金坛城,敌十五联队司令部,墙壁上太阳旗、战刀高挂,"武运长久"四字显得十分醒目。

尾本联队长踱着步:"这一次又溜了,怎么办?内奸找不到,目标锁不定,叫我怎样消灭他们,师团长又要责罚我们了。"

参谋长沉吟道:"内奸还需慢慢查,但此举皇军并不吃亏。"

尾本联队长一怔:"如何不吃亏?你要知道集结一次军队很不容易呀。"

参谋长凑了过去:"对,是不容易,但新四军多次转移,疲于奔命,岂不更累,我们虽然没有闪击成功,但可收到两个奇效。"

尾本联队长一阵欣喜:"哪两个?"

参谋长脸上顿显一股得意之色:"一可以吓走他们,二即使吓不走,让他们来回奔走,可收疲兵之计之效。假以时日,猛地一击,叫他们全军覆没。"

尾本联队长竖起了大拇指:"好,好注意,好注意,一箭双雕。"随即恐怖的声音在室内回荡,"可内奸一天不抓到,我的心就一天不安宁。内奸呀内奸,我一定要抓到你!我一定要抓到你。"

塘马村大祠堂内,罗忠毅与廖海涛喝着带有些焦味的大麦茶,又抽了几支老刀牌香烟。

"老廖呀,敌人没有来,我看问题不会那么简单呀!"

"是呀，敌人没有来，夜晚转移，战士们很疲劳，有些战士还想不通，有怨言，我已通知连队各支部做好政治宣传工作。"廖海涛猛抽一口烟，缓缓地吐出的烟雾在空中盘旋起来，"我觉得敌人没有来，有大阴谋，我们看问题不能停留在表象上，也不能停留在局部上，近阶段，我个人认为应该从整个抗战大局甚至整个反法西斯战场的情况看。"

罗忠毅点点头，在白马桥的深夜里他曾沉思过，也就此问题从上述的层面上思考过，只不过觉得观点不成熟，加之行军转移十分仓促，也就没有和身边的人细谈过，现在廖海涛既然从这些层面上谈，最切合自己的心意不过了。

"再来一支，"罗忠毅又递上一支烟，"老廖，你谈谈吧，我也有一些看法，不成熟，想听听你的。"

"嗯，"廖海涛点点头，"敌人不出兵，而又公开做出要进攻我们的样子，明摆着是要阴谋，他们为什么要这样做，从世界反法西斯战场看，德国进攻苏联，苏联的形势很紧张，但到了11月，进攻受阻，他们肯定希望日军北进，传闻希特勒在进攻苏联前和日军联络过共同进攻苏联，但日军迟迟未动，虽然他们多次做出要北上的举动，据我看，日军未必会北上……"

罗忠毅点点头，"日军在冬季来临前没有进攻苏联，看来他们已改变了或者说放弃了北进的计划。"

"对，日军没有北上，在中国战场西进受阻，他们兵力不足的问题已经暴露出来了，北进的可能性不大，是否有其他的战略意图尚难确定，中日战争已进行了三年半，在占领区，他们只能占据一些大城市和交通要点，广大农村仍在我军民手中。"

"但敌人很狡猾，为了集中兵力，进行新的战略意图，又要统治占领区，便采取以华制华、以战养战的策略，汪伪又鼓吹和平建国，和日军一道在东路实行清乡，他们的目的就是一个，巩固占领区，抽出兵力，实施更大的军事行动。"

"苏南是富裕之地，又是日伪统治的心脏地带，日寇一刻都不会放松这一地区的统治与进攻，但他们兵力有限，在路南地区就无法清乡，因此他们还是采取长途奔袭、分进合击的老办法。巫恒通与陈洪竟遭毒手，敌人要进攻我们，看来也是采用这种战术，但我们跳出外线，歼其一路，他们也没办法，因此敌军要进攻我们，不会只做一般的准备，依我看嘛，"廖海涛喝了一口大麦茶，一股焦味直冲鼻子，"敌人没有来，在正常情况下，可能出于下列情形，一是兵力不足，不敢贸然进攻，虚张声势，妄图把我们吓出溧阳北部，以便在溧阳北部增设据点。二是造成进攻声势，暗示国民党夹击,坐收渔翁之利。三是干扰战术,让我们因避战不断转移,然后伺机攻击……当然啰……"廖海涛语调沉重起来,"当然不排除另外一种情况,很简单,敌人就是想进攻我们,我们转移及时,他们已得到情报,如果是这样,那就麻烦了,我们十六旅成立后,战斗不断,部队编制中已没有锄奸科、敌工科,许多干部调至十八旅,我们无论如何要加强这方面的建设,否则……如果有内奸就麻烦了……"

"对,"罗忠毅用食指与中指敲击着桌子,"我们一定要做好这方面的工作,知己知彼,方能百战百殆,唉,可惜蓝荣玉和谢镇军都不在,而眼下又无法解决这个问题。"

廖海涛:"我们不能被敌人的假象所迷惑,必须保持高度警惕。"

罗忠毅:"我们一方面要加快锄奸科、敌工科的筹建工作,另一方面要做好部队建设工作,利用眼下短暂的和平时期,做好部队的整训工作,只要我们的军事力量增强了,才能创立稳固的根据地,才能有效地保存自己,最后消灭敌人。"

13

四十八团的事情终于有了下落,罗忠毅代表师部、旅部对王胜、罗福佑进行了严肃的批评,尤其是罗福佑,停职反省检查。四十八团归旅部直接指挥,团部则设在邵笪村北面的张家村,下属的四个连队则分别在西祺、邵笪一带整训,旅部设在塘马,偶尔移至戴巷,因为戴巷地形复杂,北倚黄金山,利于隐蔽。

"四十八团来到这儿是无法再回锡南、苏西了,唉,既来之,则安之吧,趁这平静的日子,先抓好整训工作。"罗忠毅忧心忡忡地说道。

"对,先抓好整训工作,另外还得抓好政治思想工作,四十八团发生了'苏、罗叛变'事件,领导人又出了问题,除原先的二营战士外,其他战士的军政素质有待提高呀。"廖海涛不无感慨地说。

"四十八团在村东训练,据黄兰弟反映情况不错,我们去看看吧。"

"好。"

罗忠毅、廖海涛、王直、乐时鸣走到塘马河河埂高地时,二营营长黄兰弟跑步来到罗、廖面前行礼,罗、廖还礼,黄高声道:"请罗、廖首长对部队训示!"

"好!"罗忠毅上前一步,面对着四十八团三个连的战士,迎着那一双双明亮的眼睛,用浓重的湖北口音高声说道:"战士们,你们好!"

"首长好!"战士们的呼声在上空环绕。

"战士们,你们辛苦了!"

"打击日寇,消灭日寇!"战士们声震于天。

"战士们,抗战已到了第四个年头,胜利的曙光已出现了,现在日本帝国主义做垂死挣扎,在苏南疯狂地实行清乡政策,对我们两溧地区疯狂扫荡,我们要努力作战,消灭日寇……"太阳完全升起,阳光洒落在罗忠毅的脸上,刚毅的脸容在柔和的日光下,轮廓显得更为分明。

"敌人不会甘心失败,我们要提高警惕,苦练本领,这样才能有效地消灭敌人,保存自己,迎接最后的胜利……"

廖海涛上前,握紧拳头,用浓重的福建上杭口音宣讲着:"战士们,胜利属于人民,属于六师,属于十六旅,我们六师在谭师长、罗参谋长的领导下,英勇地抗击敌人,我们十六旅是英雄的部队,一定要发扬铁军精神,利用战斗间隙,练好杀敌本领,迎接更为残酷的战斗。"廖海涛话语掷地有声,铿锵有力,战士们持枪肃立,静静地听着,深深体味着其中的含义。廖海涛头戴着军帽,腰束宽大的皮带,胡子刮得干干净净的,绑腿打得十分整齐,他的语音虎虎生风。

"同志们的操练,反映了训练很有成效,我们还要努力,要苦练单兵作战的能力和集体作战的能力,通过整训,培养艰苦作战的精神,而且要把这种精神带到战场上去,带到平时的训练中去,带到扩大的交流中去,如果我们有过硬的杀敌本领,有战无不胜的斗志,我们十六旅就会战无不胜,攻无不克,成为真正的铁军……"

队列演练结束后,便是各种训练比赛,罗、廖及其他旅团干部和群众兴致勃勃地在洋龙坝南面的田野间观摩起来。

首先是射击表演,五人一组,面对五个稻草人,进行立姿模拟射击比赛。

"准备,"营长黄兰弟手往下一砍,"开始!"

五个战士迅速上场,首先验枪,然后右手移握上护木,左脚向前方迈出一步,两脚分开,约与肩同宽,右手将枪向目标方向送去,然后拉枪栓虚拟上子弹,定标尺,目视前方,准备射击。

旋即战士们左手托枪管,大臂紧靠左肋,小臂尽量里合于枪身下方,右手握把,大臂自然抬起,两手正直向后用力,使枪托着实抵于肩窝,旋即瞄准。战士们右眼通视缺口和准星,按规定瞄三分钟。

这五个战士训练有素,站立端枪,枪杆纹丝不动,最后击发,战士们用右手食指第一指节均匀正直地向后扣压扳机,余指力量不变,战士们屏心静气,最后扣动扳机,完成最后动作后,才齐齐地归队。

有几个战士在用笔给他们打着分,罗忠毅坐在凳子上看了后,点点头,"黄营长,这五个战士表现不错,是新兵吗?"

"入伍不久,这次整训练得很苦。"黄兰弟忙解释道。

"好,继续比赛,射击是军事技术中的基本技术,射击技术不过硬,这仗就难打了,这方面鬼子可厉害呀!"

"是,"黄兰弟又冲着正在等待上场的战士喊道,"第三组。"

第三组五个战士如法炮制,进行验枪、瞄准、击发,罗忠毅比较满意,点头微笑。待到第五组时,问题出现了,有的战士动作较慢,有的端枪不稳,有的击发时,枪上下微微抖动,记分员在记分册上无可奈何地写下了超低的分数。

决出优胜后,罗忠毅上前和优胜者握了握手,并不断地鼓励着,获得名次的战士们拿着白色毛巾高高兴兴地归队了。

其他战士正想散去,罗忠毅叫黄兰弟把他们叫了回来,然后他拿起一支三八枪,对那些没有获奖、分数偏低的战士们细细地讲述起来。

"同志们,你们通过比赛看出了不足,这很好,没有获奖不要紧,回去要好好练,只有本领过硬了,才能狠狠地打击日本鬼子。"他拿起枪,扳了一下枪栓,"我们新四军刚刚建立时,大多是三年游击战争的游击队员,没有受过严格的军事训练,你们这些苏南的新兵更不用说了,所以往往军事技术不过硬,我在襄樊时,在高树勋开办的中山军事学校受过训练,后来在苏区加入红军时学到了许多实际的经验,你别看一支简单的步枪,你要掌握较高的射击技术远不是一件简单的事。

"首先,姿势要正确,射击时,射手若不能正确地抵肩、贴腮,会使射弹产生偏差,"他拿着枪做了一个正确的动作,然后望着战士们严肃地说道,"在通常情况下,抵肩过低易打低,抵肩过高易打高,贴腮用力过大易打左高。"他看到战士们直点头,便对黄兰弟说,"以后训练时要反复体会正确的抵肩位置,你们可以让他人用推、摸的方法检查抵肩位置是否正确,贴腮要自然。"

"射击时要稳,"他冲着那些端枪不稳的战士说,"这要苦练,有的人用强力控制枪的晃动,造成肌肉紧张,用力方向不正确,姿势不稳,使枪产生角度摆动。应该在据枪时,正直向后适当用力,使用力与后坐方向一致,据枪力量不变,在水西村时,我与粟司令经常教育战士,有一个办法,就是在准星上放一个铜板,三分钟不准让铜板落下,久而久之,就是开了枪,铜板也不会落下,如果不好好练,那么战时射击命中率会大打折扣。"

"真的,"有几个战士们似乎不大相信,罗忠毅微微一笑,转身对黄兰弟说,"黄营长,有铜板吗?"

"有。"黄兰弟从衣袋里掏出两个铜板,罗忠毅选了一个"大清铜板",子弹上膛后,他把铜板往准星上一放,对着洋龙坝无人处的一棵细小的糖莲树树干瞄准。

罗忠毅据枪十分稳健,铜板在准星上纹丝不动,他屏心静气,用右眼瞄准,然后用右手食指的第一节扣动扳机。

"砰!"一声响,糖莲树树干咔嚓一声,折成两段,叫喊声中,战士们再看准星上的铜板,稳稳地栖息在准星上。

"好!"战士们一声呼叫,眼中齐齐射出钦佩的目光。

"罗司令,这有什么诀窍吗?"战士大李子用极其羡慕的眼光看着罗忠毅。

"说有也有,说没有也没有,选瞄准点时,应根据瞄准线的指向在瞄准点附近轻微晃动时,适合而发,另外,不要猛扣扳机。"

他把枪扔给黄兰弟,"射击时,停止呼吸过早,易造成憋气,使肌肉颤动,据枪不稳,在瞄准线指向瞄准点附近轻微晃动时自然停止呼吸,如难以做到,应进行深呼吸后再停止呼吸。总之要自然,不要紧张,而且要反复练。"

"噢,原来如此。"战士们一下子悟出了其中原理。

"这些训练时没有讲过?"罗忠毅问着战士们。

"讲是讲了,没有你讲得透。"大李子摸着后脑勺憨笑着。

"你是哪里人啊?"

"我是无锡人,刚入伍的。"

"好,以后要多多训练。"罗忠毅关切地说道,然后在黄兰弟的陪同下去看其他的训练比赛项目。

廖海涛与王直来到了木制天桥处,天桥设在主席台南侧的塘马河东岸。

这天桥直立于河边的树木前,上架一长长的木板,两端各用三根粗大的长达八九米的杉树呈"爪"字形状架住,桥两端再用两把长长的木梯斜撑着。战士们右肩扛钢枪,背负大砍刀,左手扶梯,顺梯而上,再快速走上上面的横木,到另一端则顺梯而下。

十个战士一组,依次而上进行比赛,看哪组走得又快又稳,再由战地服务团的战士们打分。

战士们一看廖司令来观望了,爬得更快,他们一边喊着,"冲啊,杀啊"的口号,一边用左手挡着扶梯,两脚交替在梯子的横档上攀登,待走到梯顶,跨上横木时,规定不准看脚下,眼睛平视前方,迅速走过天桥,战士们步履稳健,虽然有的小战士在天桥的横木上步伐小,步速慢,但双脚稳健,没有打颤的现象,胆子越来越大了。

廖海涛从夏希平手中接过记分册,看了一下比赛各组汇总的分数,忙问道:"你知道他们训练多长时间了吗?"

"不多吧,这天桥在四十六团整训后已撤掉,现在架上去只有三天,前几天我看战士们上天梯时,动作还不够敏捷,走天桥老看着自己的脚,有的同志还发出惊叫声,有恐高的心理,有的走得特慢,脚轻轻地往下踩,好像怕踩上地雷似的。"夏希平是个文化人,说起话来,滔滔不绝。

"好,这就好,这天桥有六米多高,一般人上去是会头晕眼花的,我们以前在闽西时,经常爬山,走山涧独木桥,在皖南训练时,走天桥非常熟练,如履平地,但平原水乡的人恐怕不行,还要多加训练。"廖海涛冲着王直说道。

"对,我们在岩寺见到教导大队的人一上去就晃悠,当时还不大理解,看来山区与平原就是不一样。"

战士们的热情特高,那股热情与冲动洋溢在脸上,展现在下梯的呼呼的喘气声中,那自豪之情充溢在整个脸面上,手中钢枪、背上的砍刀闪闪发亮。

比赛结束,廖海涛与王直爬上天桥,两人站在天桥上,环视四周,但见整个比赛场上喊声阵阵,热浪冲天。整齐的方队,围观的军民,奔跑的战士,刺杀与搏击,匍匐前进,迅捷地跳跃,木制手榴弹在空中的滑行,四周绿的树,青的菜,黄的稻草,一切的一切展示出一种特有的壮美,两人脸上露出了少见的笑容,那笑容的灿烂和在一年前赤山大捷后站在秦淮河桥边目视陈家边风景时何其相似呀!

许多人围坐在赛场中央,阵阵呐喊声不时传来,"杀……杀……杀……"此起彼伏,围观人员的外围是一些穿着粗布衣服、穿着草鞋、布鞋的农民,里面则是席地而坐的战士们。

廖海涛与王直循声而去,乡亲们和战士们忙让出一条空道,廖、王一进去,二营教导员廖埜金忙迎了上来,廖海涛摆摆手,示意不要声张。

这是刺杀训练比赛,战士们独出心裁,让后周的木匠打了五个木制器具,那器具为五个四轮木车,木车上立着两根木柱,木柱上架着横木,横木与车轮间置一木偶,那木偶头胸特大,是作为刺杀的目标,四轮上有一木斜架,那木形如耕田之犁柄,人扶着可推着车,可进可退随时变换方向。

五个战士推着车,另五个战士同时对着不断变换方向的木偶进行突刺,以单位时间内刺中要害点数最多者作为优胜的标准。

又有五个战士上场了,他们戴着军帽,身背子弹袋,打着绑腿,脚着布鞋,端着三八枪,呐喊着向移动的木偶刺去,迈着弓步,突刺快速有力,木偶的头、胸被刀尖刺上了许多小窟窿。每一刺,伴随着每一声呐喊,传递着蓄积已久的力量。咬牙切齿,双臂前伸,右掌蹬地,呼呼喘气,偶尔的漏刺,更激发了战斗的斗志。战士小张因漏刺,怒火中烧,突刺频率之快,力量之大,使推车的战士都紧张起来,只听咔嚓一声响,架于下面车轮和上面横木间的木偶竟被小张刺成两截。

"好!"一阵叫喊声……战士们刺杀完毕,忙退回原处。

因一车被刺坏,只能四人一组了,比赛激烈地进行着,呐喊声一阵阵传来。

比赛结束,廖埜金请廖海涛点评一下,廖海涛走到场地中央,朗声说道:"同志们,刚才我看了你们的精彩表演,我对你们出色的表演表示祝贺,我们的战士刺杀比赛时,精神面貌非常好,体现了一个军人应有的气质,刺杀除了作为近身作战的战术外,更重要的是要练就一种精神,练的是一股杀气、一种霸气,在杀声震天的氛围中,培养自己的一身杀气,一身让敌人胆寒的杀气,要做到浑身是胆,杀气腾腾,要有压倒一切敌人的那种英雄气概和大无畏的精神。同志们,你们知道吗?《左传》中有一名篇叫《曹刿论战》,其中就有'夫战,勇气也'。战场上就要有蔑视敌人,舍我其谁的勇气,在敌强我弱的情况下,勇气显得尤为重要。中国唐朝时期有位勇将叫罗通,他在和敌将交战时,被刺伤,肠子都流出来了,对手以为稳操胜券,但他凭着一股勇气,把肠缠在身上,进行决斗,他把敌手镇住了,最后消灭了敌手,如果没有勇气,难以想象,他身负重伤,还能消灭敌手。这一点同志们做得很好!"

廖海涛话语忽地缓和下来,"当然,我们不能忘了刺杀的基本技术,刚才我看了看,我们有的同志在技术应用上,不够合理,如果平时训练不注意,到战场上真刀真枪干,我们是要吃亏的。"

廖海涛拿起枪做了一个动作,"突刺的要领是两臂推枪,右脚的蹬力和腰部的推力要充分一致。力量要集中,动作要突然、勇猛、迅速,姿势要正确稳固,要在左脚着地的同时刺中敌人。"

他拿着枪,用冷峻的神色看着战士们,"从技术上讲,抗战初期,我们不如日军,说老实话,我们有时三个也拼不了他们一个。后来,我们从战争中吸取教训,不断地总结经验形成了我们新四军自己独到的训练方法,现在从技术上讲和日军处在伯仲之间,关键还在于如何应用,比方我刚才看了比赛,发现突刺时有的战士右脚蹬不上力,或者左脚踢不出去,或者耸肩、右臂外张,这些技术失误在战场上可能是致命的,要知道日军是野蛮而又凶残的。"

他把枪还给了战士,"刺杀还有许多技术,防刺,打击都要好好练,还要动脑筋,比赛是死的,战斗是活的,要灵活应用,如后退跳跃,各种不同地理条件下的技术应用,这样才能克敌制胜,才能把我们铁军的气概表现出来……"

另一场地是基本刺杀的表演,二十个战士手持长枪,身穿军服,身挂子弹袋走上土场。土场后是一圆形土墩,土墩上植满柳树,遍布野草,瓦房草房在树木的掩映下,依稀可辨。围观的人群中有脱帽的战士,有戴帽的官兵,还有憨厚可掬的村民。席地而坐的战士,把八仙桌倒放着,在台板的反面放置茶壶和大青边碗,那碗中的水还冒着丝丝的热气。

四十八团五连连长陈必利一声令下:"表演开始!"

"预备用枪,"陈必利一声喊,只见二十个战士右手将枪提起,拇指轻贴胯处,然后一声喊"刺",以右脚掌为轴,身体半面向右转,同时,左脚向前迈出,身体稍向前倾,在出左脚的同时,右手以虎口的压力和四指的顶力迅速将枪向前方稍左送出,左手旋即迅速接握护把,虎口对正枪面,右手移握枪颈,置于第五衣扣右侧稍下,枪面稍向左,刺刀尖约与喉部同高,并和左眼在一线上,两眼注视敌方。

"好!"围观的战士们一阵阵高呼。

"枪放下!"陈必利又一声喊,只见战士们以右脚为轴,身体半面向左转,同时收回左脚,左手将枪迅速交给右手,成持枪立正姿势。刺刀寒光闪闪,战士们红光满面,斗志昂扬。

罗、廖二人从两个不同方向进入会场,陈必利行了一个军礼,"报告罗、廖司令,我们正在进行刺杀表演。"罗、廖还礼,围观的群众与战士们都站立起来,二十个战士则迅速将枪提到胸前,枪身垂直对正衣扣线,枪面向后,离身体约十厘米,枪口与眼同高,大臂轻贴右胁,同时左手接握标尺上方,小臂略平,大臂轻贴左胁,同时转头向右,注视受礼者,罗、廖还礼后,表演的战士们将头转正,右手将枪放下,使枪托轻轻着地,同时左手放下,成持枪立正姿势。

"继续表演吧!"罗忠毅挥挥手,便和廖海涛、王直、乐时鸣一起和战士们坐在一起观摩起来。

陈必利一声喊"前进"。

二十个战士右脚掌蹬地,左脚迅速向前一步,右脚以同样的距离跟进,脚掌着地,咚咚有声。

"后退!"陈必利一声喊。

战士们左脚掌"啪"地蹬地,同时右脚后退一步,左脚以同样的距离后退。

"跃退!"陈必利猛喝一声。

战士们以左脚掌的蹬力、右脚掌的弹力,使身体向后跃起,落地时按左、右脚的顺序先后着地。

"好!"罗、廖与战士们一齐拍起手来,响声在四周回荡,一部分人闻声赶来,围观的人把场地围得严严实实。

"准备突刺,"陈必利放低了声音,突然高叫一声,"突刺——刺!"围观的人不由得身体耸了一下。

只见战士们两臂用力向塘马东南方向推枪,右脚猛蹬,身体向前,随即左小腿带动大腿向前踢出一大步,在左脚着地的同时刺向虚拟中的目标,同时高呼一声

"杀",右脚随之自然地向前滑动。

战士们枪面向上,左臂伸直,枪托自然贴在右小臂的内侧,左膝与脚面中央垂直,右腿伸直,身体成斜直线。

摄影师赶快把这一珍贵的镜头拍了下来。

旋即战士们左脚用力蹬地,推动身体后移,同时两手将枪面稍向左旋转,猛力将枪刺拔出,收回左脚,成预备用枪姿势。

围观者的掌声未落,陈必利又一声喊:"垫步——刺。"

战士们右脚迅速向左脚跟移动,在右脚着地的同时,迅速勇猛地向虚拟的敌人突刺。

罗忠毅边看边小声地与廖海涛交谈着,从两人的眼神看,他们是非常满意的。陈必利心里感到一阵高兴,看来这一个月的训练没有白费。

"下面是防刺表演。"陈必利面对着呼吸略为急促的战士们喊道。

"防左刺!"二十支枪向左前稍下齐挥。

"防右刺!"二十只左手向右前稍下迅速推枪。

"防下刺!"二十只左手向下稍前迅速推枪,刺刀在虚空中猛击并不存在的敌枪。

"防左侧击……防左弹匣击……"刀光闪闪,脚步咚咚,喊声震天,杀气弥漫于四周。

表演结束,战士行礼归队,罗、廖表扬了战士们,又问陈必利为什么没有对刺。

"罗司令,廖司令,这些新兵刚入伍,什么也不懂,对刺我们练了,不是很熟练,而且没有这么多假枪,又没有防护面具、衣服,所以这一项目便被取消了。"

"乐时鸣,你通知一下张其昌,叫他想办法搞一些防护面具、防护衣服来,假枪可用树、木头做。"他对着乐时鸣说道。然后他对陈必利说,"对刺一定要好好练,这是刺杀中最重要的技术,最实用的技术,日本兵喜欢刺杀,他们现在占不了便宜,我们要他们尝尝我们的刺杀技术。"

"是。"乐、陈二人连忙应答。

"刺杀一定要好好练,不光要练好技术,同时要练出勇气与胆量,以此带动其他技术的训练,这样我们的军队才能成为无坚不摧的钢军。"廖海涛补充道。

"对,我建议大家合唱《大刀进行曲》。"罗忠毅建议道。

"好!"战士们齐声应道。

"大刀向鬼子们的头上砍去,"廖海涛手一挥,"预备,唱!"

"大刀向鬼子们的头上砍去,全国武装的弟兄们,抗战的一天来到了,抗战的一天来到了……"歌声一起,其他比赛场上的战士们也向这边看来。

"前面有东北的义勇军,后面有全国的老百姓,咱们中国军队勇敢前进,看准那敌人,把他消灭!把他消灭!"

许多围观的塘马群众及四周的乡邻,纷纷向歌声处跑来,他们看到许多的围观群众及人群包围中战士们高昂的头颅,林立的寒光闪闪的刺刀,不由得跟着高唱起来。

"冲啊!"一声喊,战士们举起钢枪,"大刀向鬼子们的头上砍去!杀!"罗忠毅、廖海涛、王直、乐时鸣与众战士齐声呐喊,喊声久久不绝。

四十八团整训后,军政素质大有提高,全团战士朝气蓬勃,面貌一新。

董坤明,四连小战士,卫生员。他端着木盆走向塘马河,准备清洗伤病员的衣服、绷带,迎面碰上了连长雷来速,雷来速关切地问道:"小董,伤病员的情况怎样?"

"报告连长,情况良好,有几个病号身体较弱,提出要参加训练,被我劝住了。"

"对,叫他们安心养伤,只有把身体养好了,才能更好地杀敌建功。"他笑了笑:"你去洗衣服吧,我去看看伤病员。"

"行。"董坤明端着木盆向塘马河走去,时值深秋,苏南大地一片金黄,这本是一个丰收的季节呀。

这本该是蟹肥稻熟、丹桂飘香的时节,可恨日寇侵我河山,杀我同胞,金秋之景呈现苍痍之色。

董坤明走向河边长长的石阶,看到了河边的芦苇,便遥想起了过去的往事……

1927,生于上海,父母早亡,早成孤儿,工华难童收容所便是我十二岁时的家,苦难催生了意识的觉醒,革命的、启蒙的教育沁入心田,党伸出了温暖的手,自己投入党的怀抱中。抗日、爱国、救亡,党给予了自己新的思想宝库,参军、抗日便是自己的首要任务。浦青老师和内地交通员带着自己和同学陆超婷奔向苏南抗日战争,陆超婷和浦老师一组,自己和交通员一组,瞒着家人从外滩悄悄出发,为了避免小鬼子盘问纠缠,早已背好了回答的内容,"他是我的什么人,我们要到哪里去……"等等等等,这一切早已烂熟于心,对答如流,嗨,也真危险,鬼子两次盘问,我两次从容对答,我们终于上了船,驶向常熟了。

东塘,新四军东路江抗办事处,我正式报名参军,先在常备队,后入江抗二支队,最后加入十八旅五十四团。战火淬炼人,斗争培育人,我,小小的年纪,已是一名光荣的抗日战士。在战斗中成长,此言不假,青春因战火而发出更为绚烂的光芒,名副其实。1941年,短暂培训,我便成为五十四团一名光荣的卫生员。

东路清乡,日寇凶猛,战事艰难,伤亡频频,领导决定,转送伤员,奔赴后方医院,几经转折,来到十六旅部。四十八团的到来,我加入新的部队,成为四十八团四连的卫生员。

往事如电光火石般地在董坤明的脑中闪现,他拾级而下,但见河水平缓,倒影清清,他从水中看到自己的脸容比前些日子清瘦了许多,理由很简单,四十八团的伤病号多,护理治疗任务重,绷带、纱布要洗,衣裤要洗,那些东西带有脓血,臭味扑鼻……伤口要清理,重病号要服药……为了战士们,为了抗战,苦与累不算什么,唯一遗憾的是缺医、少药、少营养品,伤病员康复得特别慢,而战士们的热情又如此高,恨不得马上上战场……

他双手搓揉起带着脓血的纱带,只见黑色的血污、黄色的漂浮物在河面上漂浮,偶见鱼儿唧唧,金色的阳光从河边的树缝、苇叶中透射而来,照在董坤明的左边脸膛上,小战士的充满理想的朝气,洋溢四方的稚气,和在特殊困境中形成的成熟的坚定,沉稳的眼神齐齐地汇成了一幅富有神韵的肖像。

14

　　十四岁的小姑娘程宝珍拿着刚扎好的五双鞋快步朝自己的家走去,她是刚从村西书林嫂家中走来的,因为她只会扎鞋底,不会上鞋帮,便把扎好的鞋底和母亲为其剪裁好的鞋帮拿到村西书林嫂家中,让其把鞋扎好。

　　她的家在塘马村东的小圩塘边,四间草房,算是较为宽敞的农家。自来了新四军后,她们家腾出两间屋舍给新四军电台队员居住使用,十六旅的一架大功率电台设在她家的最东面的靠河塘的屋内。

　　她扎着羊角辫,穿着粗布衣服,脚上的布鞋上已有好几个小洞,除小拇趾外,其余的脚趾全露在外面,好在天并不太冷,她还挺得住。

　　按惯例,稻谷收上以后,人们不再赤脚了,有时会穿上新做的鞋。程宝珍的母亲也是扎鞋能手,往年这时节,程宝珍早已穿上了新鞋。但今年全村的妇女为了让新四军战士穿上新鞋,更好地打鬼子,几乎没有人给自己扎上一双鞋,年轻的小姑娘程宝珍也不例外。

　　她的心热乎乎的,虽然她的脚趾头露在外面,有了几分寒意。要知道这五双鞋底全是她在秋收后一针一线扎出来,如今鞋已做好,送给亲人新四军,她的心怎能不热乎乎的。

　　她来到了机要科电台室门口,立住了脚。她听到一阵滴滴嗒嗒的声音,有时会传来一阵键盘敲击声。她不敢擅自进屋,她清楚那儿是一个重要的所在,一般人是不能够接近的,因为她是房东,又是女孩子,所以卫兵不大阻拦她。但她很自觉,从不轻易去那儿。她清楚地记得有一次罗、廖司令来电台室,外面站了好多勤务兵,她依稀听到罗、廖在屋内说着重要的话。

　　她拿着鞋站在门前干土堆下,糖莲果树的果子在秋风中纷纷下落,她的乌黑头顶被落下的糖莲果敲击了好几下。

　　突然门开了,一个瘦瘦的男子出现,他头上全是汗,走出门外长喘了一口气,显然他刚才进行了一场紧张的工作。

程宝珍忙迎了上去:"翁大哥,同志们都在吗?廖科长在吗?"

"噢,是宝珍妹妹,他们都在里面抢修电台,刚才电台出了些小小的故障,现在在做排除工作。"那个被唤作"翁大哥"的瘦个子战士连忙应道。

"翁大哥,我和我娘做了五双鞋。"程宝珍把鞋递了过去:"是给电台室的五位同志的,你替我收下吧。"

"哎哟哟。"那位姓"翁"的战士连忙抓了几片树叶擦了擦手,双手接过鞋,紧紧地捧在胸前,像捧了一件无比的心爱之物:"太谢谢你们了,宝珍妹妹,谢谢你,谢谢你母亲。"他看了一下自己的脚,绑带下的那双鞋已经破得不像样子了,他感慨地说:"塘马的老百姓真好。"

突然屋内有人在叫他,他连忙向程宝珍告辞:"好妹妹,我还要工作,待会我们来谢你。"

"不用谢。"程宝珍连忙摆手,她清楚这位姓翁的大哥有重要的事要做。她来到了他们的住室,发现热水瓶空空的,再往水缸里一看,缸已见底,下面全是混浊的泥浆水。

她熟练地操起铜勺,舀尽了缸中的泥浆水,旋即挑起了一副水桶,走向村东的塘马河。在下木桥下长长的台阶下,她担上了水,又悠悠地向家中迈进。来回三次,水缸里终于充满了盈盈的清水。

她没有休息,马上往锅里舀上满满的水,又到门口捧上晒得干干的散发着清香味的稻草,往灶门口一放,旋即蹲下把稻草扎成小把小把的草结,再往灶堂中一塞,火柴一划,灶堂燃起了熊熊的烈火。

半小时后,电台工作室的热水瓶里全都装上了滚烫的开水。

隔壁传来一阵呼唤声,电台故障已排除,五个新四军战士冲出门外脱下帽子,伸了伸腰。他们的头上冒出热气,脸上粘满了汗珠。

"好渴呀。"一战士说。

"是呀,没水喝,今天大家忙了半天,没空挑水。"机要科长廖昌英无奈地摇了摇头。

"对,真渴呀,冷水也没有,我先去挑水。"那位姓翁的战士忙朝卧室走去。

他一进屋愣住了,锅台上冒着热热的水汽,缸里满是盈盈的清水,再打开热水瓶塞子,里面已充满了热热的开水。

"谁干的?"他马上明白过来:"还能有谁呢?"

他把情况向廖昌英科长一一说明,"她小小年纪已不止一次为我们挑水、烧水

127

了。"廖昌英马上下令："翁履康,吃过饭,你务必要把鞋钱交给程宝珍母女,谢谢她给新四军挑水、烧水、扎鞋。"

"是。"那个被唤作"翁履康"的战士朗声应道。

15

在塘马村刘家祠堂召开了批评揭发罗福佑的大会,四十八团干部纷纷揭发罗福佑的错误,罗福佑耷拉着脑袋,脸色铁青。

23日下午,罗福佑回到马狼山张家村团部,他支开警卫员和在宜兴结识的女友罗小妹相聚一室。

一阵热泪流淌之后,罗福佑如释重负地说:"小妹呀,今天听廖司令讲,不日对我作出组织决定,听那口气,似乎并不严重,大不了降职使用。唉,我也不计较了,官大官小都是干革命工作。"

罗小妹两手交叠于胸前,冷笑了一声,她轻轻地叹了一口气:"嗨,我说你这罗政委啊,真是聪明一世,糊涂一时呀。"

"此话怎讲?"

"你死到临头,还不知道,好日子到头了。"她仰着头发出一阵令人恐惧的笑声。

"这……"罗福佑双眼露出惊恐之色,"你到底说说如何到头了。"

"你觉得罗、廖首长信任你吗?"

"嗯,以前肯定信任我,否则也不会让我担任四十八团的政委,现在吗?当然看法变了。"

"好,师首长、旅首长不信任你了,胡品三、张鏖、刘烈人对你怎样?"

"这……"罗福佑低下头,他的头发根根上竖起来。

"哼哼,胡品三、张鏖都是东路的干部,四十八团经'苏、罗叛变'后,除特务队和太湖支队少数战士外,几乎全是五十二团的人马。如果你这次被调整下去,还有你的好日子过吗?唉,如果仅仅是调整下去那倒算了,如果他们对你……"罗小妹故意把话说到一半,抿紧嘴不再说下去,眯着眼看罗福佑。

"这……他们会对我怎样,难道我对党没有贡献吗?在苏西、锡南也不过生活上搞点小小的特殊……"罗福佑像面对审判官一样面对着罗小妹。

"小小的特殊?你丢失了东路的战略要点,旅部会饶了你?谎报军情,按军律讲该当何罪,你以为他们语气上对你客气,你就万事大吉啦。福佑呀福佑,你真糊涂,你空有一身的好本领,却无端地受制于人。"

"这丢失战略要地的事要认真起来可是要杀头的呀,最低限度也要坐几年牢啊,唉,悔不该盲目地听你的话……"

"算了吧,怎么啦,这战略要地不是说说的吗?欲加之罪何患无辞,这十八旅去苏北,就不叫丢失战略要点,他们不能坚持,偏让我们坚持,这叫卸磨杀驴,罗、廖以前信任你,但五十二团的人一道攻击你,他们会不权衡一下取谁舍谁吗?"罗小妹朝窗外看了一看,又把关上的门重新关严,轻手轻脚的来到罗福佑眼前,"福佑呀!"她抓住了他的手,贴着罗的耳朵轻轻嘀咕起来,罗福佑竖着耳朵听着,眼睛不由自主地随之瞪大起来,即刻一阵颤抖,尖声地叫道:"不会吧,不会吧,我没什么罪呀。"然后他身子发软,一下子坐在八仙桌前的一条长凳上,身子摇摇晃晃几乎要倒在桌下,"那可怎么办,那可怎么办才好啊。"

"三十六计走为上。"罗小妹牙一咬。

"走,走哪儿去?"

罗小妹用试探的口气小声说道:"南面。"

"不!"罗福佑一下子站了起来,身子变得极其坚硬,"我和国民党有不共戴天之仇,绝不会去投靠他们!"

"那么去北面。"

"北面?"罗福佑一脸茫然。"北面是茅山、长江,是小鬼子把守的地方,去投靠谁呀?"

"我们不投谁。我们想办法去江北,江北日军少,我们做一个平民百姓,安安稳稳地过日子,岂不比在部队里担惊受怕强?"

"怎么过安稳的生活?"

"我们手头上有四十八团的经费,带上它到江北找一个小城镇住下,有了钱,还怕过不上好日子?"

"这……这行吗?出走即便不投敌也是逃跑啊,这……这万万不能呀。"

"逃跑?难道让别人把你剁了不成,既然人家不欢迎你,你何苦再依赖他们。你有一身本领,还怕没人用你啊,到江北去投其他的抗日队伍,哪怕再投其他的新四军,总比在这儿等死强吧。"

"这……让我再想一想……"罗福佑再也抵卸不了罗小妹具有磁力吸引般的语言了,他的精神彻底崩溃了……

……

马狼山山北,四十八团五连战士小尹端枪怒吼道:"谁?"

"是我,是我,别开枪、别开枪!"罗福佑在黑暗中连忙摇着手,罗小妹吓得躲在了罗福佑身后。

"啊,是罗政委呀!"小尹有些疑惑,"天黑了,去哪儿呀。"

罗福佑挺直身子,干咳了两声,"小尹呀,你警惕性真高呀,是我们新四军的好战士呀。"

罗小妹也凑了上来:"罗政委呀,以后要好好培养他呀。"说毕回头看了看。

"罗政委,你们……"

罗福佑轻松地抖动一下:"有任务,"然后压低了声音,"罗、廖首长命令我速去苏北,向军部汇报工作。"

小尹疑疑惑惑,犹豫不决,"是吗?"

罗福佑、罗小妹趁机跑出了警戒线。

清晨,张家村罗福佑居地,警卫员陆云璋耳朵一阵疼痛,睁眼一看,张鏖一脸怒气站在床前。

张鏖厉声责问:"罗福佑呢?"

陆云璋爬起四下一看,罗福佑不知去向,另一警卫小于揭开一木箱箱盖惊叫道:"张主任,黄金不见了。"

张鏖点了点头:"跑了,可耻!"他对自己的警卫说,"速回塘马,向首长报告。"

"是。"

塘马村,罗忠毅传令通信员:"急命诸葛慎、熊兆仁,四十七团一旦发现罗福佑,立刻拘押至塘马。"

"是。"

茅山边,方山脚下,罗福佑、罗小妹慌不择路,天亮时来到溧武路以北的方山脚下,急急向山脚下的一小客店走去,饥肠辘辘地大吃起来。

在穿衣服时,罗福佑不慎露出了绑在腰间的金条,七八个土匪围了上来。

罗福佑忙站起身,右手按住腰中的手枪:"你们要干什么?"

一个大胡子模样的粗汉冷笑了一声:"干什么?哼哼,请问你是干什么的?"

罗福佑一愣:"我?我们做买卖的。"

大胡子哈哈一笑:"做买卖?好呀,兄弟们也做买卖,可惜没本钱,老兄,不如我们合作,或者你把钱先借给我们做做。"

罗小妹眼皮一翻:"我们哪有钱,小本生意糊糊口。"

一匪徒对着大胡子献媚道:"熊大哥,这小娘们倒水灵灵的,也可拿来做本钱呀。"

众匪徒一阵狂笑。

罗福佑见势不妙拉起罗小妹想走,大胡子双手一拦:"好呀,想走,可以,留下买路钱。"

罗福佑掏枪,未及掏出,大胡子一飞刀击中罗福佑右手,罗福佑血流如注。众匪徒一拥而上,一阵暴打,把罗福佑脚腿打伤,抢走金条,罗也打伤了几个匪徒。

大胡子面对被绑着的罗福佑、罗小妹,手一挥:"沉塘。"

一匪徒哭叫着:"熊大哥,沉塘便宜了他们,小的卵子也被他打碎了。"

大胡子点点头:"那就点天灯吧。"

绑在树上的罗小妹见明晃晃的刀当胸刺来,闭着眼尖叫道:"别……别别,我们是新四军。"

……

塘马村战士甲吃惊地对战士乙说道:"听说罗政委……不,听说罗福佑被抓回来了。"

战士乙叹口气:"是的,现在关在村北小祠堂里,是樊玉琳司令派战士送来的。"

战士甲忙问道:"怎么是樊司令送来的?"

战士乙压低了声音:"罗福佑逃到方山,被熊老幺的匪徒打伤,后来匪徒听说是新四军,一害怕就把他们送到樊司令那儿去了。"

战士甲:"噢,原来是这样。"

塘马村刘家祠堂,廖海涛召集十六旅政治部主要干部及四十八团政治处干部开会。

廖海涛语调高亢起来:"罗福佑事件,我们决不能等闲视之,我们要分析他外逃的深刻原因并以此作为教训,教育全旅的干部,如果仅仅把罗福佑出逃看成偶然的事件或一个单一的事件,那么我们将会蒙受更大的损失,对他进行严厉的处置是必须的,我们将请示军部对他作出处理,决不能手软。"

他敲了一下桌子:"塘马现在似乎很平静,但这种平静不会太久,我们一定要利用这段时间抓好部队的建设。"

南京侵华日军司令总部,总司令官西尾寿造大将神色阴沉:"诸位,今天召集你们十五师团的将领前来开会,是为了早日肃清苏南中国军队的力量,以配合我们大日本帝国的全球战略,现在已是 11 月底了,时间不等人了,这次本拟调苏北的南浦旅团一同合击,可惜苏北的新四军活动猖獗,只能靠你们十五师团了。师团长,十五师团是大日本皇军的光荣之师,想必这次一定会出色地完成任务,为十五师团增添新的光彩!"

十五师团长酒井直次站立道:"将军阁下,十五旅团的装备、人员已到了指定位置,随时可以肃清苏南支那的抗日力量,但是由于师团大部人员已经南下,在苏南的兵力极其有限,恐怕难以彻底铲除他们。"

"那依师团长的意思呢?"

"本部十五旅团长有新的建议。"

西尾寿造大将点点头:"那请旅团长谈谈吧。"

十五旅团长站立道:"嗨依,司令官阁下,现在苏南的抗日力量分为国、共两部分,国民党军有一万余人,武器装备精良,又躲在郎、广山区,皇军不动用五万人以上的兵力,难以肃清他们,而南浦旅团受新四军陈、粟部牵制不能南下,单靠我们难以一下子肃清苏南的支那军队,我们的想法是先放弃对国民党军队的攻击,而重点解决苏南的共产党部队。"

十五师团长补充道:"将军阁下,旅团长的意思是确保大本营及宁沪一线的安全,国民党军躲在山区可以不理会他们,但新四军在眼皮底下,不断出击,乃心腹之患,必须清除,他们被清除了,大本营的安全就不足为虑了。"

西尾寿造大将摸了一下硬硬的,如钢针一般的胡子:"也好,那就把原先进攻国民党军的人马、装备撤回去吧。"

十五旅团长急急说道:"司令官阁下,本部尾本联队长有新的建议。"

西尾寿造大将眼情一睐:"讲讲。"

"尾本君认为,不必撤回原先人马,并请求用来对付国民党的军队去对付新四军,因为新四军战术灵活、意志坚强,加之他们的首领罗忠毅、廖海涛能征惯战,用一般的人马消灭不了他们,当然用大量的部队也未必能肃清他们,但大部队,重装备至少能赶走他们,那么目的也达到了。赶走他们后,在占领区广筑据点,那么在溧阳北部的新四军就立不住脚,在茅山南面会形成一缓冲地带,这就确保了苏南的安全。"

西尾寿造大将沉吟许久:"也行,谈谈具体实施的方法呢?"

"我们先对江、当、芜地区的新四军实施攻击,迫其东移,然后闪击塘马,聚而歼之。"

西尾寿造大将反问道："有把握围住他们吗？"

"这要看国民党配合不配合，如果国民党配合，新四军地盘有限，罗忠毅、廖海涛纵有天大本领，也插翅难飞。如果国民党不配合，新四军的目标难以锁定，加之罗、廖能征惯战，恐难成功。"

"那么国民党方面会配合吗？"

"七不离八，皖南事变后，国共两党形同水火，在苏南，忠救军见新四军必杀，新四军见忠救军也必杀。司令官，机不可失呀。"

西尾寿造大将哈哈地笑道："好吧，加快实施，我等你们的好消息。等消灭了新四军，我再来拿国民党开刀。"

众军官齐叫："嗨依。"

秋已尽，冬将至，11月25日苏南大地笼罩在薄薄的晨雾中，塘马村刘家祠堂门前的空地上沾满了霜花，寂静在艳阳的照射下，在声浪的冲击下终于被打破。八点钟左右空场上聚集了许多人，他们或穿着灰色的军装或穿着普通的棉衣，在空场地上交谈着。

一人说道"首长来了"，众人抬头望去，罗忠毅、廖海涛、张其昌、张花南等人从东面款款而来。

……

六时许，日军偷袭溧水我四十六团一营驻地马占寺。

……

塘马村大祠堂正厅举行苏南财经工作会议，会议在刘家祠堂的二进宗族议事厅内举行，西山墙上贴着毛泽东、朱德的画像，墙下是主席台。

会议由张其昌主持，张其昌主持，罗忠毅、廖海涛、欧阳惠林作了简单的发言，随后便是与会代表发言。

张其昌代表十六旅供给处发言。

张其昌的话语在祠堂四壁回荡。"尊敬的各位代表，我代表十六旅供给部汇报总结一下。财经工作……"

罗忠毅、廖海涛听得很认真。罗忠毅喝茶时轻轻地抿了一口，然后把搪瓷盖子盖在茶杯上，廖海涛则沙沙地记着笔记。

……

溧水马占寺，我四十六团以少数兵力，居险坚守，奋力反击，顽强拼搏，经过两个多小时激战，打退了敌人偷袭、强攻、拦击等连续进攻，打死打伤敌人三十多人，粉碎了敌人的阴谋。钟国楚、黄玉庭迅速电告旅部，请示下一步行动。

25日中午，溧阳一酒楼二楼，日军机关长与国民党敌六十三师情报处长王林虎密谈：

日军机关长拱手道："幸会、幸会，能与王处长共饮。"

王林虎摆摆手："不客气，鄙人也有幸能与机关长于此共饮，这也许以后是中日两国共传的佳话。哈哈哈。"

日军机关长小心翼翼地说道："我知道大日本帝国和蒋介石先生处在交战之中，其实何必呢？大日本帝国一直希望蒋先生代表国民政府共进共荣，可惜蒋先生不愿意，大日本帝国无奈地选择了汪先生。"

王林虎脸一沉："鄙人是军人，我们还是谈些军事为好。"

日军机关长笑了笑："可以可以，王处长是个标准的军人，不愧是黄埔的高材生，我们不谈政治，纯谈军事。"

王林虎淡淡地说道："希望机关长这样。"

日军机关长阴沉着脸："好，现在大日本帝国与蒋先生交战，对谁都没有好处，何必呢？我们完全可以停下来谈谈，至少苏南可以这样嘛！"

王林虎脸色缓和了些："只要你们有诚心，我们当然欢迎。"

日军机关长又露出了笑脸："和为上，和为上。先和谈，我们大日本帝国的军队如果和谈成功后，完全可以撤离中国，可是国际上有英、美、苏作梗，我们亚州的事用得着他们管吗？在国内有共产党作梗，你们拥戴蒋先生统治中国，又何必考虑共产党呢？"

王林虎有点不耐烦："机关长，我是军人，请你少谈些政治。"

"好的好的。谈军事谈军事。大日本皇军不愿与蒋先生的军队为敌，志在消灭共产党的军队，我们不仅要消灭中国的共产党，而且要消灭苏联的共产党，大日本帝国不久将要对苏联开战，那么首先要肃清中国的共产党军队，那么皇军对新四军用兵就成为必然，请问王处长，皇军此举是否符合我们共同的利益。"

王林虎点点头："如果从军事上讲，鄙人完全认同，但消灭新四军是我们中国人自己的事，不用别人插手。"

日军机关长故作惊讶："王处长错了，孙子云不知用兵之害是大大的错，有皇军代劳处理你们的叛军有何不可呢？王处长难道这样的账都不会算吗？黄金山三战，你们丧师失地，如果再战，有多少胜算，要消耗多少人马？"

王林虎一时语塞："这……"

日军机关长两手一摊："好啦，王处长顾忌的是舆论和道义，道义吗？新四军残杀四十师官兵，同他们还有什么道义可讲，至于舆论吗？双方严守秘密，谁知道呢！"

王林虎沉吟道："嗯……你们对新四军用兵，鉴于新四军已是叛军，从法理上和道义上讲我们可以不管，但这需要开出条件。"

日军机关长冷冷地说道："早已准备好了，只要你们让出别桥、绸缪的防区就行。"

王林虎眼珠朝上一翻："我们的防区能轻易让吗？"

日军机关长忙说道："皇军会超额补偿，等消灭了十六旅，皇军会让出整过溧阳北部地区，黄金山也归你们，互不侵犯，如何？"

"条件也说得过去，但如何保证呢？"

日军机关长拖长了声音："放心！"他拿出十根金条给了王林虎，"这是给王处长的薄礼。"他又拿出一个小箱子，打开，里面堆满金条，"这是给冷长官的薄礼。"他拿出一大叠银票，"这是你们的军饷，王处长，皇军可是信守诺言的呀。"

王林虎点点头："行，我先向冷长官请示，让六十三师让出防区，不过这秘密可要严守。"

日军机关长压低了声音："放心，大日本帝国是一诺千金，"他忽地站起高叫道，"来，为我们真诚的合作干杯。"

王林虎站立起来："谢谢。"

日军机关长与王林虎碰杯。

晚上，塘马村西大榉树下，罗忠毅、廖海涛忧心忡忡。

廖海涛神色凝重："罗司令，给钟国楚、黄玉庭的电报已经发出。"

"好，命令他们务必注意敌之动向。不要东移塘马，这儿塘小鱼多，万一敌人前来，非常危险。"

廖海涛叹口气："多事之秋呀，巫恒通牺牲，苏、罗叛变，罗福佑出逃，现在日军又在马占寺向四十六团进攻。"

"是呀。在闽西，我们遇到的问题比现在还要多，我们都挺过来了，没什么大不了。唉，张开荆有消息没有？"

"还没有,张开荆迟迟不到,司令部的工作还没有人来担当。王胜免职了,四十八团归旅部指挥后,真忙不过来呀。"

"现在领导班子不健全,困难多多,我们务必抓紧这平静的日子,整训、扩军、开辟财源,准备明年有个大的发展。"

"是呀,塘马真平静,但我总有一种不安的感觉,我们联合签名的给军部的报告,已强调敌人有可能要南下扫荡,我们要加倍警惕呀。"

罗忠毅点点头:"对,明天开财经会议、地武会议,我本来不同意在这个时候在这个地方开,但仲铭书记不在,其他地方又不安全。"

廖海涛眉毛微皱:"财经、地武会议太重要了,如果不加强这方面的工作,我们的地方部队、地方政府就太危险了。总之要赶快结束。"

"对,赶快结束。"罗忠毅抬起头,看了看黑色的天空,"起风啦,一切要快,平静的日子是不会太久的。"

16

11月27日,溧阳塘马村。

天色阴沉沉,一大早便下起了丝丝小雨,一切的景象都是湿漉漉的。天气渐渐寒冷,灰暗的色调,充满水气而又沉闷的空气,翻滚的浓云,有一种强烈的压抑感,村民们三三两两在屋后走动着,懒洋洋的,有一种凝滞的感觉。

罗忠毅与廖海涛站立在细雨中,两人的发梢上沾满了雨水。

罗忠毅咂了咂嘴:"老廖,天突然下雨了。"

廖海涛眉毛微皱:"会议开到紧要关头不能停呀,下面是关于地方武装的。"

"最后一天了,得赶快结束,我总觉得不安。"

"上午抓紧讨论,下午总结,定下方针、计划。"

"好!"

溧阳山丫桥第二游击区司令部,伍开云递上箱子与银票:"冷长官,你说日军会遵守诺言吗?"

冷欣冷冷一笑:"日本人奸诈无比,岂可相信。"

伍开云有点不解:"既如此,我们让出防区,岂不可惜。"

冷欣微微一笑:"参谋长眼光放远些,日军早晚要滚回去,他们是我们暂时的敌人,而共产党是我们永远的敌人,此时不除,还待何时,我们又何必在乎小小的防区呢?"

伍开云还是有点不解:"可以后我们的军队要直接面对日军了。"

冷欣拍了拍伍开云的肩膀:"放心吧,我们有郎、广山区,怕什么!只要能消灭十六旅,即使丢掉整个溧阳都值得,更何况日军不是北进就是南下,哪里有那么多军队来对付我们。"

伍开云想了想,露出一丝忧色:"对,但我怕撤出防区一事会招致舆论的……"

冷欣摇摇头:"不用担心,今天我们在绸缪、别桥的防区锣鼓喧天,晚上再悄悄撤走,事后推说临时调动,谁来谴责我们。"

伍开云一拍手:"对,这也行。不过这一下日军四面包围塘马,罗忠毅、廖海涛真是在劫难逃了。"

冷欣又冷冷一笑:"只要我们让出防区,再在南面堵住他们,他们真的完了,从军人的角度看,我很同情罗忠毅、廖海涛,他们是了不起的军人,廖海涛赤山一战,损失甚小,却斩杀日军一中队,首缴九二步兵炮,还算在我账上,抗战四年,罗、廖战功显赫,令日军闻风丧胆,我真佩服他们。但军人交手,各为其主,谁叫他们跟着共产党走。我为党国效忠,顾不得这些了。况且仗一开打,会有漏洞,他们两人肯定会跑掉的,但一世英名要毁于一旦了。"

伍开云一愣:"他俩会走吗?"

冷欣露出不屑之色:"说呆话,谁不想活?"随即叹了口气,"可惜呀可惜。"

句容天王寺十五旅团司令部,日军十五旅团长在作作战部署:"各位,本旅团接受了大日本皇军的光荣使命,要一举消灭十六旅旅部和他们苏南的党政军机关。据可靠的情报,他们的党政军人员齐集塘马开会,机不可失。这次我们旅团得到其他旅团的配合,配有重型的坦克、炮兵,务必踏平塘马村,占领溧阳地区。"

旅团参谋长站立道:"旅团长,踏平塘马,问题不大,但关键要消灭他们的军队。"

尾本联队长也站立起来:"参谋长,这次定能消灭他们,因为我们走了一步重要的棋,那就是得到了国民党军队的配合。他们已让出了防区,这样新四军已没有任何出逃的方向,关键问题是我们要选择好进攻的时间,且部队的机动性要大。"

十五旅团旅团长点点头:"机动性问题,我能解决,原先调配给你的机动部队本已十分精悍,这次我又抽调了五百骑兵,机动性不会有问题。既然国民党方面让出了防区,参谋长你看该如何部署?"

旅团参谋长胸有成竹地说道:"原来的方案是驱赶四十六团到塘马,聚而歼之,但四十六团没有东移,看来罗、廖大大的狡猾。现在我们准备了两套方案,如果新四军得到情报,连夜转移,估计他们向西转移的可能性最大,因为北面是我们的地盘,他们不敢来。南面是国民党,他们不会去,东面是长荡湖,他们走不了。如果向西面转移,就变成遭遇战,那么薛埠的驻军可迅速西移至竹箦一带合围新四军。如果他们原地不动,我们可以到达预设阵地,从北面、西面推进,天亮后,发起进攻。北面部队在大家庄分出一支,迅速向东再向南推进,切断新四军向长荡湖退切的线路,西面军队从西南包抄,再向东面合围。这样,完全可以形成四面合围之势。如果合围不成,他们也只可能退守到长荡湖区,湖面上已布满了我们的汽艇,他们不可能越湖而过,我们围住圩区,一举歼灭。"

十五旅团长一拍桌子:"设想是好,但如何保证计划实施畅通无阻。新四军是活人,可不是死靶子,让你合围。"

尾本联队长拍了拍胸脯:"旅团长放心,我们有内线,前两次我们想闪击他们,但他们转移了,另外一千多人无法合围,所以没有出动。这次有三千多人,且国民党让出了南面的防区,即使他们晚间转移,我们照样可以合击。只要我们大致能锁定他们的目标,定能成功。退一万步讲,即便不能消灭他们,也能占领溧阳北部,从战略上讲也达到了目的。谢天谢地,国民党帮了我们的忙,否则他们南移,最好的计划也成泡影。"

十五旅团旅团长追问道:"如果他们化整为零晚间转移呢?"

旅团参谋长满不在乎地说:"白天,他们不会动,晚上有多少时间呢?另外,地方就那么大,没有任何战略纵深,他们即使化整为零,我们第二天梳篦式扫荡,料他们也插翅难飞。退一万步讲,如果他们跑光了,占领了溧阳北部于我们而言就是胜利!"

尾本叫道:"对,占领了溧阳北部,虽不是大胜利,但为进一步进攻国民党打下了基础,确是一种胜利。"

十五旅团旅团长拍掌笑道:"好,这样的方案可行。但一定要严守秘密,对所有参战部队宣布是进攻国民党,另外把汪精卫先生的部队夹在当中,既不要放在前面,也不要让他们落在后面。"

尾本联队长咬着牙说:"旅团长高见,另外我们已找好了中国的向导,利用夜色掩护,由向导喊话,乘机摸掉他们的岗哨,在天亮前达到预设阵地,所以我们请求师团长下令深夜发兵。"

十五师团旅团长笑容满脸:"好的,深夜出发。"他握拳砸向桌子,"我们一定要消灭十六旅和苏南的党政机关。"

情报,又是一份情报,从金坛交通站转来。交通员急速从金坛城赶到戴巷,李钊急命茅山湖西保安司令部通信员把情报转到旅部,王直接到情报后交给罗、廖首长。

情报很简单:"日军在金坛城增兵,又闻薛埠日军也在增兵,并扬言南下,目标不明,望首长注意敌之动向,11月27日。"

罗、廖看着这张小纸条,双眉紧皱,沉思起来。

"王科长,"罗忠毅转身关照王直,"张其昌报告完后,你做一个简单的总结,然后宣布今日会议结束,代表们回驻地休息,还有……"他沉思了一下,"不要说明原因,待旅部研究后再作打算。"

"是!"王直转身返回大祠堂。

罗、廖二人径直来到村东司令部,两人走上二楼的转角马楼处,坐定后,细细分析起来。

"廖司令,又来了一份情报,来得不是时候,我们的会议还没完,四十八团整训还在进行……你看这情报和上两次来的情报差不多,日寇到底要干什么?我们的部署肯定要调整,日寇不会给我们时间与空间的……"

廖海涛神色冷峻,虎眉紧锁,点了点头:"对,战场上情况瞬息万变,我们不能指望塘马一直处在平静之中,日寇是不会让我们安静地搞部队建设的,我们转移两次,敌人都没来,而这份情报又来得太迟,也不详细,而且是从一般的交通站转来。我们既要认真对待,不能掉以轻心,但也要仔细分析,切莫再上敌人的当。"

"我看先派人去瓦屋山、天王寺、薛埠一带去侦察一下,这样会更有针对性。"

"好!"

"我们的参谋人太少,张开荆又迟迟不来。"罗忠毅叹了一口气,然后叫警卫员,通知参谋张业迅速赶到司令部。

张业来到后,罗、廖二人把情报交给张业,张业随即叫来两位侦察员,小林、小孙。

罗、廖把情报的内容简单复述了一番。

罗忠毅神情严肃:"敌情不明,速去侦察,侦察事关重要,切不可马虎。大山口有交通站,你们去找一下许立庭,看看情况如何。"

廖海涛正色道:"不管情况如何,要迅速返回旅部汇报情况。"

小林、小孙双脚并立,齐声回答:"是。请首长放心,我们坚决完成任务。"罗、廖二人点了点头,小林、小孙两人匆匆起身。

溧阳下宅里的村边小路上小孙、小林见一汉子匆匆走来。待到近前,一看,小孙喜出望外连忙叫道:"许站长,是你呀,我们正在找你呢。"

"啊,真巧,小林、小孙,我也真想找你们。"那位被称为许站长的人便是溧阳下宅里交通站站长许立庭。

小林迎了上来:"是吗?你这儿有消息?"

"有,有呀,刚有,我正往塘马赶呢。"许立庭上气不接下气地说道。

两人见许立庭如此说,便围了上来,他们知道许立庭是老资格的交通员了。

许立庭是句容唐陵人,1939年加入中国共产党,历任新四军独立营侦察排长,新四军一支队司令部磨盘山交通总站交通员,丹阳下茹村交通站站长,他曾于1940年护送陈毅渡江北上,现为溧阳下宅里交通站站长。

小孙忙说道:"罗、廖司令派我们来侦查,顺便到你这儿看看有什么消息。"

"有,非常重要,薛埠的日军大量增兵,日军要南下,这是我们打入伪军的一个同志传出来的。"

小林赶忙问道:"还有其他消息吗?"

"有,凤英传来一份情报,称天王寺的日军也大量增兵,有大炮、马骑,还有坦克。"

小孙一惊:"还有坦克,可靠吗?"

"可靠,凤英亲自看到的。"

小林沉吟道:"噢,金坛城的情报站也传来了情报,日军大量增兵,但进攻时间、方向不明。"

小孙有点不放心:"情报要精确,否则要误事,我们最好找凤英核对一下。"

"好,我带你们找她,她在杨湾里。"

他们三人急急地赶到溧阳杨湾村,许立庭的妻子陆凤英一口气说道:"上午,老许叫我去天王寺交通站,交通站的老方对我说,日军在天王寺大量增兵……"

……

塘马村东司令部,罗、廖在焦急等待。

……

陆凤英定了定神,"为了弄清情报,我拎上菜篮子,装作卖青菜的样子,进入天王寺,一看,真吓人,坦克有好几辆,马儿有几十匹,日军穿着大头皮鞋到处跑着。"

……

塘马村东司令部,罗、廖在焦急等待侦查员归来。

……

天黑了,小林、小孙回到了塘马村东司令部,侦查员小林、小孙忙向罗忠毅、廖海涛行了军礼,他们脸上的汗水还未擦净,身上的衣服还是湿漉漉的。

小林急急地说道:"罗、廖司令,我们把情况向你们汇报一下,我们离开塘马后,去了大山口,找到了交通站站长许立庭。老许已得到了情报,据陆凤英目击,敌在天王寺大量增兵,并配有坦克、大量的大炮以及马骑。"

罗忠毅一愣:"坦克、大炮、骑兵?"

小孙气喘吁吁地说道:"我们想进去看看,但敌人戒备森严,加之天快黑了,怕来不及回来汇报,只得返回到大山口,老许又说横山岗情报站那边也得到情报,薛埠敌军大量集结,还来了不少骑兵……"

"噢。"廖海涛不由得长长地吁了一口气。

"好,辛苦你们了,你们下去休息吧!换换衣服,快去吃饭。"罗忠毅挥了挥手。

"没什么,我们返回迟了,让首长牵挂。"小林、小孙站着行了军礼,然后在警卫员的陪同下,走出了司令部。

"廖司令呀,我们俩好好研究一下,然后赶快开一个会,讨论一下如何应对敌情。"

"对,事不宜迟,应马上召开一个军事会议。"廖海涛点了点头。

两人一前一后走上木楼梯,来到二楼罗忠毅卧室,罗忠毅点了根洋蜡烛。

"敌人在天王寺增兵了,且配有坦克与步兵炮、山炮及骑兵,而在薛埠除步兵外,也集中了大量的骑兵。那么从态势看,敌人至少有两个攻击点,敌人有这样的配置,说明十五师团是用尽全力了,看样子是东西两路合击形成合围之势……"罗忠毅右手点着蜡烛,左手从上到下地点着挂在木墙板上的地图。

"嗯。"廖海涛点点头,"敌人摆出如此架势是我新四军进入苏南后少有的,这架势似乎比九路进攻小丹阳还要厉害。皖南事变后,我新四军在江南的力量明显受挫,敌人何以一下子用上这样大的力量,会不会另有企图?"

"我也怀疑这一点,先前他们也集结军队,两次扬言进攻我们,结果是按兵不动,他们采用分进合击,长途奔袭战术,然后逮捕了我巫恒通、陈洪,前两天又奔袭马占寺,看来他们是有预谋的,现在一下子集结这么多军队,配有如此多的重型武器,仅仅是针对我十六旅?这明显是一种阵地战的架势,联系他们放弃北攻苏联的战略态势看,他们的目标,会不会是针对我们南面的国民党?"

廖海涛眼神来回扫视着这茅山地区的军事地图,手摸着下巴,沉吟半响,"从这两个进攻点来看,也许会有。因为国民党军盘踞在郎、广山区,日军一直没有办法,为了解除后顾之忧,他们也有可能采取这样的行动。西路从天王寺出发,越过竹箦桥,进攻上兴、上沛南渡的四十师,东路则进攻甓桥保安第三团,然后合攻溧阳城,借机夺取郎、广山区,如果是这样,那么他们不会从中路挺进,中路没有大道,也没水路,且有我十六旅……当然这只能是一种假设。"

"是呀,知己知彼,百战不殆。但是我们的情报太简单了,我看还是先召集参谋部的人员开一个会,政治部那儿也可召集有军事特长的同志参加。"

"好,我马上回去,把王直同志也叫来,他是闽西的老红军了,有丰富的战斗经验。"

"对,对对对,把他也叫来。"罗忠毅点了点头。

17

二十分钟后,与会人员到齐了,他们集中在村东刘赦大家。为了开好会,警卫员特意从大祠堂战地服务团处要来一盏汽油灯。那汽灯挂在空中,嗞嗞作响,光线又白又亮,把整个大厅照得如同白昼。

刚进来的同志从黑暗中一下子进入明亮的大厅,有些不适应,都擦着眼睛。罗忠毅见状,叫警卫员把灯的亮度调到最低点,警卫员应声站在长凳上,三两下灯光明显变暗,喷汽声明显变弱,众人眼睛觉得柔和多了,连声叫好。

罗忠毅、廖海涛、王直、王胜、游玉山、张业、黄兰弟、张连升,还有几个参谋、几个科长,共十五人聚集一起商讨起敌情来。

"同志们,今天召集大家开一个紧急会议,这个会议的内容想必下午与会的同志有所了解,那就是有了敌情……下午我们已吩咐战士要高度戒备,提高警惕,防止敌人偷袭。现在侦察员回来了,带来了新的情况。我想请各位议一议,分析分析敌人到底要干什么?我们该怎样应付?"罗忠毅坐在长凳上简明扼要地讲述了召开紧急会议的缘由。"下面请廖司令谈一谈收集到的情报内容……"

廖海涛刚想开口,猛地哐当一声,东面的窗户被风吹开,一阵寒风吹了进来,挂在堂前那盏汽油灯不由自主地晃动起来,那不均匀的光影也胡乱地在木墙板上、地面上、众人的头上晃来晃去。"同志们,下午我们从金坛方面得到情报,敌人在金坛、薛埠大量集结军队,有炮兵、有骑兵,我们的侦察员又从天王寺得到消息,敌人同样大量集结军队并配有坦克,也有炮兵、骑兵……"

"还有坦克……"张业瞪大了眼。

"对,有坦克。"廖海涛神色十分凝重。

"金坛、薛埠和天王寺都有炮兵、骑兵?"游玉山伸长了脖子。

"对,都有。"罗忠毅也用凝重的眼光看着这位老资格的参谋,多年的老部下。

"噢……"游玉山眉头一皱,若有所思起来。

黄兰弟、张连升以及其他参谋纷纷议论起来。虽然人多,但似乎没有什么特别的分析，罗忠毅有点遗憾，在长期的革命生涯里，他主要是在两个位置上担任工作，一是司令，一是参谋长，十六旅旅长只不过是兼职而已，其实他是很喜欢参谋这一工作的，但是担任十六旅旅长后，尤其转战溧阳地区、邓仲铭随谭震林北上后，任务实在是太繁重了，苏南党政军的重任全压在了他与廖海涛身上。现在十六旅参谋长空缺，张开荆迟迟未到，如果有参谋长在，先去把情报分析透，也就不会出现现在这个场面了。

几个参谋你一言我一语地议论着，他们一致认为敌人进攻国民党的可能性最大。

"为什么呢?"廖海涛故意反问了一下，孙参谋站了起来，"罗司令、廖司令，我们新四军是抗日的中坚力量，这是人所共知的，但我们的装备毕竟不如国民党，所以日军进攻是用不着重型装备的，如果那样敌军就收不到'长途奔袭，分进合击'的战术效果，他们不会不知道我们新四军作战十分灵活，配备坦克、炮兵实施阵地战收不到效果，他们进攻我十六旅主力四十六团就没有用重型装备，这是强有力的佐证。另外从前两天的情况看，敌人突然袭击我驻扎在白马桥马占寺的四十六团，进攻受阻后，并没有用尽全力进行追赶，其意图是想驱赶我十六旅四十六团，然后打通天王寺至老河口的通道，这样可以放手去攻击上兴、上沛、南渡的国民党军，他们从金坛、薛埠增兵也是为了从东路进攻砻桥保安团以及绸缪的四十师。"这位孙参谋两手作了一个合抱的姿势，"两路合围，攻占溧阳城，继而推进到郎广山区。"

他见罗忠毅、廖海涛没有做声，神色仍是那样凝重，便朝其他参谋看了看。

有几个参谋表示赞同，认为孙参谋分析有理，明摆着，配属坦克、大炮不符合日军对付新四军的战术原则。

游玉山听着，虽然从种种迹象来看，敌人进攻国民党军可能性最大，但也不能排除日军进攻我军的可能，兵法云多算者胜，我们总不能漏算吧，至少我们应该把这一因素考虑进去，他忍不住反问起那位参谋，"万一敌人一反常态改变战术扫荡我们呢?"

"这……"那位孙参谋挠了挠头，"这万一……如果万一就不好说，参谋嘛，只能做种种推理、假设。"

"万一敌人扫荡我们，我们就反扫荡，狠狠打击日寇。"罗忠毅忽地一下站了起来，"不管是他们针对我们，还是针对国民党，如果他们进攻我们，我们要狠狠地予以还击，绝不能怯战。"他马上放缓了语速，"我们尽可能避免与敌人正面交锋，因为敌强我弱，现在四十六团在溧水地区，四十七团大部在金丹武地区，都远离塘马。

但也用不着害怕,这儿有四十八团,有旅部特务连,四十七团二营,四十六团九连,还有一些地方部队,来了就打……当然,用兵要慎重,不管日军进攻谁,我们都要作好战斗准备,以免仓促应战,造成不必要的被动。"

游玉山站了起来,"罗司令、廖司令,我觉得旅部应该移动一下,我们在塘马待的时间太长了……"

"嗯。"罗忠毅沉思了一下,"同志们,刚才游参谋说旅部移一下,这可是个大问题。我和廖司令来就是为了这件事,想听听大家的意见。"罗忠毅似乎对这个问题感到特别棘手,他说完后两手合抱,用眼光征询着在场的每一个人。

"大家议一议吧,看看到底该不该转移?"廖海涛见大家一时没有反应,忙挥手让大家议论议论。

"转移?"许多人听了以后觉得一愣,不知是思想没有准备还是久居平静已习惯于平静,刹那间,大家对这转移的反应有一种本能的迟钝。不过,作为军人的习性,众人没有迁就于惯性,而是转换思维,进行了新的思索。

短暂的平静后,马上客厅这平静的空间转换成气浪阵阵的空间。

"往哪儿转移呢?"

"西面?恐怕不行吧,四十六团遭到溧水城、洪蓝埠敌人的袭击已东迁到溧水白马桥以东,如果西进刚好挤在一起,也许敌人求之不得呢?这天王寺离白马桥很近。如果敌人再从溧水城、洪蓝埠、天王寺两面夹击,这可怎么办?"

"是呀。溧水地盘不大、江宁横山地区经大刀会叛乱后,极不稳定。西移的危险很大,而且即使移过去,我们也不能待很长时间。"

"我看还是往东靠近程维新好。"

"那不行,太滆地区能立住脚,我们不必西进了,况且这晚上要渡过长荡湖,哪来这么多船?"

"北进自然不可能,敌人从北面压过来,我们总不能送上门去吧。"

"对了,这和南下一样都不可能,这蒋介石真狠毒,不仅给我们这么小的地盘,而且又搞摩擦,皖南事变后反目为仇,哪有南下的可能?"

"既然这样,还不如不移为好,况且日军打国民党的可能性最大。"

"就是打我们,也没有什么了不起,我们也有一千人,且塘马的东西北地势较高。如果敌人要攻,我们也有足够的时间转移。"

这一下子,大家议论纷纷,整个空间像炸开了锅,声浪、热浪、汽浪把从门外意欲飘进的细雨扫荡得干干净净,连那盏高挂的汽灯也要凑热闹,其光亮也像有节奏似的一阵亮似一阵。

"移一下是好,可今天不像上两次了,上两次部队一移,什么问题也没有了,但被服厂、修械所、医疗队的伤员,地方党政与会人员,我们总不能丢下他们不管吧。"

"这修械所转移得了吗?里面还有很多军工材料,那是根据地人民用血汗钱换来的。"

"太晚了,转来转去,部队容易拖垮,如果在半路和日军相遇,那更不好办……"

"还是转移一下为好,这叫干净,没有后顾之忧……但也确实难以移动。"

"全部转移不可能,旅部机关移动一下比较现实。"

"我们共产党干部哪有只顾自己,不顾群众呢?"

众人的语言从不同的角落、方位飞向罗、廖两人的耳中,虽然音节各异,但意思差不多。不转移,有危险,要转移,又没地方转移,就这么一个现状。解决方案没有,或者说没有合理的方案,或者说原地不动是不合理中的合理方案。

罗、廖见众人所思考的问题和自己差不多,有些失望,他们很想听到不同的意见,不同的方案,但不知为何,在整个会场没有出现这种声音。

罗忠毅习惯性地朝王胜看去,只见王胜自始至终一言不发,一副郁郁寡欢的样子。罗理解王胜的举动,王胜已被免职,罗福佑刚出了事,若换往昔,他这个参谋长是要拿出方案和主意的,但现在,不在其位,不谋其政,更何况罗福佑的事又牵连到他。他虽为四十八团团长,却是有名无实,现在四十八团已直接归旅部指挥了。

"老游呀,这个问题让我与廖司令再商量一下。这儿集中了许多干部,周围有被服厂、机械所、卫生所,一时难移呀。另外移向何方呢?这个问题我们还要研究。"罗忠毅的声音十分沉重,他又转向廖海涛,"廖司令呀,我们先传达命令,要旅部特务连、四十八团、四十七团二营、四十六团九连做好战斗准备,夜间增派复哨、班哨、游动哨,明天提早吃饭。"

"好。"廖海涛点了点头。

"黄兰弟。"罗忠毅发布命令了。

"有。"

"命令四十八团二营三个连的战士认真对待敌情,做好夜间岗哨放哨准备。"

"是!"

"张连升。"

"有!"

罗忠毅传达了同样的命令。

"游玉山,你派通信员迅速通知四十七团二营刘保禄、四十八团团部特务队詹厚安、四十六团九连李大林、旅部教导大队刘一鸿、茅山保安司令部樊玉琳做好战斗准备。"

"是!"

"张花南,你通知陆平东、陈练升,命陶阜匋率领塘马小分队协同修械所,对军工物资作妥善处理。"

"是。"

"机要科,迅速发电,急电四十六团,命钟国楚、黄玉庭加强准备,防止可能发生的进攻。"

"是!"

与会人员都走了,只剩下罗忠毅与廖海涛二人。屋内的热气升腾着,但一下子出奇的安静起来,只听见汽油灯还在发出嗞嗞的声响。

罗忠毅开会时并没有抽烟,现在只剩下两人了,他掏出烟顺手递给了廖海涛。"廖司令啊,我看我们应该作出最后的部署了。"他看了看手上的手表,"已经9点钟了,还有一个大问题没解决,旅部要不要转移一下,或者说整个机关部队是不是都转移一下。"

廖海涛心存疑虑,但他又很难提出一定要转移的建议,在整个讨论会上他认真听着参谋们的分析,没有明确表示自己的观点,因为他知道一旦领导表了态,就会有一个导向作用,那就很难听到不同的意见了。他很清楚不能再指望有什么更详细的情报,侦察员回来了……参谋们已经分析了,也不能指望其他人有什么新的建议。

他对参谋们的议论大体持肯定的态度,他们的想法和他自己与罗忠毅的想法基本相同,但直觉告诉他这些分析假定性太大,有一种悬空的感觉,他内心深处总会冒出一些强烈的担忧,这担忧的缘由……

"罗司令啊,刚才大家议论了,他们的观点和我们相同,我们反觉得有些不安。如果从态势看,敌人进攻国民党的可能性最大,但这毕竟是一种假定,军事上恐怕还不能凭假定来筹划,哪怕极细小的失误都会导致不堪设想的后果……"

罗忠毅点了点头,他认真听着,烟头的红火慢慢地向他的手指边移去。

"总之我们不能被动地消极地在原地等待,若敌人进攻我们,我们或转移或在原地做好准备,如果敌人进攻国民党我们也应做好准备,抓住出现的战机。"廖海涛皱着眉,一脸深沉之色。

罗忠毅点着头,"我之所以叫你留下来,也就是想再好好议一议。因为我有了一些新的想法,我们得赶快交换一下,再马上布置一下。"

"先做好最坏的打算,敌人进攻我们……"廖海涛眼中露出一丝深沉的担忧之色。

"对,那我们或转移或在原地与敌人周旋。"

"敌人进攻我们不外乎是'分进合击,长途奔袭'。如果他们光有坦克、大炮,我们并不担忧,现在有了骑兵,这就有了奔袭的苗头,赤山之战后,我在叶家棚子与敌人相遇过,所以敌人攻击我们的可能性也很大。如果敌人进攻我们,也会在东西两面合击,那么我们就很危险。北面是溧武路和宁沪铁路,敌人重兵把守,我们难以北进,东面是长荡湖,我们一时无法横渡,南面是国民党,西面敌人一围,背面敌人一攻,我们一点退路也没有,不像国民党还可以南移……"

"那我们只有转移了。"

"我考虑过了,转移也难,否则我早就在会上提出转移了。因为我们没有转移的空间了,北面不可能,四十七团熊兆仁、诸葛慎部在坚持,那儿已没有任何空间。东面是长荡湖,即使我们到了太滆地区,也无法立足,况且程维新并不可靠。西面是四十六团,马占寺一仗,他们已经东移,那儿原是我们二支队活动的地区,群众基础也好,可惜皖南事变前,我们丢掉了那块地方,现在钟国楚、黄玉庭部立足未稳,若转移过去,也许正中了敌人的奸计,而且国民党会趁机占领溧阳北部,那么我们想再回来就困难了……"廖海涛发出了阵阵的叹息。

"是呀!老廖啊,由于路北形势十分险恶,所以这儿又集中了苏皖区地方党政机关的工作人员,还有我们后方机关、卫生、军工、被服厂等大量人员,转移起来困难呀!上两次转移,我们还容易些,只是部队转移。现在情况不同了,若化整为零,部队好办些,那些机关人员呢?……"罗忠毅也叹息道,"但我们必须做好部署,一是部队要准备战斗,二是机关要相机转移,绝不能盲目转移。"

"不能盲目转移,应相机转移……"廖海涛踱着步,沉吟着,"如果今晚不转移呢?"廖海涛反问了一句。

"如果不转移?"罗忠毅手猛地一抖,因为烟头已燃烧到尾部,烧到他的手指头了,他狠狠地把烟头掐灭,"现在分布在苏南的日军主要是十五师团,离我们最近的是驻扎在金坛城的十五联队,我们完全可以与之周旋。四十六团远在溧水,四十七团主力在金、丹、武地区,现在在塘马的部队有限,分布是:四十七团二营在塘马北面大家庄,戴巷有茅山司令部一部,张村有溧阳抗日民主政府的县大队,西面有四十八团二营四、五、六三个连，后周南渡方向有四十六团九连，下林桥有旅部特务连，塘马的三面有丘陵，应该有回旋的余地，打起来，我们相机行事，机关肯定先转移，部队可边打边撤，或者说抓住战机歼其一路，粉碎敌人的包围与进攻……如果西移的话，我们难以全部西移溧水，部队没问题，转移出去的其他人难有保障呀……"

"是呀……我也想，不转移也行，机关人员先走，部队边打边撤也是常有的事，抓住战机，消灭他一部分也行。倒是有一个因素促使我有坚持原地的念头……当然这要有一个前提，如果日军进攻国民党军队，国民党军肯定不堪一击，日军很有可能占领溧阳城，甚至攻下郎广山区，那么在溧阳北部与茅山之间留下巨大的空间。一方面我们可以南击日军，以全民族大义，另一方面我们可以北进溧武路以北扩大根据地，敌人兵力有限，难以长期占领溧阳，必回攻我部，我部再跳出外线，趁机占领溧阳南部和郎、广山区。那么，这对我们十六旅来说，实在是件绝对难遇的契机了。如果西移，这样的机会就不会再拥有了。"

罗忠毅连连点头，"老廖，你在高庄打过这样的仗，我注视郎、广山区已久，真想不出办法来。一方面那是国民党的防区，二是我们力量不够。但这一块地方，我一直很敏感，如磁石一般吸引着我，有了郎、广山区，我们就有了真正可靠的大后方。部队给养、休整就有了保障。皖南事变以后，我们不必那么顾忌了，如果有这样的战机，我们自然不能转移。我看我们不能放弃一种可能存在的战机。"他猛地拍了一下桌子，"我们不能转移！"

廖沉思片刻点了点头。

"不过……"罗忠毅兴奋神色马上又被凝重之色所取代，"打仗必须从坏的方面去考虑，我们必须做好两手准备，甚至做好最坏的打算，立足于敌军攻打我们。我们必须考虑周全，从我们现在的兵力部署看，北面稍弱，我想把旅部特务连部署到北面观阳一带，把溧阳抗日民主政府的县大队调至陆笪、游湖塘一线，加强防备，这样更安全些。"

"行……"

罗忠毅随即吩咐通信员传令旅部特务连、溧阳抗日民主政府县大队进入预设防区。

……

"外面下大雨了。"罗忠毅朝门外望了望，灯光下雨线密集，如帘子一般。

"难以转移了，如果一定要转移……"他转过身，神色又凝重起来，"如果出现新的情况,还可以再做转移,通知已发下去了,叫所有的人做好准备。"他面露犹豫之色,"若不行,还要转移。"

"好,今晚要加派岗哨,已经很晚了……有情况再转移也行……必须加强岗哨……罗司令,我暂回政治部,你早点休息,有情况再联系。明一大早,我亲自查哨。"

"好。"罗忠毅走来,紧紧地握住了廖海涛的手,"廖司令,尽管我们作了准备,可这是一着险棋呀!"

"是呀!罗司令,战场上的机会太少了。战斗不冒险,难建奇功呀!"廖海涛感叹地说着,他也紧紧握着罗忠毅的手,许久才松开。

天黑了,细雨中,国民党氆桥保安第三团一个营、绸缪四十师一个排、前马四十师一个连一个营部、南渡四十师一个连、上兴埠四十师一个连、上沛埠四十师一个连及句容县政府常备队四十余人遵上级命令悄然撤出相应防区。

在金坛城、薛埠镇、天王寺,日军饱餐一顿,悄然待发。总指挥十五旅团长下令伪军做好战斗准备,为了保密,开拔地点在出发五分钟前公布。

廖海涛回到村中政治部,才想起晚饭还没吃,他向政治部其他干部传达旅部决定不做转移的通报,但他同时提醒各位干部要高度警惕,做好战斗准备。

他发现李英留下了一把面条和一张纸条。

纸条上写着:

    海涛,桌子上有一把面,回来后自己下,要注意身体。

    英,11月27日

看着这熟悉的字体,廖海涛心头一热,他拿着面条,下楼来到灶头间。下灶点燃稻草,往灶膛里一塞,一会水开了,他把面条往铁锅里一放,铁锅的水面上浮起细细的气泡来。

罗忠毅正想洗脸睡觉,突然欧阳惠林造访。

"罗司令,我们转移不转移?"欧阳惠林急促地问道。

罗忠毅把下午的情况、晚上侦查回报的情况以及参谋部各位参谋的分析、最后自己与廖海涛的决定一股脑儿告诉给了欧阳惠林。欧阳惠林沉思了一会儿,没再说什么,便回村中祠堂东侧杨氏住宅休息。

村东桥头角与村中杨氏家不过二三百米远,这苏南的泥地平时走多了光溜溜的,如是晴天人行其上,舒畅无比,但一遇小雨,特别光滑,弄不好要摔跟头。欧阳惠林一出门,感到一阵寒冷,脚刚一着外面的泥地,便差一点儿摔倒。

这样的天气,转移确实困难,他忽然想起今年年初的那场大雪。1940年12月16日,他带领皖南特委机关干部、勤杂人员和各县撤出的部分县、区两级干部随同东南局组织部长曾山一同撤往苏南敌后地区,12月22日,终于到达新四军二支队司令部驻地棠萌村,后被留在苏皖区党委工作,任秘书长。1941年,苏皖区党委决定以苏南区党委组织部部长程一惠为组长,组成有青年部长王一凡和欧阳惠林参加的三人领导小组,率四连一个连(直属特务队)留在第三游击区,先暂转移到句北地区行动,直接领导句北县委,并依靠句北县委发动群众掩护活动。

1941年1月27日,那是农历腊月三十大年夜晚,他们率领特务队从插花庙出发,向东北方向行进,在行进到江宁县上峰乡东南的刀会地区时,因遭地方刀会袭击,加之群众不明真相,只得撤离。由于大雪茫茫,欧阳惠林和政治交通员老崔、王一凡、王昌颖夫妇、程桂芬等同志与特务队失去了联系,由于风雪弥漫,东西不辨,只好蹲在原地等待天亮。

那是怎样的天气,那是怎样的寒冷!跺脚、哈气全无用,站久了整个身子在发抖,只得坐下,而一坐下热气散发,雪水融化,又会弄湿衣服。他们只得站起来,在田埂边、寒风中、大雪下熬。在天寒地冻中,真正熬了大半夜,直到天明才能辨清方向。天亮后,进入纣王村大庙,身子冻得快失去了知觉,直到生了火,烤了衣服,才缓过劲来。在进入宝华山地区后,特务队队长朱者赤发生动摇,擅自带队逃离……

看到眼前的雨,想到年初的雪,欧阳惠林似乎飘过一个念头,但这个念头稍纵即逝了。回到杨氏家中,欧阳惠林对机关人员作了布置,今晚不动。但要提高警惕,随时作好战斗准备。

夜深了,欧阳惠林怎么也睡不着,罗、廖二人的面容一直在脑中飘移,他觉得有些奇怪,他和罗、廖共事快一年了,以前从没出现过这种情况。

他擦了一下眼睛,只听到窗外是北风呼啸、树梢相击、那糖莲果子跌入瓦垄之声,一切似乎进入狂风之中,一切在狂风中升腾。

他直起身朝窗外看了看,一片漆黑,什么也看不见,寒冷侵袭着他,他赶快又缩进薄薄的被窝里。罗、廖二人的身影又在脑海中旋转起来,他没有去理清杂乱的思绪,而是凭脑中的画面,任凭思绪自由地流淌。

"初见罗、廖是1940年12月22日在溧阳竹箦棠荫村,我和曾山一起受到了二支队领导罗忠毅、廖海涛及苏皖区党委书记邓仲铭的欢迎。

"当时第一印象是:罗忠毅身材高大、面容慈祥,说起话来总是带着微笑,有儒雅之姿,如果单从外在气质看,很难看出他是一个身经百战的老牌司令员,不过从他嘴里镶着的两颗金牙,还是看出了端倪,这种部位的牙损,非经历特殊者不能拥有。事实上,我终于知道这是他在龙岩坚持三年游击战争时所伤,后在龙岩镶上了金牙。

"罗威武中透出儒雅、沉静、好思、少言,性格有些内向,这往往是天才、奇才的特征。罗的履历也证明了这一点,他在军中总是在司令和参谋长这个位置上,可见其卓越的军事能力,罗很随和、尊重人、好相处,和他在一起总觉得很放心。

"廖海涛最引人注目的是那对虎眉,眉毛一拧真像一头老虎。事实上他确实有一股虎劲,有股杀气,一望上去,便知是一名虎将,令人生畏。不过相处久了,发现他极平易近人,是一个智勇双全的军政工作者。

"苏皖区党委一直随二支队活动,十六旅成立后,随旅部活动。在宜兴太难了,塘小鱼大。一仗接一仗打,有时一天打三仗,一夜三移营呀!困难大呀,战斗残酷呀!许多同志牺牲了。也只有罗、廖能扛得住苏南复杂艰苦斗争的重任。宜兴的西施塘、屺山、李山、芳桥、周铁桥的战斗体现了他们不屈的意志和顽强的战斗精神,黄金山之战,体现了罗忠毅卓越的才能……戴巷、塘马、塘马、戴巷,难得有这么平静,和宜兴闸口地区比,这儿是够平静的了……

"整训、运动会,现在又开地方会议,罗、廖够辛苦的了,现在敌顽夹击,形势空前严峻,而困难又出奇地多,弹药缺、药品缺、粮食也缺、钱币也缺。部队有困难,地方更困难。邓仲铭北上后,地方武装不强大,巫恒通牺牲了,陈洪被捕了,任迈牺牲了,赵云牺牲了,王曼也差一点儿遇难,这怎不令人心急如焚呢?还有什么办法赶快完成苏南第五、第六两个行政督察专员公署和苏南第五、第六两个保安司令部的合并任务,赶快解决苏南财经经济工作出现的问题。地方问题解决了,军队的问题才好解决……屋漏偏逢连夜雨,会议正在进行,许多重大的事正在落实,恰恰日军又要来了,这一下会议又不能形成决议了,这一拖要再开就困难了。不开,形不成决议,地方工作不好开展,这地方工作,尤其是地方武装工作不搞好,这许许多多的事不好办呀……怎么办……怎么办……如果再有一些平静的日子多好……明天到底会发生什么呢?"

许久,欧阳惠林的脑海才渐渐地平息下来,直到完全进入梦乡后,罗、廖的影子才淡淡地消失。

罗忠毅点了一支烟,站在二楼的窗前,望着塘马漆黑的夜空,他聆听着雨打瓦垅声,内心怎么也不能安定,小圩塘的水面发出"哗啦啦"的响声,那是鱼儿浮跃的声音。他有些奇怪,这临近初冬的日子里,鱼儿怎么在水面上跳跃呢?未及他的思维进一步延伸,楼梯上传来了"咚咚咚"的声音,他忙回头,凭声音他就知道谁来了。

田文上楼了,痴痴地看着罗忠毅,并不明亮的油灯光照着她那瘦长的身躯和苍白的脸。

"你怎么来了?"罗忠毅心头一热,话语显得十分热切,又十分低沉。

"老罗……"田文眼圈一红,"我刚才接到通知,说有敌情,要作好战斗准备,才想起下午的事儿,我不放心,来了几次,见你有人,不好随便进来。"她一下子坐在床沿上,用手帕抹了一下眼睛,"你也该和我好好说一下,我来了,你站在地图前,头也不回,连个招呼也没有,我们哪像夫妻呀!"

罗忠毅眼眶一热,眼睛红了起来,"田文啊,我是一个军人呀!战争年代哪有时间去考虑个人生活问题……"罗忠毅也坐在床沿上,挨近了田文,抓住田文的手说,"你是知识分子出身,感情比较细腻……唉……"罗忠毅轻轻地叹了口气,觉得自己平时对田文照顾不够,很少关心她的生活、思想。她陪李坚真去上海看病时,他也没有特别地关照,加之平时不断地提起柳肇珍,田文自然心里不高兴。他许久没有意识到这个问题,现在想起,内心有点儿负疚之意,不过他觉得田文还是对战争的残酷性和高级指挥员的特殊性理解不够,在这样的有关民族存亡的生死年代,一个热血军人谁还有心思顾及个人的生活呢?

他轻轻地叹了一口气,"小文啊,近来好吗?"

田文点点头。

"战争太残酷了,我对你照顾不周,你要谅解啊!"

田文转过脸,点了点头,泪水滚涌而出,"我终于听到你这句体贴的话。不过,老罗,你放心,晚上听到敌情通知后,我才完全理解你。你放心地工作吧。只是不要累坏了身体……"

罗点点头。

"我听说明天日军打顽固派,我们原地不动,这情报可靠吗?"

"我们详细讨论过了,也作了相应的部署……当然这有点儿冒险,不过这冒险是为了有新的收获……"

作为一个军人,罗忠毅自然不能说得太多,即使是妻子。

"那就好,"田文依偎在罗忠毅的怀中,"老罗,你早点休息,我一会儿就走。"

"好吧。"罗忠毅话音刚落,警卫员通报管理科科长乐时鸣求见。

"好呀!快请,快请!"罗忠毅眼睛一亮,这一阵子忙昏了头,有好几日没有和乐时鸣照面了。

乐时鸣咚咚咚地走上二楼,罗忠毅一见忙起身相迎,"啊!乐科长,你来了,好几日没有照面了,我还正想找你呢!"

乐时鸣穿着军服,装束整齐,十分利索。不过这雨天对于一个戴着眼镜的近视眼来说,是真的不方便了,幸亏从村中到村东都是石板路,但细雨打在镜片上,根本看不清周围的一切,只觉灰蒙蒙一片,所以走起来是高一脚低一脚。灯光下见到的一切是花花绿绿、变了形的世界,罗忠毅夫妇在乐时鸣的眼里如晕化了的油画人物一般,他忙取下眼镜,掏出镜纸擦拭起来。

田文端来长凳,叫乐时鸣坐下,又去办公桌前倒开水。罗忠毅则在一旁关切地问着。

乐时鸣擦拭好眼镜戴上后,才完全看清罗忠毅的脸庞。

"罗司令,我看到了敌情通报,有些不放心,今晚我们还转移不转移?"

"不转移,原地做好战斗准备。"罗忠毅把下午的情报及侦察员带回的消息以及晚上讨论的情况作了一个介绍,又把他与廖海涛共同研究的决定告诉了他。

罗忠毅有些后悔,这几日太忙了,敌情来了后,忘了与乐时鸣商量一下,只是按惯例召集参谋部参谋和一线的军事干部开会,他很想再征求一下乐时鸣的意见,但是考虑到夜已晚,旅部已作出决定,再有变化也难以更改,犹豫了一下,也就不再沿着这话题说下去。乐时鸣见旅部已明确决定不再转移,罗忠毅也不再谈论这一话题,自然也不好说什么。

"乐科长,近来有新的诗作吗?小徐还好吗?"

"近来没有,主要配合政治部搞政治宣传,配合四十八团整顿思想作风写一些文章,徐若冰现在在政治部担任支部书记,最近有些忙。"

"好哇!忙些好,抗战嘛,人人都在全力以赴呀……时间过得真快呀!上半年你们在宜兴结婚,你们请我喝喜酒犹如昨日呀……"罗忠毅不无感慨地说着。

"乐科长,你喝点白开水,老罗这儿没有茶叶了。"田文用搪瓷茶缸给乐时鸣倒了一杯白开水。

罗忠毅的心情一下子轻松起来了,难得有闲暇轻松地谈论一些话题了。11月7日,戴巷转移,四十八团整训,罗福佑出逃,苏南党政军会议,真把他忙坏了,现在和自己老部下能有这样的机会闲谈,他感到从没有过的愉悦。

"我想写一本军事方面的书,前年年初在狸头桥我与粟副司令曾合编过《实战经验录》一书,延安也于2月25日翻印出版了。我已下了决心,哪怕是战争时期。我想请你做助手,也取个笔名,姓乐,写书是为了有助于人们研究军事,所以我想取'乐人'的名字,你看怎么样?"

"好啊,罗司令,我愿意做你的助手。只是我水平有限,恐难以胜任。"乐时鸣见罗忠毅如此信任他,心里感到一阵温暖。

"哎哟哟,乐科长,你可别谦虚了,老罗文化水平不高,要靠你这个大秀才帮忙呢。他常夸着你呢。"田文坐在床沿上用满眼的期待之情对乐时鸣说道。

"好的,我一定尽全力。"

"如果没什么特殊情况我们的整训工作年底可完成,那时地方财经工作、武装发展工作也会有一定的起色,我就动笔开一个头。"

"好的。"

乐时鸣闲聊了几句后,见时间已晚,便起身告辞,罗忠毅、田文送至大门口。

乐时鸣回过头来时,罗忠毅、田文双双站立在大门口不时地挥着手。

几分钟后,田文也告辞了。

罗忠毅卧室的灯光许久还亮着,楼板上传出隐隐约约的脚步声,许久许久灯光才熄灭。

……

刘蔚楚睡不着,他坐起来,背靠大柱,见二楼廖海涛的卧室亮着灯,便起身悄然走上木梯,一探头,见廖海涛正对着墙,看着军事地图。

18

樊玉琳下午5点钟带着警卫员回到了黄金山,因为身体不适,需要休息,黄金山那儿有一个十六旅的小医院。另外,罗、廖派出侦查员到大山口一带侦查后,命其速回黄金山,率领茅山保安司令部队员坚守黄金山一线,以防日军突袭。

在黄金山的茅山保安司令部的队员并不多,只有一个连,这个连原先在丹徒一带活动,为了整训,才拉到塘马,因为军事人员的军事素质太薄弱,几乎没有作战能力。连队来到黄金山只有几天,刚开始整训,现在遇上了敌情。

樊玉琳并不紧张,在陈毅的召唤下,自己已在新四军中滚爬摸打了好几年,各种场面都见过,敌情常见,没有什么奇怪。到了晚上,从旅部的布置看,虽然没有明确指明日军攻打国民党,但终究指出有这种可能,再者,自己门徒广,耳目多,各种情报汇合一起都说是攻打国民党,应该是七不离八,倘若那样,我们的部队就不会有什么危险,即便攻打我们,我们已派了各种哨兵,且地形有利,大有回旋的余地。

天黑了,外面下着细雨,他关照战士们提高警惕,严密注视金坛、朱林、薛埠方向的敌情,一有情况,立即汇报。

28日,凌晨1点,日军天王寺据点,日寇十五旅团旅团长得到尾本转来的23号情报,十六旅没有转移,他即刻发出指令,部队从天王寺、薛埠、金坛城齐齐扑向溧阳塘马。凌晨3点,尾本率金坛城五十一联队一千多日军快速出发,经西岗、唐王、罗村,直扑黄金山。

大队长尾田请示是否攻占黄金山,尾本摸着胡子,想了半天,摇摇手:"不要,不要。"尾本清楚,黄金山是溧阳北部的制高点,大日本皇军与国民党军队血战多次,都未能有效地占领他,说明此地多么重要,5月,共产党与国民党兵戎相见,遂为共产党十六旅所有,如今罗、廖在塘马整训、扩军,这黄金山战略要地岂能不设防。

若强行攻击,一时未能得手,枪声一响,反而会惊动塘马的新四军,不如待在山下,静观其变,况且旅团长有令,部队到达黄金山下后,天明后一齐攻击。于是他命令部队在沈庄、山棚休息,静待天明。

由于天气寒冷,日军又怕惊动新四军,没有进入百姓家休息,而是在野外生起篝火,抱团取暖。

篝火很快被黄金山山上的茅山保安司令部的队员发现,他们派人悄悄上前探看,一看全是身着棉衣、穿着长靴、背带钢盔的日军,数量众多实在令人意外,便急急地回山报告。

樊玉琳得报,急命战士继续观察,相机行事,待判明日军的动向后再作决断。

士兵听令,蹲在黄金山上的阴暗处继续观察。

休息一小时后,尾本转着眼珠子一想,如此对峙下去,难收奇效,这次的目标是塘马的十六旅旅部和苏南的党政军机关,如果在此静待天亮,待越过黄金山,切断新四军东面的后撤路线,需要一定时间,若真那样也许新四军向东早就跑掉,不如留一部人马隐蔽于此,大部人马转头向西,到达塘马的北面大家庄一带,天明后猛扑塘马,要比越过黄金山切断退路要有效得多。于是他命令留下一个中队的士兵隐蔽起来,天明进攻黄金山,切断塘马新四军东撤的退路,自己带领大队人马西进大家庄,天明直扑塘马村。凌晨4点钟,篝火下的日军移动了,他们悄悄地起身向西进发,这一切都没有逃过茅山司令部哨兵的眼睛,他们据此判断日军是奔向东王庙,然后向南进攻上兴埠、上沛埠的国民党四十师官兵,便安心地回到自己的哨位上。

凌晨4点,旷野中一山岗,山岗有一小村,叫刘庄。新四军一哨兵惊叫道:"谁?"

"是我,别开枪、别开枪。我是过路的百姓,去竹箦桥。"一农夫连忙叫喊。

"深夜去竹箦桥?"哨兵放下了枪。

"对,有急事。母亲病了,想找郎中看看。"农夫挨近了哨兵:"新四军同志,抽根烟。"

"我不会抽。"哨兵摆着手。

只见农夫吹一口哨,手一挥,黑夜中窜出几名日军,未等哨兵反映过来,几把刺刀同时捅向了新四军战士。

从天王寺过来的大队日军越哨而过。他们来到溧阳陆笪,又兵分两路,一路向塘马西南,直扑西祺、南庄,一路向塘马正北,越陆笪、贾家庄,和薛埠南下之日军汇合,直扑盘龙坝。

贾家庄村口高地两个哨兵,嘀咕着:"小倪,谢大队长和洪小羊子的小老婆鬼混

159

去了。"

"真不像话,小邓,今天上面下了命令,要加强警惕,防止日军偷袭,他却无所事事。此事应向县政府汇报。"

"敌人会不会来偷袭?"

"难说,天上下雾了,有些看不清,我们还是小心些为好。"

"对。"

黑暗中忽有两人前来。

小邓一见忙对小倪说:"老朱,老庞来换哨了。"

"小倪,小邓,我们来换哨了,你们休息吧。"老朱叫道。

"好,小心些。"小邓把枪交了过去,小倪也把枪交了过去,老邓、老朱接过了枪。

"什么人?"黑暗中老朱惊叫了起来。

"是我,是我……"一苍老的声音叫道。

"干什么的?吓我一跳,我还以为日军呢。"小庞上前一步。

小倪立在原地看了看,小邓有些困,见是一老头,便准备返身。

"不好啦,有日军。"后面传来一阵惊叫声。小邓以为老朱又在开玩笑,回头一看,只见几十个壮汉扑了上来,他想报警,但枪已交给了老朱,惊慌中,他急速飞奔,后面传来老朱等人的惨叫声。

只见日军四面涌来,他无奈奔向茅厕,躲在茅厕中,用粪勺盖在头上。

一阵喧闹后,只听见大队人马涌入村中,叽里哇啦的日军叫声和马儿的嘶鸣声。不久又归于沉寂。

他觉得遗憾,轻声叹道:"大队长如此草率,没有多派些人放哨。真不巧,换哨时敌人上来了,要不我还能放一枪报警,可现在怎么办?没有枪,外面全是日军。"

天冷,他在茅厕里瑟瑟发抖。

十五旅团长在约定的时间于塘马正北涧北里见到了从薛埠南下的日军,又意外地见到了前来的五十一联队长尾本,当他听完尾本的解释后连说吆嘻,然后他命令尾本的尾田大队从黄金山推进,尾本亲自所率的人马从黄涯、观阳推进,切断新四军东撤线路。西南已有天王寺部队从西南包抄,正北则由天王寺之人马和薛埠南下之人马联合推进,在天亮迷雾消散时全面进攻。

十五旅团长见迷雾重重,几乎伸手不见五指,暗暗高兴,"国民党助我,连老天爷也助我也,大日本帝国梦想不会遥远啦。"

他又命令先头部队搜索前进,尽量向塘马方向靠拢,但不要越过盘龙坝,以便惊动塘马的新四军。

……日军的先头部队利用浓雾和以汉奸夜晚看病为名,接二连三地除掉了沿途的岗哨,迅速地沿塘马河来到了塘马正北一公里许的盘龙坝。

盘龙坝是一个古代水利工程,缘由是塘马北面是茅山山脉,地形是北高南低,瓦屋山、丫髻山东西横亘,南面是低山、丘陵,一直向南延伸至溧阳中部,瓦屋、丫髻诸山之水皆入塘马河,奔腾南下,塘马刘氏先民为除水患,延缓水流的速度,特把河道改成弯曲状,形似盘龙,又在村北筑坝,旱时蓄水,涝时放水,调节水量,在盘龙坝旁筑太师庙,供奉水神,由此盘龙坝便成塘马胜景,有《蟠龙瀑布》一诗:"百折疑兼天际落,千层还向地中飞。蜿蜒飞作吹云势,阳见当思入汉威。风系吟开愁浪隘,雨余帆挂爱晴辉。蟠溪为谢提璜客,秋水伊人乐钓矶。"

可惜这些农业文明的美景在日寇铁蹄炮火下已满目疮痍、灰暗不明了。

日军的先头部队悄悄地越过渔家边、马塘埂,离太师庙、盘龙坝越来越近。

夜晚,漆黑一片,雾色逾浓,太师庙旁的小战士的发际早已湿透,寒风吹来,破旧的门窗发出咣当咣当的响声,在夜晚格外响亮,不远处的盘龙坝河水从闸口边射出,发出滋滋响声,这一切平添了些许恐怖之声。

日军带着汉奸在夜色浓雾中窥视许久,他们利用各种方式,早已探知了哨兵的具体方位,现在唯一要做的,像以往一样,如法炮制,先用汉奸投石问路,然后一拥而上,兵刃相见,悄无声息地消除目标。谢天谢地,上苍帮忙,一片浓雾,一路上的哨兵都这样被除掉了。

汉奸王小乐穿着粗布棉衣又上场了,这次他是被汉奸推着向前的,先前他十分沉着,装着夜间寻找医生的农夫,惟妙惟肖,但这一次十分慌乱起来,因为他清楚,这儿不是别的地方,这是塘马,这是十六旅旅部所在之地,谁能保证这儿不设有重兵,倘若这儿有一支伏兵,那么不管如何,首先倒下的是自己,如果真是那样,天哪,自己将告别这美好的世界,陷入永远的黑暗之中。

他两腿打颤,哆哆嗦嗦地又必须大摇大摆地向前面的目标走去,不过,有一点他清楚,只要日本兵不先暴露,新四军是不会放冷枪的。

不知是腿脚不利索,还是夜晚特别静,他的脚步声特别响亮,似乎几里外也能听到他的响声,而紧随其后的日本兵脚步十分轻盈,犹如穿了丝袜的小脚姑娘,真可谓蹑手蹑脚,全无声息,若不是同路人,在夜色中,浓雾下,你根本看不见他们,他们就如鬼魅一样。

"站住,干什么的?"两声惊吓,从天而降,吓得他几乎瘫倒在地,他一回头,只见紧随其后的日本兵全部趴下,犹如地老鼠一样,一动不动。

"干什么的?"对面两人拉动了枪栓,王小乐感到了现实的威胁,他哆哆嗦嗦地,变着声调叫喊道:"新四军同志,我是当地的老百姓。"他是用地道的溧阳话叫喊的,由于惊吓,腔调如女人一般。

"深更半夜的,到哪儿去?快说!"一个人上来揪住了他的衣领。

他吓得两眼金星乱冒,真想叫"救命",另一个上来厉声喝道:"你是汉奸!"

"不,不不不,我不是,"王小乐头上冷汗直冒,"新四军同志呀,我是北面游湖塘人,家中老母生急病,需要到后周镇找医生,没办法,老母快要断气了。"他一边叫一边干嚎,显得十分伤心,不过他自己也明白,这哭声带有明显的颤抖声。

"我看他十分可疑,把他带到村里审问一下。"一人说道。

"也好,就我们两人,流动哨刚过去,等一会儿,流动哨回来,让他们带去。"

王小乐一听马上明白是怎么回事,眼下只有两人在哨位,是除掉他们最好的时机,他假装害怕不肯去,挣脱后扭头向北跑去,边跑边发出了预定的信号:"鸭点点,鸭点点……"

日军一听信号,齐齐跃起,猛地向两个哨兵扑去,哨兵正为王小乐的异常之举惊讶不已,还没反应过来,只觉一阵风卷来,浓雾中顿现出一批人来,未及反应,便被日军卡住了脖子,身子齐齐地挨上了冷冷的刀子。

……

大队日军进入了盘龙坝,太师庙,他们并没有去惊动边上的几家农户,他们齐齐地停留在旷野里,等候天亮。

塘马村笼罩在浓雾中,日军伸着头,但始终看不到它的真面目。

19

廖海涛心中一阵悸动,翻身而起,"今天日寇可能进攻我们。"清醒的意识马上浮出水面,警觉使他一下子跳下床来,穿好衣服,打好绑带,穿好鞋,拿起望远镜,握着手枪,匆匆走下楼来。

他要检查一下岗哨,这岗哨太重要了,塘马东、北、西三面都是高地,如果有敌情,只要岗哨能起到警戒作用,就不怕敌人来偷袭。在闽西,游击队员最苦最累,在宿营时,绝对不会不派岗哨。今天敌人会不会偷袭,全仗岗哨发出警报了。

廖海涛打开大门,未及打开大门外的一道小门,一阵浓雾迎面扑来,他大吃一惊,一种不祥的预感袭上他的心头。

他眉头紧锁,满脸凝重之色,胡子也变得刚硬起来,"雾这么大,可不是好事!"

天哪,这可不是和平时期呀!今天是有敌情的日子呀,这样的天气如果为敌人所乘,那后果就不堪设想了。

廖海涛叹了一口气,莫名的担忧不时地袭击他的心头。雾,遮挡着视线,覆盖住平时可见的人与物,对于部队隐蔽是好事,但是敌我双方的活动均难以发现,大雾往往有利于进攻的一方,常常进攻的一方出现在眼前,防守的一方都不易发觉。虽然防守方的突围因视线遮挡攻方也难以堵截,但同样因视线遮挡,防守方的运动也难以展开,往往陷于胶着状态,显然在敌我力量悬殊的情况下,这种天气是极利于敌方的进攻的。

廖海涛深知敌人极其狡猾,日寇喜欢与国民党作战,国民党的许多将领留学日本,喜学日本教科书上的攻防战术,战术呆板,所以日军可以轻易瓦解摧毁国民党的进攻防守体系,而对于新四军这种没有固定章法的战术极不适应,但日军精心研究,善于学习,他们也采用新四军机动灵活的战术,甚至也采用新四军惯用的偷袭战。当然日军最怕夜战,所以他们一般采用拂晓时攻击、日落前结束战斗的战术。

那么如果日军来偷袭新四军,这就太可怕了,这样的雾即使敌人到了眼皮底下,哨兵也不易发现,如果哨兵被轻易地消灭,那么四周驻扎的新四军将士将处于极为不利的局面。

他急忙往大祠堂方向走去,原先近在咫尺的刘正福家的房子现在什么也看不见,眼前只有乳白色、絮状似的隐隐飘动的雾。

他知道乡贤堂那儿有一岗哨,便匆匆前行,虽然几步外什么也看不清。

他看清了值勤的小战士,小战士站在雾中一动不动,雾水已浸润了他的头发、衣服,睫毛上也挂着些许水珠,那浓雾柔掠着刺刀,刀刃上凝结着粒粒水珠。

小战士行了礼,忙向他打招呼。

他急命小战士把通信班班长叫到政治部,有紧急任务布置。

他赶忙返回政治部,把其他的几个干部叫醒,叫他们早点起来,早点吃饭,防止发生意外情况。

通信班班长赶来了,忙立正行礼。廖海涛急命其赶往司令部,要罗司令派遣战士分赴各个连队,通知各个连队的领导迅速查哨,要高度警惕,防止敌人乘雾偷袭,然后他带着警卫员到村西沟沿坟、村东北下木桥一带紧急查哨,发现哨兵在哨位上认真值勤,没有出现意外情况,才匆匆返回村中,又急向村东司令部赶去。

罗忠毅一大早下床倒了些开水,发觉窗户的缝里飘来阵阵冷风。冷风凄凄,呼呼作响,天光有些亮了,但似乎什么也看不清。罗忠毅推开东面的窗户,白烟一般的浓雾迎面扑来,窗外的世界是白茫茫的一片,什么也看不分明,昔日经常可以凭窗眺望的观阳村、虚竹观里、弯底下、洋龙坝全都消失了,就连近前的荷花塘、小圩塘也已杳无踪影。

"雾,大雾!"罗忠毅吃了一惊,因为这是浓雾第一次降临塘马,在昨天的军事部署中自己只考虑到雨,却偏偏漏算了这个雾。

罗忠毅赶紧披衣下楼,走到天井中,只见浓雾充塞于天地,空气寒冷而又潮湿,一会儿工夫,头发、衣服已是湿漉漉一片。

罗忠毅自言自语道:"奇怪,从春日后,从未见雾,如何今天突降大雾?"罗忠毅在天井中徘徊着,沉思着应对方案,几分钟后,罗忠毅传令警卫员速请廖海涛,警卫应了一声,刚想出去,此时刘赦大家中的一进大门訇然而开,有人急步而入,雾太重,来人的身影虽然不甚分明,但凭那移动的轮廓和轻快的脚步声,罗忠毅便知道是廖海涛来了。

廖海涛刚跨进司令部大院,只见罗忠毅披着呢大衣,拿着枪赶了出来,但他胸前没有常见的望远镜,显然他知道浓雾已使望远镜失去了作用。

"老廖呀,你起来了,怎么样?外面情况怎么样?"罗忠毅急促地问道,他的脸上也现出了少有的紧张之色。

"村边的哨查过了,没问题,我担心这浓雾会遮蔽视线,易于敌人隐蔽偷袭,急命通信班班长进来向你汇报,通知各连部要保持高度警惕,务必小心敌人前来偷袭。"

"是呀,我也早起来了,刚开门,通信班班长来了,我已吩咐下去了,这讨厌的浓雾呀……昨晚下小雨,今天起大雾,老廖呀,这雾可不是好兆头,在龙岩大罗坪时,我们就被国民党偷袭过一次,敌人到了眼皮底下了,我们都不知道,亏得有一个叫罗真荣的同志来送信才使我们安全脱险。"

"我也担心,这时候要打起仗来就不好办了。"

"我们迅速通知塘马村上的指战员早早起床,吃好早饭,防止敌人进攻。"罗忠毅紧锁眉头,"这样的雾,能见度如此之低,恐怕他们也难以进攻国民党了,如果那样,他们随时会向我们进攻。"

他马上吩咐警卫传令地方各机关工作人员、在塘马的战士干部迅速起床,提前开饭,做好战斗准备。

吩咐完毕后,他们两人匆匆向村西祠堂走去,此时天光渐渐变亮,浓雾也不似先前那样浓厚了,大祠堂的轮廓隐约可见,祠堂西侧刘秀金家门前的那棵大榉树的巨大的树冠也渐渐地分明了。

罗忠毅一看表,时针已指向5点半了。

廖海涛回来了,他忙把检查的情况作了一个介绍,"没有异常情况,一切正常,但四周出奇地平静,我总是感到不安。"

罗忠毅点了点头,罗忠毅的心何时安定过呢?敌人会不会来,来了以后到底进攻谁,又是以哪个方向进攻?由于浓雾的介入,一切变得复杂起来。

罗忠毅踱着步,叹了一口气,"看看其他连队的情况吧。"

没过多少时间,通信员陆续带来消息,各个连队均没有发现异常情况,各连的干部均已到基层查哨去了,而且提早吃饭,严守岗位,唯一意外的是四连向白马桥方向放出去的流动哨整夜未归,一点消息都没有。

"一点消息都没有?"罗忠毅皱着眉,隐隐约约感觉到了什么,即刻下达新的指令,"命令各连加强警戒,一有情况,进入预设阵地阻击敌人,绝不能掉以轻心。"

"是。"通信员返身匆匆而出,罗忠毅与廖海涛在屋内又细细地研究起来。

罗忠毅一边看着地图一边对廖海涛说:"廖司令呀,这雾一起,敌人若按同样的方法进攻,情形就不一样了。"

"嗯。"廖海涛眉毛紧锁,一边看着,一边听着罗忠毅的述说。

"若敌人进攻国民党,那么我们就按原来的方针办,无须变动,若是进攻我们,情况就难以料定,若他们从东路来攻,那么他们即使不能绕过观阳防线,也会突然出现在那儿,我们昨夜把特务连调过去,是明智之举,否则他们真的可能突然出现在上木桥,甚至出现在塘马村边。按一般的情况算,他们出现在观阳、后巷一线,那么那儿离塘马只有一公里,必须死堵,如果能赢得一两个小时的时间,我们可以从西面转移出去,但部队必须死守,光靠特务连还不行,四十七团二营必须配合,四十八团还必须增援,远不及天好时,我们在黄金山以北就可以阻击,那样稍微阻击一下,就可争取一两个小时的时间。若敌人从西面攻来,我们有四、五、六三个连在西面,按正常情况,可以阻击敌人,但西面战线过长,如果敌人突然出现在阵地前,再分割包围,我们的武器远不及敌人,且西南方向是平原,无遮挡,我们能守住防线的时间也不长。向东转移比向西转移困难得多,东面是长荡湖,圩区虽可隐蔽,但敌人从西面全面推进到长荡湖边,那同样很危险,那时只能从别桥土山往西南突进,或原地坚持到天黑,伺机而行。若是好天,我们的警报可在中梅以北、竹篑桥、上梅一线响起,那么时间充裕得多,直接从西南切入太滆是没有问题的,现在游动哨没有信息,真令人担心。"罗忠毅拿着放大镜放到地图的正北面,"若敌人从正北面扑来,那么正北只有四十七团一个营在大家庄、涧北里一线设防,倘若是好天,大山口、横山岗有我们的哨位,报警响起,我们有充分的时间选择向东、向西转移,当然主要是向西转移,敌人即使扑到大家庄,特务连和四连、五连可从东西两翼支持,但问题是如果敌人突然出现在大家庄,甚至偷过大家庄防线,突然出现在下庄、渔家边,再沿塘马河东西两岸南进,那么就较为危险了,但总的说只要是一路进攻,问题还都不大……"

"是呀……"廖海涛接过话说道,"如果敌人两路合围,情况就麻烦了,如果他们从东北、正北扑来,只要四十七团能抵挡一阵子,不让敌人一下突击到渔家边,四、五连迅速支援,我们快速西移,问题不大。最可怕的是从西北和其他任何一个方向涌来,都难以应付,若从西北与正北迅速攻来,按最坏情况估计,敌人会很快突破西面防线,我们无法向西转移,只得东移,但是转移的时间大大压缩,东移时,敌人完全有时间尾追我们,这样真是难办了,敌人有炮兵、骑兵,还有坦克呀。若从西北与东北两路攻来,情况更危险,他们完全可以很快切断东西两面的通道,那时我们只能南移,而南面是国民党,转移是不可能的,顶多选择西路强行突围,那样很麻烦,我们无法保证机关安全转移。如果敌人从西北、东北,加上西面而来,那是我们最不愿意看到的,那么我们只有转移长荡湖一线,而这样的转移,如果不能有效地阻击敌人,是难以想象的,如果是好天,我们能及早预警,敌人从三面攻来,虽然是最坏的结果,但我们还是可以有一两个小时的时间周旋,而现在敌人如果突然出现在阵地上呢?"廖海涛用拳头狠狠地捶了一下大腿。

"唉……"罗忠毅把放大镜沉沉地摔在长桌上,"而我们只能等待,情况不明,如果此时集中队伍,机关人员转移,在未知敌人在何处的情况下,盲目选择方向转移,那很有可能在途中遭遇,那就更糟了。"

"是呀,雾散日出,如果敌人不出现,或者敌人进攻国民党,我们在原地坚持,但必须严密注视敌人的动向,倘若形势不利,我看迅速西移,这儿总觉得不安全,溧阳北部地区暂时丢掉了,我们还可以再回来。"廖海涛粗粗地出了一口气。

"对,这地方不能再待了,原先的整训计划必须调整,先西移一下,然后再见机行事,哪怕……"罗忠毅话没说完,通信员进来报告:"机关人员是否出早操?"

"出,吃完早饭再出,但告诉他们,随时准备战斗!"

"是,还有芮军请示战地服务团是否继续排练节目?"通信员继续问道。

"继续排练。"廖海涛接过口来,"同样早早吃饭,随时准备战斗。"

"是!"通信员转身走出祠堂。

不一会儿,炊事员端来了山芋、稀粥,罗忠毅与廖海涛吃起了山芋,廖海涛拿起一个带有焦疤的山芋,吃了一口,直说好香。

在杨氏门前,端起饭碗,浓雾渐渐散去,塘马村终于浮出水面,四周的景物渐渐变得清晰起来,乍一看薄雾下的塘马似一幅浅淡的泼墨山水画,美丽极了,但是廖海涛没有那恬淡的心境来欣赏这江南美景。不知为何眼前的这些景给廖海涛一种异样的感觉,那感觉好像是雾中花,水中月,可望而又不可即,或者是一种即将消逝的良辰美景。他们似乎都含有一种留恋的挚情,挥手向廖海涛作着告别,就像上了船,见到岸上有人招手道别一般。

啊,上大坟、下大坟、西秧田、西沟塘、上木桥、下木桥、刘家祠堂,为什么今天给廖海涛一种特别的感觉,廖海涛总觉得它们像水面上漂浮的冰块远离而去……

太阳出来了,塘马村四周的晨雾消散了,虽然塘马村的东南西北还有薄薄的青雾在飘浮,虽然瓦屋山、双髻山还没有露出她那可爱的姿容。

因为没有异常的动静,司令部与政治部的干部和警卫及勤杂人员按惯例在祠堂两侧的社场上进行长跑操练,一些女兵赶往祠堂排练节目,那《打大仗》的歌声不时飘入耳朵:"你们是无敌的工农武装,你们要站在斗争的最前线,在战斗中巩固扩大,要随时准备打大仗!"这些女兵的歌声好清脆,那其中有李英的声音,她的声音廖海涛太熟悉,即使混杂在一千个人之中廖海涛也会辨认得出。

廖海涛喝完了最后一口粥,这时塘马村的晨雾完全消失,操场上束着皮带、戴着圆筒军帽、打着绑腿的干部在"一二一……一二一"地高喊着,迈着整齐的步伐,那整齐的脚步,雄壮的口号,那勃发的英气体现着新四军威武之师的军人气质!

大祠堂东侧高大的山墙,长长的围墙,黑黑的瓦脊,朝阳的光辉泼洒其间,古老的建筑注入了新的生命。

女战士的歌声在激扬,在飞腾。那高昂的旋律,那稚嫩的音色,那圆润的吐字运腔,汇合成一道青春、美丽的华章,战士的刚健与女性的柔美有机地结合在一起了。新的女性,她们在战斗中谱写几千年不曾具有的、传统价值中不曾包容的乐章,妇女……战斗……青春。

廖海涛回头东望,发现今天的太阳特别红,它还挂在树梢上,红得像要滴血,廖海涛心为之一振,眼一花,好像太阳如巨大的血球,顿时破裂,鲜血从血球中奔涌而出,沿着树梢、树枝、树干流淌而下,刹那间,天地一片血红,塘马村浸泡在红色的血海中。

"打大仗!打大仗!反摩擦,随时准备打大仗!打大仗,反摩擦,反扫荡……打大仗!打大仗!反摩擦,反扫荡……"歌声飘来,廖海涛的心猛地跳动起来,神经末梢似乎触摸到什么,罗忠毅在昨晚上掷地有声的声音在身边响起,"敌人来扫荡,你们就反扫荡。"

罗忠毅朝东望去,浓雾渐渐消隐,房舍、树木、道路、草垛都冒了出来,轻雾飘浮,似笼罩了一层轻纱,红日没有喷薄而出,而是被云雾遮掩着,时隐时现,直到强烈光芒刺透了浓雾,继而烧红了它们,汽化了它们,才渐渐地露出了它的姿容,不过浓雾出于顽强或出于依恋还时不时地围拢过来,太阳的脸不由得绯红起来。

罗忠毅喜欢看雾,喜欢看红日升起,在襄阳,久居都市中,由于屋舍的遮蔽,罗忠毅很少能看到真正意义上的日出,只是有一次随叔父到南彰三国古战场隆中时,才看到了太阳从地面上跃起的情景,在闽西的大罗坪、扁岭坑、陈地坑、梅子坪、邹家山,罗忠毅喜欢推开竹门,走出竹寮子或从几棵压倒的竹子相互绑结的床上蹦起,站到山巅,看红日从云雾中升起。

罗忠毅常常用宽大的手掌遮住额头,站立在山巅,脚下竹林遍野,身边青松翠绿,褐色的松果嵌镶于青青的松针间,飞鸟时而飞跃、时而在树枝上腾挪,嘴中发出清丽的乐声,花香随着湿润的风浸入心肺。

当罗忠毅的眼中显现红日从浓云汇聚的海洋中升起,海水红红的一片时,罗忠毅的心和那火热的阳光混为一体,斗志、信念,百倍地昂扬起来,罗忠毅那脸庞显出从没有过的刚毅与庄严……罗忠毅喜欢看,而且闽西虽然战事吃紧,但山川地理能使有限的空间特别宁静、特别安全,心完全可以松弛,飞翔于苍茫的群山中。

此时,罗忠毅在塘马朝东看,日虽已出,但罗忠毅远无昔日的心境,胸中跳动的是不宁的心。就像2月份在西施塘战斗的那一天,大地一片银白,白雪笼罩田野,红日在朗朗天边升起,清纯的阳光照射着苏南的小村庄,许多战士在雪景中跳跃、戏耍,包括柳肇珍,但罗忠毅那颗心突然狂跳起来,和眼前的宁静如此不协调,随后日军的枪声终于打破了小村庄冬日的宁静……

今日塘马的太阳又为什么如此红艳呢?浓雾在阳光稀释下使塘马村变成了一幅奇异的美景,为什么自己的心和这幅美景如此不协调?为什么?

《打大仗》的歌声飘来了,女战士们在引吭高歌,这合唱声雄壮而激扬,女声部的演唱有其特殊的魅力,战争提升了女性的形象,女人不再是软弱如水、软弱如稀泥的形象……打大仗,打大仗,歌声撞击着心扉,难道真的有大仗马上要打?是吗,有这样的巧合?什么巧合?明摆着昨夜大家周密安排着准备打大仗呀,如果真的有大仗要打,这真是上苍的绝妙安排,歌声已经昭示一切了。

"打大仗,打大仗",罗忠毅转过身,仰望着西面,西面的雾很厚很厚了,但空气湿湿的,水分太重。地面在长时间的冷风吹拂下,虽有些潮湿,但不泥泞,走上去有些松软,有一种柔和的感觉。

《打大仗》的歌声在飞扬,战士们出操的脚步声在震响……罗忠毅又缓缓地踱着步,来到石墩旁,慢慢地坐在冷冷的石凳上,似乎在等待着什么,突然罗忠毅心中一动,感觉到了什么,正想站起,此时,廖也似乎感觉到了什么,他叫通信员通知特务连要密切注视敌人的动向。

20

　　通信班战士把旅部的指令一一传达给了营部和各连部,黄兰弟、廖堃金、张连升、雷应清、雷来速、许家信、陈必利、陈浩、赵匡山、顾肇基、詹厚安、张光辉分别下到连队,到各个哨位查哨去了。

　　四连战士陆信和站在距塘马西面三公里的西祺村村西的小山坡上,全神贯注地朝北面陆笪方向扫视着。

　　他是后半夜来替换杜学明的,因为旅部有通知,28日敌人有可能偷袭部队,值哨要保持高度警惕,所以安排当晚的值哨人员时,雷来速是慎之又慎,在西祺村北面的哨位上安排了原太湖支队的两位老战士。

　　杜学明原是船工,一次在船上无故受到敌军打骂,他无奈跳入水中,敌机枪乱扫,他水性好,躲在船底下,幸免于难。他义无反顾地参加了顾复兴的太湖游击支队,参加了一系列抗击日寇的活动,有着丰富的作战经验。这陆信和是南通人,原在常熟打短工,后也参加了太湖支队,与杜学明、张学锋、俞源昌、宋耀良等人一起多次袭击日寇,极为机灵。

　　杜学明与陆信和二人受命后,一个值上半夜,一个值后半夜,两人虽然不易瞌睡,但从旅部的通知看,事关重大,为了防止瞌睡,为保险起见,和炊事员要了几个辣椒、一块生姜,揣入怀中,一旦眼皮沉重,对不起,就把红辣椒或生姜往嘴里塞。

　　真快呀,不知不觉,天渐渐放亮了,已看到了不远处的竹林,噢,东面的村庄也露出了轮廓,近处的桑树已清清楚楚地呈现在眼前。

　　突然觉得身后一阵响动,陆信和猛地转身,枪口对准了来人,"谁?"他大喝一声。

　　"是我!"一个洪亮的声音传来,一人迈着矫健的步子出现在眼前。腰间宽大的皮带上夹着手枪套,枪套中的枪早已握在手中,他拨过桑树枝,一下子出现在陆信和的身边。

　　"噢,是雷连长。"陆信和忙行了个礼。

　　"小陆,有没有情况?"

"没有!"陆信和挺直身子响亮地回答着。

"好!要严加注意,天快亮了,流动哨的同志回来没有?"

"没有。"陆信和此时才想起杜学明的关照,他把此事给忘了,但后半夜到现在,一直未见流动哨战士的影子。

"怎么回事?天下大雾,他们找不准方向了,小陆,你要注意,一有情况立即汇报。"雷来速的神色一下子凝重起来,旋即皱着眉,狐疑之色迅即显现在脸上。

"是。"

晨雾渐渐消散,远山、近树、茅亭、农舍渐渐露出了灰色的柔和的轮廓,大地似乎要撩起那神秘的面纱,一展其秀美的姿容。

雷来速命令战士们即刻开饭,昨日旅部有命令,命令士兵提前吃饭。

董坤明和战士们挤在一起用早餐,昨晚他就接到了准备战斗动员令,他非常兴奋,他有一种预感,大战即将来临。空气有些异样,硝烟味?不是,但有一种窒息感。他丝毫不敢怠慢,晚上睡觉特别警觉,稍有响声,他都会下意识地昂起头在暗中用耳朵谛听着一切的声响。

第二天一早,他早早起身,他抓紧做好两件事,第一件事,擦枪,其实昨晚他已擦过,但他不放心,又擦了一遍,第二件事,他反复检查了一下自己的绑带,看看是否扎好,要不紧不松,方可无虞,他扎好后反翻跳跃,又奔跑了几下,发觉松紧适度,才放下心来。

他检查绑带是有缘由的,这源于他刚刚参军时参加的一次战斗,那是1939年,亦即三年前,只有十三岁的他是江苏东塘民抗的常备队队员,当时常备队派一个班去围剿土匪,他也在其中,这是他第一次参加战斗,强烈的战斗欲望使他兴奋不已,但由于毫无作战的经验,结果遇到问题了。

原来常备队围剿土匪时,意外地遇到了日本鬼子扫荡,由于力量悬殊,唯一的办法便是撤退,但鬼子追了上来,常备队队员只能边打边撤,董坤明跟着队员飞速撤退,但他不清楚绑腿打得太紧,跑步时会越来越紧,使人无法利索迅捷地移动。很快,他就跑不动,此时大家正抢渡独木桥,班长见状,为了争取时间,便独自留下狙击敌人,待所有的人越过独木桥后,他因坚守狙击而光荣献身。

董坤明时时不忘班长倒下的那一幕,自此以后,早晨起身,不管有无敌情,他都要把绑腿打得松紧适度,再也不能出现第一次战斗时那样的问题,而今旅部命令做好战斗,自己能不好好准备吗?现在空气有一种令人窒息的感觉,这不是大战的征兆吗?

他不好随便说什么,只是悄悄地默默地做好准备,吃早餐前又捏了捏手榴弹袋,那硬硬的弹身告诉他,放心,手榴弹在弹袋中悄悄地休息呢!他抽回手,拿起饭盒,跟在别人后面,到木桶里舀了一碗粥,用筷子夹了一块萝卜干,细细地嚼起来。

晨雾中特务连战士吴炳发、赖文洪如雕塑般站在塘马东北的高家与黄洼里的小山坡上。

浓雾如密云一般充塞着天宇,他们看不清任何东西,他们像置身于白色的深井中,只能凭耳朵了解外面的信息,但是凭着丰富的战斗经验和经常出没于这些高地的直觉,他们还是能清楚地辨明所处位置的各个方位。

这儿,他们太熟悉了!在塘马的东北方向,直线距离只有两公里,平时站在高坡上,能清晰地看到塘马村,树木掩映,粉墙黛瓦间或夹杂些茅屋农舍,如果把视线往北移,那便是丘陵环绕中一河向北延伸,亮晶晶似一条带子,蜿蜒曲折,河两岸野花齐放,五彩缤纷,地势渐高,河道变细,最后消失于朱家村、大家庄的松林处,看那松林,竹翠一片,树冠相接,犹似起伏的波浪,逐次而上,逐渐延伸到丫髻山的脚下。

夏日里,秋光中,他俩经常喜欢观看这样的风景,视野开阔,眼里有一种飘逸的凉爽感,在特务连紧张的训练中,他们喜欢作这样的视线扫描。战争不全是血腥与炮火,他俩常喜欢咬着芭根草,脑海里交替地变幻着苏南与闽西的地形地貌。

紧张的训练中,他们两人有一种自豪感。吴炳发,龙岩白沙镇南卓村人;赖文洪,永定县抚市镇甲子背村人;两人都是老红军了,参加了闽西三年游击战争,跟随罗忠毅、方方转战在宁岩连地区。

1938年2月,他们参加了白士镇举行的北上抗日誓师大会,那热闹的气氛,壮观的场面,群情激奋的情景时时在脑海中萦绕,驱散了他们不愿离开家乡的念头。

3月1日,离开白士,在锣鼓、鞭炮声中,挥手告别家乡的山水、家乡的亲人,翻越小池以北的赤眉岭,到达上杭的古田,沿汀龙公路到达连城的新泉,他俩向前来欢迎的南阳、涂坊、旧县、才溪、朋口的乡亲宣传抗日救国的十大纲领。

"乡亲们,我们现在是国民革命军新编第四军了,我们现在要打鬼子去了。"他们宣传着自己刚刚弄懂的道理,看着衣衫褴褛、破衣布襟的老头,看着头发花白、皱纹纵横的老太,看着满脸灰尘的小伙、姑娘,看着牙牙学语的孩童,他们流泪了,身上涌起一种没有过的神圣感、使命感。战斗有了新的内涵,应大力宣传,尽管他俩并没有丰富的文化知识。

在汀州的晚上,二支队在城内街西原福建省苏维埃政府驻地召开大会,到会军民数千人,张鼎丞司令讲了话,晚上,在支队政治部宣传队队长王直率领下,彭冲、陈虹、骆平、蔡宋英等同志为群众演出了《送郎上前线》《放下你的鞭子》《海军舞》，他们被这生动的节目所感染，吃起了闽西的"八大干"之一的长汀豆腐干，心里有说不出的欢欣，看着周围的战士，热切之情溢于言表。一位老大娘听他们不是汀州口音，便问他们是哪里人，他们分别说出自己的家乡龙岩和永定。老大娘高兴地说："我的孩子是汀州人，叫国斌，也在你们的队伍中，就是经常犯胃病，你们都是老乡，要照顾一些。"

"老乡。"他们俩先前都是以县来定自己的乡属，现在要抗日了，福建人都是老乡，老大娘的话使他们的心弦为之一振，未等他们回应过来，老大娘叫他们稍等片刻，从屋里拿出一小坛熟地瓜干，一把把地往他们的口袋里塞，"饿了时吃一点，可以填肚子，店铺上的饼干、糖果多得很，可是你们一天五分钱伙食费哪能买呀？"

看着枯干的手抓着黄澄澄的地瓜干，他们的泪水滚落而下，不由得抽泣起来，他们没有说什么，也不会说什么，只是抓住大娘的手久久不放，可心里那一股强音早已奏响，"伯母放心吧，我们不会辜负你们的希望，我们是八闽子弟，我们定要为八闽、为中华争光。"

到古城，绕瑞金，达于都，进赣州，他俩破天荒地第一次看了两部电影，这两部无声片反映的是战争恐怖和魔鬼杀人的情景，他俩看后，连声"呸呸"。国民党想用此电影吓唬二支队战士，瓦解部队斗志，但此举对历经战斗洗礼的二支队战士来说无异是丑妇献媚。

经万安、太和、吉安、吉水、峡江、新干，达到樟树，他俩在罗忠毅率领下和其他战士站在船上，沿赣江北上，春风扑面，两岸花香，他们第一次见到了异域的景色，感受到了异域的风情。天下之大呀，祖国美好呀，战斗召唤他们，他们恨不得肋生双翅，飞到长江边，血洗日寇，救我百姓。

在罗忠毅的指挥下他们第一次坐上火车，几十个人挤在一个车厢里，听着汽笛的吼叫声和轮轨的哐当声，他们觉得新鲜又好奇，这怪东西，长长的，还跑得这么快，他们有点儿不适应，摇晃得很，一夜未眠。由于过于晃悠，小便也异常困难起来了。

丰城过了，进贤、东乡过了，余江、贵溪、弋阳、横峰、上饶过了，28日终于到达玉山。

下了车，改步行，得用双腿了，从开化越过白际山、田岭，从江田越过璜源、汊口，终于到达屯溪以北的琶塘。啊，四省、二十八县、一千二百公里，终于到达了目的地。

他们汇入了抗日的洪流中,奋战在江、当、芜地区,奋战在茅山地区,奋战在长滆、太滆地区,他们由四团一营的战士转入二支队特务营,由二支队特务营转入十六旅特务连,无数次的战斗使他们成为无坚不摧的战士,战火的锤炼、生活的变迁、生死的考验,短短几年,他们的相貌有了巨大的变化。

特务连,光荣之连,精锐之师,连长姓张,号称为打不垮的张连。他们两人清楚地记得在赤山之战中,廖海涛率领他们正面迎敌,把凶恶的敌人压缩在窦家边东北秦淮河边的凹坟地里,最后和四团三营的战士聚歼敌人于陈家边的石桥下。这一次老鬼子真正领教了特务连顽强、英勇、善战的战斗作风和精湛杀敌的技巧。他们两人更不会忘记在年初2月份的西施塘战斗,罗忠毅、廖海涛率领他们击退了偷袭的敌人,确保旅部机关工作人员的安全。而后西返两溧,特务连都起着王者之师的作用,他们为特务连的光荣历史而骄傲。

提起特务连没有人不羡慕,除了军政素质高外,其装备也是其他连队无可比拟的,清一色的装备,除没有炮和重机枪较少外,即使和日寇的连队比,也毫不逊色,遗憾的是弹药少了些,因为部队的军工生产落后,弹药常常供应不上。

至于特务连的军政素质,他俩更是有一种自豪感,连队的基本骨干都是闽西过来的老红军,新补充的战斗人员也都是在抗战中经过一定战斗洗礼的战士,思想素质、军事技术绝对是军中首屈一指的,所以四十六团、四十七团、四十八团在塘马整训期间,特务连起到了模范表率作用。三个团的连队都去观摩过他们的军事表演,他们和特务连的其他战士也多次深入连队进行示范指导,带动了一大批战士苦练杀敌本领,提高作战能力。

昨夜,他们听到张连升、雷应清传达的旅部通知后,迅即子弹上膛,安好刺刀,准备随时击退来犯之敌。一小时后,旅部通信员又传达了旅部的命令,他们摸黑冒雨赶到观阳一带驻扎。

对于这样的行动,战士似乎有一种说不出的冲动与热情。雄赳赳,气昂昂,有一种强烈的求战欲望,身背行李,肩背钢枪,腰挂子弹,双脚在田埂上飞行,黑影在田野中飘移,倏忽之间,部队便在观阳一带集结完毕。

他们要求值哨,张连升同意了,张连升完全知道值哨的意义和选择哨兵的重要。

赖文洪二十七岁了,如今是二排一班的正班长,吴炳发岁数比他小三岁,也升为副班长了,正副班长要求值哨,这是少见的事,事关重大,张连升哪敢马虎,点头同意了。

他们两人从后半夜换哨上去值勤,寒风中,两人相距只有十几米,却看不清对方的身影,他们没有说一句话,只是默默地听着风声,听着雾凝结成水珠后从树叶上滴落下来的声音,听着对方轻轻的脚步声和偶尔传来的咳嗽声。

但他们心里并不觉得沉闷,如果是无战情的日子里,像昔日在闽西大罗坪、扁岭坑的山沟里他们会唱几首客家人的山歌。但此时,他们的精力全部贯注于北面的山丘、村庄上,尽管浓雾遮挡了他们的视线,他们还是睁大着双眼,希冀双眼透过浓雾,不放过任何异常的蛛丝马迹。

天渐渐亮了,顽强的浓雾消隐了,原先的景物露出隐约的轮廓,桑树、竹林、菜园、池塘,黄洼村渐渐地露出了她美丽的姿容,"喔喔"的鸡叫声,"汪汪汪"的狗吠声也时不时地响起,黎明的寂静被打破了。

他们热血依旧,虽然寒意袭人,但丝毫没有感觉,反倒有一种临战时没有机会上场寂寞难忍的感觉。

他们已看清了各自的脸。

他们两人走近了些,指点着大家庄、朱家村方向的树林,轻轻地讲了几句话。

雷应清来了,他昨晚查哨完毕后回到住所,已经是11点20分了,晚上翻来覆去睡不着,凌晨一声鸡叫把他惊醒,他忙起身,一出门,碰到张连升,忙命早已起身做饭的炊事员赶快打上饭菜,早早吃饱,防止可能出现的敌情。

雷应清吃了两个山芋,喝了一碗稀粥,咬了几个萝卜干,发现大雾渐消,忙告别张连升,赶赴后巷以北的高家、黄洼一带的哨位上查哨。

五连小战士尹保生在离塘马村西一公里许、邵笪村西北面四五百米远的小坟包上走动着,他也是后半夜换岗上去,小战士精力旺盛,毫无倦意,天亮时,浓雾渐消,他在拖板桥河的东侧的坟包上走来走去,眼睛注视着陆笪方向,因为四连在西祺、南庄负责警戒竹簀桥方向,所以他把更多的注意力投向陆笪方向,那陆笪在邵笪西北方向,中间有许许多多的小村庄,什么贾家庄、大山里、前山里……全是竹树环绕。这浓雾天,能见度低,即使是风和日丽的天气,那丘陵地带的村庄也遮挡着视线,倘若人马悄悄而来是极难发现的,所以尹保生索性往正北面的马狼山上走去,站在高处更易发现可疑的目标。

这马狼山是相对高度不过只有四十米的小丘陵,土色呈红褐,土质黏性、碱性极强,塘马一带的百姓端午节前腌蛋时,喜欢用马狼山的泥土放入瓮中,倒上水和匀,再放入鸡蛋、鸭蛋、鹅蛋,数月后,那腌好的蛋煮熟剥开后,颜色赤红,味道鲜极,

175

所以那丘陵包下常有被掏挖的泥洞,那洞小的可藏羊,大的可藏牛。丘陵上平时少植东西,偶有乡民植些山芋、胡萝卜。

小尹一步一步向马狼山走去,脚踩在红色泥土里,有一种绵绵的松软感。初冬了,茅草遍地,荆棘丛生,偶见土坡上还没有锄尽的麦秆根桩。田埂边的那衰草很长,黄黄的,湿湿的,满脸稚气的小尹正想俯下身来放一把野火取取暖,但在战时的特殊情况下,小尹还是收起了这份遐想。

"马狼山,马狼山。"小尹轻声地念叨着,这山不高,也看不出有什么特别的地方,为何看上去总有些神秘的色彩,浓雾萦绕更使人有一种神秘的感觉。

小尹想起来,这大约与传说有关,听邵笪村的地主蒋永胜讲这"笪"字便是村的意思,在溧阳有许多这样以姓加"笪"字命名的村庄,如杨笪、戚笪、陆笪、罗笪……这姓往往是村庄的原始主人,但世易时移,村庄的主人也几度易手,如今杨笪、邵笪已无杨姓和邵姓,这邵笪已属蒋姓天下,偶尔夹杂一两家马姓佃户外,再无他姓。

这马狼山因土呈红色,古时俗称红山,不知何日,山上忽现一怪物,似马似狼,狼头马身,专吃邵姓之人,一个好端端的邵笪村,近百人被其吃光,只剩邵太公一人,邵太公招募和尚、道士去除妖物,所招之人无一不败阵而归。恰逢一蒋姓义士路过邵笪,自告奋勇去除妖物,蒋义士与马狼搏击三日,马狼终于仆倒在地,口吐人言:"我本为邵笪村邵姓主人蔡氏,因邵氏祖先毒死我蔡氏全族,迁移该地,今我特来寻仇。昔尚有一邵姓之人未灭,此乃天意。但邵氏必绝,蒋姓必为邵笪主人。"言讫化清风而去。邵太公闻之,大惊失色,知祖上曾有此孽,自知大限已到,把家产全托付蒋义士,大叫数声而亡。自此,"红山"改名为马狼山,蒋义士为蔡氏一门所灭叹息,为马狼寻仇一事遗憾,遂居于邵笪村,后又立庙于马狼山,祭祀马狼,至今犹有一破庙存焉……

小尹边走边想,不知不觉来到马狼山山顶,山顶风大,雾并不太浓,呈絮状飘移,周围的景致大致可辨,但远处的景致并不清晰,好在天光放亮了。东边的张家村的鸡也啼叫数遍了,狗的狂吠声也格外响亮。

小尹擦了擦眼睛,发现雾忽浓忽淡,慢慢飘移,稀薄时,可透过薄雾看到远处的旷野,雾浓时,则白茫茫一片,一切都笼罩在乳白色的纱帐下……

塘马村北盘龙坝旁有五六户棚户,其中有一姓何的户主,名叫何云山,早晨,他听到牛棚中有窸窸窣窣的声响,他猛地爬起,细细地听了一会儿,那声音是明白无误的。

"奇怪,难道大清早有人偷牛?"他下床穿衣,"不会吧,牛不好偷呀,这乡间的牛是农民的命根子,一般人不会偷,偷了也无处出手,且牛是大家都认识的呀。"

　　他想再回到床上睡觉,但牛棚的声音越来越响,而且伴有呼哧呼哧的人的喘息声。

　　他慌张起来,忙穿上鞋子,开门而出,一出门,只见清雾飘来,外面白茫茫一片,一切不甚分明。

　　他快步来到牛棚,透过薄雾,细细一看,几乎被眼前的景吓呆了。

　　他分明地看到了几个日本兵正呼哧呼哧地往牛棚里搬运整箱整箱的子弹。

　　这子弹箱他清楚,他曾被日军抓到瓦屋山据点运过军火,子弹箱扛过,手榴弹箱扛过,连炮弹箱也搬过,木条钉的箱子,十分沉重。

　　未及反应,几个日本兵窜了上来,一个大胡子日军头上冒着热气,用粗绒绒的长满黑毛的手擦着汗,顺势拿起三八枪,用枪上的指刀对着吓得几欲倒地的何云山:"你的,回去的回去。"他做了一个刺杀的动作,但刺刀迅即在空中停住:"你的,喊叫的,死啦死啦的。"

　　何云山两腿发软,双眼发黑,忙转身向自己的棚屋走去,在薄雾中又见几个日本兵驱赶着准备淘米烧粥的农妇:"快快的,快快的回去,喊叫的,统统的死啦死啦。"

　　几个农妇吓得淘米簸箕也翻了,白净净的大米漏了一地,连忙三步并作两步,慌乱地奔回家中。

　　薄雾渐消,许多日本兵冒了出来,他们驻着枪,硬硬地站立着,双眼齐齐地向塘马村张望,静静地等待攻击命令的到来。

　　晨雾在晨光的照射下,慢慢地退出它所占有的空间,虽然它极不情愿,它所遮蔽的一切渐渐地如浮出水面的岛屿一般呈现在生灵的视线中。

　　塘马村犹如水墨画中的主体之物在烟雨薄雾中露出了她秀美的身姿,背景仍是那样淡雅,如浅浅的淡墨所勾勒,主体中民宅的山墙、叶子凋谢已尽的村边的大树、周围亮晶晶的水塘,尤其那蜿蜒曲折的塘马河,散发着水墨的香气,传达着水墨的神韵,唯一不同的是她脱尽了静态的风韵,呈现的是动态的风骨。

　　西沟塘出现了,水面上还冒着丝丝水汽,似云似雾。西秧田中的小麦正吐出嫩芽,远看一片片,密密地挨着。西秧田上的几棵合欢树伸着漆黑的枝丫,在余韵未尽的晨雾中尽显其妩媚的风姿。沟沿坟上的板茅在寒风中发出哗哗的响声,灰黄的板茅,灰白的板茅花,如刚刚出浴似的,散发着阵阵水汽。

鸡叫了，大祠堂屋脊上的龙头昂着头、张着嘴，龙角显得格外有神，刘秀金家门前的大榉树上的麻雀欢叫着，不时地钻出密密的树冠，扑扇着那湿湿的翅膀。

门开了，首先跑出一群鸡，呱呱呱地叫着，向四周散开，在屋前的桑树地里觅食寻欢去了。

刘洪生拎着一只竹篮走出了家门。

他眼皮有些沉重，这是睡眠不足所致，昨天已经很晚，陶阜甸通知他到祠堂前迅速集结，他以为有什么军事任务，一跑到祠堂前，才知道是协同修械所的人员埋藏军用物资。

小分队的队员问他连夜埋藏，究竟出于什么原因，他说他不是很清楚，陶书记只是关照回去带好农具埋藏物资，保守秘密，至于原因，陶书记说是上面通知的，敌人有可能明日进攻塘马。

众人一惊，来不及细问，他们带着铁锹、钉耙、锄头、扁担、箩筐、绳索来到村南庙边的修械所，准备就地掩埋物资，还是刘良超心细，说就地掩埋容易被发现，还不如按老办法，像昔日一样，在老坟场边建几个新坟，物资一埋，谁也不知道，那次一支队的物资就是通过这些方式掩埋的。

张华南、陶阜甸连连点头，他们在庙西北的虚竹塘边的老坟边挖了几个大坑，把那些铜、铁、锡以及打造工具，全埋藏在几个大坑里，然后垒上土，造了五个新坟，乍一看，如同真的，如果不是本村人，很难发现这五座坟是埋藏物资的假坟。

刨床太大，难以掩埋，小分队找到一个草堂潭，用粪桶捞尽积水，再把其放入，在上面堆些草皮，压一压，在火把照耀下，直到看不出一点痕迹才收工回村。

他一晚上没睡着，因要保守秘密，所以也没对妻子说明，深夜出去做了什么事，只是说执行任务。他听陶区长说，明早日军有可能进攻塘马，但却没有布置明日做些什么，只是做好准备，随时听从调遣。他疑虑，明天到底有没有战斗呢？如果有，小分队该做些什么呢？为什么陶区长又没有作出明确的指示。虽然小分队经常出没于敌占区，进行过多次战斗，但都是小规模的、个别性的，和日军面对面正面较量，他还从来没经历过。

直到凌晨才安然入睡，天一亮，被妻子叫醒，他忙问有人叫过他吗？妻子回答说没有，他伸头看了看窗外，发现天已大亮，任何动静也没有，他疑疑惑惑地打开门，发现一片大雾，隐隐约约听到阵阵的操练声，他那颗悬着的心才放下来。妻子崔玉英叫他到村北头刘腊春家捞豆腐，并关照他早点回来，吃完早饭要到上方田干活。

他出门路过大祠堂时,发现祠堂门早已开了,一群女战士在紧张地整理着东西,看样子像是参加什么活动,还不时听到她们哼唱着《打大仗》的歌曲,他慢慢地向祠堂西侧的社场走去,还未到场边,便听到一阵阵"一二一"的步操训练声,伴随的是咚咚作响的脚步声,那脚步声,干脆整齐有力,传向地面,泥土底下有一种涌动的感觉。待拐过祠堂的墙角,只见晨光下那些机关干部、警卫班的部分战士在整齐划一地演练早操,炊事班的班长在空空的粥桶旁观看着,身上黄白色的围裙上还粘着斑斑点点的粥汤,他张开没牙的嘴,呵呵地笑着。

看着那空空的水桶、桶边上粘着的米粒和那大大的勺,刘洪生明白战士们已吃过早饭,如此早地开饭,他还是第一次见到。战士们虽然应着教官的号声喊着"一二一",但神情严肃,不像昔日那样轻松,步子也格外的凝重……会不会有战斗呢?恐怕不会有了。

祠堂周围声浪阵阵,人群出出进进,但都匆匆的样子,这和平时那喧闹无序的喜庆状态迥然不一。"没有战斗,为何空气又如此凝重。"他有些不解,又好像感觉到了什么,便加快步子,急速向村北走去……

塘马村上的雾消失得比周围的村庄丘陵要快,陆容起身时,晨雾已消失得差不多了,她和其他几个女战士迅速洗脸刷牙,打好背包行李,因为昨日接到通知,今日可能有敌情,所以炊事员的粥桶一到,她们便拿起碗,哗哗哗地喝了起来。她觉得有些饿,比平时多吃了几个山芋,几根萝卜干,然后又把行李背包背在身上试一试,很好。万一打起仗来,得迅速背起,到祠堂西侧的社场集中。

按惯例,如果没有战事,她们得去大祠堂演唱司徒扬的《打大仗》,因为旅部召开了一系列会议,会议结束后,她们要为干部群众演出文艺节目。

她向村南的竹林边走去,发现大圩塘、西沟塘的水面上水气升腾,像是水底有熔岩奔涌似的,她想看个究竟,不料夏希平召唤她快往祠堂赶,她便扭转身子,往社场走去。

一到祠堂,发现许多人聚集于此,徐若冰、潘吟秋、史毅、骆静美、洪涛等人皆在,一会儿许或青赶来了,叫她们继续排练,但又关照敌情还没有消失,要她们随时做好战斗准备,罗、廖司令正在司令部听候通信连从各地传来的消息。

西沟塘水面卷起一层层涟漪,水草那圆圆的扁平的叶子晃悠着,板茅的倒影揉碎了,化成了无法判明的扭曲了的图形。虽然时近初冬,鲦鱼儿还是在水面上蹿来蹿去,不甘寂寞,踏脚的长形条石上,崔玉英与袁秀英两人都在用丝瓜瓤擦洗着山芋,准备着一天的饭食。粮食不多,山芋当家,这是农民的习惯。

水有些冷,那山芋上的泥土不好洗,只能用丝瓜瓤去擦,擦后的山芋表层变为红的、白的、黄的,五颜六色,被堆放在石级上。

两人为了排除寂寞,闲谈着近来的农桑稼穑之事或一些远近的奇闻轶事。

雷来速一走,一排长李国荣来了,他也是来查哨的,天快亮,雾还没有消失,不知敌军会不会来进攻,另外放出去的往竹簧桥方向警戒的流动哨至今没有消息,他实在感到意外。

他来到西祺村西北的小山包上,向陆信和询问了几句,陆信和还没回答,忽见西祺村村民陈小虎扛着锄头,一头担着狗屎担子,慌慌张张地跑来。

"不好了,不好了。"他神色慌张,气息紊乱,"我看到西边田野里到处是马,我还以为是黄牛,原来是马,不知哪来的马?"

"马?有马鞍吗?"李国荣一听大吃一惊。

"什么马鞍?"陈小虎露出不解的眼神。

"就是供人骑的鞍子。"陆信和比划着。

"有,有有有。"

"有没有人?"

"有,起初,我没看到,雾很浓,有时很薄,雾薄时我一看,吓了一跳,好多人穿着黄衣服,趴在那儿,一动不动。"他一边说一边哆嗦,眼睛放射着恐怖之色。"在哪儿?带我们去看看。"李国荣一把拉着陈小虎,一边招呼着陆信和向陈小虎所指的方向走去。

两人随陈小虎来到陈家棚东北的小高地上,照北一看,什么也看不见,只是白茫茫的一片浓雾,陈小虎正诧异时,刚好一阵狂风吹来,雾被吹尽,露出了整排的马匹,那马背上的马鞍分明异常,有几匹马还不时地甩着尾巴,喷着响鼻。

李国荣一看,心猛地随之一跳,那不是日军的军马吗?怎么马到了而人不见呢?他刚想问,陈小虎手指一点:"在那儿,在那儿,那儿趴着人。"李国荣顺着陈小虎手指的方向一看。"天哪!"他脱口而出,成批成批的日本兵或蹲或趴或卧,在田野里隐蔽着,那样子像是等天亮了再发动突然袭击。

李国荣迅速作出决定,"陆信和你守在这儿,我马上返回,吩咐战士进入预设阵地。"他转身便走,刚走几步,又回转身子,"有情况鸣枪示警。"

吴炳发、赖文洪向雷应清行了礼,雷应清忙还礼,还礼毕,忙问有没有异常情况。

吴炳发朗声地回答:"没有。"然后他挥了挥三八大盖,"小鬼子来了就让他有来无回。"

雷应清点点头,他拿起了手中的望远镜,本来连一级的领导不配望远镜,刚好7月份廖海涛征战茅山,连克日伪据点,缴获甚多,便给特务连配了两把望远镜。他忙拿起望远镜朝前方照了照,瓦屋上、丫髻山不见,雾虽已不浓,但瓦屋山、丫髻山还没有冲破晨雾的遮蔽。他把望远镜换了一个角度,一看,近前的黄洼村一片寂静,那哨位上的哨兵移动着,脸始终朝向北面。他把望远镜的镜头对准陆笪、上庄、大家庄来回扫视了一下,也没有发现什么特殊的情况,于是把望远镜放了下来,轻轻地发出了"噫"的一声,他感到有些奇怪,这早晨为何出奇的寂静,按常规,此时天将亮,农夫们也该出来活动了,为何陆笪、上庄、大家庄方向静悄悄,望远镜里不见一个人影,尤其是大家庄,那儿有四十七团一营二连驻扎,为何不见一点儿人影呢?

他的心猛地一跳,他有一种直觉,往往风暴愈是强烈,到来前愈是寂静。在闽东多次的反包围战中他都遇到这种情况,莫非今天真的有大仗打,鬼子会不会玩什么花样呢?这千万不可大意,他又把望远镜对准黄金山前楼方向看了看,突然他在望远镜弧形划分的空间中看到了许多跳动的小点,高度的警觉使他赶忙揉了揉眼睛,把望远镜调到放大的最大档,迅速置于眼前观看起来。

画面一阵晃动,他感到一阵眩晕,待他看清那些放大了的有些晕化了的小点时,着实吃了一惊。那区区小点竟是一个个人儿,那人儿不甚分明,但人儿中间夹杂着一些小旗。那小旗经风一吹,方形中显示着红色的圆点,那不是日本人的太阳旗吗?他忙赶前几步,再举望远镜,这一次十分分明,那些移动的人儿都端着枪、弯着腰向塘马村扑来,看那枪的长度,可以明白无误地判定是一群鬼子。

"好家伙,果然是他们,好狡猾的日本鬼子。"雷应清脱口而出。他暗暗佩服罗忠毅、廖海涛首长的远见。特务连若昨晚不及时赶到观阳一带设防,是很难发现这一批敌人的,看来敌人绕过了我军在黄金山一带的防线偷偷从薛埠、罗村坝方向的后陈、五棚斜插而来了。

"吴炳发,你去报告张连长迅速集合队伍,把队伍拉上来,另外派人迅速报告旅部。"

"是!"吴炳发转身向后巷村跑去,雷应清则和赖文洪留在原地继续监视着敌人。

不一会,张连升、苏新河、裘继明带着队伍赶来了,张连升拿着望远镜看了看,暗暗吃了一惊,"好狡猾的家伙,来势凶猛呀!"他用手指了指巷上方向,"你们看那么多鬼子。"

副连长苏新河接过望远镜看了看也吃了一惊。

"一排,迅速占领前巷村东高地。二排,进入前巷村西高地。三排,留作预备队。"张连升吩咐完毕忙对雷应清说:"雷指导员,你和裴继明率一排进入前巷村东高地阻敌,我率二排进入前巷村西高地,苏副连长,你率预备队留在高家村。"

"是。"众人分头行动而去。雷应清、裴继明和一排长杨阿明率领一排战士急赴前巷村东高地,那一带原先有一些简单的工事,那是四十六团整训时留下的。雷应清、裴继明、杨阿明一到达目的地便命令战士们拿上预先带来的铁锹,又把工事作了简单的整修,然后架好枪,身边放上手榴弹,等待敌人进入射击圈。

尹保生在马狼山转了几圈,当他再次向前山里方向观看时,他忽然发现了一个黑色的怪物,那怪物的头由于浓雾不断飘移不甚分明,但身体看得有几分清楚。四只脚、长肚皮,似牛似马,看样子更像马,因为牛的肚皮更大,况且毛发为黄色的,苏南一带大多数是水牛,黄牛几乎不见。尹保生揉了揉眼睛,这会儿浓雾飘走了,那似牛似马的怪物尾巴一甩,小尹看得十分分明,是马尾巴,应该是一匹马,但马头看不分明。小尹害怕那东西的头是一只狰狞贪婪的狼头,如果是,那么蒋永胜讲的马狼是否又重现人间了呢?显然不会,马狼只不过是传说而已,连蒋永胜自己都不信,他讲完故事后也笑嘻嘻地说:"我们讲的是故事,是老经。你们新四军不会相信的,我们乡下人也说'老经,老经,破布头襟襟'。"不过小尹心里还是有些疑疑惑惑,他端着枪、弯着腰,慢慢向那似牛似马又似乎是狼的怪物走去。

小尹走向前,怪物越来越大,还不时地移动着,猛地怪物打了几个响鼻,发出一阵叫声。小尹一听便知是一匹马。他奇怪,好端端的马怎么会跑到这荒村野地。一阵风刮来,雾稀释得更薄了,小尹清楚地看到原来是一匹战马,不,是几匹战马,那马背上驮着崭新的马鞍。奇怪,这不是战马吗?怎么此地有战马?他连忙上前想去看个究竟时,他突然发现就在自己身边不远处站着几个被寒风吹得瑟瑟发抖的人,一看那帽子、刺刀,小尹便惊叫了一声:"日本人!"

由于刚才雾太浓,对方也没注意到小尹的到来,就在小尹一声叫喊后,对方也明白了什么,忙着趴倒举枪时,小尹的枪先响了。"叭叭"两声,枪声划破了寂静的上空,鬼子一阵骚动,由于看不清人,只是趴着乱放枪。小尹一边放枪一边朝邵笪村飞奔而去,一边叫喊着:"鬼子来了,鬼子来了!"

"叭叭"两声枪响传到了西祺村高坡,陆信和一看趴着的敌人马上站起,迅速散开,上马的上马,举枪的举枪,只看到一敌首举着指挥刀在空中一划,敌人整齐划一地向高地扑来,他们好像知道这儿有一支部队似的。

陆信和一见情况不妙,李国荣刚走,战士们还没有上来,为了让战士们早一点了解敌情,他忙掏出手榴弹,拉断了弦,随手向敌人扔去。一声轰响,伴随着一阵惨叫,"叭唢、叭唢","嗒嗒嗒",子弹雨点一般地在身边落下来。

"叭叭——"马狼山的两声枪响划破了清晨寂静的长空,当枪声穿破薄雾笼罩的空间,震荡在塘马村上空时,崔玉英、袁秀英立刻放下手中的篮子,两人你看我,我看你,一脸惊恐之色,她们手中的丝瓜瓢沾满了池水,水珠滴滴而下。

"娘娘,枪声。"袁氏嘴唇哆嗦起来。

"是呀。"崔氏四顾起来,她双眼一眯缝,"好像是马狼山传来的。"一瞬间,两人不知如何是好。那年头,苏南妇女听到枪声,便不由自主地惊恐哆嗦起来,双腿打战是惯性的反应,反应完毕后,便是玩命地奔跑,日寇也好,土匪也罢,见到妇女、儿童,那么她们不会有好的结果。尤其是日寇扫荡,只要听到枪声,年轻妇女忙着往脸上抹锅底灰,像没头的苍蝇,哭喊着四处奔跑,胡乱跑入日本队伍中的也有。袁氏清楚地记得日本人初次进塘马,她与婆婆爬上屋里楼上堆放的草垛中,梯子则由丈夫刘良超抽去,日军进入村中搜寻,用刺刀乱戳,那刀尖几乎刺中她的头部,吓得她大气不敢出,咬着牙,蜷缩着身子,一动也不敢动。日军去了半日,方敢下楼,那些没有来得及逃避的村民却遭了殃,村北四里许的蔡金塘两个年轻的女子逃避不及,潜入池塘边的板茅丛中,头露在外面,为日寇发现,强行拉上岸,被蹂躏糟蹋,昏迷后,被家人架着绕村三圈,方始苏醒,这样的惨事数不胜数。至于男人被割头,小孩被溺死,孕妇被剖腹,更是数不胜数,黄金山、小石桥、观阳多有村人被杀者……劫难的到来,枪声便是预兆……所幸新四军的到来,这样的枪声渐渐少见,但如果"叭唢"声一响,老百姓脑海中那些可怕的印记便会浮出水面。

"叭唢叭唢"声一片,崔氏、袁氏瞪大了眼,扔掉手中的丝瓜瓢,拎起篮子,顾不得那些没有洗尽的山芋,慌不择路向家中奔去。慌张之中,两人还没有忘记叫喊:"日本人来了,日本人来了……"恐怖的叫喊声在西沟塘的上空回荡。

两人刚跑了几步,只听见一道洪亮的声音传来,"不要怕,不要怕,快往南面跑。"

两人抬头一看,只见罗忠毅、廖海涛一前一后从村西大祠堂奔来,他们两人手上都拿着望远镜。

两人气息未定,一看罗忠毅、廖海涛急步奔来,马上镇定下来,只见罗忠毅神色镇定,悉如平昔,廖海涛泰然自若,丝毫不乱。两人还来不及打招呼,罗忠毅朝她俩挥挥手,"你们快转移,往南面跑。"说完两人便迅速往西沟塘西北的沟沿坟跑去。

两女子并没有走,因为她们的身边有了罗忠毅、廖海涛,有了迅速移动的平昔常见的新四军战士。她们似吃了定心丸,站在原地,往罗忠毅、廖海涛前趋的方向看去。

此时,西边马狼山方向枪声大作,"叭唢,叭唢"的枪声响成一片。"嗒嗒嗒"声几乎是充塞了耳鼓,她们用哆嗦的手按着嘴唇,看着塘马村西的那一片土地。

罗忠毅、廖海涛直扑沟沿坎高地,罗忠毅脱下军大衣,放到坟包上,马上拿起望远镜站在板茅边朝邵笪方向看去,廖海涛则站在一个大的坟头上也拿着望远镜观看着,两人不时地扭着头说着话。

马狼山抖动着出现在罗忠毅的眼中,山包的边沿被晕化了,似乎有几道重复的发着蓝光的边沿,上面空无一人,只有硝烟在空中飘浮。显然这是报警声,敌人还没有登上马狼山,但枪声出现在马狼山,那么可以肯定敌人已经到山下了。

"到了马狼山了,怎么这么快,我们的前沿哨兵干什么去了?"罗忠毅嘀咕着。

罗忠毅调整了一下望远镜的焦距,此时的马狼山清清楚楚地出现在罗忠毅的眼前,有许许多多并不分明的人儿直往上冲,一看那灰色的服饰和前进的方向,罗忠毅便知这是四连的战士往预设阵地进发了。

枪声从马狼山偏南的方向传来,罗忠毅把望远镜往马狼山的南面移了移,只看到半空中火光四现,邵笪村的高地遮蔽了西祺、南庄二村,只有天空中的火光和那边传来的枪声简洁地传送着交战的情况。

"这该死的雾使我们的排哨、复哨、流动哨失去了作用,如果我们派往竹箦至白马桥方向的流动哨、我们在瓦屋山青龙洞的哨卡、我们在黄金山北面哨位预先报警,情况就不一样了。"罗忠毅用嘶哑的声音说着,他并没有放下望远镜,而是一边说一边向东北瞭望。

罗忠毅的心一阵收缩,这样的情形似乎是他所盼望的,又似乎是不愿看到的,但不管如何,它终于出现了。"敌人是来进攻我们的。"罗忠毅对廖海涛说又像在对自己说,话音刚落,枪声从东北方向破空而来,且十分密集,如小鞭炮炸响一般,又如锅中爆炒的豆儿爆响一般。

有着丰富战争经验的罗忠毅马上判断出那儿的战斗十分激烈,这样密集的枪声交战的一方不会少于二百人。

好呀,敌人从西北、东北两路攻来了,势头可不小。

北面呢?罗忠毅把望远镜的镜头对准了北面,涧北里、大家庄一片静谧,什么声息也没有。

廖海涛又举望远镜往正北方向看,下宅大家庄方向一片沉寂,难道那儿没有敌人,因为四十七团二营就驻扎在那儿,如果敌人从正北扑来,是不可能避开四十七团的呀,看那情形敌人没有从正北突击,但西北、东北的敌人离我们很近了,"罗司令呀,敌人是来进攻我们了,看来敌人来得不少,出人意料的是他们来得这么快,一下子到了我们的眼前。"

"看来敌人是从两个方向来进攻我们,西面和西南暂时没有情况,我们必须迅速作出决定。"

"对。"罗忠毅放下了望远镜,"没什么了不起,西南方向有四十八团六连和团部特务连……"罗忠毅话音刚落,西面也响起一片枪声,而且和西北东北一样密集。

"我有点担心西南方向,那儿基本上是平地,地形不利,得赶快通知四十六团九连从前村赶往中梅,与四十八团的六连特务连共同据守。"

罗忠毅和廖海涛一道用望远镜朝西南观看,同样那儿也是火光冲天。

"东面是长荡湖,南面是国民党防区,廖司令,我们马上回祠堂,一方面要通信员传令参战各部队严守阵地,决不能后退,急命四十七团二营刘禄保领兵收缩到塘马,四十六团九连顶住西南方向,另外,迅速带领机关人员向东转移至芦苇荡,在圩区待命,命令地方工作人员组织群众向南突围,南面是国民党,他们不可能向百姓开枪。"

罗忠毅心里一阵翻滚,真的应验了,敌人果然来偷袭了,而且趁着大雾,如此快,如此凶猛,后果难料呀,因为罗忠毅利用过大雾实施过偷袭战,这种战术对方是很难防范的,现在只有赶快转移,先前设想的几种战略、战术部署因为意外的原因已没有实施的可能了。

"只有东移了。"廖海涛的声音淹没在密集的枪声中了,"罗司令,敌人果真来了,而且利用了大雾。如果用骑兵突袭,后果就十分可怕了……"廖海涛还没说完,罗忠毅只觉得半空中有怪物呼啸而过,怪物飞动时摩擦空气的声音十分尖厉,还未及反应过来,只见火一闪,轰响声在东面不远处的西秧田中响起,随之而来是遮天盖地的泥土和滚滚的浓烟,浓烟遮蔽了村西竹林,稻秆根桩和泥土屑儿如雨水般飘落而下。

罗忠毅暗思道:得迅速作出战斗部署,首先,得赶快脱离险境,不再寻求任何意义上的作战业绩,这样的局面难以消灭敌人,现在只能保存自己。保存自己,当然是转移了,这是不容置疑的,但这个转移需要有部队掩护,显然部署是化作两部分,一部分转移,一部分掩护,就目前的态势,无论是转移还是留下战斗,都需要强有力的领导人,亲自坐镇指挥,而不是通常意义下的小股部队留下,让干部群众先行转移的那种情形了,而且今天留下阻击的危险、规模远非新四军通常对日作战的那种情形了。

枪声更密集了,有几颗子弹呼啸着穿破长空,跌落在西沟塘中,塘中的水面溅起了些许浪花,竹林里的鸟儿扑扑扑地乱飞起来,几只鸡也不知何故呱呱地狂蹿起来。刹那间,哨子声、集合声、脚步声齐齐响起,混合成一道道强音灌入村民崔玉英、袁秀英的耳中,使她们茫然失措起来。

"呼呼呼——"尖厉声划破长空,随着"轰"的一声巨响,火光一闪,气浪滚涌,两人几乎被刮倒,未及站稳,竹林边袁氏家中的小榉树咔嚓一声响,已被飞来弹片炸成两段,随之一股火药味扑鼻而来,熏得她们眼泪直流,肺中的氧气几乎被吸尽,胸口异常的沉闷,强烈的窒息感使她俩感到一种从没有的恐惧。许久,她们才发现头上、肩膀上全是尘埃泥块,而眼前则是一片烟雾。

她们想起了什么,马上从惊恐中苏醒过来,扔下篮子,往村西急奔,她们知道罗忠毅、廖海涛就在沟沿坎上,炮弹是在离他们不远处爆炸的。

钻过烟雾,抬眼西望,只见罗、廖如铁铸的巨人一般站立在高地上,他们似乎根本不知道炮弹就在眼前炸开,还是如刚才一般用望远镜四处瞭望,现在他们瞭望的方向不是西北,而是东北。

红日终于驱赶尽了迷雾,把自己的光粒抖落在苏醒的大地上,朝阳平射在罗、廖二人身上,他们灰色的躯体上出现了一层深红的血色,望远镜平架在罗志毅的眼前,他的双手托着那沉重的双筒,身体前倾,双脚淹没在坟地杂草丛中,那短短头发根根如钢针般竖立着,身体的整个线条刚劲有力。廖海涛左手拿着望远镜,右手指着东北方向,嘴唇微动着,朝霞中那宽大额头上泛着红光,他那粗密浓眉、圆睁着的虎眼,在枪声、炮声的混响下,在火光的映照下,显射出一股军人的凛然之气。他抬举着右臂,似一杆炮筒,筒中蓄满正义、浩然正气、不屈斗志,随时喷向所指的方向。

崔氏、袁氏狂奔过去:"罗司令、廖司令,危险、危险!"

两人的叫声惊动了罗、廖,日光下两个刚劲的身体终于转动了,他们见两女子还没有向南移动,忙挥着手:"别过来,快走,向南走!"

罗忠毅露出平昔常见的为塘马村人熟悉的微笑,廖海涛显出塘马人常见的和蔼可亲的笑脸,他们二人急速地挥手:"快走、快走。"

崔、袁两人收住脚,正想说什么,但又不知道说什么,两人犹豫时,罗、廖的警卫员上来了,推着她们向村中奔去。崔、袁二人放心不下,回首再看时,罗、廖二人已从坟地下来,移向沟沿坎旁另一高地,日光下二人似铁铸一般,屹立在高地上。

罗、廖二人走到村西，走到刘秀金家那棵大榉树下。

罗忠毅暗思道：敌人东北、西北两路攻来，西南随时也会出现险情，战斗部队并不多，敌人出动多少，现在还估计不清，但从部队的配属看，配备坦克、骑兵、炮兵，从敌人多路进攻的方向看，从传来的密集的枪声看，敌人肯定出动了联队以上的兵力，按通常意义算该有三千之众，如此情形下，这阻击的危险是可想而知了。绝对不是留一两个基层干部就能承担的，从十六旅的情形看，只有我和廖海涛了，廖海涛是闽西三年游击战争的领导人之一，他担任过杭代县苏维埃政府主席、上杭县委书记、杭代县军政委员会主席、红七支队政委，在新四军中担任四团政治处主任、四团政委、新二支队副司令、十六旅政委，虽然长期担任政治工作，但他一直从事军事指挥工作。在闽西，他领导了大洋坝战斗、杀人崠战斗，成果辉煌，抗战时期无论是对日的赤山之战、高庄战斗，还是对顽的西塔山战斗，他都表现出了卓越的领导艺术，他是闽西红军、苏南新四军中屈指可数的能文能武的优秀将领，由他带领机关后方人员先行转移最为合适，苏南抗日的斗争少不了他这样的领导人。若留下他阻击，阻击人员随时可能牺牲在疆场上，因此这样的担子该由我来挑了……我不挑，谁来挑呢？

"我不入地狱，谁入地狱呢？"

"廖司令呀，今天我们要打一场阻击战了，党政机关工作人员转移非同小可呀！我看你带队先走，这儿有我留下。"罗忠毅往身上披着大衣，还没有扣上纽扣，刚才他把大衣摊放在坟包上，坟包上茅草的水珠早把黄呢大衣弄湿了，黄一块，黑一块。他一边拿着枪，一边抚摸了一下挂在脖子上的望远镜。

廖海涛的心猛地跳了一下，刚才只想到布置任务，应付敌人，谁带队转移，自己一时还没想，现在要自己带队转移，让罗司令留下阻敌，这怎么行呀！要留也不应留罗司令，要留也得留自己或者是四十八团的领导。

廖海涛眼眶一热，从今天的情形看，留下阻敌远不是昔日的那样简单了，在闽南有地形作依托，敌人再多，阻敌并不可怕，在苏南新四军平昔难以遇到如此多的敌人，阻敌也不是万难之事，可今天，敌人三面围攻了，而且落在西秧田的炮弹明显是敌人用山炮打来的，联系昨天的情报，敌人有坦克、大炮，有骑兵，这样的阻击意味着什么？廖海涛泪水几乎滚落而下，我们共产党的军官就是和世界上其他的军官不一样，不，我不能走。

"罗司令呀，我怎么能走，你不仅是十六旅的领导，也是六师的领导呀，我留下吧，你率机关人员先走。"廖海涛言辞恳切，语调低沉，说到末尾廖海涛都几乎听不到自己的嗓音,廖海涛觉得自己的嗓子又干又哑。

"老廖呀!还是你先走吧!看来敌情超出了我们的预料,这儿的情况难以确定,党政军机关工作人员要紧,他们是抗日的宝贵财富,绝对不能陷入包围中。阻敌非常重要,我不留下谁留下呢?"罗忠毅眼圈也红了。

"不行呀,罗司令,你想想,战场的面如此之宽,我们兵力有限,四十六团九连,四十七团一营难以保证到位,溧阳抗日民主警卫连远在张村,而且战斗力较弱,茅山保安司令部的一个连还没接受过正规训练,唉,我们的参谋长迟迟没有到位,我看这样吧!我先留下,先让其他同志带一程,阻敌第一,若阻敌不成,那转移也不成呀。"看来党政机关能否突围出去,意味着这场突围恶战的成功或失败。然而日军是从东北、西北、西方三个方向合击塘马,党政机关只有向东转移了,如果驻塘马的党政军机关人员全军覆没,这就意味着新四军第一个抗日根据地将要丢失,意味着华中抗日根据地将被割裂,整个华中抗战将处于极为被动之中。无论如何不允许出现这种局面,党政机关现在向东转移是重中之重,他们能突出重围,必须坚持到天黑,暗夜是他们突围的先决条件。然而要做到这一点的前提,是驻塘马的战士必须阻击牵制住敌人,这是坚持到天黑的唯一希望。这样的重任非一般人能担当的,我作为政委,应该首先留下。"

此时枪声大作,有几颗子弹下落到大榉树上,密集的树冠中那些麻雀受惊后扑扑飞起,又一颗炮弹落在西沟塘中,水柱冲天而起,水花飞溅,罗忠毅的脸上感到了麻麻的冰凉。

时间不允许再争执了,罗忠毅只好点头,让一个人先带一下。谁来担任先行的转移负责人?罗忠毅首先想到王直。

王直虽然年轻,但他是资历颇深的红军战士,也是罗忠毅的老战友,在岩宁连根据地,罗忠毅率明光独立营和红九团会合时,罗忠毅和他就相识了,他的卓越的政治组织宣传才能,在闽西三年游击战争中已充分地显示出来,他历任红军宣传员、秘书、交通总站站长、分队长、连指导员、组织干事、总支部书记、红四支队政治处主任。在新四军抗战中,更体现了他大胆独到的政治艺术,他担任新四军二支队宣传队长,第四团组织股长,第三团、第四团政治处主任,十六旅政治部组织科科长,在赤山之战、西施塘战斗都有效带领机关安全转移。他临危不惧,镇定自若,指挥有方,现在由他带领机关前行转移,非常合适。

罗忠毅停下了脚步,抬头看了看眼前的大榉树,只见大榉树上的麻雀在枪声中乱飞着,有几只还在空中盘旋。

在大祠堂门口,许多机关干部涌来了,罗忠毅扫视着众干部,最后眼光落在了王直脸上,他的眼睛亮了起来,转过身朝廖海涛说道:"那么让王直同志带领众人先行转移,行不行?"

"好!"廖海涛完全赞同。

罗忠毅宣布了由王直率队先行转移的命令,罗忠毅反复向王直说明,要克服一切困难,把部队带到安全地带。除了机关人员的生命外,罗忠毅还关照有两样东西不能丢,一是钞票,二是电台。尤其是钞票,这是十六旅的命根子,军费太紧张了,苏南的财政收入有限,部队扩展,地方武装的发展哪一块不需要用钱,尤其在苏南没有征收实物,主要是靠河口赋、田赋商业税来支撑经济,为了部队的财政收入,许多同志都献出了生命,这是绝对不能丢的。

罗忠毅的话语迫切、沉重而又充满了信任。

王直点着头,看到他坚强自信的目光,罗忠毅露出欣慰的微笑。

廖海涛来到王直面前,紧紧地握住了他的手:"汉清呀!这一千多号人是抗日的宝贵财富,你无论如何也要把他们带到长荡湖边,原地坚持,天黑就是胜利!"

王直胸脯一挺,眼中露出坚定而自信的目光,"请首长放心,我一定完成任务!"

"廖司令,你们也要快一点转移呀!"王直的话语格外地深切。

廖海涛点了点头,"你先走,我马上会赶来的。"不知为何,廖海涛始终不愿松开自己的双手,就好像手一松,再也没有机会触摸到一般。

陆信和枪声一响,张雪峰、俞源昌和其他战友跳了起来,忙拿着枪随雷来速与许家信从南庄奔向西祺村高地,来到西祺村便听到了密集的枪声。

张雪峰昨夜几乎是抱着枪睡觉的,早晨醒来,他早早地起了床,打好绑带,穿好衣服和其他战友早早地吃了饭。天色已亮,晨雾消退,见没有动静,一颗心刚放下,突然听到轰的一声响,接着便是叭咚叭咚的枪声,他一听便知道这是日寇的枪声,忙抓住枪,奔出门外,只见雷来速、许家信赶来集结部队,他便忙忙地排在队伍中,迅速向西祺村进发。

一到高地,李国荣的一排已和敌人交上手了,只见子弹瑟瑟瑟地从上空划过。偶有击在树枝上的,只听到树枝一阵咔嚓咔嚓断裂声。枪声一片,"叭叭叭"、"嗒嗒嗒……""叭唢叭唢",偶尔能听到枪声中夹杂着一两声惨叫声,有时红火一闪,接着是雷鸣般的响声,旋即闻到一股强烈的火药味。

张雪峰进入预设阵地,那儿有一道浅浅的沟,是战士们昨晚为了可能发生的战斗连夜挖好的。

他一进入浅沟，探出头一看，不由得大吃一惊，敌人密密麻麻地如蚂蚁一般向小高地扑来。敌人如此之多，这是他第一次看到。昔日在锡南多次与日寇作战，都是些小股日军，而这次日军铺天盖地，形似蝼蚁，他有些紧张。

他马上镇定下来，拿着他擦得亮亮的马枪，对着山坡下那些扑来的黄色的蚂蚁。

不过这些蚂蚁并非通常所见的那些蚂蚁，而是些移动极快、扇形展开、单兵作战能力极强的老鬼子，这些老鬼子军事素质极高，卧倒、起立、屈身前进、匍匐前进、滚进，利用地形地物的能力极强，尤其精于射击，加之手中武器的精良，确实是一股凶狠的威胁极大的力量，加上他们深受武士道精神的影响，作风顽强，看来今天面临的战斗绝对是空前未见的血腥恶战。

张雪峰知道战士们的子弹很少，一阵交锋之后，不再射击，静候敌人进入射击圈后再进行攻击，由于地形对我有利，敌人暂时占不到便宜。

果然敌人在李国荣的一排的突然打击下，如捅了马蜂窝一般，四面散开，就地卧倒，不再前进，朝着阵地猛烈扫射。他们十分狡猾，不再贸然前进，而是凭着枪声判断新四军的位置及火力部署，阵地上出现了短暂的寂静。

不过这寂静持续不到一分钟，一敌首戴着白手套，拿着明晃晃的指挥刀，在九二式重机枪旁狂叫一声后，敌人的轻重机枪齐齐地向李国荣的一排猛烈扫射起来，而那些散开的鬼子则全部弓起身子，弯着腰，从东西两面放着枪向着一排正面包抄过来。

张雪峰移动着枪口，眯缝着眼，扣动着扳机，朝着鬼子瞄准、射击。

那些日寇叫喊着，端着枪，突然站立起来，哇哇地叫喊着向山地扑来，钢盔在阳光下闪闪发亮，刺刀在阳光下泛着白光，枪上挂的太阳旗在风中噗噗直响，背上的行李上下抖动，那打着绑腿、穿着大头皮鞋的双腿扭动着，尽显凶残野蛮残忍之态，他们咚咚咚地踩着红褐色土地，脚下卷起阵阵的旋风。

张雪峰眼睛都红了，就是这些鬼子制造了一起起血案，残忍地杀害了我多少中华同胞。他清楚地记得十五岁那年在无锡南门外方桥镇朱姓理发店当学徒时，有一次一个日本婆被我太湖支队击毙，敌人包围了方桥，追查凶手，凶手没有找到，他们便报复泄愤，先是烧房子，然后抓了八个所谓的嫌疑犯，用铁丝穿了琵琶骨，用刺刀挑破肛门，拉出肠子，绑在被弯曲了的竹子上，然后手一松，肠子被抽出一大串。被害者那扭曲的脸、惨烈的叫声使被迫押来的围观者掩面而泣，敌人接着端着刺刀齐齐地刺向那八个受害者。他那时站在人群中,双眼冒着愤怒的火焰,想扑过去撕咬那些鬼子,但赤手空拳的他怎能对付得了那些拿着现代化武器的凶恶鬼子……现在敌人又端起刺刀嚎叫着向战士们扑来。

瞄准、瞄准、再瞄准,鬼子抽动着的脸已看得清清楚楚,连那些形如钢针的胡须也纤毫毕露地呈现在眼前了。

雷来速一声喊:"打!"话音刚落,张雪峰迅速按动扳机,枪响后,张雪峰清楚地看到胡子形如钢针的鬼子猛地一挺腰,然后枪从手中滑落,仰天倒下了,双脚脚尖直直地对着天空。

枪声阵阵,嘶喊声一片,张雪峰放了几枪后,忙拿起沟沿上的手榴弹和其他战士接二连三地扔了出去。近在咫尺的日寇倒下了一大片,显然敌人没有料到在一排两侧已有了二排、三排战士。这一阵猛烈扫射后,第一批冲上来的一百多名鬼子倒下了一大片,其余的如消退的潮水迅速地倒退了下去。

敌人没有马上进攻,张雪峰突觉眼前一亮,阵地前突然响起了震天的炮声,弹片呼啸而过。泥土四处飞溅,硝烟阵阵弥漫,敌人早有准备,九二式步兵炮、六〇式小钢炮、掷弹筒齐发,炮弹雨点般地飞落到阵地上,刹那间什么也看不清了。

"卧倒,卧倒!"雷来速高喊着,战士们迅速趴进沟里,或趴伏在小田埂边,或根据炮弹破空而来的方位迅速移动……他们死死地坚守在阵地上,静候着更为残忍、血腥的战斗……

尹保生枪响时,陈浩正在邵笪村蒋永胜家门前的老槐树下吃早饭。雾刚散,天刚亮,枪声一响,他忙跳了起来,此时在后镇方向又传来了两声"轰轰"的巨响。

"指导员,鬼子向顽固派开炮了。"连部的程文书说道。

"不对,这不像炮声。"陈浩话音刚落,小尹连续放枪的枪声,鬼子追击的"叭嗵叭嗵"声从马狼山传来。

陈浩马上明白是日寇向我们进攻了,赶快与陈必利集合队伍。陈浩的内心隐隐作痛,昨天已经多次强调日寇可能向我们进攻,但部分战士还是有些放松,有一个战士不以为然地说:"敌人如果来了,那是来送死,那是来送枪炮给我们。"他上前告诫大家不要放松警惕,但这种情绪还是难以遏制地在部分战士身上漫延着,看来11月7日的转移,敌人未来,着实让有些人麻痹了。

陈必利率领一排迅速扑向马狼山,在半山坡上遇上尹保生,小尹上气不接下气地叫道:"连长,鬼子来了。"

"同志们,上!"陈必利手枪一挥,战士们迅速向上,他们刚刚到达马狼山山顶时,敌人的先头部队也快到山顶了。

"好险呀!"陈必利惊出一身冷汗,再迟一步敌人就可能占领马狼山,若敌人占领了马狼山,那旅部所在的塘马村就直接暴露在枪炮下了。

"打!"陈必利一声吼,战士们开枪的开枪,掷手榴弹的掷手榴弹,一阵猛烈的进攻把那些快到山顶还立足未稳的敌人赶了下去。

敌人一阵忙乱,他们不知新四军有多少人马,溃败下去后,迅速散开,但他们马上整理好队形,黑压压地一大片一大片往山上攻,在攻击时不时地用火炮向山头轰击,一时间,火光冲天,弹飞如雨,"扑扑叭叭"的枪声如炒豆一般在马狼山的上空爆响起来。

敌人猛烈的炮火把昨夜刚修好的浅显工事炸得面目全非,有几个战士也挂了彩,好多战士的脸被熏得黑黑的,如煤炭工一般,炮火下,敌人弯着腰、端着枪、嚎叫着,迈开那粗壮短小结实有力的双腿,向并不陡峭的山顶涌来。

敌人作扇形攻击,攻击面很宽,一排战士根本没法御敌,眼看两侧敌人涌上山头,幸好副连长率领二排战士赶来增援。枪,一阵猛烈的扫射,手榴弹,一阵猛烈的爆炸,敌人终于溃败了下去。

阵地上出现了短暂的空寂,陈必利刚想松口气,突然听到空中有物呼啸而过,方向直奔塘马而去,随即从塘马村传来强烈的爆炸声。

"山炮!"陈必利大吃一惊,原来敌人用山炮轰击塘马了。

"呼呼呼——"炮弹继续从空中划过,向塘马奔去,陈必利沿着炮弹飞行的方向的源头看去,发现那正是瓦屋山方向。看来敌人把炮架在瓦屋山上了,天哪,这一次敌人是花了血本来攻击新四军了。

旋即,空中出现了两粒红色的信号弹,马上枪声、炮声四起,西面、西南、东北方向枪声大作,尤其是西北观阳方向,枪声密集,火光冲天,站在马狼山上的陈必利看得清清楚楚……陈必利抓下头上的帽子捏在手中,大声叫喊着:"同志们做好准备,敌人又要进攻了。"

战士们上好子弹,拿起手榴弹俯伏在阵地上,心怦怦地跳着,准备迎接马上到来的血腥厮杀,每个人的脸色是凝重的,每个人的眼神是镇静的。战斗,一场在心中没有准备好的大规模的战斗在眼前展开了,厮杀只有厮杀,别无选择。

几分钟过去了,除了密集的炮击外,却不见敌人的踪影,到后来连炮击声也稀落下来了。陈必利感到奇怪,探出头往坡上一望,奶奶的,几乎空无一人,除了在远远地射击圈外有一批鬼子拥着步兵炮、小钢炮,架着掷弹筒外,几乎看不到鬼子,他妈的鬼子又要玩什么花样呢?

他还未明白过来,营部通信员急速跑来,"报告陈连长,黄营长急命你率领一排二排赶往拖板桥以西,抗击西北之敌。三排由陈指导率领,在你们的阵地上抗击敌人。"

"是。"陈必利明白了,由于马狼山地势较高,敌人知道一时难以攻下,把部队抽走,集中攻击四连阵地,妄图从正西方向打开缺口,从而闪击塘马。

他迅速集合二排三排战士,准备出发,此时陈浩已率三排赶到,陈必利把几个受了伤的战士交给他,和副连长迅速率一二排战士向四连阵地的方向进发……

枪声一响,茅山保安司令部政治部主任、兼湖西保安司令司令的李钊急忙带着警卫班战士走到村北,向枪声所响处观察。

枪声是自观阳方向发出的,李钊清楚那儿离塘马不远,看来塘马旅部有战事,还未等他细想,东北不远处的黄金山方向也想起了"叭嗵叭嗵"的枪声,明白无误,黄金山也有了日军,他急命战士们进入预设阵地,操枪作战。

此时,旅部方向传来了更为密集的枪声,李钊清楚,旅部塘马离戴巷、黄金山有五公里之远,那儿有枪声,这儿有枪声。看来今天的仗够多够大的了,不管如何,遵旅首长之命,先行阻敌。

李钊听到了黄金山那边传来了阵阵炮声,且炮声非常密集。旋即山上升起了浓浓黑烟,依稀能看到泥土飞溅形成的形似蘑菇的形状。

他明白,凭这枪炮声,日军至少在黄金山集结了一个中队在执行攻击任务,凭茅山保安司令部没有受完严格整训的人马,是无法阻挡日军的进攻的,地形最有利也挡不住疯狂的日军。

果然,没多久,日军的人马出现在了黄金山山顶,日军军旗在冷风中瑟瑟飘扬。

一阵枪炮声后,樊玉琳带着人马后撤到了戴巷,他一见李钊便急急地说道:"狗娘养的日军偷袭起我们来了。"他气喘吁吁,"日军炮火太猛,黄金山守不住了,况且还有骑兵……"

樊玉琳话没说完,李钊便看到黄金山下烟尘四起,一会儿,几匹战马驮着疯狂的日军疾奔而来,日军挥舞的战刀在阳光下闪闪发亮。

"我们在第二道防线上堵一堵,再看旅部有什么部署。"李钊命令战士们齐齐把枪口对准敌骑。

"好!"樊玉琳命令刚刚后撤的战士和戴巷的伏击的战士一道就地阻击。

有五匹马骑冲了过来,由于黄金山和戴巷村间是一洼地,日骑下坡后再往上冲速度明显放慢,此时他们已进入了战士们的射击圈内。

"打!"樊玉琳、李钊齐齐发出命令。

战士们居高临下,一边放枪,一边扔着手榴弹。五匹日骑没有一匹冲上戴巷高地,马匹受到了惊吓,乱蹦乱跳,日军纷纷坠落,在手榴弹爆炸声中血肉横飞,身首异处。

烟雾散尽,樊玉琳、李钊伸头一看,着实吓了一跳,黑压压一群鬼子从黄金山村沿山坡叫喊着冲来,来到坡底,他们迅速地架起了步兵炮,炮口正对着戴巷高地。

樊玉琳清楚这是日军的老战术:炮轰、骑兵冲击,步兵跟进、多路进攻。

"不好,敌人要放炮了!"樊玉琳惊叫道,"赶紧转移。"

战士们迅撤出预设阵地,猛听见空中传来呼啸尖利之声,旋即轰隆隆一阵巨响,刚才的阵地全部被灰尘烟雾笼罩所吞没。

惊愕之余,旅部通信员赶到,命茅山保安司令部队员向长荡湖边转移。

樊、李会兵一起,迅速向小石桥方向后撤,然后越大石桥,沿河向东浦方向撤退。

炮弹在塘马村村西的沟沿坟旁炸开,硝烟刚散,罗忠毅、廖海涛立即向村中祠堂走去。他们边走边不时地用望远镜向西南方向观察,当来到祠堂前空地上时,西南、西北、东北方向的枪声已十分密集了。

小鸟在空中乱飞,刚刚栖落,又惊慌飞去,飞来飞去,气力耗尽,落在地上到处乱窜,子弹坠落在屋顶,瓦片发出叭叭的清脆的断裂声,如炒豆一般。

祠堂前已集中了许多干部,有司令员、政治部、苏皖区党委机关及地方政府的领导人。

子弹穿过树木,树叶纷纷下落,树枝嘎嘎断裂,尤其是那些植于门前的糖莲树,树叶凋落已尽,只剩下些枯黄的干瘪的果子,被弹激得四面飞射,射到人的脸上,只觉得火辣辣地疼痛。

欧阳惠林起身后,发现浓雾笼罩全村,四周静悄悄的,并无半点战斗的迹象,他看到战士们走来走去昔如往常,不久,战地服务团的战士涌向大祠堂。《打大仗》的歌声飘来,村中的男战士则列好队,在"一二一"的口令中操练起来,他深深地吸了一口气,眼之所及耳之所及,悉如往常,但他没有放松警惕,吩咐警卫员叶根茂一旦发现什么情况迅速来报。欧阳惠林急急地吃完早饭,觉得肚子一阵响动,便向茅厕

194

走去,他刚蹲下,忽地听到塘马西北方传来一声枪响。"叭嗵",他一惊,这是日本人的枪声,这种枪声无论是战士还是百姓都最熟悉不过了,这是日本人的三八式步枪的响声,往往这一枪响,百姓要奔逃,战士则要准备战斗。

他连忙向杨氏屋中走去,只听见几声炮响,接着四周是一片枪声,猛然间听到轰一声巨响,一颗炮弹落在祠堂的大坪上,泥土四溅,浓烟滚滚,火药味四处蔓延起来。

"不好,这是朝旅部来的。"他觉得事态严重,加快了脚步,只见操场上操练的战士纷纷排好队奔向西面,服务团的女战士纷纷从祠堂里走出,在许彧青的招呼下,分头奔回自己的住所。

他移动了一下眼镜,眼前的人物晃动起来,模糊起来,显得十分杂乱,他刚想上前询问,只见叶根茂快步跑来,"欧阳书记,西北方向发现敌情,罗、廖司令通知机关人员立即集合,做好转移准备。"

"好……好好好。"他话音刚落,敌人的炮弹又落了下来,那是在村西,他马上跑到祠堂前,只见罗忠毅与廖海涛用望远镜在祠堂前的空地上朝西观察敌人。欧阳惠林忙上前询问,罗忠毅告诉他,他和廖司令在西边沟沿坟上已观察多时,西北方向发现敌人,东北也有了枪声,现在他们发现敌人向南运动,敌人已向后周方向移动了,他要欧阳惠林迅速集中地方机关人员,准备随旅部机关转移。

刘蔚楚也听到了枪炮声,昨晚他在政治部目睹廖司令去了司令部,很晚才和王直科长回来。

看两位首长神色凝重,好像有什么心事,但又不知发生了什么,只是听说要做好战斗准备。他未及细想,后见廖海涛很晚还在看军事地图,便觉事关重大,但由于太困,人又小,只是一个十一岁的小孩,一倒在床上,便呼呼大睡了。第二日睁眼一看,政治部干部居住的屋内空无一人,连忙起身,一推门,浓雾扑来,外面有战士走动,一切如旧,并没觉得和平昔有什么不一样,便在房前屋后走了两圈,准备吃早饭。

"叭嗵"一声枪响,他一怔,旋即山炮炮弹落下,轰隆声骤响,他马上明白,今天要打大仗。

别看刘蔚楚人小,只有十一岁,人们常称其为"小黑皮",却是个老资格的新四军战士,1938年5月9日粟裕率先遣支队从当涂来到马鞍山坝头村,10号便批准了只有八岁的小黑皮为新四军战士。别看他年纪小,自1938年至1939年在女生八队抗校学习两年后,便随其父来到新二支队,一直随廖海涛东征西讨,什么恶仗都见过。赤山之战,他出出进进传递作战命令;西塔山战斗他随廖海涛在指挥所忙前忙后;高庄一战,他和战士们一道痛击日军;廖海涛率四十六团二营连拔日军二十余个据点,作为勤务员的他没有离开过廖半步。许多战斗场面他都见过,许多战斗的模式他都领略过,枪声、炮声、火光、硝烟,他最熟悉不过了,如今听这枪声炮声,仅凭声浪气流,便知晓,今天将是一场前所未有、见所未见的恶仗。

他赶紧向东奔去,他沿政治部居地前墙向左拐处,再穿一巷来到一排瓦房前,再绕过瓦屋,来到了村东小圩塘边,他看到村东桥头,聚集了许多人,政治部组织科长王直正在召唤着众人说着什么。

随即罗忠毅发出命令,由王直先率领党政军机关人员向东突围,至西阳集中,命作战参谋游玉山速去通知四十七团二营率部向塘马靠拢,命四十八团四连、五连、六连坚守阵地阻击敌人,延缓敌人的进攻。命四十六团九连阻击由竹簧方向向南迂回的敌人,命陶阜甸率领后周区干部和塘马村村民武装骨干指引百姓向南突围。

命令完毕,众人纷纷散去,迅速向东撤退。

塘马村的人流分两个方向流动,一部流向村东下木桥,一部流向村南的大塘沿上。

罗忠毅、廖海涛迅速来到村东的下木桥旁,此时的枪声已经十分密集,几颗流弹已溅落到小河中,溅起许多水花来。

浓雾完全散尽,晚起的人根本没看到先前有一场能见度极低、充塞于天宇间的浓浓白雾。阳光驱散尽白雾,给大地披上了血红的霞衣,大地似被鲜血染过了一般,连天上的云彩也被染得通红通红。观阳的树、新店的农舍、塘马村东的农田均呈现出少见的血色,连洋龙坝边的几棵掉光了树叶的糖莲树也泛着红色的光芒,小桥边灰白的板茅花也是红红的。

空气格外清冽,并带着一层寒意,如果是平昔,你会有一种清凉的感觉,但此时,枪声已挟带上了火药味,虽然塘马村边的子弹、炮弹并不多,但人们总觉得空气中有一股浓烈的硝烟味和阵阵的血腥味。

下木桥由于树木的掩映,没有洒落上阳光,灰色,从河的北岸延伸到河的南岸,上面的桥板密密地排列着,从稀疏处的缝隙中能看到湍急的河水,桥桩屹立在水中,不知是空气的震动还是水流的冲击,整个桥面有一种微微的跳动感。

罗忠毅、廖海涛带着警卫员来到桥的北头,一边招呼着撤退的人员迅速过桥东撤。

王直率领着庞大的人群过来了,一到桥头,罗忠毅走了上来,一把抓住王直的手,许久没有松开。

他的脸容早已消失了平昔惯常的浅浅的微笑,代之以严肃庄重之色,眼神中流露的是镇定庄严之光。

"王科长,苏南党政军机关工作人员先交给你了,你无论如何也要把他们带到西阳,然后转移到安全地区!"罗忠毅的话语沉重而又恳切,满脸是信任和企盼之色。

王直心头一热,挺直了身子,一种神圣的使命感从心底升起,但他的心情瞬间沉重起来。满耳的炮声、枪声,急速旋转的空气,涌动的人流,乱飞的小鸟,众人脸上显示的紧张急迫之色,微微颤抖的大地,尤其那空气中飘来的时强时弱的火药味,使他感到今天的任务具有前所未有的艰巨性。

现在敌人出动了前所未有的兵力三面合围塘马,只有东面是个空隙,从态势上看短兵相接的战斗即将开始,这样的突围是自己从没有经历过的,其困难是昔日率众转移、突围不可比拟的,即使党政军机关向东转移到了长荡湖,短时间内不可能找到船只渡过湖去,那也是极其危险的,要把党政机关转移到安全地带,起码眼前没有这种可能。

王直很了解他的两位首长,他们两人都要留在一线阻击敌人,说明当前情况已不同往常的突围,敌情的严重性,已使党政军机关突围到了"山穷水尽"之地步,罗、廖首长同时率部队阻击敌人,要他带党政军机关往东转移,实在是迫不得已了。

由于廖海涛政委一直兼着政治部主任,平时廖政委一般将政治部管理和协调的任务交给王直。眼下,战事紧急,十六旅不仅没有副职领导,连旅司令部也没有正副职领导。所以罗、廖要同时率部阻击敌人,那么组织机关突围的重任必然落在王直的身上。

王直1931年参加红军,在闽西三年游击战争中,突围战斗是家常便饭。组织机关突围,对王直来说在苏南也已经历多次。临危不惧,指挥若定是这位经历过三年游击战争磨炼的老红军的特点。但这次罗、廖交付组织突围的任务,却使王直感到担子比以往都显得更加沉重。

王直沉重地点了点头。

罗忠毅看了看王直,也点了点头,"你带领党政机关转移,要注意保护好电台,有可能时要将这里情况及时转达出去。还有十几担钞票要保护好,新四军刚刚开始实行收税的政策,这是许多征税的同志用生命换来的,是新四军赖以生存的命根子。"王直立即意识到,这不是一般的嘱咐,似乎是最后的交代。王直望着罗、廖两位首长瞪大了的、充满血丝的双眸,他们眼里闪现着"破釜沉舟"和充满期待的光芒。

"罗司令,你放心吧。"王直的话坚定有力,他想说些什么,一时说不出来,自己的手被罗忠毅那双手紧紧地握着。

罗忠毅松开了手,他看到了陈辉,陈辉挑着担子过来了,那箩筐里放满了用洋面袋扎好的法币,钞票沉重,扁担两头明显地下沉着,但陈辉气息若定,瘦瘦的身躯在朝阳下显得格外矫健。

"小陈呀!"罗忠毅拍着陈辉的肩膀,"你的担子不轻呀,记住!人在钞票在!"

陈辉鼻子一酸,眼泪突然从眼眶中涌出,耳听四面枪响,眼见弹飞如蝗,他知道首长留下不走将会意味着什么,他把担子在肩膀上挪了一下,话语中明显带有哽咽之声,"罗司令,请放心,人在钞票在,人不在钞票也在。"

罗忠毅笑了,笑得是那样凝重,他为自己有这样的部下而感到欣慰与自豪。"好,快走吧,战斗后,我们再见。"

陈辉挑着担子过了下木桥,过了桥,他扭过头一看,泪水模糊了眼前的一切,罗忠毅那模糊但高大的身影在晃动着,他想擦干泪水再看一看自己敬爱的首长,但枪声和催促声使他无法再回头,他没料到这一眼竟是最后一次看见自己的首长。

王直刚走过桥头,廖海涛赶了上来,王直收住了脚步,他心中隐隐约约有了某种不祥的感觉,虽然是丝丝的、淡淡的、若隐若现的、若有若无的……这种感觉昔日从没有过,无论是在赤山之战中还是在西施塘战斗中,他都在廖海涛的嘱托下带着队伍顺利转移,和廖海涛分别时从没有过这样的感觉……可这一次,他从空气中明显地嗅出了生平从没有过的战斗气味,战争女神似乎在昭示着什么。

他真想回转身,拉着这位敬爱的首长、尊敬的兄长一起东撤。

廖海涛似乎明白了王直的心意,他笑了笑,马上挥挥手,"快走,快走,汉清,你快走,带好队伍。"他走上前,由于人流急速而过,他无法再走到王直的身前,他大声地叫喊着,"你快走,我会马上赶来。"

王直点点头,只见廖海涛挥着手,指挥着其他人向东撤退,他那虎虎的雄风深深地烙在王直的脑海中,他那铿锵而又关切的话语时时地撞击着王直的耳鼓。

人流急速地往下木桥上流淌,罗忠毅在桥北、廖海涛在桥南指挥着撤离的人群。

翁履康背着电台和翟中和一道来到了桥头,由于台长温净去上海购买器材不在塘马,所以他俩直接去找机要科长廖昌英,只见廖昌英正和王直在桥头说话。王直一见,忙挥手:"快撤快撤。"

他们俩迅速地汇入东撤的洪流中,刚过桥,翁履康想起昨晚接到了司令部的敌情通报,为了应付战斗的到来,他们早早地把天线收起,电台的电动机,发报机全部收起放入袋中,只要有情况,即刻背起就可转移。

电台的重要性可想而知,电台工作人员稀缺他也清楚。他是上海人,有文化,参加新四军后便被派入到机要科学习收发工作,凭着聪明和努力,他和翟中和很快掌握了电台收发的各项技术。

十六旅成立后,红色电波的指令全靠他们传送。在通讯工具十分落后、在战争环境如此严酷的环境下,电台的指令起到了超乎想象的作用。哪个地方的指战员要执行上级的指令,全靠电台的传递,才能迅捷地把作战指令传递到他们的手中。

翁履康犹记得 5 月份随十六旅来到溧阳北部黄金山地区,便遭到敌军的进攻,在皖南事变后国共矛盾十分尖锐的情况下,该如何处理这一矛盾,是关系到十六师、尤其是十六旅今后行动的走向,它对苏南抗日根据地发展与巩固有着重大的影响。

正是有了电台,才联通上了新军部的领导人,陈毅明确指示:不能退让,要打!但要有理有节。

谭震林接到陈毅的回电后,迅速采取措施,和罗忠毅一道做出了痛击顽固派的战斗方案,取得三战三捷的战果,一下子扭转了苏南抗战的局面,为十六旅的发展拓宽了生存空间。

而今,战情又起,随时既要保持和上级(军部、师部)的联系,又要保持和下属部队(四十六团、四十七团、独立二团)的联系,让首长能有效地驾驭战争的局面。

翁履康动作十分熟练,早晨起来,未及吃上早饭,枪声一响,廖海涛的警卫员吩咐他们赶快转移,他便三下五除二地背上包,迅速赶到桥头。

过了桥,但见枪声四起,硝烟阵阵,人们从不同的地方来到村东,越桥向东奔去。

他见到罗忠毅在村东的小丘上指挥着战斗人员奔赴各自的岗位,又指示转移人员向东撤退,他是那样从容、坚定沉着。翁履康听到如此密集聚的枪声,着实吃惊,他暗暗替首长担心,他希望首长赶快加入转移的洪流中。

乐时鸣随着人流来到村东的桥头,他前面的一位管理科的小战士挑着行李担子,那是两只小皮箱,里面存放着司令部的机密文件以及罗忠毅和军部往来的信件。

28 日一大早他就起了身,急急地赶到了司令部,西北方向一声枪响后,他也来到了祠堂门口,他见罗忠毅不知为了什么事和廖海涛争来争去,最后罗忠毅在祠堂门口宣布了几条命令,其中就有一条由王直率领机关人员向东撤退。

他暗暗吃惊,怎么也没想到两位首长都留在危险四起的塘马,而其他人则撤离战场,事后他才知道罗忠毅原来决定由廖海涛率队转移,廖海涛不同意,要罗忠毅先走,才争来争去。

"太危险了。"他很想上去说服罗忠毅、廖海涛,哪怕留下从没有参加过阻击战的自己,可军情紧急,罗忠毅迅速宣布命令,哪还有时间去说明情况。他领命后,急速返回司令部,把重要的文件、军事资料、罗忠毅与军部的信件装入皮箱中,叫人挑上,迅速往村东小桥跑去。

一到桥头,许多人已往桥上涌,桥头一时挤满了人,罗忠毅镇定自若地指挥着撤离人群。

罗忠毅视线落在乐时鸣身上,他忙叫住了他,"乐科长呀,你要把东西管好,路上要小心。"他拍了拍乐时鸣腰带上挂着的小手枪,"路上也许会遇到敌人,要沉着,千万要注意安全。"

"你不走?"乐时鸣关切地问道。

罗忠毅"嗯"了一声,点了点头,"时鸣呀,许多事是始料不及呀,敌人来这么多,又来得这么快,看样子由于种种原因,我们的防线很快会被突破。"他用极其沉重的语调说道,"我不留下,谁留下呢?"然后他手一挥,"你快走,和其他几个科长配合好,无论如何要把机关人员、地方干部带出去,他们是革命的宝贵财富呀!"

乐时鸣想说些什么,罗忠毅用有力的手把他推入人群中。乐时鸣真想回到罗忠毅的身边,但罗忠毅的话语"无论如何要把机关人员、地方干部带出去,他们可是革命的宝贵财富呀……"骤然在耳边响起,责无旁贷的责任感使他的左脚终于跨上了下木桥桥面的木板上,当他的右脚跨上下木桥桥面上时,木桥急速地晃动起来,能听到嘎吱嘎吱的响声,他竭力想回转身,想看一下罗忠毅,桥面的晃动使他的视线透过镜片时只能投射到晃动着的罗忠毅的背影上,罗忠毅正向着北面,指挥着行将走完的人群……

田文出现了,李英出现了,罗忠毅只是点点头,挥挥手,没有说一句话。田文的眼眶红了,因为枪声愈来愈近,愈来愈密了。

走过桥头,李英走出来想向廖海涛说话,廖海涛忙止住了她,叫她快速离去,李英的眼眶也红了,她感觉到自己好像上了驶离岸边的小船,而廖海涛还留在岸边,离自己愈来愈远,她想奔过去,但廖海涛的性格她是知道的,她用衣角擦了一下眼眶,一步三回头地随人群向东撤离。

欧阳惠林和地方干部走上木桥,罗忠毅、廖海涛与他们挥手致意,目送着他们向新店村方向奔去……

"小黑皮"刘蔚楚过来了,罗用宽大的手掌摸了一下他的头:"快走!"廖上来摸了一下他的脸,"蔚楚呀,跟上队伍,转移到太阳升起的地方,叔叔晚一步过来。"

刘蔚楚鼻子一酸,想哭但哭不出来,一时愣在那儿,不知该说些什么。廖海涛手一推,刘蔚楚汇入转移的洪流中。

……

潘吟秋过来了,徐若冰过来了,史毅过来了,陆容过来了,牟桂芳过来了,夏希平过来了,洪涛、骆静美过来了……罗忠毅、廖海涛目送着他们,直到他们消失在洋龙坝的树木下……

脚掌沉沉地、交替着拍向桥面,密密的脚在桥面上飞速地有节律地摆动,脚摆动在桥面上卷起的风,在极远处也能感受到,脚掌与木桥的接触所汇成的响声,震荡在塘马村东侧的田野。

小桥晃动着,摇摆着,发出嘎吱嘎吱的响声,桥下的河水急速奔腾着,应和着桥上发出的快速的脚步声。

涌动的人群有扛枪的,有挑担的,他们都背着行李,神色是那样凝重与冷峻。他们的眉宇间都体现着一种庄严,枪炮声、硝烟味使洪流赋予了普通人流不具有的神圣意义。

他们的双肩格外沉重,神色格外凝重,他们肩负着神圣的使命。

在急速奔向东面的人流中,不时有人转过头,眼光投向塘马村,投向罗忠毅、廖海涛,依恋之情充溢于红红的眼眶中,最后一批撤离的人在罗忠毅、廖海涛的眼中很快消失了。

桥头空荡荡了,枪声更密集了,下木桥横躺着,默默无语地承载着站在桥上的罗忠毅、廖海涛二人。

它敞露着胸怀似乎想诉说些什么,但一时诉说不出来,它的胸膛上刚刚留下近一千余人的脚印,那些脚掌散发出的余热还没有完全消散。

那些脚印镌刻着许许多多人的姓名,他们是王直、乐时鸣、欧阳惠林、许彧青、张花南、张其昌、芮军、李坚真、樊绪经、洪天寿、陆平东、陈练升、钱震宇、诺葛慎、朱春苑、田芜、袁文德、潘吟秋、徐若冰、史毅、牟桂芳、夏希平、陆容、田文、李英、骆静美、刘蔚楚……

这些脚印深深地烙在了它的胸膛上,这些脚印迅速东移,以后迈向了祖国的各个方位,这些脚的主人为了民族、国家奋战在各个战场上,为了民族的生存、社会的解放作出了不朽的贡献。

　　小木桥沉默着,它下面的河水发出了呜咽之声,因为还有两双巨大的脚掌停留在木桥上,它们多么希望这两双巨脚也移向南面,再迈向东面,奔向美好的未来。

　　流弹还在桥头飞蹿,河水因流弹的下落而不断溅起细细水花,密集的枪声已遮盖住了人们的说话声。

　　两双巨脚移动了,向着塘马村移动了,移动了……

21

　　崔玉英、袁秀英拎着没有装完的山芋篮子急速奔回家中,迎面碰上了许许多多正在集合的战士。

　　崔氏一回家中,发现丈夫不在,公公婆婆紧张地向外盼望着。

　　"快跑,鬼子来了!"她上气不接下气地叫喊着。

　　"洪生呢?"刘秀金夫妇忙问着。

　　"他捞豆腐去了,会不会有问题?"

　　"新四军呢?"刘秀金忙问道。

　　"他们正在集合,罗忠毅、廖海涛司令还在村西边用望远镜朝东北方向看着呢。"她一把拉住了两位老人,"快走!"

　　"怕什么,有新四军呢。"刘秀金不以为然地说。

　　"罗、廖司令叫我们向南边跑,你不知道,四处有枪声,看样子新四军也要撤。"崔氏话音刚落,枪声四起,撞击着三人的耳鼓。

　　刘秀金跑到门外望了望,忙转身,满脸惊恐之色,"看样子,今天要打大仗,老百姓要走,一打起来,子弹是不长眼睛的,村里还有些伤员,肯定走不了,我们得协助新四军安置好伤员。"

　　蒋氏一脸无奈,"我们这些老太婆都是小脚,怎么走得了,玉英,你还是快跑吧。"

　　"你先照应一下你婆婆,我出去看看。"刘秀金说完,顺手拿起一把土枪,那土枪原是打麻雀用的,是蒋氏的侄子蒋洪法留下的,他经常来塘马,刘秀金有时也玩玩,此时他忙抓住土枪,赶往大祠堂。

　　蒋氏是小脚,根本走不了,崔玉英急得直跺脚,刚好袁秀英也领着她的婆婆赶来,她婆婆也是三寸金莲,刚走出门,便摔了几个跟头,门牙差点儿摔坏,除了咒骂日本人外,一点办法都没有,耳听枪声越来越密,越来越近,无奈何只好跑到崔玉英家看看,一见婆媳两人还在,袁秀英哭了,忙问怎么办。

　　蒋氏看了看门外,"你们快跑吧,我们这把老骨头死不足惜,我们先留在家中草

203

垛里,你们快跑。"

"那怎么行?"

"要死死在一块!"说毕抱在一起,哭成一团。

不可开交之际,刘秀金匆匆赶回,"别怕、别怕!"他对着崔、袁二人叫道:"罗、廖司令早安排好了,老的留下,年轻的转移,罗、廖司令正布置人阻击,陶区长叫我们隐蔽村中,安置伤员、老人……你们快走吧。"

崔、袁二人还在犹豫,刘秀金连忙把她们推到门外,"快走,快走。"

崔、袁二人依依不舍,刚出门外,只见刘正兴、刘正法二人领着几个伤员走来,刘秀金、蒋氏、袁氏的婆婆迅速领着七八个重伤员,走向后院。

崔、袁二人匆忙往南奔去,她们二人此时反倒放心了,家中有草垛,还有夹墙,既然有三个男人留下,估计婆婆、伤员问题不大。袁氏是童养媳,在新四军未来到塘马之前,她们这样的躲藏已不止一次了。

两人刚跑到村中,只见几个新四军战士挥着手臂叫她们迅速向南,她们急速奔向南面,由于她们跑得太晚,沿途已少见人,只隐约地看到村南枫树梗、浑莲塘那儿有几个小小的黑点。

当她们跑到大圩塘与西沟塘间的大塘沿上时,崔氏看到了子弹雨点般地落向了塘中,塘中跳跃的水点和雨点打在塘中时的情景一模一样,只是那圆点更深更大,发出的响声更为深沉,空中不时传来尖啸声。

两个女人平昔少走路,跑步则罕有,但求生的欲望驱动着她们往村南玩命地奔跑,心狂跳,肺撕裂,眼前直冒金星,跑到枫树埂时,又有一小战士在指引,叫她们穿过石磨塘,沿河埂下往后周跑。

两人慌不择路地跑过高高地耸立着稻秆桩的农田,连滚带爬地跑到塘马沙河埂下,只听到一声巨响从塘马村传来,她们回头望了望,又相互用惊恐的眼神对视着,半晌才想起什么,又玩命地向南奔跑。

跑到神桩墩,已见许多人了,都是村中的百姓,跑到下林桥,她们两人才看到自己的丈夫,原来刘洪生、刘良超、刘志远、刘洪林他们在组织附近村庄的村民往南突围。她们见到丈夫,欣喜万分,想说几句话,但几个男人根本没有空,只是看了她俩一眼,又分别搀老扶幼,领着人向后周方向奔去。

崔、袁二人到达后周镇时,看到子弹像爆竹一样在周家背响起,一排一排的新四军战士往上冲,几个地方干部带着她们迅速地向下梅方向奔跑,"快,快,敌人快来了。"他们见群众满脸恐怖之色,便安慰道:"不要紧,西面有战士们顶着,不要紧,你们快跑……"

崔、袁二人望着西面的周家背火光冲天,炮声隆隆,来不及思考什么,随着人流向下梅方向奔去。

送走了战友,回到祠堂,听着从各个阵地传来的消息,罗、廖继续指挥部队作战。

四连、五连打退了敌人,六连发现敌军,也被打退,但许久不见四十七团二营的消息,罗忠毅在祠堂前宣布命令时已命游玉山去大家庄,调四十七团二营的战士往塘马方向靠拢,四十六团九连密切注视中梅方向,防止敌从西南方向偷袭,和四十八团六连共同扼守西南方向。

对于重伤员,在大祠堂前第一次宣布命令时也作出决定,就地隐蔽在老百姓家中,陆平东推荐了刘敖大、刘秀金、刘正兴、刘正法,这几家的主人绝对可靠,是塘马村的基干群众,且家中或有地窖或有夹墙,且有过掩护国民党、共产党伤员的经历。罗忠毅得到安置完毕的消息后,才放下心来。

罗忠毅又关切地问群众情况,陶阜甸汇报群众已全部往南突围,沿途除少量战士负责外,还有刘志远、刘洪生、刘良超、刘洪林等人负责引导,且已冲出后周镇。罗忠毅点了点头,这几个民兵素有报国杀敌之心,地形熟悉,路途明了,由他们引导百姓,十分安全。

此时,枪炮声更加密集了,但从枪声传来的强度看还和刚才一样,显然双方还在原有的阵地上对峙着。

罗忠毅看着地图沉思着,他清楚地意识到这个仗绝不能这样打下去,我们没资本去打阵地战,虽然四周地形于我有利,但这地形远不如闽西山丘,无法应对敌人的骑兵、炮兵,尤其是炮兵,坦克是更不用说了,所以,每一阵枪声,每一阵炮响,罗忠毅的心都会不由自主地收缩起来,罗忠毅的眼前甚至出现火光冲天、烟雾弥漫、弹痕遍地、血肉横飞、惨叫阵阵的恐怖场面……

罗忠毅放下放大镜,在室内踱着步,罗忠毅决心让战士们再守半个小时,估计后方人员完全脱离战场,再迅速重新部署部队,跳出敌人的包围圈,到长荡湖边会合。

突然枪声停歇了下来,这种情况对于熟悉战争场面的人来说绝不是个好兆头,罗忠毅与廖海涛拿了梯子,架上墙面青苔斑驳、墙上狗尾草遍布的祠堂二进与三进间的围墙墙头上,旋即上梯登墙便举起望远镜朝四周观望。

廖海涛与罗忠毅爬到祠堂的围墙顶上向四周观看,发现敌人的第二波攻击开始,密集的机枪声喳喳喳地落入耳中,猛烈的炮声在原野上震荡,他俩很清楚,双方交战的武器差异实在太大,在低矮丘陵以及平原地带,这种武器上的差异,会导致什么样的战斗结果是不言而喻的。

罗忠毅开口了:"老廖,我们不能这样守了,阵地是守不住的,一方面这样很容易被敌人分割包围,另一方面敌人打开缺口后,可能留下一部分人牵制,其余的部队直接突入中心地带,我们应该把队伍集中一起,拖住敌人。"

"游玉山怎么还不回来,四十七团二营怎么一点消息也没有,刚才从望远镜里我已看到敌人从大家庄、下庄、渔家边方向出现了……"他还没说完,惊叫一声,"不好,老廖,你看,西南方向已发现零星的敌骑,看来六连方向已出现缺口,怪不得,四十六团九连一点消息也没有,应该作出调整了,敌人的态势是想从后周迂回包抄,从南面切断我们的退路。"

廖海涛拿起望远镜往王家、龙梢头方向看,发现敌人的骑兵在硝烟中狂奔着,虽然不多,但从态势看,他们已突破了西南的防线,"东北特务连那儿肯定很吃紧,炮火如此猛,是坚持不了多久的,我们赶快收缩兵力,否则后果不堪设想。现在把教导大队拉上去顶一顶,然后让团部特务连接替,先把西南方向的缺口堵住,否则有被四面包围的可能。"

罗忠毅急急地下了命令,命令教导大队从下林桥直赴周家背阻敌、四十八团团部特务连迅速跟进、四十八团二营全部撤回到拖板桥以东,向塘马靠拢,命黄兰弟、廖堃金、张连升以及旅部军事工作人员迅速在祠堂前集中,布置新的作战任务。

通信员分赴西北、东北阵地,廖海涛与罗忠毅紧急商讨着,现在形势非常危险,必须收缩兵力拖住敌人,然后部队再伺机突围。

罗忠毅很清楚,现在连保存自己都很困难了,没料到由于意外的原因,敌人来得出奇地快,出奇地猛,瞬间已到了眼皮底下,另外,北面的防线不知何故已形同虚设,西南的防线也已洞开,这是任何人都无法料及的,谈什么遭遇战、阵地战、奇袭战,现在是地道的阻击战,是极其艰难的被动阻击战了。

塘马的西北、北面、东北是小丘陵,东南、南面、西南即是平原,这一带几乎没有什么可以利用的地形,大致可以利用的地形是塘马河,新店大竹林和王家庄小高地,塘马河往南流入后周河时,弯弯曲曲,先向南流,再西拐下林桥,再东流后周的北面,面对王家庄,而后南流至后周河。若以河为屏障,可以守住一线,那么从敌人骑兵的态势看,先扑向西南,他们必然要越过后周木桥,守住木桥,就可切断敌人迂回包抄的通道,新店竹林乃新店村朱姓人家的祖坟地,有三百多年的历史,竹园面积很大,有二百多亩地,其西还有一寺庙,也可作依托,从西北、正北来的敌人要越过塘马河,竹林一线可以阻敌。可惜塘马河紧依塘马村,小桥很难守住,因为敌军可以依托房屋作战,村东是一片平地,是一个难守的点。王家庄是一高地,庄上有九户人家,房屋可以依托、坚守,伺机可从东南朱云山前方、姜庄、白土棚突围,那儿是国民党防区,如果顽军不顾民族大义进行阻截,我们坚决予以还击。若顺利,可突围别桥土山,再联系东突的机关人员,守到天黑,或北上,从黄金山、经横山岗、往白马桥四十六团方向靠,或往长漓的独立二团程维新方向靠,看来往西北转移是上策,若往宜兴和桥方向突围,日后也难发展……

"廖司令呀,东面机关人员估计还没走多远,我们必须抽出一部分兵力跟上去,目的是保护他们。教导大队迅速转移,东北的特务连可由一个排留下继续阻击,二排应移到后周桥方向,三排放置在王家庄正北,四、五、六连、团部特务连收缩到王家庄阻敌。"

"好,王直率领机关人员向东转移时没有部队作后卫掩护,这太危险,敌人被我们拖住了,也难保没有小股部队尾随他们,对,我看就这样决定。"

22

　　正如陈必利判断的,特务连遇到了前所未有的激烈战斗。
　　雷应清一声喊"打",子弹雨点般落向敌群,手榴弹接二连三在敌群中开花,敌军猝不及防遭到特务连强大火力的袭击,丢下许多尸体,溃败了下去。
　　敌人被击退了,特务连战士跳跃而出,只见刚刚被击毙的日军躺在地上、鲜血直往外冒,黄色的衣服被鲜血染得鲜红,浓浓的血液流淌在枯黄的野草上,草尖上泛着红色的血光,一股血腥味在旷野里散开,直钻入鼻子。还有几个身体扭动着,嘴里不时呼着粗气,他们的手指还能活动,指尖上沾满了泥。战士们踩着侵略者的躯体迅速解下他们的弹带、手榴弹,拿起崭新的、有火漆的新枪,呼叫着回到原先的阵地。
　　敌人一听枪声,知道遇上了劲敌,没想到新四军阵地上使用的武器都是三八枪,还有数量不少的轻机枪、歪把子重机枪和少量的九二式重机枪,加之地形不利,如果硬往上冲,显然会造成极大的伤亡,所以敌人马上改用炮火攻击。
　　九二式步兵炮出现了,特务连的部分战士曾在赤山之战中见过这个东西,当时在赤山边的陈家边石桥下,吉田中队长据此顽抗,最后全部被消灭。新四军在苏南第一次缴获了步兵炮,这种步兵炮有两个车轮,车轮不大,转动很灵活,容易拆卸、易于移动,炮全长不过两米七左右,重量也只四五百斤,炮身不高,只有六十多厘米,如果拆除防盾只有五十厘米左右,它最大射程,有两千七百八十八米,最小射程可在一百米左右,这是堪称理想的步兵营支援武器,对于较为复杂的地形,对于步兵的支持,可为得心应手,它平射可以当加农炮用,曲射可以当榴弹炮用,大仰角射击可以当迫击炮用。
　　在山地作战时,九二式步兵炮可以方便地配置在反斜面阵地上,这样,既可以为处于棱线或正面阵地上的己方部队提供及时的支援,又很好地隐蔽了自己,步兵炮本身超轻,但发射的炮弹一点也不轻,高爆弹重达三点八公斤,和一般的七十五毫米身管的火炮及八十毫米级别的迫击炮的高爆弹在一个档次上。

当时他们多么欣喜呀，可惜没有炮弹，光有炮身没有用。如果要有了步兵炮弹，那该多好，而现在敌指挥官在特务连战士的射击圈外，哇啦哇啦地叫着，四门步兵炮已推向前沿阵地，几个日军士兵戴着钢盔，推着车轮到了预设地点，火炮开始抬起它那长长的炮管，两侧则是六〇炮，还有掷弹筒，几个鬼子拿着弹头正准备往筒里塞。

雷应清一看，情知不妙，赶快叫战士们隐蔽在低洼处，尤其是轻机枪手、重机枪手，赶快移开原来的位置，挪到偏僻处。刚布置好，敌人的炮管开始上下伸缩了。

"轰"一声巨响，高坡上泥土四溅，硝烟和泥土骤然呈倒三角状迸发，它犹如快速伸展的花朵，整个大地都颤抖着，泥土屑、碎石块遮天盖地般覆压下来，战士的鼻中、眼中、嘴中全是泥土屑儿。

"卧倒，隐蔽，散开！"雷应清挥舞着手臂高喊着。

特务连战士久经沙场，处惊不乱，他们纷纷卧倒隐蔽，但由于壕沟太浅，许多战士的身体露在掩体外，而步兵炮的炮弹如蝗虫一样不断飞来，再加上小钢炮、掷弹筒等小炮弹在一旁帮腔，一会儿工夫有好几个战士已挂了彩。

几分钟后，敌人停止了炮击，雷应清估计敌人要反击了，他还没有来得及举望远镜，便听到鬼子的呐喊声和一阵急促的马蹄声。

他端起望远镜一看，吓了一跳，只见一百多鬼子骑兵从小坡下往上冲，鬼子有的左手拉着马绳，右手举着太阳旗；有的左手拉着马绳，右手举着马刀；有的左手拿着马绳，右手举着马枪。个个露着狰狞的面容，发着嚎叫，人在抖，马头在摇，马蹄在奔腾，灰尘在弥漫，犹如一股洪水向山坡倒流而来。

"同志们，准备好，听我口令。"雷应清的脸膛已被烟熏黑了，嗓子也嘶哑了，他拿着手枪吼叫着，此时战士们的背后已是火光冲天，黑烟镶嵌着火光的边缘，袅袅飞升，烧焦了树木、土地吐着时灭时明的火舌，白烟在树缝间四溢，战士们的脸个个绷得紧紧的，双眼冒着愤怒的火焰。

"打！"雷应清一声响，架在沙包上的重机枪啪啪啪地开火了，枪口喷出的火焰形成一个圆圆的环形，在战士们的胸膛间闪烁，轻机枪啪啪作响，那高高的弹夹和战士的帽檐齐高，握住的双手颤动着，火光从枪筒中如流星般不断喷出。

敌人遭到迎头痛击，一个敌军从马背上摔了下来，头上翘，臀部着地，双脚上钩，形成一个"U"字型，身后的战马收住了脚嘶叫着。一个日寇的战马突然前蹄中弹，马头俯地，鬼子的下半身随惯性前伸着地，上身则后仰于尾部，马匹来了一个翻滚，把日寇甩出马外，在空中翻滚着，摔倒在小山坡下。冲在前排的另几个敌兵也纷纷摔落在马前,那动作造型几乎全是头朝地,或臀部朝地,由于双腿夹住马匹的缘故,所以摔落时几乎毫无例外的双脚如双剪一样朝着火光冲天的天空,其余的战马受了惊,狂奔乱跳起来,只见许多日军在马匹汇成的洪流中跳跃着,跳跃几下后全部跌落在马蹄下,在马蹄的践踏下,化成团团血泥。

敌人并没有后退,狂叫着,举着马刀扑来,坡面是升腾的马蹄,升腾的灰尘,马肚子上是夹着马肚的穿着黄色衣服的大腿、小腿,马蹬上套着的是穿着皮靴的敌脚。马腿交错,马腿交叠,子弹溅起的血水在马匹高速冲刺后化作扭曲了轨迹的血柱。

战士们奋力阻击,手臂齐伸,向前拥出,手榴弹在空中飞舞,重机枪的弹夹急速飞摆,颗颗子弹输入枪筒中,化成流星飞向敌群,三八枪的枪托撞击着战士的肩胛,食指扣动扳机,右手推膛卸弹壳,熟练有序的动作倾泻着他们的复仇火焰。

有几匹马冲到了阵前,战刀挥向了战士们,鲜血四溅,英雄的躯体倒在了火热的土地上,他们的双眼圆睁,还迸发着仇恨的火焰。

战士林和端着捷克式机枪猛烈扫射后,两匹敌骑顷刻毙命……

敌人的骑兵被打退了,战斗处于一个短暂的寂静中。

硝烟火光笼罩山坡,马匹与尸体混杂,英雄与敌寇同卧,雷应清顾不及悲伤把望远镜移向正北,只见黄洼下庄、大家庄方向也响起了枪声,那是四十七团二营的驻地,他明白了那儿也有了战斗,加之西北早有了枪声,他估计这次敌人出动的数量绝对不少,但他有点奇怪,大家庄方向的枪声稀稀落落,而且明显看到敌军成批地向观阳扑来,看来四十七团没有挡住正北的敌人……

当陈必利率五连一排、二排赶到河东拖板桥村时不由得大吃一惊,原来鬼子的坦克已开到河西的拖板桥村,由于东有拖板桥河,南有拖板桥的支河,坦克无法前进,只好待在村边,用炮轰击着四连的阵地,四连的阵地已十分危险了。

陈必利督促战士们疾速西进,来到西祺村高地,这时雷来速、许家信和敌人打得难解难分,敌人开始用骑兵攻击,形势非常危险,他一到阵地,高喊一声"同志们,上!"一二排战士上前齐齐开火,把刚冲上来的二十余骑兵击退,后面的步兵被惊吓的马匹回头一冲也乱了阵,一下子溃散了下去,李国荣不等命令便率战士们来了一个反冲锋,一下子把敌步兵赶回西拖板桥村,战场上出现了短暂的宁静。

雷来速、陈必利查看了一下战况,两个连阵亡了数位战士,而敌军倒下了一片,大约有三四十名,初战告捷,士气大振。

陈必利头脑很清醒,从马狼山的敌兵的配置和西拖板桥村出现敌人的坦克可以推测敌人是花了怎样的血本来发动这场战斗的,他丝毫不敢大意,命令战士们抓紧时间挖好战壕,放好弹药,迎接更为残酷的战斗。

驻扎在墩头的六连,本来十分宁静,在西北、东北发生枪击后,他们在原地待命,并随时向竹箦桥方向警戒,果然,西北之敌在马狼山、西祺、南庄村受阻后,由于不知新四军有多少兵力,加之地形不利,急切难以攻下,便迂回前进,他们迅速占领中梅后,架上九二式步兵炮、九六式一百五十毫米野榴弹炮猛轰墩头阵式,轰击十余分钟后,便由步兵向前推进,推进到离墩头几百米的地方,用八九式掷弹筒轰击后,然后分梯次行进,向六连阵地扑来。

赵匡山见敌人黑压压地扑过来并不慌张,他也是一个久经沙场的老战士了,赵是江阴周庄赵家弄人,又名赵杏林,1938年7月参加了新四军"江南抗日义勇军",1939年升任排长,并加入了共产党,1941年8月任五连二排排长,在二营攻打善人桥后,参加了攻打伪警所的战斗,这以后部队正式被改编为四十八团。赵匡山又参加了火烧通安桥、坚守白马山的战斗,后赵匡山调入六连,参加了洞庭西山的抗击日军汽艇的战斗,连长郑何惠光荣牺牲,赵匡山因在另一条突围船上,战斗后升任六连连长,到达塘马和政指顾肇基一道带领六连参加整训。

顾肇基原在五十二团担任连级干部,7月下旬,新四军第六师十八旅五十二团团部和第二营由团参谋长胡品三、政治处主任张鏖,团部总支书记兼组织股长黄烽和营长黄兰弟率领,从锡东过铁路到西南与太湖支队一起去苏西,捣砸所谓"和平模范区",威胁苏州城,以牵制敌人在东路的"清乡"活动。

五十二团二营在锡南停留了三至四天,太湖县委书记兼太湖支队政委徐明自苏西侦察返队,经商量后,调第二营顾肇基等六名连排干部和文教到太湖支队任职。

他们两人都是有着丰富经验的干部,听到西北、东北枪响后,马上集合部队拉到墩头一线,密切地观察竹箦桥方向的情况。

这一次敌人为了收到奇效,进行了迂回包抄,首先用骑兵冲击,不料在中梅遭到四十六团九连的迎头一击,行动延缓了下来,也给六连的战士整修工事留下了时间,待他们冲过九连的防线到达墩头时,先头部队只剩下三十余骑,他们肆无忌惮猛扑墩头,妄图一举越过墩头,再迅速越过拖板桥河,占领后周,实行对塘马村的合围,就在日骑飞驰到离墩头高坡一百米左右时,赵匡山掏出手枪瞄准冲在前面、举着马刀、龇牙咧嘴的鬼子打了一枪,鬼子一个后仰,从马背上摔了下来,其余的战士排枪齐放,手榴弹雨点般落入敌群中,随着轰轰几声爆响,火光中,烟雾中,日寇纷

211

纷纷落马,有几匹战马带着空鞍跑进了六连的阵地,剩下的几匹敌骑见前有拒击,枪声密集,后面的后援部队没有跟上,忙勒转马头往回跑,赵匡山枪一挥,第一个跳出战壕,"同志们,冲啊!"战士们端着枪,呐喊着冲下山坡,把从马上滚落下来的受了伤、负隅顽抗的二十多个鬼子全部击毙,第一回合下来六连无一伤亡。

四十八团二营设在西祺村后紧靠拖板桥河的一个土墩上,西北枪声一响,正在吃早饭的黄兰弟、廖堃金迅速丢下饭碗进入观察所,拿起望远镜向西祺村瞭望,随即听到邵笪以及东北方向的观阳一带也响起了枪声,便判断出这一次敌人来势凶猛,出动的兵力在苏南是空前,感到了势态的严重。

黄兰弟传令通信员奔赴西祺邵笪,要求战士们进入预设阵地抗击日寇,不允许日寇越过阵地,誓死保卫旅部的安全,他又命令通信员注视西面及西南方向,防止敌人从西南切入。

黄兰弟与廖堃金在福建和国民党的军队打过多次仗,对敌人的包围战术洞悉无遗,尤其是黄兰弟,在"江抗"的那些岁月里都是在敌人的心脏地带作战,在澄虞锡地区,在湖泊河汊中经常遭到敌人的两面夹击、三路合围、四面包围的攻击,十分知晓敌人的合围战术,所以在四十八团整训期间,特意向旅部提出要把六连安排在墩头一线,在中梅设置观察所。这一点罗忠毅极为赏识,马上予以批准。昨天晚上,旅部开会回来,他急命雷来速、陈必利加强西北方向的防务,又特意关照赵匡山、顾肇基切不可大意,要死死盯住中梅竹簧桥方向,敌人在北面,一般不会先从那儿突入,但敌人很狡猾,常常采取偷袭的战术,也有可能选择那个方向切入,务必要注意那方向的动静,直到通信员把六连的防务情况作了汇报后,他才放心,加之前村有四十六团九连在,应该问题不大。

四连、五连战斗的情况不断传到营部,黄兰弟又把战斗情况传令通信员,迅速传到旅部,通员又把旅部命令部队坚守阵地的命令传到营部,黄兰弟、廖堃金迅速指挥部队狠狠打击敌人。

就在部队第一轮打退敌人,阵地出现短暂宁静后,突然传来了履带传动的喀嚓喀嚓声,廖堃金举起望远镜,吃了一惊。

十几辆坦克已经开到西拖板桥村,因村南有小河阻隔,坦克在小河边停下,开始转动坦克顶部的火炮,向四连阵地瞄准。

"黄营长,敌人的坦克来了,炮口已瞄准了四连阵地。"廖堃金大叫起来。

黄兰弟迅速举起望远镜,向北面瞭望,他清楚地看到望远镜的弧形框架里,四五辆坦克的炮管在向西移动,又慢慢地抬高,炮管直指西祺村高地。

"教导员,看来西北是敌人的主攻方向,西祺、南庄是敌人的主攻点,我们应该把五连的两个排调来支援四连,留下一排坚守马狼山。"

"好,六连那边呢?"

"六连那儿还没有动静,但千万不能动,那儿防守竹簀桥、中梅方向的,很难说敌人不会从那儿进攻,从今天的态势看,敌人出动了大量兵力,有合围之势,命令六连严密注视竹簀桥方向,团部特务连詹厚安、张光辉部作为预备队,等待命令。"

"行。"廖堃金点了点头。

好险呀!黄兰弟话音刚落,敌人的炮火猛烈地向西祺村高地轰来,十几分钟后,敌骑兵率先冲击,幸亏,陈必利带领两个排迅速到位,遂使日军进攻没有得逞。

几乎同时,中梅发生了枪击,但不知为何,有三十余敌骑兵越过中梅防线,向墩头扑来,随即枪声四起,不久通信员来报,六连打退了敌人的进攻。

黄兰弟有些纳闷:四十六团九连送物资来塘马,驻扎在前村,昨晚旅部已下达了做好战斗的命令,怎么一打起来,竟有敌骑越过呢?

他举起望远镜向中梅方向望去,这一看,吃惊不小,敌人已占领中梅高地,高地上密密麻麻排了七八门九二式步兵炮,炮口齐齐地对准墩头高地。

天哪,这样一个小高地,怎能经得起敌人炮火的轰击。

"通信员!"

"有!"

"速命六连退守到拖板桥河的东岸,墩头不可再守。"

"是!"

几分钟后,黄兰弟举起望远镜向墩头高地观看时,阵地上已空无一人,几秒钟后,望远镜出现了极其恐怖的画面,炮弹呼啸而过,墩头高地上火光四起,烟雾弥漫,泥土如绽放的礼花在空中绽开,然后缓缓地散落四方,顷刻,墩头高地夷为平地,若六连再迟一步,一百多人早已不存在了。

就在黄兰弟、廖堃金暗暗庆幸之时,通信兵从旅部塘马赶来,急命四十八团二营全线撤回拖板桥河以东邵笪、蛮冈山、西庄、杨笪里一线,急命黄兰弟、廖堃金赶回旅部开会。

……

早晨,刘一鸿听到枪声,他分明地听到了枪声,他机警地跳起来,走向下林桥至西村的高地,旋即他听到了西边传来了密集的枪声,不久,隆隆的炮声也传入耳朵,更为严重的是除了正东、正南外,西北、正北、东北都传来了枪声,且枪声十分密集。

刘一鸿自1938年在家乡建起自卫团外,大大小小打过许多仗,是见过大风大浪的人,但如此密集的枪声,他还是第一次听到,凭他多年的经验,今天日军出动的人数要超过以往任何的一次,而新四军在塘马地区的兵力有限,看来一场恶仗势所难免。

他马上集合部队进入预设阵地,此时西南方向也想起了枪声,不久他看到日军的骑兵已从墩头一线向后周街方向飞奔,大有迂回包抄切断我军退路之意。

他眉头一皱,发现这路日军并没有直扑塘马,而是采取了迂回包抄的战术,那么对于教导大队而言,在预设阵地就地狙击已变得没有意义,就在他决定调整战术时,旅部通信员传令,首长命令部队急赴后周正西周家背,利用高地狙击日军,延缓日军的进攻速度。

刘一鸿急命军事组、青年组极速前行,政治组殿后,直扑周家背。

教导大队约有二百人,但许多人是政治干部,且枪支不多,战斗力有限,就在刘一鸿布置完毕,战士们简单掩体还没有挖好时,敌人的骑兵已冲了上来,奔上最前的两骑战马上的日军气焰十分嚣张,一边叫喊,一边用马枪朝前乱射着。

陶家坤随军事组的成员突在最前面,两眼死死地盯着日军的战骑,杨波则随青年组成员移至军事组的南侧一小高地上,那架缴获的九二式重机架便架在那儿,枪口对准日骑前来的方向,杨波不久前一直学习机枪的射击技术,已初步掌握了其射击技巧,因其年轻好学,熟知机枪性能,刘一鸿命其和机枪手一起,闲时学习射击,战时保护机枪。刘一鸿双眼紧盯日骑,陶家坤、杨波、陆震康、王明等人也紧紧地盯着日骑。

日骑旋风般地来到近前,刘一鸿枪一挥"打"。

众战士排枪齐放,冲在前面的几个日军纷纷从马上坠落,受了惊吓的战马在旷野中到处乱冲乱撞。

敌人慌乱一阵,见前有狙击,骑兵停止冲击,改用炮兵轰击,霎那间火海一片,未等战士们缓过神来,第二批日骑又发动了第二波攻击。

教导队许多战士受了伤,且火力有限,对日军不能进行有效地予以射击,日军骑兵冲上高地,吼叫着用战刀乱砍起来,幸亏有重机枪在,一阵扫射后,才把冲上来的日骑打散,但重机枪子弹少,此挺安置于教导大队的机枪,原是供教学所用。

敌人并不急于用骑兵冲击,一波进攻后,又改用炮弹轰击,步兵炮、小钢炮、掷弹筒一起使用,教导大队伤亡甚重,尤其是军事组,许多战士牺牲于炮火中,如果日骑再行冲击,教导大队已很难再次进行有效地狙击了。

刘一鸿正准备组织反击之际,见后面团部特务连奉命前来,接替他们狙击日军。

通信员传令,命刘一鸿迅速率领教导大队迅速由葛家村至后周桥,再由后周桥至王家庄,向东转移。

教导大队是培养干部的地方,是抗战的宝贵力量,军事素养、军事素质很高,但配备的武器太少,一般不适合正面作战,刚上抽调教导大队顶一阵子是权宜之计,罗、廖已命在下梅方向的团部特务连急速替换教导大队。

刘一鸿整理队伍后撤时,内心一阵一阵绞痛,队员伤亡很大,许多战士倒在炮火下、枪下、屠刀下,虽然敌人伤亡也不小,但这种消耗战我们无论如何是要回避的,这"顶一下"就伤亡如此之大,眼下是迅速撤向东面,越快越好。

四十八团团部特务连战士迅速冲向教导大队的阵地,一批又一批,敌人一波又一波攻击被击退。

刘一鸿感慨万千呀,自他担任旅教导大队大队长来塘马整训后,一直风平浪静,习惯于战火纷飞的他也有一种不适感,甚至有一种窒息的感觉,昨夜罗、廖把教导大队从玉华山调往下林桥村,接替旅部特务连的防区,他就感到了事态的严重,所以他格外小心,一早就起来,在几个哨位上,反复查看,没有发现丝毫的敌情才放下心来,不过他并没有放松警惕,他想万一日军全力进攻国民党,自己的部队也应做好准备,以备不时之需,这也是旅首长反复强调的,好在今天战斗打响时,战士们早有准备,且平昔训练有素,因此一到预设阵地,便出色地完成了任务。

可惜,塘马地区地方太小,没有任何战略纵深,在敌强我弱的情况下,无论是运动战还是阵地战都不适合展开,尤其是阵地战,战场很容易被敌手的强大炮火覆盖,不到万不得已,决不能采用阵地战,旅部命令教导大队上前狙击,肯定为其他人员后撤作准备,现在奉命东撤,还要让团部特务队前来狙击,看来今天的仗的规模已超出以前所经历的任何一次战斗,这对奉命狙击的部队来说,压力是何等巨大呀⋯⋯

陶家坤咬着牙,艰难地东撤,作为军事组的一个排长,他指挥战士们奋力抵抗,但对日军一波又一波的攻击着实吃惊,而且攻击的套路十分凶悍,眼一眨,敌骑便至眼前冲击阵地,十分可怕。马刀一挥,好几个战士被砍倒,奋力击退马骑后,还没喘口气,炮弹雨点般的落下,这地方哪有回旋的余地,还没反应过来,炮声一停,敌骑又至。

215

他看着战士们纷纷倒下,还没反应过来突觉腰间一震,旋即一阵热流涌来,低头一看,腰间被子弹打穿三个洞,好在三八子弹力量大,形成的是贯穿伤,子弹没有在体内爆炸,也没有淌多少血,只能算轻伤,但一下火线跑动起来,便觉疼痛异常,只得咬牙指挥战士向东撤去。

杨波也随战士们撤了下来,刘一鸿关照他们几个人要保护好重机枪,这重武器可是战士们的命根子,一支部队,于新四军,很少有重武器,配备少,只能靠缴获,而要在战场上缴获重武器是非常非常困难,因为日军有严格规定,重武器和军旗绝对不能丢,所以战士们在战场上缴获了重武器一般不会轻易给其他兄弟部队,现在这顶九二式重机枪是五十二团战士在铜岐战斗中缴获的,是部队的宝贝,是为了教学示范才临时调到教导大队的,教导大队有严格的规定,人在枪在,教导大队把保护重机枪的责任交给他们,是对他们的信任,他们要绝对负责这项使命,从今天的情形看,绝对是一场恶仗,如果要进行有效的防御,这重武器太重要了,重武器火力大,人称"枪响人亡",且防守面积大,作用是不言而喻,无论如何,哪怕献出生命也要保护好。

刚才杨波看到了惊心动魄的一幕,血腥惨烈,他和几个战士护着重机枪,只见日骑疯狂前扑,战士们的枪弹威力小,远射尚行,一到近前就奈何不了日骑,这时候重机枪大显神威,枪头一转,猛烈扫射,敌骑手便从马背上坠落,要不,战士们的七九式、中正式、老套筒真拿他们没办法。

杨波知道,这重机枪处在高处,区域相对固定,最怕炮弹攻击,所以一波阻击后,得赶快转换地点,稍一迟疑,就有可能为敌炮击中,果然,第一次攻击完后,他和战士们刚刚移动完重机枪,还有一箱子弹未及搬走,敌炮弹呼啸而至,随即火光一片、浓烟滚滚、泥土四溅,人眼难以睁开。

密集的枪声震耳欲聋,冲天的火光夺人眼目,浓烈的硝烟呛人心肺,天地在旋转、叠合,一切笼罩在惊惧之中,杨波虽然参加抗战多年,但他第一次经历面对面的战斗,而且如此血腥、如此惨烈的场面,闻所未闻,他所能感觉到的一切,强烈地震撼着他的心灵、刺激着他的神经。不同于平昔的心律、思维,判断汇合成一个战斗信念:战斗、战斗、再战斗,誓死捍卫民族的尊严。

有好几个战士挂了彩,但不算太重,现在刘大队长一声令下,他忙和战士们轮流抬着重机枪,随教导队的战士急速向东撤去。

黄兰弟来了,廖堃金来了,张连升来了,带来的消息都很好,但罗忠毅没有表现出应有的兴奋,明摆着敌我力量不对等,相差悬殊,开始的遭遇战算不了什么,也许敌人对我兵力配置没有判明,接触一阶段后,他们会作出战术调整,会用更猛的火力,采用波浪式的进攻,西南正北方向出现敌人是最明显的佐证。

罗忠毅让廖海涛布置战斗部署,廖还没讲上几句,一颗炮弹飞来了。

有几个有经验的老兵,早已卧下,没经验的几个新兵被气浪掀翻,罗忠毅岿然不动,但震耳的响声使罗忠毅的耳鼓隐隐作痛,嗡嗡作响,半天听不清外面的声音。地图被灰尘覆盖,廖海涛用手拭抹着,几只被炸死的麻雀掉落到罗忠毅的脚下,罗忠毅不由得朝上一看,阵阵的灰色羽毛在上空飞扬,那几只小麻雀的头早已枯焦,黑黑一片。

警卫员和战士们叫罗忠毅等赶快移往东山墙边,那儿西面的炮根本打不到,罗忠毅点了点头,看着被炸弹炸成的深坑,罗忠毅就知道那是敌人的山炮所发,这样的炮能打十五六公里,从落弹的点和炮弹破空而来的轨迹判断,此炮是架在高处打来的,十有八九是从瓦屋山山顶打来的,那上面有鬼子的炮楼,平昔望远镜也能看到,看来敌人把远程的山炮架到瓦屋山上了。

廖海涛部署完毕,大家都看着罗忠毅,罗忠毅的嗓子有些哑,但仍是那样洪亮。

罗忠毅看到在硝烟中的那一张张脸,廖海涛虎眉双竖,黄兰弟神色镇定,廖堃金目光炯炯,张连升满脸杀气,王胜神色凝重,张业双颊漆黑。

"同志们,现在的形势很危险,刚才廖司令已作了部署,就是一点,收缩兵力,绝地阻击,拖住敌人,绝不能突围!"罗忠毅话音一落,众人皆抬头挺胸,眼光明亮,一副视死如归的模样。

罗忠毅心头一热,这些可爱的部下都是热血战士、铁血斗士。"记住,告诉战士们,拖住敌人,就是胜利,然后伺机突围。"

"请首长放心,我们血战到底,决不后退。"众人握紧拳头,眼眶尽裂,声震于天。

"好,你们赶快行动,我在塘马村等你们。"罗忠毅挥了挥手,众人分头行动去了。

黄兰弟、张连升走后不久,忽然从正北方向出现了绿色信号弹,随即西北、东北枪声大作,马上是炮声隆隆。

罗忠毅又举起了望远镜,果然,敌人疯狂反扑了,四连的阵地上已出现日军的太阳旗,东北方向,枪声密集,不见敌军,估计还在特务连手中,但随之而来的炮火完全淹没了阵地,这样的地点恐怕守不住多久了,西南刘一鸿教导大队已经后撤了。

此时必须等待部队的到来,旅直机关和教导大队最后一批人必须转移,由廖堃金断后,还需一位领导统管,阻击随时尾随机关人员的敌人。

只有老廖了,老廖必须走,罗忠毅第二次建议廖海涛快走,但廖海涛怎么也不肯走,却言之凿凿。

是呀,他的话有道理,敌人已从三个方向涌来,随时会淹没塘马,我仅和两个参谋很难协调部队呀,但留在这儿实在太危险了。

"苏南的重任压在我和老廖身上,不能都留下,冒着生命危险呀……"罗忠毅想着,急得直跺脚。

"王胜请战了,他要留下,态度十分坚决。"罗忠毅看着他,一时难以决断。

王胜,上杭人,1929年加入共产党,1930年参加红军,曾任上杭独立营连党代表、红十二军三十六师特务连排长、福建军区教导营青年队队长、闽西军区独立第八团副团长兼参谋长、闽西红军第三团参谋长,是老资格的红军将领。

罗忠毅在月流会师时就认识了这位红八团的参谋长,有过较长时间的交流,罗忠毅还清楚地记得在土楼下、山溪边、芭蕉下就红军游击的战术作过探讨……新四军成立后,他任二支队四团参谋长、新二支队参谋长、六师十六旅参谋长。罗忠毅是他的直属领导,长期战斗在一起,罗忠毅对他太了解了,现在作为四十八团团长,请求留下,合情合理呀!

不过罗忠毅还是摇了摇头,一方面罗忠毅希望由廖海涛率队断后,另一方面,罗忠毅认为如果自己与廖一道转移,王胜是没法应付这样的危险局面,即使自己留下,如此复杂局面也难以预料。再者王胜对苏西锡南斗争信心不足,军部已调他去苏北学习,多少对他的情绪有影响。这样的重担实在不能压在他肩上,万一阻击部队出了问题,那么在塘马、后周、别桥这样狭小的空间,转移出去的人也不可能安全转移到圩区……想想看,王直他们现在离开塘马能有多远呢?王胜还想坚持,罗忠毅只好下命令了,王胜只好又退了回去。

罗忠毅已做好了最坏的打算,随时为抗战洒下最后一滴血,其实这样一种视死如归的精神早在宁都暴动时就作出了。罗忠毅常有武士战死疆场、马革裹尸的壮美情怀,在投身革命后进一步升华为革命献身的情怀,所以罗忠毅作战十分勇敢,威猛无边,在赣州、漳州、水口、宣黄、乐安、建安战役中,罗忠毅冲锋在前,职位也从排长连续升为士兵委员会主任、连长、营长等职。在闽西三年游击战争中,无论在赖源战斗,还是挺进金丰大山,无论是雁北伏击,还是大罗坪、石城镇突围,无论是进击溪口镇,还是偷袭梅村,罗忠毅都身先士卒,杀敌在先。抗战时,罗忠毅身为支队高级领导,在官陡门之战,小丹阳战斗,博望战斗,西施塘战斗,罗忠毅都和战士亲临一线奋勇杀敌,尤其是博望战斗中,罗忠毅用机枪狂扫敌人,还近身搏战用大刀连砍数敌……枪林弹雨,身经百战,即使塘马战斗最残酷最激烈,又有何畏惧呢?俗语云,瓦罐难免井上破,将军难免阵上亡,军人战死疆场,无限光荣,现在正是祖国和人民考验自己的时候,对于这样的危险担子,自己不挑,谁挑呢?

罗忠毅还是劝廖海涛突围,但廖海涛和罗忠毅的心理一样,况且他反复提出罗忠毅是六师的领导人,要罗忠毅先行转移,否则无法向六师、向苏南百姓交代,而且这儿确实需要他。

罗忠毅完全明白廖的心思,在如此险情下,个人的生命已不再重要,留下阻敌,如果换来机关人员的安全转移,即使献出生命,还有什么比这更光荣更有价值呢?一切应以苏南的抗日大局为重了。他让我走,是作一换位,让我的生命得以延续,为了以后更好地让我担负起苏南抗日的重任呀。

罗忠毅被廖的挚情深深所感染半晌不语。廖怕罗忠毅再坚持还提出自己先留在塘马、视情况再转移不迟。

罗忠毅还能说什么?本来自己让廖先走,把自己的生命置在最危险处,随时作出牺牲,也是为了让廖今后更好地担负起苏南抗日的重任,现在廖不愿意让自己作出如此大的个人牺牲,来替代自己,亘古未有呀。他态度如此决绝,我怎能下命令让其像王胜一样离开呢?

有廖海涛这样的抗日名将在自己身边,战斗不是更有保障吗?这儿太重要了,这儿有了保障,机关人员不也就更有保障嘛,万一情况有变,还可让其迅速脱离险境。

"好吧,廖司令呀,我待一阵子也可以,万一情况危险,你一定要先行转移。"罗忠毅把话说得缓和了些,且留有余地。

"好吧。"廖海涛点了点头,他是一位出色的政治工作者,他终于说服了罗忠毅,他可以暂时留在塘马了。

罗忠毅又朝廖堃金说道:"堃金呀,二营战士一到,你抽调少量战士紧随机关人员的后面,断后掩护。"

"是!"廖堃金行了一个军礼。

罗忠毅、廖海涛继续在原地等待,等待部队的到来。

23

王直率领着一千多人的庞大队伍向东奔去,当他走过洋龙坝、消失在廖海涛的视野中时,他听到了东北部传来密集的枪声,抬眼望去时,观阳东北前巷和前搂间火光闪闪,炮声隆隆。他的心收缩得更紧了,他知道那是特务连在英勇阻敌,从那态势看,对方接触的面甚宽,火力特别猛,敌人数量众多,武器精良,特务连人数有限,敌人随时有突破的可能,如果一旦敌人打破缺口,用骑兵来冲击,那么这一千多人很快就会被敌人合围起来。所以他不时地停下,用手招呼着部队战士、地方干部及工作人员急速行走,"快,快快。"

他站在新店村北面的田埂上招呼着过往的战士干部,神色冷峻、双眉紧锁,寒风吹来,脸面感到丝丝麻疼,空气仍是那样湿润,泥土经细雨飘打仍如昔日所见的那样,十分松软,杨树、柳树、刺猬树、香椿树均呈灰黄,稻秆根桩早已呈灰白色,茅亭农舍一例灰灰的,在颤抖的空气中微微晃动。

一张张冷峻的脸急速晃过,一双双手臂摆动着,犹如排排的双桨有节律地划过,一双双整齐的脚,在风的推动下,急速移过,腿肚子的绑腿那螺旋型的曲线急速飘移,"N4A"的臂章时时回闪……

队伍过了新店,突然响起了一阵歪把子机枪声,随即子弹在眼前乱飞起来,他一惊,眼前苏南的丘陵、小河、村庄、沟渠、稻田渐渐隐退,晕化,慢慢转换成闽西的金丰大山,山峰、山坡、山谷、村寨、竹林、松树、土楼、碉堡……

"啪嗒"一声响,中断了王直的思绪,眼前的金丰大山消逝,出现在眼前的是一个战地服务团的小战士,她脚下一滑,不慎跌倒在稻田里,王直连忙上前扶住了她。

难道以往的一幕又要在眼前发生?突然"哐哐"的爆炸声在敌人阵地上响起,"歪把子"响声突然中止了。王直估计,这是驻北面的四十七团二营从后面主动袭击了敌人,他忙指挥党政军机关人员向东冲去。

这时的王直,重点考虑的是要保证电台和钞票的安全。他关切地看着背着电台的男同志,并沿着田埂小道跟随着寸步不离。陈辉和其他几个战士挑着钞票,一个劲地往前赶。

"小陈,没问题吧?"王直问道。

"没问题,我们就是拼着命也不能将钞票丢给敌人。"陈辉边挑着担子边说着。

王直朝队伍的后面望去,这一千多人的队伍真可谓之浩浩荡荡,由于转移时间不一,那一批批人群,相互间的间隔很大,乍一望犹如长龙一般在苏南的田野上游动。

东北的枪声更响了,每一声枪响都像针一样扎着他的心窝,金丰大山突围虽然危险,但人数有限,包围圈没有纵深,只要冲出去,有密林、茅草作掩护,大可无恙。可这一千人的队伍在平原上如何能移动得快,且大多是非战斗人员,一旦遭遇敌人,这队伍如何应付得了,很快就会被冲得七零八散呀,应赶快脱离危险区。"快……快快快!"王直急速地挥着手。

千把人啊,大多是非战斗人员,如果再遇到敌人攻击,这又如何对付?机警的他,在边退边撤中开始寻找战斗人员了。"茅山保安司令部有一个连的兵力,苏皖区党政机关也有一个排的兵力,但基本是没有经过战阵的士兵,缺少训练,缺乏战斗经验,要与有战斗经验的'老鬼子'作战,肯定不是对手,只有旅教导大队那几十个人,才是真正的战斗人员。"无奈,整个东撤的队伍如同一盘散沙,战斗人员现在还没法集中一起。"至于第五行政专员公署、茅山行政专员公署、江苏溧阳、溧水、镇句、金坛、宜兴、安徽当涂等县党政机关根本没有完整建制的兵力。"王直想到这里,开始盘算着一旦敌人尾随跟踪追击过来怎么办?

他神色凝重,心怦怦直跳,那危险的感觉时时袭上心头,但他又十分沉着,罗、廖把这副担子交给他,除了信任外,还因为他有丰富的军事知识,有敏锐的军事判断能力和遇到复杂问题有超强的决断力。

罗、廖的任务一交代,面临着极其严峻的形势,但他心中有底,罗、廖的交代很简单,把队伍带到长荡湖区。这个任务看似简单,其实很复杂,塘马离长荡湖区直线距离只有十五公里,但苏南河汊纵横,路途弯曲,全是小路,绕来绕去,远远大于直线距离,况且如果你一味沿小路走,往往会走上死路,那死路便是大河横亘,若不会游泳绝难渡过。这一点王直十分清楚,如果没有对苏南地形的充分了解,一千多人陷入河汊中,若遇追敌,将遭受灭顶之灾,所以这次突围不仅要有金丰大山的勇敢、顽强不怕牺牲的精神,还必须有高超的智慧。使他感到欣慰的是在居住塘马期间,他除了搞好政治部的组织工作外,从没有忘记对军事的研究,比方说王胜经常从司令部到组织部来玩,王直便常常和他探讨军事问题,黄金山和顽敌三次作战,

221

王直虽没有冲锋陷阵,但他在战前、战后认真研究作战线路,有时对着地形图一看半天,所以他对塘马一带的地形十分了解。

他觉得这一千多人必须迅速离开塘马,越快越好,那么东撤必须选择最佳的线路,他的脑海中急速地掠过这些地名,新店、茅棚、诸社、东社、西浦、滩头、西阳、东浦。

这条线是最近的一条线,到达东浦离长荡湖就不远了,那么按正常估计三小时左右可到达西阳、东浦,敌人若不熟悉路途,有河阻隔,休说三小时,即使五小时也赶不到西阳、东浦。

此时选择合适的向导变得十分重要,刚好陈练升、陆平东在,他们是本地人,由他们带路,是最好不过的了,如果再布置一些前后联络的人,可谓万无一失。

王直找到陈练升、陆平东,把自己的打算和盘托出,陈、陆两人点头称是,忙于队前带路,王直又叫来几个战士,布置好沿途的联络,防止干部战士沿途掉队。

电台的器材很重,翁履康和翟中和背着器材跑到王家庄时已是满头大汗。

王直不停地招着手:"快,同志们加快步伐。"王直反复叮嘱翁履康,翟中和不惜一切代价要保持电台的安全。

翁履康跑了一阵子,过了王家庄东面的洼地。但见身后喊杀声一片,他回头一看,刚才还畅通无阻的转移之路的南北已有敌情。烟尘一片,看架势不用多久,战斗的硝烟会全部缝合这唯一的缺口,通道。如果那样后果不堪设想,他清楚他们是第一批撤离人员,后面还有很多人包括罗、廖司令。

他回头一看吓了一跳,王家庄的正北已出现了日军的骑兵。

不容他细想,他只能加快步伐东行,渐渐地形有利起来,有了矮小丘陵和交叉的河道。

24

陆云璋随指导员陈浩迅速后撤,向塘马靠拢。

早晨醒来,他头疼剧烈,身子不断地抖动着,炊事员用红糖熬生姜,给他熬了一碗汤,他热热地喝下,头脑有点儿清醒了。他觉得肚子饿了,想吃一点东西,便和其他战士喝起薄薄的稀粥来,刚喝下半碗,肚子正在咕咕作响,突然从马狼山方向传来一声清脆的枪响,接着是连续的枪声,旋即是日军密集的三八枪枪声"叭唝,叭唝,叭唝"。

他连忙放下碗筷,随大家集合,又急急忙忙地向马狼山奔去,由于他所在的排是作为预备队,暂时在小丘陵的一侧等待,枪声阵阵传来,紧扣着他的心扉,由于疾病未愈,加之刚才的一阵奔跑,他的头更觉昏昏沉沉,眼前的一切忽清晰忽模糊,有时呈飘移之姿。

他摸了摸前额,只觉得前额烫手,摸了摸嘴唇,唇皮翘裂,那皮一拉,疼痛异常,胃里一阵翻滚,他想吐,双脚十分沉重,如绑了千斤之石。

空气中散发着阵阵硝烟,呛人心肺,大地颤抖,河川飘移,他朝马狼山望去,一、二排战士激战正酣,不时地传来战士们的呐喊声。他恨不得马上冲上去投入战斗,但作为预备队,他深知更残酷的战斗还在后面,所以他咬着牙,平息着胃中的那份奇异的痛感,静静地斜躺在坡面上,随时准备上去和敌人搏斗。

没过多久,枪炮声停歇了下来,陈浩宣布命令,三排进入预设阵地接替一、二排,因为一、二排要赶往四连阵地支援四连,此地的防守由五连三排替代。大家马上集合好队伍,向马狼山山头爬去。陈文熙见他行动迟缓,用手摸了摸他的头,一摸,滚烫异常,便关切地问道:"小陆呀,你行不行?是不是留下和担架队员在一起。"

"不,我要上战场。"陆云璋挺了挺身子,双手牢牢地抓住那短小的小马枪。

陈文熙点点头,"好,要当心。"刚进入一排、二排的阵地,敌人的炮火开始铺天盖地轰来,陆云璋伏在壕沟里,不时地摇动着头颅,往往一阵炮火后,四溅的泥土会迅速覆盖下来,头上、脖子上、背上全是沉沉的带着硝烟的泥土。

"注意,敌人上来了!"陈浩一声喊,战士们个个伸出头,观察着敌人,移动着枪口。

敌人弓着腰,小心翼翼地往上爬,陆云璋已看到了敌人脑后的三块布在寒风中飘荡,有一个鬼子胡子拉碴,戴着眼镜,眼光红红的,似吃了死人一般,脸上的肌肉不断地抽动着。

"打!"陈浩一声喊,排枪齐发,陆云璋扣动了扳机。不知是火力不够,还是敌人躲避有术,排枪齐发后,敌人并没有倒下多少,反而嚎叫着,边放枪边往上冲,几个战士被击中倒在壕沟里了。

陆云璋一惊,眼看那戴着眼镜的小鬼子冲了上来,他连放几枪,却没有击中,眼看着他端着明晃晃的刺刀冲到眼前,他那黄黄的牙齿露着,像要咬碎眼前的一切。

陆云璋来不及考虑,拿起放在壕沟上的手榴弹,弦往指上一套,猛地朝那鬼子扔去。他用尽全身力气,朝前投去,上臂带动着前臂,猛一划,弦断弹飞,手榴弹在空中划了一道弧线,砸到了鬼子的胸膛上,陆云璋只见那鬼子的脸突然放大,似乎布满了天空,旋即四分五裂,化成碎末血浆,在空中如礼花一样绽开了。

火光一闪,响雷猛起,陆云璋用力过猛,一下子扑倒在壕沟里,等他醒来时,他迷迷糊糊地觉得被架着、拖着向塘马方向靠拢,营部有令,三排部分战士随陈浩撤回塘马,掩护机关转移。

陈浩带着三排小鬼班战士、连部及部分勤杂人员急急从邵笪村往塘马进发。

当陈浩路过下大坟乌龟壳时,西南后周方向周家背已响起了密集的枪声,六连和团部特务连已退至后周葛家村西面的周家背顽强拒敌了。

一到塘马村,陈浩忙向罗司令报到,此时子弹如雨点一般落在村前的房舍屋后,子弹落在池塘中叭叭作响,落在瓦垅上嘎嘎直响,罗忠毅仍然屹立在村东,指挥着最后一批撤离人员。

"王胜、张业刚走,你紧随他们,廖垫金已在新店村的大庙旁,你们迅速赶上,随后掩护旅部机关人员转移。"罗忠毅急速地挥舞着手。

"那……"陈浩见子弹如此密集地落在塘马村,不由得担心起首长的安全来,他见罗忠毅身边只有三个警卫,便忙说:"罗司令,我这儿抽半个班来保护你,这儿太危险了。"

罗忠毅意味深长地笑了笑,"小陈,你快走吧,党政军机关的同志要紧,这儿没问题。"言毕,嘴角挂上一丝痛苦之色。

"好吧。"陈浩依依不舍地带着队伍往村东走去,担忧还是使他回过头来看了一下罗忠毅,在早晨阳光的朗照下,罗忠毅清瘦的身影显得更为高大,不料这一眼竟是最后一眼,自此,他亲爱的首长永远离开了他。

陈浩赶到新店村时,廖堃金早已等候多时,此时四连三排的李国荣排长和庞世根同志也陆续带来了五六十名战士,但这些人远远不够阻击尾随的敌人,北面、西面、西南,敌人渐成合围之势了,但在如此严峻的形势下,三营能抽去这些兵力,实属不易了。

四连战士在雷来速、许家信的指挥下,接连打退了敌人的好几次进攻,部队也有了伤亡。董坤明和其他几个卫生员忙出忙进,不断地包扎伤员,一有机会他还亲自上阵,运送弹药,偶尔也拿起枪朝敌人打几枪。

通信员传令,四连向旅部方向撤退,战士们退出阵地,迅速向塘马方向撤退。为了节约时间,部队没有全部从拖板桥经过,而是选择最近的线路。从西祺向塘马进发,拖板河横亘于前,战士们只能涉水而过,由于是枯水季节,河水并不深,大部分战士顺利地越河而上。

董坤明紧随着连长雷来速,刚一下河,由于淤泥太厚,河水冰冷,脚底一滑,身子后仰,眼看要倒入水中,雷来速伸手一抓,董坤明方才站稳,但下半身全湿透了。

虽然河水寒冷,但军情紧急,战斗中的他全然忘却了,他背着药箱奋力从浅河中爬上堤坝,然后穿好鞋,随着战士们急速向塘马方向奔去。

他们并没有进塘马村,而是越过塘马河进入新店村村东,与特务连一道在正北阻敌。为了确保机关人员的安全,许家信和四连的部分被抽调到紧随机关人员转移的队伍中,由营教导员廖堃金率领,先行东撤,董明坤也被抽调到断后的队伍中去了。

廖堃金把二个营中抽调的五六十人和陈浩带来的二三十人编成两个排、六个班,作了简短动员后,便分散开,小跑步,向东追赶已经转移的机关人员。

张连升赶到前巷小高地时,裘继明、雷应清满脸血污地迎了上来。

张连升一看受伤的战士和阵前躺着的战友的尸体,便知战斗是何等的惨烈,特务连是精锐之师,个个都是身经百战的战士,且武器精良,打成这个样子,可以想象出战斗的场面了。

"张连长,我们已经打退了敌人的四次进攻了。"雷应清双眼红肿,话语声带有明显的颤音。

"许多战士牺牲了,一排长杨阿明也壮烈殉国了。"裘继明已挂了彩,手臂打了绷带挂在胸前。

"旅部开会怎么说?"雷应清忙问道,"情况怎么样?"

"这一次敌人来得特别多,大雾帮了他们的忙,我们外围阻击没法赢得足够的时间,机关人员已向东转移,部队留下阻敌。"张连升的话语突然沉重起来,"现在最危险的是西南,敌人突破了六连阵地,现在六连和团部特务连顽强地顶着,罗司令命我们疾速赶往后周桥,不惜一切代价要堵住后周桥,如果后周桥失守,敌人就会迅速合围,且尾追我机关人员。我们必须和三营一起拖住敌人。"

"那这边呢?敌人刚打退,马上就会反扑呀!"裘继明着急起来。

"这边留下一排剩余人员阻击,二排、三排全速赶往后周桥。"张连升作出了决定。

"好吧,既如此,由我留下,阻击东北之敌。"雷应清果断地请示道。

"不,雷指导员,这儿由我留下吧,你们那边任务更重。"裘继明也跨前一步要求留下阻敌。

雷应清明白这儿大约还有三四百个鬼子,且配有步兵炮,留下意味着牺牲,他怎么让战友留下,"不,张连长,我看还是由我留下吧。"

裘继明毫不相让,争来争去,可时间不等人,敌人的枪炮又响了,且这一次敌人十分狡猾,采用了轮番进攻的策略,部队分梯队进攻,轮番作战。

"等不及了,裘副指导员你随我去后周桥吧,雷指导员留下。"张连升作出了最后的选择,"部队集合,全速后撤。"裘继明用那只没有受伤的手紧紧地抓住了雷应清,"雷指导员,多保重。"话一出口,眼泪已滚涌而出。

特务连迅速南撤,从前巷退至后巷、观阳,全速向新店、后周桥进发。

裘继明跟着队伍全速奔跑,他和部队刚刚后撤时,便听到了密集的枪声,他熟悉自己的战友,自然也熟悉那些枪声,当他和队伍进行到观阳村时,枪声渐见稀落下来,他的眼泪不由得滚涌下来,枪声稀落意味着敌人已行进到阵前了,也许此时,战友们正在和敌人展开白刃战呢。

他完全有理由作出这样的判断,就在张连升离开高地赶赴塘马时,敌人发动了第二次进攻。

狡猾敌军在进军途中遭到特务连痛击后,马上镇静下来,开始用炮火轰击特务连阵地,敌人用五门九二式步兵炮从不同的方位向特务连阵地疯狂轰击,待阵地被炸得面目全非、烟雾腾腾时,二百多个鬼子嚎叫着往上冲,由于特务连早有准备,敌人的炮火炸坏了工事,却没有伤着战士,战士们在雷应清、裘继明的指挥下,早已隐蔽起来,炮火一停,战士们又登上制高点,开始向敌人射击。

这一次两挺九二式重机枪,一挺马克沁重机枪,七八挺捷克式轻机枪和几把歪把子机枪发挥了作用,敌人成批倒下,偶尔冲到顶部的日军也在手榴弹的爆炸声中血肉横飞了。

但日军也摸清了特务连火力点所在,用小钢炮掷弹筒轰击机枪手,刹那间倒下了好几个机枪手,雷应清、裘继明飞身跃出,一人抱了一挺捷克式轻机枪扫射起来,他俩一边打,一边叫喊着,一边变换着位置,其他机枪手也不断变换位置,但狡猾的日军也不断变换轰击方位,机枪手转移到哪里,他们的炮弹就飞响到哪里,特务连一下子牺牲了十几位战士,但他们没有后退半步,连续打退了敌人的两次进攻。

短暂的间歇后,敌人也玩起新的花招,在猛烈的炮击后,敌人多路向特务连扑来。

原来北面敌人的一部突破四十七团二营在涧北里、大家庄防线后,迅速分兵,大部从北面扑向塘马,一部与东北之敌联合,多路向特务连阵地扑来,北面的敌人来得十分突然,一下子突击到一排的阵地。

裘继明一见,忙和战士们端起刺刀和敌人近身搏战起来,日本鬼子都是些久经沙场的老鬼子,受过严格的军事训练,刺杀术甚精,且具有顽强作战的武士道精神,我特务连是从各部挑选出来的战士,刺杀技术尤为精良,且具有压倒敌人的英雄气概,一交手,便呐喊声声,突刺、劈刺,用得得心应手,防刺技术也发挥了一定的作用,刹那间,刀光剑影,金属撞击声"乒乒乓乓"响成一片,并不时伴随着阵阵的惨叫声,随之而起的是阵阵的血腥味。

一排长杨阿明连续刺倒三个鬼子,就在他用枪托撞击另一个鬼子时,鬼子小队长山田掏出手枪,打中了他的腹部。他踉踉跄跄地倒下了,四个杀红了眼的鬼子为了泄愤,端着刺刀齐齐地向他扎去,只见他一翻身,拉响了从怀中掏出的手榴弹,白烟一起,鬼子惊恐地往后退,轰一声响,四个鬼子齐齐地飞上了天,英雄的身躯也化成碎片,撒落在鲜血染红了的大地上。

裘继明的手臂被敌刺中,他眼一花,身子摇晃起来,眼看着敌人的刀尖刺向了自己的胸口,猛然刺刀停止了前行。鬼子身子一阵抖动,摇晃着倒下了,原来是雷应清扣动了扳机,他带着前来支援的二排战士,一阵激战,冲上来的二十多名鬼子全部报销了。

其他多路攻击的敌人也在特务连密集的子弹和雨点般的手榴弹中挡了回去……敌人的几次冲锋被打退,部队还屹立在后巷的小山丘上,雷应清、裘继明回头一看,战士们个个冒着汗,热气从脖子、额头、脸颊上四处散逸,刚才还在寒风中打着颤的战士,现在个个挥汗如雨,有的战士的军帽已被汗蒸汽所蒸湿,汗水沿着帽子的边沿流到鬓发上,汗珠又沿鬓发滴滴而下。

现在几乎听不到枪声,坚守高地的一排战士的情形可想而知了,裘继明抹了一下眼泪,往事电光火石般在眼前闪现……他是上海人,生于1923年,和裘亦明为双胞胎兄弟,两人长得极其相似,长有一双硕大的耳朵,眼睛明净而又澄澈。抗战爆发后,有一天,继明从废墟里捡来一台破旧收音机,名为"大美"的广播电台每逢星期六上午播放有关抗日的消息和激情的《热血》《黄河之恋》等爱国歌曲。他俩与弟妹每到这一天就紧紧地围坐在一起收听,听到的总是国军节节败退的坏消息,对国民党大失所望,但也从中听到共产党领导下的八路军、新四军在敌后开展游击战。听到由粟裕率领的新四军在镇江西南韦岗伏击日寇首战告捷,歼灭日寇少佐以下数十余人,击毁军车五辆的消息。这不仅让亦明、继明兴奋不已,还对比了国共两党领导的军队谁抗日更坚决,更积极,从而萌发了投奔新四军的念头,设法寻找参军的联系渠道。这时他俩正在参加"青年哲学和时政学习小组",认识了地下党员陈关通。当陈关通带来"江南抗日义勇军"夜袭浒墅关火车站,沪宁铁路三天不能通车;火烧虹桥飞机场,烧毁敌机四架等的好消息,使小哥俩兴奋不已。1939年11月底在他俩坚决要求下,经陈关通介绍参加了由中共领导的"昆山联抗"部队,那年他们十六岁。该部以后整编为新四军"新江抗"三支队。他俩怕父母阻拦,深夜翻铁门不辞而别。第二天早晨,父母知道他俩投奔中共领导的抗日军队去了,父亲只是轻轻地说了声:"还太年轻了点。"就安慰母亲不要难过,盼望兄弟俩能早日来信,早日凯旋而归。1940年6月,家里收到兄弟俩寄来的家信,是一份《大众报》,上面刊有一幅军人手握上了刺刀的长枪正在站岗的照片,继明在边上写着此军人就是他。人还没有枪高呢,父母看了既心痛又高兴。后来他俩加入了十八旅,1941年3月年仅十八岁的裘继明被提升为连队副指导员,后来在七八月份的清乡中负伤转入十六旅养伤,来到溧阳塘马地区。由于裘继明年轻,思想觉悟高,文化水平高,在雷应清由副指导员担任指导员后,裘继明便转入旅部特务连,被提拔为副指导员,任命不到几天,便发生了战斗。

……裘继明往北看了看,又转过身朝塘马村方向看了看,觉得步伐格外沉重。

25

罗忠毅、廖海涛目送着远去的最后一批旅部机关人员时,敌人的枪声如汹涌波涛从四面涌向塘马,大地微微颤抖,空气急速地旋转起来,并散发着浓烈的火药味,天空硝烟弥漫,黑烟扫掠着血一般的红日的脸盘。

现在的任务是率领部队拖住敌人,掩护党政军机关人员转移。罗、廖二人对塘马一带的地形了然于心,塘马村是守不住了,村子小,周围的高地已被日军占领,现在只有撤离。塘马的南面全是平坦的原野,无险可守,唯塘马河蜿蜒曲折,北水南流,以此为依托可以拒击西犯之敌;河的东面不远处有新店村,村南一片竹林,也可作为依托;离塘马村东南三华里,有一高地为王家庄,四周是坟地桑树,也可利用;其西面二里许有一小桥架于塘马河上,为后周木桥,守住此桥,敌人就很难进入王家庄。

罗忠毅很清楚,这样的地形和闽西的地形无法相比,处于绝对劣势的十六旅利用这样的地形是不可能阻止敌人进攻的步伐,但死死守住此地,便可延缓敌人进攻的步伐,为机关人员的转移赢得时间,能达到此目的也就够了。至于部队下一步怎么办,只能伺机而动,但主要突破方向定在东南,那边还是一个缺口,那儿驻扎着国民党军队,这个缺口敌人难以堵上,如果从这个缺口冲出去,国民党军队如果拦截,就坚决消灭他们。

张连升、裘继明满脸血污地来了,罗、廖二人眼光一扫,信心顿增,这两个排十分完整,战士们毫无怯意,满脸杀气,视死如归的豪气充溢在每个人的脸上。

是呀,特务连,十六旅精锐之师,是血与火铸造的钢铁之师。

"张连长,观阳那边情况怎么样?"罗忠毅一边问,一边朝观阳方向看了看,只见那边枪声不断,呐喊声声。

"报告首长,特务连一、二排有伤亡,特别是一排战士……"张连升低下了头,眉宇间痛楚之色尽现,"牺牲大半,现在雷指导员率领战士坚守阵地,正在和敌人拼杀。"廖海涛眼圈红了,这支部队班底是闽西的老红军呀,有许多战士曾和他一起战斗在双髻山,抗战时,战斗在茅山地区,赤山之战中,这支光荣的部队建立了不朽的功勋,随二支队南征北战,战功显赫,自己一直指挥掌控着这支队伍,现在许多战士的鲜血洒淌在寒冷的大地上,怎不令人心痛。廖海涛无法问及牺牲了哪些战士,但从战场形势看,一排战士生还的可能性不大,刹那间,一排的他那熟悉的部下,个个满脸鲜血地在他的眼前浮现。

黄兰弟来了,四连、五连、六连的连干部除陈浩外都来了,战士们也逐一来到塘马村东边下木桥边的谷场上。

"同志们,"罗忠毅握紧了拳头,"我们的任务就是吸引敌人,拖住敌人,多拖一分钟,多守一分钟,机关人员就多一分安全。"他扫掠着眼前的战士们,或昂首挺胸,或怒眼圆睁,或凝重不语,"考验我们的时候到了,拿出勇气,给我狠狠地打。"廖海涛上前一步,"同志们,我们新四军是钢铁打造出来的,"他双眼圆睁,炯炯之光放射而出,肩头被树枝划破的布片在秋风中瑟瑟抖动着,"为了民族,为了死难的同胞,为了苏南百姓,血战的时候到了。"他扯高嗓子,高喊着,"血战到底,决不后退。"

"血战到底,决不后退!"战士们举着枪,呐喊着,高亢的声音在塘马的上空飞扬着。

罗忠毅朝观阳方向望了望,只见那边的枪声渐渐稀落,他的脸上掠过一丝痛苦之色,他长长地叹了一口气,然后转过身对着廖海涛说:"廖司令,你带特务连二排和四连、五连防守新店、塘马一线,我带特务连三排、黄兰弟二营六连和团部特务队防守塘马河一线,如果不利,则退守王家庄,伺机从东南突出。"

"好!"廖海涛向罗忠毅行了一个军礼,"罗司令,千万小心。"

罗忠毅抿紧嘴唇,点了点头,"那边的任务不轻,你也要小心。"说毕紧紧地握住了廖海涛的手。

枪声四作,容不得再说什么,廖海涛向陈必利交代几句后便手一挥,"特务连二排、四连跟我走。"

张连升带着二排战士,雷来速带着四连战士一齐向新店村村北奔去。

罗忠毅用眼扫视了一下塘马河,他用又干又涩的嗓子作出部署。

"特务连三排、四十八团六连随我和黄营长坚守后周桥。"

黄兰弟、裘继明与战士齐齐回答:"是!"

罗忠毅又命通信兵传令团部特务队詹厚安、张光辉,六连赵匡山、顾肇基率部后撤至后周桥一道坚守后周桥。

"出发!"罗忠毅手一挥,黄兰弟、裘继明和特务连三排战士一齐奔向后周桥,在起步的一刹那，他回过头来朝塘马村望了望，神情是那样凝重又是那样依恋。

罗忠毅发布命令后，和廖海涛握手告别，罗忠毅的手紧紧地和他握在一起。烟幕笼罩着天宇，时隐时现的槐树、榉树、糖莲树，灰白色的板茅，稻秆根桩，战士们坚毅的脸容，挺拔的身姿，满耳的枪炮声，涌动的风雷，微微颤动的大地，一切的一切，在罗忠毅与廖海涛双手相握的一刹那，凝固了，停格在瞬间的时空中。

这不是他们第一次握手，但却是为数不多的重要握手，他们第一次握手是在永定下洋月流，红九团与八团会合时。

那时，当罗忠毅和张鼎丞握手后，身后转过一位浓眉大眼、身体健壮、个子不高却虎虎生风的干部。

经张鼎丞介绍，罗忠毅方知他就是大名鼎鼎的上杭县委书记廖海涛，廖才知道罗忠毅就是威名远扬的福建军区第三分区的副司令，他们两人的手紧紧地握在了一起。而后在艰难的三年游击战争中，他们也常常碰面，抗日烽火燃起后，他们的双手又握在了一起，罗忠毅为二支队参谋长，廖为二支队四团政治处主任。

1940年下半年，他们以正副司令的身份共同担负起二支队重任，战斗在茅山脚下、金陵城边，现在又以十六旅旅长、政委的身份独撑着苏南的危局。

"廖司令，军情紧急，多保重。"罗忠毅的嗓子里发出了嘶哑的声音。

"罗司令，你也多保重。"廖的嗓音洪亮，夹杂了一丝丝的伤感。

罗忠毅想再说些什么，可炮弹催促着罗忠毅不能再说什么，便匆匆分手，带着黄兰弟、裘继明迅速赶向后周桥。

罗忠毅和战士们一路小跑着，沿塘马河往南开拔，经棚上直插择储大塘，那后周木桥是架在塘马河上的一座木桥，是后周街通往别桥的必经之桥，也是塘马河以东的百姓上后周街的必经之桥。河面宽阔，周围树木林立，是一块战略要地，六连战士从杨笪一线后撤后，与团部特务连一道在后周街一带阻击，由于兵力悬殊，他们早晚要撤到后周桥战斗。

罗忠毅和战士们一道小跑着，作为六师参谋长，十六旅旅长，从枪声响起之时，罗忠毅就抱了决一死战的决心，留下抗敌是不假思索的选择。

现在罗忠毅决定收缩兵力，北面主要是廖海涛率特务连二排和四连抗击，西面由五连陈必利依托塘马河阻击，罗忠毅自己亲率黄兰弟、裘继明会同赵匡山、詹厚安，率领特务连三排、四十八团六连、团部特务队坚守南面塘马河一线。

当罗忠毅到达后周桥时，六连战士和团部特务队陆续撤到塘马河西岸，敌人的枪炮声正随之而来。

罗忠毅命裘继明率特务连三排扼守东岸桥之北侧，六连一排扼守东岸桥之南侧，六连二、三排作预备队，团队特务队后撤至新店竹林南侧，策应北、西、西南三面作战部队，而罗忠毅带警卫班则返至王家庄西面五百多米处的新店小墩上南侧的一个干涸的池塘里，作为临时的指挥所。

罗忠毅之所以将团部特务队放在竹林南侧，缘由是团部特务队原为苏西蔡三乐的部队，是经过统一战线策反过来的部队，来到塘马后经连长詹厚安和指导员张光辉的治理下，军政素质有了很大的提高，但由于整训时间太短，部队战士成分过于复杂，其战斗力还有一定问题，倘若把其放在后周桥一线最为严峻的战斗场地，后果难以预料，万一他们过于脆弱，会影响大局，影响士气。

罗忠毅用望远镜不时地观察着周围的形势，并不时作出指令，罗忠毅感到遗憾的是，身边没有一个参谋，游玉山去四十七团二营驻地大家庄后至今没有回音，张业随王胜先行转移，现在身边除了警卫外，几乎没有任何可以商讨的人。

罗忠毅刚布置完毕，西北塘马村响起了密集的枪声，随即北面也响起了密集的枪炮声，罗忠毅通过望远镜紧盯观阳村南新店村朱家新坟山，视线还未移开，后周桥的枪炮声骤然响起，罗忠毅身子一抖，迅速转过身用望远镜朝后周桥方向观看起来……

26

塘马村东只剩下五连的战士了,陈必利听到一阵紧似一阵的枪声,心也一阵紧似一阵地跳动着,廖海涛把这样的任务交给他,他完全理解首长的意图,从态势看,敌人从正北急攻,来势最猛,从观阳方面渐渐稀少的枪声看,一排战士肯定全部阵亡了,那么更大的恶战将在塘马村东、新店村北展开,特务连的任务之重可想而知,况且那儿是机关人员东撤的缺口,敌人会千方百计去弥合这个缺口。后周桥方向,也是敌人的主攻方向,敌人从西北迂回包抄,妄图断我退路,骑兵猛进,其任务之艰巨可想而知。相对而言,塘马村会平静些,这倒并非敌人不把塘马作为主攻方向,缘由是塘马是旅部居地,敌人的进攻会猛但不会太急,也许合围完毕后,塘马正西方向会空前激烈起来。现在首长考虑到这一点,迅速率部离开塘马村,目的是为了拖住敌人,一旦敌人发现塘马是一个空村子,我们就已经赢得了时间。五连只要能延缓敌人的进攻即可,因为五连的战士太少了,一部分被陈浩抽走随廖堃金去掩护党政军机关人员去了。

陈必利原先设想把兵力放置在塘马村北、村西,但兵力有限,无法布防,更为重要的是村内还有部分没有逃走的百姓,还躲藏着部分重伤员,一旦交战,村子会被包围,后果不堪设想,于是他决定把兵力安置在村东塘马河东岸,尽力守住下木桥,必要时撤至新店竹林与敌周旋。

守住下木桥便可延缓西北之敌,但此桥极难守住,因为东岸是平坦的原野,而西岸便是紧挨着的塘马村民居,敌人利用房屋作依托,依仗强大的火力会轻易地拿下下木桥,好在离下木桥不远处的洋龙坝有一片树林,可以此为依托,用机枪封锁桥面,如此,尚有一搏,虽然守不住,但总能守一阵子。

西北日军兵分两路后,连连受阻,进攻马狼山的军队稍事休息后,便用炮火猛攻马狼山高地,刹那间硝烟弥漫,土飞如雨,旋即日军组织敢死队嚎叫着扑向高地。

日军敢死队头扎白布冲向高地,竟没有遇到任何还击,他们的小心顿时成为多余,在惊恐与不解之中,日军凭那毕其攻于一役的勇气一跃登上马狼山,始知已没有一个新四军战士。

日寇有点莫名其妙,这新四军放弃塘马外围高地,究竟为什么,这塘马一带驻扎有一旅人马,在顽强抵抗后,忽然间全部弃守高地。

他用望远镜来回照看着塘马村,发现除了硝烟和本方军队投射的枪弹外,塘马村显得出奇地平静,没看到有任何人活动的迹象。

日军长官的眼珠乱转着,疑虑的眼光穿射出厚厚的如酒瓶底般的镜片,他脱下手中雪白的手套,右手抓着,轻轻地敲打着左腕,突然狂叫一声:"塘马的,进攻!"

敌人潮水般地喊叫着越过金庄、张家、邵笪向塘马扑来,挺进到下大坟时突然收住脚,日军长官作出一番观察后,命令随行的还没有被使用的几百名伪军向塘马村作第一梯队进攻。

日军长官对伪军大队长耳语一阵后,伪军大队长缩了一下脖子,但在其寒凛凛的眼光中,他只好扯着嗓子命令部下弯着腰扑向塘马村。

那些伪军弯着腰,端着枪,发出怪怪的叫声,有时摸一下身上的护身符,有的念着神仙的法号,有的胡乱地念着咒语,好让自己脑海中的恐惧全部滤尽,代之以单一的无害的欲念,可是腿不听使唤,不断打着颤,村边偶尔的响动,使那高度紧张的神经敏感万分,神经的迅速反应,使他们不由自主地扭转身子,乱放着枪,败退而回。但迎接他们的是日军执法队雨点般的枪弹,那些未及转身,或刚转身没有饮弹的又扭转身子,发出怪怪之声,继续扑向塘马村。

有几个曾参加过大刀会的伪军壮着胆,像昔日喝了符水一样,叫喊着冲进村西的徐家棚子,听到一阵响动后,未及细看胡乱地扔了两颗手榴弹,便趴在地上,一动不动。

一阵惨叫后,他们隐约感到有一些黏糊糊的、似血肉一般的东西跌落在头上、颈上,他们抖抖地一摸一看,原以为是人的器官,不料是一些鸡鸭猪羊的内脏,耳一听没有任何的还击声,于是一跃而起,叫喊着冲入棚子。

日军随之潮水一般涌入塘马村,并放起两颗绿色信号弹。日军进入塘马村,发现是一空村,便知新四军早已东移,便迅速向村东扑去,不再停留,只有那些无聊的伪军还不停地朝猪圈、羊圈、民宅开着枪,甚至朝粪坑里抛几颗手榴弹。一队日军跑到村边,看到小河横亘,木桥飞架,新店村北面枪炮声不断,便警觉地收住脚,四下张望起来。小桥在风中摇晃,灰白的板茅花在风中摇曳,河水缓缓地流淌着,在枪炮的间隙声中,能听到哗哗的水流声。

日军大队长尾田指挥刀一拔,发出一阵怪叫,十七八个日军端着刀冲向下木桥,前头几个日军那凶悍的脚掌刚落上下木桥的桥板上,陈必利顶了一下帽檐,大喊一声"打",两挺捷克式轻机枪便怒吼起来,几个日军惨叫着,挣扎着,枪从手中甩出,以各种扭曲的动作跌下桥面,滚入河中,塘马河水顿时殷红起来。

日军遭此迎头一击,赶忙退回村内,大队长尾田躲在墙角,聆听着枪声,又命人砸开刘赦大家的房屋,通过窗户,用望远镜朝河对岸观察起来。

尾田沉思着:新四军枪声稀落,兵力不多,虽有两挺轻机枪封锁河面,火力并不足,但对岸二里外有村庄、有竹林、有庙宇,看来河边是一小股阻击部队,更多的部队还在后面,务必迅速越过塘马河,直扑对面村庄。

尾田不解的是新四军为何不炸毁这仅有的一座小木桥,其实他并不知道这旅部一带的部队不多,兵力有限,如果炸毁小桥,敌军必渡河攻击,攻击点一多,凭新四军的兵力无法扼守,索性让出木桥让敌军来攻,然后集中火力,猛烈扫射桥面,可以争取更多的时间。

尾田走出房外,拔出战刀大喝一声,十几个日军又端着刀叫喊着冲向桥面,瞬间从洋龙坝射来的雨弹把日军冲击浪头挡了回去,又有几个日军的士兵在空中扭曲着身躯跌下桥面,河水发出清脆的浪击声。

伪军大队长献计,从河面上选择几点进行强攻。

尾田奸笑几声,命日军带上掷弹筒、重机枪、小钢炮爬上刘赦大家房屋的屋顶,紧盯河对岸,然后眯缝着眼朝伪军大队长看了看,吓得伪大队长毛发直竖:"你的带上你的人马,桥上的冲。"

"这?"伪军大队长一阵哆嗦。

"违背命令,死啦死啦的!"

"是,是,是。"伪军大队长急命几名伪军,向桥头扑去。

那几名伪军你看我,我看你,不敢动弹,伪军大队长朝一个双腿直打战的士兵开了一枪,未等士兵倒地,便一脚踹下塘马河,"他妈的,给老子上。"

那几个被点名攻桥的士兵吓坏了,忙打起精神,嘴里胡乱地叫喊着,端着枪,弯着腰,往前冲,冲了几步,快临近桥面时,连忙趴下,有几个已紧紧地抱住了头。

"八格牙路,统统的上!"尾田拔刀接连砍杀了两名伪军,吓得伪军大队长连忙上前,亲自带着伪军往桥头涌去,但伪军一到桥头,脚步如有千斤之重,如粘在泥地上,挪也挪不动了。

陈必利在洋龙坝的树丛中见大批的伪军涌向桥面,忙止住机枪手小张扣动扳机,"慢!"这位经验丰富的连长长期作战在虞澄锡地区,对敌人的战术了如指掌,敌军两次冲击未果，突然使用伪军必然有诈，现在只见桥头喧闹，其他地方不见动静，明摆着敌人是想让伪军吸引自己的火力，然后伺机从他处渡河，甚至还有其他的阴谋，他马上作出决定，两挺机枪封锁河面，其余的战士迅速散开，利用田间、田埂作掩护，对桥面进行扇形封锁。

"同志们，我们多打一个敌人，多坚持一分钟就是胜利，我们……"他话音未落就听见空中传来尖啸之声，一颗炮弹呼啸而来，"轰"一声巨响，把他掀到几米之外，泥土纷纷而下，断裂的树枝缓缓飘落而下，金星四冒，天空布满了彩色的斑点，耳朵嗡嗡作响，其他什么也听不清了。刹那间，脑中一片空白，旋即他听到了嗒嗒的一阵枪弹声，马上"嗖嗖嗖"枪弹贴着地面而来，地皮上冒着一阵灰尘，他翻滚了几下，闭上眼又迅速睁开，猛地摇动了一下脑袋，顷刻脑子清醒了许多，思维的复原使他明白了眼前的一切，他爬起来叫喊着，"同志们，撤出树林，往西边靠！"话音未落，有几颗炮弹飞落下来，泥土硝烟遮蔽住一切。

几个战士牺牲了，好几个战士受伤了，尤其可惜的是两挺捷克式机枪，有一挺被炸坏了，一名机枪手被炸得血肉模糊，肠流满地，早上的稀饭从肠中迸射而出。

陈必利顾不得伤痛，急带战士翻滚跳跃着，来到原来整训时的谷场边和田野里，利用草垛田埂作掩护，紧紧盯住河面和小桥，此时西边河沿的五连其他战士朝桥面猛烈扫射起来，那些刚爬上桥面的伪军又纷纷落下桥面。

尾田发现洋龙坝的新四军从树丛中四面散开，掷弹筒失去了作用，突然听见河对岸临西一面的树丛中又响起了枪声，而且是机枪声，便命日军用掷弹筒、小钢炮一股脑儿向树林轰炸，还命士兵急速向后面大队的日军请求用九二式步兵炮来增援。

西面的新四军经敌人的炮弹猛烈轰炸下，也只好四面散开，利用东面场地上的草垛、树干作掩护，作着顽强抵抗。

陈必利叹着气："如果敌人没有炮，仅有枪，这仗还不难打，可眼下敌人利用房屋，居高临下，进行炮击，这可怎么办呀？"现在唯一的办法是行动中躲避敌人的炮击，运动中进行阻击，边打边移，除此毫无办法，好在五连的战士都在东路参加过锡南、苏西的斗争，有较强的战斗经验。

敌人利用小钢炮、掷弹筒猛烈轰击洋龙坝，又朝塘马河东边的几处树丛轰击，新四军战士即刻四面散开，在田间、草垛间阻击，炮击失去了作用，日军抛开伪军，便组织步兵一部强行从木桥冲击，另一部则偷偷地绕到村南从牛屎塘边偷偷翻到塘马河边，强行渡河，进行偷袭。

日军的战斗力非常强,他们在机枪、小钢炮的掩护下,端着歪把机枪,一边朝河对岸扫视,一边蛇形推进,间或跳跃着冲向桥边。五连东面一挺捷克式轻机枪,西面两挺捷克式机枪,正面草垛、田间的三八枪、七九式、中正式,甚至一些汉阳造的步枪齐齐发射,一时间,枪炮声声,火光冲天,敌人冲了几次,均被击退,但陈必利清楚,在如此开阔的地带上守住木桥是不可能的,且部队人数有限,子弹不多,是无法坚持下去的,即便封锁住桥面,也无法阻挡日军从其他地方进行突击。

果然,一排战士郁根叫了一声:"连长,西边敌人偷渡上来了!"陈必利扭头朝西面一看,我的天哪,敌人悄悄地从西边的塘马河偷渡上来了,已有数人哆嗦着身子爬上了河岸,正在用枪瞄准着战士的后背。他连忙用手枪进行射击,小郁乘机甩了几颗手榴弹,那几名刚冒出头的日军惨叫着飞上了天,其他日军则躲在河堤下,进行还击,子弹嗖嗖地从耳边飞过。一部分战士又转移枪口对准了西边塘马河边的日军,就在这一刹那间,一部敌人冲过下木桥,嚎叫着向战士们扑来,有的则依托桥边的板茅丛用机枪猛烈向战士们扫射,好几个战士倒在水田中。

后面的敌军像潮水一般涌上木桥,一会儿像奔涌的洪水向田野中奔泻。陈必利一见,形势不妙,赶忙命令战士撤向新店村。他命令一部分战士以新店姜家棚的菜园土墙作依托,一部以新店村西的庙宇作依托进行阻击,并嘱咐战士们,实在不行撤至新店大坟窠竹林,但必须是万不得已时。到了大竹林,在没有接到后撤命令时,绝不允许后撤一步。

陈必利只觉脸上热乎乎的,用手一摸,脸上一阵刺痛,手上黏糊糊的一片,睁眼一看,手上全是殷红的鲜血,他知道自己的脸上已划伤,是什么时候受的伤,是子弹划破的,还是弹片削刮的,他无法搞清了。没有时间让他多想,他让一排长全权指挥庙宇边的战斗,自己则率领二排、三排战士坚守新店姜家棚。

这姜家棚只有几户人家,在苏南的大村庄边常常有这种被称为棚子的人家,它们不是村庄,是依傍于大村庄的单户或几户杂姓人家。这种现象在苏南出现得很晚,太平天国后,苏南的经济遭到重创,人口锐减,田地荒芜,急需劳动力进行农业生产,为此清政府决定让苏北的农民来苏南耕种,以恢复被战争摧垮的苏南经济。

苏南的封建地主、名门望族,本不愿采纳这一方案,一方面是苏南、苏北的经济有差距,语言不相同,风俗习惯有差异,客籍与土籍有矛盾。另一方面那些苏南的名门望族在清军与太平军作战时,为躲避苏南战乱跑到苏北,因苏北贫民昔日经常乞讨于苏南,他们多有接济,不料到了苏北备受奚落,只得忍气吞声,现在重回苏南当家做主,哪肯容忍苏北百姓。但朝廷有压力,加之苏南人口稀少,无法进行正常

237

的农业生产，他们提出许多苛刻条件，其中就是不让佃户住进村中，所以在茅山地区，苏北佃户大多住在荒郊野外。后因耕作不便，暂时借居，但只能在村边搭上草棚，日子久了，便定居下来，塘马村的徐家棚子，就是徐姓的泰兴佃户所搭的棚子，原先只有一家，生儿育女后，遂有三五户人家，与村中还有一段距离。

这姜家棚便为姓姜的苏北佃户居住之所，离村子朱姓人家还有一段距离，棚子边有一四方形、似城墙一般的土墙，那是用夯土夯成的菜园围墙，苏南的菜园四周围有篱笆，篱笆都用竹子、板茅杆子或杂树结成，但这种篱笆不牢固，且年年要更换，太费事，所以有的人家索性用土墙来替代，这样多少年可以不用更修。

陈必利利用的土墙是姜家棚上姜盘佣父亲所筑，姜盘佣的父亲精于农事，又喜经商，几年下来积聚了一些钱财，便在村边的菜园地里做了土墙。日本人一来，兵荒马乱，渐渐菜园荒芜，土墙倒塌，行人可以随意出入，围墙便成为断断续续的土墙。但此时倒成为一道天然屏障，况且土墙由于需要，留有许多方孔，刚好可以架上枪杆，还可作瞭望之用，陈必利马上布置战士利用这土墙和土墙上的洞口，展开有效的防御。

陈必利听到新店村北枪炮声阵阵，并不时伴有战马的嘶鸣声，他内心一阵哆嗦，从枪声炮声的强度、密集的程度看，北面的战斗远比自己这一边的强，显然伤亡更大，敌人为了切断旅部的退路，在北面和西南投入的兵力更大更强，尤其是骑兵的冲击，于平原而言，对部队的威胁更大……他流泪了，此时他才有时间清点一下战友的人数，发现已少了二十多位朝夕相处的战友，而他们已长眠在深秋的麦田中，远远望去，依稀能看到他们的躯体，而刚才在他们倒下的一刹那，自己根本无法去辨认、抢救，只觉得他们的身影在眼前一直晃动。他擦了擦眼泪，他看到敌人涌过小桥后，已开始四面散开，呈扇形向自己逼来，人数之多，令人咋舌，看来敌人的后续部队上来了……

27

此时,廖海涛、张连升带领特务连二排战士在新店村北和杨家庄一线和敌人展开了正面激烈的拼杀。

廖海涛、张连升和罗忠毅分手后,率特务连二排战士和四十八团二营四连战士急赴前观阳和新店村空隙地带进行阻击,当他们来到那个地带时,后巷与前楼高地已一片沉寂,廖海涛、张连升泪水滚落而下,两人估计,一排战士与指导员雷应清已经阵亡。

廖海涛忍住悲伤,拿起望远镜朝北瞭望,发现后巷高坡上已出现敌人的骑兵,那些日军骑在高高的马上,正朝着南面比划着、瞭望着,朝阳与鲜血已经染红了这些疯狂的兽类。

廖海涛明白,日军的战马高大强壮,四蹄有力,速度飞快,跳跃能力特强,在苏南开阔的平原上可谓势不可挡,可以把优势发挥到极致,如果没有有效的地形作屏障,根本无法设防。赤山之战后,在叶家棚子敌人的骑兵之所以不能发挥作用,缘由是叶家棚子周围有一大片树林,而此地……廖海涛无奈地摇了摇头,后巷以南,已是开阔的原野,无险可守了,好在前观阳村后有一丘陵,原为新店朱家的新坟山,上面遍植山杨树可以利用,新店村北的杨家庄有一片竹林和柳树,也可以一战。

于是廖海涛急命张连升率领二排战士占领前观阳村南的朱家坟山,自己带领四连战士急赴杨家庄设防阻敌。

这杨家庄其实只有两三户人家,严格地说也是像塘马之徐家棚和新店村之姜家棚一样的棚子,是客籍佃户的临时居住的产物。但杨家庄所以被称为庄子,为土籍人所容,主要源于杨姓之人来自河南,自称是宋杨老令公杨继业之后。国人皆敬仰忠良,尤其是塘马、新店刘姓朱姓之人皆称帝王之后,所以对其刮目相看,忠良之后,焉能怠慢,便把杨姓之人安排于新店村东,还赠以许多田地。这杨姓之人在房前屋后遍植竹子和柳树,独不植杨树,乡人诧异,杨姓主人告之,杨、柳本一家,杨即柳,柳即杨。其实,真正的原因是苏南常见的杨树成材后,极易被虫蛀空,是常见的贱树,常常砍伐后当柴烧。而柳树则不然,柳枝纷披,树影婆娑,赏心悦目,人们多以观赏的眼光来看待它,而不去计较它成材后是否被蛀空。杨姓主人看中了这一点,还在房前屋后开挖池塘,塘中植有菱、荷及茭白,所以春夏之日,荷、菱并开,枝柳轻拂,景致异常美丽,茅亭农舍,读书声声,走门串户者甚多,加之杨姓之人好客懂礼,颇受地方百姓的尊重。

11月28日,正是秋末初冬的时令,柳叶早已凋谢,塘中只有残荷、败菱和叶子早已发白、被烧焦了一半的茭白,但那清清的池水、迎风摇曳的柳枝、水面上飞蹿的鲦鱼,使四连中原太湖支队的战士有一种极度亲切感,刹那间,他们似乎忘却了马上要面临一场远比在西祺村更为残酷的恶战,宋耀良摸了摸背上的二胡,牢牢的还在,他多想抽出二胡,坐在柳树旁,背倚柳树,双脚伸到塘水中,像在锡南的河上一样轻轻地拉一曲《珍珠塔》中的小调。

廖海涛站立在池塘边,远望着北面。

这不是大洋坝战斗,这不是杀人峡战斗,这不是赤山之战,这不是高庄战斗,这不是西塔山战斗,这也不是西施塘战斗和李山战斗。

这里是平原。远山、近树、村廓、茅亭农舍,池水青青,衰草枯黄,稻草林立。山太远,树不成林,平地上,武器低劣带来的劣势将会无限地放大。观阳村南有山丘,大致可用,新店村西杨家庄也可一用,这些地形多少有些屏障,背后的王家庄比其他地方高一些,从地理上讲多少还有一些可以利用的价值。

"同志们,选择有利地形,做好战斗准备。"用不着做太多的鼓动,战士们早已做好殊死一搏的战斗准备。

雷来速发现了房东杨老汉,杨老汉泪流满面,抓住廖海涛的手央求廖海涛快走,说日军马上来了,炮火太猛,怕他们吃亏。

廖海涛拍了拍老汉的臂膀,安慰道:"老人家,没关系,新四军不是豆腐做的。"廖海涛反问一句,"你为什么不走?"

"跑不动了,儿子、女儿、儿媳、小孩都走了,我这把老骨头,不顶用了。日军来了,我要撂倒他几个。"他从灰堆中拖出一把寒光闪闪的铁矛,"我们杨家从北宋时就是英雄辈出,杀敌报国,从来就不会向敌人屈服。"

廖海涛的泪水几乎滴落下来,有这样的精神,有这样的浩气,日寇呀,你们想征服中国,那是痴心妄想。

"警卫员!"

"有!"

"你带杨老汉离开村庄,向南突围!"

杨老汉不肯离去,想洒一腔热血于大地,但是……廖海涛强令战士小张和警卫员架着杨老汉离去了。

"叭叭叭"、"嗒嗒嗒",朱家新坟山那边响起了枪声,那是特务连的战士发出的,枪声清脆响亮,想必有许多鬼子倒下了,张连升指挥有方,特务连战士经验丰富,鬼子占不了便宜。

马啸声声,灰尘四起,敌人的骑兵出动了,廖海涛举起望远镜一望,景象有些模糊,只见一片雪白。廖海涛调整了一下焦距,终于看清了,刚才的镜头全是白马的肚子,战马跳跃着,上面的日军举着战刀,挥舞着向前挺进,但不久便从马上栽了下来,有几匹战马则奔逃到前观阳村前的稻田中,在不远处伸着脖子,呼着热气。

"好,打得好,给我狠狠地打。"廖海涛喊道。

副连长苏信和来了,他把特务连的情况作了介绍,特务连二排战士伤五人,无一牺牲,现在撤至村北一线,请示有何安排。

廖海涛命苏信和返回二排,通知张连升死守村北,接到后撤命令后,集结于新店村东南的小墩上,那儿是一片坟地,背倚王家庄,和六连、特务连三排,团部特务连配合共同阻击敌人。

苏信和行礼后返回新店村北。

"准备战斗。"廖海涛拔出手枪发出了指令,战士们有的趴在树根边,有的趴在田埂下,有的依托小竹林紧张地注视着前方,雷来速则带着机枪手钻进杨老汉的家中,利用家中北墙的窗户准备扫射前来的敌军。

廖海涛趴在柳树旁,双目注视着前方,平坦原野上,前方的一切看得清清楚楚。廖海涛习惯于居高临下地观看,在闽西时,他们经常做这样的扫视,敌人在山下行走,他们在山上看得清清楚楚,敌人头顶硕大,身体短小,这就是视觉效果,他们像捕捉猎物一样去对付敌军,平原上平视过去,人像完整,清晰没有变形,但风险远远超过山地,对方一举一动落在眼中,可往往自己也不知不觉地暴露在敌方的视线内。

敌人扑来了,仍然是骑兵居前,他们在特务连的打击下,损失惨重,但疯狂不减,竟成一列横队扑来,这次除一敌首手握战刀外,其余的都放下刀,举起了马枪。敌首挥舞着指挥刀,战马跳跃着,发出嘶鸣声,如波浪一般滚跃而来。上面跳动的日军犹如波浪的浪尖时起时伏,他们手中的马枪不时地喷出火光,随之而来的便是划破空气的嗖嗖的子弹。

"同志们,敌骑来得快,远处就要打,绝不能挨近打,否则要吃亏。"廖海涛叫喊着,这是常识,但廖海涛知道对战斗在水乡没有和骑兵交过手的战士,会用通常对待步兵的方法去对付骑兵,那是要吃大亏的。

"小杜!"廖海涛叫来了四连的特等射手杜学明,"你给我把举着马刀的小日本打下来。"

"是。"

小杜眯着眼,朝着日军的指挥官瞄准,瞄准,枪管不断调整角度,食指终于轻扣了一下,"啪"一声响,即刻日军指挥官从马上倒栽了下来。

"打!"廖海涛见成排日军骑兵进入射程,一声喊,同时扣动了扳机。

"砰砰砰!"一阵密集的枪声后,眼见着好几个日军从马上跌落下来,特务连与四连构成的火力网使迎面扑来的铁骑浪头退了回去,但不料一眨眼,那几个没有被击落的日军骑兵瞬间冲到战士们跟前,在勒转马头乱踩乱撞之时,战刀早已抽出,刷刷几下,好几个战士惨叫着,鲜血喷向空中,身体软软地倒下,有一个小战士的手臂被活生生地砍了下来,喷着浓浓的血浆,冒着丝丝的热气。

廖海涛一把抱起身边机枪手手中的机枪,跳跃着顺着马头,像海员在甲板上用水枪冲刷船板一般扫射起来,其他战士赶快散开,也齐齐举枪,对另外的几匹马扫射起来。"嗒嗒嗒"廖海涛双臂上下抖动着,心儿猛烈跳动着,口中狂喊着,把一个个日军扫下马来……倒下的马匹甩动着尾巴,转动着脑袋哀号着,肚皮一起一伏,四蹄乱蹬着。

刹那间田野淌满鲜血,红色的血浆洒射在黑色的土地上,血腥味充满了空间。

经日军一冲,四连设防的阵形已乱,而第二批日军骑兵又成排冲来,如果再用枪弹扫射,不仅效果不佳,而且耗费子弹,要知道我们的子弹有限呀。

"同志们,多用手榴弹,把日军的骑兵打乱后,再射击。"廖海涛刚说完,第二批敌骑已进入射击圈内,刹那间如旋风一般来到了投掷圈内,那些疯狂的日军端着马枪玩命地扫射着,头上的两只帽耳一抖一抖地扇动着。

"打,狠狠地打!"廖海涛扔出了一颗手榴弹,随即接二连三的手榴弹掷向马群,马匹受到炸弹轰炸、火光的照射后玩命地狂奔起来,敌骑的队形迅速被炸散,滚落下来的日军在稻田里滚动着,疯狂地用马枪还击着,但马上被杨老汉屋中的几挺机枪打得无声无息了。

特务连那边火光冲天,他们同样用手榴弹对付着敌人,并不时传来战刀与枪托的撞击声,两轮日骑冲击后,狡猾的敌人开始用炮火猛烈地轰击他们的进攻火力点。

"卧倒!"话音刚落,气浪把廖海涛掀翻,泥土泥块劈头盖脑铺泻下来,一颗炮弹在杨家庄池塘中爆炸,卷起冲天般的巨浪,被炸死的鱼儿飞溅到战士们的衣袖上,空气中散发出强烈的鱼腥味儿。

"散开,散开,不要集中在一起。"廖海涛拼命地叫喊着。

杨家庄房子周围的树林早已成为敌军炮击的目标,战士们四散开来,好在此地较为开阔,战士们可根据炮声在空气穿行的呼啸声躲避着、跳跃着来躲避日军的炮击,但密集的炮火难以闪避,避来避去不是被散射的弹片击中便是刚好挨个正着,许多战士以不完整的躯体、以各种姿势长眠于泥田中了,他们的双眼圆睁着,愤怒的神情还没有消失,尚热的躯体保留着他们曾经的姿势。

泥土如雨点般地洒落下来,巨大的火球从地面上升腾而起,黑色的烟雾笼罩田野,除了炮弹的红火光之外,几乎什么也看不见。

"不要慌,不要慌,大家散开,要当心步兵跟进袭击。"廖海涛拼命叫喊着,四连的战士们很快稳定下来,他们以各种姿势闪避。敌人的炮弹虽猛,但在旷野中目标散乱,竟发挥不了多大的作用。

敌人的骑兵在前巷和刚才的几轮打击后,已失去了锐气,敌军改用步兵冲击了,炮声一停,硝烟未散,敌人便弯着腰呈扇形向廖海涛阵地扑来,钢盔闪亮,枪上的膏药旗在猎猎作响。

"同志们,各就各位,等敌人挨近了打。"廖海涛挥着手,"挨近了打,步兵要挨近打。"

日军都是些训练有素的士兵,他们的队形保持得非常完整,动作、反应都非常敏捷,头上钢盔闪闪发亮,一发现目标便下蹲开枪,或躲闪腾挪,既凶恶又精干、又狡猾,战士小于不小心一露头,"砰"一声响,便被敌人撂倒了,旋即"嗖嗖嗖"子弹贴着地面而来,你能感觉到一阵阵凉风贴地而来。

"注意隐蔽。"廖海涛叫道。说隐蔽就是趴在稻田里,用田埂遮挡着身体,可惜平原上田埂太矮,若有壕沟,阻敌就从容多了。

敌人越来越近,能看清他们血红的双眼和粗硬的胡须了,临近射击圈时,敌人突然叫喊起来,叽里呱啦地散开,狂奔着、开着枪扑来。

秋日的原野,小麦已下种,芽儿未发,田中满是发白的稻秆根桩,敌军的大皮鞋踩上又松又软的田地行动并不迅捷。突然间,敌人的双足如上足了劲的弹簧,力量瞬间爆发出来,两蹄之力如此强劲,犹如山中猛兽扑击小猎物一般。看着日军闪亮的钢盔、狰狞的面目、寒凛凛的刺刀,听着日军野兽般的吼叫,廖海涛的怒火顿从心中升起,愤怒使他的嗓子发出了最强音:"打!打这些狗强盗。"

廖海涛手枪的子弹几乎同时从枪筒中激射而出。

捷克式轻机枪"嗒嗒"地怒吼了,"哐哐哐——"马克沁重机枪怒吼了,"砰砰砰!"特务连那边九二式重机枪也怒吼了,前面的敌人应声倒地,他们手摸着胸口,胸对着天空,倒在田野里,不断地翻滚着,后面的日军迅速散开,匍匐在田野里,在枪声的间隙间,爬行袭进……

"廖司令,子弹不多了。"

"廖司令,手榴弹也不多了。"雷来速跑来,向廖海涛说着。

"告诉战士们,不要乱开枪,要节约每一颗子弹,挨近了打。"廖海涛一边说一边用望远镜望着刚才成批日军涌来的田野。

日军趴了一会儿,见枪声已停,探头探脑地张望了一会儿,马上一把闪亮的指挥刀在空中一闪,一声怪叫骤起,一下从田野里冒出许多日军叫喊着向他们扑来。

为躲避炮火,他们的火力点过于分散,为了近距离杀伤敌人,他们无法不让敌人靠近,这一来虽然有成批的敌人倒下,但成批的敌人迅即来到眼前。

"上,同志们,拼啦。"雷来速一跃而起,他端起捷克式轻机枪来了一个一百多度的大扫射,一批刚涌上来的日军纷纷倒下,其他的战士同时甩出几颗手榴弹,敌人的尸体在空中翻腾着,在硝烟火光中坠落而下,肉末和焦衣片儿纷纷而下,轰隆的响声掩盖住了敌人的惨叫声,更为凶恶的敌人又从硝烟中钻出,端着黑糊糊的枪口扫射起来,许多战士倒在了血泊中。

廖海涛扔掉了手枪,用牙齿咬住手榴弹的弦,猛一拉,白烟一冒,把它甩了出去,轰一声响,两三个鬼子在空中翻腾起来,廖海涛操起捷克式轻机枪嗒嗒地扫射起来,枪支猛烈的震动应和着廖海涛的心律,廖海涛的热血激情一下子迸发出来,"杀!……杀!……杀!……"廖海涛的吼叫声随倾泻的子弹喷涌而出,廖海涛清楚地看到一个日军被他打得身子如蜂窝一般,鲜血从衣孔中迸射出来,他凶恶的眼神慢慢消失,渐渐变得灰暗起来,最后掠过一丝绝望的神色,然后摇晃着倒下了。

敌我已混合一起,机枪步枪无法施展应有的威力。

不是夜黑风高,不是狂风暴雨,不是阴风匝地,太阳是那样明艳,硝烟散尽,大地是那样清寒,苏南大地上卷起了成团成团的厮杀的劲风。

容不得再想什么,晃动的是人影,是刀光,满耳是音高到了极点的叫喊,抑或是勇气豪气之声,抑或是胆怯之声,抑或是本能的叫喊声,总之声音和力量有了奇妙的混合,廖海涛摸到几颗手榴弹冲入敌阵,朝着敌人的脑袋猛敲下去,手腕疼痛,几声闷响后,脑浆迸裂,白色的液体喷射后紧接的是晃动的身躯……散乱的脚步在晃动,摇摆的身躯在飘移,寒光凛凛的刀尖不时从身边、腋下、腰下刺过,偶尔的子弹也凑着热闹从热气中穿过,悄然地从身边滑过,在人影交叉、血雨飘洒、刀枪搏击、喊声叫声的混响中,在涌动的旋律中,生命之河在干涸。

"操吴戈兮披犀甲,车错毂兮短兵急……"廖海涛无法去吟诵小时候大岭下教书先生教的诗句了,只是那句子的意味在廖海涛脑海里电光火石般闪烁了一下,还没等廖海涛去回味,他的一只脚陷入淤泥中,身子一下失去平衡,没容他抽脚而出,一把明晃晃的刺刀直向廖海涛的胸口刺去,廖海涛下意识用手榴弹去挡,但刀尖的速度极快,手榴弹没有挡住,眼看着它心急火燎地要钻入廖海涛的肉体。一个身影晃动了一下,他紧紧抓住了刺刀,鲜血从他的双掌中缓缓流出,一点一滴地洒落在黑色的田野里……

陷在淤泥中的脚终于拔出,敌人的天灵盖被廖海涛手中的手榴弹敲碎,但,他,可爱的小战士,还紧紧抓住那锋利的刺刀,他双眼紧闭,仰躺在田野中,刺刀已插入他的胸中,枪托在寒风中微微晃动,他的嘴角淌着丝丝鲜血,满脸的稚气还凝固在脸上,但双眼永远地合上了。

四连的预备队上来了,敌人退缩了,手榴弹可以引爆了,廖海涛把手中的两颗手榴弹"送"给了敌人,两声巨响,七八个鬼子躺下了,其余的全退缩到射击圈以外,趴伏在地上,一动不动,如伏地的老鼠一般。

特务连那边的枪声也停歇了,后周桥那边似乎也失去了声响,大地一下子处在无声无息之中。

战士横七竖八地倒下了,有仰躺,有斜卧,有侧卧,血肉模糊,身首异处,有的和敌人紧紧地抱在一起,廖海涛无法忘怀那一张张脸,不是安详,不是平静,有的是愤怒与不屈。

雷来速也倒下了,手中还握着那把钢刀,胸前的衣服被枪弹打成了碎片,洞中的鲜血早已变得灰黑了,那张不屈的脸变得蜡黄。他双眼圆睁着,怒视着天空,廖海涛把他的眼皮合上了,战士们围拢过来,紧紧地挨在了一起。

廖海涛脱下了帽,无穷的哀思袭上了心头:"诚既死兮以为灵,子魂魄兮为鬼雄",有许许多多战友像雷来速那样倒下了……母亲倒下了,儿子倒下了,莲塘惨案中的乡亲倒下了,双髻山的红七支队的战士倒下了,二支队四团的战士倒下了,他们鲜活的脸容在眼前闪烁,和长眠在眼前的雷连长重叠融合……泪水模糊视线，死亡不可避免，我眼前的这些鲜活的战士很有可能都要倒下，永远不起，我也不例外……但我们必须战斗，勇敢地接受死亡，因为只有无畏地面对死亡，才有可能换取明天的胜利，才能避免千千万万的民众成为刀下之鬼。

廖海涛看着眼前的战士，他们双眼通红，脸膛漆黑，眼光是那样地沉着坚定，死亡的恐惧荡然无存，有的是庄严，使命感使他们产生了无所畏惧、勇往直前的斗志，所有的困难灾难他们都敢承受与挑战……廖海涛清点了人数，四连战士阵亡过半，还有几人不知去向，想必特务连的情况好不到哪里，因为那里的战斗更激烈。

通信员过来了，"廖司令，罗司令那儿非常危险，罗司令传令部队收缩至王家庄、后周桥。"

"好吧。"廖海涛点点头，其实这儿不能再守了，再守下去，敌人再用炮火轰击，骑兵冲击，步兵跟进，后果不堪设想，"命令特务连张连升率二排后撤至王家村。"

廖海涛率战士们撤离到王家庄以北小墩上，西观里、尖刀山一线。

28

黄兰弟和裘继明来到后周桥迅速作出布置。

裘继明带领三排战士守住桥之北侧,三排在前巷至前楼高地作战时,作为预备队,完好无损,二排损失不大,由张连升带领和四连随廖海涛北面阻敌,一排战士已全部阵亡,现在三排有四十二人,他们全部来到桥北侧,作了简单工事修理,架好枪,堆好手榴弹,准备痛击敌人。

裘继明一身是胆,头脑格外清醒,今天的恶战是前所未闻,在前巷高地他率领一排对敌人作了前所未有的痛击,那密集的炮火,如雨的子弹,奔腾的战马,给人带来前所未有的震撼。特务连不愧为二支队,十六旅的精锐之师,打得鬼子人仰马翻,死伤惨重,但毕竟敌人人多势众,重武器火力过于凶猛,这样消耗下去地形再有利,结局也不会有利,后撤是明智的。

但他来到后周桥时,不由得皱起眉头来。

塘马河自塘马村南流后,便进入平坦的原野,后周桥一带几乎没有任何地形可以作为依托,值得庆幸的是苏南雨水多,河水经常泛滥成灾,所以堤坝很高,这可以作为一个简单依托,另外,河边植有成批的杨树,那些不成材的杨树虽然被虫蛀得千疮百孔,但紧紧挨着多少有利于隐蔽。

不过,从态势上看,裘继明还是十分担心,敌人的炮火厉害,又配有骑兵,冲击力太强,从六连连长赵匡山的口中得知,敌火在西南的兵力远远超过西北、正北,大炮的数量也远远超过西北、正北,明显地他们要打通后周桥,完成对十六旅旅部的合围之势,如果西南不突破,新四军很容易从东南突出。

"一场空前的硬战,"裘继明咬着牙,他捋了一下袖子,"那就让敌人来吧,今天不是你死就是我活。"他找来三排长翁全林,要他加紧修筑工事,因为敌人马上就会来到眼前。

黄兰弟作为营长,现在手上可支配的兵力只有一个连,那就是驻守竹箦方向的六连,好在外围战中六连几乎没有什么损失,接到命令后,和团部特务队一道后撤至后周桥。

赵匡山向黄兰弟作了简单汇报,"好危险,我们刚撤下墩头高地,整个小高地便被炮火覆盖,一朵朵白烟冒起,如一朵朵盛开的白花,黄营长,这太危险了!"

黄兰弟没做声,只是点点头,他长长地叹了一口气,他环视了一下后周桥与塘马河,神色格外凝重。他是一个身经百战的老战士了,在闽东他出生入死,和国民党军队不知打过多少次仗,什么样的场面没见过,什么样的困难没经历过。三年前,他随叶飞的六团挺进虞澄锡,一直战斗在阳澄湖畔,和刘飞、夏光等三十六个伤病员坚持在芦苇荡斗争,伤愈后他在五十二团作战,四十八团成立后,他奋战在苏西,一系列的作战都和水有关。

有一次他在阳澄湖里开玩笑地对战士们说:"我这个人打仗先是只有山不见水,练就山地作战的本领,现在只有水没有山,又练就了水域作战的本领。"对于极端的地形他都成竹在胸,不管你鬼子武器有多好,在极端的地形中你发挥不了作用,但在一般的地形下,他还没有十足的经验,或者说在一般的地形下,在强大的火力面前,在正面的较量中,根本不存在什么好的方法和丰富的经验。

他命令赵匡山、顾肇基率领战士赶紧修筑工事,山地可以居高临下,依托山石;水域可以利用芦苇、船只;平原只有利用工事、房舍、河堤、小丘作为掩体了。

工事还没有挖好,西北、正北已响起了枪声,不一会儿,后周街、葛家村方向出现了成批的日军,骑兵、步兵滚涌而来,太阳旗在风中猎猎作响。

日军一出葛家村,前行不久,便放慢脚步,大约有二百多个鬼子端着枪弯着腰呈倒三角队形,向后周桥涌来,一个日军带着一个穿着长衫的汉奸和一条狼狗走在最前面。

看着敌人搜索前进的模样,看着汉奸在指指点点、狼狗不时地旋转着脑袋,黄兰弟明白敌军清楚前面有大河阻隔,已经明了新四军已集合于此,否则敌人前进不会如此小心。

他用望远镜看了看敌军,发现敌军的骑兵已停止前进,大批的日军不断涌来,除二百人外,大都在葛家村的东北集合,原地不动。

前进的日军越来越近,战士们瞪大了眼,紧紧盯着敌人,手指扣住扳机,准备随时把子弹倾泻给敌军。

突然,日军停止前进,只让前面的一个日军牵着狗和汉奸继续前进,那汉奸走着走着,突然跪地求饶,戴着白手套、牵着狼狗的日军拔出战刀,一下子高举起来。

吓得那汉奸抱着头,连忙爬起,哆嗦着前行,其脚步是愈来愈沉重,愈来愈缓慢,眼看着日军快来到桥前,战士小于头一冒,想扣动扳机,赵匡山忙按住了他的头,"别急,等敌人近了再打。"

话音未落,塘马村上空响起两颗绿色信号弹,汉奸扭头愣愣地看着,牵着狼狗的日军举着战刀一上一下挥动着,嘴里"哇里哇啦"地叫着,牵着的狼狗突然朝河东岸狂吠起来。

与此同时,二百多个日军突然直起腰,嚎叫着向小桥冲来。

涌动的头,抖动的肩膀,扬起旋风的双腿,平挺着的枪杆,日军在法西斯精神催化下,如发了疯的牦牛,两蹄蹬开,乱放着枪,吼叫着向小桥扑来,遥远处你能感到那巨大的气浪。

特务连的指战员久经沙场,没有被这阵势所吓倒,战士们十分沉着,趴在河堤上,不断地移动着枪杆,瞄准再瞄准。

四连的几个小战士起初有些胆怯,但见特务连那边毫无畏惧,身边的绝大多数战士平心静气,也就安下心来,拧开手榴弹的后柄盖子,小手指勾上弦,紧握手榴弹,紧盯着越来越近的鬼子。

眼看着鬼子涌来的人墙越来越近,人像越来越大,面部越来越狰狞,黄兰弟大吼一声:"打!"他挥手一枪,撂倒了敌军人墙前那个牵着狗的日军。

几乎同时,裘继明手中的手枪也响了,那个狗汉奸应声倒地,"打!"裘继明用尽了全身的力气喊道。

"砰砰砰!""乓乓乓!""嗒嗒嗒!"子弹带着战士们的强烈仇恨飞向敌群,无情地穿透着日军的头颅、胸膛,手榴弹带着强烈的复仇心理落向敌群,绽放的弹片、爆裂的火药、撕碎了日军的血肉之躯,让他们化为碎末飞向空中,撒落大地。在火光冲天、硝烟弥漫中,日军的惨叫声,伴随着他们效忠天皇的雄心一起被弹雨无情地化作虚无。

日军没有后退,疯狂地往前冲,他们想用同伴尸体做挡箭牌,推进到后周桥边,然后踩着他们越过那宽大的木桥。

特务连的几挺重机枪怒吼起来,三排长翁全林双手抓住机枪的把柄,那挺九二式重机枪"哐、哐、哐"地怒吼起来,随着翁全林双臂有节律地抖动,口径粗大的枪筒喷着火焰,无情的子弹如高压水龙头激出的水柱一般扫向敌阵,四连的那挺马克沁重机枪也怒吼起来,子弹夹飞快地输送着子弹,枪膛大口地吞噬着子弹,然后又猛烈地喷向敌群。

两组猛烈的火网封锁住了河两岸,冲到岸边的敌军惨叫着纷纷倒下,一个握着指挥刀的日首被枪弹击中小腿跪在地上,还举着刀向河对岸的战士叫喊着,一颗手榴弹把他的躯体送上了天,他的手脚如散了架的货物在空中迅速分离、冒着火焰、散发着肉体被炙烤的焦味,散落在深秋麦芽未吐的麦田里。

这一阵猛烈的扫射,敌人一下子倒下了五六十个人,余下的日军迅速卧倒,一鬼子军官倾听着重机枪的声音,眼睛眨巴着,眼珠转了几转,招呼着日军,日军连滚带爬,四面散开,退到战士们的火力圈外。

战士们见敌人退去,连忙收住了枪,只见河对岸硝烟滚滚,一时看不清任何目标,而西北、正北的枪炮声却越来越响。

"注意,敌人可能要打炮了,同志们躲在河堤下的掩体里。"黄兰弟大声地叫喊着。

北侧的裘继明也同时叫特务连战士注意掩护,躲避敌人的炮击。

果然,敌军没有用骑兵来冲击,明摆着骑兵没有用,遇到大河只能作为靶子,所以他们首先用大炮来轰炸阵地。待硝烟一散,日军五门九二式步兵炮,二十门小钢炮,在葛家村东边的谷场上齐齐地朝后周木桥轰来,刹那间后周木桥一带是火海一片。

29

与此同时,陈必利在新店村西遇到了前所未有的惨烈的战斗。

日军占领塘马下木桥后,由于河水阻隔,一些重武器运不上来,骑兵也无法越过小木桥,日军凭战斗场面,知道这一带设伏的新四军人数不多,再凭着北面、西南的枪声判断,估计西面的新四军兵力有限,便迅速组织突击队向新店村扑来。

鉴于在塘马外围遇到的顽强阻击,日军面对新店村,由于无法估猜新四军到底有多少兵力,没有采取贸然的攻击,而是分成几个梯队,轮番进攻,这一来五连有限的人数利用土墙、庙宇展开了有声有色的阻击。

四十多名日军站在塘马村东的谷场上,在鬼子大队长一声吆喊下,哇啦哇啦地乱叫起来,相互簇拥着冲向三十亩观田野。

狡猾的日军,一进入三十亩观便四面散开,小心翼翼地保持着一定的距离向新店村扑去,有几个鬼子途径洋龙坝时,用机枪扫射了一阵,还投了几颗手榴弹,见没什么动静,便聚拢起来,向姜家棚扑来。

战士们在姜家棚的菜园土墙边看到了日军端着明晃晃的刺刀扑来,由于日军分散在田野中,给人的感觉敌人特多,由于攻击的面太宽,此时子弹不多,个个面露难色。

"同志们,不要怕,我们并不是要消灭敌人,而是和敌人周旋,多拖一分钟,都是胜利。"陈必利的嗓子哑了。

"待敌人临近,瞄准了射击,不要浪费子弹,"他抓了一下土墙上的疏松的泥块,"我们有土墙作掩体,敌人奈何不了我们。"

战士们一听,静下心来,眼睛紧紧盯住前行的日军,日军开始弯着腰小心翼翼地前行,临近姜家棚时,用枪对着土墙、土房、土棚扫射了一阵,见毫无反应,胆子大了,挺着腰往前大胆跑来,在离菜园不到三十米的地方,陈必利端起捷克式轻机枪,突然冒出半人高的土墙,大吼一声,"打!"他一下子便撂倒了前面的几个日军,战士们都冒出头,扔手榴弹的扔手榴弹,开枪的开枪,日军经此一击,趴在稻田里,进行卧射还击,陈必利忙和战士们躲到墙下,子弹"嗖嗖嗖"地从土墙上飞过,有的击落在墙上,墙体一阵抖动,泥土瑟瑟而下。

敌人第二梯队约六十余人在后面放着枪向姜家棚扑来,前面的日军靠着后面的火力支援,一下子跃起,端着枪朝姜家棚扑来,但由于三十亩观地势偏低,姜家棚地势较高,田野与棚子的地面有几尺高,敌军一时不能跃上,有几个跳跃能力稍强一点的士兵刚跃上棚子的地面,便被战士们在土墙的小洞里,伸出枪给击倒。

鬼子大队长站在塘马村东的打谷场,见新四军利用土墙扼守村边,日军一时难以得手,气得哇哇大叫,他急命日军从村里搬来小钢炮、掷弹筒运过木桥,然后悄悄沿河边搬至洋龙坝,小钢炮、掷弹筒的炮弹齐齐落向菜园里。

听到"呜呜"的炮弹划破长空的响声,陈必利知道敌军放炮了,他忙命战士们散开,蹲在墙角边,战士们还没隐蔽好,敌人的炮弹发着尖啸声落了下来,巨大的火球升起,遮蔽天日的烟雾到处弥漫,火药味呛得人喘不过气来,泥土和菜园里的胡萝卜变成了碎末倾泻在战士们的身上,战士们要不断地抖着身子才不至于被土块儿淹没。

几个战士被炸伤,痛苦地呻吟着,连队早已没有了卫生员,只能靠战士们相互间救助,简单的包扎无法止住伤口,血不断喷射流淌,受伤战士的脸慢慢变得灰白起来,眼神也渐渐黯淡,只有嘴唇在蠕动着,说着含混的话。

陈必利难过得眼泪直流,这儿也无法坚守了,好好的土墙,朝西的那一面几乎被炸平,土墙里冬眠的蛇被炸烂,有几条被炸醒了的火赤练盘成一团,双眼放射着无神的冷光,盘曲着,作着自卫的姿势。

"连长,不好了,敌人上来了!"战士小林惊叫起来,陈必利朝西一看,几十个日军趁着烟雾已登上了棚子高高的台地,端着枪明晃晃地扑了上来。

几乎同时,双方的枪弹射向了对方,冲上台地的十几个鬼子全部直挺挺地倒下了,有七八个受了伤滚到水沟里,而菜园里的七八个新四军战士也倒在地上,再也不能爬起,他们单薄的衣服、干瘪的子弹带都被鲜血染红了,他们发热的身体渐渐变凉,身体渐渐变得僵硬起来。

陈必利猛觉左臂一疼,一摸热乎乎一片,知道挂了彩,他咬着牙,忍着痛,招呼战士向王家庄撤去,准备撤到最后一个阵地——新店大坟窠竹林。

陈必利等六七人刚撤到新店大庙,便见黑压压的一队日军从三十亩观扑来。

原来日军见姜家棚子一时难以攻下,又听到后周桥一带喊杀声冲天,便从塘马下木桥边拨出一部分兵力攻打菜园,牵制新四军,另外抽出大部兵力绕过姜家棚,想穿过新店庙宇直扑大竹林,陈必利在洋龙坝设伏时便抽出二十余人守住大庙,那二十余位新四军也早已进入庙中严阵以待。

陈必利一看日军快要接近庙宇,估计二十余人难以抵敌,弄不好被敌人围住无一生还,便毅然决然地招呼七八个战士和那二十人会合,准备突围,到新店大坟窠竹林集中。

陈必利与七八个战士迅速跑到庙前,见庙门早已关闭,便大声叫喊起来,庙里战士一听是陈必利在叫喊,便急忙地开了门,七八个战士则在门外等待。

"快撤,快撤。"他叫喊着,但是战士们早已爬至大雄宝殿至金刚殿的围墙上,一时根本下不了墙,而大队的日军已经涌来,想通过庙与新店村西池塘间的狭窄小道。

三排长叫道:"连长,不行了,我们就在这儿打吧,多打一分钟,胜利就多一分保证。"

陈必利一想,如果此时撤退,会很快被日军追上,后果将不堪设想,不如就此阻击。

"快进来!"他招呼七八个在庙门外的战士迅速进入庙内,又命人把庙门死死顶上。

"上!"他一招呼,忍着痛带着战士顺着梯子爬上围墙,还未站稳,大队敌人"哗哗"地急速涌来了。

几十颗手榴弹同时掷向敌人,急速前进的敌人,突然觉得声声巨响,身体无限地膨胀起来,感觉迅速消融,思维的颗粒化入虚空之中,带着忠于天皇的残粒坠落于尘埃之中。

鬼子很有经验,一阵慌乱后马上组织进攻,敌人一看庙中有新四军,暗暗高兴,敌人的目标并非要占领某个地域,主要是要消灭新四军的有生力量,部队推进到塘马村,已到了目的地,下来便是作战,既然此地有新四军,那就打吧!

敌人里三层外三层地把庙围个水泄不通,还强迫伪军爬墙攻打庙宇,而战士们则站在梯子上利用高高的围墙作掩护不时地射杀敌人。

时间一久,战士们的子弹不够了,手榴弹也只剩下七八颗。此时敌人开始用钢炮轰击围墙,西面的围墙已被日军炸开了一个窟窿。

"同志们,现在形势非常危险,我们要节约每一颗子弹,等敌人靠近打,手榴弹要到关键的时候用,用完了,我们就和敌人拼刺刀,杀一个够本,杀两个赚一个,怎么样?"

"行,连长,血战到底,绝不做俘虏!"战士们吼着。

"好,现在我们退到大殿,躲在暗处,不要轻易出击。"陈必利一招手,战士们退至大雄宝殿,各自散开。

此时外面的日军有几个已经爬上了围墙。

突然一个老和尚从暗处走出高叫一声:"阿弥陀佛,新四军战士,你们快随我来。"

陈必利一看,原来是庙中的智真长老,在塘马一带整训时,这位长老曾帮助过战士们练习刀术,和陈必利他们有过交往,塘马战斗一打响,庙中的和尚纷纷外逃,智真和几个老和尚没有走,躲在阁楼上,后来战士们进入庙中阻敌,他们才慢慢地下了阁楼。

"快,敌人来了,我这儿有暗道,你们快随我来。"智真急切地叫道。

"好,大家快跟上!"陈必利招呼战士们赶快随智真来到藏经楼的一楼,智真掀出床下一块木板,里面露出一个黑黑的圆洞来。

智真领着陈必利等三十多位战士进入黑洞中……

原来这新店的佛庙本是一个小庙,和塘马村南的庙宇差不多大,后来有一位圆通和尚在民国十三年圆寂后,肉身不腐,遂名噪一时,香火特盛,连苏州一带的香客都来进香,每逢佛事,外地来的船只从后周桥一直泊到塘马洋龙坝,新店村村人莫不以此为荣,于是大兴土木,庙宇扩大了好几倍。

这智真长老是苏州洞庭西山人,他目睹了庙宇兴盛的全过程,待他成为方丈后,如何保护好这肉身不腐的圆通真身,便是他的头等大事,这缘于1939年8月10日的一件事。

那天清晨,他见杨大眼急奔而来,后面是一群紧紧追赶着的穿着黄衣服的日军。

这杨大眼是古渎人,是个惯偷,且偷技很高,经常偷日军武器卖给国民党军队,8月10日,日军与国民党六十三师一八七团激战,他则窜到日军后方偷枪偷弹药,希冀再转手卖给国民党军队,不料为日军发现,玩命追击至新店村。

杨大眼无奈只得窜入庙中躲避,日军围住庙宇,本想用火烧庙,遭到方丈阻挠,日军很狡猾,一改暴力的做法,而是派人守住庙门,其余全部撤去,待到夜黑后,再用部队团团围住,这杨大眼躲在阁楼里到了后半夜,料想无事,便从阁楼上下来,又从院墙上翻落而下,未及奔跑,便被蜂拥而上的日军抓住。

第二日,日军用铅丝穿着杨大眼的肩胛骨,押着在塘马新店游街示众,然后把他装入麻袋,往地上摔,杨大眼惨叫声声,最后把他绑在新店姜家棚边的山杨树上,一刀一刀地割,还强迫群众观看,群众观之无不骇然。

智真十分不安,唯恐日军迁怒于庙宇,倘若如此,这圆通的真身实难保住。

他寝食不安,苦思多日,终于想出在藏经阁后挖一地道,直通村中一刺猬树密布的何家池塘边的土墩上,那地道可安放肉身和尚,也可躲人。

当然,说容易,做很难,这苏南是水乡泽国,地下通道虽只有百米之长,但地下水多,怎能做成通道?

这智真长老自有办法,他托人到宜兴丁山做了上百个无底大缸,然后在通道周围搭起帐篷,号称做佛事,让村民不要接近,然后组织和尚连夜开挖一道壕沟,把缸埋入沟中,缸缸相连,连接处浇以糯米鸡蛋清,把缸连接一片,再在上面铺以木板,覆上泥土,一个地下通道便做成了,由于缸埋在地表浅层,又用糯米鸡蛋清粘连,所以滴水不进,那缸口的直径接近一米五,爬行其中,畅通无阻,因此一有危险,和尚们便和肉身罗汉一同藏于通道中,前几日智真长老噩梦不断,今日枪声一响,急命和尚搬运肉身罗汉,不知为何他今日没有打开通道,而是让和尚外逃,把肉身和尚藏入殿内一个小阁楼内,智真的目标是怕和尚被俘,供出通道,索性遣散和尚,把肉身罗汉藏于他处,现在眼见新四军有难,便伸出援助之手。

智真领着众人从通道中急速而过,陈必利等人清晰地听到头顶日军的咚咚咚的脚步声,心儿怦怦直跳,到了尽头,智真和尚轻轻地往上一摸,摸到一块板,他用力地移动一下,再爬上一个预先放在那儿的梯子伸头朝上望了望,又用手移动了一块木板,一丝亮光透了进来,他招呼战士们,"快,快上!"

战士们一个一个顺梯子爬了上来,陈必利一露头,只觉阳光刺眼,枪炮声满耳,眼皮睁也睁不开,耳鼓特别疼。原来出口处是一草垛,草垛边全是荆棘、茅草和刺猬树,周边又是一片桑树,一般的人是根本不知道有这样一个所在。

等最后一个战士爬上洞口时,只听见日军一阵欢呼,敌人炸开围墙,全部涌进庙宇,庆贺他们的胜利,而他们根本不知道在他们背后的一百五十六米的桑树地里,二十多位新四军战士全部脱险而出。

陈必利希望智真长老一道撤向新店大坟窠竹林,但老和尚摇了摇手,他朝四周看了看,连叹数声:"施主保佑,老衲还得回入通道,后会有期。"

这后会有期说得如此苍凉,陈必利内心一阵哆嗦,有一个小战士想朝日军的背后投手榴弹,陈必利忙制止他,然后他们弯着腰弓着背,急急地向新店大坟窠撤去。

255

30

　　罗忠毅的简易的旅部指挥所就设在小墩上至王家庄的一个干涸的池塘里,说是指挥所,没什么掩体,其实周边就是一片纷乱的茅草和高高的塘埂。

　　由于王家庄略高于周边的田野,地形呈梯状,上面植有大量的桑树,桑树地上长满了半人高的茅草,平昔小孩、山羊进入此地,常常淹没于草丛中,风一吹才露出温顺的山羊的头和顽皮的小孩的脑壳。

　　桑树边的池塘本来蓄满清清的池水,夏日菱叶漂浮,菱角峥嵘,鱼儿唧唧,蜻蜓飞舞,柚树的倒影遮盖住了池塘的水面;秋日茭白叶子迎风摇摆,沙沙作响,肥大的鲢鱼不时跃出水面;初冬时,农夫要卖鱼,水车车干了水,池塘边杂乱交错的树根全都如章鱼的爪子一样显露出,黑漆漆如鹰爪一般,塘中的淤泥被挖走施入田中,经太阳一晒,风一吹,便成了一个深深的黑坑,成了顽童玩耍的场所,而今却成了硝烟战场上的十六旅指挥所。

　　后周桥的战火一燃,他便不时地用望远镜观察着,根据战场的情况作出相应的判断分析,他有些遗憾,身边除了警卫、通信兵外,再没有其他人可以商量,老战友廖海涛又在正北抗敌,无法一起指挥。

　　现在形势已非常严峻,时近9时了,部队已作战好几个小时,这样的消耗战打下去是绝对不能接受的战斗举动,但舍此还有什么办法,如果不掩护机关转移部队,可采取的战术就太多了,根本不可能停留在原地打消耗战,但部队一动,敌人随时都会发现东面的转移人员,那么后果不堪设想,所以只能在这儿拖住敌人。但不能老拖下去呀,从态势上看,后周桥肯定守不住,西北陈必利也守不住,北面有特务连和四连,加之有廖海涛指挥,问题不大,但要守到天黑绝不可能。

　　现在一要拖住敌人,二要随时从东南方向突围,那么就必须做到部队分隔不能太远,东南方向的缺口必须畅通,而东南方向通道的畅通必须以守住后周桥为前提,如果后周桥失守,敌人会像潮水一样涌来,想撤也来不及撤,所以他一直站在塘边用望远镜注视着后周桥方向的战况。

日军发动了几次攻击,都被特务连和六连击退了,敌人又轮番不断发动一轮一轮的攻击,罗忠毅明白这是敌人采用的消耗战术,这样下去,即使人员没有伤亡,弹药也要被消耗光,部队也将失去战斗力,他即命通信兵传令黄兰弟叫大家要节约子弹,又命团部特务队送一批弹药过去,六连二排、三排随时增援后周桥。

刚布置完毕,通信兵跑来报告,五连在塘马下木桥、新店姜家棚、新店大庙抵敌不住,后撤到新店竹林大坟窠,五连战士除随陈浩东撤掩护机关二十人和后撤到大竹林的三十余人外,其余全部牺牲。

罗忠毅听到此言,难过得泪水滚落而下,即刻双眼放射出愤怒的火焰,他急命詹厚安率团部特务队一排赶去增援,又命通信兵速去杨家庄廖海涛处,命其收缩部队向王家村靠拢,估计机关到达长荡湖边后,赶快率队从东南方向突围而去。

通信兵奔向杨家庄了,罗忠毅举起望远镜照后周桥方向观看,看了一会儿后,他放下望远镜,双眉紧缩,陷入沉思中,他感到有些不解,从形势看,敌人在后周桥方向投入了最大的兵力,配置的步兵炮火也最多,但从前两轮的攻击来看,他们似乎并没有用足火力,尤其是第二轮炮击既没有目标,也不密集,连王家庄这儿也落下了几颗炮弹,从敌人投入的兵力看,似乎也不多,每一次攻击约二百人,打一会儿换一批,一波接一波,但每一波的势头并不猛,他们似乎并不急于攻下后周桥,如果他们投入足够的兵力,我们的预备队早就要顶上去了,这是为什么?难道敌人有什么新的阴谋?

他下意识朝身边看了看,除了警卫外,就是通信兵,没有一个参谋,他不由自主地叹道:"老游呀老游,你们到哪儿去了呢?"

31

廖海涛收缩兵力至小墩上、西观里、尖刀山一线后,迅速抢占有利地形,做好阻敌准备,敌人进攻受阻后,停止了步骑兵的冲击,用猛烈的炮火轰炸原先特务连和四连的阵地,杨家庄和新店村北的椿树林顿时成了一片火海,而他们全然没有注意到新四军战士已后撤至西观里、尖刀山一线。

这尖刀山的来由有着丰富的趣味,这儿原是一条临河边的小鱼棚,主人为龚姓人氏,相传明朝嘉靖年间别桥马家马一龙途经此地,那马一龙在中举前原为一落魄教书先生,在溧阳陆笪豪绅家的私塾里教书糊口,八月半放假回家途经该地,他见西观里村东的鱼棚有五户人家,其鱼棚形似五座山包,上面笼罩一层紫气。那马一龙善于看相,善测风水,见紫气氤氲,便知此地要出魁星状元,他忙去和主人攀谈,方知龚家有五兄弟,个个腰圆膀粗,精于稼穑,长于渔樵,且乐善好施,因祖上少读书,家中皆为白丁,每遇财产诉讼,屡屡遭人盘剥,便拼命聚财,希冀小儿将来读书做官,光耀门庭,明嘉靖二十四年,兄弟五人的媳妇皆怀上了孩子,不久就要分娩。

马一龙听完龚老大述说,心中酸溜溜的,想想自己辛苦了大半辈子连个秀才都没有捞上,经测算这龚家兄弟的孩子皆个个中举,老天为何如此厚此薄彼呀。"不行,我咽不下这口气。"为人阴毒的马一龙随着龚老大转了几圈后,连呼可惜。龚老大是个粗人,不知何故,马一龙施展巧簧之舌大叫龚家祖坟风水不好,遂致家中全是布衣白丁,龚老大慌了,忙问有何法子,马一龙装模作样推辞一番后,遂叫龚老大到晚上用家中常穿的草鞋置于村南的田野中,再用挖锹闸成两段,这样定保家业兴旺,子孙读书连连高举。

马一龙不收分文,连忙告辞,龚老大依计照办,不料当晚五个媳妇连叫肚疼,都旋即流产,第二日到田中看那挖锹,挺立田中,被闸的草鞋早已变成一条鱼龙,血迹斑斑,早已身亡,而房前屋后陡然升起五座小土丘,丘形为圆锥体,丘顶十分尖利,后人便命名其村为"尖刀山"。

龚家兄弟连呼上当,却对马一龙没有办法,从此龚家兄弟特别痛恨读书人,尤其是乡间的教书先生,告诫后代子弟务农尚武,且不可听信"先生"之言。自此以后,龚家后代一直人丁不旺,子孙不兴,从明朝的五户之家,一直到抗战时,仍为五户之家,这使"尖刀山"一村富有难以捉摸的神秘色彩,五座土丘也闪烁着扑朔迷离的神秘之姿。

"八一三"淞沪会战,日寇大举南侵,龚家后代纷纷参加民间抗敌组织,杀敌报国,新四军到来后,他们积极配合新四军除奸抗敌,在地方上颇有些名气。廖海涛曾到尖刀山做过宣传工作,知那儿有五个小土丘,虽不高大却可阻敌,便命张连升率特务连三排战士扼守五个土丘,又命四连剩余战士守住西观里到新店小墩上一线,时时向罗忠毅汇报,并和大坟窠一带的战士互为犄角,守住北线。

布置完毕后,他快速来到尖刀山。

廖海涛快步来到尖刀山,遥见五座灰色土丘在阳光下显得格外阴冷,他眼一花,五座土包顿时幻化成五座巨大的坟包,他揉了揉眼睛,虎眼射出一道亮光,他是唯物主义者,他偏不信邪,今天和日寇决一死战,为国捐躯,无上光荣,死亡又何惧哉?

"张连长,部队情况怎样?"他的脸已被火焰熏得黑黝黝的,嘴唇干裂,嗓子又干又涩,衣服已被流弹打穿了几个窟窿。

"报告廖司令,现在二排还有三十名战士,其中重伤一人,轻伤两人,战士们斗志昂扬,豪气冲天,只是弹药消耗太多,虽然从敌人的尸体旁捡来了一些枪支、弹药,但远远不够。"他的心情格外沉重,这位善打硬战恶战,敢上刀山、敢闯火海的铁汉,脸上显出一股少见的迷茫之色,"廖司令,机关人员不知转移到哪里,今天敌人来得多,攻势猛,再消耗下去,后果难测呀!"

廖海涛点了点头,他消瘦的脸上掠过一丝不易察觉的悲情,脸颊骨显得格外地突兀,眉头闪闪发亮。

"他们走得还不会太远,险情随时都会发生。"他把手搭在了张连升的肩上,"连升,我们都是共产党员,国家、民族需要我们,我们每坚持一分钟,机关人员就会多一分安全……"他收回了手,捏紧了拳头,"今天就是我们报国的日子。"

张连升肩头一耸,"请廖司令放心,特务连誓死与敌血战,完成任务,除死方休。"

"敌人很快会发动新的攻势,你快去指挥吧!"

"是!"张连升"啪"地双脚并拢,行完军礼后,匆匆往小土丘奔去。

张连升和战士们依托土丘密切注视着刚刚败下阵去的敌军动向。

前方烈火还在燃烧,枯树上的火苗在阳光下忽闪忽亮,浓烟从树梢上旋转升腾,散发着充满激情的能量,田埂上的衰草燃起的火龙,东西横亘,痉挛着,扭动着。太阳已升得很高,空气虽然清冷,但对于搏击的士兵来说,热量散发靠这点寒意,是杯水车薪、无济于事,他们喘着气,解开纽扣,恨不得赤裸着身体和敌人搏斗。

丫髻山,瓦屋山,清晰地呈现在人们的视野中,战火已使塘马一带充满了火光、烟雾,轰鸣声、呐喊声,取代了深秋的平静,血腥味扩散、渗透,早已覆盖住塘马河上清清的水草的淡香味儿,热血与生命在绽放着不朽之花。

敌人新一轮的攻势在原野上展开了,这一次日军没有炮击,也没有用骑兵实施突击,而是用步兵,在田野中实行搜索进攻,兵力不多,队形分得很开。

张连升一见,连连叫苦,这鬼子太狡猾了,他们不求速战速决,完全是在打阵地消耗战。往昔,敌人不大采用这种战术,新四军初入江南喜夜战,敌军很害怕,往往下午一打遭遇战,敌人猛冲猛打,绝不想拖到晚上,而新四军却相反,他们则是千方百计利用各种战术把敌人拖入夜幕下,让夜色掩护自己,跳出重围。后来敌人改变战术,往往拂晓发起战斗,力求白天解决战斗,一旦战火燃起,也是猛冲猛打,从不拖泥带水,而今日拂晓交战,来势特猛,但到9时后,攻势明显减弱,甚至有点漫不经心,这明摆着他们是想压缩包围圈实行密集打击。

张连升知道,这种法子对新四军很不利,敌人分散冲击,新四军机枪、手榴弹,发挥不了威力,这对于攻方来说是减少损失的最好办法,而对于守方来说,防守和进攻已是取在对等位置,这对于兵力具有绝对优势的一方有着不可估量的作用,怎么办?

廖海涛用望远镜看着远方的原野,发现二百多名日军在原野中摆开,杀气腾腾地向南挺进。

他眉头一皱,从敌人行动的姿势、阵形,以及刚才射击的动作熟练性、命中概率奇高这一点看,敌人绝对是训练有素的老鬼子,个人战斗力特强,他们对形势的判断、对地形的利用、射击技术本领掌握和刺杀技术的应用绝对是一流,这样一分散,我们很难阻击,我们兵力分散,敌人单兵作战能力强,对我们不利,如果我们全部集中一起,在原野上很快会遭到敌人骑兵的冲击和炮火的偷袭。

难!

廖海涛沉思片刻,马上命令张连升指挥部队,分成三个小组分布于五个土墩边,在局部小范围内集中兵力对敌实行歼灭,速战速决,然后迅速分散,防止炮击、骑击,伺机再集中进攻。他命通信兵传令四连战士,依托田埂树木和特务连一样,采取时聚时合的战术,粉碎敌人的进攻。

廖海涛看了一下表,"9点10分了……"

32

陈必利退至大竹林时，手头上只有三十几个人了，罗忠毅急命詹厚安率团部特务队二排增援，詹厚安见到陈必利关切地询问着陈的伤势。

"没什么，"陈必利嘴是这么说，头上的汗珠直冒，并不时地皱着眉咬着牙，"敌人来势凶猛，若不是智真长老相助，我们早已葬身于庙宇中，敌人马上就会来到，我们要赶快设法阻敌。"

詹厚安看了一下大竹林，若有所思地点点头，"好大一片竹林，只要我们埋伏于竹林中，敌人进入竹林就无法突击冲刺，但是敌人若用炮击，问题就不好办了。"

"塘马的木桥很小，九二式步兵炮一时过不来，六〇炮、掷弹筒不可怕，但时间一长，就不好办了，"陈必利眉头紧锁，话语格外沉重，"詹连长，后周桥那边怎么样，廖司令那边怎么样？"陈必利边问边往后周桥方向观看，但见那边枪炮声声，火光一片，知道那边是敌人的主攻方向。

"十分激烈，好在特务连三排和四连十分勇猛，死死地顶住了小桥，只是弹药不多了，我们团部特务连二排三排的弹药被抽去大部分，唉，今天的情况令人担忧呀！"

"好吧，敌人快到了，我先派四连战士打几枪，把他们引进竹林，你布置特务队战士在竹林中埋伏。"

"好！"詹厚安转身去布置了，詹厚安把一排四十人的战士安置在竹林中，然后每人用竹枝做了一顶竹帽，再趴伏在竹林中的小坟滩边，伺机消灭敌人。

新店竹林为新店朱家的老坟山，里面全是不知年代的老坟，竹林的地面上满是竹叶，有一尺多厚，脚一踩上，直往下陷，脚踝全被竹叶淹没，脚踩上竹叶沙沙作响，人趴伏在上面，犹如趴在柳絮上，十分舒适，地面上层的竹叶灰白，堆满了麻雀的屎粪，深秋蛇虫皆已冬眠，偶有村民入竹林收拾枯叶，若是夏日无人敢进，竹叶里常常藏有各类毒蛇。

战士们趴在竹叶上，鸟粪弄脏了衣服，此时谁也没闲心去考虑什么脏不脏了，而是全神贯注，双眼注视着竹林西边的动静。

陈必利吩咐战士,看见敌人临近竹林,便开枪射击,然后迅速进入林中隐蔽,伺机消灭敌人……

进入新店庙中的敌人竟然找不到一个新四军,鬼子大队长怎么也不明白,刚才还在庙中设伏的新四军,转眼间消失得无影无踪,这怎么可能呢?庙宇每个角落都搜过了,屋宇的顶篷用机枪扫射过多少遍,上面黑漆漆也不可能再藏有什么人了,难道他们全钻到地底下去了。他在一边沉思,边上的一个参谋提醒他,赶快向南挺进,他马上醒悟过来,急命大队日军向竹林一带挺进,越过竹林便可直扑后周桥或王家庄。日军前呼后拥着向竹林挺进,突然看到前面是一片桑树林,便收住脚,用机枪扫射一阵后,见没什么动静,除了几只被枪炮所吓从村里跑进桑树林躲避的鸡外,什么也没发现。

敌军大着胆子朝前跑着,没跑上几步,突然从桑树林中的一道横沟里冒出七八个新四军,狠命地一阵扫射,打了个措手不及,还没等他们反应过来,又有几颗手榴弹在身边炸响了,等到后面的日军踩着他们的尸体穿过烟雾时,新四军战士从从容容地钻进了竹林。

鬼子大队长抽出战刀,朝着竹林,声嘶力竭地叫道"向噶够",敌人便随着战刀指定的方向玩命地钻进竹林,疯狂地搜捕起来。

敌人一钻进竹林,大头皮鞋一踏上厚厚的落叶,便脚底打滑,一连摔倒好几个,加之竹林修篁万杆,密密挨着,哪里还跑得起来,只见新四军战士一阵风,转眼不见了。后面的敌人拥进来,叫喊声一片,端着枪乱放起来,只听见竹竿咔嚓咔嚓的断裂声,只看见带有灰色瘢痕的灰色竹叶从竹梢上纷纷飘下。麻雀纷纷飞起,这些原先栖息、跳跃于树上的精灵,在枪炮声中躲进了它们自以为安全的大竹林,不料这儿也不是乐土和世外桃源,枪声又无情地把它们赶起,它们不得不拖着沉重的翅膀毫无目的地飞出竹海。

新店竹林年代久远,里面的坟地早已无人祭扫,由于人迹罕至,竹子长得又高又密,外面的人进入竹林,便迷失方向,有时一天都走不出来。农忙时,常有羊儿跑入竹林中,谁也不敢去寻找,那密密的竹叶早已遮住了日光,只漏下斑斑点点的碎影。战士们身子瘦小,衣服单薄,脚穿布鞋或草鞋,十分灵便,不似日军身体粗圆,棉衣臃肿,脚蹬大头皮鞋,进入林中,行动十分笨拙。

"叭",陈必利一声枪响,撂倒一个鬼子。战士们不断地打着冷枪,鬼子们身体或下垂或挺胸折腾,或前伏竹竿,或撒手扔枪,有几个鬼子在铺满竹叶的地面上扭动着,鲜血殷红了竹叶,嘴里发出阵阵惨叫。

敌人开始匍匐于地,进行还击,子弹穿行于竹林中,竹竿发出阵阵爆裂声,竹梢则因竹竿断裂东倒西歪,发出沙沙的响声。

敌人找不着目标,胡乱地放着枪,头一昏,追至竹林深处,詹厚安一声叫"打"!团部特务连的战士枪声齐响,鬼子接二连三地倒下了。

敌人一倒下,特务连的几个战士上去捡枪,不料有一个日军并没受伤,他佯装死去,等战士们临近时,一跃而起,一阵猛扫,三四个战士倒下了。詹厚安连发几枪,把那鬼子打倒,其余的战士愤怒地用枪托敲打着敌人的头颅,三两下,敌人的头颅变成了一个不完整沾满白浆的肉团,眼珠也溅射到竹竿上,粘在上面抖动着。

"注意,同志们,千万要注意,敌人很狡猾。"詹厚安叫喊着。

鬼子大队长见进去的二十几个鬼子半响没有回音,只听到一阵阵枪声和不时传来的惨叫声,情知不妙,又命三十个鬼子端枪进入,这三十个鬼子一进入竹林又遭到迎头痛击,气得他哇哇大叫,拔出战刀冲向竹林,左劈右砍,竹子纷纷倒下,竹林露出一个方形的窟窿。他刚想派人再去竹林,胖翻译给他献计,提醒他用炮攻击,"太君,这竹林地上全是竹叶,一点就着,几炮一轰,新四军就待不住了。"

鬼子大队长一听,眼珠转了几下,连连点头,"吆嘻吆嘻,炮的,统统的轰击。"

鬼子集中所有的小钢炮、掷弹筒往竹林中打炮,还不时往竹林中投掷手榴弹,一时间竹梢晃动,刹那间浓烟滚滚,旋倾火光冲天,整个竹林开始燃烧起来。

罗忠毅时时关注着后周桥方向的战情,并不时作出战术调整,突然他听到鬼子玩命地往林中打炮,又眼见竹林火烟四起,便知情况不妙,这深秋的竹林有许多干燥的枯叶,炮火一起,很快就会燃成一片。他是有这方面的体会的,1935年8月中旬,白匪军向第一军分区中心地带大罗坪、石城旗、扁岭坑一带进攻,罗忠毅与方方率众拒敌,但寡不敌众,敌步步紧逼,并带上帐幕宿营跟踪,放火烧山。一次罗忠毅与方方在大罗坪遭敌围困,起初罗忠毅、方方并不以为然,山高林密,敌人奈何不了他们,谁知敌人放火烧山,由于大罗坪是满山的毛竹,经火一烧,很快燃起,火借风势把半个山都烧红了,火焰旋转着,把战士们逼向一个死角,看着熊熊烈火和被烧得发红了的石头,红军战士是一筹莫展,惊慌无比,这山上待不住,冲又冲不出。亏得大罗坪的罗真荣带着他们钻进一个临溪的没有竹子少有杂草的山洞,才幸免于难。而此时,时近初冬,苏南的竹林因气候干燥,一点就着,看来战士们在竹林里是无法再待下去了。

果然,战士们纷纷撤出大坟窠竹林,陈必利是最后一个撤出竹林的。

鬼子大队长看着熊熊烈火,"哈哈哈"地大笑起来,他举着战刀高喊着:"烧死他

263

们,统统的烧死他们,烧死他们!"其他的日军都露出狰狞的笑脸。忽地一群黄鼠狼从竹林中奔突而出,其皮毛已被烧焦,发出阵阵焦味,它们不时地发出嚎叫,日军纷纷围拢上来,用刺刀乱捅,突然黄鼠狼屁股一撅,冒出阵阵黄烟,顿时臭倒几个日军,另几个日军则捂着鼻子到处乱窜,连连叫臭,其他日军见状,发出了一阵莫名的一长串的笑声……日军从战火的紧张中获得了片刻的放松,实际上竹林火海使新四军无法藏身,但同时也延缓了敌人进攻的步伐。

罗忠毅看到大火四起,急命通信员传令陈必利、詹厚安赶往竹林与竹林的间隙处设防,因为敌人不能穿越竹林,肯定会从另一条小路扑向王家庄。

他刚布置完毕,侦察员小张跑来报告,说王家庄东南方向出现大量日军,已经开始向王家庄扑来,且有一部分已沿大道直奔别桥。

罗忠毅大吃一惊,"这……有这样的事。"因为他知道绸缪南面有国民党军队把守,怎么会出现日军呢?显然国民党出卖了民族利益,故意让出防区,让日本人来消灭新四军。

"快请廖司令!"罗忠毅急命通信员赶赴"尖刀山"。

33

廖海涛得到了一个最坏的消息,是罗忠毅通过通信员传来的,"敌人已从东南方向围拢而来"。廖海涛眼前一黑,这可是一个致命的消息呀,现在战斗空前激烈,东南可是部队唯一的突破方向呀。

廖海涛准备赶快与罗忠毅见面,商讨一下下面的安排,形势非常危险,得迅速作出决定。

廖海涛向张连升交代了一下任务,匆匆向指挥部奔去,当廖海涛回过头来向身后的激烈场面回望时,只见尖刀山仅存的两个土丘升起浓浓的白烟,泥土如绽开的礼花在空中怒放,一朵接一朵,那炮弹的爆炸威力如此强劲,不似空中落下飞弹所致,倒像是地下成吨的炸药爆炸所致,硝烟散尽,尖刀山五座土丘,终于在视野中消失。

武器如此不对等,我们怎么办,眼前不时浮现刚才的那一幕,敌军成批成批地分散涌来,虽然泥泞的稻田限制了他们的速度,但超强的单兵作战能力、顽强的武士道精神,使这些半人半兽的日军十分猖狂,我忠勇将士时聚时分地与之作战,虽然消灭了一定的敌人,但敌人伤亡明显减少,我部伤亡虽然不大,但弹药损耗甚大,又难以补给。更可恶的是敌军经过一番交战后,一旦发现我军位置,便猛烈炮击,虽然这些炮击大多被我军躲过,但跑在前沿的日军很快占领这些弹坑,便据此攻击,逐渐推进,我正面部队遇到前所未有的危机,如此下去,后果不堪设想。

但遗憾的是,我们根本不应打阵地战、消耗战时又必须打消耗战、打运动战,以便让机关人员更安全地脱离危险区……这就是两难的境地,部队太危险,看情形必须撤……现在东南出现敌人,那么王家庄将四面被围,那就万分危险了,这王家庄乃弹丸之地,怎经得起敌人如此强大的火力,一旦北面的防线被迫后撤,我们的作战空间大大缩小,敌人再用足兵力,那后果是可想而知了……

罗忠毅先得到东南出现敌人的消息,他的血液似乎凝固了。

战斗打响后,无论从时间空间上讲,机关人员往南撤,是最合理的选择。因为南面有国民党军队,也许若干世纪以后的人们要说,那正好,既然有中国人自己的军队,不是可以伸出援助之手进行阻击,或者说至少新四军可以往南移动,转移到安全地带,那是很简单的事,应大开方便之门,总不至于见死不救,甚至让出防区让日本人借机包围新四军。

"这就是现实。"罗忠毅苦笑了,对于国民党的卑劣行径罗忠毅不难理解,否则就不会有皖南事变和黄金山之战了,但兄弟相争,也不至于献媚外敌,现在国民党竟然不顾民族大义,故意让出防区让日本人围攻新四军,这实在是出乎人的意料。

怎么办,部队最后一条通路被堵死,眼看着手下的数百名将士在敌人的屠刀下……

想到此,罗忠毅的心发出一阵阵的绞痛。

"我死不足惜,只是……"罗忠毅狠命地抓了一下树枝,眼望冒着黑烟的干树皮,"我怎么向军部、师部交代,我们判断、部署的错误到底在哪里呢?难道我们的谋划、设想真的是错误的?"

罗忠毅怎么也想不通,多算者胜,算来算去,反而弄复杂了,战争就是这么奇怪,头脑简单的草莽英雄有的是,往往越简单越是有用,福将就是那种情形的产物,难道现代战争不需要多算,难道战争真的充满了偶然性,比方说旅部采取"走为上"的策略,不是什么问题都没有了……不,不会,如果战争是偶然性的产物,那么战争将和人类的智慧绝缘,偶然毕竟是个案,是意外,而我们恰恰碰上了意外,而意外使我们陷入了绝境。

罗忠毅咬着牙,急命通信员请廖海涛前来商议。

我们的谋划没错呀,谁能想到日军一下子来到眼前呢?我们没少算呀,通常情况下是不可能的呀,但老天却偏偏帮了他们的忙,突降大雾,使我们的岗哨失去了作用,难道真是天要绝我……就算天降大雾吧,如东南方向国民党军队严守防区,我们总有退路吧,现在呢?谁能料到他们一枪不发,连防区都让给了日本人……就这么两个意外,真是人算不如天算呀……我们不是没有想过日军进攻我们的种种可能……

罗忠毅想起了去年黄桥决战后,陈毅对他说的一段意味深长的话,"老罗呀,苏南斗争全靠你和廖海涛了,算来算去,我与粟裕同志到苏北后,只有你和廖海涛能独当一面,你在闽西一直当司令,在红军时期,直至抗战时期也多次担任参谋长,对苏南的形势把握得比较准。廖海涛是军政工作者中极为出色的领导者,能文能武,你们也是老相识,在一起工作更有成效。还有刘炎、邓仲铭同志配合你们,你们可以大胆地工作。"在二支队罗忠毅一直和粟裕战斗在一起,两人也合编过一部军事著作,指挥过官陡门、水阳、小丹阳等一系列战斗,他深知罗忠毅的为人和能力,他用低沉的语调对罗忠毅说:"老罗呀,苏南的局势已非昔日了,你们要经历前所未有的考验,弄不好要两线作战,苏南就那么大的地方,要多加小心,现在军部确定成立苏北指挥部,你就是江南指挥部的负责人了。"

罗忠毅深深感谢两位首长的厚爱与器重,有廖海涛做助手,再配以刘炎、邓仲铭同志,应该说苏南的斗争前途光明。罗忠毅心中早有谋略,正想一展宏图,罗忠毅设想如果我们能建设成一支强大的军队,若能得到郎广山区,那么茅山的斗争将揭开新的篇章,所以罗忠毅回到丹北后便着手建设新的江南指挥部工作。后罗忠毅担任二支队司令时,更是殚精竭虑,一心要打造一支崭新的铁军,谁料想皖南事变,国共完全反目,东征滆湖,挥师西返,黄金山血战三次,方站稳脚跟,而敌多次扬言进攻,罗忠毅多次作出对策,最后罗忠毅和廖海涛精心选择一个方案,不料想天气的变化和国民党无耻的退缩让出防区使罗忠毅的军事生涯跌入了人生的最低谷。

想到此,罗忠毅痛苦得几乎泪下,想想谭师长、邓书记离开后,虽然没有战争,塘马处在少有的平静中,可谁人知晓个中的苦衷呢?他和廖海涛竭尽全力,想挽狂澜于既倒,首先抓部队的建设、整训、体育锻炼、思想教育,然后抓地方建设,政府的建立、地方部队的建设和财经工作的健全等等,邓仲铭不在,苏皖区党委的工作只有他和廖海涛和欧阳惠林去抓呀!

罗忠毅尤记得巫恒通纪念大会在塘马召开的情景,又忆起汪大铭在旅部汇报情况流泪的情形,这些工作要做,一定要全力去做,否则会有更多的巫恒通、任迈牺牲,既然塘马如此平静,为何不利用这段时间去打造自己的部队呢?

罗忠毅又想起昨天的会议,有人提出旅部移动一下,他否决了,他知道许多人不理解,但他知道有一人会理解,那就是廖海涛,因为他们有更深的谋划,这样的谋划是不能够透露的,因为一怕走漏风声,二怕皖南事变后许多同志已对国民党恨之入骨,不能接受。至于有人提出敌军来扫荡,我们怎么办?既然我们有如此周密的布置,敌人想来就让他们来,又何惧哉!我们有的同志有未战先怯的心理,这是要不得的,战斗不能没有勇气,不能不进行冒险的谋划。

廖海涛终于见到了罗司令,塘马村头一别三个多小时了,罗司令的脸被烟熏得黑黑的,脸膛黑得几乎发亮,当然廖海涛自己也好不到哪里……

"廖司令,快来,有新情况。"罗司令嗓子沙哑,但神色依然是那样沉着,从容不追,他向来是处惊不乱,在闽西作战时,敌人追赶他只有二三十米远,他都敢回身开枪射击。

"东南方向出现了日军,我们将四面受敌,"罗的语调十分沉重,"驻扎在绸缪一线的国民党肯定让出防区了。"

"可耻的国民党军!"廖海涛用手猛烈地拍打着被炮火烧焦还冒着白烟的柚树,想想在高庄战斗中,如果不是我新四军背后一击,国民党六十三师很有可能全军覆没,在战后还归还了他们许多枪支弹药,"卑鄙无耻!"廖海涛大声地叫喊着。

"现在的问题是,部队如果突围,只能选择正东方向,这将和转移的机关人员同一个方向,那敌人必将尾随攻击,无疑是引虎入室,驱虎赶羊,绝不可行,即使东南方向敞开,现在撤离还为时尚早,我估计王直他们至多到达西阳,另外,敌人已有一部向别桥方向挺进,随时可能北上和机关人员遭遇……唉……形势严峻呀!"罗的语调更为沉重了。

"还有一部已向别桥挺进?"廖海涛的心咯噔一下,猛地跳动起来,眼前突然冒出一幅可怕的画面,敌军在河汊密布的田野上,举刀乱砍举枪猛扫,机关人员纷纷倒地,鲜血迸射……

"我作这样的安排,抽调团部特务队,先行从东面突围,四、五、六连政治干部随之突围,余下的战士死守王家庄,死死拖住敌人。"罗忠毅说完,朝廖海涛看了看,征询着廖海涛的意见。

是呀,罗的用心廖海涛知道,部队不能突围,只能撤去一小部人员去挡住尾随的敌军,至于撤出政治干部,明显是为了保存抗日的宝贵力量呀!

"廖司令呀,战争无情呀,克劳塞维茨说战争是奇怪的艺术。有时候,很完美的计划因一个小小的意外,而全盘皆毁,这样的例子在古今中外的战史并不少见,这就是人算不如天算。孙子说多算者胜,但情况又恰恰相反,如果我们简单行事,也许是另外一种结果,战争往往是以结果来评判的,这就叫做战争的复杂性,但我坚信,我们的设想是符合战争的特殊规律的,不会因这次战斗惨烈和损失而否定,但真正能理解我们并知道我们谋略的人只有你我二人。我们必须向师部,向军部说明,我们……所以……如果你同意派出一小部队突围,那么我决定派人赶快率队突围,看来这是最后的机会了。"罗说完,仰着头看着苍天,此时四周的枪炮声突然平息了下来。

寂静得令人可怕,只有火苗乱窜的瑟瑟声在空中作响。

战场突然处在一种死一般的寂静中。

王家庄将成死地,在此继续战斗,无疑都将壮烈殉国,如果全部从东面缺口突围,不但难以全部从东脱身,而且会殃及脱离险境不久的机关人员,后果更为惨烈,所以撤走一小部分人员,并让这小部分人去阻击尾随之敌,是可行的。团部特务队战斗力弱,由他们阻击尾随之敌,也是恰当的。廖海涛点点头:"我同意!"

罗忠毅转过身来,"得赶快行动,撤退的负责人是你老廖……"

罗忠毅希望廖海涛率领机关人员撤离塘马,因为苏南的抗日斗争太需要廖海涛这样智勇双全的领导,如果两人都置于绝地,这对苏南今后的抗日斗争极为不利,另外,只有廖海涛知道十六旅整个奋斗的设想和领导们的良苦用心,尤其是昨夜对敌判断和布置战斗的计划,如果他不出去,这将成为历史的疑案,后人将会无法理解这样一个可以避免的战斗为什么不能避免,该不该承担或者谁来承担这场战斗的责任……

廖上前一步,语调平缓而又沉重:"罗司令呀,你我相识相知,不是一天两天了,军队离得开你吗?"

罗忠毅眼圈红了,嘶哑的嗓子发出了沉痛的音调,"老廖呀,苏南的军政大局同样离不开你呀!"

"是呀,只要机关人员能完全脱险,抗日的宝贵火种能保全,那一切算不了什么,天知地知,你知我知,我们给后人留下的教训会有人总结吸收……我看你赶快率队东出茅棚,穿越诸社……这里交给我吧!"

"不,"罗忠毅斩钉截铁地说,"我誓与这儿的战士共存亡,老廖呀,你理论素养高,好好给我们总结总结吧!"罗忠毅的眼光如此坚定,口气如此坚决是前所未有的,他脸上的神情、眼中放射出的光芒,他的坚定有力的声音都表明了他决一死战的决心,任何劝告都改变不了他的决定。

现在都不重要了,战斗,战斗,只有战斗,我绝不先行转移,拖住敌人,流尽最后一滴血去报效祖国,千秋功罪,任人评说,如果自己的牺牲能换来机关人员的转移,如果自己的牺牲能保住苏南抗日的火种,如果自己的牺牲能铸造铁军的军魂,如果自己的牺牲能提升新四军的形象,鼓励千千万万的百姓投入到抗日的洪流中,如果自己的牺牲能告慰肇珍这样光荣殉国的烈士,又有什么遗憾,即使他人不知情,即使遭受到别人非议、批评、责难,甚至是诬蔑,也是虽九死而无悔呀……

如果说先前留下还不至于完全处于死地,那么现在留下,生还的可能几乎就不存在了。可他如此坚定,把死亡留给自己,廖海涛也绝对不可能再走了。

詹厚安、张光辉、顾肇基来了,四十多个战士也来了……他们在等待着他们的命令。

廖海涛发话了,廖海涛用尽了全力叫道:"詹厚安。"

"有!"詹厚安应声而出。

"你全权负责连队的指挥,带部队迅速东出,阻击沿途之敌,保证机关人员的安全,到长荡湖边和机关人员会合。"

"是!"

"你们立即出发,不容有失!"廖海涛手一推,手掌沉沉地按上詹厚安的胸口,詹厚安泪水一涌,率队东突了。

离去的战士犹如乘上一叶小舟,驶离硝烟弥漫的大海,留下的战士则成了孤岛上的客人,伫立在这小小的方圆一两公里的大地上。

突然东南方向的上空发出一阵尖啸声,三颗绿色信号弹燃起。

罗忠毅猛一回头,见廖海涛还在原地未走,大惊失色,"老廖,你怎么不走?"他朝东南的上空看了看,跺着脚,"你怎么还不走?"

廖海涛平静地看着罗,上前挽住了他的胳膊,"罗司令呀,恶战开始了,咱们兄弟就是死也要死在一块!我俩在一起,就一定能拖住敌人,机关人员就一定能转移出去,即使我牺牲了,也无碍苏南抗日的大局呀,死也值得呀!"

罗忠毅见廖海涛说话如此坚决,凝视着廖海涛,半晌长长地叹了一口气,想说可再也没说出话来……

廖海涛看了一下表,"现在是9点半了,我看再坚持个把小时,机关人员该撤离到长荡湖边,到了那儿,就大为安全了,我们再坚持一小时,只要有可能,我们就往外冲!"

罗忠毅叹了一口气,"敌人新一轮攻势马上展开了,能坚持多少时间实在难说。"他拿起望远镜朝四周看了看,"黄营长报告后周桥危险万分,那儿必须死守,否则敌人会像潮水一般涌来。西北方向,大竹林是无法再利用了,战士的人数也很少了。你那边也同样如此,这两个方向兵力必须收缩,你和张连升回撤到王家庄正北,我和四连五连剩余战士依托小墩,这样,也许能撑上一阵子,至于东南方向,敌人只是包围,一时上不来,把侦察连的战士调去即行。"

"好吧,我看这样也行。"话音刚落,一颗炮弹便在附近爆炸了,随即响起了前所未有的炮声、枪声。

廖海涛向罗忠毅行了一个军礼,"罗司令,我去那边了。"

罗忠毅黑黢黢的脸膛上掠过一丝痛苦之色,他干裂的嘴唇蠕动了一下,想说什么,但嘴中始终没有吐出一个音节,只是凝望着廖海涛,一动不动,犹如雕塑一般,猛地他向廖海涛行了一个军礼。一颗炸弹在他不远处爆炸,巨大的火球衬托着他的背影,他高大伟岸的躯体染上了一层暗红色,整个身体似乎放射着光芒,显得格外耀眼……

廖海涛想再说些什么,但战火不允许了,只得分别,廖海涛转身带着警卫员扑向尖刀山,带着特务连撤至王家庄村北二百米处,四连剩余的战士收缩到小墩上和五连的少数战士在一起,跟随罗司令阻击西北的来犯之敌。

罗忠毅抓住捷克式轻机枪的小木柄,拎着枪,往新店小墩上奔去,警卫员小陈跟在后面帮忙,叫着:"首长,首长,前面危险!"

34

　　王直率领机关人员先行突围,走出塘马村时,虽然枪声四起,但离塘马有一定的距离,他们途经考村到达梓村时,塘马一带想起了密集的枪声、炮声,隐约能听到战马的嘶鸣声和士兵的呐喊声。

　　他一边招呼着机关人员快速跟进,疾步向东,一边挂念着已在敌人包围圈内的首长和战友,一想到罗、廖首长,他眼圈一红,恨不得马上把机关人员交给带路的溧阳抗日民主政府的县长陈练升和书记陆平东,但罗忠毅在塘马村庄重交代的一幕又在眼前浮现,罗忠毅用极其关切的语言说道:"王科长呀,你的担子不轻,机关人员,二十担钞票,还有电台,一样不能少呀!"

　　陆容背着行李,紧随队伍奔跑,她年纪小,一阵奔跑后,气喘吁吁,身上的行李直往下滑,王直走上前帮她系好带子,"小陆呀,有困难吗?"

　　"没有。"陆容坚定地回答着。

　　"好,革命不能怕苦,面对困难要迎头而上。"王直话音未落,一个女战士不小心摔倒在田埂上,他连忙把她扶起,"不要怕,后面有罗、廖司令和战士们在呢!"

　　他又关切地看了看挑着电台的男同志,见他满身是汗,大气直喘,衣服早已湿透了,脸上的汗水早已浸湿了扑面的灰尘,黑色的污垢在脸上抖动着。

　　他对翁履康说道:"小翁呀,要注意保护电台。"他走上前摸了摸电台,似乎怕被人抢去似的。

　　"王科长,放心吧,我们绝不会让它们落到敌人手里。"翁履康抹了一下脸上的汗水。

　　陈辉和其他几个战士挑着钞票往前赶,见王直匆匆赶来,忙叫:"王科长!"

　　"小陈,这儿没问题吧!"王直还是有些不放心,这二十多担钞票可是十六旅的命根子,这些钞票是根据地人民献给新四军将士的宝贵财富,还凝聚着牺牲的税务工作者的鲜血,罗忠毅反复关照这个东西绝不能丢,王直完全明白罗的关照,他想起1937年元旦期间,闽西南军政委员会机关转移到牛牯扑一带,经济十分困难,他把红四支队埋藏在永定河凹头,两棵松树之间的五百银元告诉给了张鼎丞,张鼎丞喜出望外,急命去取,这五百元救了机关人员的命,如果这二十几担钞票丢了,十六旅将士将何以立足。

"放心吧!"陈辉胸有成竹,他把右边的担子换到左肩上,上下抖了抖,"即便一息不存,绝不会让钞票落到敌人手里。"他身上热气直冒,汗水早把上衣弄湿了,额头上的汗水直往下淌着。

看着完整的二十四担钞票在陈辉的指挥下完好无损地担在肩上,王直悬着的一颗心终于落了地。

到了阴山,王直等人迅速确定化整为零,就地分散,让被服厂、修械所地方工作人员,四散转移,由于他们穿了便服,又是本地人,分散转移十分顺利。

这庞大的转移人员一下子减少了许多,转移的速度也快捷起来。

他的思绪没有片刻的停歇,到了东浦、西阳又该如何,罗、廖首长没有明确交代转移何处,只是说在湖边圩区集合,但长荡湖边的区域很大,该选择哪一个区域呢?选择确切的地点十分重要,王直想到过去曾几次横渡长荡湖到太滆地区去,都是选择指前镇的东南方的一块滩地,那儿河汊纵横,芦苇密布,利于隐蔽,利于防守,按正常情况估计,罗、廖首长突围至此大约中午时分,若敌人尾随而至,这湖边圩区很可能成为重要战场,那儿有河网依托,利于坚守,湖区芦苇密布,这一千人的队伍和突围而出的战士均可藏身,坚持到天黑不成问题。天黑后,便是新四军的天下,到那时或东渡长荡湖去长滆、太滆,或北上穿越黄金山地区,或南下绕湖进入宜兴,都有选择的余地。

"对,到了西阳、东浦,应迅速转移至杨店、清水渎一线!"王直握紧拳头,翘首向长荡湖望去。

王胜、乐时鸣等人出了村子,敌人已猛烈地向塘马一带进攻了,北面幸赖特务连一排战士死命顶着,东面方向的缺口还畅通无阻,他们匆匆地往前赶着,后面的枪声愈来愈密,每个人的心越来越沉,王胜与乐时鸣知道,他们是最后撤出的机关人员,现在敌人已成合围之势,罗、廖首长和战士们生死难卜呀!

王胜的请战没有被采纳,心里格外沉闷,他是堂堂的四十八团团长,怎么也不能让旅首长殿后呀,无论如何自己也得留下阻敌,否则万一有个差错怎么向军部、师部和战友们交代,但罗司令执意让自己走,那只好执行命令。

35

敌人在东南方向射出三颗绿色信号弹后,阵地上一片沉寂,战场顿时变成死一般的寂静,战士们能听到塘马河汩汩的水流声,水流声甚至唤起了战士们昔日的那份感觉,悠扬的小调似乎在耳中回荡:"塘马河,丫髻山下奔腾,平原水乡漫溢,薄雾罩田野,野花烂漫开……"眼前出现瓦屋山、丫髻山东西横亘,涧水呼啸而下,塘马河在丘陵间盘绕,在鲜花盛开的原野上漫流,群鸟空中舞蜻蜓满天飞,青蛙鸣叫,知了声声,牛羊嗷嗷,农夫犁田,茅亭农舍,水车飞转……然后这优美的歌声,美丽的画面瞬间便被呼啸的炮声、火光冲天的画面所取代,敌人除东南角外,西北、正北、西南三面是炮弹齐发,响声震天。

将士们作战的空间已被压缩至以王家庄为中心的方圆不到三华里的空间内,除了几个小村庄,一条河流,几个小土丘外,全是开阔的原野,敌人的山炮、野战炮、步兵炮、小钢炮、掷弹筒一股脑儿把炮弹倾泻在这狭小的空间内。

随着"轰轰轰"的不断巨响,敌人集束的炮弹飞落地面后,地面上迅速绽放起巨大的白色花朵,朵朵白花绽放,交相融合,最后变成弥天的白云,遮住了所有的可见物,而伴射而起的泥土也在烟雾中到处散落,地面上除了深深弹坑外,便是细小的软泥块,厚厚的一层淹没了农田、河堤及枯草、野花,几颗炮弹跌落在塘马河中,水柱冲天而上,炸死的鱼虾四处飞溅,落到几十米外。

各个方向的敌军指挥官拔出战刀指向了王家庄。

正北敌人的骑兵随着指挥官的吼叫声迅速出击,铁骑四蹄飞奔,载着面目狰狞的日军呼叫着,冲向旅部特务连。

西南,日军不再以二百余人的兵力分梯次进攻,而是成批成批地吼叫着,在炮弹掩护下,似汹涌的波涛涌向特务连三排和三营六连的阵地。

西北,日军组织二百人的敢死队,穿过冒着浓烟的竹林,玩命地向新店至王家庄路边圩滩地小墩上扑来。

巨大的炮声撞击着耳鼓,飞落泥土覆盖着躯体,急速回旋的气流扫荡着脸面,天地颤抖,山河回旋。

敌人的攻击波似惊天巨浪,被新四军将士的黑色礁石一一挡回。

廖海涛率特务连二排和张连升一起打退了敌骑兵的第一次进攻。

黄兰弟、裘继明和战士们用浸透着仇恨的枪弹回击敌人涌来的人体巨浪,一阵阵惨叫声后,敌人的肉体被穿透,尸体堆成的肉山,在田野中突兀而出,河堤上不断冒起下垂的头,上翘的脚,弯曲的胸部,紧闭的双眼。侵略者的尸体相互枕籍、叠加,成为原野上众多肉山的一分子。

敌人在一阵前所未有的炮击后,在西北发动了强有力的攻势,五连战士退到小墩上,子弹几乎打光,子弹带干瘪地捆在身上,手榴弹也不多了,手榴弹袋轻轻地飘着。

许多人的脸上全是泥土和鲜血,像泥水匠似的,头发上全是尘土,像磨坊里出来的人,重伤员大多抱着手榴弹拉响弦和鬼子同归于尽了,轻伤员夹在人群中,裹伤的绷带和毛巾渗着鲜血,血沿着脸颊而下,湿红了灰色的军服。

敌人追上来了,他们用炮炸毁了竹林,又用机枪狂扫着竹林,竹竿齐齐地断裂了,劈哩啪啦响成一片,像乱麻杆一样倒在地上。这苏南的竹是一般的细竹,不似闽西粗大的毛竹,敌人终于用炮用枪打开了一条绿色通道。

敌人一出通道,嚎叫着扑来,机关枪不断扫射,子弹飞行,卷起的风呼呼作响,子弹击落着树叶,树叶纷纷而下,子弹击落着坟包,坟包上满是窟窿,子弹穿越顺势而上的田埂,田埂上的泥洞爆裂着,泥土四溅,有的蹿得有几尺之高。黑压压的敌人扑来,小墩上除了一些坟包外,没有任何掩体,一些战士露出了惊慌之色,有的直往王家庄方向退去,但他们刚退了几步,就收住了脚,只见罗忠毅神色镇定,丝毫不乱,脸上带着微笑,直直地站立在那儿,虽然那微笑非常凝重。

停住脚的人脸一红,马上向敌人迎去,还叫了起来:"停下来,停下来!"

他们受到了鼓舞,罗的精神、行为犹如定海神针,他们仿佛吃了颗定心丸,"不要走,怕死吗?"

慷慨的声音马上响起:"怕牺牲的,不是好汉!"

罗忠毅站在那儿,稳如磐石,像一座高山,任你浪潮多急多高都被生生地挡回。

罗忠毅戴着军帽,虽然帽顶已被子弹击穿,有一个不规则的圆洞,边沿呈焦黑色。罗忠毅身穿的大衣早早甩在了塘马,不似昔日那长长的衣摆,宽大的翻领,硕大的纽扣,白色的羊毛为里质,细密绒呢为表皮,但那单薄的上衣,紧绷的军裤,宽大的皮带显得更为利索,更为干练,给人一种威风八面的感觉。

至于那神情,全从脸上显现出来,清瘦、清瘦,脸上的线条更为刚劲,轮廓更为醒目,黝黑的肤色经硝烟的熏染更为黝黑,黝黑得几乎发出光芒。鼻梁更为挺直,那线条显示出承担艰难险阻的超凡力量。眼神坚定、明晰,显示一种蔑视一切的神韵,骤然间又转化为包容一切、俯瞰一切的巨大力量。脸面显现的神情是那样从容不迫,有一种超凡的庄严的光辉,眉毛平直,一种凛然的正气,世上的一切,最复杂的尘世生活,在这正气的透视下、吹拂下将荡尽一切污垢,化作纯净的世界、澄澈的明朗的天宇。旋即罗忠毅脸上荡起一股微笑,那股微笑透着一股儒雅,和平昔所见相差无几,但此时多了一份庄严,在昔日和蔼、平易、温顺、善良、内向之中掺杂了新的成分……

罗忠毅站立着,像一堵墙、一座山,眼睛平视远方,目力所及之处似乎是远在天际的自然之物。

战士们一见,骤间为罗忠毅的形象所震慑,为罗忠毅的精神所感染,他们安下心来,因为他们有了依托,犹如大海波涛四起,有了定海神针,不管风浪多大,水中世界安稳如山。

罗忠毅的镇定在军中是出了名的,不慌不忙,越是在枪林弹雨底下,越见之稳如泰山,一个胆小如鼠的人只要在战场跟罗忠毅一次,都可以变成一个斗胆的勇士。和罗忠毅在一起战斗过的人常常说:"啊,你讲老罗嘛,炮弹落在他面前,他也不会变色呢!"他们会自豪地谈起,在闽西三年游击战争时,罗忠毅和方方等同志率红九团越龙岩公路,在经过大池时,遇上敌人,在山脚下,一个包袱掉下来,此时敌人已追至只有百十米远,而罗忠毅不慌不忙回头把它拾起,如此胆大,战士们佩服,见所未见,闻所未闻。这一点汪大鸣最清楚不过了,五十多年后,他在自己的自传中深情地写道:"二支队司令部到句北后不到一个月,敌人就开始扫荡,那天我同司令部一起住在山外的朱巷,天刚亮,哨位上就响起了枪声,句容和陈武庄的鬼子分二路下乡扫荡,部队迅速转移,敌人已靠得很近,天还下着雪,罗忠毅参谋长布置一个分队阻击牵制敌人,向另外一个方向边打边退,把敌人的注意力吸引过去,其余部队机关沿着一条山沟向山里转移。他带着一排人,走在最后面,敌人的机关枪子弹打在他旁边的雪地上,划出一道道长线,罗参谋头也不低,腰也不弯,挺胸前进,他勇敢沉着的精神和形象教育了部队,也教育感染着我这个缺乏战斗锻炼的新兵,我紧跟在他后面,听着子弹从耳边飞过的哨声,感到敌人卑怯的子弹是打不倒革命勇士的。"

就在数小时前,当枪炮声在塘马村四周响起时,罗忠毅与廖海涛正步来到村西沟沿坟滩上,拿着望远镜镇定自若,子弹纷飞,炮弹在不远处轰响,泥土四溅,奔跑的崔玉英、袁秀英见罗忠毅临危不惧,忙收住了脚,不断地叫喊着罗忠毅与廖,希望罗忠毅们赶快脱离险境,但罗忠毅微笑着,挥挥手叫她们向南转移,自己面带微笑,拿着望远镜观察敌情,并迅速地作出判断,布置战术。

晨雾消散,罗忠毅披着呢制大衣,屹立在坟滩上的身影早已印在两位苏南农村女子的脑海里,若干年后,两位农妇在乘凉时于西沟塘沿,都会用她们的语言描述罗忠毅的神情,坚定沉着,轮廓线条分明,刚劲有力,至于那股鼓舞人心的魅力,更是难以忘怀,"有力量,有力量,好像有什么东西一样子罩住全身,进入心中,看到他,一点不怕,一点都不怕。"这是一股魔力,她们感觉到了,但她们说不清,道不明。

罗忠毅的微笑,从容消除部分战士的恐惧,他们的雄心一下子从心中升起,义无反顾地收住脚,准备予以敌人迎头一击。

罗忠毅知道光是镇定还不行,还得用行动说话,罗忠毅发现不远处有一挺捷克式机枪,这种枪最熟悉不过了,轻便而又具有威力,是阻击敌人的有力武器,罗忠毅一个箭步冲了上去,抓住把柄,拎起枪,往前急冲,然后抱住它,向着叫喊着的、疯狂的敌人扫射起来,子弹雨点般地扫射过去,蜂拥而上的潮水终于被遏制,敌人怪叫着纷纷倒下,后面的似退了潮的水哗地一下退了下去,再也没有卷起新的"浪潮"。

罗忠毅没有说一句话,而是从战士手中抢过机枪,猛地大叫一声,跃进坟包,把枪往坟包上一架,"嗒嗒嗒"地朝迎面扑来的敌人狂扫起来。

五连副连长一见,眼睛也红了,用尽力气叫道:"同志们,退到这里为止,响应罗司令的号召,我们同敌人拼啦!"他端起枪上好刺刀跃向坟包,战士们一见,精神一振,又扭转身,用尽最后的余力向敌人扑去。

陈必利见罗忠毅身先士卒,一声喊打,战士们排枪齐发,敌人的炮弹又开始在四周爆炸了,陈必利端起捷克式机枪刚装上弹卡,突然发现空中洒下一阵血雨,血水点点洒落在衣袖上,又是一声响,只觉得有一硬硬的东西撞击了一下胳膊。但敌人冲上来了,他顾不了那么多,扣动扳机,猛烈扫射起来,扫射一阵后,他发现血从衣袖里沿着胳膊往流,又流到枪身上,他才感到一阵疼痛,他拉起衣袖一看,手臂已挂了彩,此刻他才感到一阵钻心的疼痛。另一个战士也如此,血随着身体流下来,洒透了衣服,他全然不知,等他感觉到时,低头一看,眼睛一花,突觉撕心裂肺地疼痛,原来半个手臂已炸飞了,他大叫一声,昏迷过去。

子弹贴地而来,地皮愤怒地跳动着,尘土飞溅,四处飘洒。

敌人涌上来,被罗忠毅用机枪一阵猛扫,躺下了好几个。

鬼子改变方向,从另一个方向涌来,他们见新四军战士已经退却,以为只有一个孤胆英雄在阻击,没想到新四军战士来了一个反冲锋,猝不及防,前面的被战士撂倒,后面的还没看清是怎么回事,明晃晃的刺刀刺到胸前,想用枪托去挡,但已来不及了,只能带着剧烈的疼痛,发出阵阵的惨叫。他们前面的往后退,后面的挤来压缩成一团,只可惜战士们弹药太少了,否则此时摔几个手榴弹,敌人必定要被报销许多。

敌人乱了一阵后,便开始反扑,五个鬼子围住了五连副连长,副连长扑过来,刺过去,结果了三个敌人,但敌人也趁机用两把刺刀刺进了他的胸膛。一批鬼子被逼到稻田里,战士们扑了上去,和敌人战成一团,稻田里很快淌满了血。战士们的鞋子已被血水浸透了,有的已陷进稻田里,有的则赤着脚。鬼子也一样,双脚陷在稻田里,很难活动,他们无法施展那平时训练的刺杀技术,只能在原地不动,挺着枪,双眼盯着对方,准备用最简单、最实效的方法迎击对方的搏杀。这一下形势逆转,战士们的草鞋易于甩脱,他们迅速甩脱掉草鞋,灵活地在泥田里打转,一个个地绕到敌人的身后,有的猛地突刺,有的用枪托、手榴弹砸着敌人的脑袋,鬼子陷在泥地中,转身不便,不久这十几个鬼子纷纷倒地,在泥里挣扎,战士们接着连连放枪,把这些侵略者送上了西天。

罗忠毅那边早把敌人打退了,敌人暂时停止了对小墩上的攻击,阵地上出现了短暂的平静。

罗忠毅拎着枪,带着陈必利以田埂为依托,以桑树为依托,以坟堆为掩体,把仇恨的子弹雨点般地倾泻给日军,冲在前边的日军中弹后,挺着身子,双手乱舞,脚还玩命地向前迈,腿一软,摇晃着扑倒在地上,股股鲜血汇成流水在桑田、坟包间四处漫溢。

不知从哪里冒出一股日军,头一伸出田埂,随即枪杆架在田埂上向四连的战士扫射,几个战士捂着胸口倒下了。

看着倒下去的战士,罗忠毅眼睛都红了,他的身边响起了巫恒通的叫声,"罗司令,报仇呀,报仇!"他跳了起来,跨过坟包,端着捷克式轻机枪,枪口对准了疯狂扫射的日军。

忽然脑海里浮现出满脸血污的柳肇珍,只见柳指着田埂边的日军叫道:"老罗,快打呀,打死这些狗强盗!"罗忠毅鼻子一酸,双眼喷出愤怒的火焰,他叫喊着,端着机枪,绕到敌人的侧面,扣动了扳机,枪管顿时喷着猛烈的火焰,机枪的两个叉脚在空中有节律地抖动着,罗忠毅整个身子也随着机枪猛烈地抖动,"狗强盗,让你们见阎王去吧！""嗒嗒嗒——"伴随着猛烈的喊声在空中回荡,雨点般的子弹扫射向敌人后,敌人的头颅、肩膀猛烈地抖动着,最后趴在田埂上一动不动。这几个敌人刚报销,另一批敌人从桑树地冒出,他们的枪口已对准了罗忠毅,罗忠毅一个跳跃,随即又用机枪对他们扫射起来,"狗强盗,来吧,我让你们来吧！"

几个敌军,在枪口下倒下了,有一个日军顽强地端着枪想还击,罗发出的子弹雨点般地射向他,他晃晃悠悠,半响不倒,直到胸膛被子弹射成马蜂窝一般,才在罗忠毅的吼叫声中倒下。

五连战士见罗忠毅一马当先、身先士卒、连连毙敌,士气大振,喊杀声震天,无不以一当十,奋勇搏击。敌人没料到在如此密集的炮火下,还有新四军存活,更没有料到新四军还有如此强大的战斗力和顽强的意志,竟然在如此危急的情况下,实施突击,在一阵枪弹的打击下,在轰轰的手榴弹爆炸声中丢下几十具尸体后退回竹林处。

罗忠毅扫射一阵后,警卫员陈阿根拉住了他,"罗司令,通信员从后周桥方向来报。"

罗忠毅放下机枪,陈阿根见枪管通红通红,便把枪口塞进稻田的小沟中,小沟中的水即刻嗞嗞作响,一股股热气散射在田地里。

"报告司令员,后周桥战斗十分激烈,许多战士牺牲了,现在桥还被我们控制,敌人被打退了,黄营长请示罗司令下一步该怎么办？"通信员头上扎着绷带,满脸血污地喘着气向罗忠毅汇报前方情况。

罗忠毅神色十分冷峻,他的身后一棵被炸焦的桑树还在吐着小小的火苗,脚下的茅草还在冒着丝丝的白烟,他听到许多战士牺牲了,嘴角抽动了一下,眼眶一热,悲怆之情顿时显现在脸上。

"告诉黄营长并转告裘副指导员,谢谢他们。"他抬起左手,看了一下时间,已是10点多了,他心头顿觉一阵宽慰,"我十六旅忠勇将士是好样的,没有辜负百姓的希望,我们就是要用热血来求得我们民族的生存,你转告他们,时间已是10点了,机关人员该转移到较为安全的地方了,你告诉他们再坚持一会儿,胜利永远属于新四军,胜利永远属于中国人民,胜利永远属于……"他的话语又中断了,陈必利和其他战士纷纷落泪,罗忠毅完全明白,敌人对部队合围已成,再坚持一分钟,对于部队就多一分危险,对机关人员而言,则是再坚持一分钟,就多一分安全。陈必利和其他战士明白,现在的形势已是万分危险,要冲开一条血路非常困难,弹药快差不多了,坚守到天黑已不可能,生命随时会消亡,但作为一个战士,在民族生死的关头,应该

279

勇于献出自己的生命,只不过看到许多战士先于自己倒下,热泪还是禁不住滚滚而下。

"请司令员放心,我马上转告黄营长、裘指导员,我新四军誓与阵地共存亡。"通信员汇报完后则匆匆转身向后周桥奔去。

西北之敌被击退,暂告平静,而正北方向激战正酣,罗忠毅刚刚向从后周桥方向来的通信员交代完毕,西北廖海涛率领特务连三排坚守的阵地连连告急,通信员汇报正北敌人在东南绿色信号弹响起后,用炮猛烈轰击特务连阵地,现在用骑兵搏击,由于四连战士伤亡过大,特务连只有一个排,正面兵力十分空虚,形势非常危险。

罗忠毅急忙用望远镜照正北方向观看,发现敌人的骑兵又在轮番向特务连阵地进攻,骑兵后面即是潮水般的步兵,特务连战士虽然作战勇猛,武器精良,但人数有限,形势吃紧,照此情形,敌人随时可以冲进阻击阵地,进入王家庄。

罗忠毅急命陈必利清点人数,陈必利的五连,因小鬼班被陈浩抽走,一二三排在塘马大竹林一带阻击后,只剩下三十余人,如果抽调去正北,那么西北的防线将十分薄弱,他正想解说,敌人又从冒着烟的竹林里冒出头,放着枪向前扑来。

"陈连长,你抽出二十人让三排长率领,先去正北协助廖司令抵挡一阵,如果这边有危险,三排长随时带兵转向西北。"

几个鬼子在田野里匍匐前进,枪口朝着罗忠毅的方向移动。

"是!"三排长朗声地回答,被抽掉的战士排好队随三排长急速向王家庄的北面奔去。

鬼子们放着枪,弓着腰往上冲了,那几个鬼子变换着枪管方向随罗忠毅的身影移动而移动。

阵地上的战士一下少了许多,而敌人又黑压压地扑来了,虽然敌人怕伤亡过大,前进的速度并不快,但队形保持十分完整,并不时地变换着各种姿势或以跪姿或以卧姿向战士们射击,子弹嗖嗖地从罗忠毅和战士们的身边划过,战士们的脸绷得更紧了。

罗忠毅看着黑压压的人群,完全明白自己的处境,他对敌人投去轻蔑的一瞥,高声地叫喊着:"同志们,考验我们的时候到了,是共产党员的站出来。"他转过身子,指着那些放着枪有序挺进的日军。

几个鬼子的手指扣动了扳机,子弹穿膛而去,飞向罗忠毅的头部,罗忠毅刚好转身,用手去指点那些攻击的日军,子弹从身边"嗖嗖"飞过。

"首长,危险!"陈阿根忙上前护住罗忠毅。

罗忠毅推开陈阿根,又用手指着那些弯腰前进的敌军,"这些就是屠杀我中华儿女的刽子手、屠夫,他们就在眼前,我们要洒完最后一滴血,坚决地打击他们,多打死一个鬼子,我们的胜利就多一分保证。"

"同志们,上,今天就是我们报国的日子。"罗忠毅说完话,便转过身,拿起一把三八大盖手一挥,战士们回到了自己的岗位,静候敌人进入射击圈来。

敌人的步枪射程远,他们早已放枪,子弹"嗖嗖"地在坟包上空飞过,打入坟包上的子弹则发出一阵沉闷的响声。

"打!"罗忠毅一声喊,子弹齐发,四五个鬼子在泥地里翻滚着,双脚乱蹬起来。

罗忠毅看了一下表,快10点半了,战士们反复冲杀多次了,看样子机关人员应该到达湖边了,按正常计算,长荡湖边离塘马村至多十五公里,按部队行军的速度应该到达那个区域了,他爬起来,朝几个阵地上看了看,盘算着如何寻找突破口冲出重围。

他一露出身子,那几支枪管又齐齐地向他瞄准。

他沉思着,东南方向的敌人还未上来,虽然侦察员侦察到那个方向有敌人,而且信号弹明白无误地证明了这一点,但那部分敌人是快速突击的部队,估计不会用上重武器,那么战斗力还是不及正北、西北、西南,看来突围的方向还是应该选择东南,如果战斗有间隙,应该告诉指战员迅速集结,往东南方向突击。

几个敌人用手指触摸着扳机,眼睛眯缝着,向他瞄准。

他换了一个位置向东面方向的敌人打了一阵子枪,又有几个敌人被他撂倒,他许久没有战斗在第一线了,其实他是很喜欢冲锋陷阵、亲临一线的,在襄阳上士兵学校时,他就喜欢拨弄枪枝,且精于射击。上战场,他的脑海里总会出现横刀跃马的情景,所以,无论是在中央苏区攻打赣州的战斗还是在永定金丰大山、龙岩大罗坪、扁岭坑一带战斗,他都喜欢冲在前面,奋勇杀敌,尤其使他感到自豪的是在1939年的博望战斗中,他亲自率队合击敌军,亲自射杀多名日军……由于处在高层指挥的位置上,他许久没有上战场进行搏杀了。

突然一股鬼子从侧面扑来,一阵猛烈的扫射,一下子倒下好几个战士,罗忠毅怒火中烧,端起三八大盖,一阵扫射,他十分遗憾,原本那把捷克式机枪不在身边,如有轻机枪在,面对密集的敌人,一阵扫射将会是何等的收获。

那几个鬼子屏心静气,用手指轻轻扣动了扳机,子弹穿膛而出又飞向了罗忠毅那高大的身子。

突然,一颗罪恶的子弹穿出枪膛,破空而来。

罗忠毅端着三八大盖,猛烈扫射,枪管喷着火焰,仇恨的子弹射向敌群,子弹钻进了侵略者的肉体。

那颗罪恶的子弹在空中加速飞行,子弹摩擦空气的声音嗞嗞作响。

罗忠毅双手剧烈地抖动着,他射击技术精良,枪托有规律地撞击着他的肩胛骨,小臂随之以相应的节律抖动着。

罪恶的子弹离目标越来越近,空气的摩擦使弹头变得滚烫滚烫。

罗忠毅吼叫着:"狗强盗,你们来吧,你们统统上来吧!"他嘶哑的高亢的吼声在王家庄的上空回荡,音符穿越山山水水,飘落在襄樊、飘落在瑞金、飘落在闽西、飘落在茅山、飘荡在太滆、飘落在塘马……

罪恶的弹头终于撞击到英雄的额头,就在那一刹那,英雄端枪屹立,纹丝不动,阳光照在他的头顶、他的脸、前胸,双腿在逆光下显得略微灰暗,整个身子具有凝重的、立体的雕塑感,线条轮廓刚劲,神情冷峻,脸上的愤怒的表情停格凝固,喷出火焰的双眼,放出了最后一道火花,干裂的嘴唇在大开大合后微微闭合,似轻轻地蠕动着,枪托依然顶住肩胛骨,双肘依然托住枪管枪柄,双腿依然坚实踩在苏南潮湿的土地……一刹那,英雄屹立、停格在苏南硝烟弥漫、炮火连天的战场上。

英雄倒下了,枪从手中滑落,身体倾斜,在烟雾的轻托下,缓缓地倒下了,太阳照在他的脸上、前胸、双腿上,他的脸上仍保留着那份愤怒之情,鲜血从前额溢出,在阳光披拂下,英雄的躯体染上了浅浅的金黄色。他的身下是灰色的土地和枯白的衰草。

他倒下了,进入了一个无法感知的世界。

塘马战斗的第一声枪响后,他就作好了离开这个充满生机、丰富多彩而又灾难不断的世界的准备。

小时候在襄阳,他就听到过许许多多古代英雄的故事,尚武的精神使他充满了横刀跃马、马革裹尸的悲壮情怀,三国古战场的风物强化了他的这种情怀,楚文化中的爱国主义的内涵使他的情怀和国家民族的利益紧紧地联系在一起。二郎庙街,隆中故地,南漳河边,都有他驻足仰天的形象。在夫人城城墙上,面对汉水,他的脑海里多次浮现韩夫人守城的形象,巾帼英雄,勇猛刚强,战士的顽强意志,战争给人带来的荣誉使他壮怀激烈,他甚至想,如果时光倒流,他将披甲上阵,横刀跃马,建立像卫青、霍去病那样的功勋。面对家中后母虐待,面对官府的强暴,面对列强的欺凌,他毅然决然地加入了士兵行列,操起枪,实现建功立业的夙愿,践行杀敌报国的理想,从那时起,他就投入到消灭生命和献出生命的博弈中,对死亡无所畏惧,遂成为他重要的精神要素之一。

攻打赣州,作为营长,他冲锋在前,弹如飞蝗,他全然不顾,如果哪一颗子弹要结束生命,那就来吧,战斗,这就是战斗。

闽西攻打梅村乡公所,国民党军队的机枪朝他们喷射,几颗子弹打穿了他的衣袖,他全然不顾,军人的职责需要舍生忘死。

博望战斗,他飞身跃入敌群,子弹击穿帽子,死神是如此地接近他,他安之若素,战斗时时有死神伴随,用不着刻意回避。

朱巷阻击,他命汪大铭迅速转移,他伏在高地上和其他战士断后阻敌,子弹打得身边的土块爆裂飞扬,他笑着面对狰狞的敌人,直到转移部队消失在视野中,狰狞的敌人已端着刺刀扑面而来,才起身撤离。

塘马战斗一响,他进入村西,炸弹就在身边爆炸,他仍是那样冷静,他三次要求廖海涛先行转移,而自己留在三面重围的死地。王家庄边他端着捷克式机枪扫射,小墩上他端三八大盖怒射,子弹在他身边发出尖利之声,时时飞过。他听到了,他没有避让,战斗,本是生死博弈,浴血奋战,这就是军魂的本质内涵,更何况这场战斗是民族求生存的战斗,更具有一种神圣的意义。

随时献出生命,为国家、为民族,这是他早已有的人生信条。他倒下了,不过战士们的心中,他的形象永远是高高屹立。就在敌人合围形成,发动了最猛烈的攻势,五连战士往后撤退时,他一人巍然屹立在小墩上。他的神色既平静,又凝重,脸上充满了一种微笑,任何的艰难险阻,惊险恐怖,都将在他的笑容中被洗涤,被荡涤,直至消亡,因为他的笑容充满了一种无与伦比的感染力,它的核心就是为理想与目标献出生命无限光荣。这光荣和教徒的殉道不同,教徒的殉道虽然充满了崇高与乐观,有一种遮天蔽日的遮盖力,但它以虚无为本质,只不过是对生命曲解的一种特殊方式。这光荣也不同于艺术家的审美情怀,因为那情怀充满了个人的单一情感,美取代了一切,变成毫无标准的个人体验。他的笑容是在生命的平台上,展示着生命力的微笑,是一种具有广泛性的人类本质力量的显现,是超越了殉道和审美、并带有终极价值的微笑。

这微笑具有不可遏制的感染力,加以高大身躯的衬托,迅速传导给战士们,少数战士的恐惧顿消,为理想、为民族献出生命无限光荣的情怀迅速流溢全身,刹那间化作无穷的力量,涌起热血,重新投入火热的战斗中。

他倒下了,生命已终结,和他昔日为国捐躯、拼死疆场的情怀相一致,这样的结局、这样的结果他欣然接受,虽然他有许多遗憾,虽然他眷恋生命,从来就没有过厌倦生命的感觉。当陈浩提出留下半个班保护他时,他拒绝了,从趋势看,那是进入死亡圈子的起始,但死亡的光环能否罩住,尚难定论;当敌人合围之际,他第三次劝廖海涛突围,自己坚守原地时,死亡的光环基本上罩住了他的躯体,但仍有可能冲破光环。当他端起三八大盖率五连少数战士在小墩上阻敌时,子弹"嗖嗖"而过,他毫不避让,他的精力集中在射击目标时,残留的直觉使他预感到生命随时都会终结,他没有选择避让。因为他深知,避让只会让更多的敌人涌入,既然死亡不可避免,那么多杀一个敌人,中华民族的解放就多一分保障。中国必胜,但过程将会十分漫长,多杀死一个敌人,这过程就会缩短一分,百姓的苦难的日子就会缩短一分。

他倒下了,静静地躺在苏南的土地上,鲜血滴滴渗透在黑色的泥土中,自参军的那一天起,他就考虑过一个问题:"我随时都会牺牲,不知我将长眠于何处?"这是个没有答案或没有具体答案的命题,在攻打赣州城时,他以为自己可能倒在赣州城下,在穿越永定天子崠,他担心部队突遭袭击,有一段时间在林中穿行时,他已做好随时倒下的准备。

进入苏南,他和粟裕率队奇袭官陡门时,在那宽阔河堤上行进,快接近大桥时,他也做好了为国捐躯的准备,在博望,在朱巷,在丹北,在太滆,在黄金山他都经历着各种风险……每一次他都做了这样的准备,塘马战斗一响,他当然做好了这样的准备。答案出来了,他无法也不可能去评判为什么自己会倒在这个地方,是偶然还是必然,是生命死亡的规律,还是什么……总之,在他的精神世界里是为国捐躯,视死如归,死得其所……

六师参谋长、十六旅旅长、新四军高级领导人罗忠毅倒下了,战士们一下子惊呆了,陈必利抱着他哭泣起来,陈阿根、小张、小刘三个警卫员也扑在他身上大哭起来。

此时部分敌人已冲了上来,陈必利见此跳起身来,大声叫道:"同志们,为罗司令报仇,给我狠狠地打!"

战士们眼睛全红了,在"报仇"声中齐齐跃起,扑向敌群。

陈必利拿着一把砍刀咬着牙跳跃着,冲向敌人,他怒吼着,双目喷着火焰,战士们双腿突然间蓄足了罕见的力量,脚上如装了弹簧一般,接连跨越坟包、桑树、小沟,他们有的拿着刀,有的拿着手榴弹,更多的是拿着枪。一阵枪弹扫射而来,几个战士双臂张开,左手握拳,右手拿刀,在弥天的烟雾下倒下了,但战士们还是奋不顾身,叫喊着,右手握着枪托,左手握着枪柄,弓着腰向前猛冲,脸上满是血污,头上打着绷带,绷带的血色已使白色失去了本真的颜色,衣袖破裂,破布块飞扬。

炸弹轰炸，泥土飞溅，散射的泥土遮蔽了太阳，阳光透过泥土，条纹的亮光呈线状散射，勇士的躯体飞向空中，脚上的鞋子早已炸落，没有倒下的勇士挥刀握拳，继续前行。

陈必利左手在新店姜家棚菜园已受了伤，他忍着剧痛，右手挥刀猛砍，他自幼练过武，有一定的武术功底，近身搏战是他所长，现在他高喊着为罗司令报仇，猛冲猛砍起来，身后的红火映红了他的身躯。一刀砍下去，敌人的鲜血把他的脖子、衣领喷得一片殷红，他一脚踢开被砍中的敌人，又挥刀向另一个敌人砍去，戴着钢盔的敌人嚎叫着倒下了。他迅即举刀向另一敌首砍去，烟雾遮住了，只看见他舞动着战刀，整个身姿如剪影一般在晃动，敌人闪过，另一日军用刺刀劈面刺来，他一闪，刺刀从左腋下穿过，他猛一刀，一日军的臂膀被活生生砍下，血水如破了的自来水管一下喷射出来。战士们张开嘴巴高喊着，猛烈冲杀起来，刺刀穿过敌人的前胸从后背冒出，鲜血从刺刀的血槽中慢慢溢出，敌人带着刺胸而过的枪倒下了，有的战士则用整训间苦练的突刺、劈刺和敌人格斗起来，来不及时就用枪托猛击敌人的头部，刹那间脑浆迸裂，白浆一片。

陈必利发了疯一样，左冲右突，左劈右砍，如入无人之境，两个日军同时扑向了他，他旋转着身子，砍得敌人晕头转向，突然后面来了一个敌人从背后抱住了他，他用一个大背包手法把敌人甩了出去，他刚站起身，敌人两把刺刀同时刺进了他的心窝，他一只手握住钢刀，一只手抓住了刺刀，鲜血从手指缝中冒出，他用尽力气把砍刀扔向握着枪、弯着腰、挺着脚掌的日军，日军的前胸被击中，嚎叫着倒下了，陈必利瞪着眼叫喊着，慢慢倒下了，火光在他的身边燃起，照着他那愤怒的扭曲的脸。几个日军上来，又朝他连开了数枪，陈必利身子猛挺了一下，嘴角溢出一股鲜血，眼珠猛一转动，头一歪，长眠于黑土地上。此时刚好黄兰弟前来向罗忠毅汇报情况，他带来七八个战士，他们端着枪，一阵猛烈的扫射，把敌人打退了。

黄兰弟见到陈必利的遗体，还没等他哭出声来，从战士们的哭泣声中得知一个惊人的噩耗，亲爱的首长罗忠毅已壮烈殉国。

黄兰弟扑向了罗忠毅，拼命摇晃着，呼喊着，但罗忠毅带着自豪而遗憾的表情再也没有回音，他双眼微闭，满脸血污，黄兰弟擦着罗忠毅头上的已经发黑的血污高叫着卫生员。

战斗打响后，大部分人先行转移，阵地上几乎没有卫生员，仅有的两位也光荣牺牲了。

黄兰弟这位战斗在阳澄湖畔的硬汉，不敢相信眼前的事实，泪水喷涌而出，而此时枪声四起,容不得他再想什么了。

他急命通信员回后周桥,命赵匡山配合裘继明死守后周桥,一面又派人迅速把罗司令牺牲的消息报告给西北作战的廖司令,自己则率领五连其余人员,继续在西北阻击敌人。

廖海涛和张连升带领特务连三排及四连部分战士在王家庄北面和敌人展开殊死搏斗,由于兵力有限,形势十分危险,多亏罗忠毅派了五连部分战士赶来救援,他指挥战士刚把敌人打退,突然听到黄兰弟派来的战士报告的惊人消息:罗忠毅已战死在战场上。

他一下子惊呆了,站在桑树旁一动不动,任凭炸弹在他身边爆炸。

36

"什么?"当廖海涛听到黄兰弟派来的五连战士传来罗忠毅牺牲的消息时,脑海一片空白,心脏狂跳不已。

"罗司令呀,我怎么向陈军长、谭师长交代呀?"这是廖海涛半天后发出的第一声,而阵地上早已一片呜咽之声。

特务连有许多闽西老红军战士,他们是跟罗司令一道出生入死,经历过无数的血雨腥风,现在卓越的红军领导人、新四军高级领导人、敬爱的罗司令就这样倒在了闽西这片土地上,还有什么比这更令人悲伤呢?

"同志们,"廖海涛抹去眼泪,"现在鬼子就在眼前,如果不消灭他们,我们会有更多的同胞和战友被他们杀害,为了死难的同胞,为了牺牲的战友,为了千千万万活着的百姓,我们决一死战,直到一兵一卒。"廖海涛拿起枪往空中一举,"杀鬼子!"战士们举枪怒吼:"杀鬼子!""为罗司令报仇!"廖海涛举起了枪,"为罗司令报仇!"战士们齐齐地举起枪,泪水还挂在他们早已被烟熏黑了的脸上,绷带扎在头上、缠在臂上,眼光光芒四射,神情凛然,紧紧地依偎在一起,视死如归,决心血战到底。

廖海涛叫通信员通知黄兰弟,命其坚守小墩上,继续阻击西北之敌,命令裘继明、赵匡山坚守后周桥,做好随时撤退的准备。

37

裘继明右腕受伤了,他用左手托着手腕,一边指挥,一边射击,他已记不清打退了敌人多少次进攻了,敌人一轮一轮的进攻,如浪潮一般,十分凶狠。

狡猾的日军采取消耗的阵地战,采取炮火轰击和步兵冲锋的交替战术,因为塘马河在进入后周地段时,变得宽阔起来,且河床很深,就那么一座桥已被新四军特务连和六连封锁,如果硬往桥上冲,除了倒下成批的尸首外,不会有其他结果。敌人显然没有傻到如此地步,如果贸然渡河出击,河面宽河床也深,从下河到上河需要很长的时间,在这一段时间遭到对方攻击,伤亡会极其惨重,渡河也未必能够成功,所以日军总是一轮轰击后,便是一轮步兵冲击。

但是新四军战士既聪明又勇敢,他们在河堤上挖了许多猫儿洞,你炮击我隐蔽,你步兵冲击,我则封锁桥面,敌人一时也没有办法,虽然敌人有时成建制地往桥上冲,但大部分在桥头,便被子弹打穿,偶有几个勉强跨上桥面,没走几步,胸脯便被打成马蜂窝,惨叫着跌落河里。

可惜部队人数有限,加之武器弹药不足,敌人在一波一波的轰击后,又采取扇形式多点进攻,战士们的伤亡也越来越大,加之长时间的炮火袭击,整个大堤几乎被削平,战士们已大多暴露在敌人的炮火下。

裘继明人机灵,移动速度快,敌人炮弹如长了眼睛,盯着他轰,每次听到尖啸的声音在上空传响时,他都能及时判断出炮弹落点,一边招呼战友,一边跳跃躲避,一一化险为夷。敌人见他不断在召唤,不停地挥着驳壳枪,知道他是一个指挥员,便用九二式重机枪,对他进行密集施射,他手腕被击中,鲜血直流,疼痛异常,为了还击敌人,只得用左手托着手腕还击。

看到黑压压的敌人直扑而来,他心急如焚,疼痛的剧烈使他眼冒金星,汗水直冒,伤痛还未消停,一个更不幸的伤痛袭来,黄兰弟派人通知他:罗司令壮烈殉国了。他一下怔住了,他只知晓罗司令在旅部指挥,怎么会壮烈殉国,从战士的口中他才知道罗司令亲临一线,阻击敌人,壮烈殉国。

一个高级将领牺牲在一线,震动之大,是可想而知的,他怎么也不能相信,一场战斗会夺取一个高级将领的生命,一位备受新四军将士和苏南百姓爱戴的英雄就这样快地倒在这块土地上;他不相信,怎么也不相信,一位朝夕相处、和蔼可亲、几小时前还在向他布置任务的首长就这样永远地离开了他;他怎么也不相信,在炮火连天的战场上,他的眼前不时浮现的戴着军帽、面带微笑的罗司令,就这样进入死者的行列。

"他还在笑,他还在说话,他还在讲课,他还在战斗,不会不会!"裘继明撕心裂肺地狂叫着,随即泪水喷涌而出。他含着泪,哭泣着把消息告诉了三排的战士,战士们听到后全部流出了悲痛泪水。特务连三排中也有许多战士来自闽西,他们和罗忠毅一道参加过闽西三年的游击战争,又和他一道参加了四年的卓越的抗日战争,现在听到敬爱的首长光荣殉国,怎不悲伤呢?

六连的阵地上也传来了罗司令牺牲的消息,战士们悲伤至极,赵匡山忍着泪水、忍着悲痛重新布置好队伍,迎接敌人的进攻。

"同志们,现在河对面就是屠杀我同胞、屠杀我亲友的刽子手,我们怎么办?"赵匡山跳到河堤上,指着黑压压冲来的敌群问道。

"消灭敌人,报仇雪恨!"战士们举着枪,怒吼着,吼声震动着河水,扫掠着树木,穿越着烟雾,在苏南的上空回旋着,回荡着。

"同志们,上!"赵匡山一声吼道。

"同志们,拼啦!"裘继明左臂一挥。

四连、特务连三排的战士拿起枪向敌人瞄准,射击,再射击。

时近11点,敌人全面出击,又是一番猛烈的轰击,"轰!""轰!""轰!"火球一个个从地面升起,泥土呈倒三角状,一束一束从地面飞起,白色的烟雾在火球边缘扩散放大,在王家庄方圆不到三里的地面弥漫延伸,整个王家庄成了一片火海。我新四军十六旅将士犹如波涛中的礁石,巍然屹立,岿然不动,他们瞪大血红的眼睛,紧握钢枪,紧握手榴弹,严阵以待。他们的脸早被熏黑,嘴唇早已干裂,唇皮上翘,衣服有的早已被子弹穿破,头上有的打着绷带,手上挂着吊带,有的满脸血污,衣服血迹斑斑,有的脸上还留着刚被日军刺中的刀口,肉已外露,鲜血直淌,有的腿被敌战马踩伤,以枪杆作仗,顽强地站立着,有的失去了左臂或倒在战士的怀中,或躺于桑树上,右手紧握着钢枪,有的被炸掉双腿,躺在地上呻吟着,把手榴弹抱在怀中,准备随时拉响和敌人同归于尽。

"操吴戈兮被犀甲,车错毂兮短兵接,旌蔽日兮敌若云,矢交坠兮士争先。"

敌人炮火未断，便弓着腰呐喊着往上冲，廖海涛一见，拔出枪，大叫一声，"同志们，跟我上!"他一跃而出，扑向前沿阵地。

所谓阵地，那不过是一片桑树地，和几个干涸的池塘，王家庄北面至西观里一带全是开阔的原野，北低南高，是一个缓坡，王家庄则是在坡顶台地上建起的一个小庄子，敌人从北面攻来，由低向高嚎叫着高速推进。

廖海涛、张连升跑在最前面，他们不时穿越炮火炸散的泥土汇成的雨幕，不时绕过身边爆炸而成的巨大的火球，为了躲避敌人的子弹或卧倒或爬行。战士们喊叫着"报仇"之声，一个接一个跟着扑向前方。

廖海涛刚一进入干涸的泥塘里，敌人的炮弹炸起，泥土便散落下来，他和张连升整个身子差点被泥土给淹没了，他俩使劲把身上的泥土抖落下来，马上伸出头去观看前面的敌情。

战士们也三三两两地赶到或趴在田埂下，或伏在桑树下。

廖海涛摸了摸衬衫衣领，轻轻抖动了一下，待把泥土抖尽，拿起望远镜一看，日军在远处的田野里，架了三门九二式步兵炮，在玩命地装着炮弹，敌人的太阳旗在招扬，步兵炮的车轮在抖动，一个敌人推着轮子，一个敌人装着炮弹，一个头戴钢盔的敌人在瞄准，另一个日军则扬着战刀向战士们的阵地挥舞着。日首的指挥刀每挥舞一下，步兵炮则冒一下白烟，即刻他的身边便会响起巨大的爆炸声，随即泥土四溅，火光冲天。

廖自然知道这炮的厉害，赤山之战，他指挥部队曾缴获过此炮，那在当时是一个巨大的战利品。炮火还未停，敌人成批的上来了。敌人弓着腰，戴着钢盔，平端着枪冲上来了，他们队形仍然是保持得那样完整，每人相隔三五米，一边冲着，一边放着枪，那齐齐的绑带，在泥地表面平移着。

敌人很狡猾，有的站着放枪，有的蹲着放枪，进攻很有层次。

"准备战斗!"廖海涛一声喊，战士上好子弹，拉动枪栓，手榴弹取出，放在前面。

敌人上来了，如蚂蚁一般，头盔闪闪发亮，嘴巴时开时合，发出哇哇的叫声，枪下的太阳旗经风一吹，瑟瑟抖动着。

廖海涛双眼圆睁，目眦尽裂，大喊一声，"打!""嗒嗒嗒!""砰!砰!砰!"枪声四起，火星四射，敌人弯下腰，丝毫没有退却的迹象，冲在前面的，则趴在地上，疯狂还击，枪口喷出火焰，子弹"嗖嗖"地在他的身边穿过，打得周围的泥土四处乱溅。

敌人挨近了，子弹已解决不了问题，战士们奋力地向敌人扔手榴弹。头缠绷带，鲜血流淌，手臂上扬，手榴弹尾巴冒着白烟飞向敌群。

轰轰巨响,火光的红色,硝烟的黑色,泥土的黄色,大地的灰白色,构成了一个繁复的背景,几个鬼子扭曲着身子倒下了,但指挥官弯着腰,身体前倾着,似伏尔加河上的纤夫,举着刀,两腿迈着摇晃的步姿,向前扑来。

机枪手吴炳发趴在地上,捷克式机枪的两只脚架在田埂上,枪柄顶住肩胛骨,"嗒嗒嗒"地扫射起来,方形的枪匣遮住了他的半个脸,那可见的一只眼和枪管同时喷射着愤怒的火焰。

火光四起,和日光争辉,交替地投射在战士们漆黑的脸上,战士们身体抖动着,手中的枪喷射着长长的火焰。

廖海涛扔掉手枪,从一个牺牲的战士怀抱中拿过捷克式轻机枪,他站起身端着枪一阵扫射,"同志们,冲啊!"一颗炮弹在他身后响起,火光把他的身体都映红了。

"冲啊!"战士们齐齐跃出,成批地冲了出去,从桑树里、稻田里、水沟里已齐齐而出,开枪的开枪,扔手榴弹的扔手榴弹的,敌人没料到在如此密集的炮火下,如此强力的扫射下,还有人敢冲锋,一时惊呆了,还没等他们明白是怎么一回事,战士们已冲到跟前,一阵扫射,敌人纷纷倒地,双脚乱蹬,不久就咽了气。

廖海涛一看对面小土墩上,有几个日军站着,一个拿着望远镜在四处照,便用枪猛烈地扫射起来,一阵惨叫,远处的日军指挥官和其他几个随从全部倒下了,日军指挥官一倒,敌军顿生怯意,气焰顿时消减了下去。

廖海涛一发怒,眼睛便发红,虎眉便会竖起,这一次他眼中放射着红光,端起机枪朝敌猛烈地扫射起来,他全身抖动着,复仇的子弹伴随他的叫喊声和一腔愤怒全部喷向了敌群。

"来吧,狗杂种,你们来吧!"廖海涛的吼叫声压过了"嗒嗒嗒"的枪声,他见一批日军涌上来用枪打倒了几个战士,而他手中的轻机枪已没有了子弹,他来不及换弹匣,一把推开一个卧地射击的战士,拿过他手中的捷克式轻机枪,端起来,站在田埂上,怒吼着,猛烈地扫射着,枪管喷出的火舌伸得很长很长。

敌人来得太多,虽然成批倒下了,又成批涌上,由于距离太近,此时已无法发挥射击的作用,手榴弹也无法投掷。

又来不及换弹壳了,廖海涛举起空枪,大喊一声:"同志们,血战的时刻到了,跟我上!"他首先跳入敌阵,特务连战士见状,有的插上刺刀,有的从背后拿起砍刀,跟着跃入敌群,吴炳发举起钢刀怒吼着,那悠长的"杀"声震动着天宇,那上举的刀尖,寒光闪闪,杀气从寒光中喷射而出,那飘动的红穗应和着战士们在胸中奔涌的热血,呼啸着扑向敌群。

赖文洪、杨士林、卢义昌、卢昌忠则上好刺刀，发出吼声，从桑树里跃出扑向敌群，卢义昌头上的绷带在奔跑中滑落下来，在炸弹爆炸的汽浪劲吹下，飞向天空。

几个凶狠的日军甩出了手榴弹，把另一侧几个战士炸翻，破裂的肚中流出了肠子，肠中未曾消化的稀粥依稀可辨，奄奄一息的战士含着满腔仇恨，圆睁双眼，怒视着天空。

日军也发了疯一般，怒吼着退膛下了子弹，上好刺刀，奔涌着迎了上来，两股激流在王家庄的北面无情地交汇起来。

廖海涛用机关枪柄横扫过去，接连击倒两个日军。

张连升一个劈枪横扫，又用枪托猛打后面敌军的胯骨。杨士林一枪刺空后，顺势急停，收枪猛用枪托撞击另一敌军，再举起枪管，用枪托猛击敌军头部，"咚咚"两声，钢盔劲响，敌军惨叫着，鲜血喷涌，溅了卢义昌一脖子，卢义昌顺势一脚踢翻日军。

吴炳发，龙岩白砂人，自幼拜师学艺，深得中国刀术之精髓，加之特务连的严格训练，有着丰富的实战经验，一把刀挥舞起来呼呼生风，他一边叫着，一边骂着，上来一格一挡，接着是一砍一劈，几个鬼子还没明白怎么回事，头颅已滚落尘埃。

杨士林用枪托击打、敲击敌人，敌人端着刺刀围上来，他只得用枪托猛扫猛掠，敌人一时奈何不了他。卢昌忠，从身后一个突刺，刺刀从前胸突进，从后背冒出，鲜血从刀尖上滴滴而下，他用右脚踹着敌人的小腹，猛力一拔，刺刀一出胸口，随即溅起一股热血。

张连升从另一面冲来，他举起砍刀猛劈猛砍，日军两手举枪，横着去挡他的砍刀，他猛地收刀，朝前一挺，砍刀的刀尖直插敌人心窝，敌人仰天倒下，他拔出刀用极快的频率乱戳乱捣，如捣药一般，敌人的心窝变成一股烂血泥。

几个日军围住了吴炳发，吴炳发在原地打圈，他扔掉钢刀，捡起一把三八枪，乘其中一人慌张之际，一个突刺，刺中敌人小腹，凶狠的日军同时刺中了他，英雄倒地一刹那，拉响了腰后的手榴弹，英雄和恶魔同时飞向空中。

赖文洪刺杀之际，偶遇鬼子小队长，鬼子小队长举起指挥刀，吼叫着劈来，赖文洪左闪右躲，接连用刺刀反击，几个反击后，把敌人逼到田埂边，鬼子小队长瞪着眼、举着刀，死死盯着赖文洪，赖文洪一个前跃，佯刺左面，忽地刺向右面，鬼子小队长往右一躲，刚好碰上赖文洪的刀改变方向刺向右面，他一惊慌，想后跃跳开，不料脚后是田埂，被田埂一挡，仰面朝天，赖文洪刺刀刺向敌人心窝，鬼子小队长丢刀抓住刺刀，哇哇地挣扎，赖文洪刚想拔刀再刺，不料两个日军从背后刺来，英雄摇晃着,带着两把枪倒在血泊中。

　　一个日军从背后勒住廖海涛的脖子,廖海涛突然感到一阵窒息,张连升一刀背把日军的脑袋敲了一个凹槽,敌人从廖海涛的身上滑落下来,廖海涛顺势脱身,抓住手枪,一枪一个接连撂倒几个拼杀的日军。

　　一场血战,一场短兵相接的血战在苏南的王家庄北展开了。

　　烟雾遮住了战场,里面的战士与日军都看不到阳光的明艳,也无暇去看那远离地球照射过来的阳光,他们只有一个信念:拼杀,消灭对方。

　　整个战场的人在旋转,头在旋转、腰在旋转、双腿在旋转,在喊声、尘埃、飞血、汗水、脑浆、硝烟汇成的激烈中回旋,升腾。战士们在杀敌报国的信念下,在为罗忠毅报仇的情感驱使下,用自己的血肉之躯做着最后拼杀,他们用尽了最后一点力气,洒尽了最后一滴鲜血。

　　又一批敌人从西面扑来,嚎叫着,低着头,端着刀,撒开腿,往上冲,那头上的钢盔在日光下格外耀眼,枪杆上挂着的太阳旗猎猎作响,日军的膝盖一抖一动,犹如上足了劲的弹簧。

　　廖海涛见状,开了两枪,两个敌人在密集的队伍中倒了下来,后面的敌人若无其事,眼看着来到面前,而那边的战士还在与敌人展开白刃战,廖海涛眼都红了,他扔掉手枪,往腰间一摸,发现手榴弹已用完,他急得直跺脚,突然发现牺牲的战友怀中还抱着一挺捷克式轻机枪,他忙去拿枪,可战士紧紧抱着,一时分不开,他忍痛用力掰开战友的双臂,端着枪,冲到一棵柚树旁,朝离自己只有十几米远的敌军猛烈扫射。

　　他双眼圆睁,虎眉双竖,眼露红光,一脸杀气,他叫喊着,子弹与仇恨一齐倾泻给敌人,敌人嚎叫着,抱着膝,摸着胸,一堵人墙顷刻倒塌,余下的日军纷纷躲让、退避,这股汹涌潮水瞬间消逝。

　　后周桥处在短暂的平静之中,随着"连长,敌人又上来了"的一声喊叫,平静迅速消失,裘继明、赵匡山一看,吓了一跳,这一次敌人是疯了,成建制地往上冲,在队伍两翼,敌军指挥官向后周桥挥舞着战刀,趴在地上的日军重机枪,玩命地"嗒嗒嗒"地扫射起来。

　　赵匡山、裘继明各率自己的队伍赶回自己的阵地,裘继明伸头朝塘马河一看,只见河中漂满了尸体,河水已是殷红一片、又黏又稠。

　　子弹不多了,手榴弹不多了,人也不多了,而敌人在前面不紧不慢的进攻后,突然如狂潮一般地涌来,显然他们是完成了战略任务,进行总攻了。

293

"同志们,节约子弹,给我狠狠地打!"裘继明左手托着右腕,开响了第一枪,接着特务连战士依托河堤,排枪齐放。

"打,给我打!"赵匡山怒吼着,亲自操着轻机枪来了一个点射,六连战士也是排枪齐发,仇恨的子弹"嗖嗖"地飞向西岸。

敌人显然明白,只有突破后周桥,才能通过塘马河,才能通向王家村,消灭新四军,然后继续东进,因为北面的敌军向南推进时,已发现新四军部分人员向东突围,但是后周桥在特务连一部和六连的坚守下,始终攻不下来,敌人便采取迂回战术,一边放松对后周桥的进攻,一边从南面偷偷越过更南的后周街石桥,经过朱云山,分兵两路,一路北上,围攻王家庄,一路经前云、姜庄、白士棚、西高头、上塘,直插别桥。绿色信号弹一升空,敌人战略部署完毕,便下了死命令,不管付出任何代价,务必拿下后周桥。

敌人成批地倒在了后周桥前,但后面的敌人踩着前面敌人的尸体往前涌,武士道精神和为天皇效命以及建立"大东亚共荣圈"的梦想,驱使这些半人半兽的日军不顾一切,冒着弹雨狂奔而来,战斗进入白热化阶段。

战士们在"为罗司令报仇,为牺牲战友报仇"的口号下,抱着决死的决心,顽强地屹立在河东岸,发出最后的吼声。

敌人这一次采取了多点进攻的战术,因为他们明白,经过几个小时的消耗战,任凭你新四军如何勇敢,但人数有限,弹药已尽,再也没有力量进行抵抗了,采取多点进攻,尤其是渡河攻击,会增加大量伤亡。但是这样一来,战线一长,本已枯涸的新四军的战力难以应付这样长的战线,后周桥的火力必然减弱,突破是势所必然,所以成批的日军涌向后周桥时,另有几批日军从南北二线渡河攻击。

裘继明、赵匡山马上发现了日军新的意图,后周桥已万分危险,如分兵迎敌,那是更加危险,但万一敌人渡河成功,迂回攻击守桥战士,同样,后果不堪设想。还没等裘、赵二人想出对策,南北两线的几十名日军已脱光上衣,穿着短裤,头上扎着印有红色圆球的白带,口中衔着军刀,冲到西河岸,然后冒着寒冷,跳入河水滚涌的塘马河,游泳速度快的日军已经游到河中心了。

裘继明急命张火德率领七八个战士带好手榴弹急奔北线,赵匡山命令六连六班班长率六七个战士奔向南线,在河西岸阻敌。

天气寒冷,加之苏南的河中水草繁茂,且大多为锯齿形,淤泥深厚,难以下脚,几个下了水的日军再也无法游动了,全身被水草划破,疼得哇哇直叫。他们只好一边踩着淤泥,一边用战刀在水中砍伐着水草,"哗哗哗"刀光闪闪,涟漪阵阵,敌人的指挥刀不时地从空中划入水面，又从水面升向空中，刀面上挂满带刺的水草。

张火德率领战士们急速赶到，日军还没有到达东岸，他们掏出手榴弹匍匐前进，猛地跃上河堤举起手榴弹往下扔，手榴弹直飞向河面，日军在水中听到响声，一抬头见手榴弹已在头顶，吓得他们举着战刀，面对空中哇哇乱叫，有几个见状，还想避让，但水中哪能移动得了，他们还没有来得及哭叫，手榴弹爆炸所产生的巨力把他们抛向空中，他们的躯体在空中被撕裂，然后重重地坠落下来，瞬间清清的河水变成了血红的污水，红红的血液呈螺旋状向河底的清水渗透。

河对岸还没有下水的日军赶紧滚回河西，依托河堤进行还击，还有几个刚下了堤，还没下水的日军举着战刀在河堤下向南向北乱窜，被战士们一阵扫射，全部上了西天。

敌人在重机枪的掩护下，打得战士们抬不起头，他们学乖了，并不急于下河，而是采取随时下河的姿态，隔岸对峙。

裘继明不放心，又派来几个战士协助张火德守住河面。

六连六班长李胜率领六七个战士赶到桥的南面时，那几个日军刚刚爬到东河岸，他们还没来得及庆贺，便在李胜及六七个战士的枪弹中归了天，河对岸的日军，刚下了堤的日军吓得连忙返回，一时两岸枪弹齐发。

敌军不断派人增援，而此地只有六七个战士，敌人偷渡虽然困难，但战士们所携弹药有限，而六连的枪支远不如特务连，如果敌人蜂拥下河，这六七个人无论如何是守不住的，李胜叫战士小于向赵匡山汇报，必须赶快派人增援。

此时的后周桥，战斗极其惨烈，特务连和六连的战士已记不清打退了敌人多少次进攻了，枪管全部通红，一遇上水，便嗞嗞地发出阵阵热气，子弹快完了，手榴弹也不多了。原来作为预备队，运送弹药的六连三排也上了阵地，不像先前子弹打完，手榴弹用完，还有人送来补充。但敌人攻击一次比一次猛烈，敌人虽然不用火炮了，但重机枪在短距离的威力得以充分展示，他们把倒在桥前的敌军尸体垒成墙，在上面架上机枪，疯狂向河东岸扫射，许多战士倒在了河东岸。

特务连机枪班班长赵军已多处负伤，鲜血已浸湿了衣服，他见机枪的子弹打完，便把浇湿机枪枪管的一碗水倒入口中，把平时视为生命的重机枪扔入河中，拿了几颗手榴弹，喊叫着，扔向对岸，当他拿起最后一颗手榴弹准备投掷时，敌人的机枪朝他密集地扫射起来，他捂着胸口，用尽最后一股力量，想抬起左臂，把手榴弹扔出去，但他再也没有这个力量，踉踉跄跄地迈了一小步，一头倒在河堤上。一个战士见状，拿过他手中的手榴弹，扔向了敌群，"轰"一声响，敌人的机枪顿时成了哑巴,小战士身子同时被打成了马蜂窝,摇晃着倒在了赵军身边。

敌人组织敢死队,在轻、重机枪的掩护下,一边扫射,一边往前冲,有的已冲上了桥头,此时战士们伤亡过半,又无弹药,形势非常危险,特务连二排排长林杰招呼着战士们上刺刀,然后第一个跃起冲上桥头。

林杰是久经沙场的老战士,他经历过多次战斗,什么样的场面没见过,但如此残酷的战斗,还是第一次遇到。

林杰冲上桥面,迎面碰上冲在最前面的一个大胡子日军,那日军瞪着血红的眼睛,吼叫着挺着亮亮的刺刀平直地刺来,那头上的钢盔闪闪发亮,整个身子也似乎发着亮光。林杰素知日军三八枪刺刀长,材质好,而自己拿的是刺刀短了一截的中正枪,如采用劈面突刺的方法,那么未及刺上日军,自己的前胸将被穿透,而桥面狭窄,难以躲闪,用自己的枪去格,也难以奏效。但平昔练就的技术加之誓灭日寇的雄心胆气,使他毫不犹豫地挺身而上。他端枪平刺过去,敌人的刀尖发着寒光,夹着风已刺到胸前,就在近胸的一瞬间,他猛一侧身,敌人的刺刀撩衣而过,他忙收住枪,飞起一脚,把敌人踢入河中,然后又与扑上来的日军对刺起来。他接连挑落几个日军,但随后的日军如潮水一般涌来,敌人的肉体犹似一堵墙,刀刺劈杀难以消灭,而枪弹已用完。林杰见状,飞身扑向那滚滚而来的人墙,他抓住一挥舞战刀的日军,跳入河中……英雄与敌寇一同沉没于河底。

其他战士跟着上了桥,在狭小的桥面上拼杀起来。林杰负伤倒下的瞬间,紧紧抱住一个鬼子军官滚下桥去,淹没在塘马河中,英雄与敌寇同归于尽。八班长陈中林拼弯了刺刀,腹部被敌人刺中,他叫喊着抓住鬼子的衣领也跳下河去,刹那间战士和敌军接二连三地滚下河中。有的在河中搏斗、撕咬,敌人已冲过了桥,战士小王身上绑满了手榴弹,他拉响了弦,呼喊着扑向已冲过桥的日军。

他腰间冒着白烟,弹火线冒着烟,亮着火花,他跳跃着、奔跑着,双腿交替高抬着,整个身子如奔驰的坦克压向敌群,凶悍的鬼子见状,惊得避也不是,退也不是,开枪也不是,扔下枪,掩着眼,发出一片恐怖的叫声,"轰"一声巨响,十几个鬼子飞上了天,七零八落、血肉模糊、缺胳膊、少腿脚、没脑袋地散落一片。

后面的敌人涌来,六连的战士冲上来和敌人展开了肉搏,刹那间塘马河东岸,后周桥东头,田野里是一片喊杀声,许多战士倒下了,他们或用手挖着敌人的眼睛,或用手卡着敌人的脖子,或用拳敲打着敌人的脑袋;他们或用嘴咬着敌人的耳朵,或用牙齿咬着敌人的肩膀,或用嘴咬着敌人的手指;他们或用脚踹着敌人的裤裆,或用脚踢着敌人的小腹,或用脚踩着敌人的脸面,总之他们用上苍给他们最原始的肢体抗击着敌人,直到生命的消逝。

田野里躺满了尸体,英雄和敌寇的身体或叠加或错位或重合,他们的脸上充满了愤怒与仇恨,眉梢间还残留着没有褪尽的青春年少的稚气。

苏旺应,特务连三排排长,这位1913年出生的永定县湖坑镇南洋村人,激战多时,身负重伤,倒地不起,战友们大都牺牲在桥边了。只有他一人还在开枪,他虽没有牺牲,便情形很惨烈,血从左膀子上流淌着,血从头颅上往外冒,血从腿上往外喷。双腿已被炸断,到处都是血,浓浓的在光溜溜的地坝上流淌,遇到凹洼处便形成了一个个小血池,他见子弹打完,便把枪栓卸下来,他并非不爱枪,他太爱枪了,为了枪,在一次战斗中,冒着生命危险,去缴敌人的枪,但此刻,他必须把枪毁掉,特务连的枪都是好枪,不能落到敌人手里。

他艰难地爬行着,捡到枪就卸下枪栓,然后咬紧牙关,把枪扔到河里,河里早以漂满了战友和敌军的尸体,河水变得又浓又红,枪栓扔到河里,河水激起了红色的水柱、红色的涟漪,但那红色的水柱、涟漪是那么凝重,远不像昔日在塘马河中扔下东西后溅起的是轻快的浪花和轻柔的涟漪。

他卸下了最后一支枪栓,用尽了全身的力气把它扔到河里……身后双腿流下的血在泥地上刷成一道又宽又长的血色红条纹,这长长的血色条纹,在泥地上漾开,泛着血沫,灰黄色的小草被染得红红的,压扁了又反弹,血液在叶片上泛着耀眼的光亮……

他喘着气,摸着腰间硬硬的手榴弹,迅速取出,倒卧着身子,嘴咬着弦,静候着敌人,他的心怦怦地跳着,他觉得不是自己的心脏在跳动,而是地球的心脏在跳动。地球有一颗巨大的心脏在跳动,把他从地面抛上又抛下,抛下又抛上,他整个身子有一种特别的轻浮感,好似梦里在空中飞舞一般,有一种欲飞不能飞的感觉,总之自己的身体有一种失去重量、轻似羽毛的感觉……

敌人的脚步近了,敌人的呼吸近了,敌人的怪叫声近了,他猛转身,咬住弦一拉,"滋"一声响,轻烟飘出,他看见四五个鬼子的头从天空上压来,又忽地露出惊恐之色,迅速散开,就在他们的鬼脸消失之际,一声巨响在身边响起,他觉得自己融入了地心,和地心的心脏一起猛烈地跳动起来。

在西北,黄兰弟和剩余的五连四连战士经历着同样的危险,他现在和战士们在罗忠毅牺牲的地方和敌人展开了激烈的战斗。

黄兰弟在闽东山区打过游击,又在苏常太地区的水网地域打过游击,战术十分灵活,他把战士们分成好几个部分,利用田埂、桑树坟包等地形展开激战,相互配合,相互支援,打得敌人难以前进一步,但敌人在大竹林焰火熄灭后,成批涌来,又是打枪,又是炮击,有限的兵力和弹药实在难以抵抗,他只好把部队集中一起,利用坟包的制高点用密集的子弹压住敌人的攻击,敌人冲了几次,没有成功,便开始用炮朝坟包轰击。黄兰弟急命战士撤出坟包,伏在另一面的稻田里。刹那间敌人的炮火几乎把坟包掀平了,泥土和棺材板齐齐地飞上空中,一些百姓的尸骨也被炸成块状飞向了空中,散落到田野里。有一只骷髅头刚好掉落在一日军的身边,惊得那日军惨叫数声,半日睁不开眼。

敌人在炮击后发起集团冲锋,这一次他们的进攻不再犹豫,任凭你怎样杀伤他们,他们都会踩着同伴的尸体嚎叫着往前冲。

黄兰弟一看便知敌人发起总攻了,他急命令机枪手占据田边的土埂,狠狠地打,另外召集战士们备好手榴弹,集中向敌人投掷。

子弹、手榴弹飞向敌群,火光一闪,白烟升起,尸体泥土四溅,硝烟未尽,敌人又成批涌来,而且手中的枪管不停地吐着火舌。新四军战士的作战空间不断压缩,许多战士倒下了,由于作战匆忙,部队几乎没有带卫生员,其实即使有,也没有时间救治。

黄兰弟看着涌来的敌人,实在想不出什么办法,弹药越来越少,身边的战士也越来越少了。

"怎么办?"

38

  教导大队在机关人员最后一批撤出时，才后撤到王家庄，此时，旅部特务连在廖海涛率领下激战正酣，在西北罗忠毅率四十八团五、六连已打退敌人的多次进攻。

  刘一鸿知道让教导大队先撤，是为了保护抗日的优胜力量，因为教导大队都是从各队中选拔上来的优秀干部和战士，是革命队伍中的精力，他们担负着未来抗日的重任。

  刘一鸿率队刚出王家庄，还未越过茅棚，东北的敌骑和西南的敌骑已从两边涌来，东面的线路行将切断，敌人的四面合围的架势已经摆开。

  战情又起，眼见火光硝烟，耳听枪声炮声，刘一鸿扫视四周，命令战士强行突击，稍有差池，便有可能被日军合围在包围圈里。

  眼下一百多人的队伍中，军事组已牺牲了许多战士，政治组、青年组也有伤亡，他命令政治组、青年组的战士突前，军事组成员殿后，快速向长荡湖撤退。

  杨波虽为青年组成员，但他的任务是要保护好重机枪，自然也归入军事组之列。

  九二式重机枪的使用，平昔日军是四人扛枪，四个弹药手运输四个甲弹药箱，还有两人背运两个二十公斤重的道具箱和预备枪管，常常配有两匹马，因为九二式重机枪空枪时有五十多公斤。不过现在，这挺缴获的机枪没有预备枪管，也没有足够的弹药，新四军也没有马匹，因为这挺机枪是供教学所用，所以也没有配备足够的枪手和弹药手，好在经过整训，有好几个战士已经掌握了其使用的方法，如陆震康、杨波等，因此在周家背的阻敌中，教导大队的重机枪起到了一定的作用，但毕竟是一时急用，除了一挺机枪外，没有其他武器配备，远不像日军那样可以组成机枪分队。

  现在要后撤，这重机枪十分笨重，不好拿，考虑到路途中一般不会使用这武器，杨波他们便把枪的三脚底座卸下，这样两个战士抬枪身，两个战士抬三脚架，运动起来方便多了。

虽说方便，但究竟比不上拿轻武器运动迅速，再加上日军的骑兵迅速扑来，掩护重机枪转移的任务显得格外严峻。

为了保护重机枪，刘一鸿派了六个人加以护卫，杨波是护卫者之一，他拿着从日军那边缴获来的三八大盖，和其他战士一道小心翼翼地护卫者，并不时地扫视四周，看看有无日军的袭击。

从周家背至王家庄，几个战士扛着枪已累得满头大汗，到了王家庄刚想歇一歇，喘口气，但见硝烟阵阵，火光片片，敌情十分严重已不可能停下休息，便急急向茅棚进发，抬枪的战士呼哧呼哧，已近虚脱状态，杨波和其他几个战士正在护卫，不能随便替换。见扛枪战士疲惫至极，实在看不下去，便想替换一下，还没等扛枪的战士放下枪身，突然只觉劲风袭来，耳听砰砰之声，几发子弹嗖嗖呼啸而过。不知何时，桑树地里已冒出几个鬼子，他们放着冷枪，偷袭着落在后面的抬着机枪和护卫机枪的战士们。

战士们卸下重机枪和三脚底座，迅速卧倒应战起来。

杨波第一次作战，一点经验都没有，但在教导大队学习时，对战场上所使用的一套军事技术如滚爬、驻枪、射击、刺手投掷等技术早已烂熟于心，在操练中已用得十分熟练，所以在作战时，显得成竹在胸，他一面使用着平昔学会的技术，一面看着老战士的动作，异常灵活地放起枪来。

几个日军见战士们的火力并不猛烈，以为战士们早已吓破了胆，已丧失了战斗力，便狂妄地从桑树中跃起，吼叫着向战士们扑来，杨波和战士们趴在路边下，利用田埂作掩体，排枪齐放，那几个跳跃而出的日军惨叫着倒了下去，其他的日军见状又伏于桑树地里，不时地放着冷枪。

对峙了一阵，但见正北特务连阵地喝杀声震天，西南后固桥炮声隆隆，战士们无心于此僵持下去，放了一阵后，便迅速爬起，扛起枪、枪座，向东狂奔，眨眼间，越过茅棚村向阴山急奔。

杨波等人殿后，端着枪不时向后望去，果然，战士们刚冲出茅棚村，桑树地里的日军追了上来，杨和另外三个战士决定留下阻敌，让抬枪的战士先行东撤。

杨波等人边放枪，边后撤，利用田埂、树木、民房进行阻击。敌人由于数量太少，不敢放胆追来，便放慢了脚步，这样抬枪的战士迅速地甩开了敌人，一路奔走，走到甓桥与后周段间的中点处阴山村。

阴山为一小村，因村后有一大丘，丘上植满松柏、古树，其树树杆粗、树冠大、叶子密。白昼,林中可见烟头之光,加之鸟多、草多、蛇多,少有人进去,阴气特重,人们唤其阴山。丘下小村,自然唤作阴山村,后撤的线路至阴山便向北拐,北拐后至西阳,这便是旅部初定的后撤的集合点。

战士们实在太累,便放下机枪用瓷缸舀了些池塘之水,猛灌了一阵子后,准备休息片刻。

突见正南绸缪方向喧闹声一片,隐约看到一队人马向阴山奔来,杨波猜想可能是国民党的军队,他爬上阴山山丘,登高一看,只见这些人后面披着三块布片,且个个背后挂着钢盔,根本不是国民党军队的装束。

难道是日军,绸缪可是国民党的防区呀,怎么一下子冒出这么多日军。

他把情况向战士们一说,战士们吃了一惊,瞪着眼一看,好家伙果然是日军,后面的一个日军还拿着战旗,那分明是日军的军旗。

"快,快快,快走。"几个战士抬枪便走,护卫的战士也准备跟着,杨波提议,让抬枪的战士沿西阳方向道路快走,护卫的战士把日军引向阴山,这样才能保证机枪无误地运至西阳村。

没有其他办法了,只能这么办,但留下的战士的结局,人人都明白。

没有时间推让,杨波朝绸缪方向的日军放了一枪,立即那队人马马上散开,齐齐地弯腰弓背,放枪追来。

杨波等五人故意直着腰,放着枪向阴山土丘退去,日军一见,哇哇地叫着四面围来,战士们见敌人将近,甩了几颗手榴弹,便齐齐地溜进暗无天日的阴山密林中。

约有一个小队的日军来到阴山土丘下,他们乱放枪,一边观察着里面的动静,但见古树参天,杂草遍地,不敢擅入,有几个日军大着胆子刚想进入林中,被杨波他们冷枪击中,惨叫着倒在草丛中。

在日军围困阴山土丘时,抬枪的战士们赶上了前面教导大队的政治组人员,安全地达到了西阳村。

狡猾的日军已判断出进入树林中的是少量的新四军,他们不想久留于此,于是他们急急地在村中抓了一个百姓,让其带路,沿刚才战士们东撤的方向追击,由于日军人少,加之百姓故意拖延时间,所以运动十分缓慢。

杨波等人在林中看到日军在土丘下找人,在商议着什么,估计抬枪的战士已走远,便从另一个方向悄悄溜出,沿着西阳方向的小道急奔而去,中午时分,也胜利地到达了西阳村。

廖垫金带领二营三个连抽调的六七十人,跟在王胜后面向东进发,稍后陈浩带领五连小鬼班及炊事班向东突围,这是敌人还未合围时最后转移的人员。

张雪峰在四连被抽调后紧随廖堑金向东追赶机关人员。

他们一出发已有零星的敌人追来,日军只有二三十人,在后面乱放着枪,不敢过分紧逼,因为他们知道新四军将士大部在王家庄新店一带,搞不清东移的将士有多少,放了一阵枪后便收住脚,又往尖刀山挺进。

子弹"嗖嗖"地从头顶穿过,战士们并不慌张,只是乱了前面奔跑的百姓,他们有的在田野中四散奔跑,有的放下担子,呜呜地坐在田埂上哭泣起来。

"别跑!"廖堑金呼叫着,把慌乱的人招回,又安慰着那些慌作一团的百姓,"乡亲们,不用怕,有新四军在,你们没有危险,"他挥动着有力的手臂,"现在罗、廖司令在塘马一带和敌人正在进行战斗,已消灭了许多敌人,这儿是小股敌人,我们有能力消灭他们。"

廖堑金从事政治工作多年,善于言说,尤其是关键时刻处惊不乱,头脑清醒,话语铿锵有力,这一宣传使百姓那慌张的心一下子安定下来,这些百姓听说威名远扬的罗、廖在后面阻击敌人,一下子安下心来,又见廖堑金身边有六七十个战士,胆子一下子大了起来,于是他们重新归队,挑起担子,向西急奔。

"同志们,跟上!"廖堑金一挥手,六七十个战士齐齐跟上,并不时地观察着两边的情况。

队伍过了西浦,到了滩头,突然发现在滩头村南面的小高地上出现了鬼子。

廖堑金大吃一惊,敌人约有二百余人,在小高地上指指点点,所幸还没有完全占领另一个更高的小高地,但战士们也没有时间登上另一高地的坡顶。

廖堑金随即命令战士们依托田埂进行阻击,把敌人吸引过来。

占领了小高地的日军都是些快速追击的部队,没有重武器,但他们依赖人数多,武器精,以一部在高地射击作牵制,大部向廖堑金和战士们扑来,并企图抢占滩头村北的一个已废弃的旧瓦窑。

敌人的企图没有得逞,在平坦的原野上,在战士们排枪射击下,倒下几具尸体后,退回小高地。

突然西北方向又出现了两股敌人,一股由樊庄出动增援小高地,一股由前王庄出发穿过丁家棚,妄图从两侧迂回包抄。

情况非常危险,大有三面被包围之势,廖堑金急命前卫班不顾一切迅速占领左前方山坡进行掩护,四班抢占坡顶,其余分散跑步上山抢占坡顶,阻击向我迂回之敌,并以火力支援四班。

张雪峰作为四连小鬼班战士,一马当先扑向山坡,在西祺,他们在雷来速、许家信的带领下打退了敌人多次进攻,后奉营部命令向塘马后撤,最后又被抽调出来,随廖垫金殿后,掩护党政军机关人员转移。

张雪峰爬山特别快,这是自幼练成的,他出生在镇江城东的丁卯桥,四周都有小山丘,尤其是北面有象山、汝山、京砚山,沿江排列,绵延起伏,张雪峰小时候放牛放羊,经常和村上的小孩比赛登山,久而久之,练就了出色的登山技术,每达山巅,眼望大江滚滚东流,焦山如青螺一般漂浮在江中,帆影点点,飞鸟翱翔,风云际合,波诡云谲,清风扑面,松涛声声,人间的苦难刹那间全部抛诸脑后,这时他那清瘦的脸上泛着灿烂的幸福之光。

然而,幸福就是那么一点点,他离家漂泊到无锡,为了生存,替人剃头。抗日烽火的燃起,使他明白了什么叫苦难,苦难的原因在哪里。他拿起枪的一刹那,神圣的使命感在他心中便已形成,为了解除苦难,为了民族的解放,必须战斗,再战斗。现在敌人妄图消灭十六旅、消灭苏皖区党政军机关,国家、民族、百姓需要自己站出来,付出青春和热血。

他跃上小山坡,发现日军在小高地上开始向旧瓦窑玩命地射击,另一股日军,正在从侧面向旧瓦窑迂回,形势十分危险,他不由分说,掏出手榴弹,用尽全身力气朝敌人的机枪掷去。"轰"一声巨响,机枪抛起,尸体浮起,血肉在空中散落,冒着火花的衣服碎片四处飘荡。

他忙端起枪,用各种姿势,变换各个位置进行射击,敌人的火力点一时被压了下去。

此时,其他战士也登上坡顶,在坡的另一侧拼命地向对方射击,相互对射后,有几个同志挂了彩,由于战士们占据了有利地形,敌人一时不能前进。

此时敌人的援兵已到达小高地,百余人两路齐进,向四班占据的旧瓦窑进攻。

四班长龚友生见敌人恶狠狠地放着枪向瓦窑扑来,便命战士们以破窑的砖块和墙壁作掩护,以整齐的排枪进行还击,敌人被强大的火力压制在田野中,他们蜷伏着,头顶着钢盔,战士们的子弹击中明晃晃的钢盔,只听到一阵阵叮叮当当的响声,日军则护着枪,脸贴在略显潮湿遍布稻秆根桩的田地里,身子毫无规律地抖动着。

泥地的麦芽在悄悄地生长,大地胸膛热流在滚涌,天空黑烟沉沉,天宇充塞着浓浓的硝烟味。

小高地上日军的机枪被张雪峰投掷的手榴弹炸哑,马上又有几挺歪把子机枪吐出猩红的火舌猛烈地向瓦窑扫射，一时间战士们蹲在破窑边，难以组织有效的进攻。

猛然黑烟起，视线被扰，一个灰色的影子跃起，又轻轻地落在田野里，一个人敏捷地顺着田埂奔跑，他忽弯腰，忽挺身，忽沿着田间水沟迅速移动，日军枪管始终循着那人影在移动，但始终找不到扣动扳机的机会，眨眼间，那人影消失在田野中，还没弄清人影的去向时，小高地日军歪把子机枪手突然觉得一股巨大的力量把他们抛向空中，耳中隐约听到了巨大的响声，皮肤感觉到了锐利的疼痛，但想分辨时，整个身体觉得无限膨胀，倏忽间黑暗消融了一切。

完成这一壮举的人影终于清晰地浮现在日光下，他就是四班长龚友生，帽子上已有几个烧焦了的洞孔，脸膛上如被抹上了锅底灰，一条腿上的绑腿已松散，腰间的手榴弹袋中还有一颗手榴弹。敌军的枪管齐齐地向他伸来，他三滚两爬又滚到小沟中，沿着小沟回到旧窑中。

许家信见状，忙招呼战士依托麦田中的田埂就地射击。利用战斗间隙，强行东突，他甩出了一颗手榴弹，火光闪后，软软的黑黑的泥土四溅。但高地上又冒出日军，机枪仍然吐着红红的火舌，封锁着后撤的线路。战士们的武器过于简陋，无法压制敌人的火力。

他悄悄地传令，命令战士们一齐向日军投手榴弹，乘手榴弹爆炸时日军火力暂时被压制的瞬间迅速冲过敌人的机枪火力控制的区域。

几个战士随许家信悄悄地在麦田中爬行，敌人的机枪在小坡上疯狂扫射，子弹嗖嗖的在头顶飞过，就在敌人换弹的瞬间，战士们纷纷跃起，齐齐地抛出手榴弹。

一阵猛烈的响声后，泥土遮住了半个天空，战士们趁机飞身而过，董坤明在扔完最后一颗手榴弹后，也越过了危险区。

许家信让战士们先走，他刚想冲出危险区，敌人的枪弹在泥土飞溅下落后，又雨点般倾泻下来，他三滚四滚，小腿还是中了弹，倒在地上不能动弹。

董坤明已冲出敌人火力控制的范围内，只听到几声惨叫，猛回头，见许家信倒在地上，奋力爬行着。他一怔，如果不能施救，许教导员必被日军射杀，怎么办？

他忙趴一下身子，向许家信的身边爬去，因为许家信的身边有一条田埂，只要把他拉过来。躲在田埂下，敌人的枪弹是伤害不了的。

他把药箱放在一边，伏地爬行，他奋力爬行，爬行。子弹发出尖啸之声，在头顶上飞过，落到地面上，钻入泥土中冒出了青烟。许家信则伏于田野中，不敢动弹。

董坤明爬到了田埂下，已进入安全区。他叫喊着："许指导员，别动！待敌人机枪换弹药时,我把你拉过来。"

果然敌人的机枪声骤停,那是在换弹药,乘着这稍纵即逝的间隙,董坤明一跃而起,把许家信拉到田埂下。

敌人的机枪吼叫了,但两人伏在田埂下,任凭敌人雨点般子弹纷纷落下。

刚好团部特务连后撤于此,一阵激战,敌人的机枪哑火了,敌机枪手上了西天。

乘这间隙,董坤明连忙替许家信包扎伤口,好在许家信只是腿部受了点皮肉伤,没有伤着骨头。他紧紧地抓住了董坤明的手,满眼感激之情,他忍着伤痛,在董坤明的搀扶下,向西阳方向奔去。好在四连有几个战士掉头来寻找了,几个人抬着许家信一路奔跑,直赴西阳。

此时,詹厚安领着最后突围的团部特务队一部到达,他们截住了迂回包抄的敌人,一阵扫射后,敌人退了回去,但团部特务队的战斗力过弱,只得撤离战斗,向东疾进,廖堃金不敢恋战,也向东追赶,奔向西阳,陈浩率领五连小鬼班战士从另一路到达西阳……张光辉带领团部特务队其他人员急急追赶前面的东撤人员……

39

"后周桥失守了!""西北面黄营长那儿顶不住了。"接二连三的坏消息传来,其实在这儿,我与张连升已是险象环生了,看来唯一的办法是退守王家庄,立即突围。

我看了一下表,已是11点了,我们在这儿坚持了四个多小时。

从塘马到达长荡湖湖边按正常情况至多走三个小时,现在看无论如何,机关人员应该转移到湖区了。

"撤!命令所有的战士后撤王家庄,立即向东突围。"我发出命令了。

战士们很快后撤到王家庄东面的池塘边,包括坚守后周桥的战士,我一看到来的人员,泪水流了下来,现在剩下的人已不到百人了,好端端的旅部特务连只剩下二十几个人,四十八团二营除抽掉的六十七人和陈浩的小鬼班外,现在也只剩下七八十人。

我们默默地向罗司令及牺牲的烈士告别,我们对侵略者怒吼:"我们要讨回血债!"

我回望后周桥时,远远看见敌人潮水般地越桥而过,已经黑压压地压过来了,东南面已听见了枪声,那是敌人从南面迂回后向王家庄合围而至的,西北,敌人已接近小墩上,开始放枪了,正北敌人的进攻刚刚打退,不消几分钟,敌人马上会涌来。

"黄营长,张连长。"我大声叫着。

"有!"两人并肩而出。

"赶快率队突围,黄营长率二营战士从茅棚、渚社向长荡湖湖边突围,张连长和我率特务连断后。"我果断地下着命令。

黄兰弟站着没动,看样子他不想先走,我的火一下子蹿了上来,"怎么不动,这是命令。"

黄兰弟一怔,眼圈一红,忙行了一个军礼,然后率二营部分战士向东冲杀。

东面已出现了敌人,但不多,经二营战士一冲,很快露出一个缺口,我已看见黄兰弟和赵匡山突围而出,此时正北敌人压了过来,张连升率特务连迎了上去,我对警卫员简单交代几句,也拿起轻机枪冲了上去。

敌人已经发现部队向东转移,便拼命扑来,正北的敌人很快切断了转移的通道,二营只有十几个战士冲了出去,大部分被弹雨逼到茅棚和王家庄之间的狭小的土地上,我急命战士收缩到茅棚西北、王家庄东北的小高地上,集中火力向东杀出一条通道来。

又一阵密集的炮声响起,整个王家庄被炸成火海一片,黑色的土地被掀翻,露出了坑坑洼洼的黄土层,那一个一个弹坑又陡又深,一个连接一个,房屋倒塌,树木烧焦,池水几近干涸,茅草上沾着血珠,桑树地尸首横陈,炸起的烟雾遮蔽了一切,那呼啸而来的炮弹在狭小的空间内难以躲避,有时刚刚穿过两颗炸弹激起的泥雨,马上会迎面碰上呼啸而来的炸弹,连哼一声的机会都没有,飞向天空,身首异处。

这就是不对等的战争,相当残酷,血肉之躯和钢铁火药作着殊死的肉搏。

……廖海涛作出一系列布置。

……

廖海涛下令撤退,敌人从三个方面攻来,子弹呈交叉状在他们的身边发出尖厉的叫声,刷刷而过,尽管战士们做着不断跳跃的姿势,但弹如蝗飞,不断有战士在奔跑中发出尖叫声倒地不起,他们或捂着胸,或抱着脚,战士小宋倒在田埂上,手松了,枪跌在一旁,他想重新提起枪,因为枪是命根子,丢命不丢枪。他抓住枪,双腿乱蹬着,见到前来扶他的廖海涛,他的眉头锁成一线,他头靠在廖海涛的右臂上,把枪递给了廖:"廖司令,替我报仇,党给我的枪,我现在交给你。"说完气息急促起来,双眼渐渐合上了。

廖的双眼涨得血红血红,他只得放下小战士,忍痛把枪背上。

几个战士从桑树地里窜出,廖海涛大声叫着:"别慌,别慌,注意地形,跳跃前进。"

鬼子愈追愈紧,架在坟包上的机枪怒吼了,鬼子一下子被撂倒了几个,余下的变换着方向向坟包射击,射击手倒下了,另一个战士冲上来了,他提着机枪,转移到另一个坟包,机枪又怒吼起来,但不久,又在敌人密集的射击下,没有了声息。

鬼子涌上来了,特务连战士的火力压不下去,许多战士倒下了,张连升也倒下了。

廖海涛眼睛红了,好家伙,小鬼子,你也太猖狂了,我们准备撤退了,你还如此相逼,看来不给你点厉害看看,你不知天高地厚。

廖海涛怒火万丈,他把手中的枪交给了警卫员,警卫员劝他扔掉手中枪,赶快东撤,他愤怒得眼睛几乎夺眶而出,他虎眉一竖,怒斥道:"枪是用血换来的,我们随便丢弃,你忍心吗?"他命令警卫员赶快东撤,他弯着腰,在坟包间跳跃前行,敌人的子弹瑟瑟而来,有的打在坟头,坟头上的泥土爆裂开来,灰尘四起。

他跳到机枪旁,发现小战士脸上全身鲜血,他推开战友的遗体,迅速装上弹匣,端起机枪,站在坟头,怒吼起来,"狗强盗来吧,都来吧,都来吧!"他这一阵子猛烈扫射,把从桑树地里钻出的鬼子全部撂倒,十几个鬼子横七竖八地倒在地上,扭动着,翻滚着,其他的鬼子则四散跑开,从不同的方向向他射击,子弹打在他所抱的机枪管上,枪管当当作响,火花直冒。

廖捋起衣袖,操起机枪,依托一个坟包,猛烈地扫射起来,他打一会儿换一个地方,用密集的枪弹回敬着敌人。

太阳照在他头上,他端着枪,双臂抖动,咆哮着不时地换着弹匣,成批的敌人在他面前倒下了,黑烟飘来了,遮住了他的身影,忽然火光一闪,廖屹立在坟包上,端枪怒扫的身影布满了辽阔的天宇。

五连战士尹保生受陈浩嘱托,去联络后面的部队,廖猛扫敌军的英姿落入他的视野,他想冲上去,但是敌人的火力十分严密,他试着匍匐跳跃了几次,都被嗖嗖飞来的子弹逼回。

当他最后抬头看时,"轰轰轰"接连几声巨响,刚才廖海涛站立扫射的地方已经被几颗炮弹击中,火球翻滚着、扩展着,涌动着伸向天空,白色的烟雾镶在火球的四周慢慢放大扩展、扩展放大,除此什么也看不到,尹大吃一惊,几个鬼子一见朝他扑来,他连放几枪,向东撤去,当他再回过头来时,烟雾中又冒出廖海涛的身影,他端着机枪,愤怒地向敌人扫射,敌人像多米诺骨牌一样,纷纷倒下。

廖海涛打红了眼,面对密密麻麻的敌人,他火气直冒,恨不得一下子把他们全消灭光,但敌人太多,潮水般涌来,一挺机枪根本不管用,倒下一批,又涌上来一批,敌人四面围来,包围圈越来越小,他打了一阵后,在战士的召唤下,才慢慢向东撤去,在茅棚村的西边他见牺牲的战友旁边还歪躺着一挺机枪,便弯下身捡起,警卫员上前劝道,"司令员,算了,赶快走吧。"

"走,机枪能丢吗,这可是部队的命根子。"他捡起机枪,背在身上,刚走了几步,突然一声巨响传来,猛觉一阵劲风刮来,他踉踉跄跄前冲了几步,跌倒在地。

一颗炸弹在他身边爆炸了,他觉得肚皮一阵疼痛,随即觉得肚皮热乎乎的、湿漉漉的……

警卫员一见,大吃一惊,猛扑上前扶住了他,只见廖捂着肚子,鲜血染红了衣服和手掌,廖海涛痛苦地扭曲着身子,头上的汗直往外冒。

廖海涛一倒,敌人蜂拥而至,另两个机枪手也在敌人密集的子弹飞射下,扑倒在地,廖海涛倒在地上,凭枪声、步伐声和呐喊声,便知道此时此刻战场的情况,他强撑着想从地上爬起,猛觉肚皮上热热的伤口一阵蠕动,还没等他明白是怎么一回事,警卫员哭泣起来,"司令员,你,你……"廖海涛坐起来一看,发现自己的左腹被弹片刮去一大块肉,肚肠已露出,他一怔,但马上恢复了平静,"小林,把我扶起来。"

警卫员哭泣着把廖海涛扶了起来,廖海涛一看大吃一惊,敌人从四面围上来,尤其很久不见的骑兵又冲了进来,试图把剩余的不到一百名战士分隔开,然后伺机消灭,他很想端起机枪上前冲杀,但是疼痛已使他无法像刚才那样去抱枪扫射了,他急得直摇头,他推开警卫员,左手捂住腹部,右手挥舞着:"不要慌,不要慌!"他叫喊着,"同志们,不要散开,依托地形,往王家庄撤,依托地形阻击……保持距离……依托……"

廖海涛左手捂着肚子,右手搭在警卫员的肩上,顽强地指挥战士作战,天地在旋转,一切在晃动,敌人的机关枪"嗒嗒嗒"地怪叫着冒着火舌,他一边观察一边叫喊,"小树丛里有敌人,射击!""大树下面……""当心,敌人躲在坟包旁。"

战士们在廖的指挥下,不断地拉着枪栓,转移着枪口,拼着全身的力气进行还击。

子弹呼啸着,发出尖厉之声,在战士们的身旁穿过,射进草里、土里,子弹在战士们身边的地上穿着洞,尘土由每个洞里迸裂出来,霎时间整个战场变成弹雨交织的雨帘。战士们在雨帘中跳跃、滚爬、射击、投掷,雨帘中人影晃动,常常见到战士们或弓腰前扑,或仰面摇晃,或撒手扔枪,或鲜血如水柱般飞溅、身子挺立、几秒钟后訇然倒地……

廖海涛痛苦得泪水直流,恨不得肋生双翅,身上载满弹药,飞身扑入敌群,把所有的鬼子炸尽、炸光,但是疼痛已使他东倒西歪,视线模糊,汗水直冒,心儿狂跳,身子直往下垂,肠子蠕动着往外冒,塞进又流出,再塞进又流出。

炮弹又在四周炸开了,尘土飞起,火光冲天,白烟飘浮,看到许多战士在火光中血肉飞溅,惨叫声声,廖海涛双眼冒火,痛苦地拍打着警卫员的肩膀。

警卫员从茅棚找来一块门板,想把他抬起往外冲,他坚决拒绝,命令战士抬着他走向高地,在高地上指挥作战。

两个战士抬着廖海涛往茅棚西面的小高地走去,子弹"嗖嗖"而过,空气急速地流动起来,周围的树枝不时发出"嘎吱嘎吱"的断裂声,池塘的水面不时激起朵朵浪

309

花,子弹落入池塘,似密雨一般。

廖海涛坚持坐在门板上,鲜血不时地从左手指逢中流淌而下,肚肠冒出,塞进后又冒出,他急得想跳起来,但锁骨已被炸伤,疼痛已使他眼前金星直冒,头上汗珠滚滚而下,心脏发疯似的狂跳,景物在眼前变幻飘移,他一咬牙,不再把肠子往肚中塞,而是把它抓在手里,指挥作战。

他用右手揉了揉眼睛,不时地变换方位指挥着战士们作战:"远一点,远一点,放枪,打骑兵要远一点。""趴下来,趴下来。""你们到树林里,敌人的马冲不进来。""快去,那儿有一个制高点,从高处往下扔手榴弹……"

"轰轰"几声巨响,他只觉得身子被抛了起来,眼前火光一片,一股热浪袭来,接着泥块铺天盖地而来,整个大地覆盖在身上,胸中感到了一阵从没有过的窒息,眼前是一片黑暗。

轻松,一阵轻松,他看到了阳光,战士们把他从泥土中扒出,又把他放到门板上,廖海涛一看抬他的一个警卫员,已被炸得血肉模糊,仇恨从胸中涌起,他跳了起来,抢过战士手中的枪,刚跨出几步,他猛觉腹部一阵剧痛,一低头,肠子已拖出很长的一段。

战士们都哭了,他凄然一笑,摸了一下肠子,想举枪射击,但不知为何,枪似千斤之重,刚举起又坠了下来。

战士们忙把他扶到门板上,他顽强地坐着,命令他们抬着继续往高地走,他走上高地看到敌人的马刀无情地挥向战士,战士们忙用枪托挡着、格着,但无情的战刀砍去了战士的头颅、手臂,鲜血溅起,激射在空中有几尺之高,而另一边,战士们又与敌军展开了白刃战,"乒乒乓乓"的金属撞击声和惨叫声不时传来,刺刀在日光下反射着耀眼的光亮。

廖海涛泪水直流,他顽强地支撑身体,指挥战士们往王家庄村中撤,"往村里撤,往村里撤……""然后往东撤,往……"一阵头晕,他一下子倒在门板上……

黄兰弟、卢义昌、卢昌忠奋力往外冲,他们三人刚冲出茅棚村,见到一个六连战士从战火中冲出,说廖司令已负伤倒在了门板上,三人一听,急急返回,但是敌人枪弹织成的雨网,使他们无法进入,卢义昌对卢昌忠说:"弟弟,你往东面撤退,我去救廖司令。"

卢昌忠哪肯走,"哥哥,我们随罗、廖司令在闽西出生入死,今天怎能独自生还。"他泪流满面,"我不走。"

卢义昌急了:"弟弟,你快走,你能活着回塘坑老家,代我照顾父母。"说完把卢昌忠推开,操起枪硬往弹雨中冲。

卢昌忠被推了一个跟头,刚爬起,发现哥哥被子弹击中,身体摇晃,鲜血从棉衣窟窿中往外喷。

"哥哥!"他用嘶哑的声音叫喊着扑了上去,一把扶住了卢义昌,卢义昌眼光渐渐黯淡,嘴唇轻轻蠕动了一下,头一歪,再也没有声息,卢昌忠"哥哥"的叫喊声已震破了声带,他发了疯一般,捡起哥哥的枪,向躲在桑树中的敌军扑去,未及近身,敌人的重机枪响了,卢昌忠全身被敌军打成了马蜂窝般,身子摇晃着倒下了,双眼圆睁,愤怒地对着天空。

兄弟俩,来自永定县岐岭乡塘坑村的兄弟俩,倒在了茅棚边的黑土地上。

六连的那位战士见哥俩已牺牲,再也无心东撤,他拿着手榴弹也往里冲,刚好从战火中冲出几个战士,他们一把拖住了他,他挣扎着:"日寇蹂躏我同胞,血债累累,里面战士在血战,我若脱身,有何面目去面对列祖列宗,要走,你们走,今天是我献身的日子。"说完,他狂叫着,拉响手榴弹,扑向桑树地中的日军,"轰"一声响,日军的重机枪变成了哑巴,烟雾、血肉笼罩于桑树的上空,其他战士哭喊着叫着"报仇",又返身杀回王家庄。

黄兰弟率领战士往外冲,已经冲出包围圈,可他回头一看,除了十几个战士外,却不见廖海涛的身影,他马上命令战士们返回冲杀进来,寻找廖海涛,当他和战士们冲杀到茅棚村西时,只见廖海涛躺在门板上,用手捂住左腹,双眼已微微地合上了。

他急命战士们挡住东面的敌人,又命战士们抬着廖海涛往茅棚村转移,此时,裘继明也从战火中跑来,他和张连升一道阻敌,眼看着子弹从张连升的脸颊骨穿过,鲜血喷在了地上,他指挥其他战士拼力抵抗,掩护战士们突围,突然一个战士告诉他廖司令已受伤倒地了,他急急赶来,只见战士们抬着廖走向茅棚的打谷场。

门板安放在打谷场上的草堆旁,廖海涛强行坐起,看着黄兰弟和裘继明,黄兰弟和裘继明知道廖海涛杀敌时,双眼会放着红光,现在红光依然,可明显变弱了,两人一见,眼泪顿时滚落下来。

廖海涛的肠子已拖出很长,再也塞不进去,而身边已无一个卫生员。

"我……我不行了……"廖海涛喘着气,脸上是污泥、焦疤,嘴唇干裂、血丝道道、唇皮上翘,变成紫灰,他抓着肠子,用尽全力说道:"我宣布,部队统一由黄兰弟指挥……"

黄兰弟哭着跪了下来,"廖司令你放心,我一定会带好部队。"裘继明也跪了下

311

来,紧紧抓住廖海涛的手,"廖司令,你放心,我们把你抬出去。"

此时敌人已经逼近,好多战士已经和敌人展开了肉搏。

"不要管我了,你们赶快撤出去。"他摇着头,"冲出去找机关人员,你们只要有一人冲出去,必须向师首长、军首长汇报,敌人是虚弱的,又是狡猾、凶残的,我们判断失误,加之天气多变,我们本来还有计划……"他想说什么,又把话咽了下去,深深地叹了一口气,"历史会作出公正结论,新四军是好样的,十六旅是好样的。"

他喘着气,话语渐弱,眼中的红光渐渐黯淡下来,"快……你们去战斗!……战斗!……战斗!……"

黄兰弟、裘继明失声痛哭起来,但敌人已经涌了上来,黄兰弟急命战士把廖海涛藏在草垛旁,盖上稻草,待打退敌人后再来救治,又命人拿走门板,留下几个战士看护,便和裘继明分头迎敌。

黄兰弟、裘继明刚迎上去,就被密集的子弹逼退,各自应战起来。

廖海涛躺在草垛中,处于半昏迷状态。

"人呀,血肉之躯,就是这么脆弱,它无法承载我的意志,也无法去演绎我的理想之梦,我多想再抱上机枪扫射一阵,多打死一个敌人,胜利就会早一步到来……但是,我不能,我的躯体无法施展我的意志,我不得不一次次地把肠塞进腹中,不得不忍受难以想象的剧痛,倚靠在警卫员的身上,去指挥战斗。

"我看到了太阳光射向地球的串串光环,赤橙黄绿青蓝紫,我看到了烟雾、火光、尘埃构成的混合空间,我看到了树丛下、田野里、草地上那一幕幕厮杀,新四军的军帽、上衣、子弹带、绷带、草鞋、日军的钢盔、黄棉衣、大头皮靴。

"我看到满脸血污、同仇敌忾、誓保家园的铁军将士的豪情,也看到了半人半兽的日军横行霸道、迷信武功、杀戮人类、摧残和平的嘴脸。

"喷着热气的双方。新四军的正气,敌军的邪气,相互激荡,荡涤,虽然战士们热血飞溅,纷纷倒下,但那股正气吹着强劲之风,荡涤着那股股的邪气、妖气、毒气。

"呐喊声声,战士们雄壮、激扬,敌人尖厉怪异,音响混合、声震于天,但洪亮雄壮之音始终压住那怪异尖厉之音。

"'天地有正气,杂然赋流形……于人曰浩然,沛乎塞苍冥……'日本狗强盗,别看我们的战士一个个倒下了,但他们的浩然之气、凛然正气充塞于天地之间,完全可以消融化解你们这些怪气邪气,胜利属于新四军,胜利属于我苦难的中华民族。"

廖海涛嘴唇嚅动着,在昏迷中喊出了"战斗"之声。

看护廖海涛的士兵也加入了战斗,此时敌人像潮水一般向王家庄合围而来。

黄兰弟、裘继明拼命抵敌,黄兰弟刚把围上来的敌人杀退,却不见了裘继明,他急命一个小战士去寻找裘继明,告诉他以突围为主,若不能突围,则迅速进入庄子,血战到底,小战士领命而去。

黄兰弟和几个战士冲杀到小高地一看,痛苦得低头流泪,战士们大部分被敌人分割开,在田野里,树林旁,池塘边和敌血战。但敌人的骑兵已经把队伍冲散,一小块一小块的部队在敌人的骑兵面前显得无能为力,近身搏战是骑兵之所长,战士枪弹已打光,只能用最原始的刺刀相击。但在田野中,稻田泥泞,哪能摆得开,干旱处,高低不平,杂草丛生,荆棘遍地,腾挪不得,只得任凭敌人往来冲杀,挥舞战刀,但战士们没有退却,他们拼命地用枪挑、刺、格或索性用手榴弹近身爆炸,采取同归于尽的战法。

杨士林头部、脚部均受了伤,他是一直随裘继明作战的,作为特务连的文化教员,他除了随军参加训练、有战斗参加作战外,平时更多地要给战士上课,讲授政治知识,文化常识,读书识字,学唱歌曲。他来自大上海,一个高中生,文化工作对他来说是驾轻就熟,他在特务连的出色表现,受到了罗、廖的表扬。

昨夜特务连开拔到观阳西北时,他就做好了殊死一搏的准备。作为一个书生,他的骨子里燃起了尚武精神,"宁为百夫长,胜作一书生",适逢抗日的烽火燃起,他毅然决然地走上抗日之路,和史毅等人一道奋战在二支队,多次奋战于枪林弹雨中。

当观阳以北阻击日军的战斗打响后,他毫不畏惧,从容面对,"大丈夫奋战疆场,马革裹尸","人生自古谁无死,留取丹心照汗青","我们为人民而死,就是死得其所",所以面对悍敌,他扣动扳机,一次次地把仇恨的子弹射向敌人,一次次地把手榴弹抛向敌阵……他随裘继明转战后周桥,一支步枪,打到后来,枪管都打红了,他把它扔掉……又操起歪把子机枪,把一群法西斯暴徒击毙于塘马河东岸。

他头部受伤了,他摸了一下,手上全是血,他微微一笑,这样的伤算什么呢?他眼前的景物消隐,塘马河、后周桥、王家庄、竹林、池塘、代之以波光粼粼的宽阔的河面:河水在眼前激荡,冰水刺激着脸部,疼痛已使他的心跳不再,眼前金星直冒,小船、天空在晃荡,雨点般的子弹在身边下落,晃荡的船上有几个女战士,奋力地将竹篙伸向自己,自己的双手几乎失去了知觉,初入水的疼痛早已被撕心裂肺的疼痛所取代,哪还会感觉到河水的寒冷。

史毅把竹篙递来了,他伸手抓住,史毅瞪大了眼看着他,他感到奇怪,为何这般,难道她不认识自己,她叫道,"你的脸,你的脸怎么啦?"他低下头,看着河水,河水激荡,身影早被揉碎,待其平静时,他看到自己的脸早被日军的炮弹炸得变了形,肉都外翻了,他哈哈一阵笑,笑声回荡在宜兴西施塘的上空。

现在,他头部、脚部早已受伤,也无法退守王家庄,除了一杆枪,一颗子弹外,他什么也没有了。他朝东看了一下,上海在东面,他朝西北看了一下,烟雾遮住了塘马村,他朝天空看了一下,看不清朗朗的天宇,黑烟几乎遮蔽了整个天空,他朝自己看了看,自己衣服褴褛,弹片已经无情地把衣服撕成了碎片。

他忽然仰天大笑起来,笑声穿过烟雾,在战场上血腥的空间内回荡着,弄得围上来的日军莫名其妙,面面相觑,呆呆地站立着,半日没有反应。

敌人端着枪,挺着刺刀,形成了包围圈,始终没有人敢上来,他很平静地把枪放下,朝敌人投去了极其蔑视的眼光,枪口朝上,然后弯下身,枪管对着胸口,脚用力踩了一下扳机。

"砰"一声响,他仆倒在地,脸上还挂着那带有极度蔑视神情的微笑。

黄兰弟和战士们击退敌人后,想回到草垛旁去救护廖海涛,但敌人蜂拥而至,把王家庄与茅棚完全隔开。

"同志们,上!"黄兰弟上好刺刀,跳跃而出,特务连四班长田华福,带领十多个战士迎头而上,很快被几十个敌军围住,敌人也杀红了眼,嚎叫着,拼杀起来,在一亩地不到的稻田里,一场血腥的厮杀展开了。

稻田泥泞,脚步难以移动,敌军多,往往两三个人和一个战士对刺,由于特务连战士接受过严格的军事训练,刺杀技术已远非新四军初建时可比,日军虽然全是老鬼子,刺杀技术精良,但技术上并不占优势,加之新四军满腔仇恨,誓为罗司令和牺牲的战友报仇,刺杀声中,敌人接二连三地倒下了……但敌人人数占优,倒下一批,涌上一批,战士们耗尽最后一点力气,拼杀到最后一刻,流完最后一滴鲜血,田华福与众战士全部战死在稻田里。

黄兰弟在桑树田旁刚刺倒两个敌人,五六个敌人围了上来,幸好营部通信员张久盛赶到,他迎了上去,拼杀几下,见敌人太多,他扔掉枪,摸出手榴弹,拉断弦,扑向敌群,"轰"一声巨响,几具敌人的尸体乱七八糟地横躺在地上。

趁敌人倒下的同时,黄兰弟迅速脱离危险,此时裘继明也赶了过来,他一看身边的战友只有三四十人了,他大声地叫喊着:"同志们,我们赶快进入王家庄,相互靠近,互为依托,利用土房、土包与敌人绕圈子,相互支援,分头突围,能突出去一个算一个。"

战士们齐齐地叫着,个个高昂着头,握紧拳头,随着黄兰弟坚定的眼光高呼着

"血战到底"的口号。

"拼啦,黄营长!"一个受了伤的伤员叫喊着,另几个伤员也叫喊着,他们不愿撤到庄子,也无法撤到庄子里去,敌人蜂拥而至,他们已无法跑动了。

黄兰弟刚想叫战士们把他们拉走,敌人已开始往上冲了,七八个受伤的战友拒绝战友的救助,齐齐站起,或手挽着手,或肩并着肩,或背靠着背,齐齐拉响了手榴弹,刚冲上来呼叫"活捉"的日军全被炸飞,伤员们也全部殉国。

黄兰弟一见,眼泪直流,他呼唤战士们赶快进入庄子,他和七八个战士在后面拒敌,不料,敌人从两边包抄,他和七八个战士打完了最后一颗子弹,投完了最后一枚手榴弹,端着刺刀和敌人拼杀时,被敌人密集的子弹击中,摇晃着倒下了。他双眼圆睁,怒视着天空,双手紧紧握着那杆长枪。

裘继明乘着爆炸的烟雾带着通信员以及两个伤员突围到一竹林边,不料为敌发现,两挺重机枪同时发射,四人一齐倒在血泊中。

茅棚村西大坟堆,日军踏着尸体搜索前行,突然一阵歌声传来,"满洲的姑娘多美丽,松花江边玩雪球,玩雪球。"

一日军叫道:"啊,《满洲的姑娘》是我们的歌,我们的歌。"他挥了挥手,"是我们的歌。"

几个日军直起腰,只见一个满脸血污的女兵头扎白绷带,从坟堆中站起,唱着那清晰的歌,"看呀看,看冰花,看松针……"

一日军叫道:"田小谷的歌,田小谷的歌,我永世难忘。"他向同伴招手:"嗨,没事,是田小谷。"

"田小谷,田小谷。"几个日军垂下手,叫道:"想死我们了,你怎么会在这儿?"

有一个日军扔下三八式步枪,狂奔过去:"田小谷,我的亲,我的爱,你怎么在这儿,你跑哪儿去了?"

众日军狂奔而上,"我的亲亲。"

田小谷忽地双眼圆睁,猛地从地上捡起一支轻机枪:"我不是亲亲,我是新四军。"

轻机枪喷出火焰,狂奔而来的日军纷纷倒下,后面的日军见状,忙趴倒开枪,田小谷身子被打穿,摇晃着倒下。

此时敌人已把王家庄围了个水泄不通,丧心病狂的日军被新四军顽强战斗吓呆了,他们只是围着,远远地开枪,不敢贸然进攻,在一阵枪炮的轰击下,开始用骑兵冲击王家庄。此时只剩下三十多个战士,他们利用房屋、树林、土堆顽强地阻击,敌人的子弹打得像刮风一样,呼呼呼,啸声一片,许多土墙被打得泥屑直掉,坑坑洼洼,战士们顽强奋战,拼死一搏。

王家庄有八个村民没有转移,自觉地和新四军战士一道作战,他们用铡刀、菜刀、铁锹投入战斗之中。

查忠清退守到一座升箩底小草房前,操起三八枪,依托房角,对冲上来的敌骑开了一枪,敌骑兵从马上摔下来,还在挣扎,他上前补了一枪,结果了敌人的性命,此时另一匹马又冲了过来,王家庄村民王克山用铡刀砍马腿,马受惊了,乱蹦乱跳,把敌人摔下,王克山扑了过去,抱住敌人扭打起来,查忠清赶过来用枪托狠击敌人,敌人脑浆迸裂,当场毙命。他们两人刚直起身,另一匹马飞速赶来,挥刀一砍,查忠清血洒疆场,扑倒在地,王克山不会开枪,捡起掉在地上的铡刀,挥舞起来,不料一日军斜插里穿来,一阵扫射,他踉踉跄跄倒地身亡。

俞东少和几个战士退守到一堆土墙边,日军机枪一阵狂扫,他们身体发软,背靠着墙,慢慢地倒下,脚下早已是飞溅而下的一摊摊鲜血。

吴春海、胡锡琪和涌上来的敌人拼起了刺刀,刺刀拼弯了,他们往空中一抛,和敌人展开了肉搏,他们抱着敌人在地上翻滚着,卡死了几个敌人,涌上来的敌人用刀猛捅他们的后背,两人仆地殉国,嘴里衔着敌人的手指头。

郭荣生用刺刀刺马肚子,刺得敌人的军马乱冲乱撞,接连撞翻了几个日军,他掏出手榴弹往敌阵中一扔,轰一声响,几个日军当场殒命。他变换角度,伏在地上专门往敌人马肚子下面扔手榴弹,轰一声响,敌战马仆倒在地,肚子被炸了一个窟窿,肠子流了一地,鲜血喷满一地,马上的日军被抛起,被摔得昏昏沉沉,脑袋被一个战士用手榴弹砸得稀烂。

但敌人太多,甚至不惜对着正在肉搏的战士与敌人一起扫射,许多战士倒在了敌人的枪口下或牺牲在敌人的马刀下,王家庄血流成河。

廖海涛右手挪动了一下。

"噢,好清丽的山,好翠绿的竹,两头上翘的屋脊,土墙围成的院墙,木板铺成的楼房,小叶樟、六叶竹、山羊须、光芒、芋头,好艳丽的山川呀。噢,对了,这不是客家人的居所吗?啊,山峰,山峰并峙,这……这不是双髻山吗?呀,我来到家乡了,桃源洞、仙人岩、仙人井、睡美人,好美的景致呀。仰视,朵朵云彩被霞光浸染,白中透着金黄,在蓝色的天宇里,绚丽之致。俯视万绿丛中犹见棋子般的村庄,小河、小路弯弯曲曲,犹似带子一般,林海、松涛声声,清风吹来,犹入太古,清幽直袭心头,透遍全身。

"前面岩石矗立,千姿百态,古怪嵯峨,啊,这不是年少时,经常玩耍的地方吗?哪来的这么多云和雾。

"嗯,好轻松,昔日行走这段陡坡,好吃力,每爬一次山,要坏一双鞋,今天脚下犹如生风,轻快无比。

"摸摸这些石头,湿湿的,上面的洞窟窿里有许多泥块,石头上面有许多石脉构成的花纹图案,昔日所见的一幅似长江黄河的图在哪儿呢?

"'月光冇火样咁光,井水冇风样咁凉,心肝今年十八九,身上冇花实在香……'

"歌声、客家歌声,谁在唱?好熟悉!这是我们上杭客家的情歌呀。久违了,这些质朴的歌词,清丽的乐音,美丽的旋律,噢,沁人心脾。我又回到了童年,回到了山花烂漫的童年,阳光、溪水、桃花、芭蕉、笠帽……涧水中泛着光的小鱼,谁在唱?好熟悉的嗓音,多么熟悉。

"你在哪里?你在哪里?为什么只闻歌声,不见其人,怪石嶙峋,山花满坡,人儿杳无。

"'月光弯弯在半天,船子摇摇在河边,有心搭船赶大水,妹要恋郎赶少年。'

"啊,歌声、歌声、歌声,谁在唱,谁在唱?这是我最熟悉不过的歌了,这是我大岭下少女常唱的歌呀!

"啊!上杭、双髻山、大岭下,啊!家乡,故乡,谁在唱……

"啊!对对对,是她,是她,我、我那上杭的妻子张招巴,是她,只有她能唱出那味儿,我们从小一起长大,我了解她,我熟悉她,我最清楚她那种唱歌的调门,什么地方用高调,什么地方用低调,什么地方快,什么地方慢……我的妻,我的亲,我的爱,为了抗战,上杭一别,已有四载,你一向可好?孩子可好?不是传闻你们被抓了吗?怎么?怎么?你到这儿来了……是你吗?应该是你呀,为什么眼前白雾一片,不见人儿,歌声清婉,亮丽,富有浪漫意味,催人永远追寻那金色之梦。

"'朗有情来妹有情,两人有情真有情。两人好到九十九,麻衣挂壁不丢情。'

"啊!招巴,是你,这首歌只有你唱得出那种味儿。

"'你在哪儿,你在哪儿,你在哪儿呀?'我对着旷野呼唤,我对着双髻山呼唤,我对着天空呼唤。

"人儿不见,只有歌声依旧,'生也魂来死也魂,死了两人共坟墓,周年百日共碗酒,纸钱烧落两人分。'"

村民王大林、王大山带着战士们进入屋中,利用窗口射杀敌人,敌人恼羞成怒,一面用机枪对着窗户扫射,一面用手榴弹炸开屋门,强行闯入,战士们打完子弹,便用木头、橡子、砖块、刀具、锄头、钉耙和敌人在室内搏斗，有的则拉响手榴弹，抱着敌人同归于尽。吓得敌人不敢再进入屋中，远远地对着房屋射击，用火把往茅屋上抛，房子被点燃了，战士们宁死不屈，唱着歌，呼着口号，牺牲于熊熊的烈火中。

蒋小琴抱着药箱，退守到一棵榉树下，她打完最后一颗子弹后，身上已多处受伤，尤其是脸上被敌人的马刀削去一块肉，鲜血哗哗流淌，眼睛已看不清东西了。

红色，一片红色，展现在眼前的一切都是红色，房屋、树木、池塘、田野、天空，一切均成红色，连那黄乎乎的鬼子，也被染得红红的。

她走不动了，她无法再跑了，伤口的疼痛使她昏厥了几次，她无法再走动了，她只能休息，坐在树底下，背靠榉树，大口大口地喘着气，嘴一张一合，胸脯一起一伏，双眼似闭似睁，濒临死亡之边缘。但她双手却格外用力，紧紧抱住那个上有红色"十字"的小木箱，那箱子看样子很重，箱盖盖得不紧，边沿搭扣上似乎系上了许多灰黄的线。

敌军围了上来，见是一个弱女子，又见她手无寸铁，只抱着一个卫生药箱，便大着胆子围了上来，他们左看右看，看不出有丝毫的危险，而且庄子全部占领，正在搜捕剩余战士，除了零星的枪声外，再没有什么战斗的声息。

一鬼子举刀上前，被大队长尾田制止，"新四军大大的英勇，我们需要活的一个，活的一个。"他脱下白手套，交给了一个随从。

他走上前，鬼子们走上前，他大声叫喊，带着胜利的骄傲的神情、语调、姿势，充满了一种胜利者的姿态，"你的新四军，大大的英雄，女的，大大的英勇，皇军大大的佩服，"他竖起了大拇指，"你的箱中的是什么，投降皇军，皇军大大的有赏。"

他不明白她为什么伤情如此之重，还抱着一个卫生箱子，凭经验他估计不会是药品，药品对新四军虽然重要，但还不至于到至死不丢的地步，这里面弄不好是什么机密文件，这可大大的重要。

他上前，伸手去抢那个箱子，许多鬼子围上来想看个究竟，就在他的手快要触到箱子一刹那，蒋小琴猛地睁开眼，眼中射出一道红光，她又猛地拉开箱盖，箱盖"咔嚓"一响，系在搭扣上的白线一断，箱内冒出一股白烟，并伴有清晰的嗞嗞声，日军凑上去，明白无误地看到是三颗冒着烟的手榴弹，他们想叫想退，均来不及了，"轰轰轰"三声响，七八具躯体从不同的方向飞向空中，尾田的躯体四分五裂，散落一地。

王家庄响起了最后的爆炸声……

廖海涛被战士掩藏于稻草丛中，失血过多，一直处于半昏迷状态，战斗的枪声催醒着他,战士的喊杀声、拼杀声惊动着他,腹部的疼痛触动着他,他稍一清醒,便想爬起战斗,但伤情使他无法起身,流出的肠子和稻草的草秆和稻谷的瘪壳粘连在一起,一翻动,他痛得全身颤抖。就这样他挣扎多次,眼中的红光终于一点一点消隐,直至完全消失。一代名将、一位智勇双全的军政工作者、一位闽西根据地卓越的领导人、一位新四军高级将领、一位倍受苏南人民爱戴的民族英雄和罗忠毅一道长眠于苏南的土地上。

日军十五旅团长在尾本联队长等人的簇拥下,来到王家庄,这位杀人不眨眼的刽子手怎么也不相信配备了大炮、坦克、骑兵的三千之众进攻十六旅部,竟然用了半天的时间,才攻下平坦无障碍的王家庄战场。他怎么也不相信在清点伤亡人数时自己的部队竟然阵亡四百,受伤四百,这样的伤亡足够和国民党一个师的兵力较量了,难道他们在塘马的整训、体育活动有如此大的效率。而更奇怪的是一场战斗竟然没有抓到一个俘虏,新四军血战到底,无一投降。更不可思议的是一场战斗,虽然没有完全点清新四军阵亡人数,但从现场看,阵亡人数肯定不及日军。他无论如何想不通,新四军就那几条破枪,凭什么坚持那么久,凭什么有那么大的杀伤力。

他不清楚,共产党苏南党政军机关是否被消灭,因为在交战中已发现,新四军一部已往东转移,但他凭战场态势看,新四军已全部被围,跑出去的人极少极少,即使他们的最主要领导人跑出去了也无用,只要摧毁了他们的有生力量,就足以消灭苏南的抗日力量,不过能全歼最好,但新四军阻击顽强,无法越过王家庄,也无法分出足够的兵力去追击东撤的人员,现在当务之急是向东突击,去追击东撤的极少的人员。

他看了一下表,发现已是正午12点,他闭着眼想了半天,觉得新四军一部转移东面后,难以围捕,因为他们人不多,且东面地域辽阔,水网密布,在行动中作战,没有把握,最好先把大部队开到别桥,堵住新四军南下之路,东面湖上再加派汽艇巡逻,明晨,从南、西、北三面合击,再创一个塘马合围的奇迹。

他想了想,命令部队迅速集结,向别桥进军,留下一部打扫战场。鬼子小队长山田负责打扫战场,他随十五师团、十五旅团进入中国后打过许多仗,从没有见过如此激烈顽强的战斗。凭他的估计,新四军主力四十六团在溧水,四十七团在茅山,在溧阳北部不过是新到的四十八团,兵力不多,怎么在日军的大炮、坦克、骑兵冲击下,竟然坚持六个多小时,他们凭什么呢? 这可是平坦的开阔地带呀。

他摸不清新四军到底有多少人,他估计日军阵亡四百,新四军阵亡至少有一千之众,因为在数次的冲锋中,他多次看到新四军接二连三地倒下,满打满算,依照和国民党交手的记录看,这一千人数,亦是一个保守的估计,可他的下属把统计的数字汇总后,使他吃惊不小,整个王家庄、后周桥、塘马、新店一带已发现新四军的伤亡人数还不到五百。他无论如何也不相信,但又不敢不相信,因为日军和共产党军队较量,能取得对等的战果就不错了,但他似乎又不相信,明摆着这次日军偷袭,炮火密集,骑兵骁勇,在这区区之地,任凭你有天大的本事,也逃不过这些炮火的轰击,这新四军难道真的打不垮,摧不烂。

他的下属更吃惊了,战场之惨,闻所未闻。以往的战斗,虽有伤亡,几乎都为枪伤、炮伤,这一次,近身肉搏、拼杀,竟如此之多,往往日军七八具尸体下,才躺着一具新四军的尸体,有时看到新四军的战士身上插了几把刺刀,一只手还紧紧抓住刺向腹中的刺刀,双目怒视着天空。而日军死状更惨,脑袋被手榴弹、枪托砸得白浆迸裂的、手臂被砍断的、脑袋被砍飞的。至于肉搏,更不用说,新四军战士双手卡住日军的脖子,日军早咽了气,而他卡着手怎么也掰不开,无奈只好斩断双手。有的新四军士兵,一手揪住日军的头发,另一手的手指已经挖入日军的眼窝中,还有的新四军士兵,背上被日军的枪刺中,嘴还紧紧地咬着倒在地上的日军的手指。

这些打扫战场的士兵发现成批成批的日军倒下,估计是为手榴弹所炸,这样集中的爆炸,只有近身爆炸才有可能,而近身爆炸投掷者首先抱了必死的决心,从现场看,确实如此,在众多尸体的重压下,新四军战士已炸得面目全非,只有那灰色的军服可以辨别出军队类别和主人的身份。

这些打扫战场的日军士兵在后周桥、塘马河打扫时,发现河西岸日军死伤累累,有的已堆成人墙了,至于河中漂浮的大都是日军的尸体,偶见的新四军士兵的尸体往往紧抱着日军,他们一眼看出,那是抱着跳下河的,在水中已经有了一番搏斗。

他们抬着同伴的尸体,装了几十卡车还运不完,就让老百姓用马车拉,运尸体的车队竟然排成长长的一大串,看着或少了胳膊、或少了腿、或少了脑袋的同伴,他们哆嗦起来,中国有四万万之众,如果都像新四军那样,日军是永无宁日了,而共产党的军队都体现着这样的铁血精神,他们联系着广大的民众,整个民族正在逐渐以他们为核心了。

寒风吹来,他们缩紧了脖子,有几个颇有感怀的士兵唱起了《樱花之歌》。

40

在王家庄激战正酣时,陈浩赶到了西阳村,见到了四十八团政治处宣教股股长潘浩,供给主任杨诚和二营教导员廖堃金,陈浩急命司务长尹学成抓紧时间烧饭,七八小时未进食了,此时塘马方向枪炮声仍然很激烈,并逐渐向西阳村逼近,三三两两被打散的战士也逐渐来到西阳村集中。

潘浩一见陈浩,忙迎了上来:"陈指导,你们来了,罗司令、廖司令呢?"

陈浩回头看了看,只听见后面枪炮声响成一片,只看见后面火光阵阵,"情况不明,我走时,他还在塘马村边,我见他身边只有三个警卫,想留半个班保护,他说不要。"他转过身朝后面看了看,面露忧虑之色,"再不转移,后果难测也。"

潘浩走到村前,朝西看去,艳阳下,西面开阔地是一片苍黄之色,遥见黑烟滚滚,时见火光闪耀,枪炮声时紧时密,密集时,大地都在震动,这架势可不是一般的战斗呀。

潘浩感到十分焦虑,他虽然是四十八团的宣教股股长,但不仅仅从事文化政治宣传工作,自1940年从军部分配到东路工作后,参加了一系列的战斗,深知战争的残酷,从枪炮声的类别看,有掷弹筒、小钢炮,还有九二式步兵炮,这样的配置只有一个联队的编制才拥有。另外从枪炮声分布的范围看,敌人在西、北、南都有,且刚才陈浩等人东撤时已遇敌人,看来敌人已逞合围之势。倘若是这样,罗、廖首长的安全就大成问题了,一想到此,潘浩的心猛烈地收缩起来,感到一阵阵沉痛。

一个小战士端来一碗米饭,他一端起来,吃了几口,便吃不下去了,他坐在农户住宅的草堆边,不时地向西边张望着,一边推测着西边战斗的情景,一边回忆起自己在东路斗争的战斗岁月。

东路的斗争残酷而又惊险,培养了潘浩对战斗特有的敏感、警觉、判断,使他对敌斗争不敢有丝毫的懈怠,来到塘马后,他对塘马的平静有一种异常不安的感觉。果然,今晨刚起身,便枪炮四起,他撤离时已经弹如飞蝗,一听枪声炮声,他便知这是一场规模甚大的战斗,非东路任何一次战斗可比,而且他从浓烈的硝烟中已嗅到四周有一股极大的危险力量袭来,如果不迅速撤离该地,后果不堪设想。但他知道这儿不是东路,部队不是游击小组,机动性不强,要迅速转移,谈何容易。

一路上他不时回望,他惦念着罗、廖首长,希望他们早早赶上他们,但罗、廖迟迟不见东来,而现在时间过去多时,西面枪声渐稀,这怎能不令人担心呢……

此时已有小股敌军尾随而至,危险又进一步迫近他们了。

"潘股长,"一个小战士跑来,"旅部负责同志命令我们继续向东。"

"好。"潘浩站起身来,朝西看了看,西面一片苍黄,遥远处仍是黑烟阵阵,枪炮声几乎听不见了。

他有一种不祥的预感,经验与直觉告诉他,西面的战斗情景可能是极其难以想象的情景。

杨波他们来到了西阳村,刘一鸿紧紧地抓住了杨波的手:"好样的,小杨,刚才部队被日军冲散,我派人四处寻找,寻找不上。"他指着扛着机枪先行到达的战士说道:"刚才见他们回来,说你们在阴山狙击,正替你们捏了把汗,后来怎么转移出来的。"

杨波轻轻一笑,把刚才的情景简单地述说了一下,刘一鸿关切地说道:"你们几个快点吃饭,吃完饭后迅速东移,到长荡湖畔,机关的同志们都在那儿,我要照顾教导大队政治组人员,先行一步。"他关照道,"吃完饭,迅速东移。"

"是!"杨波等几个战士齐声应道。早饭没吃成,又打了半天仗,机枪手和护卫队员狼吞虎咽地吃起午饭来。

廖堃金找到陈浩说:"王胜团长命你将零星人员收拢集中归你指挥,教导大队一挺重机枪也支援你,就这点兵力了,要好好掩护旅部及公署人员后撤。"说完后匆匆地和旅部人员一起走了。

陈浩抓紧时间整理队伍,有被打散回来的陈文熙、周春宝等几十人,有周德利排长所带的四五人,教导大队二十余人,还有五连小鬼班十多人,总计七十多人,组成一个连,由自己负责。

陈浩找到杨波等人,关照了几句,叫他们要护好机枪,估计还有恶仗要打。

陈文熙和同班战士谭子清肚子饿得咕咕直叫,但司务长户学他们架锅烧饭需要一段时间,此时他俩感到特别疲劳,便从刚堆好的稻草堆上,扯下几把稻草把,放在地上,一屁股坐下,想喘一口气。

屁股还没坐热,通信员传令,说陈指导员有请,两人忙站立起来,只觉腰酸脚麻,眼冒金星,忍着饥饿向陈浩走去。

陈浩见两人前来,忙迎上前,神色十分严肃:"小陈、小谭,情况紧急,现在交给你们一个任务,去来路方向进行侦查,看看是否还有我们的战士在后边还未到来,如遇到他们,叫他们到西阳村来集中。"陈、谭两人一愣,脸上顿露惊异之色,因为他们两人从没有做过侦察兵。

陈浩一见,早知其意:"实在派不出人,侦察兵一个不见,你们有经验,只能派你们了,你们化装一下,即刻出发。"

陈、谭两人虽然又饥又渴,也没有丝毫的侦查经验,但大敌当前,哪容时间和理由提出困难,忙行礼"是"。

两人急忙向西阳村老百姓借了两件夹袄和两条单裤,穿戴好后,向西阳村西南方向,也即来路方向进发。

两人离开西阳村,穿过西南洼地,便见团部特务连急急而来,两人告知了西阳村会合的消息,再向来路方向进发。刚走出几十米,两人突然发现一支队伍急急前来,队伍前边有一老百姓带路,陈文熙觉得那队形和步伐不像自己的队伍,揉了揉眼睛,只见队伍中人人枪上有刺刀,在阳光下闪闪发光,陈文熙知道自己的队伍装备太差,并不是枪枪有刺刀,这准是鬼子。

还未等陈、谭两人完全看清楚,突然听到刚过去的团部特务连的后队战士向后面正在进行中的队伍开了一枪。

一声枪响,正在进行中的队伍,突然像被捅了窝的马蜂一样,在原地扇形散开,"叽里哇啦"地吼叫着,向西阳村方向,一边打枪,一边冲来。

陈、谭两人已完全看清那是一群鬼子兵,他们尾随团部特务连,进行攻击。

陈、谭一看,大吃一惊,此时团部特务连刚行进到洼地,战火一起,地形不利,肯定要吃亏,果然日军移动迅速,猛扑洼地,洼地四周一片火光。

陈、谭两人进退不得,急急离开大路,跑到离大路约三四十米的地方,藏在另一田埂下,好在地形有起伏,这田埂有一米多高,人躲着,挨不着枪弹。

正在敌我双方交火之际,在大路上走过一老大娘,此老大娘也许从没见过战斗场面,听到"嗖嗖嗖"的子弹声,在路上吓得手足无措,慌碰乱撞,不知如何是好。

"快过来,快过来。"陈文熙向老大娘招着手,老大娘被吓怕了,正在原地打着圈圈,突见有人招手,头脑一下清醒了,忙跑到陈、谭两人身边,伏在田埂下,全身发抖,口中叫着"爹娘"。

陈文熙刚想安慰几句,突然听到"哇哇哇"一片叫声,一扭头,只见与所伏田埂并行,只有二十米左右一条田埂上,十几名日军端着枪,吼叫着向前突进,他们并没有理会他三人,而是向西阳村南面洼地,亦即团部特务连刚刚行进到的地方发起冲锋。

洼地的枪弹、炸弹声更加猛烈,浓烈的硝烟直扑陈文熙的鼻子,陈的心剧烈收缩,一阵紧似一阵,陈明白,团部特务连遭到了日军的围攻,后果不堪设想。

鬼子走了,后面不见来敌,陈、谭两人和老大娘急忙分手,陈、谭两人判断,既然后面有来敌,说明已经没有我们的战士了,而西阳村激战正酣,自己手中没有武器,无法接近,眼下只有向北侦察,看看还有没有自己的队伍,于是两人向北进发,上桥穿过一条大河,来到河北面的一个大村,一问方知此村为"张村",亦即溧阳民主抗日政府县长陈练升的家乡。

陈浩急命陈文熙带一战士去来路方向侦察联络后不久,突然传来一片枪声,村边放哨的小战士跑来,"村南一片战火"。

杨波和其他战士一听,忙放下饭碗,他们往西一看,便觉不妙,那是他们刚才经过的地方,是一片低洼地,战火一片,显然是突围的战士又和日军相遇了。

情形确如杨波等人所料,原来四十八团特务连战士在新典竹林一线阻敌,后遵命突围,一路敌人尾随追击,到达阴山正碰上从绸缪方向追赶杨波等人的日军,遭其夹击,现被合围于西阳村西南低洼地。

陈浩命令队员们迅速东撤,因为敌人已迫近西阳村。

敌骑兵陆续窜到村西南高地上,用重机枪和掷弹筒猛烈攻击,向队伍逼近,陈浩一面命部队勤杂人员转移,一面命尹宝生赶快去后面部队联络,告诉部队撤走的方向,然后他带着部队向东撤去,一面在起伏的坡地上,不断向敌人阻击,阻止敌人前进。

41

　　天时怼兮威灵怒,严杀尽兮弃原野。出不入兮往不反,平原忽兮路超远。

　　罗忠毅牺牲之后,团部特务连奉命东撤,快撤至西阳,廖堃金率二营抽调出来的六七十人与从别桥樊庄包抄而来的敌人相遇,在土窑激战,刚好团部特务连先头部队赶到,詹厚安率二十余人与廖堃金合力阻敌,激击一阵后,向东撤去,到达西阳,敌人恼羞成怒,刚想追赶,后面张光辉率几十人赶到,两军在原野上展开厮杀。

　　夕阳村南是平坦的原野,零星点缀着些小土丘,由于敌人先行占领了这些土丘,加之敌人火力凶猛,人数占优,一交手,部队就处于极为不利的境遇。

　　白茫茫的原野,亮晶晶的水塘河流,黄黄的衰草枯树,灰黑色的土地,突兀的小土丘,原为寂静的乡村又飘起白色的烟雾,散发着刺鼻的硝烟味,枪声清脆而又响亮。

　　张光辉皱着眉,虽然这儿的战斗远非后周桥、王家庄一带激烈,但王家庄一带毕竟有较大的空间和有利的地形,有回旋的余地,而此处全是平坦的土地,田埂半尺高都不到,且几个土丘被敌人占领,这样打下去,很快就会被敌人包围,后果是可以想象的,唯一的办法是冲,往东面冲,冲出多少算多少。

　　他知道这个连队是从苏南蔡三乐部反正过来的,战斗力较弱,但经过苏南的一系列战斗,尤其到了塘马后,经过整训,部队的军政素质有了明显的提高,这一点在刚才坚守后周桥的战斗中得到了很好的证明。

　　张光辉急命一排往东浦方向突围,二排三排随自己往东北的西阳方向突围,总之往东突围,往长荡湖方向突围。因为敌人从东南、西南两个方向合围而来,东面尚有一些缺口,如果全部往正东的东浦村突围,敌人会很快赶上,只有一部分往东浦突围,吸引敌人,另一部往正在敞开的东北方向突围,才有较大的安全系数。

　　突围开始,张光辉左手叉腰,右手挥着驳壳枪喊道:"同志们,给我冲!"

　　战士们齐齐跃起,提着枪向两个方向奔跑,东南有大量的敌人,用机枪封锁住那很窄的小路,一排战士刚冲到前面就被敌人的机枪打倒,其余的战士则从田间突破,由于稻田泥泞,速度放慢,大部分被击倒,在田间翻滚,张光辉一见,痛苦得直掉眼泪,几次想冲到那边去,都被二排长拉住了,他强忍泪水,带领战士们往东北方向西阳突围,命一排一班战士阻击从西南方向尾追的敌人。

东北方向没有敌人,部队没有受到阻击,张光辉和战士们的心情一下子轻松起来,但身后随之而来的枪声,使他们的心又急速地收缩起来,显然后面的敌人已追上,一班战士在艰苦地进行阻击着,阻击敌人的战士的命运,张光辉是清楚的……张光辉的泪水又溢出了眼眶,他咬着牙命令战士加速前进。

过西阳村往北挺进,眼前倏地一亮,突现一条白色的带子,那白色的带子宽窄不一,在衰草的镶嵌下,弯弯曲曲地横躺在原野上。

"啊!"张光辉大吃一惊,由于不熟悉路途,出路已被横亘在面前的河流阻塞,他赶忙带领战士奔向河边,看看河上是否有木桥,倘若没有木桥,那么这是一条死路,张光辉知道苏南河网密布,岔河纵横,往往一河之隔,若要通行,绕来绕去有四五里地。在几条河流的交叉处,便会成为一条无法脱身的死角,进入那样一个狭隘的地带,环绕的全是白带一样的河流。

白带子越来越近,展现在眼前的河面越来越宽,白带子尽收眼底时,竟是又长又宽的白茫茫的水面,除了漂浮残败的菱叶外,便是被烧焦了叶子的茭白,水面出奇地平静,除了偶尔由于鱼儿觅食溅起的涟漪外,什么也没有。

没有桥,没有船,什么也没有,张光辉脑袋嗡一声响,眼前顿时一片漆黑,因为战士们都不会游泳。

他回转身,脸上即刻显出平静之色,他听着前面渐渐稀落的枪声,望着叫喊着越来越近的敌军,沉着地对身边的战友说:"同志们,现在前有大河,后有追兵,我们都不会游泳,现在只能拼了,拼掉一个够本,拼掉两个赚一个。"

"指导员,我们听你的,我们死也要死在一块。"战士们齐声说着。

张光辉直叹息,现在眼前有几十人,虽有枪,子弹几乎没有了,手榴弹也剩下十几枚,说起来心寒,作为战士平时只有十几枚子弹,四颗手榴弹,这仗怎么打,像这样的装备连打游击都困难,还奢谈什么阵地战,眼下只有横下一条心,"拼!"

他把队伍中仅有的一挺歪把子机枪扔入河中,没有子弹了,武器不能留给日军,"上好刺刀,子弹一打完,摔手榴弹,然后和他们拼!"

战士们上好刺刀,虽然枪身刀身比敌人的短,但只要用足了劲就够敌人受的。

敌人临近了,一百米开外,突然收住脚,叽里哇啦地叫喊着,战士们听不懂只是趴着不做声,突然他们嚎叫着向前扑来,战士们扣动扳机,前面扑来的日军倒下了好几个,敌人一见忙趴在地上用枪还击,敌人强大的火力在平坦开阔地上充分展示了其超人威力,战士们接二连三地中弹倒下了,子弹用完,无法还击。

敌人见战士们不再还击,大着胆跃起,挺着刺刀冲来。

没有牺牲的战友拿起手榴弹齐齐摔去,"轰轰轰"一连串的响声后,敌人被炸飞了好几个。

鬼子军官举着战刀,指挥日军用九二式重机枪,歪把子机枪进行疯狂扫射,子弹贴着地面呼啸而来,战士们被压缩在小河边纷纷中弹倒下,张光辉的帽子也被打飞了。

根本无法拼刺刀了,敌人只是扫射,并不上前,张光辉悄悄地对还没有牺牲的三位战士讲:"现在只有三颗手榴弹了,我们一人一颗,你,"他对着最年轻的战士小林,"你没有了,你年轻,没有伤,手榴弹一响,你先逃吧!"

小战士哭着,"不,我绝不走!"其他战士也哭着,"我们死也要死在一起!"

"好吧,我们装死,等敌人近了,我们就拉响手榴弹。"张光辉趴在地上喘着气,热气从他焦枯的嘴唇中散发出来,他把手榴弹分发给三人,又叫没有分到手榴弹的小战士远远地爬到另一边,然后三人齐齐躺在地上,一动不动,似死去一般。

战友的尸体,敌人的尸体,战场上的烟雾遮住四人的活动,敌人等了半天,只见前面横七竖八地躺着许多尸体,以为前面的人都中弹倒下了,便大着胆子走来,他们对着战士的遗体用刺刀乱捅着,发现还在呻吟的便用刀乱刺或干脆补上一枪。

敌人的叫声、脚步声越来越响,张光辉感到地面在微微地震动,他眯缝着眼,朝右前一看,敌人已来到前面一米多处,正在检查前面的尸体,还不时地发出一些叽里咕噜的怪声,他猛地从怀中掏出手榴弹,拉响弦,吼叫着,一把抱住敌人的腰。另两个战士也猛地冲上前,一人一个抱住敌人的腰,敌人看到有人跳起来,先是一惊,还未来得及反应,便被抱住,当他们看到冒着白烟的手榴弹时拼命挣扎叫喊,其余的敌人围上来,以为是肉搏,还想徒手帮忙,当看到冒着白烟的手榴弹,转身想跑,未及转身,三颗手榴弹爆炸了,张光辉、两个战士和十几个鬼子齐齐飞上了天,鲜血四溅,肉块横飞,破布飘扬。

小战士哭倒在地,没有被炸着的、惊呆了的敌人马上反应过来,他们端着刺刀扑了上来,小战士起身站起,毫不慌张,从容地转身跳入波光粼粼的河水中,浪花很快淹没了小战士的身躯。

看着巨浪拍打着堤岸,看到被炸得血肉模糊的尸体,鬼子小队长在原地呆了半天,才缓过神来,他哀叹道:"新四军都是大大的英雄,看来征服中国遥遥无期呀!"

327

宋耀良与杜学明、陆金和等人一路撤至西阳,休息不久,吃了一点儿饭,看看身边的战士越来越少,现在自己归属五连指导陈浩指挥,向东撤退,留在队后,阻击尾随之敌。

敌人十分猖狂,大部围着张光辉的团部特务连进攻,极少的骑兵和一部分步兵孤军冒进,尾随机关人员进行追击,田野上,有几匹黄马在飞速奔驰,并不时听到阵阵的马嘶声和士兵的怪叫声。

宋耀良挪了挪身后的那把胡琴,战斗打响后,他一直没有忘记那把胡琴,一直挂在背后,由于战斗激烈,谁也没注意他的后背还挂着那把老掉牙的胡琴,直到在东浦村就地伏击阻击日军骑兵时,陆金和才发现他的背上还挂着那把从无锡老家带来的二胡。

有五匹战马冲来了,七八个战士齐齐放枪,一个鬼子从马上栽了下来,另几个鬼子仍疯狂地向前挺进,宋耀良连放几枪都没有打着鬼子,他忙站起来想跑到就近的紧靠东浦村的一条水沟旁进行阻击。不料刚起身,鬼子骑在马上向他连连射击,他猛觉左脚踝一阵钻心疼痛,身子不由自主地倒了下来,一头掉在深水沟里,他还未爬起身,鬼子的战马冲了过来,举起明晃晃的战刀,俯身向他砍来,他两眼一闭,惊叫起来。

须臾,他发觉除了脚疼外,什么也没发生,头好好地长在脖子上,身上没有发现有什么奇异的疼痛。他睁开眼,看到天还是那么蓝,空气还是那样清冽,除了晃荡的沟水外,身边没有发生任何意外的事件,他摸了摸脖子,好好的,他挣扎着爬起来,只觉得耳洞中水哗哗往外流着,一阵震耳的枪击声在四周响起。

他爬出水沟睁眼一看,陆金和在用刺刀刺着马肚子,杜学明则用枪格着敌人的战刀。三个人杀成一团。敌人的战马被刺后,乱蹦乱跳起来,一下子把鬼子摔了下来,刚好摔倒在宋耀良身旁,宋耀良往身后一摸,掏出浸了水、粘满泥浆的手榴弹,往鬼子头上砸,一砸下去,鬼子没有反应,马上反扑过来。宋耀良一愣,这敌人的脑袋难道比手榴弹还要硬,低头一看,原来自己抓的不是手榴弹,而是断成两截后的胡琴底部的琴筒,难怪鬼子被砸后,毫无反应。鬼子一下子把他压在身下,他感到一阵窒息,眼前直冒金星,鬼子的嘴中喷出呼呼的热气、奇异的怪味直扑他的脸上,那热气、怪味使他恶心般地难受,他渐渐感到混沌起来。猛地,他觉得脸上凉凉的,胸腔中的那份窒息压抑顿时消失,一股清凉的气流直透心肺,他睁开眼,发现陆金和用真正的手榴弹猛砸敌人的脑壳,这一次敌人的脑壳不再坚硬了,脑浆溅了他一脸,黏黏的如糨糊一般。他一把推开压在身上的鬼子,想爬起来,却始终爬不起来,左脚早已血流如注了,他发现刚才要掏摸的手榴弹已跌落在水沟旁,二胡的琴头和琴身早已断裂,漂浮在水沟里。

他感到特别的伤心,一把祖传的胡琴就这样给毁了,他想爬到水沟里,去把那两段胡琴捡过来,但还没等他挪动,一匹战马又从远处赶来,鬼子举刀吼叫着,狰狞的面目显得格外恐怖,他猛地想起什么,迅速拿起身边的手榴弹,拉响弦后,用尽全身的力气朝扑面而来的战马扔去,"去你的小日本,还我胡琴来。"

"轰"一声响,鬼子和战马全被炸翻,另几个战士扑了上去,结果了鬼子的性命,陆金和与杜学明背着宋耀良向戴家桥方向撤退,宋耀良还嚷着要那二胡。

五个鬼子全报销了,后面不见敌骑,但来了许多步兵,与后撤的战士激战起来,枪击声、喊叫声响成一片,他们终于安全地撤到离东浦村四五里地的戴家桥。

东浦、杨波等人刚刚到达,突然从甓桥方向窜出一股日军,他们嚎叫着扑来,东撤的部分战士迅速与之鏖战起来。

杨波等护卫手迅速加入到战斗中去,机枪手则扛着枪身,抬着三脚架,迅速穿越陆甲,向戴家桥村进发。

没有任何掩体,有的是一马平川的原野,原野是阡陌交通的麦田和沟渠交叉的河网,日军的炮火完全压制住了新四军战士的火力,但战士们毫不畏惧,一场混战在东浦、陆甲展开。

杨波等人的目的是护卫机枪和机枪手,他们在机枪手的后面是边打边撤,他们刚行至陆甲村东,突遇一水渠,突围的速度慢了下来,被越桥而过的日军迅速追上,见状急叫机枪手们扛枪、抬脚架沿水渠东行,他们齐齐跃出,阻击敌人。

他们五个投出几枚手榴弹后,传来一阵惨叫声,火光闪后,硝烟散尽,日军如老鼠一般紧贴地面,旋即没有炸死的日军又呈扇形状包抄而来。

他们的大头皮鞋,脚踩着长满青青麦苗的松软土地,开着枪吼叫着扑来。

三个战士先后中弹倒下,杨波和另外一个战士打了一阵枪,刚想跃入水渠中,想利用水渠堤坝作掩体时,突觉右臂一振,一阵热流涌来,手中枪从松软的手中滑落,杨波低头一看,鲜血已从沾满泥土的灰布衣衫中渗出,一阵疼痛袭上心头。

另一战士忙赶了上来:"小杨,怎么了?"

"没什么。"杨波吃力地用左手捡起了枪。

"啊,受伤了。"那个小战士抬头一看,一下子傻了,敌人已包围上来,有一个叫喊着"捉活的,捉活的"。

情急之下,小战士甩出一个手榴弹,趁着烟雾拉着杨波滚入干涸的水渠中,弯腰跑了一段,伸头一看,其他战士赶来,把追赶的小股日军全部消灭掉。

他们见到杨波二人,忙把两人拉上来,一路急奔戴家桥村。

来到张村的陈文熙、谭子清知道,日军之所以没有留意他们,因为他们穿着老百姓的衣服,以为他们是普通百姓,现在他们正在全力尾追东去的新四军,现在东面情况不明,不能东去,唯一的办法是想办法离开张村,北上或西去寻找四十团或四十八团。

他们两人饿极了,在西阳,未及用餐,便遵陈浩之命,沿来路侦查,早晨陈吃了一碗稀粥,而谭子清半滴米水未进,现在进入村子,唯一的大事是解决饥饿问题。

张村是陈练升的家乡,群众基础好,在陈练升的带领下,这儿的群众抗日热情特别高,一见新四军,便领到家中,端来了饭菜,还有一个老乡端来了老母鸡汤。"多谢,多谢!"陈、谭两人连忙道谢,由于战情急、战事忙,他们两人身无分文,也只能口头上道谢了。

一旁的群众问起了战况,陈、谭两人含泪讲述了战斗概况,旁边的群众听说新四军吃了亏,连连叹气,一个五十多岁的老大娘一脸悲愤遗憾之色:"老天爷瞎了眼,日本人最坏,杀人放火,什么坏事都做得出,国民党的军队也不好,买东西不给钱,还要敲竹杠,新四军最好,买卖公平,爱护百姓,是我们老百姓的军队,今天反而吃了亏,真是老天爷不照应呀。"

陈、谭两人吃完饭,想北上找部队,老乡们连忙阻拦:"千万不能走,你们不是本地人,说话不一样,碰上鬼子不得了,张庄村子大,鬼子会来搜索,也不安全,附近有个庙,你们可到庙里避一避,比村里安全,如果有消息,随时派人来告诉你们。"

陈、谭两人一听,觉得很有道理,如果贸然出村寻找部队,现在战况不明,很有可能遇上日军,那肯定不好办了,于是随一个村人来到了附近的一个庙。

此庙甚大,原是我溧阳抗日政府区政府所在地,里面有几个老和尚,都倾向新四军,里面还存放着许多公粮,吃饭不成问题。

三个老和尚热情地接纳了他们,当家的老和尚拿出了两件袈裟,两人穿上,倒像个和尚,陈文熙前几天刚剃了光头,谭子清的头发也不长,现在竟然派上了用场。

陈、谭两人安下心来,暂时做起了和尚,待外面没有风声,再伺机寻找部队。

42

　　王直站在戴家桥上,忧心忡忡,他不时地向西张望,不时地听取陆陆续续从西边撤来的零星人员的汇报,时时挂念着罗、廖首长的安全,他恨不得马上回返投入战斗,但罗忠毅临别时对他的交代,使他无法脱离机关人员去从事其他的工作。

　　他的心一阵阵作痛,久久不见罗、廖首长到来,急得在桥上来回走动,不知如何是好,河水里的倒影,不时地在水面上移动着。

　　枪声渐渐稀落,他心情的沉重已至极点,千把人的散乱队伍向东移动并不快,但敌人并没有尾随过来,看来罗、廖首长率部阻击,阻挡了敌人前进的步伐,现在时间已超过11点,东移的队伍从凌晨六时半开始转移,已经奔跑了五个小时。"现在应当收拢散乱的队伍,作稍事休整,这才有利于继续转移。"王直即刻越桥来到戴家棚,叫停了电台人员和挑钞票的战士,其他散乱的人员随即向王直等人所在位置逐步靠拢过来。王直看到了茅山保安司令部司令樊玉林、苏皖区党委女干部李坚真、溧阳县长陈练升。

　　饥饿的肚子开始"咕咕"叫,在这短暂的休整时间里,大家抓紧埋锅造饭。

　　吃完饭他吩咐手下熟悉道路的几个战士先领着机关人员向杨店、清水渎进发。

　　他草草地吃了几口饭,又回到戴家桥边,远望西面,一片开阔的原野,沟渠河流把土地划成一个个几何图形的小块,上面布满茅草,树木,芦苇,点缀着一个个的小丘陵和一个个的小村庄。近前,是开阔的河流,戴家河有五六十米宽,北端与弯曲地由西北向东南流去的北河相通,南端则弯弯曲曲地流向长荡湖,河水很深,极其清冽,上架一桥,有三排桥桩,远比塘马河上的木桥长,上覆木板,踩上去吱吱作响。

　　下午3时,枪声在西面又开始密集起来了,王直往西望去,判断枪声的地点,好像是西阳村。果不出所料,西阳村方向隐约着有人出现了,王直拿起了望远镜,看到了四十八团二营教导员廖堃金,四十八团五连指导员陈浩,及身后紧随着的十几个"小鬼班"的战士。一会儿十六旅原参谋长、现改任四十八团团长的王胜也来了,他身后也跟着一些人。

331

王直走过小木桥迎了上去,忙问西边的战事。他们说他们奉命离开时,罗、廖首长还在指挥部队作战。

四人相继说着西边的战事,都不清楚罗、廖和战士们的情况,只是从打散回来的战士口中得知王家庄血战正酣,罗、廖英勇奋战,至于具体的情况不甚明了。

他们不再东撤,先停在戴家桥,等候战士和首长的到来。

王胜神情很忧郁,本想留下阻敌,罗忠毅不同意,一路上冒着不时飞来的子弹,带着旅部机关的最后一批人员和部分教导队队员东撤至西阳村,他和罗、廖分别时也是在塘马小桥边,分手后罗、廖的情况一无所知。

廖堃金是紧随王胜撤出塘马村的,他带领了六七十人的队伍阻敌,一路上走走停停,消灭了抢险冒攻的小股日军,不料在滩头遭到日军从东路别桥、樊庄迂回包抄的敌军,激战一场,牺牲了几十个战士,幸好碰到詹厚安带领了团部特务队部分战士赶到,合力出击,撤至西阳村,经由王胜同意,把手下的几十人交由陈浩统一指挥,阻击后面的尾随之敌。

游玉山一直没有露脸,塘马战斗一打响,他便被罗忠毅派往塘马村北四公里外的大家庄联络四十七团二营,不料他到了大家庄后,四十七团二营应战一阵后已突围而出,无法执行收缩到旅部住地进行阻敌的任务,眼看着满山冈的日军,他只好原路返回。回到塘马,罗、廖已率部撤回王家庄,他冒死和几个战士向东撤退,利用敌人进攻的间隙地带,冲出新店村,不久碰到詹厚安的团部特务连,随詹厚安一路撤至西阳。他心情十分沉重,作为作战参谋不能随罗、廖参战,给罗、廖增加的困难是可想而知了,而现在罗、廖和战士们的情况不明,加之西面枪声渐稀,却不见战士们到来,凭他丰富的经验,知道情况十分严重了。

王直、王胜、廖堃金、游玉山正向西望着,陈浩带着十几人赶来了,队伍有些散乱,还有好几个受伤的战士,宋耀良被陆金和背着,疼得龇牙咧嘴,不断地呻吟着。

"陈指导,情况怎么样?"陈浩是最后撤至的领导,又在西阳村阻敌断后,现在只有他了解最新的情况了。

"王科长,王团长,我们刚刚消灭了小股尾随的敌人骑兵,大部分战士又遭敌阻击,而团部特务队在西阳村南作战,现在没有了枪声,估计……"陈浩说到此低下头,哽噎起来,他马上又擦了擦眼泪,"首长,我离开塘马时,罗司令还在,后来塘马那边的枪声越来越稀,我派去联络的陈文熙还没有回来,只有尹保生回来了,他说他返回到王家庄时,远远看到廖司令端着机枪向敌人扫射,他想赶过去,敌人的火力太强了,他只好沿原路返回。"

王直一听,耳朵嗡一声响,只觉眼前一片漆黑,他太了解廖海涛了,廖海涛作战十分骁勇,不杀尽敌人绝不罢休,现在端着机枪,亲临一线,而敌人如此之多,那后果将意味着什么?他急得走来走去,恨不得拿起枪,返身赶回王家庄,和尊敬的首长一道消灭敌人。但他马上想到罗忠毅的嘱咐,头脑即刻冷静了下来,罗忠毅、廖海涛之所以要他带领机关人员先撤,说明责任重大,罗、廖首长之所以要留下阻敌,完全是为了机关人员的安危,此时如果不首先考虑安排好机关人员的转移事宜,那岂不是有负罗、廖首长的重托。

但他还是悬着那颗惦念之心,毕竟不见罗、廖首长踪影呀,他们和数倍于自己的敌人作战,后果实在难以预料,倘有不测,那还了得,罗、廖可是新四军的高级将领呀,如果罗、廖有失,那苏南抗日的大局,将会经受怎样的挫折。一想到此,他的心不由得狂跳起来,他时而站在桥上,时而站在河堤上,翘首西望,但西面一片平静,许久不见有打散的战士到来。

他有一种不祥的预感,王家庄那儿的战斗恐怕不妙,如果罗、廖及战士们突围而出,应该东撤湖区,现在不见一个战士撤来,而西面的枪声几乎不再听到,显然战斗结束了。战斗结束有两种可能,一种是战友们完成阻击任务,胜利突围,另一种可能是全部牺牲。不见一人东撤此地,后一种可能性较大。当然也有一种可能,他们突围而出,没有撤向湖区,而是撤向其他地方去了。王胜、廖垫金、游玉山、陈浩同样忧心忡忡,齐齐望着西面,盼着罗、廖首长和战士们早点撤至湖区。

不见罗、廖踪影,而机关人员下一步应该如何安排,这一切罗、廖都没有明示,怎么办?王直看了一下手表,发现时间已至下午3时10分了。

突然通信员急速赶来回报,说长荡湖水面上已有了敌人的汽艇活动,他们随时有上岸的可能。

这一下气氛陡然紧张起来,眼下,戴家桥边陈浩手下兵力,就是周德利排的重机枪手五六人和一个十七八人的小鬼班,那是由几个连合并的,除此几乎没有什么可以用来作战的兵力了,原先在西阳集结的七八十人已伤亡殆尽,而杨店、清水渎一带的机关人员也几乎没有什么武装人员,一旦敌人上岸,后果将不堪设想。另外据陈浩反映,刚才阻击时消灭了孤军冒进的五敌骑,但大部分战士被敌军围在西阳与东浦间,再也没有回到戴家桥。而西阳村村南一战,又不见张光辉所率的团部特务连战士返回,那么那边的情况肯定不妙,敌人随时可能东追至此,如果不迅速作出部署,那么转移湖区的机关人员将遭到东西两面敌人的夹击,其后果将十分危险,弄不好将全军覆没。果然,侦察员陈正和气喘吁吁地奔来报告,"敌人黑压压地已从西阳村向东浦进发,看来要扑向戴家桥。"

众人的神经一下子绷紧起来,这戴家桥从军事上讲,是一个死地,西面是追敌来路,东面是长荡湖,既无船可渡,又有敌炮艇,北面有敌据点,且临近宁沪铁路和奔牛镇,敌人驻有重兵,南面是别桥,虽有顽军把守,但从西阳村一战看,日军已逼近别桥,且没有受到阻拦,说明国民党顽固派很可能后撤了,即使不后撤,机关人员也不能往南面撤,皖南事变后,国民党恨不得一口吃掉新四军,现在往南撤,岂不是自投罗网。

"老王,你是十六旅原参谋长,军事行家,敌人很快就会尾追过来进攻我们了。你现在该出来部署一下我们怎么应敌了。"王直首先向王胜发话。

王胜拿着地图,紧锁着眉,眼睛在地图上扫视着,当目光移到地图东北一块绘着一个巨大的圆形形状的地方时,眉头锁得更紧了,他把脸凑了上去,细细地看着,那专注劲儿是从没有过的,众人急急地看着他,希望他迅速作出判断分析。

突然王胜惊叫一声,"好办,好办!"眉头也一下子舒展开了,他把地图往河埂上一摊,众人围了上来。

"我们现在的位置是杨家村西面的戴家桥;这儿的南面是甓桥,是国民党驻地,他们必然会趁火打劫;北面是指前标,是伪军据点;东面是长荡湖,湖上有敌艇巡弋,且无渡船;西面是敌来路。我们现在只有坚守戴家桥。现在,我们四面受敌,无路可走,如果贸然突围,后果不堪设想,现在唯一的办法就是想办法熬到天黑,再组织突围。"王胜一边说,一边指点着地图。

"这一带地势较低,且四面受敌,但戴家村东南芦苇丛生,桥西是一片开阔地,道旁尽是一米左右深的水沟,沿向东浦约近二里路。戴家河有五六十米宽,河水有一人多深,北端与弯曲地由西北向东南流去的北河相通,河流又都直通运河与长荡湖。拆掉戴家桥,这里便似一个长三角形的小岛,河流、河堤皆成了自然屏障,故此,地形利于坚守,我们选择这一带阻击,十分有利,如果全部退守湖圩区,那十分危险……鬼子要过来,必须过桥,我们沿河展开,封锁桥头,就一定可以坚持到天黑!"

王胜一口气说完,紧接着说:"看看王直有什么意见?"

王直和王胜,都是坚持闽西南三年游击战争的老红军,而且还是同乡,即当年中央苏区第一模范乡——福建上杭县才溪乡人。1937年国共合作后,闽西红军改编为新四军第二支队,他们是一块北上到了皖南,后又分别来到了苏南抗日根据地,在十六旅共同工作和战斗。真没想到,危难之际,两人又要共同担起保卫苏南党政军机关安全突围的重任。王胜现为四十八团团长,而且团部已直接归旅部指挥,对于四十八团,王胜接触并不多,虽然一般人员并不知晓他已免职,但他自己却郁郁寡欢,很少发言。如今罗、廖不在,他这位曾担任过红八团参谋长的老资格的参谋长出来挑担了,他征求着王直的意见。

王胜的部署意见,王直感到与自己的想法不谋而合:"我完全同意,现在要把战斗人员赶快组织起来,坚守桥头。"

再一次整理队伍,发现在西阳由廖埜金带来的各连队抽调人员和原先陈浩带来的五连以小鬼班为主的战斗人员,在西阳至东浦一战以及后来的边撤边阻击战斗中,伤亡不少,现在只有十八九人,詹厚安带来的团部特务队一部也所剩无几,王胜带来十多名干部战士,周德利排长带的战士五六人,及少量的教导大队队员,还有一些理发员、司号员、通信员、卫生员等勤杂人员,再已无可战人员了,全部凑齐,只有三四十人,至于武器,只有一挺重机枪,几十支步枪和一些手榴弹。

周德利见到了久违的九二式重机枪,他抚摸着枪身,像抚摸着心爱的人一般:"老伙计,如果你在我手上,我是不会让小鬼子猖狂的。"

他抓着杨波等人的手:"谢谢你们了,没有把这东西丢了。"

杨波朗声说道:"怎么会丢了?罗司令关照,人在枪在,只要我们有一口气,就不会让他落入敌人之手。"

周德利一见廖埜金过来,便抱了上去:"廖教导员,这机枪该还给我们了,如果有这宝贝在,在滩头这小日本就不可能如此猖狂。"

原来这机枪从铜歧战斗中被缴获后一直放在五十二团二营,后来五十二团二营被编入四十八团二营。周德利进入四十八团二营任排长时,便掌管这挺重机枪。四十八团来塘马后,重机枪又被借用到教导大队,周德利一万个不情愿,但形势需要,他只好答应。塘马战斗打响后,他在墩头一带在赵匡山、顾肇基的带领下,打退了敌人的多次进攻,最后被廖埜金抽调到小分队,掩护党政军机关人员转移。

一路上没遇到多少敌人,只是在滩头遇到日军阻击,急得他直跺脚,除了步枪还击外,只能摔手榴弹,他真想扑上去和日军拼刺刀,但廖埜金关照掩护党政军机关人员转移为上,不要与敌人纠缠,于是他紧随廖埜金来到了戴家桥。

廖埜金想了想,便找刘一鸿商量。刘一鸿一听叫道:"什么时候了,还归还不归还,哪里需要哪里用,我还不知道有没有人会用,刚才教导队的几位机枪手受伤的受伤,牺牲的牺牲,还好杨波他们终于带回来了。"

"我会,刘大队长,这东西我最熟悉了。在六连,就由我掌管的,只要有人换子弹卡片就行。"周德利捋起了袖子。

"我也会,我要留下,我已学会了使用。"陆震康也走了上来。

"我也要求留下。"杨波忍着痛抢步来到刘一鸿面前。

"小杨,你受伤了,你先随机关人员去清水溪。"刘一鸿没有答应,杨波的伤太重,是无法操作重机枪的,尽管他已熟练掌握了操作的射击技术。杨波无法作战,急得跺脚,在刘一鸿一再催促下才和其他机关人员向清水溪转移。

廖堃金与刘一鸿经过挑选,由周德利带五六人组成重机枪班,赶赴桥头由陈浩统一指挥。

战士们在桥头一字排开,脸面绷得紧紧的,个个昂首挺胸,准备迎接即将到来的血战。

桥头主要由陈浩负责指挥,他把五连的小鬼班战士和廖堃金早先带出的各连队的小鬼班战士集中一起,由罗章顺任班长,隐伏在桥的北侧封锁桥面,不让敌人过来,过来就血战死拼,把敌逐回。周德利排长和他的一挺重机枪放在桥的南侧,用火力严密封锁桥板,不让敌人过桥。

桥的南北两侧的河岸分别由詹厚安和刘一鸿、庞世根排长负责,南至芦苇荡由詹厚安负责,北至北河边由刘一鸿、庞世根负责,并兼顾对长荡湖、九里湾和北河一带的监视。

游玉山带着几个人去破坏道路,拆毁桥梁,其他的干部指挥人员修筑掩体,以备敌人的进攻。刚部署完毕,陈浩靠在田埂上休息,他下意识地往口袋里一摸,想掏一根烟抽抽,手刚一贴袋口,始觉空空,"咦,烟到哪儿去了呢?"他记得清清楚楚把烟放在上衣口袋里,而今袋中空空,想必是丢在路上了,丢在何处,他无法得知了,他笑了笑,顺手扯下几根被苏南人称为"甜甘蔗"的芭根草咀嚼起来,这草一节一节长着,形似甘蔗,确有几分甜意,他肚里饿得咕咕叫了,这一番咀嚼,倒别有一番滋味。

朱彪拿着枪,全神贯注地盯视着东浦方向,作为五连小鬼班战士,他随陈浩从邵笪村一路东撤至戴家桥。

在塘马村他看到了敬爱的罗忠毅首长,在罗忠毅拒绝了陈浩留下一部分战士保护他的建议后,眼见弹如蝗飞,心里一直为首长的安全担心,他一步三回头看着首长站在塘马村边。

他随陈浩一出王家庄,便见敌人的骑兵从东北疾驰而来,很快切断了后续部队的突围之路。敌人还分派一部分兵力尾随他们而来。他们边战边退,耳听王家庄方向枪声炮声一片，眼看王家庄一带火光冲天，他感到前所未有的震惊。自去年11月初从上海随李家荣加入江南抗日救国军二支队后，他参加过一些战斗。皖南事变后在十六旅五十二团以及后来在十六旅四十八团随陈浩在锡南、苏西参加了一系列战斗，但从没见过规模如此之大、如此激烈的战斗。现在王家庄战斗情况不明，西阳、东浦出现日军，说明今天的战斗敌人数量之多是完全超出正常范围的，在戴家桥部署战斗，说明更残酷的战斗即将到来。

张雪峰也被编入了坚守戴家桥中的小鬼班，他马上拿起枪，排好队和罗章顺一道在北侧拒敌。西祺高地抗击日军后，他们奉命东撤，因年龄小，被抽调出连队，跟随廖堃金先行东撤，掩护机关人员撤退，途中多次遇到险情，他和战士们毫不畏惧，从容应对，尤其是在滩头，遇到迂回包抄的日军，他和四班战士强占旧瓦窑，奋勇抗敌，子弹"嗖嗖"地从耳边、头顶穿过，他沉静地放着枪，击毙了几个日军，又接连甩出几个手榴弹，把几个日军的躯体送上了天，这才把日军进攻旧窑的火力压下去。

像在西祺村和滩头旧窑边这样激烈的战斗，他还从来没有遇到过，昔日在锡南太湖支队，虽也参加过几次战斗，但规模小，属于小型的流动的游击战，真正的阵地战还从没有经历过。

他有些兴奋，新的战斗即将来临，初生牛犊不怕虎，他有的是胆量，勇气和智慧，对于万恶的日寇，除了用子弹、手榴弹对付他们外，不能用任何仁慈的东西，他挖着掩体工事，分外用力，"狗强盗，你们想来就来吧。"

但他的心情同时又格外沉重，在西祺村时，就看到战友倒在身边，再也没有爬起来，在沿途东撤时，不时有战士倒在田埂上、稻田里、水渠边，看着他们一张张年轻的充满稚气的脸，他泪如雨下，悲痛万分。在戴家河边，他和首长们翘首西望，他希望罗、廖首长和战士们早早东返，一道跳出包围圈，迎接新的战斗，但枪声稀落，久久不见战士们东撤的身影，他感到格外的沉重，但不敢想也不愿想那可怕的后果，因为他非常清楚，他撤出塘马时，背后传来密集的枪炮声和厮杀声，战斗激烈残酷的程度可想而出了。

他挖好简单的掩体后，朝西望着。

陈浩咀嚼着芭根草，双眼没有离开西面，西面是一片开阔地，一览无余，东面则是戴家村，十几户人家，全是破破烂烂的草房，老百姓早就跑光了，只有几个小脚老太和女人躲在家里。

突然，远方出现一个个小黑点，那小黑点密密麻麻，慢慢移动着，陈浩一看那是一群人从远处走来，看样子约有一百多人，什么人呢？战火纷飞时，百姓早就躲起来了,能活动的只可能交战双方的士兵,难道是我们的战士。

陈浩按捺不住激动的心情扔掉芭根草,跑上小桥,站在桥中央,用手掌顶着前额,向前遥望。

包背,有包背,这应该是我们的人,因为敌人出行是不带背包的。陈浩一阵欣喜,又跑了几步,但他发觉不对劲,那群人走路不紧不慢,漫不经心的样子,如果是战士应该急急行路。他又眯着眼看了一下,大吃一惊,这些人个个头戴钢盔,步枪上插有刺刀,夕阳下,头盔、刺刀闪闪发亮,我军哪有那么多的钢盔与刺刀,会不会是搜索而来的日军。

"罗章顺,快来。"他招呼着罗章顺,"快来看看,西面来了一批人,看看是不是我们的人。"

罗章顺叫上张雪峰一道前来,两人一看,齐齐叫道,"鬼子,是鬼子。"

"看清楚了没有。"陈浩还是有点不放心。

张雪峰个子高,眼力好,他眯着眼看了一会儿,坚定地说:"是鬼子,陈指导员,是鬼子,小鬼子的帽徽、领章、清清楚楚的,他们故意装扮成我们的人。"

"好狡猾的日军。"陈浩与罗章顺、张雪峰急急退回河东边。

陈浩急命通信员跑向距东河边不远的村内向王胜、廖堃金汇报,然后急命罗章顺、张雪峰抽掉桥上几块木板,并在桥上安上几颗手榴弹,必要时炸掉小桥。

罗章顺和张雪峰急急走到桥两头,用刺刀撬开桥板,再用手掰开,一块块地抽着桥板。

苏南河多,交通不便,木桥是河流上最重要的通道,百姓十分重视,斥巨资修建,因此桥修得十分坚固,两人费了很大的劲才抽掉三四块木板,还没等他们抽掉预定的木板,敌人便朝他们开枪了,他们已来不及安上手榴弹,忙返身跑回桥东。

此时廖堃金和通信员到了桥边,他大叫道:"王科长,王团长早已有令,坚决打,不能后撤,一定要守住戴家桥。"

"是。"陈浩回转身对着战士们高喊着,"战士们,给我狠狠地打。"

戴家桥战斗打响了,打退了敌人的几次进攻后,桥边出现了短暂的平静,王直带着警卫员急急地向清水渎赶去,他已知道机关人员已从杨店撤向长荡湖湖边的清水渎。但一个不幸的消息打破了他内心的平静,"湖面上已出现了敌人的汽艇。"这意味着东面后撤的路不仅封死了,而且东面随时有发生战斗的可能,而那儿几乎没有战斗人员呀,现在戴家桥就那么点兵力,再也抽不出兵力,万一敌人来得很多,打起来,难保日军不能越过戴家河,那么其后果是可想而知了,但至少眼下戴家桥不会有什么危险，可以暂时放一放。但清水渎那儿绝对马虎不得，万一敌人发现我转移人员，并上岸攻击，那后果将是毁灭性的，那么所有的努力都将付之一炬，坚守戴家桥也将变得毫无意义……火急……十万火急……必须赶到清水镇，稳定局势，就地隐蔽，万一敌人上岸，就拼死一搏，血战到底，绝不做俘虏。他做好了最坏的打算，当务之急是赶到清水渎向大家讲明形势，现在司令部的人员全在戴家桥，清水渎的工作需政治部的干部去完成了。

"组织干部，分头宣传，稳定情绪，准备战斗。"他暗暗地想着，觉得肩头格外地沉重。

长荡湖白茫茫一片湖水，夕阳下泛着红光，红光跃动着，似千条万条的金蛇，湖边到处是丛生的芦苇，夕阳西照，似涂抹上了一层浅浅的玫瑰色，寒风四起，芦苇荡在晃荡，芦苇丛一起一伏，犹如翻滚的巨浪，芦花在血色中摇曳着，不时扬起片片绒花，鸟儿不时地从芦秆间飞起，叭叭地飞向云霄间。

远远地就能听到湖水拍打岸边的浪涛声，远远地能看到圩区的清水渎村了，芦苇遍地，河水环绕。

王直还没进村，戴家桥方向又传来激烈的枪声，他一惊，回首西望片刻，转过身一看，在清水渎村南的平地上原先平静的机关人员，已有了不平静的迹象。

他一进村便和苏皖区党委机关人员及地方政府官员交谈起来，机关人员告知王直，他们已发现了敌人的汽艇在湖区游弋，在清水渎可以看得清清楚楚，有好几次已离得很近，看样子想要上岸，地方部分工作人员情绪有些波动，希望司令部派些战斗人员。

王直点了点头，"那边的战斗已打响，现在战况不明，不可能再抽出兵力来清水渎，同志们，我们只能靠自己了。"

他和旅部转移至此的干部商讨后，分头进行宣传。

他看到清水渎村村南的晒谷场上的人们，因为情况不明，一听到戴家桥方向传来枪炮声，有些紧张，个别转移至此的群众哭泣起来，有几个想离队逃走，刚刚参加地方工作的个别人员也受此影响，惊慌失措起来，一时间场面上出现了纷乱现象。他见情况严重，立即召集了政治部的一些党员和工作骨干迅速开会，田芜、屈平生、袁文德、徐若冰、潘吟秋、史毅、陆容、夏希平、骆静美等人迅速赶来，一会儿许彧青、芮军、张华南等人也赶来了。

王直作了简短的动员后，众人迅速散开，进入会场，分头进行宣传起来。徐若冰是政治部宣教科干事，政治部支部的支部书记，"老乡！"她用清丽柔和的声音说道,"不要怕,我们的战士在戴家桥阻击着敌人,罗、廖司令在西面已消灭了很多敌人,这儿我们还有许多战士呢!"

她已不是一个文弱娇美的女学生了,而是一个坚强勇敢的新四军女战士了,战火的洗礼使她显得格外沉着、冷静,她又对着那几个情绪有些波动的刚刚参加工作的地方工作人员分析道,"大家不要怕,戴家桥有人守着,敌人过不来,湖面上敌人上来了,我们有这么多人,一个拼一个,也能把他们吃掉。"

随行的几个群众和那些刚参加工作的地方人员没经历过战斗,只是凭感觉支配情绪,一经徐若冰的解释,情绪顿时稳定下来。

潘吟秋、史毅、骆静美、夏希平、陆容等人都从事过文化宣传工作,能力极强,她们及时地把戴家桥早有部署,王团长、廖教导员、陈指导和战士们镇守的情况向众人述说,介绍着眼下的一些战斗情况。

陆容自战斗打响后便随王直一路向东撤退,自参加新四军后,她有了很大的变化,战火洗尽了铅华,洗尽了娇嫩,洗尽了中产阶级贵族家庭的那份娇气,炮火搅动着她的心,枪声惊动着她的心,路途中她不时地回望着塘马那边,脑海中不时地浮现罗、廖首长在桥头分别的情景,一千个挂念,一万个挂念,就是首长和战士,盼望他们早一点后撤到湖区,冲出敌人的包围圈。背着薄薄的被子,腰挎着搪瓷茶杯,打着绷带、穿着军服、戴着军帽急行军,这是常有的事,她的爆发力、耐力足够支持这样的行军,但由于心中挂念着首长战士的安危,她感到步履如此沉重,每迈出一步,似有千斤之重,以至到了西阳村休息时,她一坐下来,几乎再也站不起来,她不时向打散回来的战士打听塘马战场的消息,不时地询问罗、廖首长的情况,但始终没有明确可靠的回答。只知道,战斗残酷而激烈,其实从后面密集的枪声与红了半个天的火光和隆隆的炮声看,便可知晓战斗的规模和激烈的程度了。

来到清水渎,她感到格外的宁静,再也没有撤离塘马时那份紧张,窒息的气氛,她十分敏感,炮弹在后方爆响时,能听到炮弹在空中穿行的呼啸声,能感受到爆炸给地面带来的强烈的震动感,至于形成的气浪,虽然离爆炸点遥远,仍能感到那种旋涡式的搏动。

长荡湖已在眼前,这儿和塘马虽为水乡,还是有些区别,塘马是丘陵和平原的交界处,地形较复杂些,地面时有丘陵、土包、沟渠,地表植物也较为丰富,树木、竹林、庄稼,相杂期间,而戴家桥,长荡湖,地势平坦,到处似带子一般的河流和片片的芦苇丛。

看,清水渎,就是芦苇荡边的小村,在远处,只有在狂风吹拂、芦苇散开时,才看到那小小的一角——茅草屋。而眼前旋转、晃荡的是灰白的芦苇,大面积犹如平展的海洋,那飞翔的小鸟,那飘扬的芦花,那清脆的涛声,那蓝莹莹的天宇以及白茫茫的水面,给人一种静谧中带有飞动的梦幻感,这样的环境似乎沾不上半点火药味,然而,汽艇的出现,打破了长荡湖边的宁静,汽艇的马达声清晰地传来了,透过芦苇丛,你能看到三四艘汽艇在湖中游弋,船头太阳旗高悬,在风中猎猎作响。几个日本兵站立船头,拿着枪,用手遮着额前的阳光不时地照芦苇滩观望,三四挺机枪齐齐地排在船头,枪口黑洞洞,似乎即刻要吐出那火红的舌头。

这样的情景一出现,转移部队出现了骚动,一部分地方工作人员由于对情况不明出现了情绪波动,后面有戴家桥的枪声,前面有敌人汽艇的马达声,在这样的湖边,倘若敌人上岸,戴家桥的敌人又压过来,那么所有的人都插翅难逃。

陆容镇定自若,她能理解这种波动,1940年她刚入伍,在部队一次转移中,和战士失去联系,她那时非常紧张,且天色已黑,还下着细雨,在山地丘陵中一人穿行,那将意味着什么,但抗日的信念使她义无反顾地向部队转移的方向前行。她把珍贵的笔记本埋好,怀揣手榴弹,一人寻找部队,她抱着决死的信念,遇到鬼子,同归于尽……历经千难万险,终于找到了部队,在和战士们拥抱的那一刹那,她感到自己成熟了,她已成长为一个坚强的新四军女战士了。如今更为惊险的险情出现了,她没有慌张,但很焦虑,如果这些有情绪的机关人员把这种情绪放大、扩散,那么整个队伍就有失控的危险,幸好,王直科长及时开会,布置了分头做好宣传工作的任务。

她拉住了几个和队伍一道东撤的群众,"老乡,别怕,戴家桥那儿有我们的战士在阻击,小鬼子过不来,湖里面的鬼子如果上来了,我们这儿有一千人,还有一些武器,只要我们齐心合力,敌人奈何不了我们。"她又走到另外几个人的身边,"别怕,老乡,我们新四军是打不垮摧不烂的。"

潘吟秋、史毅等人长期在文工团工作,从茅山脚下到宜兴的和桥、芳桥,做过多次的宣传工作,积累了丰富的宣传经验,她们迅速分散到机关群众中,分析着眼前的形势,鼓励大家沉着冷静,只要坚持到天黑,就是胜利,现在离天黑不远了,鬼子没这个胆量上岸。

这分头的宣传起到了极大的作用,清水渎打谷场上的情景,即刻呈安静之势。王直感到一阵欣慰,"这政治宣传工作太重要了。"他发出了深深的感慨,但形势的严峻丝毫不容疏忽,现在罗、廖首长情况不明,下一步该怎么办,还有待研究,这千斤重担需要自己先去承担了,对,自己作为一个老共产党员、老红军,在危难关头,应该站出来起到应有的表率作用。

"国家、民族需要我们,我们随时可以献出生命。"他握紧了拳头,现在应该作最后的宣传与鼓动了。

陆容回头一看,只见一棵粗大的朴树下,堆着一个新稻草堆,那圆柱形草垛上,覆盖着圆锥形的尖顶,稻秆散发着浓浓的青香,能嗅出新鲜稻谷汇成的苏南特有的鱼米之乡的深深的民俗氛围来,但战火的气息早已使人忘却了平静的农家村庄所体现的农业文明的那份韵致来,现在有的只是血与火、生与死的战斗氛围。

她看到王直站在草垛旁,左手叉腰,右手握拳,高喊起来。天宇是那样湛蓝,几朵白云已染上了晚霞的霞辉,朴树的叶子纷纷而下,长荡湖的芦苇哗哗作响,扑面而来的风声、喧嚣的涛声在芦苇哗哗声的主旋律的导引下,汇合成一股奇妙的乐音。王直清瘦的脸容、高大的身躯,沉着坚定的神情,临危不惧的气概在这湖边血色黄昏的画面里,在陆容的眼中放大、放大,那伴有浓烈的上杭口音的话语,应和着芦苇相碰的哗哗的主旋律激荡起来。"同志们,当前情况虽然严重,但我们是毛主席、共产党领导的铁的新四军,是人民的子弟兵,没有克服不了的困难,没有打不垮的敌人,戴家桥已经有部队坚守,而且一定能守得住,我们要万众一心,团结一致,敌人来了就和他们拼,临危不惧,不怕牺牲!英勇杀敌,战斗到底!宁死不做俘虏,只要能坚持到天黑,我们就能设法突围出去……"

寒风吹散了陆容的秀发,王直说话时的神情、语调、姿态深深地印刻在陆容的脑海里,她扭头一看,许多人已拿起了扁担、石头、箱子、砍刀、枪支、手榴弹,已做好决一死战、拼死相搏的准备,陆容自己也紧紧地抓住了那一枚一路上奔跑,没有用得上的手榴弹……若干年后,陆容回忆起那一幕幕,仍是那样难以忘怀,就好像刚刚发生的一样……

翁履康销毁了密码,他和翟中和一道掩埋好电台,手中握好了手榴弹。陈辉和其他战士把钞票藏好,做好记号后,拿起了枪,枪口对准了湖面,"小黑皮"刘蔚楚拿起石块,严阵以待,一旦日军上岸,便殊死一搏……

王直见大家万众一心,已成同仇敌忾之势,忙和苏皖区党委机关及地方政府的领导、旅部其他领导人商议,把转移人员分成几个分队,每一分队设一人员负责,就地隐蔽,做好战斗准备,坚持到天黑,再想办法突围出去。

一切安排停当后,通信员来报,戴家桥激战正酣,王团长请他速去戴家村商议大事,王直闻讯,速速赶回戴家村。

王直一赶回戴家桥,在村中一屋内见到王胜,王胜皱着眉,说敌人攻势很猛,好在兵力不是太多,如果敌人大量增兵,战场上的情势不好把握了。

王直二话没说,冒着"嗖嗖"飞来的子弹,来到河边,沉着地呼叫道:"同志们,考验我们的时刻到了,我们有刀枪的拿刀枪,没有的拿起扁担棍子,再没有,就用拳头、牙齿同敌人拼命,为抗战而死,为革命而死,是光荣的,我们决不投降,不做俘虏,我们尚有主力四十六团,江北还有我们成千上万老大哥,他们会替我们报仇的。同志们,拼死一个够本,打死两个赚一个……"

战士们群情激愤,振臂呐喊:"誓死坚守戴家桥!"

陈浩隐约听到王直的呼叫声,他在岸堤的机枪旁,指挥机枪手猛击敌人,他一回头,通信员回来了,也跟来了廖堃金,廖堃金传达了王直、王胜的命令:"坚决打,不能后撤一步,一定要守住。"

"是!坚决完成任务。"陈浩高声地回答着。

陈浩来到阵前和游玉山一道紧挨在重机枪旁,刚才险象环生的战斗情景还在脑海中回旋。

当罗章顺与张雪峰发现是鬼子时,陈浩还有点将信将疑,然后他朝那群可疑的人发了一枪,这一枪非同小可,敌人像被捅了马蜂窝,"刷"一下散开,每人相隔五六米,保持好一定的队形,在指挥官叫喊下,向小桥冲来,那叫喊声在空旷的原野上回荡,恐怖而又阴森。

敌人刚冲到桥边,桥西头北侧的小鬼班战士首先开火了,敌人一阵慌乱,还往上冲。

日军吼叫着,端着枪,疯狂的向桥头冲击,他们想先凭借那疯狂的气势吓退新四军,这一招对国民党军队有用,对共产党的军队就没有用了。

周德利早就领教过战场上敌手的疯狂,咬牙切齿也好,拼命叫喊也好,双目圆睁也好,气势汹汹也罢,你只有狠狠地打,才能把那股气焰打下去。

日军并非不知道重机枪"枪响人亡"的威力,但他们没想到此时此地还有重机枪声响起,他们搞不清楚这到底有多少部队。白天的时间不多了,战机稍纵即逝,如果夺下小桥,挺进到对岸,长荡湖边的狭下地区,就是皇军火力的天下,加之长荡湖湖面早已被封锁,谅你转移人员插翅难飞。

所以日酋认为新四军火力有限,想利用士兵的血肉之躯和疯狂的武士道精神,用半人半兽的举动冲击一下,做一赌注。

日寇犹如一阵风,迅速来到桥头,形成一路纵队,小鬼班的火力一时压不下去,他们的第二波攻击更加厉害,大有冲过小桥之势。

"奶奶的,老子送你们上西天!"周德利吼叫着,抓住机枪的把手,玩命地扫射起来。

机枪如上了劲的水枪,子弹喷射而出,周德利的身子随机枪的抖动有节律地抖动着,在他的怒吼声中,冲在前面的日寇如多米诺骨牌,纷纷倒下。倒下的刹那间,身体扭动,血柱从衣服的破洞中喷射而出,三八大盖从手中滑落,倒地后笨重的大头鞋鞋尖还微微抖动。

周德利用瓷缸舀了冷水,往枪管上倒去,一阵滋滋声,热气升腾,晕化了他刚毅的脸,热气散尽,他的脸上清晰地显现着胜利的笑意。

这一阵猛烈地扫射,可把敌人吓坏了,敌人没想到这儿还有一挺九二式重机枪,看来对岸新四军人数不少,哪敢贸然进攻,便四散躲开,有的躲在水渠里,有的趴在麦田里,有的像老鼠一样紧贴田埂边一动不动。

不久开始进行新一轮的攻击,那些像老鼠一样蜷伏在田野沟渠旁的鬼子像"地鳖虫"一般迅速爬动起来,待接近河面时,嗷嗷地狂叫着向小桥扑来,由于敌人来势凶猛,数量又多,一边放着枪,一边往上玩命地冲,那股气势也真是吓人。陈浩一声叫"打",小鬼班战士们排枪齐发,还不时地扔着手榴弹,所以敌人一到桥头,不是被击毙,就是被炸翻,加之重机枪"哐哐哐"一阵扫射,敌人倒下了一大片,后面的敌人蜂拥而至,形势相当危险,许多人担心敌人火力太猛,怕守不住,能否考虑后撤。

此时,刚好王直从清水渎赶到,和王胜、廖堃金商量后,迅速在河堤下冒着枪林弹雨动员宣传,并派廖堃金传达旅部团部命令,"打,狠狠打,决不允许后撤,死守戴家桥。"

廖堃金亲自上前线到桥的南面进行战斗,这边陈浩带着小鬼班,游玉山指挥重机枪班进行阻击战斗。

张雪峰爬在河堤上,和罗章顺一道与十几个小战士放枪阻敌,敌人很狡猾,在离河堤不远的地方匍匐爬行,一旦接近河堤,会一跃而起,还不断用枪弹对河岸扫射,一个不小心,就有可能被其击中,小鬼班两三名战士刚一露头就被冒出来的敌人击中,壮烈殉国。罗章顺十分气愤,呼叫着,告诉战士们要灵活机动,不要随便露头,若要射击,需迅速完成动作。

张雪峰一露头,发现一个日军也刚刚露出身子在寻找目标,他迅速扣动扳机,那鬼子被击中胸部,身子猛烈地抖动两下,便趴在河堤上不动了。这一来他的目标暴露,他迅速蹲下身子,即刻头顶的河堤上"刷刷刷"密集的子弹齐齐飞来,打得地皮上的泥土向外四溅,那一块地坝被打成了齐齐的凹槽。

"好险!"他吃了一惊,敌人的枪好,可以连发,我们的枪差,一次一发,而且子弹不多,必须节约着打,其他小战士特别勇敢,虽然杀气满脸,但谁都看得出那杀气和成人不一样,里面充溢着鲜嫩的稚气,他们不时变换位置,迅速地露脸,迅速地放枪,一时间敌人找不着目标,胡乱地放着枪。

敌人很狡猾,乘小鬼班战士为躲避子弹,常常隐身于坝下,认为有机可乘,他们集中火力,用密集的子弹对着堤岸扫射一通后,估计战士们早已俯伏在坝下,便齐齐跃起,向桥头涌去。

七八个敌人端着刺刀叫喊着,向桥头扑来,冲在最前面的一脚已踏上桥面。游玉山一见,挥着驳壳枪喊了一声"打",那边陈浩一声喊"打",小鬼班战士也冒出头,齐齐放枪,周德利往手掌心里吐了一口唾沫,抓住九二式重机枪狂扫起来,冲到最前面、一只脚跨上桥面的鬼子被打成了马蜂窝,摇晃着身子,钢盔滑落下来,滚到了河里。但后面的敌人早有准备,以前面鬼子的尸体为掩体,用轻机枪向重机枪扫射,一个递重机枪子弹片夹的同志倒下了。

此时,陆正康飞身跃出,他迅速抓住重机枪子弹片夹,往枪身里送,重机枪又怒吼起来,弹片夹从右面进入,慢慢地从左面吐子,机枪猛烈的扫射着,抖动着,两边的子弹片夹抖动着,如振飞着的两翼。

重机枪的作用人所众知,因此他遭遇的危险也最大,敌人一见重机枪响了,便拼命往这边打,因此,递送子弹片卡的同志非常危险,但陆正康完全忘记了身边蝗飞而过的发着尖厉声的子弹,他全身心地投入战斗中,密切注视着子弹输送的情况,并作出适时的传送动作,以确保子弹源源不断地输入枪身中。他爱重机枪,他熟悉重机枪,恨不得到连队去当一名机枪手。

在教导大队,他认真地向教员学习,没多久便掌握了其性能用途,还手把手地教起了其他战士。

一到戴家桥,教导队队员大都后撤到清水凟,他见陶家坤主动请缨,也向廖堃金请求留在重机枪班,好狠狠地打击敌人,廖堃金也同意了。

现在几个战士倒下了,他奋勇而上,罗忠毅司令员的话语又在耳边响起,"我们也用这种武器回敬鬼子,为死难的同胞报仇。"

周德利打了一阵子后,陆正康想过过瘾,"排长,让我也来两下吧。"周德利点了点头,陆正康捋了一下袖子,两手抓住机枪柄,对准那些正在冲刺的敌军喊道,"狗强盗,我让你来吧!"只见他喊叫着,全身随着机枪的震动而抖动着,叫喊声应和着机枪声,只见枪口喷着火苗,愤怒地扫向敌人,几个鬼子一下子栽了下去,其余的吓得慌忙扭转身,往西边奔跑,有的又像老鼠一样伏在地上,抱着枪,并着脚,一动不动。

敌人退下了,阵地上出现了短暂的平静。

廖垫金、游玉山、陈浩迅速研究对策,他们分析情况,研究战术,安置重伤员。廖垫金交代了几点,一、战斗愈激烈,愈艰巨,时间愈长,愈要关心伤员,爱护战士。二、适当分散或进入阵地,指挥员要灵活果断,分秒必争,重视保存部队战斗力。三、在坚决卡住敌人的情况下,应节省弹药,以用在关键时刻。四、接近傍晚,特别是夜间,要保持高度警惕,严密注视敌军动态,随时报告和密切左右联系。五、随时利用战斗间隙修整工事。

廖垫金的话还未说完,敌人的炮又猛烈地开始轰炸了,战士们迅速进入掩体。

这一次炮火比上一次更猛烈,从东浦又窜出一百多个鬼子前来增援,敌人对着河边,对着戴家村狂轰滥炸,似乎要把戴家河、戴家村从地球上抹掉。

一阵怪叫声又从西岸田野中响起,敌人又弓着身向桥边扑来,周德利上前正要用重机枪扫射,游玉山止住了他,"慢,子弹不多了,要节约用,先让步枪打,如果敌人上了桥,再用机枪给我狠狠地打。"

陶家坤受了伤,本坐在戴家村稍远的地方,自周家背受伤后,便被刘一鸿安排在政治组先行撤退,一路上也遇上了零星追击的敌人,由于伤势不重,便和战友们一道奋起还击。击退了尾随之敌后,于中午时分在廖垫金带领的六连部分战士之后来到了西阳村。

在西阳村,他也只吃了几口饭,便随机关人员撤至戴家桥,当教导队其他人员和党政机关人员往清水渎东撤时,他要求留下,和少量的教导大队人员一道阻敌,刘一鸿答应了。

但毕竟受了伤,战斗刚开始,他被留在了村边,现在眼见桥头险状万分,早已按捺不住,他匆匆来到了桥头,见廖垫金在作着动员,便强烈要求参战。

廖垫金大喜,他认识陶家坤,他知道陶家坤在四十六团一营是有名的猛将,现在主动请缨,一则可以增强力量,二则可以鼓舞士气,"欢迎,欢迎!"他说着,但一看到他腰部的伤势,还是有几分担忧,"你的伤,怎么样?行不行。"

"行。"陶家坤朗声答道。

"那好吧,你还是到教导大队那边去,刘大队长那边正缺人呢。"

"是!"

刘一鸿正在戴家桥的北面河段布防,刚才戴家桥桥头桥的南面河段战斗十分激烈,他这边没有战情,但他清楚进攻戴家桥的日军已超过一个中队,狡猾的日军肯定会转移方向,这儿绝不会风平浪静,可眼下教导大队参战人员不到十人,能作战的人主要集中在军事组,但在后周周家背阻敌,以及后撤中减员不少,撤到戴家桥时还有几个人挂了彩,弹药也不多了,他抬头见陶家坤一瘸一瘸地走来,忙迎上前去:"陶排长,你怎么来了?"

陶家坤牙一咬,"打小鬼子!"

"行吗?你的伤?"刘一鸿一看,陶家坤的腰部血污一片,黑色的淤血处还不时冒着殷红的血,那是鲜血渗出伤口所致。

"没什么,大队长,今天要和小鬼子拼个你死我活,打死一个够本,打死二个赚一个。"陶家坤双眼炯炯,字字铿锵有力,黑色的脸容刚毅沉着,形如雕塑一般。

刘一鸿想再说些什么,只听一声喊:"大队长,鬼子朝这边来了。"

刘一鸿一扭头,只见七八个鬼子从遥远处绕到戴家桥河的北面河段,正弯着腰,小心翼翼地向河边靠拢。

再没有时间说话,刘一鸿手一扬:"隐蔽好,先别动,待敌人上堤后,给我狠狠打,这儿水浅,千万不能让日军轻易下河。"

战士们齐伏河东的大坝堤下,双眼紧盯着河对岸,日军在桥头、桥的南面河段作战意图不能实现时,便采取了分兵作战的策略,先是在桥头、桥南河段猛攻,然后分出一部兵力约四十余人悄悄移至北面河段作战,也许那儿能找到突破口。日军知道,河面设防,不可能只在桥的一侧,另外他们也并不知晓那儿有多少军队,按常规,部队的人数不会少。

七八个日军先是弯着腰,然后是伏于地,匍匐前进,刘一鸿看到敌人在田野中趴下,伏地前行,便挥着手枪,对准对岸的日军,告诫战士们:"注意,日军快到了。"

日军在大堤下,突然跃起之时,刘一鸿着实吃了一惊,因为他明明看到日军伏于田野爬行时有百米之远,怎么一眨眼就到大堤下。速度如此之快,真不亚"土行孙"穿地的速度,日军跃起之时,犹如青蛙一样,怪叫着,已做着了扣动扳机的动作。不容丝毫的迟疑,刘一鸿一声喊"打",八九支枪排枪齐放,那些作着青蛙跳、还试图扣动扳机的日军顷刻被击毙,有几个滚落河中,激起一阵浪花。

后面的日军见状,见有人设防,情知不妙,齐齐趴下,利用堤坝作掩体,不时冒出扫射一番,战士们则趴在东岸的河堤下,不时冒头还击。

日酋在遥远处摇摇头,他判断新四军在这一四百余米的河段均有设防,本队人马有限,如果再往北面涉河攻击,一者河宽,找不到渡河工具,二者也难保没有新四军设防,如果下河时遇到新四军,那么这就成了活靶子,现在唯一的办法是用炮轰一轰,再实施一波攻击,能攻下最好,不能攻下,只能回至甓桥,看来,只有等待明日加以围捕了。

日军的掷弹筒、小钢炮、几架九二式步兵炮齐齐向戴家桥河的北面河段猛轰。

战士们齐伏于地,紧贴堤坝,敌人的炮弹一时奈何不了他们。

十余分钟后,炮声骤停,刘一鸿知道日军要进攻了。他忙起身抖落身上厚厚的泥块:"同志们,准备战斗。"

战士们齐齐抖落泥块,连忙举枪,迅速冒头朝对岸看去,只见对岸毫无动静。正觉诧异时,突然对岸堤坝上冒出几只钢盔,战士们连忙放枪,但见钢盔咔咔作响,兀自立着,并不坠落。

刘一鸿知道这是日本鬼子的诡计,他们是用枪管顶着钢盔,利用黄昏并不明亮的光线,引诱战士们射击。暴露目标,然后再行攻击。

"赶快趴下,散开。"话音刚落,空中呼啸声而起,炮弹,手榴弹齐齐落下。只见火光一闪,响声猛起。气浪袭来,一股巨力把他撞到一旁,随即泥土几乎把他全身覆盖。

一阵猛烈爆炸后,他挣扎着爬起,好几个战士已受了伤,被掩没于泥土中,挣扎着爬起。

他看到了陶家坤,从泥土中被战士们拉出时,他的右脚骨节被炸了重伤,鲜血染红了裤管和泥土,他自己撕下衣服塞住了伤口。刘一鸿急命战士们把他背下去,他咬着牙叫喊道:"腿坏了,还有手,一定要叫鬼子以血换血,以命抵命。为烈士报仇雪恨。"喊杀声震于天。

"不好,大队长,敌人下河了。"一个战士惊叫道,一边用手指着河。刘一鸿探头一看,好家伙,日军在新四军暴露目标后,一阵轰炸,趁战士们抢救伤员时,竟不顾一切地跳下了河。

由于此处河道不宽,日军一部分涉河,一部分用枪在河堤上掩护,若让下河的日军上了岸,后果真不堪设想,好在河面较宽,河中央水很浑,日军到深水处,只能游泳了,此时不打,还待何时。

战士们为了防止对岸的的日军射击,分散着探身朝河中射击,但由于射击精度不够,加之凫水的日军游速快,有几个日军已迫近已岸,而对岸的日军用机枪妄狂扫射已岸,作着交替掩护。

"甩手榴弹,甩手榴弹!"陶家坤叫道,没等战士们领会,他猛地从怀中掏出手榴弹,翻身爬向沙堤,沙堤斜坡上留下了一道宽宽的血痕。

陶家坤一伸头,有几个日军已游过深水处。已站立前行了,他们的身上还挎着枪,正在卸枪想扣动扳机。

"去你奶奶的。"陶家坤用尽全力把手榴弹扔向河中的日军。河中的日军惊叫着,在水中无法挪动,一声巨响,水花、血花伴随着惨叫声,在河中飞溅。

其他战士接二连三地扔出手榴弹,又迅速躲到河堤下,下了河的几个鬼子全被炸飞,岸上的日军向战士们扫射时,战士们已躲得无影无踪,他们也不再敢在岸上射击,躲在河堤下伺机放起了冷枪。

陶家坤被战士们抬到了河堤下,兀自叫喊着。刘一鸿则命令战士们保持距离,伏于堤下。不时观察对方敌情。不时地变换位置,战斗一时呈胶着状态。

鬼子知道如果再在这儿偷渡,下了河,只有送死,但他们并不甘心,继续从戴家桥上寻找突破口,成批的敌人又向戴家桥涌去。

罗章顺一看,吓了一跳,这一次竟来了如此多的敌人,忙指挥小鬼班战士准备迎敌。

张雪峰这一次觉得头上子弹如万杆的箭头一样,密密地飞过,想再探头去射击,是几乎不可能的,但如果一直趴在河堤下,那么敌人很有可能眨眼间冲上桥头,所以他不断变换位置,看哪个地段的河堤顶上没有飞弹,便从那儿探出头。他探头一看,发现几个敌人从南面已接近桥头,忙着缩下头,幸好,他刚蹲下身,密集的子弹便从头上飞过,他估计好敌人窜出的地段,拉响手榴弹,猛一探身,朝河对面投去,他没能看到手榴弹爆炸的情景,但从对岸的爆炸声中传来的惨叫声看,敌人肯定被炸翻了几个,战士们如法炮制,打一枪换一个地方,扔一颗手榴弹,换一个地方,敌人除了惨叫外,竟一点儿办法也没有。

张雪峰又换了一个地方,他探头一看,只见一个敌指挥官正举着指挥刀,叽里呱啦地在河对岸的田野里怪叫着,他忙换了一个地方,探出上身举枪瞄准,他刚想扣动扳机,突觉左手一阵麻痛,枪不由自主地滑落下来,他忙蹲下身子,刚才的坡堤上的泥土被枪弹打得四处飞溅,再低头一看,左手热乎乎的血直往上涌,他一抖动手腕,疼痛驱尽麻木,直袭心窝。

"啊,受伤了。"罗章顺赶来,连忙命他到村中休息,他还想坚持,但手疼得实在抬不起来,血哗哗直流,只好在其他战士的护送下,怀着无限的依恋之情离开战场。

陈浩与廖堃金在桥的南侧四百米外阻击敌人,桥头全仗小鬼班战士阻敌,重机枪由于子弹所剩无几,几乎不再响起。

罗章顺告诉这些十几岁的小战士,"大家不要随便探头,一旦探头发现目标,大家齐齐露身,排枪齐放,集中火力打击敌人。"

"是。"这些娃娃兵齐声叫着,他们把子弹推上膛,不时地变换位置,偷袭敌人。

敌人无论如何狡猾,但无法隐身,因为西河岸堤埂很矮,和一般的田埂高度差不多,且毫无其他障碍,一马平川,想接近河岸,必然会暴露在枪口下,不像河东岸由于有村子,加之村民为了防汛,把河堤筑得高高的,战士们可以以河堤作为掩体。敌人即便费尽心机,爬到西河岸,但要冲上桥,必然要直起身,他们知道一直身,性命难保,所以格外小心。往往先用火力压制对岸,让对岸的战士也直不起身子射击,然后接近桥头一跃而起,伺机冲上桥。但他们想尽了办法,不能奏效。小鬼班突然探头,突然隐身,又突然冒出排枪齐放,或齐齐地扔手榴弹,使他们毫无办法,即使用最猛烈炮火轰击,由于对岸有堤坝阻挡,也奈何不了他们。

就这样在罗章顺的带领下,打退了敌人一次又一次的进攻,敌人始终无法接近,更不要奢谈跨上桥面,所以重机枪也没再怒吼起来。

一阵猛烈的对射后,战场上又平静下来,这一次出奇地平静,河面上只有浅浅的涟漪,没有浪花,没有漩涡,除了火药味在四处漫溢外,黑烟也渐渐散尽。

晚霞照在河面上,东河岸下的河水红红的,闪闪发亮,波光跳跃着,灿若星斗,芦苇似被鲜血染过一样,灰白消隐,变成了玫瑰色,尤其那灰白的芦花倒像金灿灿的红高粱,显得格外地殷红,在这灰白的原野上,呈现着一种凄怆的情调。

罗章顺蹲在河堤下许久了,见没有动静,便探出头来朝对岸看。

静悄悄,只见河对岸的远远的田野里鬼子静静地挂着枪,缩着脖子,一动不动,像雕塑一般,似乎被什么定身法定住了,除了他们的太阳旗猎猎作响外,世界似乎凝固了。

再看河对岸,看不到一个敌人,怪了,刚才还一阵阵乱放枪,难道他们都退回去了,抑或钻到地底下去了,罗章顺不放心,探着头左右扫视起来,他什么都看不到,他踮起脚跟朝河对岸看,由于堤坝遮住了视线,什么也看不到。

他又朝田野里那些站着一动不动的日军看去,发现那些日军们一动不动,除了那面太阳旗在飘动外,他们的双脚似被钉在泥地里,整个身子纹丝不动。罗章顺看了看觉得十分奇怪,但他终于看出了破绽,别看西面田野中日军躲得远远的,但目光始终如一地注视前方西河岸的坝下,那眼光明显有一种期待、等待、盼望。罗章顺明白了,还有相当多的敌人趴伏在西河岸的坝下,伺机发动进攻。他忙缩下身子,想了想,然后变换一个位置,探出头高喊起来:"狗强盗,有种的站起来!"

他一喊完,忙缩下身子,他以为会招来一阵弹雨,但除了他的喊声在回荡外,丝毫没有声响,有几个战士探出头叫喊了几声,同样除喊叫声在空中回荡外,没有丝毫的声息。

"怎么啦,鬼子全撤到远处田野里啦。"罗章顺感到奇怪,从后面敌人的眼光看,敌人极有可能躲在对岸的坝下,怎么如此叫喊一点声息没有呢?

他探出脑袋,想看个究竟,什么声息也没有了,这些狗杂种,到底耍什么花样,有种的就露露脸,他扯开了嗓子,"狗强盗,有种的就……"

话音未落,一声枪响,对岸火光一闪,他的头猛烈抖动一下,一股鲜血从额头渗出,他摇晃着倒在东岸坝底下。

陈浩闻讯赶来,他一把抱起罗章顺,轻轻地用手抹去头上的血,他的泪水一点一点地滴在罗的充满稚气的脸上,罗的眉头、额头、嘴角那鲜嫩的色泽渐渐消退,变得灰黑起来。

又一个年轻的生命离开了人世,陈浩轻轻地把他放到村边的草垛上,凝望着河对岸,敌人没有贸然进攻,却不时地放着冷枪,他要求战士们要机智冷静,因为敌人的射击技术很高,稍有不慎,便有可能中了敌人的冷枪,果然,村中一位老太见河边久无枪声,便想把放在屋门前的关着乱窜乱撞的鸭子的鸭笼收回来,一出家门,便远远地被日军的冷枪击中,双脚乱蹬了几下,便咽了气。

陈浩看了一下表,时间已是下午4点了,不用多久,天就要黑了,天一黑,敌人就不可能再进攻了,眼下得赶快组织力量作最后准备,防止敌人反扑。

牺牲了好几个战士,小鬼班的小吴也牺牲了,陈浩来不及伤痛了,清点了一下人数,好在伤亡不大;人手还是有,只是子弹越来越少,战士们手中的子弹、手榴弹几乎打光了,整个部队多数人,手头仅存三五发子弹,手榴弹更是寥寥无几,至于那挺重机枪,只有一片弹夹了,只能在关键时刻扫射两下了,怎么办?

陈浩急命大家要节省子弹,不见敌人不打,敌人不露脸,我们也不要随便暴露在敌人的枪口下。一面带着通信员小黑皮,沿着下方走去,他发现了茅山保安司令部、句容警卫连的一部分战士伏在沟底,他喜出望外,找到了陈连长,叫他们出来作战。

陈连长忙摆手,"由于地武力量太差,罗、廖司令决心大力扶持地方武装,这些人就是发展地方武装时刚刚参军的,想到塘马来整训,你看,他们枪都不会开,怎么打仗?"

陈浩点点头,"那么把你们的子弹袋、手榴弹统统解下来,给我们吧。"

351

"好!"陈连长爽快答应了,并派两个战士把弹药全部送到小鬼班阵地上。

子弹一送到阵地,战士们一阵欢呼,地形有利,鬼子难以渡河攻击,太阳快下山了,坚持就是胜利。

敌人一看太阳快要下山了,哪肯放弃进攻。估计对岸的新四军非死即伤,不会有什么战斗力,再加上许久听不到重机枪响了,便想冒死一搏,组织一些敢死队,强行攻占木桥,倘能冲过木桥,占领一小块阵地,便可掩护大队人马渡过木桥,便可在天黑前,围歼岸东的新四军。他们放弃了从别处偷渡过河的打算,因戴家河河面远远宽于塘马河,倘若下水,只可能和刚才一样,有去无回。于是敌人趁着烟雾,开始了新一轮冲击波,这一次,周德利双手抓住重机枪的把手,准备把最后一片弹夹上的子弹赠送给敌人,冲在前面的敌军一听重机枪声,先是一愣,忙着趴下,还未趴下,便被撂倒了三四个,其余的赶忙散开,沿着河堤乱窜。

陈浩一见敌人露了脸,队形已散,便命令战士们放枪扔手榴弹。

突然重机枪歇火了,陈浩知道重机枪没有子弹了,敌指挥官一听,也嗅到了什么,挥舞着指挥刀压着鬼子硬往桥头冲。小鬼班战士眼都红了,高喊着为战友报仇的口号,不少人站立起来,暴露在敌人的面前,猛扣扳机,敌人来得多,刚才在重机枪扫射下,都挤在桥的两侧,没料到小鬼班战士如此英雄,纷纷跳出掩体,进行扫射,投掷手榴弹,一时间慌了神,被击毙的被击毙,被炸死的被炸死,有几个受了伤跌倒水里,挣扎了几下,身子慢慢地沉到水里,没有受伤的鬼子忙滚到田里,依着田埂向对岸扫射,小鬼班几个战士也中弹倒在了血泊中,紧接着敌人又用炮火向阵地轰来,霎时间,东岸又是一片火海,陈浩急命战士贴紧在河堤下,留少数人监视敌人活动,如果敌人再从田野中爬起,往河堤的桥边冲,战士们即刻跳出掩体,进行阻击。

朱彪装好子弹,拉上枪栓,手指轻轻地勾着扳机,蹲伏在岸堤下。现在子弹不多了,手榴弹也只剩下几颗了,而敌人进攻的势头没有减弱,有愈演愈烈之势。如果不死死守住戴家桥,敌人一旦越过此桥,那么转移至圩区的一千多名机关人员就可能遭敌围歼……现在只有一个信念,绝不退让,与戴家桥共存亡。

朱彪的眼眶湿润了,刚才他看到被陈浩抱着的罗章顺的还冒着热气的遗体渐渐变冷了,他感到从没有过的沉痛。又一个战士倒下了,怎么办?以血还血,以牙还牙。自己不就是抱着救国救民的信念来参加新四军的吗?现在激战正酣,正是考验自己,报效祖国的时候了。

他忽地想起了在上海难民所的情景,1936年,只有十四岁的他从高邮沙沟乡生舜村随父母来到上海打工,先是在芝麻榨油厂掏烟囱,后又去上海纱厂做工,受尽了折磨。卢沟桥事变后,他听到了许多抗日救国的道理。"八·一三"淞沪会战后,他和父母失去联系,只好到难民所避难。在难民所的几年中,他认识了共产党地下党员李家荣,在李家荣的领导下,他为党做了大量的工作,送情报,发宣传印刷品,还上了几年学。后来听说江南抗日救国军招兵扩军,他决心上战场打击日寇,便随李家荣在上海一家电影院门口集中,通过水路到达江苏常熟,于11月初参加了陈挺领导的二支队。

他穿上了军装,他拿起了枪……

"叭"一声枪响,打断了朱彪的思绪,他伸直身子,抬头一看,敌人又冒出来了。他举枪瞄准,扣动扳枪。枪声一响,一个鬼子扭动着身子跌倒。他移动了一下身子,抓住一颗手榴弹,用嘴咬开弦,用力朝对岸扔去,火光一闪,一声巨响,敌人被炸碎的肉体呈块状与泥土一起向四周飞溅。

陆云璋因身体极度虚弱和其他几个伤员一道躺在村中的小沟旁,他全身发冷,昏昏沉沉,他多想上去和战友们一道战斗,但别说拿枪,连站都站不起,急得直叹气。他不时地问着其他伤员,桥边战斗如何,但一个炸掉右臂的伤员告诉他,戴家桥已危急万分,旅部的几个首长已作最后的动员了。

他一听,热心一涌,用尽了最后一点力气,奋力站起,他咬着牙,拼着命,拿起小马枪,高一脚、低一脚地向河边奔去。

眼冒金星,他觉得空中金星闪耀,火花四溅,耳鼓生疼,炮声、枪声、尖啸声纷拥而至,一股热浪在前面滚涌。

一颗炸弹在他身边爆炸,他被热浪吹得东倒西歪,差点儿跌倒,他只觉得胃中一阵翻滚,一种极度恶心泛起,猛地一张口,吐出一大摊发黄的水……旋即他的脑海清醒了许多,额上也渗出许多汗来,手上的马枪也轻了许多,两腿也不似先前发软打战。

他看到战士们变换各种位置开着枪,敌人的子弹瑟瑟地从岸堤上飞来,岸堤表层的泥土不时地向四处散射。

他一下子跑到战士们中间,探出头,操起马枪,向对岸的敌人瞄准。

敌人又跃起发起进攻,战士们早有准备,纷纷跳出掩体,乒乒乓乓排枪齐放,敌人始终无法接近桥头,硬冲只有白送命,面对着宽阔的戴家河和对面打不烂、轰不垮的小鬼班战士,只好趴在地里进行还击,而小鬼班战士见敌人趴在田里,用枪扫射,则纷纷躲到堤下,任凭敌人放枪。

太阳下山了,戴家河的河水一片殷红,南面芦苇荡中的芦花被如血的残阳照得一片通红,成了真正的红高粱,寒风又起,暝色渐现。

敌人见状,用尽全力,把剩余的子弹再一次倾泻到戴家河东岸。

枪声一停,战士们纷纷站起,准备战斗。陈浩探头一看,没看到敌人爬起冲击,而是忙不迭地后撤着,战士们一见也纷纷探出头望去,只见夕阳西下,半个太阳已沉入地平线下,敌人跑得非常快,残阳下,晃动着黑色的剪影,扛着枪炮,牵着马匹,耷拉着脑袋往南走,马儿缓缓地迈着沉沉的脚步,背上驮着交叠在一起的尸首,渐渐消失在夜幕中。

"胜利了,我们胜利了!"廖堃金、游玉山、陈浩一阵呼叫,战士们挥舞着帽子,举着枪,在河东岸跳着叫着,欢庆着这来之不易的胜利。

欢声激荡着河水,河水揉碎了他们的倒影,芦苇褪去了红色的霞衣,恢复了本真的面目,即刻又被夜色吞噬,变得黑糊糊一片,不甚分明,除了发出的刷刷声响外,再也不能展示其特有的身影。

战斗结束了,战士们的欢庆声震荡在戴家河的上空。

王直、王胜来到河边,冷峻的现实使他俩显得格外冷静,他俩一言不发,面对着苍茫的夜色。

暮色四合,戴家桥、戴家河、戴家村很快都沉入夜色中,西边的田野灰蒙蒙一片,什么也看不清,夜色下,实在看不出此地曾发生过惊心动魄的战斗,但是空气中没有散尽的硝烟味和人血的血腥味使人马上能品味出战争的残酷性、特殊性,由此联想出各种惨烈的画面来。

戴家河是宁静的,只有鱼儿偶尔的唧唧声才打破这深沉的宁静。

王直站在河边眼望着西边,他眉毛紧锁,双眼放射出的是一种希冀、盼望、焦虑混杂的光芒,他的内心可并不像戴家河那么宁静,心海不断地滚涌、翻腾。

罗、廖首长何在,他们突围出去了没有?如果他们牺牲了,这苏南抗日大局,这十六旅的前途,该由谁来承担,如果他们没有牺牲,那么现在是隐蔽在一角呢?还是为敌所虏?从常理看,为敌所虏是不可能的,那么隐蔽于一角也非常危险,该怎样联络他们呢……首长呀!首长,你们在哪里?首长呀,首长呀!我已完成了任务,把队伍带到了长荡湖边,可谁能料到这湖区远不是一个安全区呀,戴家桥险象环生,长荡湖杀气腾腾,任何一个疏忽都有可能前功尽弃,战友们的血就会白白流失,好在我们的战士,尤其是小鬼班战士顶住了敌人的进攻,好在我们的政治工作者和我们的旅部机关干部一道沉着冷静,使队伍在清水渎边四面分散隐蔽起来,没有被敌人发现。

现在敌人撤走了,但我们依然没有跳出包围圈,如果不想办法在夜间撤出,天一亮,敌人重兵来攻,后果不堪设想。

首长呀,首长,你们在哪里,战士们需要你俩,群众需要你俩,苏南抗日大局离不开你们,你们在哪里呀。

43

　　王直的眼眶湿润了，危险的现实不容他再去遐想，他转过身对王胜说："王团长，我们得赶快召开会议，对眼下的情况迅速作出部署。"

　　"对，险情不等人。"王胜点了点头，"天一亮就不好办了。"

　　王直、王胜一面布置警戒，一面到清水渎召集干部研究如何突围，同时派人照顾桥头战士吃饭和对伤员进行安置、护理。

　　机关人员从哪个方向突围，突围后向哪里去，在干部会议上，有人建议从南突围，向程维新部靠拢，遭到了否决，眼下敌人已出现在东浦村，难保别桥不落入日军之手，即使不落入日军之手，有国民党把守，机关人员通行不是受阻便是被缴械。

　　东面是长荡湖，不行，北面是金坛县城，有日军重兵把守，西面那不容说了，王家庄战斗，情况不明，敌人尾随追击至戴家桥从两边进攻刚刚撤去，怎敢冒此大险，看来只有西北方向可以突围。如果队伍能转移到黄金山、横山岗地区，那么可以说基本上跳出了敌人的包围圈。至于跳出包围圈后的打算，王直开口了："同志们，我们苏南的部队就只有十六旅四十七团在茅山脚下，力量又小，又在敌人眼皮底下，我们不能去。溧水那儿只有四十六团，他们是主力团，有力量，且在溧水高淳地区，距敌人较远，我们只有去那儿，安全才能得到保障，眼下，我们先突围，突围后向军部请示，另外，突围后得赶快寻找罗、廖首长的下落，只有这样……"部队一下少了罗、廖首长，大家一时没了主心骨，王直说出了他认为的最佳方案，王直的意见很快被大家接受。

　　不过说起来容易，做起来难，现在敌人虽然从戴家桥撤出了，但他们绝不可能放弃对制高点、路口、桥梁的控制，要突围也只能从敌人设防的结合部突围而出。但突围的具体线路选择哪里呢？因为西北横着一条运河，千把人要渡过，难呀，用船渡，船少则时间长，船多则易被发现。

　　所有的人沉默了，突然一人奋然而出："我去，我是本地人，我向百姓打听，也许能找到突破口。"

大家一看,原来是溧阳县县长陈练升,大家一见陈练升,眼睛顿时一亮,他就是离这儿不远的张村人,这儿的地形他很熟悉,队伍在旅部东撤时,就是由他和陆平东带的路。

"好吧,陈县长,你快去。"王直、王胜点头同意了,为安全起见,王胜派了一个小组与陈练升一道前行。

陈练升一走,他们赶快研究行进次序,规定了集结地区和联络地点,又安置了重伤员,如宋耀良等人便被安排在东浦村一带的农民家中,轻伤的如张雪峰等人继续随部队前行,突围后去磨盘山一带养伤。

考虑到形势复杂,决定做好两手准备,万一突不出去,就留一部分人牵制敌人,一部分化整为零,组织游击小组,分散隐蔽打击敌人,其他强行突围。

夜沉沉,除戴家桥的警戒人员外,大部分人员集中在清水渎,等待陈练升带来好消息,可时间一分一秒地过去,却始终不见陈练升的踪影,这可把人急坏了。

王直在屋内走来走去,王胜急得连连叹气,这可怎么办?难道陈练升出事了?时间已近晚上9点了,如果陈练升出了事,敌人知道了这一千多人的聚集地,夜间采取强攻战术,那可实在危险了。

一想到此,王直惊出一身冷汗,连忙布置战士抓紧对清水渎四周的警戒,如有异常情况,即刻报警,另外,他和王胜决定实施第二方案。

他们正在布置时,陈练升气喘吁吁地来了。"怎么搞的,到现在才来,这是什么时候了?"王直一脸怒气。

陈练升呼哧呼哧地喘着气,"是这样,天黑了,找不到人,所有的路口都被敌人封锁了。"

"啊?"众人一下惊呆了,大家呆呆地盯着他,一片叹气声。

"不要急,不要急。"十分清瘦的陈练升摆着手,他的脸上看不出有丝毫的忧思,显得出奇地平静,虽然他仍是"呼哧呼哧"喘个不停。

"同志们,一个老乡告诉我有一个地方,那儿窄窄的,河段上有一座小木桥,那是农民为图方便自建的,河水多时沉入水下,天热可以踩在上面,蹚水过去。河水浅时,桥刚刚露出水面,可以直接踩桥而过。现在是深秋,河水少,桥快露出了水面,只要在上面铺一层木板,渡过去没问题。"话没说完,他拿起桌上的一只破损了的搪瓷杯,大口大口地往嘴里倒水。

"噢……"众人松了一口气,绷紧了的脸都松弛了下来,悬着的心终于落了地。

队伍出发了,旅教导队由刘一鸿率领在前开路,陈浩带着小鬼班和重机枪手在

357

夜色苍茫中与王胜团长紧随其后,区党委机关和旅部居中,廖垩金率领詹厚安、李国荣、龚友生等人殿后,十点钟,按编好的组、队出发。

又是一次远行,但这次不是转移,是突围,如果说11月7日的那次活动是怕遇上危险,那么这次活动已时时处在危险之中,目的是如何脱离危险。

乐时鸣紧随王胜走在部队的前头,为了前后联络和辨别,每人背包上挂了一块白毛巾。

乐时鸣心情格外沉重,11月7日的那次转移,他在行军时,虽然感到疲乏,心情是轻快的,目标也是明确的,行军的线路也是固定的,唯一担心的是夜间转移怕会遇上鬼子。但那份担心并不沉重,因为夜间鬼子一般不会出动,即便出动遇上的几率也不大,即使遇上,夜间作战也并不可怕。而这次却不同,机关人员已处在敌人的包围中,陈练升的汇报证实了这一点,路口、桥梁、制高点全被敌人控制住,如不是夜色降临,后果是难以想象的了,现在在夜色的掩护下突围,时时处在危险之中,虽然按惯例敌人夜间不敢多动,但要冲出敌人的封锁线,在战斗人员如此稀少的情况下,情形就不一样了。万一在敌人的防区结合部通过时碰上敌人,倘若敌人一反常态,夜间出击后果就难以预料了。但不管如何一定要突出去,既然陈练升找到了小桥,他又是本地人,从小桥上突围到黄金山、横山岗、丫髻山应该是最佳选择⋯⋯

他看到运输员把罗忠毅的行李担子从右肩移到左肩上。

担子在,担上东西的主人却不在,他在哪儿呢?乐时鸣心里感到一阵茫然,塘马那边的枪声早已停歇,也陆陆续续跑来了一些战士,罗、廖的情况不明,生死未卜。

凭他多年的经验,如此惨烈的战斗,罗、廖的处境应该是⋯⋯至少是⋯⋯他不敢再想下去了,他只记上次转移时罗就在他身边,他那高大的身影一直伴随着队伍前行着,像一根定海神针稳定着前行的队伍,而现在⋯⋯只有靠着集体力量,渡过这艰难的险阻。

他无法细想为什么昨晚不作一次大的转移,他也无法细想战斗打响后作出战斗部署是否妥当,他无法细想罗、廖为何亲临一线,而不作出另外的选择,眼下是跟上队伍,进行突围,随时参加战斗。

他紧跟着前面的战士,行进在狭小的田埂上,只看到背影,脚步和狭窄的小路,偶尔能看到灰暗的水域、水渠、池塘、河流。

他时不时地摸一下眼镜框架,他眼睛近视,按常理夜间行走多有不便,不过长期的残酷战争使他习惯于夜间行走,这样的田野小道算不了什么,不过今晚,他总觉得脚有些不听使唤,摇摇晃晃似欲跌倒,几个战士上来,想帮他,他谢绝了。

"小心，小心，不要踩响石板。"他隐约听到前面有人向后打着招呼。

他抬头一望，许多黑糊糊的人影从平地上渐次消失，显然前面是一块凹陷之地，众人往下行走了，待他来到众人消失处。发现一河横亘于前，虽然天黑，不甚分明，但凭迎面扑来的水汽，凭微弱的星光的照射，还能窥视出它大致的姿容来。河面虽不及戴家河宽，但仍有二三十米的宽度，在苏南这样宽的河，水深足有两米，无桥是难以渡越的，他见水面上没有桥，但是战士们却能从水面上徒步而过，显然下面有过渡之物。凭不时传来的石头的响声，他猜测着这是一个临时的石礅上架木或石礅上架板的简易之桥，也就是陈练升所说的村民铺设的小桥。

在南方，溪河纵横，桥梁有限，农夫为了劳作便利，在河边溪间垒上石礅，再在石礅上架木或架石板，可以行走，塘马至下林桥的石板桥便属此类，还有的只是在水中垒上石台，并不架板，人要连续跳跃在石台上，方能渡过。

眼前的桥应该属于这前一类，但奇怪的是从战士们行走的情况看，桥面低得实在难以想象，此时他才想起陈练升的话，那原是简易之物，水浅则露出水面。夏日水深，因农作繁忙，农夫常常蹚水而过，冬日水浅，桥面自然外露，但无农事，少有人行走，看来同志们又在上面铺设了一层木板了。

他一踩上去，才发现不是木板，而是成捆的树木橼子，所以人一踩上便会发出响声，在夜间显得特别响亮，难怪乎前面的同志招呼后面的同志要注意踩稳，不要发出太大的响声，引起敌人的注意。

当他踏上对面的河堤，他那颗紧张的心终于松弛了下来，他清楚，越过此河，意味着已跳出敌人在戴家桥长荡湖的包围圈，以后即使遇到敌人，因回旋的空间很大，形势并不可怕了。

"同志们，加快步伐，迅速渡河。"他回转身，轻轻地呼唤着……

王胜紧随教导大队之后前行着……戴家桥守住了，终于熬到夜色降临了，但他不敢有丝毫的怠慢，危机四伏，随时可能发生战斗，在闽西红八团作战时，这样的经历实在太多了。

不过对于突围夜战，他倒并不在乎，在三年游击战争时，经常是夜间作战，夜间转移，夜间突围，这种作战氛围实在是再熟悉不过了。不过嘛，闽西的地理条件，在山间作战，山间转移，山间突围，隐蔽性强，安全系数大，而且国民党军队的战斗力远不及日军，所以在苏南水乡，远不及闽西轻松。

他胸中感到一阵沉闷，步履也感到格外的沉重，内心时时泛起一阵酸楚。

"自担任二支队参谋长后，军事生活一帆风顺，担任十六旅参谋长后也顺淌顺水,自己是老资格的参谋长了,在闽西红军时期,自己就担任红八团的参谋长,谁能料到旅部决定要自己东去锡南主持四十八团的工作。自己只身前往,没有人能体谅到工作的艰难,语言不通,没有助手,情况复杂,这是前所未有的。果不然,刚到锡南当晚发生了苏、罗叛变,叛军竟然来抓自己,若不是转移得快,极有可能遭了苏、罗的毒手。在此情形下,我只能作返回旅部汇报情况的选择。旅部同意了,这本不是什么大不了的事,谁料罗福佑在锡南独断专行,一不听地方党的意见,二在部队排斥异己,生活作风极不严肃,更要命的是他竟然谎报军情,声称敌人在锡南清乡,把部队带到塘马,造成了极坏的影响,到后来,还要逃跑……谁能料到呢?牵连到自己,首长对自己失去先前的那份信任,参谋长被免,虽然担任团长,但四十八团已直接归旅部指挥,自己的位置明摆着是一个虚位了……"

王胜一边走,一边想,一边想,一边走,不时地回过头来看着队伍,黑夜中看不清,但从刷刷刷的声音中能判断出后面的部队正源源不断向这边移来,一切都很正常,这一千多人的庞大队伍都变成长长的一条龙了。

"罗司令不愿让自己留下,是什么原因呢?是对我不信任?是对我作战能力有疑虑?还是有其他的想法,我不敢多想,也不愿多想,我参谋长已免,虽然战士们不清楚,但干部们是知道的,作为团长,我理应殿后,掩护首长撤退,但他不同意,我也只能先行转移了……战斗规模如此之大,战斗如此残酷,看来不是罗司令不信任我,而是他自己勇于牺牲自己,抢过这副常人无法担起的重担了。罗司令呀罗司令,你在哪里?廖司令呀廖司令,你又在哪里呀?"

陈浩紧随左右,小鬼班的战士紧跟着,王胜看着这些在戴家桥立下赫赫战功的娃娃兵,心中感到一阵欣慰。

队伍行进到北河边,陆陆续续地穿过由陈练升通过老乡找到的那座小木桥。

王直走上小木桥,用脚踩了踩,软软的树木橼子上下晃荡着,河里的水也跟着激荡起来,这木桥紧贴水面,陈练升所言不假,水位稍微高一些,此桥就被淹没在水中,此地芦苇丛生,河网密布,水网地带,别说普通地图,即使军用地图也无法标上这样的小桥,若不是百姓指点,绝不可能找到这样的"通途"。

王直往西边看了看,发现此段河面左边通向弯弯曲曲的名副其实的北里湾河,右边笔直地通往运河和长荡湖。

多么不利于突围的水网地域呀,王直发出了由衷的感慨,现在队伍已经安全渡过了北河,可以说脱离了最危险的区域,如果没有群众的支持,那将会是一个什么样的局面呀,这么庞大的队伍,如果涉河而过,难保不被敌人发现,即使不被人发现,这不会凫水的,这轻伤员,在这寒冷的水域里怎么度过呢?

当廖堃金断后的队伍越过小木桥时,一千多人的队伍终于脱离了最危险的区域。

一千多人的队伍继续向西北奔走,他们在田野中疾走,渐渐地把戴家桥和北河抛在了后边,穿过两旁有村庄的地带时,隐约可见点点火光。为防不测,廖堃金命几个战斗小组不断地交替警戒,随时跟进。

部队行进到张村地带时,发现前边有篝火,王胜决定绕村而行。

不料前头部队碰上了日军哨兵,日军哨兵用日语盘问,王胜以为许彧青叫他,便叫道:"老许,你在哪里?"不料此言一出,敌人便朝他开枪,子弹击中了他警卫员的肩膀,顿时血流如注。马上村口大屋上亮起了耀眼的探照灯,接着村子里出现了慌乱的人声,敌人三四个哨兵迅速奔回村内,不一会儿,"突突突"地枪声响了起来,王胜急命众人趴下,陈浩带着小鬼班战士匍匐在地上,进行还击。

这一还击,敌人的探照灯即刻熄了,敌人只是乱放枪,不敢出村。

后面的队形乱了,王胜对陈浩交代几句后,便向后走去,于是后队变成前队。陈浩他们变成了后队,队伍向后撤去,陈浩掩护着他们后撤,等队伍走了一段路,才从原地撤出。临走时,陈浩他们又向敌人打了一阵枪,但是敌人除了胡乱扫射外,始终不敢出村一步。原来这批敌人是塘马战斗后怕被新四军袭击,临时驻扎在张村、玉华山一带,准备明日全力进攻东撤湖区的新四军,晚上战斗一打响,敌人摸不清情况,根本不敢出村。

出了张村,部队沿着田埂,疾进于田野中,不久便沿着丘陵小道行进于丘陵山地中。

天亮前到达戴巷、黄金山地区。

44

又见戴巷,又见黄金山,乐时鸣看着黑魆魆的山头时,大有劫后余生的感觉。

天渐渐亮了,天气是那样寒冷,空气是那样清冽,吸入肺中的空气冰凉冰凉,身上的汗水浸湿了衣服,长途穿越散发的热量又把湿衣服烤干。行走于路途,衣服贴肉,虽觉不适,由于行军紧张,身子热乎乎,倒没在意,突然的休息,骤然的放松,乐时鸣反倒觉得不适起来,身子觉得有一种寒凛凛的感觉。

他在黄金山脚下来回走动着,往事不断地在眼前闪现,和渐渐清晰的山村树木田野叠加,在脑海中飘浮。

安静,死一般的寂静,除了偶尔的犬吠声和一两声轻微的人声外,再也没有其他声息,人们似乎坠入了无底的深渊。

乐时鸣轻轻地叹了一口气,11月7日仅仅过去了二十一天,而自己觉得仿佛过了几世几劫,时间犹如横躺的铁轨无限制地向后延伸。

激烈的战斗早已结束,但两位首长的生死还是不甚明了,这寒冷的气候,死一般的寂静,预示着一种极大的不祥,凭直觉他觉得一种可怕的现实已经产生……他猛烈地走动起来,他害怕产生这样的念头、判断,他希望自己用外在的肢体动作驱赶尽脑中那不祥的假设……

他的双脚顿觉麻木起来,犹如电流急速通过,又觉千万条小虫于此爬行,许久许久双脚才恢复到原先的常态。

他有意无意地望着灰乎乎的南方,向着塘马方向瞭望,脑海中则不时地翻腾着留下阻击日军的战友们的面容,28日那惊心动魄的一幕幕又时不时地在眼前闪现。

自己呀,什么都管,小到首长的饮食起居、战士们的宿营分配,大到首长、战士的安全,特务连的训练、物资供给都得管。在塘马整训期间,为了部队衣食供应,用尽了脑筋、费尽了心思,物质紧缺,资源有限。尤其是前几天苏皖区党委和旅部召集地方干部召开会议,这住宿、饮食,着实花了一番工夫。尤其是安全问题,本科配合特务连竭尽全力,一连几天,自己没有好好睡过一次觉,骤然间战火升起,一路上撤退人员纷纷东行。队伍有些混乱,自己指挥本科人员收容掉队的人员,组织他们沿正确的路线向东突围,防止走到河汊死角处,遭敌围歼。还好,队伍行进得很顺利,加之有廖堃金、陈浩和团部特务队的断后,机关人员顺利撤至西阳村。

西阳一到,已近中午,自己带领本科人员找到百姓家,迅速淘米烧饭,不致大家挨饿,虽然战事吃紧,转移至此的人员大都吃上了一顿热热的饭菜,才用尽余力迅速东撤至戴家村,后移至杨店、清水渎,隐蔽于树木、草垛、村庄中……

这一切的一切,就发生在前一天,但好像发生在数十年前,是那样清晰,又是那样模糊,时间呀,你是无限制地被拉长了,还是无限制地被压缩了,这……

乐时鸣站了起来,他取下眼镜,揉了揉眼睛,继续朝南面遥望。

天光渐渐发亮,南面的村庄田野,渐见清晰,而寂静依旧。

他多么希望这凝固的世界产生惊天的巨澜,比方突然响起一阵枪声,或者响起一阵炮声、一阵手榴弹爆炸声,或者响起一阵阵呐喊声,突然闪现冲天的火光,弥漫的烟雾,奔腾的战马,纷飞的弹雨……

没有,没有,什么都没有,一片寂静,连刚才的犬吠声也没有了。

他希望有战火,有枪炮声,哪怕是很微弱的,只要有,说明还有战斗,说明还有生还者,那么或许会出现这样的画面,骤然,枪炮声四起,火光闪现,寂静被驱赶而尽,声浪卷起一切,天宇破裂,天与地之间的空间被拉开一角,许许多多昨日分别的那些鲜活的面容在罗、廖首长带领下,举着枪,呐喊着,奔涌而出,枪口喷射着愤怒的火舌,敌军纷纷倒毙,血路顿时敞开,战友们冲出合围,带着鲜血、创伤来到黄金山下,呼喊着胜利的口号,拥抱着转移出来的战友,抛帽子、扯绷带,挥舞着双手,喷射着胸臆,狂跳着,奔跃成一道道重见天日、劫后重见的笑脸,洋溢着直冲云霄的战斗豪情,一切的一切汇成一道绚丽的洪流……

乐时鸣下意识地做了一个前迎的姿势,他仿佛看到罗、廖两人满身血污的大踏步前来,而且扬起了双手,许多战士紧随其后,奔涌而来,其中有黄兰弟、陈必利、雷来速、杨士林……

"乐科长,出发了!"一个战士的呼声把他惊醒,他下意识的前迎的动作还没有展开便被唤回,他眨了一下眼睛,朝刚才出现罗、廖的方向看去,只见空荡荡一片,什么人也没有,只是田野和村庄比刚才更为清晰一些,一切仍是那样寂静……

有见黄金山了,虽然相隔时日不多,但劳累了一天一夜的翁履康,感觉好像过了一个世纪。

虽然极度疲劳,但他头脑十分清醒,昨天的一幕幕还在眼前不断浮现。尤其是昨天下午，在清水渎，忽闻长荡湖湖面里有日军的汽艇浮现，气氛一下子紧张起来，为防意外，廖昌英急命他和翟中和销毁密码，寻找隐蔽之所藏好电台，随时和上岸的敌人搏斗。

好在日军未敢轻易上岸，天渐渐黑了，他们的心才渐渐松弛下来。

晚上，他们随旅部首长向北转移，为防意外，他们把器材合于一处，拼成一副担子，挑伕轮流挑担，其他人员紧紧护卫，终于越河、穿村，紧随教导大队后面到达了黄金山地区。

小山村的小屋门前，廖昌英对他们宣布，迅速架起电台，万万特急向师部发电。翁履康、翟中和连忙架好电台，迅速呼叫师部。还好，一叫就通，翁履康迅速发电，电文为："师部，昨日凌晨，特遭日寇包围，激战一天，机关人员全部胜利转移。但殿后阻击的罗、廖首长至今情况不明，现请示师部，如何准备下一步活动。王直"

苏北、江、高、宝地区，新四军六师机要员收到了十六旅万万火急的电报，机要员张祖池在译电时觉得奇怪，往昔电报的抬头不是罗，即是廖，或者罗、廖联合签署，这次抬头上怎么会是组织科长王直的名字。

译完电文，他的心一下子沉重起来，未及细想，急急地把电报送到谭震林的卧室。

谭震林见有急电，神色一下子凝重起来，他双目急速地扫视着电文，看着看着眼泪慢慢地流了下来。深知苏南艰苦斗争的他，已预感到了一切。

他擦着眼泪，急命张祖池回电，命令不惜一切代价，探明罗、廖的下落。

王直接到电报，迅速回电，较为详细地讲诉了战斗过程。谭震林迅速回电，一面命一部分战士打听罗、廖下落，一面命转移人员迅速转移至四十六团处，十六旅暂由钟国楚、黄玉庭、王直领导，待他向军部汇报后，准备南下，处理相关事宜。

所有的电文内容都从翁履康、翟中和手上通过，翁已感知到了最不幸的后果，罗、廖已牺牲，他的眼泪如掉了线的珠子纷纷坠落而下。

到达黄金山地区，已胜利跳出了敌人的包围圈，突围成功，王直、王胜决定立即把机关部队分散。樊玉琳带保安司令部一个连回茅山，钱震宇、朱春苑同志带了一部分人到西岗，为探寻首长下落，打扫战场，李钊率茅山保安司令部一连地方武装人员、十六旅第一医疗所急赴王家庄。

旅部和机关人员继续前行，穿过黄金山、横山冈，来到丫髻山东面的青龙洞一带宿营。

王直没有睡觉，顶住瞌睡，直到电台、钱币及重要文件被战士们移入丫髻山西面的青龙洞中,到了一个极为安全的场所后才合上双眼。这青龙洞是千万年形成的一个古老溶洞,洞口极小,仅容一人进入,而洞内有的地方极大,宽阔处有三四间屋大,但大部分地方狭小,仅容一两人通过,且支洞颇多,大洞套小洞,小洞连大洞,其洞口和别的洞口不相通,它垂直而下,然后横向通入山中,隐蔽性极强,外人一般不知,即便知晓,见洞口狭小,进入其中,不久便返身退回。

　　新四军进入江南,常和日军作战,需要有安全的隐身之处,在当地山民指点下,常隐蔽于洞中。此洞紧挨溧武路,又与磨盘山的医院不远,加之林木参天,确是一个理想的隐蔽场所。

　　战士干部一进洞中,因劳累了一夜,便在洞中大睡起来,只有值班的战士,紧握枪杆,高度戒备,注视着山下的一切。

　　部分被打散的战士纷纷回归,其中有张连升、雷应清、苏新河、赵匡山、顾肇基等人。四十七团二营和四十六团九连的大部分战士也突围而出。

　　陈辉在洞中怎么也睡不着,他紧紧抱住那几捆钱币,应该说这儿是一个绝对安全的地方了,但具有高度责任感的他,不敢有丝毫的放松。

　　在塘马村头,罗忠毅关照陈辉"人在钱在",他含着泪说"人不在,钱也在",现在钱还在自己手中,可是罗、廖首长不见,他非要把钱交到首长手中才能说完成了任务。

　　一路上,他遇到了不少风险,刚出塘马村三里许的考村,敌人的一颗炮弹便在身边爆炸了,气浪一下子把他和其他的几个挑担的农民掀翻。他跳起来,紧紧地把钱币压在身下,由于这是一颗散弹,敌人还没赶上。他便安慰慌慌张张、意欲逃走的农民,又匆忙把钱币捆紧,叫他们挑上,紧随王直同志西行。他除了自己肩挑外,还不时照顾其他挑担的同志,还不时向塘马方向张望,关望着首长和战友的安全,"快,快,快,跟上"、"注意小沟"、"当心前面水塘",他一边挑着,一边指挥着,使挑担队伍顺利地在田埂、小坝、丛草中行进,当队伍行至西阳村南,突遭敌人袭击时,他急命挑担的村民放下担子,俯伏在田埂下,自己则和其他几个战士配合廖堃金的二营战士作战,用马枪接连撂倒几个疯狂冲来的日军,才遏住了敌人迂回的势头。然后乘此间隙,急命村民担起担子,迅速东行撤离危险区,顺利撤至戴家桥村。

　　清水渎,形势危急,在王直同志的宣传鼓动下,他和战友们迅速把钱币藏入村边的芦苇丛中。隐蔽好,做到万无一失后,自己拿起枪,和其他几个拿着扁担的村民,随时和意欲上岸的日军相搏。为了保险起见,他把钱币的藏身处告诉直属首长,命最可靠的同志伺机突围而出,报告上级,自己已决定把最后一颗子弹留给自

365

己,绝不让钱币落入敌人之手。

张村遇敌,前队变后队,他叫村民撤下担子,把钱币捆好,让最可靠的战士扛着,匍匐前行,自己断后,双手紧握手榴弹,随时准备和敌人同归于尽……他的心弦绷得紧紧的,直到到了黄金山地区,他才有所松缓,他才觉得初步完成了首长交给的任务……

首长呀,首长呀,你们在哪里,战友呀战友,你们现在怎么样。

他睡不着,轻轻走出洞外,只见红日东升,霞光散落在山头、树梢、草丛上,油松挺拔,树皮翘裂,松针满地,踏上沙沙作响,松果满枝,风一吹,相互撞击,哗啦啦一片声响,松针纷纷坠落,在空中飞舞。

透过松针汇成的帘幕,能清晰地看到南方的地形逐级而下,巨大的山体下面是起伏的丘陵,丘陵上是稀疏的松树,遍地的黄草,零星的村落,丘陵的尽头处则是亮晶晶的如带子一般绕来绕去的河流。今天天气特别好,没有丝毫的雾,所以那些如带子一般的河流看得十分清晰,陈辉觉得眼睛似乎看到了那粼粼的波浪,他细细地看着那带子般的河流在向南延伸时呈环绕流转起来。

河流在一片树林前消失了,从那河流盘旋的形状看,定是塘马河的盘龙坝,事实上,南向河流只有一条,那就是塘马河,环绕处必是塘马盘龙坝,那么前面树木掩映处必是塘马村了。

塘马呀塘马,战斗生活的地方,四个月的生活,我与你结下了不解之缘,整训、学习、体育活动、纪念大会、军民联欢……塘马呀塘马,硝烟已尽,村民如何?首长如何?战友们如何?你能告诉我吗?小桥分别时,首长还在村头,现在他们在何处,他们是否还在你的怀抱里,如果在,他们可好,如果不在,他们究竟在哪里……你能告诉我吗?……首长呀,首长呀,钱币完好无损地在洞中,只等你来验收,希望你们早日归来,率领我们拼杀于疆场,早日完成驱赶倭寇的伟业……首长呀,首长呀,你们在哪里,你们在哪里,你们在哪里呀!

风一吹,茅草伏地,风一吹,松涛声声,风一吹,云朵回旋,风一吹,松针纷纷而下,陈辉的眼睛湿润了,他在青龙洞,大松树下,站立着,久久没有离去……

罗福佑蜷缩在洞中一动未动,塘马战斗打响后,他从禁闭室中被拉出,由于他腿部已伤,随机关东撤时,也没人看管他。大家都知道,他跑也跑不掉。

从四面枪声看,他知道今天是一个恶仗,一场巨大的灾难已经降临大地,他不由得浑身哆嗦,霎时间思维一片混乱,只是昏头昏脑,忍着腿伤往东跑。

到了戴家桥听到日军进攻小桥,湖面上已有日军汽艇游弋,他双眼一黑,直叫

"完了",待到了黄金山地区才缓过气来。一路上他想帮助别人,没人理他,他想和别人说上一两句话,没人瞅他。他心里难受,如今虎落平阳,威信扫地,想当初在和桥,在锡南时多威风呀,怎么一眨眼什么都变了?

他苦笑着,一念之差,全毁了自己,自己不出逃,断不至于弄到这种地步,自己何苦来着呢?

青龙洞呀青龙洞,不远处,便是方山,在那儿自己被土匪打伤……到青龙洞,似乎大家注意他了,但投来的眼光不是轻蔑,便是愤怒,尤其是四十八团转移出来的同志两眼喷火,似乎想把他烧死。

他突然感到一种从没有过的恐惧,末日之感透遍全身,他哆嗦着,不知如何是好,他多么想找到一个支洞,钻进去,谁也找不到他,谁也永远找不到他……

45

　　天亮后，十六旅第一医疗所、苏南保安司令部一个连插回塘马，以配合溧阳县政府后周区政府行动，打扫战场，抚慰群众，处理一切有关战后事务。

　　塘马战斗一结束，日军打扫战场，运走了五百多具尸体，又在塘马、王家庄徘徊一阵，然后两路人马从战场撤回天王寺、薛埠，一路人马进驻别桥，准备明日对戴家桥一带进行铁壁合围，一举歼灭尚不明确有多少人数的新四军部队。

　　刘赦大、刘秀金、刘正兴、刘正法和村上一些上了年纪的妇女，如杨小妹、蒋氏、吕小妹等人，为掩护重伤员，没有出村，和伤员们一起隐蔽在家中夹墙里或楼上的草垛里。日军在塘马村详详细细地搜索了几遍，幸而隐蔽得好，未被敌人发现。鬼子一出村，他们几个悄悄涌出，救治了几位在战斗中被击伤昏迷的战士。待下午5点多，敌人从王家庄一带全部撤走后，他们带着突围而出，后又返回村庄的百姓，迅速赶赴王家庄战场抢救伤员，新店、西观里、后周葛家村的村民也纷纷前来抢救伤员，此时，夜色降临，后周区区长率领区工作人员赶来清理战场。

　　塘马村民一看到战场上牺牲了这么多战士且死得如此悲壮，泪水纷纷而下，当他们听到罗、廖首长没有转移到戴家桥，情况不明时，个个惊得心儿乱跳，祈求上苍绝对不要、万万不要出现那可怕的一幕，他们和其他村的村民提心吊胆地清理着战士们的遗体，四下里搜索着幸存者的身影。

　　突然可怕的一幕出现了，在王家庄西北角小墩上不远处，池塘一角发现了一具遗体，那颀长的身材，清瘦的脸，刚毅的面庞……手中紧握手枪，脖子上挂着望远镜，额上还结着黑色的血块，村民失声痛哭起来，原来他就是闽西三年游击战争的领导人、艰苦缔造苏南抗日根据地的抗日英雄罗忠毅。

　　许多人围上了，失声痛哭，陶阜甸闻讯赶来跪拜于地，不祥的念头又从心中升起，如此惨烈的战斗场面，廖司令没有突围而出，恐怕也……就在他还未从悲伤中清醒过来，一位区工作人员报告在茅棚中发现了一具遗体，样子像廖海涛司令。陶阜甸和塘马村民急赴茅棚，在茅棚村东的草垛里，发现了一具遗体，他安详地仰躺着,脸色平静,衣裤早被鲜血染湿了,肠子流出,已和盖在身上的稻草粘连在一起。

一看到那张平和的脸,一看到那双浓密的虎眉,塘马村民马上哭叫起来,"廖司令,廖司令,你快醒醒,你快醒醒呀……"哭叫声声震于天。

天色渐黑,葛家村村民在后周桥一带帮助区工作人员清理战场,他们含着泪把田野、小沟、桑树地里的战士遗体安放在田边,又打起火把,打捞河中战士的遗体。突然一位村民发现河中还有一位战士,大半截身子藏在水中,头顶上覆着衰草,两手紧紧抓住河边的茅草,村民们赶忙上前抢救,他双眼蒙眬,人已处于半昏迷状态,但还能说话,村民们下河去扶他,一边问候着他。但他的回答由于乡音浓重,老百姓没有一人能听懂,待拉上岸想问个究竟,不料身子一出水,血和水便从肚中哗哗流出。原来这个战士的肚子被敌人的子弹击穿,藏于水中,血不外流,这身子一出水,血水外流,很快便哆嗦起来,他挣扎着用手指甲在河堤光滑的大堤上写下"诏安官陂,张火德"一行字,嘴蠕动了几下,头一歪,便咽了气。

村民们看到这一行字,不知其意,陶阜甸一看,便知此战士来自福建诏安县官陂镇,名叫张火德,他用嘶哑的嗓音对乡亲们说:"他是特务连战士,"他垂下头,"特务连战士大都参加过三年游击战争。"

乡亲们含泪整理好罗、廖及战士们的遗体,在王家庄边远的村庄上还抢救了几个生命垂危的重伤员,陶阜甸决定把罗、廖的遗体暂时安置在王家庄,静候上级通知,再作打算。

溧阳抗日民主政府工作组组长梅章也赶来抢救伤员。清晨她听到了枪声。

她急急地从谭石桥的茅棚中跑出,正想听听枪声来自何方,突然轰隆隆的一声巨响从旅部方向传来,旋即乒乒乓乓的密集枪声在西面的不远处的村庄连续响起。

"打仗了,打大仗了。"她做出了精确的判断,她侧身听了一阵后,面露犹豫之色,然后神色渐趋稳定,两眼放出坚定之光,向东面的梓村走去。

梅章穿着农家少女的服装,急急地向县委书记陆平东的家乡梓村走去。她想看看陆平东是否在家,今天的战事是怎么回事?工作组该采取什么活动。

她,宜兴张渚人,原在江苏省立第五中学读书,在地下党介绍下,具有抗日爱国热情的她毅然投入到抗日的洪流中,1941年初到达溧阳,暑期在溧阳县委书记储非白率领下,参加青训班的学习,任支部委员。在青训班学习期间,一切按军事化要求展开,她学会了站岗、放哨、操练、射击等军事技术,两个月后到溧阳县委报到,被派到西岗、唐王地区工作,任区委委员。他在区委书记赵轶群率领下做群众工作,三个月后,调到旅部所在地做群众工作。当时旅部所在地在塘马一带没有基层的党组织，苏皖区党委和溧阳县委决定成立一个工作组，组织一个党组织，在塘马一带发展党员。

她在新任县委书记陆平东带领下担任工作组组长，平时化装成农民，做群众工作，发展党员，吃住均在农民家里。先在黄金山活动，后到后周一带活动，这几天她在塘马村东谭石桥一带活动，27日晚上，还在找几个青年农民谈心，鼓励他们积极向党组织靠拢，更好地参加抗日斗争。

很晚才睡的她，被枪声惊醒，现在情况不明，唯一的办法是找到县委书记问明情况。若县委书记不在，他的姑姑就住在附近，也是共产党员，也许会知道情况。

她跑到梓村，陆平东不在，只有他小妹妹在家，她不知如何是好，此时外面的枪声越来越近，她看到许多被打散的战士向东撤去，他想和部队一道撤出，但没有接到命令，不能擅自离开工作的区域。

她在陆平东家里待了不久，向小石桥走去，突见小股日军向东追击。

她躲到一个农民的家里，但见日军到了小石桥，贴了一些标语，抢了一些老母鸡拴在枪杆上，说说笑笑，到处游荡。

那家农户的主人告诉她不要乱走动，因为她虽然化装成农民，但宜兴口音和溧阳口音还是有些区别，汉奸们一听就会清楚。他们关照她自称是从外地到此来购买萝卜的，这样才不至于引起汉奸们的怀疑。她便躲在农户家里，一直到天黑，好在日军一直没有进入这一农户家。

到了晚上，鬼子走了，她往战场方向赶。在王家庄见到了后周区区长陶阜匋，便一起打散战场。

伤亡的战士很多，村庄、田野里到处散落着，乡亲们和化了装的战士们把他们抬到了大祠堂里，不久来了医务人员，便发药、包扎。梅章和他们一道奋战了好几个小时，有时还跑到附近的田野中进行包扎。

29日一早，十六旅第一医疗所和茅山司令部一个连在李钊的带领下急赴王家庄，田文、李英要求同行，王直、王胜同意她俩的要求。

到了王家庄，田文、李英一见罗、廖遗体号啕大哭起来，同行纷纷拥来，垂泪不已，他们用各种方式表示自己的哀思，许多百姓恨不得拿起钉耙、锄头去找鬼子算账。

李钊、陶阜匋决定把战士的遗体就地掩埋，做好记号，把罗、廖遗体暂时安葬在王家庄高地上，静候上级通知，再作处理。

众战士与群众的哭声传之四野，敌人派出的汉奸闻之，急忙向日军尾本联队长报告。

46

29日上午,陈、谭两人醒来,太阳已升得很高了,昨天战斗半天,下午在庙中心神不定,直到晚上,才迎来了宁静的生活,不料夜深时,听到张村那儿响起一阵枪声,旋即归于沉寂,凭以往的经验,这零星的枪声表明有零星的战斗,但迅速归于沉寂的事实说明,没有什么大的战事,而且陈文熙知道,日军怯于夜战,不管敌人多么强大,到了晚上便是新四军的天下。

东去的部队如何呢?下午听到了一阵一阵的枪声,肯定发生了战斗,后来什么声息也没有,也不知陈指导员他们以及先行转移的同志情况如何,万一为敌所用,怎么办,在王家庄阻敌的战士们和罗、廖司令他们情况如何呢?若从敌人大队尾随而至的情况看,肯定不妙,如果王家庄战事顺利,敌人不可能有如此之多尾随而至,而且中午以后再也听不到东面有枪声,当然这是假设,也许罗、廖首长从另一个方向突围而出,但从哪一个方向呢?东面肯定不可能的,日军早已尾随而至了……

陈文熙几乎一夜没合眼,直到半夜才迷迷糊糊进入梦乡。

现在日上三竿了,他们无法安心躲在庙中,便走出庙门东看看、西看看,隐约看到三四里路外的西阳村有人出出进进,看样子是鬼子和伪军,但没有人来庙中搜索,不久老乡来报:"昨夜张村住了许多日伪军,晚上突然放起枪,不过没有出动。"下午又有村民来报:"附近村里的日伪军已返回据点去了。"陈、谭两人自此才放下心来,准备再住几日,再想法寻找部队。

刚巧,附近村庄有一乡民家死了老人,来请庙里的和尚做佛事,原先庙中有好几个小和尚,因战斗一响,都急急避走,早已不知去向,而庙中的三个老和尚不能做佛事,因为做佛事至少需要四人。

谭子清见状,哈哈一笑,忙帮老和尚出点子,"你看,"他指了指陈文熙,"我们的班长,刚剃了光头,不是现成的吗?"

陈文熙根本不懂佛事,照理是无法应允的,但想到老和尚如此热情地掩护了他们两人,现在有困难若不相助,是无论如何也说不过去,于是爽快地答应了,老和尚一见异常高兴,连声叫道"阿弥陀佛"。

不过,陈文熙还是感到为难:"我不会念经呀。"

"不妨不妨,施主放心,你不用念经,只要敲敲木鱼就行,必要时,动动嘴,哼两声就行。"老和尚一脸慈祥之色。

就这样,陈文熙正式做起了"和尚",木鱼会敲,也装模作样地诵经,但温度太低,他又穿得极少,冻了一夜回到庙中,几乎不能说话。

30日下午,老乡传来消息,十六旅卫生部长张贤寻找失散人员,晚上他俩告别和尚,在张村附近见到张贤,回归部队。

伤员们无法一道转移,王直、王胜等人决定,把伤员们留下养伤,尔后再转移至磨盘山。

杨波、宋耀良等人被陈练升安置在张村等基干村民家中,白天他们被悄悄地安置于附近的芦苇荡中,晚上则移至家中休息。

医疗条件极其简陋,几乎只能用最原始的方法进行简单的疗伤,杨波、宋耀良等人经受了巨大的伤痛,乡亲们则尽其所能,送粮送菜、送药,有时打些鱼、买些肉、烧只鸡去慰问伤病员。在乡亲们精心护理下,在伤病员们顽强的坚持下,杨波等人伤口初步愈合,日渐好转,半年后十六旅卫生部派人把他们接到磨盘山疗养伤,又过半年后,全部归队,加入到抗战的洪流中。

周谷云和张启标也被留了下来。同样,由于张启标伤太重,也只能留下先养伤,待伤口好转后再转移至磨盘山。他们俩留在离黄金山不远的一个四周有山林的小山村里。

如果说周谷云经历了一场从没有过的血腥战斗外,张启标在不到一周的时间内则经历了两场空前的恶战,11月25日,作为四十六团二营四连连长的张启标率领战士在中马山与敌人血战数小时,打退了敌人多次进攻,为四十六团的转移赢得了时间。战斗中指导员郭启超壮烈殉国,而他自己腿部中弹,受了伤,钟国楚决定让通信员周谷云陪他到塘马养伤,两人27日到达塘马,住在新店村。刚住了一个晚上就遇上了震惊大江南北的血腥战斗。

周谷云,武进人,年纪轻轻,刚入伍,在团部担任通信员。虽然前几天溧水发生了马占寺战斗,但是作为通信员的他毕竟没有经历过大的战斗,还没有真正感受到战斗的血腥和残酷。他陪张启标来塘马养伤,第二天便遇到了战斗,他和伤员一道随医务人员先行转移。转移途中,他从没听到过如此密集的枪声、如此惊人的炮声。他偶尔回头,看到身后冲天的火光、烟雾时,觉得天空在燃烧,空气在咆哮,大地在颤抖,他暗暗地为阻敌的首长和战士们的安全担心。在西阳村,匆匆地吃了几口饭,又遇敌情,转移至戴家桥。

在戴家桥,在几乎无兵可用的情况下,他和张启标、陶家坤等人要求留下。他想,作为一个新四军战士在危难时刻没有理由不挺身而出共赴国难。

作为一个新兵,他表现得十分沉着,不时射击,不时投弹。虽然作为一分子,战斗力有限,但大家齐心合力,便会汇成一个钢铁长城。事实也如此,日军虽然猛烈进攻,但众战士同仇敌忾,死守木桥,日军的多次进攻都无功而返。

除了战斗外,他还要照顾张启标,张启标的伤起初并不重。几天前,腿部中弹,还能行走,不料在戴家桥战斗中由于腿脚不灵,为日军掷弹筒所伤,右腿严重受伤,已不能动弹,周谷云冒着炮火把他背了下来。由于桥头激战正酣,周谷云根本不想离开战场,但张启标伤势太重,他只好遵命,背着张启标随众人又转移至清水渎。当他在湖面上发现日汽艇并估计日军有可能上岸时,紧急地向王直同志作了汇报。

在王直的鼓动下,他把张启标等伤员藏在草堆里,紧握着手榴弹,和其他几个能够作战的机关人员直扑东面湖滨,时时盯住湖面,倘若日军上岸,殊死一搏,同归于尽。

所幸日军并未上岸,待天黑,他背着张启标随转移人员走了一夜。累得双脚几乎失去知觉,虽然途中张启标多次要求把他放下,其他同志也主动上来背扶,但他没有答应,咬着牙,一路背到黄金山地区。

现在,遵首长之命,留下照看张启标连长,他觉得肩上的担子沉甸甸,斗争的残酷性告诉他,这儿丝毫容不得疏忽。

他并不懂得护理,但他不得不学会护理。在他的精心护理下,他和张启标胜利地到达十六旅卫生所疗养地磨盘山苏家涯。到达的那一刻,他的脸上挂满了灿烂的微笑。

47

尾本联队长前夜在别桥街上被上司十五旅团长表扬了一顿,但他庆贺胜利时并没有像其他将士那样喝得酩酊大醉,他只是象征性地喝了一些酒,讲了一通歌颂天皇、宣扬王道、建立"大东亚共荣圈"的老调,便连夜制定明日围剿新四军余部的计划,不知为何他的手老是发抖,心儿乱跳,白天惊心动魄的战斗时时在眼前浮现。第二日他挥师向长荡湖湖边扑去,结果搜寻了半天,不见新四军一丝踪影。他感到不解,好端端的一个十六旅从昨日的战斗看,新四军战死人数并不像起初预料的那么多,而且下属在戴家桥遇到了顽强的抵抗,显然新四军转移出去的人远远超过原先的判断,所以自己制订了极为周密的计划,第二日一早,便开始了拉网式的进攻,可新四军杳无踪影,那么那些在戴家桥出现的新四军哪儿去了呢?从下面汇报上来的情况看,只有晚上张村一带发现一些动静,其他地方并没有出现异常情况,整个长荡湖西岸被围得水泄不通,难道他们有地遁之术,如果这些人真的跑了,这对皇军建立"大东亚共荣圈"可是大大的不利呀。

晚上他独自待在金坛城的兵营中喝着苦茶。

金坛县城有两处慰安所,尾本从来不去。长了一把长长的络腮胡子的尾本体格健朗,身上青筋突出,满脸皱纹,样子十分粗暴,是一个十足的雄性动物,但他似乎对女性的需求并不像大多数此类雄性动物那样强烈,而是特别喜欢喝茶,醉心于茶道。他年幼时在北海道深受其父影响,精研茶道,深得茶之三昧,但是浪人辈出的北海道,武士之风如炽热之火,早已把尾本的心熏黑了,强烈的血性被诱发,在噬血吞肉的武士精神催发下,尾本的那份用之于茶的心,付之于茶的礼仪早已发生了扭曲,虽然他仍喜欢茶室中喝茶的那套程序,但早已把其中的内容抽换掉了。

他需要茶室,小巧雅致,结构紧凑,竹木和芦草编成,面积以置放四叠半"榻榻米"为度,也就是说九至十平方米左右,所以一到金坛便命人在联队司令部居室中布置这样一个茶室。但是他很少招待客人,因为他需要安静,尽管日本的茶道本来宣扬的也是一种静,但那是多人的静,尾本需要独自的静,而且这种独自的静,绝不能用"和,敬,清,寂"的意旨来概括,自然也不能用"一期一会"、"牵牛花"、"渔夫生涯竹一杆"、"泥中莲花"、"见色明心"、"独坐与茶禅一味"来解释。虽然尾本深晓这些道理,也在喝茶礼仪中完全体味过、实践过这样的茶道思想,但是武士精神早已抽掉了喝茶时的茶的思想内涵,除了保持外在形式外,对于尾本而言喝茶与茶道无关了,而恰恰和武士道融合在一起了。

尾本把茶道和武士道相联系,源于一次奇异的感受,按传统惯例,日本人认为樱花最美的时候并非是盛开的时候,而是凋谢的时候,樱花花期不长,但凋谢有个特点,就是一夜之间满山的樱花全部凋谢,没有一朵花留恋枝头,这是日本武士崇高的境界,尾本受此影响,他的武士精神和外在行动有时表现为绝对的幽静,在片刻的耀眼的美丽中达到自己人生的顶峰,发挥自己最大的价值之后,毫无留恋地结束自己的生命。这是多么优美呀,所以尾本一旦念此便会进入一种寂静的状态,而这种寂静和茶室中独坐时的寂静极其相似,不过背后生成的缘由不同罢了,所以酷爱茶道的尾本在日本时常会在茶室独坐中体味到武士道优美境界之寂静,也常常置换于武士道文化的氛围中。

尾本骨子里是一个武士,是一个军人,是一个奉行天皇之命的臣民,是一个侵略杀戮成性的军国主义者,渐而渐之,在茶室中,武士道军国主义的内涵完全取代茶道之内涵,却和茶道独坐的寂静状态奇妙结合。而且尾本发现,一个人如果老在同一环境、同一心灵感受中思考问题会产生难以克服的盲点,比方说在军事会议上讨论问题,在"武运长久"的办公室中思考问题,就和茶室中静坐思考问题不一样,如果在茶室中独坐时,在极寂静状态下,似乎是在胎息状态中去思考军事问题,会有出其不意的收获。因此,他的司令部必有一个茶室,而且他规定,如果没有特殊的极其非常的情况,是不允许任何人来打扰的。

他生好炉,添好木炭,对着茶室中斗大的"道"字,鞠了一躬,片刻后,水沸了,他的心却定了,他把一种极苦的灰茶捣成粉末,和竹匙一起放入茶碗,然后提起"肩冲"茶壶,将沸水顺竹匙冲入碗内,然后用竹指搅拌器搅匀。

一味苦涩的香味即刻弥漫过来,一股股热气升腾于斗室中,它浸润了尾本脸面上残存的血迹和身着的新换的和服,尾本的那种寂静感又上来了,他赶忙走到插花的花瓶旁,拿起战地日记本和一支派克钢笔。

他轻轻地抿了一口,差点儿吐出来,"苦,苦。"他连连地叫道,奇怪,这平昔并不感到特苦的茶,何以如此之苦。他马上又轻抿了一口,发觉茶味很清淡,并不苦,他觉得奇怪,"难道惨烈的战斗把味觉也搞紊乱了?"

375

他想进入寂静状态,然后对新近发生的战斗作一总结思考,但心怎么也平静不下来,兀自狂跳,用了许多默念暗示,催化冥想的手法,都无法摄住那跳动的心,他的心和脑海如狂野的马匹在原野上奔驰。无奈,他轻闭着眼,任凭思维在非寂静状态下喷涌而出……对于这次在苏南消灭新四军十六旅一战,皇军作了大量宣传报道,南京大本营司令部对进攻塘马的十五旅团进行了重奖,至于合击塘马十六旅旅部的主要劲旅十五旅团的五十一尾本联队更是风光无限,惹得刚调到苏北的南浦旅团起了嫉妒之心,但他很清醒,这次胜利纯属侥幸。

他的心又剧烈地跳动起来,他睁开眼,喝了一口茶,觉得茶没有第一次苦,却比第二次苦得多,他拿起笔想写下自己的那份感受,但手却不听使唤,他又闭上眼冥想起来。

他觉得战争这东西有许多偶然的因素,正如克劳塞维茨所说是一个充满偶然的艺术,11月份,两次准备袭击国民党,却扬言要袭击十六旅旅部,可谓一箭双雕,一方面迷惑国民党军队,另一方面可以逼走共产党军队,结果,部队迟迟没到位,无法发动对国民党的战斗。这本不存在对十六旅部的攻击,但从谍报人员情况反映,十六旅两次西移,又两次返回。新四军没有退却,始终活跃在眼皮底下,溧阳北部态势依旧,本想牵动国民党,无意之中牵动了新四军。这次目标一直针对国民党,但部队迟迟不能到位,由于自己的坚持,这一次总部终于没有放弃南下进攻的计划,只是目标换成了共产党,由于25日,十五师团十五旅团一部从溧水城、洪蓝埠出发,合击四十六团,逼其东移,如果28日用重兵三路合击塘马,有望一举摧毁十六旅旅部及苏南政府机关。当然新四军作战灵活,作战勇敢,目标未必能到达,但用重兵、重武器、炮骑、坦克合击,即使扑个空,也可以赶走新四军,实行军事占领,让溧阳北部完全掌握在皇军手中。占领了这一地区,日后可以南击国民党或西击新四军,重点西击新四军(假如新四军转移至西面溧水),完成控制整个苏南的战略任务。占领这一地区,可以在太平洋战争爆发后,在苏南兵力不足的情况下,利用溧阳北部这个枢纽地带控制整个苏南,这可是战略上大大的胜利。

真有意思,原先那一套对付国民党的战术方案,几乎可以不加修改移用到对付新四军上,而且能起到意想不到的保密作用,这不是奇妙中的偶然,偶然中的奇妙吗?

他微微地点着头,昏黄的灯光照射在他的脸上,他双眼一眨不眨,眼中放射着一种莫名其妙的不解之光,腮上的大胡子也莫名其妙地抖了几下。

半晌,他眼珠一转,抬手端起茶碗,轻轻地抿了一口,觉得茶水微苦中有一种微微的甜味……放下茶碗,他抓起笔,在本子上不由自主地写上了"偶然"二字。

在战术实施时,对于使用汪伪部队,他持谨慎态度,他考虑到每次活动有伪军参加,往往是前脚走,后脚情报就飞走了,起不到效果,所以围捕巫恒通、陈洪、任迈都不使用伪军,但对付十六旅不可能不使用伪军,因为可以让他们充当炮灰,另外不需要保密,原先决定是进攻国民党军队,口号不变,但行动时只要突然改变方案就行,至于日军军队,只要规定他们在什么时间到达什么位置,就万无一失了。

对于部队配置,他反复强调了要具有快速,机动的特点,他分析十五师团几次采用"长途奔袭,分进合击"的战术的成功战例,总结围捕巫恒通、陈洪、任迈的成功经验,认为对新四军十六旅部的进攻,必须要有大量的骑兵,否则很难形成有效的合围势态,这是要点。但他也知道新四军作战顽强,机动灵活,打起阵地战,本方损失会太大,必须加强炮火力量,如有坦克则更好,好在攻打国民党军队的重武器现摆在那儿,他请求师团调拨给他使用,师团同意了。

为了达到合围的目的,自己动用了一切可以动用的力量,皖南事变后,国共两党势同水火,摩擦不断,如果能稳住国民党,用一定的条件让其让出绸缪、别桥防区,那将大大有利于合围战术的实施,国民党完全会同意借我们的手消灭新四军。事实上,我们的特科工作人员一活动,国民党四十师即刻同意让出别桥、绸缪防区,事实上,我们不费一兵一卒便从西南迁回到东南,顺利地完成了对塘马的合围之势,如果国民党不让出防区,那么阻击皇军的新四军部队完全可以从东南方向从容地突围而出……利用国民党的力量可谓是神来之笔,是精妙的一招。

尾本又用"肩冲"茶壶往杯中冲上些茶水,然后静坐片刻,轻轻地呷了一口,这次觉得茶水什么味道也没有,又感到意外,他若有所思地抓起笔在笔记本上写下了"意外"两字,然后双目微闭,思绪又飘浮起来。

"当然采取拂晓前进攻的战术!决定连夜出发,细雨和浓雾,使我狂喜不已,天助我也!庆幸上苍的垂顾,这样的大雾可以使新四军的哨兵失去作用,否则哨兵提前报警,新四军会迅速消失,值得庆幸的是夜雾使我们顺利摸掉了新四军外围的所有哨所,部队顺利地到达了指定的位置。

"这样的意外难以置信,也许只有战争能提供这样的契机。在战斗中因天气变化而招致战斗结局迥然不同的例子实在太多,没想到在这次战斗中也出现了这戏剧性的一幕,因为有了大雾作掩护,皇军的行动收到了奇效,新四军的哨兵由于浓雾能见度太低,在竹箦桥与白马桥之间的流动哨全部被消灭,皇军的大队人马到了眼前,快撞上人了,他们才发觉不对劲,那还来得及吗?瓦屋山、大山口、陆笪、大家庄一带的哨兵,也因雾,能见度极低,全没有发现皇军的队伍。甚至到了大清早,皇军的队伍全部到达预定位置,在静候天亮时,才被新四军的哨兵发现,那时已晚。庆幸呀,值得庆幸,否则夜间行动如被新四军哨兵发现,新四军在夜间转移,那么就不可能收到这样的奇效……意外,真正的意外。

"另一个意外,就是战斗的过程和结局,实在令人费解。据估计,这新四军的十六旅部队是原来的二支队改编的,他们有一部分部队在溧水,大部分在溧阳、金坛、茅山一带,按理说也应该有两千之众。从战斗的过程中看,也有两千之众的实力,这么一个平坦的地方,皇军用大炮轮番轰炸,用骑兵、步兵轮番冲击,从塘马到戴家桥打了一天,遇到抵抗是前所未有的,按理像这样一个狭小的地区,经过如此猛烈炮火的轰击,还会有什么人能够存在呢?但意外的是每次轰炸完毕,就会有新四军在意想不到的地方冒出,他们的人藏在何处,从哪儿冒出的呢?难道他们远远不止两千之众,据各区域战斗汇报和自己现场观测,新四军经受了一轮轮轰炸后,挡住了一番一番的攻击波,王家庄战直至中午结束后,那么抵抗人数按照保守估计当在三千以上。可是战斗一结束,在王家庄数来数去死亡人数只有区区的数百人,这是怎么回事呢?就这么区区的几百人,在如此强大的火力下,怎么能坚持一个上午,难道他们是神仙、超人不成?再说戴家桥,从桥头配置的重机枪,那儿的新四军也不少呀,我们无法知晓他们的首脑机关是否被摧毁,战场的打扫无法得出结论,因为共产党的军队,官兵一致,但有一点可以肯定,既然有人早就突围而出,罗、廖二人与行政机关人员应该全跑了,战死疆场的应该为军人和少数的百姓,那么戴家桥一带至少有他们旅部首脑政府官员。可是第二日全力合围清剿时,竟然不见踪影,他们到哪儿去了呢?我们已严密控制了这一地区,除了晚间偶尔有一阵接触外,各处汇来的情况并没有发现什么异常。这实在是个不解之谜,至于新四军作战之英勇,那是意料之中的事,但像这样的英勇顽强,在中国战场上本联队从未遇到,这从战场的打扫可以看得出,许多新四军士兵血战到底,绝不投降,肉搏战、白刃战尤为激烈,许多人捆着手榴弹纵身跃向皇军的队伍,皇军死伤的人数达八百之众,这样的损失是可以换来消灭国民党一个师甚至两个师作战的战果,而现在对方的死亡人数只有区区的数百人。另外就其纯军事素质之高也出其意外,谁都知道新四军只有几条破枪,战斗力弱,但这一次其射击精度超出想象,部队伤亡太大,不敢上前,其刺杀技术与昔日比,有天壤之别,昔日皇军白刃战时,以一敌三,但这次不但没占到上风,有时数人不敌一人,这完全是严格训练所致,怪不得罗、廖二人狠抓所谓的'整训'。如果他们战斗力稍弱一些,王家庄早点拿下,东撤的人员可以全歼了。唉,意外、意外。"

"不理解,不理解。"尾本摇着头,喝着茶苦苦思索着,他在日记本上又写下了"意外"二字。

他想再闭上眼,静静地作一思考,但狂乱的心使他无法平静,新四军在战场上英雄顽强,见所未见,闻所未闻,难怪乎"罗、廖司令"在苏南威名远扬,他们的部署、行为可以证明这一点,倘有机会和这样的英雄当面相见,实乃武士的最高荣誉呀。

他无法再坐下去,因为狂乱的思维使他心潮澎湃,血液奔涌,那奔腾的血在血管中流淌,在静静的茶室中,声音被放大了几倍,使得尾本口热身躁,难以安坐,再在寂静的静态中滞留,大有肢体飞散的感觉,他必须找一个动态的环境来调和、缓和、应和一下内心的那种狂热的节律。

他回到卧室,换上军服,来到办公室,在太阳旗、"武运长久"、手枪、机关枪的映照下,他的狂热的内心似乎找到合适的跳动空间,可以无拘束地跳跃了。

他从大柜中拿出"肋差",刀身反射着寒光,眼睛感到一阵刺痛。他又来到墙前,取下战刀,刀身一转,一道寒光闪电般亮起,他忙闭了一下眼,此时他狂乱的思绪变得有序起来。

他抬起头,望着窗外黑色的夜空,手里不断晃动着战刀,思绪又随晃动的战刀摇摆起来。

"自进入中国战场,皇军可以说是所向披靡,没有遇到令人惊讶的抵抗,就自己所参与的战斗看,淞沪之战、南京之战,可谓惨烈,但国民党军队的精神素质实在不敢恭维,东亚病夫名副其实,大日本皇军来建立'大东亚共荣圈'是势所必然,虽然也有顽强抵抗,血战场面,那大都是在时间极短,空间极小的范围内发生,死亡并未对中国军人作出真正的考验。而此次塘马战斗,血战竟是在范围甚大的情况下进行,军人没有离开战场,在没有合围前,那样的从容,堪称是真正的军人,大日本皇军也难以做到,而在长达一天的战斗中,那些士兵竟然如此从容地面对死亡,这在中国战场上就自己的经历而言,闻所未闻呀,他们凭的是什么呢?难道他们也有他们的武士道。"

尾本忽地放下军刀,从办公桌的抽屉中拿出一本书,一边自言自语地叫道"叶隐闻书,叶隐闻书",然后迅速地翻动着书,当他翻到他想要的那一页时,他的双眼紧紧盯住了用红线标下的那段文字,"如果一名战士经常思索怎样去死才能无憾,他的生活道路就会笔直而单纯的,在危险的境遇中他不会去想怎样保全自己的性命,而会勇往直前,投入敌人阵中,迎接死亡,这才是真正的战士之道"。

现在战死在疆场上的新四军战士也在危险的境遇中,在长时间的战斗中,并没有去想保全自己的性命,而是勇往直前,投入阵中,迎接死亡,这不是真正的战士,真正的武士吗?

"罗、廖的军队,大大的武士!"尾本在办公室独自发出感叹,他放下手中的书,轻轻关好抽屉。

尾本有点迷惘,日本武士、日本军人的武士道精神自有其渊源,而新四军那种精神从何而来,现在他们的民族精神远不是汉唐时的民族精神,其政府无论是大清还是民国,极其腐败落后,他们的精神依附何在呢?不解不解,难道他们的精神真的依附于他们共产党的信仰中……

尾本倒吸了一口凉气,如果真的如此,拥有这种信仰,并由此产生战斗精神的人哪怕极少极少,一旦蔓延开来,后果是极其可怕的,那么大日本帝国建立东亚新秩序的蓝图将无法实现,因为肉体可以消灭,精神是无法摧毁的,尾本额上冒出了许多汗,马上站立起来……

他刚走了几步,却想不起来他马上站起来急于想做的到底是一件什么事,尽管恐惧不时袭来,作为一个深受武士道精神影响的日本军人,应该无所畏惧,但他不知为何,他为新四军的战斗精神所震慑。

忽地门外传来脚步声,小美大队长和瘦翻译匆匆赶来了。尾本皱了一下眉,因为他规定没有什么特别的事是不允许来打扰的,现在下属匆匆而来,是不是又要起什么战事。

"大佐阁下,有紧急情况禀报,23号在乱战中阵亡,损失太大了。"

尾本叹了一口气:"值得,他不死,迟早也会暴露……我们可以再培养一个23号。"

小美上前一步:"大佐阁下,据我情报部门获悉,28日的战斗中,已有极其意外的收获,我们在王家庄竟然消灭十六旅部的两个最高领导人罗忠毅、廖海涛,还有……"小美大队长的话没说完,便被尾本打断,"什么,你的说清楚,罗忠毅、廖海涛参加了王家庄的战斗,而且战死?"

"对。"

"这……这可能吗?"尾本疑惑地摇着头,"两个军事首领,怎么可能参加一线阻击,那不是明摆着自踏死地吗?"

"是的,太君,千真万确。"瘦翻译上前一步,腰弯得更低了,"我们得到我们布置在乡间的探子的报告,今天上午,王家庄一带哭声震天,他们抱着两具遗体哭叫着他们的罗、廖司令……"

"能保证是罗、廖的遗体吗?"尾本像是问他们两人又像是问自己。

"是,绝对是,大佐阁下,我们已经把遗体弄来,而且找到了认识他们的人辨认,千真万确,否则,新四军打扫战场时不会哭声震天,现在请示阁下如何处理这两具遗体,是不是按惯例处理,为死去的大日本皇军雪恨……"小美大队长身姿挺直,静候着尾本的回答。

"不！不不不!"尾本一把抓住小美,生怕小美一下子消失似的,吓了小美一跳,小美腰姿挺得更直了。

"不,不不不！这真难以想象,两位高级首领,竟然留在王家庄阻击,都以为他们突围走了呢,这……这真难以置信……大大的英雄!"尾本的心情是矛盾的,一方面,这样的战果对日军是大大的鼓舞,自此完全可以摧毁新四军在苏南活动的雄心,一阵欣喜从心底涌起。另一方面,他觉得实在可惜,这罗、廖可是顶天立地的英雄,首领断后,从容赴难,千古少有,哪怕是什么共产党军队,也是闻所未闻,这不符合军事常理,如果不是亘古未见的大英雄,谁能做到……"不,不不不,小美队长,不能按惯例处理,你说昨日的战斗,新四军英勇不英勇？"

"大佐阁下,抛开政治因素看,我敢说他们是大大的英雄。"

"你说这罗、廖二人英勇不英勇？"

"英勇中的英勇,罗中弹战死,廖肠子流淌而出,尚战斗不已。"

"他们是英雄中的英雄,我们日本军人,平日就重视与有勇气和名誉的人为友,战时也要求与这样的人为敌,尼采说过'能以敌而自豪者,便能视敌人的成功为自己的成功'。"他忙对小美吩咐,"清洗遗体,备好最上等的棺木,我们要用最隆重的葬礼安葬他们。"他见二人满脸狐疑不解,甚至带有些惊讶,便点着头说,"罗、廖是大英雄,是我们的良师益友,我们日本军人与这样的人交锋而感到自豪,他们是我的良师益友……他们是我们大日本军人的同学,我要亲自祭奠。"

小美一愣,尾本大佐还要亲自祭奠,但他从尾本的凝重的神色中以及"良师益友"的语句中悟出了什么是"同学"的含义,马上立正行礼"嗨依",然后匆匆走出办公室。

1941年11月30日,别桥小余庄,新建两座坟墓,左边的坟前有一方木上书"新四军第十六旅副旅长廖海涛之墓",右边的坟前也有一方木,上书"新四军第十六旅旅长罗忠毅之墓"。原来敌人从王家庄挖开罗、廖的坟墓并得到罗、廖遗体后,便找了最好的楠木棺材,安葬罗、廖,他们选择别桥小余村,是因为别桥已成为他们的新据点,这便于他们的祭奠。

选好墓址后,他们便举行葬礼,坟前插着菊花,竹筒里冒着香气四溢的青烟,五个身披袈裟的和尚,有的敲着木鱼,有的捻着佛珠,念着"南无阿弥陀佛大慈大悲……"

尾本从金坛据点赶来,手执雪亮的战刀,毕恭毕敬地站在坟前,几十名日本兵也整装列队,一起向罗、廖遗体三鞠躬。

然后尾本朗声宣读祭文,让翻译向附近的村民进行翻译,"……这两位先生,是我们十五师团司令官的同学,他们大大的英雄,可惜他们没有拥戴汪精卫先生,现在他们勇敢地战死了,我们并不想打死他们……"

当瘦翻译翻译到同学时,还特意停下用日语征询了一下,尾本表情严肃,连连点头。在场的百姓并不知晓尾本的真正含义,还以为罗、廖二人曾在日本留学过,至今苏南百姓还误传着罗、廖二人留学日本并和日军十五师团司令官是同学的故事……

溧阳山丫桥第二游击区司令部,第六十三师参谋长伍开云匆匆跑进冷欣办公室:"冷长官,喜讯、喜讯。"

冷欣抬头,冷冷地问道:"什么事,伍参谋长。"

伍开云满脸笑容:"战报已到,叛军十六旅全军覆没,日军为方师长报了一箭之仇。"

冷欣一惊:"全军覆没,四十六团、四十七团也被日军包围了?"

伍开云连忙摇头:"没有,确切地说四十八团与旅部全军覆没。"

"旅部?"

"对,罗、廖全部战死。"

冷欣吓了一跳:"战死,他们没有逃走?日军进攻如此神速。"

"不,他们两个不走,竟留下阻敌。"

冷欣满脸诧异之色:"留下阻敌?军事主官留下阻敌,这不合常理呀!唉,罗、廖不至于如此之傻。"

"也许共产党人跟其他人真不一样。冷长官,清除两个悍将,我们该庆祝庆祝了。"

冷欣摇摇头:"不,我为党国利益出发,才出此策,只想消灭十六旅,并没想到害了此二人的性命。罗忠毅,我在水西村他们那个江南指挥部见过,是个了不起的人才……

"唉,我高兴不起来,不像皖南大捷那样畅快。是胜之不武呢,还是策略过于阴暗?唉。参谋长,我们与日军的协议绝不允许泄漏,否则军法从事。"

伍开云连忙应道:"是!"

冷欣连连叹息:"罗忠毅呀,廖海涛,你们把死留给自己,这到底为了什么?难道你们是为了崇高的信仰,难道你们的信仰这么崇高?唉,连命都不要。亘古未有,亘古未有呀!"

48

　　罗、廖牺牲的消息被证实,转移到溧水白马桥与四十六团汇合的旅部、苏皖区党委机关工作人员、部分战士和四十六团将士一片哭泣,随即召开了隆重的追悼大会,会场上悬挂着绘制的罗、廖遗像,钟国楚、王直、王胜、乐时鸣、许彧青、张其昌、张华南、黄玉庭、芮军等人哭成一团,肃穆庄严的气氛笼罩全场,悲痛心情笼罩每一个将士的心头,将士们发誓与敌人血战到底,为罗、廖及在塘马战斗中牺牲的将士报仇。

　　罗、廖牺牲的消息传到师部,谭震林失声痛哭,消息传到军部,陈毅代军长、一师师长粟裕悲痛无比,最后军部给各战区发出如下电报:"罗、廖两同志,为我党我军之优秀老干部,为党为革命奋斗十余年,忠实、坚定、勇敢、负责,艰苦缔造苏南根据地,卓著功绩,罗、廖两同志壮烈牺牲,全军一致追悼,昭彰先烈。"

49

12月中旬,黄金山下,一个区域性的党政军三方"最高联席会"会议在深夜于某农舍中召开了。

与会者有李钊、陈练升、刘保禄、钱震宇等。时李钊为塘马地区参加军部党代表大会的代表,又是特委派来的,陈练升是溧阳县抗日民主政府的县长,刘保禄是四十七团二营营长,他们两人是名符其实的一方"政"、"军"代表。

塘马战斗,三方聚会,意欲何为?报仇雪恨,重振"新四军"的威名。

塘马战斗后,苏南抗战一时处于低潮,由于怕引起混乱,在军中并没有宣布罗、廖牺牲的消息,而且部队全部退出塘马地区。四十八团番号取消,四十七团仍活动茅山周边,四十六团则在江、当、芜和句、溧地区活动。

敌人则四处造谣"罗、廖战死,新四军像无头苍蝇,乱碰乱撞,很快要被消灭啦!""新四军被打得不成队伍,在茅山站不住脚,逃到江北去啦!"

部分群众和一些抗日武装轻信谣言,抗日的情绪一下子跌落下来,但敌人殊不知塘马之战虽有损失,但我新四军抗击数倍于自己的日军,一举粉碎了他们消灭苏南党政军机关的美梦,尤其以罗、廖为首的新四军将士们的气壮山河的战斗精神已深入人心,它让苏南人民进一步看清了中国共产党领导的人民军队的精神力量,进一步激发了对日本军国主义的仇恨和抗日的热情。

战后不到二十天,我坚持于塘马地区周边党政军负责人聚合一起,决定采取军事行动打击日、伪,为死难烈士报仇,进一步鼓励人民的抗日斗志。

李钊主持了会议,分析了形势,阐述了此战的宗旨和意义。

经研究决定,合力攻打伪军社头镇据点。但考虑到兵力有限,只有两个连和一个游击小分队,真正有战斗力的是刘保禄的一个连,还要预防相距几里路的下新河的日伪据点的增援,因此必须速战速决。他们认真地做起了战前准备,迅速派出侦查员侦查。侦查结果:东村仓库住着伪军保安团长,带两个班,二十四人;大桥旁的两个碉堡,一个班十二个人;洪山殿住伪自卫团和伪警察十七人,敌兵力总计五十三人。

另外,他们通过万塔乡和青龙乡的两面派乡长王松茂、徐锁开以及打入社头镇任伪镇长的秘密党员方春阳提供的情报,结果得知伪保安团长和伪自卫团分团团长正在当铺巷打麻将。

机不可失,李钊成为战斗总指挥,迅速定下作战方案:陈练升带人去当铺巷捉两个伪团长,刘保禄带队进攻东村仓库,钱震宇带队进攻大桥和洪山殿。

12月22日下午6时,参战人员分头出发,7时到达社头镇。刘保禄带队一举攻破东村仓库,陈练升带着短枪队,由王松茂领路,擒获了正在搓麻将的伪自卫团分团团长徐某某和伪警察分局局长李××,顺利攻下桥头碉堡,并焚毁了伪警察分局。同时,钱震宇率领一个连在镇西南分别攻下了洪山殿和大树下的两个碉堡,战斗持续一小时,共俘虏四十九人,缴获步枪三十九支,短枪三支。

"新四军又回来了!"消息传遍了茅山的山山水水。

在南京的第十五师团师团长酒井直次听到后大惊失色:"怎么塘马地区还有新四军?"

他搓着双手,一副无可奈何的样子,按原先的计划,大日本帝国要发动东南亚战争,必须要先行肃清苏南的抗日力量,巩固后方,再抽兵南下。但十五师兵力有限,南浦旅团一时无法分兵,就只好改为利用原有兵力先行攻打新四军,由于国民党帮忙,加之天气帮忙,竟收到了奇效,战后确定溧阳地区不再有新四军的战斗人员。本拟一鼓作气,直捣溧阳的国民党军队,孰料太平洋战争迅速爆发,南浦已不可能南下,大日本皇军的后方巩固显得更为迫切。遂硬着头皮抽调宜兴、溧水之十五师及独立第八混成旅各一部,约三千余人向溧阳、郎溪进发,还好兵力虽不足,但国民党军队的战斗意志远非新四军可比。杨巷、蒋店、八字桥迅速拿下。22日,已三面包围了溧阳城,眼看溧阳城快要拿下,怎么塘马地区又冒出了新四军。这新四军从哪儿来的呢?万一他们从背后捅刀,与国民党两面夹击,这就不好过了。他急命前方的日军明日务必拿下溧阳城,否则军法从事。

23日,他的下属还真争气,拿下了溧阳城,酒井直次命令士兵一面继续南击国民党,一面分兵北防,防止新四军南下夹击。

由于日军数量有限,25日,分兵后虽追击国民党军队至茶亭头,丁山桥,戴埠等地,但遭到了国民党挺进军第二纵队第四团的全力反击。第四团见日军兵力不足,火力不猛,便知战场形势有变,一面以主力攻击溧阳城,一面派一部向戴埠之日军进行堵击。上午9时,收复溧阳。

26日，侵入戴埠之日军，经国民党挺进军第二纵队第四团南北夹击，于下午5时向中山桥，山丫桥而窜，四团继续追击。27日拂晓在山丫桥展开战斗，一天激战后，28日，日军向西北方逃窜。在日军与国民党战斗中，日军十五师团长酒井直次始终不敢把北防新四军的部队南调，在以后的日子里由于四十七远始终活跃于茅山脚下，日军始终不敢放手南下攻击溧阳城，八年抗战溧阳城并没有完全被日军占据，源于此。

　　但狡猾的日军感到塘马地区的战略地位十分重要，在塘马战斗后，便广筑据点，实行伪化政策，人民生活在水深火热之中，国民党的底线是躲在郎、广山区，见日军侵占溧阳北部地区，也只是局部偶尔进行军事行动。他们早已把这一地区作为与日军交易的缓冲地区，在他们看来，日军早晚要回老家，郎、广山区有险可凭，高枕无忧。真正对他们构成威胁的不是日军，而是新四军。现在和日军这样的相持也没有什么不好……

50

1942年1月10日,原二支队司令员张鼎丞撰写《悼罗忠毅、廖海涛两同志殉国》的纪念文章。

"自新四军开赴江南抗战以来,四年之中,罗旅长、廖政委即率领数千忠勇战士,在南京城郊,在京沪路上,在秦淮河岸,在长江边上,纵横驰骋,与日寇浴血战斗,粉碎了敌人无数次的'扫荡'围攻,坚持了江南胜利的抗战……

"罗、廖两同志光荣牺牲了,的确是我们损失了两员忠诚的勇将,使我们无限的悲悼!可是罗旅长、廖政委遗留的革命军仍然存在,我整个新四军十余万忠勇将士仍然存在,仍然在大江南北坚持抗战,而且就在罗、廖两同志光荣牺牲的地方——江南开展新的胜利的游击战争(如最近《解放日报》上公布的苏南大捷等)。毫无疑义的,我新四军十余万将士,一定能继承罗、廖两同志一样的忠实勇敢,负责的完成罗、廖两同志所未完成的事业,最后打倒日寇,以永久安慰罗、廖两同志的英灵……"

1942年9月,新四军十六旅独立二团召开"罗、廖两旅长暨独立二团阵亡将士追悼会",高度评价了罗、廖的战斗业绩。

祭文(一)

维

中华民国三十一年孟秋上浣之日,宜兴各界谨以鲜花

庶羞之仪,致祭于

罗、廖旅长暨独立二团阵亡将士之灵,曰:

暴敌猖獗,横肆侵凌,囊括我国土,奴役我人民,江南地区,敌蹄所至,城镇为墟,庐舍荡然,烧杀淫掳,一至于极。罗、廖旅长统率所部,领导民众,坚持江南抗战于敌伪梅花桩内,穿插自如,粉碎敌伪多次扫荡,不断痛创敌寇。犹忆赤山、高庄、延陵、李山、西施塘诸役,二公亲临指挥,身先士卒,扬我神威,歼厥渠魁。为国家争光,为民族吐气,固已功高麟阁,泽被人间。独立二团阵亡将士,类都江南志士,伤

国运之陵夷,帐寇氛之猖獗。爰举义旗,遂成劲旅,屡摧强敌。衡我桑梓。拼几许热血头颅,建不世奇勋伟绩。艰苦奋斗,于今三载,早已邦人脍炙,有口皆碑。溯自抗战迄今,日逾五年,端赖我民族英雄,出生入死,奠定胜利基础,纵然敌寇穷凶极恶,亦难逞阴谋,方期驱逐日寇出中国,共襄抗战伟业。

乃塘马一役,敌寇以五千之众,阴谋袭击,罗、廖二公,以少击众,转战竟日,终以寡众悬殊,弹尽援绝,遂致身殉。噩耗传来,万人挥泪。呜呼痛哉！二团连年战斗,青年将士,频作光荣牺牲,"六四"之役,损折尤大。王、李团长,江抗二团阵亡烈士,任大可、孙宁、周中、钱立华诸同志,先后壮烈殉国,均为民族重大损失。缅怀先烈,曷胜痛悼！呜呼诸公为国捐躯,名垂青史。英灵不昧,浩气长存,求仁得仁,亦复何憾。第念北望中原,风起云涌,南瞻衡岳,狼烟复炽,而国际波涛,尤为汹涌澎湃,惟抗战虽近胜利,而困难实多,黑暗与光明竟相角逐,光明终将驱散黑暗,死者已矣,生者何堪。而今而后,当坚持团结,克服一切困难,争取时间,准备反攻力量,驱彼强敌,还我河山。创造独立自由幸福之新中国,努完成先烈未竟之志,庶慰诸公于九泉。呜呼！生死歧途,存亡异路,典型安仰,謦咳难闻。数年风雨同舟,而今已矣。一旦重泉诀别,永无见期。当此金风萧瑟,联轴飘扬,触景伤情,(能)不凄然挥泪,灵如有知,来格来歆,呜呼哀哉！尚飨。

祭文(二)慕德

维

中华民国三十一年九月二十一日慕德敬以至诚,致祭于

罗、廖旅长及独立二团阵亡将士之灵,曰：

敌寇侵凌,国境沦亡,屠杀同胞,奸淫妻女,焚毁房屋,为人道所不忍,为国际所不容。敌寇公然为之。我沦陷区之同胞,直犬马之不如。呜呼惨哉！幸我罗、廖旅长,转战江南,独立二团,坚持太滆,以窳劣破残之武装,当锐利精良之军备,身先士卒,所向披靡,敌寇闻之而胆落,伪汪望风而鼠窜,使其困守据点,坐以待毙。牵制江南敌寇兵力半数以上。

最后胜利之基础,于焉确立,何其伟耶！我沦陷区之同胞,得我罗、廖旅长,独立二团之拯救,出诸水深火热之中,如拨云雾而重见天日,亦至幸矣。惟在功高德盛之下,畏之者日甚,忌之者益众,敌寇因畏而大举扫荡,顽军因忌而专事摩擦,痛心疾首,孰有甚于此。我罗、廖旅长,及二团将士,或从容就义,或慷慨赴难,呜呼痛哉,呜呼伟哉！公等之死,是死于抗日,死于民族,死于国家,虽死犹生也。后死同

志,本公等之精神,蹈公等之血迹,正继续奋斗,驱逐日寇,公等共含笑九泉矣乎。因为之歌曰:长江之南兮兮!太湖之中兮,敌寇踩躏,直如禽兽兮!民族英雄蜂起兮!罗、廖旅长及独立二团,百战百胜兮!敌伪闻风而胆寒兮!或慷慨就义兮,或视死如归兮,为国牺牲兮,无上光荣!为民解放兮,万代歌颂!魂兮魂兮!盍归乎来,听我歌兮,含笑徘徊。

1942年11月28日,十六旅旅长钟国楚,苏皖区党委书记、十六旅政委江渭清,苏皖区党委副书记邓仲铭率干部及部分战士来到塘马,召开追悼大会。

整整一年,乐时鸣又来到塘马,又来到了曾经庆祝建军四周年及纪念巫恒通的所在地——塘马村东的那片打谷场。

这是新的十六旅旅长钟国楚和政委江渭清特意安排的,选择这一天纪念罗、廖,目的是昭彰先烈的功绩,继承先烈的遗志,踏着先烈的血迹奋勇前进。

此时的塘马远非昔日的安静与平静,敌伪据点玉华山、别桥离此都很近,尤其是玉华山离塘马直线距离两公里左右,此时塘马可以称之为敌占区了,新四军的部队已很少在这一地区活动,敌人的活动十分猖獗,但新四军就是有着血战到底的气概,就在敌人鼓吹新四军被消灭时,刘禄保在塘马战斗后几天便率四十七团二营袭击了指前标伪军据点,振奋了苏南人民的抗日斗志,这一次十六旅部再次移师塘马,在敌人眼皮底下举行罗、廖二公的纪念大会,就是要表明这种决不屈服,血战到底的英雄气概。

"新四军来了!""新四军来了!"塘马一带的百姓含着泪紧紧地抓住了他们的手。

刘赦大、刘秀金、刘正兴、刘正法等人抓住了钟国楚、江渭清的手,"盼望你们来了,盼望你们来了,百姓给日寇糟蹋苦了,抓伕子、抢粮食、杀人放火,无恶不作。"

刘洪生、刘良超、刘志远、刘洪林等人拉住了王直、乐时鸣的手,一提到罗、廖司令,四人都哭了,见到这两位熟悉的科长胜利突围出来而感到由衷的欣慰,"你们来了,百姓有了主心骨,前几日,敌人来抓伕子到玉华山修碉堡,百姓一个不去,他们就用山炮轰击塘马村。"

刘洪林流着泪说:"王科长,乐科长,村上二男一女被炸死,这一次你们不会走了吧。"

王直、乐时鸣安慰着众乡亲,"乡亲们,你们放心,敌人是兔子的尾巴长不了,我们这次来暂时还不能留下,但我们一定会打回来,胜利属于苏南人民。"

下午3时,太阳斜照着塘马村东的谷场上。

老百姓和战士们早已搭好祭台,挂好幔帐、挽联、摆好花圈,在台中央的上方,高挂着罗、廖二公的大幅画像,十六旅干部、苏皖区党委干部、十六旅部分战士,塘马四周的百姓静静地站立在谷场,深切悼念民族英雄罗忠毅、廖海涛和在塘马战斗牺牲的十六旅忠勇将士。

众将士及百姓泪流满面,静静地肃立在罗、廖遗像前,任凭寒风吹拂着脸面。

追悼会由乐时鸣主持。

乐时鸣看了看台前,寒风中,布幔、挽联哗哗作响,罗、廖二公的遗像在眼前晃荡……多么熟悉的脸容呀,多么亲切的神情呀,多么鲜活的身姿呀,亲爱的首长,你们永远离开了世界,为了国家,为了民族,你们洒尽了最后一滴鲜血,你们死得壮烈,你们死得伟大,你们铸造了铁军的军魂……乐时鸣既感到悲伤又感到骄傲,悲伤的是两位首长永远离开了世界,以后无法再去聆听他们的教诲,接受他们的教导,一念此,他便自然想到去年的9月在此举行纪念巫恒通的大会,罗主祭,廖发表演讲,此情此景,历历在目。罗、廖悼念他人的神情犹在眼前,倏忽之间,罗、廖牺牲,在同一地方,由别人来悼念他们,短短一年,人生多变幻,这怎不令人悲伤。但另一方面他又感到骄傲,罗、廖首长舍身杀敌的行为,集中体现了我民族不屈精神,铸造我铁军不朽的军魂,罗、廖死得伟大,死得壮烈,有这样的楷模,何愁日寇不灭呢?

挽联飞舞,那清晰的字飘扬起来,那是他亲自撰写的挽联,上联是:"奋起赣闽边,宁暴中坚。江南抗日盛名传,痛悼双星同陨落,泪洒云天。"下联是:"塘马血犹鲜,倏忽周年。寇顽夹击满狼烟,誓继二公歼敌志,祭慰先贤。"

钟国楚望着前面,这眼前的一切是那样的熟悉,整训期间他一直居住在塘马,这儿的一草一木太熟悉了,黄泥塘、西沟塘、大圩塘、刘氏宗祠、象贤堂、小祠堂、石板路、泥土墙、淳朴的百姓,就在这一块场地上,他参加了建军四周年的大会,参加了纪念巫恒通的大会,参加了军事训练会操表现……

太阳血色一般,照在布幕画像、挽联上,罗、廖二公的画像在背后阳光透射下,显出一种少有的光辉,罗轻抿嘴唇面带微笑,廖浓眉大眼,昂首挺胸。他即刻忆起,整训结束时,罗、廖送他至黄泥塘分手,罗忠毅的话语是那么亲切,"国楚呀,西边的局面靠你与玉庭去打开了,旅部居中,四十八团在东,四十七团居北,你们主力四十六团居西。西面是老根据地了,地位的显要可想而知,那儿紧挨南京城,你们可在敌人的眼皮下。想法恢复横山地区,把尖刀插在敌人的心脏里。"血色黄昏,他与罗、廖在黄泥塘边握手告别,塘中的波浪泛着红光,似浮金跳跃,岸边的扁豆藤斜挂柳树上,红红的扁豆在青青的翠叶中,发出闪闪红光,黄豆叶垂落,黄豆荚低垂,山芋藤爬满了田埂,上面的毛虫轻轻蠕动着。他接过警卫员的缰绳,跃上马背,当他回首时,罗、廖站在塘边挥动着双手,两人站在夕阳下,背倚塘马村,是那样威武而又庄严,凛凛然一身正气,两人犹如两棵巨型青松,屹立在苏南的村西面。而这一瞥,竟是最后的一面……罗、廖最后挥手的情景深深地镶嵌在他的脑海里。马占寺一战击退敌军,没想到塘马一战,罗、廖壮烈殉国,在溧水白马桥听到此消息,他几乎晕倒在地,他怎么也不敢相信,敬爱的首长会双双殉难,但现实告诉他,这是事实,悲愤中他与黄玉庭一起挑起了重担,在谭震林南下后协助谭震林抓好十六旅工作,待谭震林北上后,他担任十六旅旅长,和江渭清担负起苏南抗日的重任。江渭清看着前面的挽联,心里默默地念诵着"塘马鹅山千古恨,丹心碧血满江红","忠勇为国,毅然丈夫,一朝杀身成仁,气凛沙场寒敌胆;海涯生波,涛振环宇,异月流芳百世,节届纪念慰忠魂",他与罗、廖仅仅见过一两次面,1941年皖南事变后,亦即1941年3月5日,他与傅秋涛一行二十多人,在澄锡虞交界处的顾山附近的一个村庄里见到了谭震林同志,便被谭留下,担任十八旅旅长,在师军政委员会中和谭震林、罗忠毅一道选为委员。

他虽然和罗、廖接触不多,但素闻其威名,他早先随陈毅来到苏南任一支队一团副团长,而罗是二支队参谋长,廖是四团政治处主任,后江渭清随一团调回军部,而罗任江南指挥部参谋长,后任二支队司令,廖则任二支队副司令,在苏南名声大振。江渭清时有耳闻,皖南事变后一同奋战在六师,罗忠毅是师参谋长,是他的领导,在苏南作战时,十八旅因敌"清乡"损失颇大,撤往苏北。江是在苏北听到此消息,震惊而又悲伤,后经刘少奇提议担任十六旅政委,兼任苏皖区党委书记,来塘马祭奠罗、廖是他和钟国楚共同商议,他深为罗、廖的牺牲而悲伤,也深为罗、廖的壮烈而感动,祭奠罗、廖,发扬罗、廖的血战精神。

邓仲铭脸色沉重,他和罗忠毅、廖海涛是老战友了,陈、粟率军北上后,苏南的军政大局主要靠他这个苏皖区党委书记与罗、廖二人来掌管,后担任苏南军政委员会主席,他又和罗、廖奋战在两溧、长滆、太滆地区,黄金山反顽胜利后,他与谭震林随师部活动。塘马战斗时,他在苏北,本拟去延安学习,后因故未成,重回苏南担任苏皖区党委副书记,这次随旅部一道来塘马祭奠罗、廖。塘马他来过几次,他曾和李坚真一道于此生活过,时间虽短,记忆极深,睹物思人,伤感万分,面对昔日牺牲的战友,他的心感到阵阵沉痛。

王直一直流着眼泪,他在闽西就和罗、廖战斗在一起,他和罗、廖在闽西相处的时间比钟国楚和罗、廖相处的时间还要长,他和罗、廖既是战友,又是情同手足的兄弟,一年前的今天,他受罗、廖重托,率领机关人员先行突围,在戴家桥,清水涑形势万分危急之下,挺身而出和王胜一道率众胜利突围。党政军机关人员突围了,首长牺牲了,他怎能不悲伤呢?在溧水确证罗、廖牺牲后,他悲痛异常,哭倒在地,旋即命电台向军部汇报,及时反映部队情况,谭震林南下后,他担任十六旅政治部副主任,而又改任四十七团政委,来塘马祭奠这是他的最大心愿,如今站在罗、廖前,看着遗像,联想往事,心中涌起无限的斗志:日寇,我们定要把你消灭光!

去年9月份,乐时鸣以司令部管理科科长的身份用嘶哑的嗓音在此地宣布巫恒通追悼会开始,如今,一年刚过,他以十六旅宣教科长的身份宣布敬爱的首长罗忠毅、廖海涛追悼大会的开始。

众官兵及塘马一带的群众齐齐肃立,向两位英雄的遗像默哀,全场一片肃静,偶尔传来一阵低泣声。

天空黑云一片,阳光骤然黯淡,苏南的大地呈现一片灰黑色,茅山在低泣,长江在鸣咽,长荡湖、滆湖在流泪,丘陵、平原、河汊都在静静地默哀着。

"向烈士三鞠躬。"乐时鸣擦了擦泪水。

众官兵及塘马一带的群众齐齐地向两位英雄的遗像三鞠躬。

寒风四起,英雄的遗像和挽联瑟瑟作响,挽联上的字在空中飘拂着:

为民族增光,坚持江南抗战,惨淡经营,艰苦奋斗,不断给予敌伪群丑以痛歼。

继先烈遗志,加强国内团结,争取时间,克服困难,必期明年驱逐日寇出中国。

为主义牺牲,为领土牺牲,为反对侵略牺牲,不死精神,浩气周大江南北。

作先烈模范,作继起模范,作最后胜利模范,无限铁血,忠魂吞逆虏万千。

慨国祚不绝如缕,幸有如许奇男子为国效命,壮怀激烈似武穆。恨妖氛扫荡未尽,留待未死者诸同仁踏血前进,快著先鞭效刘琨。

"下面由十六旅旅长钟国楚同志读祭文。"乐时鸣宣布完,钟国楚走出前排一列,拿出稿子用极其沉重的语调宣读起来。

"中华民国三十一年初冬,苏南各界人士及苏皖区党委十六旅众官兵谨以鲜花庶羞之仪,致祭于罗、廖旅长暨十六旅阵亡将士之灵,曰:朝阳升起在黄金山上,秋风吹起枯草,在晴空中旋扬,平静的塘马变成了血腥的战场,我们的罗、廖首长,身先士卒,牺牲在祖国大地上……"钟国楚一念至此,全场官兵及苏南各界群众代表,塘马村百姓齐声痛哭,哭声震天,久久回荡,钟国楚哽噎了几次,才继续读下去,"罗、廖首长,分别来自湖北与福建,为了革命的事业,早早地参加了红军,加入了中国共产党,在艰苦卓绝的三年游击战争,两人披荆斩棘,奋勇杀敌,是闽西红军的卓越领导人,罗忠毅担任过福建军区司令部第三分区的副司令,担任过闽西第一分区的司令,廖海涛同志担任过杭代县委书记及红七支队的政委,两人都是闽西南军政委员,都是坚定的布尔什维克……抗战以来,罗忠毅同志分别担任二支队参谋长、江南指挥部参谋长、二支队司令、六师参谋长兼十六旅旅长,廖海涛同志分别担任过二支队四团政治处主任、二支队副司令、六师十六旅政委兼政治部主任。自抗战以来,两人率领数千将士,在金陵城边,茅山脚下,京沪路上,扬子江畔,纵横驰骋,与日寇浴血奋斗,取得了一系列胜利……"钟国楚的语调沉痛中夹有高亢之音,在读到罗、廖首长的英雄业绩时,热血喷涌,在闽西他曾和罗、廖二人一起战斗过,深知三年游击战争之艰难,抗战时又战斗在一起,苏南抗战的局面之复杂,斗争之艰苦可以说超过全国任何一个根据地、战斗区,一读到塘马战斗的内容,他的语调显得极其沉痛而又缓慢。

"民国三十年的秋日,亦即公历1941年的11月28日,敌寇以三千之众,实施突袭,围我塘马,罗、廖首长,临危不惧,奋勇杀敌,为掩护苏南党政军机关人员的转移,英雄殉国……"

钟国楚由于悲痛,不得不停下来,稍倾,他低沉的话语又在四周回荡起来,"罗、廖首长光荣牺牲了,我们的党、我们的军队失去了两位优秀的战士,这是苏南抗战的重大损失,也是整个中国抗战的重大损失,我们感到无比悲痛,但是罗、廖首长的精神仍在,他将鼓舞千百战士奋勇杀敌,早日驱除日寇于中国,罗、廖部队中幸存的新四军将士,他们仍将挑起苏南抗战的重担,完成其不朽的历史使命,我们整个新四军十余万忠勇战士仍在,他们将高举抗战大旗,战斗在大江南。"

钟国楚悲怆之音,忽地变成高亢之音,"我新四军十六旅忠勇将士一定能继承罗、廖首长的遗志,完成罗、廖首长所未完成的事业,打败日寇,以永久安慰罗、廖两同志的英灵。罗忠毅、廖海涛烈士永垂不朽。"

钟国楚代表十六旅读完祭文,江渭清又代表苏皖区党委上前致祭文,江渭清回顾了罗、廖两同志在党的领导下,为了党和国家、民族的利益,不顾个人的安危,奋战在疆场上,直至献出宝贵的生命的过程,热情赞扬了两人的崇高精神和战斗业绩,号召全体党员继承罗、廖及众先烈的遗志,夺取抗战的最后胜利……

追悼会在乐时鸣的宣布下,举行完毕。

刘一鸿父子也来了,刘一鸿是从溧水随江渭清、钟国楚来的,他现在已是四十六团的副团长。塘马战斗后,他悲痛异常,发誓要为罗、廖首长和死难的烈士报仇。他与黄玉庭团长、丁麟章政委、傅狂波参谋长等领导团结协作,指挥部队勇敢作战,一次又一次地粉碎了日伪军的"扫荡"、"清乡",保卫了抗日民主根据地,坚持了江南抗日游击战争,使苏南抗战渡过了最困难的一年。

这次回塘马,刚好时别一年,景物依旧,但两位尊敬的首长永远地和自己分别了,塘马也变成了沦陷区,日寇的气焰如此猖狂,因此他的心情极为悲愤。面对罗、廖遗遗像,他垂泪不已,他捏紧双拳,"首长呀,你们放心,我们一定会把日本鬼子赶出中国,苏南的百姓呀,你们一定会在铁蹄下被解放出来。"

刘蔚楚哭成泪人一般,他在塘马村西为廖海涛挖了一冢新坟,对着小坟连磕了三个头:"廖叔叔,安息吧!蔚楚永远忘不了你。"

塘马战斗后,刘蔚楚获知罗、廖牺牲这一噩耗后,就哭喊着"罗叔叔,廖叔叔,蔚楚一定要为你们报仇。"。后刘蔚楚转入四十七团卫生队,在王直、熊兆仁的领导下,奋战在茅山脚下,顽强地和日寇战斗着。

时隔一年,他也随王直政委来塘马参加罗、廖的追悼大会。

刘蔚楚于廖海涛的感情尤深,刘蔚楚从女生八队下的抗校来到江南指挥部后,便分配到新二支队,一直在廖海涛身边做勤务员。廖海涛对其关爱备至,这一切,历历在目,刘蔚楚清楚的记得廖叔叔手把手教自己学文化,从不厌烦。自己斗笠上"抗战胜利"中的繁体字"战"字写不好,是廖叔叔握住自己拿笔的手,一笔一画地教。赤山战斗时,自己年少顽皮,到处乱跑,是廖叔叔几次拉回来,护在身后。晚上睡觉,廖叔叔常给自己盖被子……

最难忘的是去年某一天,因自己出早操晚了,被父亲打了一巴掌,他同父亲讲理,还一状告到了廖叔叔那儿。当时廖叔叔笑着劝道:"刘一鸿是你爸,打了就打了。"他不服气:"新四军不准打人,我爸是新四军,他就不能打人。"廖海涛没有给他争理,"清官难断家务事",还安慰他:"你这个小调皮鬼,和你爸也较起真来了。"然后他和王直一道决定,把他留在旅政治部当勤务员。

时隔一年,一切似乎依旧,但再也见不到罗司令、廖司令的音容笑貌了,他怎能不无比悲伤呢?这小小的坟是他哀思的全部寄托。

追悼会完毕,塘马一带的群众纷纷上前,他们愤怒地控诉着日军暴行,要求部队发枪、发炮为先烈讨回血债。钟国楚、江渭清、邓仲铭、王直、乐时鸣、刘一鸿等人纷纷劝慰群众,告诉群众,抗战是一个持久的战争,最后的胜利一定属于中国人民,但敌人依然强大,现在双方处于相持阶段,我们的武器装备依然落后,还不能和敌人硬拼,他们关照群众要在地方政府的领导下,广泛开展游击战争,利用各种手段,打破敌人的各种阴谋。由于此地离玉华山敌伪据点甚近,敌人随时有可能合围而来,钟国楚、江渭清只得匆匆向塘马一带的群众挥手告别,准备迅速撤离,为了纪念罗、廖首长,为了表示抗战的决心,战士们齐齐朝天放枪,高喊着为罗、廖及众先烈报仇的口号。

乐时鸣和战士们纷纷撤离,他回转身朝塘马村及为罗、廖首长举行追悼会的会场投去深情的一瞥……歌声从十六旅干部、战士及苏皖区党委干部、工作人员间传来,"敌人的步、骑、炮兵纷纷向着塘马进攻,我们顽强战斗,英勇地冲锋。不怕骑兵冲,不怕炮兵轰,死守戴家桥,血战王家庄,发扬了坚决顽强的勇猛精神,壮烈的战斗,粉碎了敌人的进攻! 粉碎了敌人的进攻!"

51

  壁桥、小余庄前,两座土墓赫然而立,时值9月,已临初秋,树木枯黄,衰草遍地,茅亭依旧,农舍依然,丹金溧河滔滔一线,长荡湖上风云迭起,秋风劲吹,明晃晃的阳光下,坟上的衰草飞动着,发出哗哗之声,在晴空中,小村前的两座坟十分孤寂。

  抗战胜利了,内战将起,征尘未洗,又将蹬鞍,身为苏浙军区第一纵队政治部宣教科科长的乐时鸣在北上途中经过甓桥附近时,离开部队,专程来到小余庄,寻访罗、廖之墓,在村民的导引下,乐时鸣来到小余庄的墓前,鞠躬默哀。

  村民告诉乐,此墓为日军所建,墓前原竖有方木,上面分别写着"十六旅旅长罗忠毅之墓"和"十六旅政委廖海涛之墓"之名,但不知何时,两根方木被人取走。

  乐凭吊后,关照村民要保护好罗、廖之墓,百姓们连说放心,对于罗、廖,百姓敬仰无比,每年祭扫,从不间断。听此,乐时鸣才放心,他怀着无限的崇敬之情,又默默地向罗、廖之墓鞠躬,一步三回头向两墓告别,回归部队。

52

　　四十年过去了,身为共和国将军的福州军区副政委王直和妻子潘吟秋来到了溧阳,在凭吊了罗、廖首长陵墓及塘马战斗烈士陵园后来到了塘马村。

　　他长时间地伫立在村东的塘马河边,默默地望着眼前的一切。他神情凝重,陷入深深的沉思中。

　　时令依旧,秋风依旧,河堤依旧,只是那承载千余人双脚的小木桥不再,显现的是钢筋混凝土的水泥桥,盈盈秋水不再,只有那浅浅的细水汩汩东流。

　　东望洋龙坝,树木摇弋,枯草飞扬,岁月的流逝似乎消融了昔日的景貌,不过仍能从空气的流动、似云似雾的烟霞中听到四十年前整训的呐喊声、刺杀声。南望打谷场,池塘环绕,山芋藤藤叶纷披,槐树枝相击声声,建军四周年的庆祝大会、巫恒通纪念大会、塘马战斗一周年罗、廖追悼会不时闪现。回望塘马村,旧时的断墙残壁推涌出昔日的景致,村西的大榉树、大祠堂,村中的政工部住宅、村东的司令部住宅在飘移、飘移……

　　老将军的眼光最后落在了架在河上的水泥桥上,水泥桥迅速幻化成一座旧时苏南典型的小木桥,下有桥桩相托,上铺厚实木板,人行其上,桥身晃动,吱吱作响。

　　……罗司令出现了,声音仍是那样沉着浑厚,"王科长,这一千多人就交给你了,你无论如何也要把他们带到圩区……"

　　……廖司令出现了,他仍是那样虎虎有风,一双虎眼炯炯有神,"汉清快走,我马上赶来……快走,这一千人是抗日的宝贵财富,不容有失,保住他们就是胜利……"

　　……火光四起,炮声隆隆,脚步声声,一千多双脚在桥上疾驰而过,蜿蜒的队伍急速向东奔涌,冒着枪林弹雨向东向东,死守戴家桥,热血飞洒,风云清水渎,振臂疾呼,夜过小木桥,黑夜突围疾无声……

　　一千多人呀,过了塘马小木桥、过了戴家桥、过了湖畔清水渎、过了……抗日的宝贵财富终于保留住了,十六旅基本骨架健在,得以战后迅速组建,苏南抗日的烽火依然燃烧,且不断扩大,遂成燎原之势,直至迎来民族战争的胜利。在以后的解放战争、新中国的社会主义建设中,这支队伍奔向各个岗位,成为各行各业的重要力量……一切的一切,一千多人的宝贵财富……胜利了,一千人终于突围而出。

王直挪动了一下脚步:首长呀,你们交给我的任务,我终于完成了,看,一千多人在日后的社会主义建设中发挥如此巨大的作用,你们泉下有知,应该欣然释怀了,你们的鲜血没有白流……

虚空中,牺牲的首长、战友的形貌在飘浮、飘浮,形貌是那样明亮、鲜活,仿佛就在昨日。时光呀时光,流逝得如此之快,眨眼间,生死相隔四十余年,只可惜两个世界不能相通,尽管人类多么希望打通这两个世界。

不过,有一样东西可以贯通两个世界,那就是人类拥有的那种正义的精神,它可以穿越时空,从死的彼岸到达生的此岸。

老将军神色舒缓起来,他缓缓地回转身,对相拥的塘马民众说道:"乡亲们,先烈的精神将激励着我们奋勇向前,奔向美好的明天。"

53

六十八年过去了,刘志庆陪同湖北卫视工作人员来到塘马战斗烈士陵园拍摄纪录片,他交给他们一份参加塘马战斗的部分突围人员的名单,那份名单是他按搜集时间的前后排序的。

艳阳下,小张、老邓细细地朗读起来:

王　直:时任新四军六师十六旅政治部组织科长。1955年9月被授予少将军衔,新中国成立后曾任福州军区副政治委员,福建省第五、第六届人大常委会副主任。

乐时鸣:时任新四军六师十六旅司令部管理科科长。新中国成立后曾任北京军区政治部副主任,解放军政治学院副政治委员。

欧阳惠林:时任苏皖区党委秘书长,苏南特委书记。新中国成立后曾任中共江苏省委常委、副省长,宣传部部长。

许彧青:时任新四军十六旅政治部宣教科科长。新中国成立后曾任中共福建省委宣传部长、副省长。

王　胜:时任新四军十六旅四十八团团长。1955年9月被授予少将军衔,新中国成立后曾任福建军区龙岩军分区司令员,装甲兵学院副院长。

诸葛慎:时任新四军十六旅四十七团团长。新中国成立后曾任江苏省民政厅办公室主任、民政厅副厅长。

张其昌:时任新四军六师十六旅司令部供给部部长。

张华南:时任新四军六师十六旅政治部总务科长。

芮　军:时任新四军六师十六旅政治部战地服务团团长。

潘　浩:时任四十八团宣教股股长,新中国成立后曾任中国空间技术研究院党委副书记。

游玉山：时任新四军十六旅司令部作战参谋。新中国成立后曾任福建省永安军分区司令员。

刘一鸿：时任新四军十六旅教导大队大队长，后任四十六团副团长。

廖堃金：时任新四军十六旅四十八团二营教导员。新中国成立后曾任福建省政协常务委员会委员。

刘保禄：时任新四军十六旅四十七团二营营长。新中国成立后曾任上海警备区顾问。

樊玉林：时任茅山保安司令部司令员。新中国成立后曾任上海市民政局社会福利处处长。

樊绪经：时任中共路西北特委委员第五行政专属财经处处长。新中国成立后曾任中国食品公司副经理、经理。

洪天寿：时任茅山保安部副司令员。新中国成立后曾任上海市民政局局长。

李　钊：茅山保安司令部政治部主任、兼湖西保安司令司令。新中国成立后曾任南京市人大常委会副主任

田　禾：时任第五行政专属粮食科科长。

陆平东：时任中共溧阳县委书记。新中国成立后曾任农业部种子局负责人、顾问。

陈练升：时任中共溧阳抗日民主政府县长。新中国成立后曾任武汉市工商局代局长。

李坚真：时任苏南行政公署专员，中共苏皖区党委组织部副部长。新中国成立后曾任广东省人大常委会主任。

朱春苑：时任中共金坛县西南区工委书记。新中国成立后曾任江苏水产厅厅长、江苏省委农委顾问。

张思齐：时任中共苏皖特委秘书。新中国成立后曾任中国科学院电工研究所党委书记。

田　芜：时任十六旅宣教科干事。新中国成立后曾任南京市文化局局长。

许家信：时任新四军十六旅四十八团四连指导员，新中国成立后曾任唐山市委书记。

张　业：时任新四军十六旅司令部侦察参谋。

张连升:时任新四军十六旅旅部特务连连长。

苏信河:时任新四军十六旅旅部特务连副连长。

雷应清:时任新四军十六旅特务连副指导员。新中国成立后曾任福建省军区政治部副主任。

陈　辉:时任新四军十六旅四十七团供给处会计。新中国成立后曾任南京军区后勤部部长,军区党委常委,第六届全国人大代表。

陈　浩:时任新四军十六旅四十八团五连指导员。

顾肇基:时任新四军十六旅四十八团六连指导员。

詹厚安:时任新四军十六旅四十八团部特务连副连长。

李　英:时为十六旅政治部文工团团员。

田　文:时为十六旅政治部文工团团员。

陶　行:时任苏南行署路南财务处科长。

王春生:时任溧阳税务科科长。

陆　容:时任新四军十六旅政治部文工团团员。新中国成立后曾任福建省旅游局党组副书记、副局长。

潘吟秋:时任新四军十六旅机要员。新中国成立后曾任志愿军第九兵团留守处供给股股长,第二十八军军人服务社政治协理员。

史　毅:时任新四军十六旅《火线报》编辑。新中国成立后曾任福建省供销社计划处处长。

徐若冰:时任新四军十六旅宣教科干事。新中国成立后曾任北京市园林局组织处副处长。

夏希平:时为新四军十六旅宣教科干事。

骆静美:时为新四军十六旅宣教科干事。

牟桂芳:时任新四军十六旅卫生组组长。新中国成立后曾任安徽省计划生育办公室副主任。

张雪峰:时为新四军十六旅四十八团四连战士。新中国成立后曾任二十四军七十一师师长。

陆正康:时为新四军十六旅教导大队军事组队员。新中国成立后曾任第二十四军第七十二师副师长。

王　明:时为新四军十六旅教导大队政治组队员。

陆云璋:时为新四军十六旅五连战士。新中国成立后曾任二十四军后勤部部长。

陈文熙：时为新四军十六旅五连战士。

尹学成：时为新四军十六旅五连战士。

尹保生：时为新四军十六旅五连战士。

俞源昌：时为新四军十六旅四十八团四连战士。

杜学明：时为新四军十六旅四十八团四连战士。

陆金和：时为新四军十六旅四十八团四连战士。

宋耀良：时为新四军十六旅四十八团四连战士。

朱　彪：时为十六旅四十八团五连战士，新中国成立后曾任江苏省扬州地委财贸办公室副主任。

周谷云：时为新四军十六旅四十六团通信员。新中国成立后曾任南京军区十师坦克师长。

杨　波：时为新四军十六旅教导大队青年组学员。新中国成立后曾任南京军区空军情报处长。

廖昌英：新四军十六旅机要科科长。

翁履康：新四军十六旅机要科电台服务员。

翟中和：新四军十六旅机要科电台服务员。

刘蔚楚：新四军十六旅政治部警卫员。

董坤明：新四军十六旅四连卫生员。

陶家坤：新四军十六旅教导大队军事组组学员。

周德利：新四军十六旅四十八团六连排长。

张　贤：十六旅卫生部长。

朱昌鲁：时任新四军六师十六旅旅部参谋，后任江苏省建材工业局副局长。

……

血色黄昏，塘马战斗烈士陵园纪念塔巍然屹立。

后 记

　　《塘马1941》终于和读者见面了……我不知道它是否是我所著的最后一本关于塘马战斗的作品。我之所以说"是否"，是因为塘马战斗总有说不完说不清的东西。我对新四军大量的战斗作过研究，也跑过不少新四军抗战的古战场，但对于一场战斗有如此之多的不能确定的东西，有如此之多的不断被发现、被认识的东西，实属罕见之列。

　　出版了《纵论塘马战斗》沉寂不久后，我又陆陆续续搜集到了新的有关塘马战斗的资料，后来，又着手整个新四军战斗的研究（苏南的战斗我原本就熟悉），尤其去年跑了盐阜地区、两淮地区、扬州地区后，我对苏南六师的战斗有了更为全面、更为深刻的了解，逐渐形成从新的角度、新的视野来审视这场发生在1941年年底的气壮山河的战斗，觉得有必要全面系统地反映这一战斗的形貌与本质以及人物的精神世界、精神内涵……这也成为我创作《塘马1941》的缘由。

　　此书的结构与内容有别于《风云塘马》和《血战塘马》，这不仅仅是新增了后来搜集到的许多新的东西，而主要是创作视角由单一的描写以罗、廖为首的十六旅将士浴血奋战的历史转化为我方、敌伪、顽三方博弈的多角度叙写，这无疑让读者更为全面更为深刻地了解苏南抗战的艰巨性、复杂性、多变性，这无疑有助于更为全面地、客观地、公正地了解评判塘马战斗的本质和意义，有助于更为全面地、更为深刻地了解罗、廖及众将士奋斗的精神和磊落的胸怀。

　　还是那句话，说不尽的罗、廖，说不尽的塘马战斗。我无意去追求战争文学的艺术，而只是想展示战争的波诡云谲的特质，有助于当下复杂多变的国际环境下，人们对军事斗争有独到的清醒的理解和认识。

　　本书的创作与出版得到了江南指挥部纪念馆的大力支持，在此表示忠心感谢！

　　是为后记。

刘志庆

2016.5.19